【臺灣現當代作家
研究資料彙編】20

陳千武

國立台灣文學館
出版

主委序

近年來，臺灣文學創作與出版的旺盛能量，可說是國內讀者與華人文化圈有目共睹的事實；然而，文學之花要開得繁麗燦爛，除了借助作家們豐沛文思的澆灌，亦需仰賴評論者的慧眼與文學史料的積累。是以，國立臺灣文學館「臺灣現當代作家研究資料彙編計畫」第二輯的出版，格外令人振奮。

為具體展現臺灣現當代文學的發展與既有研究成果，奠定詳實、深入的臺灣文學史料基礎，國立臺灣文學館於 2010 年規劃並執行「臺灣現當代作家研究資料彙編計畫」，秉持堅毅而勤懇的馬拉松精神，在卷帙繁浩的文獻史料中梳理 50 位臺灣現當代重要作家的生平資料、年表、評論文章，各自彙編成冊，以期呈現作家完整的存在樣貌、歷史地位與影響。此計畫首先在 2011 年完成第一階段，包括賴和等 15 位作家的研究資料彙編，歷經將近一年的悉心耕耘，在眾人引頸期盼中，於 2012 年春天再度推出 12 位臺灣文學前輩作家：張我軍、潘人木、周夢蝶、柏楊、陳千武、姚一葦、林亨泰、聶華苓、朱西甯、楊喚、鄭清文、李喬的研究資料彙編。

這群主要出生於 1920 年代的作家，雖然時間座標相近，然因歷史軌跡、時代局勢與身處地域的殊異，而演繹出不同的生命敘事；無論成長於日治時期的臺灣，或是在 1949 年前後由中國大陸渡海來臺者，他／她們窮畢生之力，筆耕不輟，在詩、散文、小說、戲劇、兒童文學、文學評論等方面作出貢獻，共同形塑出臺灣文學紛繁多姿的面貌。

由於有執行團隊地毯式蒐羅及嚴謹考證，加上多位專家學者的戮力協助，我們才能懷抱欣喜之情，向讀者推介這一套深具實用價值的臺灣文學工具書，提供國內外關心、研究臺灣文學發展者參考使用；我們期待以此為基礎，滋養臺灣文學綻放出更為璀璨亮麗的花朵。

行政院文化建設委員會主任委員　龍應台

館長序

　　作家是文學的創作主體，他在哪些主客觀因素的影響下，走上了寫作之路？寫出了什麼樣的作品？而這些作品，究竟對應著什麼樣的心靈狀態以及變動中的客觀環境？一般所說的作家研究，即是要解答這些問題。進一步說，他和同時代，或同世代的其他作家之所作，存有什麼樣的異同？和前行代的作家之所作，又有什麼樣的繼承與創新？這些則是有關文學史性質的討論。著名的、重要的作家，從其自身的文學表現，到文壇地位，到文學史的評價，是一個值得全方位開挖的寶庫。

　　現當代臺灣文學的討論，原本只在文壇發生，特別是在文藝性質的傳媒上，以書評、詩話、筆記、專訪等方式出現；隨著這個文學傳統形成且日愈豐厚，出版市場日漸活絡，媒體編輯也專業化了，於是我們看到了各種形式的作家專（特）輯，介紹、報導且評論他的人和文學，而如何介紹？如何報導？如何評論？所形成的諸多篇章形式，竟也逐漸規範化：包括小傳、年表、著譯書目（提要）；人和作品的總論、分期和分類的作品群論、單一作品集和個別獨立文本的個論；其他更有比較分析，或與他人合論等，都有相對比較嚴謹的學術要求。

　　將臺灣現當代作家的研究資料加以彙編，應是文壇及學界很多人的期待。2010 年，在《臺灣現當代作家評論資料目錄》（16 開，8冊）的基礎上，國立臺灣文學館再度委託臺灣文學發展基金會組成

顧問群及工作小組，進行《臺灣現當代作家研究資料彙編》的工作，準備出版 50 位作家的研究資料彙編（一人一冊），第一批計 15 冊於 2011 年 3 月出版，包含賴和、吳濁流、梁實秋、楊逵、楊熾昌、張文環、龍瑛宗、覃子豪、紀弦、呂赫若、鍾理和、琦君、林海音、鍾肇政、葉石濤。我仔細看過承辦單位的期中、期末報告書，從其中的工作手冊、顧問會議的紀錄等，可以看出承辦諸君是如何的敬謹任事。

　　現在，第二批 12 冊也將出版，他們是：張我軍、潘人木、周夢蝶、柏楊、陳千武、姚一葦、林亨泰、聶華苓、朱西甯、楊喚、鄭清文、李喬。由於有工作小組執行資料的蒐集整理，且又由對該作家嫻熟者主編，各書都相當完整，所選刊的評論文章皆極富參考價值；我個人特別喜歡包含影像、手稿、文物的輯一「圖片集」，以及輯三的「研究綜述」，前者頗有一些珍品，後者概括性強，值得參考。這是臺灣文學研究界的大事，相信有助於這個學科的擴大和深化。

國立臺灣文學館館長　李瑞騰

編序

◎封德屏

緣起

　　1995 年 10 月 25 日，在臺灣師範大學教育大樓的 201 室，一場以「面對臺灣文學」爲題的座談會，在座諸位學者分別就臺灣文學的定義、發展、研究，以及文學史的寫法等，提出宏文高論，而時任國家圖書館編纂張錦郎的「臺灣文學需要什麼樣的工具書」，輕鬆幽默的言詞，鞭辟入裡的思維，更贏得在座者的共鳴。

　　張先生以一個圖書館工作人員自謙，認真專業地爲臺灣這幾十年來究竟出版了多少有關臺灣文學的工具書，做地毯式的調查和多方面的訪問。同時條理分明地針對研究者、學生，列出了十項工具書的類型，哪些是現在亟需的，哪些是現在就可以做的，哪些是未來一步一步累積可以達成的，分別做了專業的建議及討論。

　　當時的文建會二處科長游淑靜，參與了整個座談會，會後她劍及履及的開始了文學工具書的委託工作，從 1996 年的《臺灣文學年鑑》起始，一年一本的編下去，一直到現在，保存延續了臺灣文學發展的基本樣貌。接著是《中華民國作家作品目錄》的新編，《臺灣文壇大事紀要》的續編，補助國家圖書館「當代文學史料影像全文系統」的建置，這些工具書、資料庫的接續完成，至少在當時對臺灣文學的研究，做到一些輔助的功能。

　　2003 年 10 月，籌備多年的「台灣文學館」正式開幕運轉。同年五月《文訊》改隸「財團法人台灣文學發展基金會」，爲了發揮更大的動能，開

始更積極、更有效率地將過去累積至今持續在做的文學史料整理出來，讓豐厚的文藝資源與更多人共享。

於是再次的請教張錦郎先生，張先生認爲文學書目、作家作品目錄、文學年鑑、文學辭典皆已完成或正在進行，現在重點應該放在有關「臺灣現當代作家評論資料目錄」的編輯工作上。

很幸運的，這個計畫的發想得到當時臺灣文學館林瑞明館長的支持，於是緊鑼密鼓的展開一切準備工作：籌組編輯團隊、召開顧問會議、擬定工作手冊、撰寫計畫書等等。

張錦郎先生花了許多時間編訂工作手冊，每一位作家的評論資料目錄分爲：

（一）生平資料：可分作者自述，旁人論述及訪談，文學獎的紀錄。

（二）作品評論資料：可分作品綜論，單行本作品評論，其他作品（包括單篇作品）評論，與其他作家比較等。

此外，對重要評論加以摘要解說，譬如專書、專輯、學術會議論文集或學位論文等，凡臺灣以外地區之報刊及出版社，於書名或報刊後加註，如中國大陸、香港、新加坡等。此外，資料蒐集範圍除臺灣外，也兼及中國大陸、香港、新加坡、日本、韓國及歐美等地資料，除利用國內蒐集管道外，同時委託當地學者或研究者，擔任資料蒐集工作。

清楚記得，時任顧問的學者專家們，都十分高興這個專案的啓動，但確定收錄哪些作家名單時，也有不同的思考及看法。經過充分的討論後，終於取得基本的共識：除以一般的「文學成就」爲觀察及考量作家的標準外，並以研究的迫切性與資料獲得之難易度爲綜合考量。譬如說，在第一階段時，作家的選擇除文學成就外，先考量迫切性及研究性，迫切性是指已故又是日治時期臺籍作家爲優先，研究性是指作品已出土或已譯成中文爲優先。若是作品不少而評論少，或作品評論皆少，可暫時不考慮。此外，還要稍微顧及文類的均衡等等。基本的共識達成後，顧問群共同挑選出 310 位作家，從鄭坤五、賴和、陳虛谷以降，一直到吳錦發、陳黎、蘇

偉貞，共分三個階段進行。

　　張錦郎先生修訂的編輯體例，從事學術研究的顧問們，一方面讚嘆「此目錄必然能成爲類似文獻工作的範例」，但又深恐「費力耗時，恐拖延了結案時間」，要如何克服「有限時間，高度理想」的編輯方式，對工作團隊確實是一大挑戰。於是顧問們群策群力，除了每人依研究領域、研究專長認領部分作家外（可交叉認領），每個顧問亦推薦或召集研究生襄助，以期能在教學研究工作外，爲此目錄盡一份心力。

　　「臺灣現當代作家評論資料目錄」專案計畫，自 2004 年 4 月開始，至 2009 年 10 月結束，分三個階段歷時五年六個月，共發現、搜尋、記錄了十餘萬筆作家評論資料。共經歷了三位專職研究助理，近三十位兼任研究助理。這些研究助理從開始熟悉體例，到學習如何尋找資料，是一條漫長卻實用的學習過程。

接續

　　「臺灣現當代作家評論資料目錄」的專案完成，當代重要作家的研究，更可以在這個基礎上，開出亮麗的花朵。於是就有了「臺灣現當代作家研究資料彙編暨資料庫建置計畫」的誕生。爲了便於查詢與應用，資料庫的完成勢在必行，而除了資料庫的建置外，這個計畫再從 310 位作家中精選 50 位，每人彙編一本研究資料，內容有作家圖片集，包括生平重要影像、文學活動照片、手稿及文物，小傳、作品目錄及提要、文學年表。另外每本書分別聘請一位最適當的學者或研究者負責編選，除了負責撰寫五千至一萬字的作家研究綜述外，再從龐雜的評論資料中挑選具有代表性的評論文章，全文刊載，平均 12～14 萬字，最後再附該作家的評論資料目錄，以期完整呈現該作家的生平、創作、研究概況，其歷史地位與影響。

　　由於經費及時間因素，除了資料庫的建置，資料彙編方面，50 位作家分三個階段完成。第一階段出版了 15 位作家，此次第二階段出版了 12 位作家的資料彙編。體例訂出來，負責編選的學者專家名單也出爐了，於是

展開繁瑣綿密的編輯過程。一旦工作流程上手，才知比原本預估的難度要高上許多。

　　首先，必須掌握每位編選者進度這件事，就是極大的挑戰。於是編輯小組在等待編選者閱讀選文的同時，開始蒐集整理作家生平照片、手稿，重編作家年表，重寫作家小傳，尋找作家出版品的正確版本、版次，重新撰寫提要。這是一個極其複雜的工程。還好有認真負責的宇霈、雅嫻、蕙婷，以及編輯老手秀卿幫忙，讓整個專案維持了不錯的品質及進度。

　　在智慧權威、老練成熟的學者專家面前，這些初生之犢的年輕助理展現了大無畏的精神，施展了編輯教戰手冊中的第一招──緊迫盯人。看他們如此生吞活剝地貫徹我所傳授的編輯要法，心裡確實七上八下，但礙於工作繁雜，實在無法事必躬親，也只好讓他們各顯身手了。

　　縱使這些新手使出了全部力氣，無奈工作的難度指數仍然偏高，雖有第一階段的經驗，但面對不同的編選者，不同的編選風格，進度仍然不很順利，再加上整個進度掌控者雅嫻遭逢車禍意外，臥病月逾，工作小組更是雪上加霜。此時就得靠意志力及精神鼓舞了。我對著年輕的同仁曉以大義，告訴他們正在光榮地參與一個重要的文學工程，絕對不可輕言放棄。

成果

　　雖然過程是如此艱辛，如此一言難盡，可是終究看到豐美的成果。每位編選者雖然忙碌，但面對自己負責的作家資料彙編，卻是一貫地認真堅持。他們每人必須面對上千或數百筆作家評論資料，挑選重要或關鍵性的評論文章，全面閱讀，然後依照編選原則，挑選評論文章。助理們此時不僅提供老師們所需要的支援，統計字數，最重要的是得找到各篇選文作者，取得同意轉載的授權。在第一階段進度流程初估時，我們錯估了此項工作的難度，因為許多評論文章，發表至今已有數十年的光景，部分作者行蹤難查，還得輾轉透過出版社、學校、服務單位，尋得蛛絲馬跡，再鍥而不捨地追蹤。有了第一階段的血淚教訓，第二階段關於授權方面，我們

更是如臨深淵、如履薄冰，希望不要重蹈覆轍。

除了挑選評論文章煞費苦心外，每個作家生平重要照片，我們也是採高標準的方式去蒐集，過世作家家屬、友人、研究者或是當初出版著作的出版社，都是我們徵詢的對象。認真誠懇而禮貌的態度，讓我們獲得許多從未出土的資料及照片，也贏得了許多珍貴的友誼。遠在中國大陸的張我軍的長子張光正；潘人木的女兒黨英台及在她身後一直持續整理她的遺作及資料的周慧珠；陳千武的長子陳明台、後輩友人吳櫻；姚一葦的女兒姚海星；林亨泰女兒林巾力、兒子林于竝；遠在美國的聶華苓、女兒王曉藍；朱西甯的夫人劉慕沙、女兒朱天文；住得很近卻常常被我們打擾的鄭清文、女兒鄭谷苑；在苗栗的李喬，以及幫了很多忙的許素蘭……，我們和他們一起回憶、欣賞他們或父祖、前輩，可敬可愛的文學人生。

研究綜述部分，許俊雅敘述在中研院臺史所楊雲萍數位典藏建置完成後，她才讀到一封 1946 年 5 月 12 日張我軍在上海給楊雲萍的一封信，不僅感受到一位離家 20 年的臺灣遊子，熱切盼望返鄉的心情，也印證了張我軍與楊雲萍早在 1920 年代相識，1943 年再度於京都相逢。林武憲在〈縱橫於小說創作與兒童文學之間〉一文中，對潘人木研究資料的謬誤提出細部的更正及檢討，對她小說創作、兒童文學的貢獻及價值再度給予肯定；曾進豐寫周夢蝶，已超越一個學者的研究論述，情動於中而發為文，情理交融，令人動容。

林淇瀁論柏楊，短短一萬字，對其豐富的創作類型、多樣的文風、浩瀚如海的研究概述，鞭辟入裡；阮美慧揭示陳千武一生的文學志業及作品精神樣貌，讓陳千武那種質樸、更貼近普羅大眾語言風格的特殊價值彰顯出來；王友輝將姚一葦的研究分為「人、文、理、育」四方面來檢視、探索的同時，也充分顯示姚一葦一生春風化雨、提攜後進，並專注尋找自己創作和研究上新出路的特質。

呂興昌在〈林亨泰研究綜論〉中，特別舉出劉紀蕙〈銀鈴會與林亨泰的日本超現實淵源與知性美學〉一文所言：紀弦為林亨泰提供延續銀鈴會

現代運動的管道，而林亨泰則成爲紀弦發展現代派的支柱，此觀察「可謂機杼別出，言人之所未言」；應鳳凰將聶華苓研究的三個時期，與聶華苓文學事業的三個時期，相互呼應與比較，也凸顯了聶華苓研究領域幅員遼闊，有待來者；陳建忠開宗明義即謂「朱西甯及其文學在臺灣當代文學史上的定位，仍有待重估」，當抽絲剝繭的評析朱西甯研究不同的研究路徑後，期待「朱西甯研究的進展，也實在到了朝更有彈性而務實的方向轉變的時機」。

　　須文蔚在〈唱出土地與人們心聲的能言鳥——臺灣當代楊喚研究資料評述〉一開始，就將 24 歲楊喚遇難當天驚悚的故事錄下，從此許多年輕早慧的心靈中，在閱讀楊喚天才的、靈巧的詩篇同時，也都記得了詩人早夭與不幸的命運。楊喚留下的作品不多，須文蔚認爲他的作品得以傳世，除了友人的幫忙與努力，楊喚真誠的創作與動人的人格，應該是另一項重要的原因；李進益寫鄭清文，一句「他所有作品都在寫臺灣」，道盡鄭清文一生創作，所描繪與建構的文學世界，正是來自他立足的臺灣；彭瑞金在細分李喬研究概述後，輕輕帶上一筆「欲知李喬文學究竟，得閱讀近千萬字文獻」，真實反映出李喬評論及創作的豐盛，但他最終希望選文能「掌握李喬創作脈絡，反映李喬各階段的重要作品成果」。

　　1987 年 7 月臺灣解嚴，臺灣文學研究的風潮日漸蓬勃。1990 年 4 月23 日，《民眾日報》策劃「呂赫若專輯」，標題爲〈呂赫若復出〉；1991 年前衛出版社林文欽出版「臺灣作家全集・短篇小說卷・日據時代」；1997 年自真理大學開始，臺灣文學系所紛紛成立，臺灣文學體制化的脈動，鼓舞了學院師生積極從事日治時期臺灣文學史料的蒐集。這股風潮正如陳萬益所言，不只是文獻的出土，也是一種心態的解嚴，許多日治時期作家及其家屬，終於從長期禁錮的氛圍中解放。許俊雅認爲，再加上當初以日文創作的作家作品，也在 1990 年代後被逐漸翻譯出來，讀者、研究者在一個開放的空間，又免除語文的障礙，而使臺灣文學研究開始呈現多元的風貌。

　　1990 年開始，各地縣市文化中心（文化局），對在地作家作品集的整理出版，以及台灣文學館成立後對日治時期作家以迄當代重要作家全集的編纂，對臺灣文學之作家研究，也有了很好的促進作用。《龍瑛宗全集》、《吳新榮選集》、《呂赫若日記》、《楊逵全集》、《葉石濤全集》、《鍾肇政全集》，如雨後春筍般持續展開。「臺灣意識」的興起，使本土文學傳統快速的納入出版與研究行列。

　　經過近二十年的努力，臺灣文學的研究與出版，也到了可以驗收或檢討成果的階段。這個說法，當然不是要停下腳步，而是可以從「臺灣現當代作家評論資料目錄」所呈現的 310 位作家、10 萬筆資料中去檢視。檢視的標的，除了從作家作品的質量、時代意義及代表性去衡量外、也可以從作家的世代、性別、文類中，去挖掘還有待開墾及努力之處。因此在這樣的堅實基礎上，這套「臺灣現當代作家研究資料彙編」，每位編選者除了概述作家的研究面向外，均有些觀察與建議。希望就已然的研究成果中，去發現不足與缺憾，研究者可以在這些不足與缺憾之處下功夫，而盡量避免在相同議題上重複。當然這都需要經過一段時間、去發現、去彌補，因此，有關臺灣文學研究的調查與研究，就格外顯得重要了。

期待

　　感謝台灣文學館持續支持推動這兩個專案的進行。「臺灣現當代作家評論資料目錄」的完成，呈現的是臺灣文學研究的總體成果；「臺灣現當代作家研究資料彙編」套書的出版，則是呈現成果中最精華最優質的一面，同時對未來的研究面向與路徑，做最好的建議。我們可以很清楚的體會，這是一條綿長優美的臺灣文學接力賽，我們十分榮幸能參與其中，我們更珍惜在傳承接力的過程，與我們相遇的每一個人，每一件讓我們真心感動的事。我們更期待這個接力賽，能有更多人加入。誠如張恆豪所說「從高音獨唱到多元交響」，這是每一個人所期待的。

編輯體例

一、本書編選之目的，爲呈現陳千武生平、著作及研究成果，以作爲臺灣
文學相關研究、教學之參考資料。

二、全書共五輯，各輯內容及體例說明如下：

輯一：圖片集。選刊作家各個時期的生活或參與文學活動的照片、著
作書影、手稿（包括創作、日記、書信）、文物。

輯二：生平及作品，包括三部分：

1.小傳：主要內容包括作家本名、重要筆名，生卒年月日，籍
貫，及創作風格、文學成就等。

2.作品目錄及提要：依照作品文類（論述、詩、散文、小說、
劇本、報導文學、傳記、日記、書信、兒童文學、合集）及
出版順序，並撰寫提要。不收錄作家翻譯或編選之作品。

3.文學年表：考訂作家生平所進行的文學創作、文學活動相關
之記要，依年月順序繫之。

輯三：研究綜述。綜論作家作品研究的概況，並展現研究成果與價值
的論文。

輯四：重要文章選刊。選收國內外具代表性的相關研究論文及報導。

輯五：研究評論資料目錄。收錄至 2011 年 6 月底止，有關研究、論述
臺灣現當代作家生平和作品評論文獻。語文以中文爲主，兼及
日文和英文資料。所收文獻資料，以臺灣出版爲主，酌收中國
大陸、香港、日本和歐美國家的出版品。內容包含三部分：

1.「作家生平、作品評論專書與學位論文」下分爲專書與學位
論文。

2.「作家生平資料篇目」下分爲「自述」、「他述」、「訪談」、
「年表」、「其他」。

3.「作品評論篇目」下分爲「綜論」、「分論」、「作品評論目
錄、索引」、「其他」。

目次

【輯五】研究評論資料目錄

輯一◎圖片集

影像◎手稿◎文物

1937年3月，臺中一中三年級的
陳千武。（吳櫻提供）

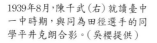

1939年8月，陳千武（右）就讀臺中
一中時期，與同為田徑選手的同
學平井克朗合影。（吳櫻提供）

1940年，著柔道服的陳千武（右）於就讀臺中一中
時，與劍道班同學合影。（翻攝自《信鴿：文學‧
人生‧陳千武》，臺中市文化局）

1941年，陳千武（坐者）自臺中一中畢業後，至臺灣
製麻會社擔任實習監工，與同事合影。（吳櫻提供）

1943年，陳千武（後排中）
入伍前與家人合影。（吳櫻
提供）（上圖）

1947年2月，陳千武（右）
與許玉蘭蜜月旅行時合影。
（吳櫻提供）（左圖）

1950年，陳千武（後排左一）任職於林務局豐原林場人事室時期，與同事合影。（吳櫻提供）

1958年，陳千武（後排右一）全家合影於豐原八仙山林場宿舍。前排左起：陳明尹、陳佳斐；後排左起：許玉蘭、陳明台。（吳櫻提供）

1964年，笠詩刊創刊紀念照。前排左起：古貝、杜國清、錦連；後排左起：趙天儀、林亨泰、張彥勳、詹冰、陳千武。（文訊資料室）

1966年，《笠》詩刊同仁合影。左起：陳千武、杜國清、陳
明台、葉笛、白萩。（陳明台提供）

1966年，陳千武擔任笠詩社經
理，於曙光文藝社及笠詩社經
理部前留影。（吳櫻提供）

1970年1月1日，笠詩社同仁與訪臺的高橋喜久晴、安倍玲以合影於苗
栗卓蘭鎮。左起：詹冰夫婦、陳千武、安倍玲以、陳明台、錦連、佚
名、林亨泰、高橋喜久晴。（吳櫻提供）

1970年，攝於笠詩社社員年會。前排左起：凱若、岩上、拾虹、李敏勇、陳明台；中排
左起：陳千武、吳瀛濤、巫永福、陳秀喜、吳建堂、黃騰輝。（陳明台提供）

1974年，陳千武（右）任職臺
中市政府庶務股長時，與日本
作家（左）至日月潭大飯店訪
問張文環（中）。（吳櫻提供）

1979年，陳千武與文友們合影於臺中市立文化中心。前排左起：何金
生、北原政吉、楊逵、邱淳洸；後排左起：白萩、陳千武、林亨泰。
（吳櫻提供）

1983年5月，陳千武夫婦（中）與笠詩社同仁許達然（左）、非馬（右）合影於美國。（吳櫻提供）

1984年5月27日，陳千武（右）邀請旅居美國的許達然回臺演講。（吳櫻提供）

1984年11月，陳千武陳千武應邀出席於日本地球詩社於東京ダイヤモンドホテル舉辦的「第一屆亞洲詩人會議」，與文友演唱民謠。左二彭邦楨、左三簡上仁、右一李敏勇、右二陳千武。（陳明台提供）

暑期青年自強活動

約1980年代中期，參與暑期青年自強活動。左二起：王灝、
岩上、林亨泰、白萩、陳千武、陳篤弘。（文訊資料室）

1988年11月，陳千武應邀出席於日本靜岡市舉行的
「地球詩祭」。左起：陳千武、高橋喜久晴、金光
林。（吳櫻提供）

1989年4月，陳千武應邀出席由上海復旦大學舉辦的「第
四屆臺港及海外華文文學會議」，會議結束後與文友合
影。左起：鄭炯明、杜國清、陳千武、王幼華。（翻攝
自《王幼華研究資料彙編》，苗栗縣文化局）

1989年，陳千武應邀出席「吳濁流文學獎」會議。前排左起：鍾肇政、吳萬鑫、
陳千武、白萩；中排左起：葉石濤、鍾鐵民；後排左起：李喬、鄭炯明、李敏
勇夫婦。（翻攝自《鍾肇政全集38——影像集》，桃園縣政府文化局）

1991年5月，陳千武策劃臺中市立文化中心「兒童
文學創作研習營」並擔任講師。（翻攝自《陳千武
全集·詩全集（八）》，臺中市文化局、《童詩的
樂趣》，臺中縣立文化中心）

1992年3月6日，陳千武（右）與楊熾昌合影於楊
宅。（吳櫻提供）

1992年4月，陳千武獲「第一屆國家文藝獎」翻譯成就獎。（翻攝自《信鴿：文學‧人生‧陳千武》，臺中市文化局）

1993年8月22日，陳千武應邀出席「韓國漢城詩人會議」，演講「臺灣現代詩」。（翻攝自《陳千武的文學人生》，時報文化出版公司）

1994年，陳千武應邀出席於清華大學舉行的「臺語文字統一標準化研究會議」。左起：陳千武、鍾肇政。（翻攝自《鍾肇政全集38——影像集》，桃園縣政府文化局）

1997年，陳千武應邀出席「吳濁流文學獎、巫永福評論獎頒
獎典禮暨笠詩社年會」。左起：杜潘芳格、楊千鶴、巫永
福、王昶雄、莊柏林、陳千武、林亨泰。（王奕心提供）

1998年8月4日，陳千武夫婦應邀出席高雄美濃鍾理和紀念館
臺灣文學步道建成開幕式。（陳明台提供）

1998年11月7日，陳千武應邀出席於淡水工商管理學院（今真理大學）舉行的「福爾摩莎的瑰寶——葉石濤文學會議」。前排左起：許俊雅、鍾肇政、葉石濤、陳千武、莊萬壽、李魁賢；後排左起：陳凌、鄭烱明、陳萬益、彭瑞金、李敏勇、林載爵、陳藻香、杜偉瑛。（翻攝自《葉石濤全集20資料卷》，國立臺灣文學館、高雄市政府文化局）

1999年4月25日，南投「新詩創作欣賞研習營」講師合影。左起：李敏勇、陳千武、羊子喬、陳明台、岩上。（陳明台提供）

1999年6月，陳千武（右）獲臺灣文化學院院長許世楷頒發榮譽博士證書。（吳櫻提供）

1999年6月30日，《笠》詩刊20年120期影印本出版紀念聚會。
左起：岩上、陳鴻森、趙天儀、學生書局經理、陳千武、陳
仕華、陳明台。（陳明台提供）

2000年4月14日，陳千武（右）與保坂登志子合影於東京半
藏門ダイヤモンドホテル舉行的《獵女犯》日文版出版慶
祝會。（翻攝自《信鴿：文學‧人生‧陳千武》，臺中市
文化局）

2000年11月，陳千武應邀出席日本「世界
詩人祭2000東京」，獲地球詩獎。（陳明
台提供）

2002年6月8日，陳千武赴日本札幌出席由北海道立文學館舉辦的「東亞第五屆詩書展」開幕剪綵。左起：金宗吉、陳千武、小海永二、毛利正彥。（陳明台提供）

2002年，陳千武（右一）與陳明台、鈴木茂夫夫婦（左起）合影於臺中全國飯店。（陳明台提供）

2003年7月，陳千武應邀出席文訊雜誌社於臺中市文英館舉辦的「臺灣文學雜誌展」。左起：陳明台、岩上、封德屏、陳千武、王健生、寧可。（文訊資料室）

2004年10月2日，攝於「笠詩社四十週年紀念研討會」會後晚宴。前排左起：文德守、高橋喜久晴、小海永二、山口坂司；後排左起：鄭烱明、陳明台、陳千武、曾貴海。（陳明台提供）

2005年6月19日，陳千武出席於臺中萬月樓舉行的《笠》編輯會議。前排左起：莫渝、陳千武、鄭烱明、白萩；後排左起：林盛彬、岩上、陳明台、江自得、陳明克、蔡秀菊。（吳櫻提供）

2006年1月，陳千武應邀出席「臺灣現代詩人協會會員大會暨研討會」。前排左起：江昀、白萩、趙天儀、吳櫻、黃騰輝、陳千武、陳填。（翻攝自《信鴿：文學‧人生‧陳千武》，臺中市文化局）

2006年11月16日，陳千武夫婦（右五、右四）與
趙天儀（右一）、胡志強（右三）合影於臺中市
文化局舉辦的「永遠的文學者——陳千武」特
展。（臺中市政府文化局提供）

2007年2月4日，陳千武（右）應邀出席於國立臺
灣文學館舉行的「永遠的文學者——陳千武」
特展講座活動。（國立臺灣文學館提供）

2008年8月12日，陳千武應邀參加文訊雜誌社於臺南國立臺灣
文學館舉辦的「資深作家照片展」開幕式。左起：郭昇平、
陳千武、鍾鐵民、桑品載、履彊、林宗源。（文訊資料室）

2008年，長女陳佳斐自美國返臺，全家合影。（陳明台提供）

2010年8月，陳千武夫婦與文友合影於臺南新營鐵線橋官道紀念碑前。左起：顏壽何、黃玉蘭、葉斐娜、陳千武、何慕蓁、許玉蘭、吳櫻、利玉芳、賴欣。（翻攝自《信鴿：文學‧人生‧陳千武》，臺中市文化局）

2011年1月8日，陳千武應邀出席於臺中市大墩文化中心舉行的《信鴿：文學‧人生‧陳千武》新書發表會。前排左起：洪敏麟、陳千武；後排左起：吳櫻、許玉蘭、葉樹姍、趙天儀。（吳櫻提供）

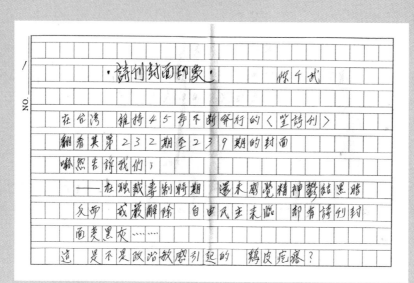

陳千武〈詩刊封面印象〉手稿。（文訊資料室）

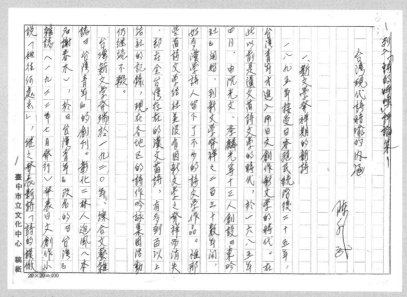

陳千武〈臺灣現代詩暗喻的內涵〉手稿。（文訊資料室）

陳千武〈笠詩精神堅持四十年〉手稿。（文訊資料室）

陳千武〈我的文學緣——日本九州大學秋吉久紀夫教授編譯日文版《陳千武詩集》序〉手稿。（國立臺灣文學館提供）

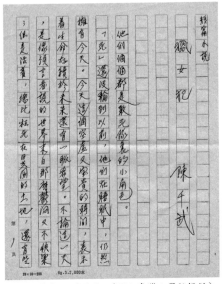

陳千武〈獵女犯〉手稿。（國立臺灣文學館提供）

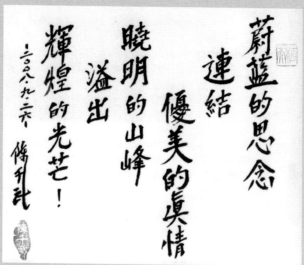

2008年9月26日，陳千武手跡。（翻攝自《信鴿：文學‧人生‧陳千武》，臺中市文化局）

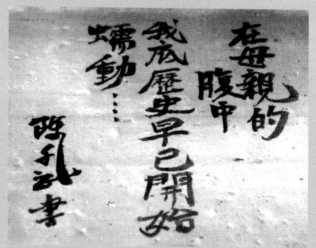

2010年8月，陳千武夫婦與文友參觀利玉芳夫婦經營的「白鵝休閒農場」時所留下的題字。（翻攝自《信鴿：文學‧人生‧陳千武》，臺中市文化局）

【臺灣現當代作家
研究資料彙編】20

陳千武

國立台灣文學館
出版

小傳

　　陳千武，男，本名陳武雄，另有筆名桓夫、千衣子，籍貫臺灣南投，
1922 年 5 月 1 日生。

　　臺中一中畢業。曾任臺灣製麻會社監工、彰化製米會社教練，1942 年
被徵爲「臺灣特別志願兵」，1943 年開始參與南太平洋戰爭，戰後，1946
年於雅加達集中營發起「明臺會」，並主編《明臺報》，同年返臺。曾任林
務局八仙山林場人事行政、臺中市政府總務處庶務股長、臺中市立文化中
心主任、臺中市立文英館館長，1987 年退休。爲「笠」詩社發起人之一，
創辦《笠》詩刊及擔任主編。曾任教於靜宜大學中文系、高雄師範學院文
藝創作班，並曾爲中國新詩學會理事、臺灣筆會會長、臺灣省兒童文學協
會理事長、臺灣現代詩人協會顧問等。曾獲笠詩社翻譯獎、吳濁流文學
獎、臺灣文藝作家協會文化獎、中國文化復興委員會銀牌獎、洪醒夫小說
獎、亞洲詩人會議功勞獎、鹽分地帶臺灣新文學特別貢獻獎、榮後基金會
臺灣詩人獎、國家文藝獎（舊制）、日本翻譯協會特別功勞獎、臺中市大墩
文學貢獻獎、中興文藝特別貢獻獎、南投縣文學貢獻獎、日本地球詩社詩
人獎、國家文藝獎（新制）、真理大學臺灣牛津獎等獎項。

　　陳千武創作文類以詩爲主，兼有論述、散文、小說、兒童文學及翻譯
等。身爲「跨越語言的一代」，陳千武少年時即以日文寫詩，戰後因語言政
策停筆十餘年後，再度以中文發表詩作。他的詩主要圍繞在生、死、性、

愛及希望這些主題上，少作敏感悲愁，其後則轉爲冷靜與知性，自樸實的
語言中創造新意，具有抵抗現實的批判精神，自陳其詩觀爲「認識自我，
探求人存在的意義，將現存的生命連續於未來，爲具備持久性的真、善、
美而努力」。其論述包括詩的創作、鑑賞、批評、臺灣新詩發展史論等。他
提出「詩的兩個球根」，認爲臺灣詩壇除了紀弦自中國大陸帶來的現代派球
根外，另有一個球根爲臺灣日治時代留下來的近代新詩精神，兩者融合形
成臺灣現代詩壇的主流。爲臺灣新詩的本土潮流建立了重要的論述基礎。

　　小說作品《獵女犯》描述臺灣特別志願兵隨日軍至南洋參加戰爭的經
歷，帶有自傳的色彩，寫出日本殖民統治下臺灣人的尊嚴，並藉由戰爭討
論生命存在的意義，在臺灣文學史上具有重要地位。1970 年代開始，陳千
武致力於兒童文學的倡導——翻譯創作童詩、童話及少年小說、提出童詩
創作理論、編輯兒童詩集、推展兒童詩畫、舉辦文藝營等，爲臺灣兒童文
學的重要推手之一。此外，陳千武翻譯了許多日本現代詩、兒童詩、現代
詩評論、小說，以及臺灣日治時期的新詩、小說及其他作品，有系統地介
紹日本近代詩的發展、再現臺灣日治時期的新詩傳統，爲臺灣文壇開啓了
一扇窗。除創作外，陳千武對文學具有強烈的使命感，亦推動、參與許多
國際性（特別是亞洲現代詩）文學活動與交流。

作品目錄及提要

【論述】

現代詩淺說

臺中：學人文化公司
1979 年 12 月，32 開，286 頁
學人叢刊 23

本書為作者現代詩理論的集合，內容包含詩的創作、本質與內涵，以小品文的形式發表。全書收錄〈詩的認識〉、〈詩是什麼〉、〈詩的語言〉、〈新的抒情〉等 49 篇文章。

童詩的樂趣

臺中：臺中縣立文化中心
1993 年 6 月，25 開，239 頁
文學薪火相傳‧臺中縣文學家作品集 28

本書集結作者對於童詩欣賞與創作的相關評論。全書收錄〈你想不想寫詩？〉、〈詩是什麼〉、〈詩的形式〉、〈詩的內容〉等 33 篇文章。正文前有廖了以〈序〉、黃晴文〈文學的智慧〉、李威熊〈鄉土的芬芳〉、陳千武〈自序〉及「生活剪影」相片集，正文後有〈陳千武簡介〉、〈陳千武兒童文學活動年表〉。

臺灣新詩論集

高雄：春暉出版社
1997 年 4 月，25 開，366 頁
文學臺灣叢刊 5

本書匯集作者對現代詩及各家詩人詩作之評論。全書分「論述篇」、「鑑賞篇」二部分，收錄〈臺灣最初的新詩〉、〈臺灣新詩的演變〉、〈臺灣的現代詩〉、〈戰前的臺灣新詩〉等 30 篇文章。

詩的啟示：文學評論集

南投：南投縣立文化中心
1997 年 5 月，25 開，295 頁
南投縣文學家作品集 21・南投縣文化資產叢書 53

本書內容包含作者閱讀 23 位臺灣詩人作品之讀後感想、自身
創作歷程與心境，以及翻譯國外學者之詩論。全書分「詩的啟
示」、「詩的自述」、「詩的詮釋——譯詩論」三部分，收錄〈鄭
烱明的詩・真相／一個男人的觀察〉、〈黃騰輝的詩・公寓〉、
〈趙天儀的詩・禁倒垃圾〉、〈杜國清的詩・鼠〉、〈錦連的詩・
軌道／龜裂〉等 52 篇文章。正文前有林源朗〈縣長序〉、陳正
昇〈主任序〉、陳千武〈自序〉，作者生活剪影，正文後有〈陳
千武（桓夫）著作作品目錄〉。

詩文學散論

臺中：臺中市立文化中心
1997 年 5 月，25 開，299 頁
臺中市籍作家作品集 53

本書主要為作者對於詩文創作之心得感想及相關評論。全書分
「崇高美的熱望」、「詩的存在」、「詩思考的奧妙」三部分，收
錄〈成為人類寵兒的詩底願望〉、〈白蘭地和 Grape Juice〉、〈崇
高美的熱望〉、〈獨樹一幟〉、〈不寫詩可能會好一點〉等 53 篇
文章。正文前有林學正〈序〉、林輝堂〈序〉，正文後有〈詩寫
作小論〉、〈詩有變化〉、〈亞洲現代詩的概況〉、〈詩的問答〉、
陳千武〈後記〉。

詩走廊散步

自印
2001 年 6 月，25 開，252 頁

本書為作者 1974～2000 年於期刊、報紙所發表之評論、賞
析、隨筆文章結集。全書收錄〈詩的原型〉、〈日治時期詩人談
詩〉、〈看詹冰編的日治時期《臺灣詩集》〉、〈日治時期臺灣新
詩〉、〈《臺灣現代詩集》在日本出版的意義〉等 46 篇文章。

詩思隨筆集
自印
2001 年 6 月，25 開，236 頁

本書爲作者 1963～2000 年於期刊、報紙所發表的賞析、隨筆及書序之結集。全書收錄〈她往何處去〉、〈讀小學時〉、〈生日感言〉、〈我的國文老師〉、〈我的文學緣——日本九州大學秋田久紀夫教授編譯日文版《陳千武詩集》序〉等 47 篇文章。

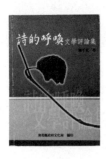

詩的呼喚：文學評論集
南投：南投縣文化局
2005 年 12 月，25 開，208 頁
南投縣文學家作品集 54・南投縣文化資產叢書 114

本書爲作者針對詩文學相關論題所做的探討與評論，並記錄《笠詩刊》相關歷史資料。全書分「詩的呼喚篇」、「詩的感應篇」、「笠詩刊史記」三部分，收錄〈詩的呼喚〉、〈關於詩論詩評〉、〈詩思考的多樣性〉、〈臺灣文學的盲點〉等 34 篇文章。正文前有林宗男〈堅持是邁向成功最近的路〉、岩上〈評審報告〉。

【詩】

徬徨の草笛
自印
1940 年 12 月，36 開，32 頁

本書今無傳本。

若櫻（與賴襄欽合著）
自印
1943 年 2 月

本書今無傳本。

花の詩集
自印
1943 年 4 月，36 開，34 頁

本書今無傳本。

密林詩抄
臺北：現代文學雜誌社
1963 年 3 月，17x19 公分，55 頁
現代文學叢書

本書為作者自日文創作轉變成中文創作後的第一本中文詩集。
全書收錄〈早春〉、〈春〉、〈波紋〉、〈梅雨〉等 40 首詩作。正
文後有杜國清〈寫在集後〉。

不眠的眼
臺北：笠詩刊社
1965 年 10 月，12x7.5 公分，74 頁
笠叢書第一輯 6

本書為作者原鄉精神的寫照，具強烈的歷史與現實意識，並著
重於對鄉土的歌頌與對詩精神的捕捉。全書分三部分，收錄
〈遺忘之歌〉、〈薔薇〉、〈郊外〉、〈苦海〉等 36 首詩作。正文
後有陳千武〈後記〉。

野鹿
臺北：田園出版社
1969 年 12 月，32 開，69 頁

本書為作者從原本偏向感性的創作轉為呈現現實精神的過度階
段之表現，並首度建立「媽祖」形象的描寫。全書分三部分，
收錄〈獨木舟〉、〈野鹿‧我怎樣寫〈野鹿〉這首詩〉、〈太陽〉
等 24 首詩作。正文後有葉笛〈跋〉、陳千武者〈後記〉。

剖伊詩稿・伊影集（與杜國清合著）

臺北：笠詩刊社
1974 年 6 月，32 開，92 頁

本書內容以性與愛爲主題，並以女人爲敘述對象進行想像創作。全書分二輯，第一輯收錄長詩〈影子〉，第二輯以「鳥」、「夜」、「花」、「夢」、「影」、「水」、「神」、「血」、「風」、「石」十個主題與杜國清各自創作（杜國清作品又稱爲伊影集），共收錄 20 首詩作。正文後有陳千武〈後記〉。

媽祖的纏足

臺北：笠詩刊社
1974 年 12 月，32 開，165 頁

本書爲作者對社會現實的強烈批判與對權威者的嘲諷。全書分「佛心化石」、「垃圾箱裡的意念」、「媽祖的纏足」三部分，收錄〈不知恨〉、〈怎麼辦〉、〈是我的〉、〈聽聽看〉等 46 首詩作。正文後有陳千武〈後記〉。

媽祖の纏足

熊本：もぐら書房
1981 年 1 月，32 開，209 頁

本書爲陳千武日文詩作之精選集。全書分「《密林詩抄》より」、「《不眠の眼》より」、「《野鹿》より」、「《剖伊詩稿》より」、「《媽祖的纏足》より」、「未刊詩集より」六部份，收錄〈鼓手の歌〉、〈檳榔樹〉、〈木瓜の花〉、〈雨中行〉、〈午前一時の感触〉等 58 首詩作。正文前有北原政吉〈序文〉，正文後有北原政吉〈カバー・見返し・口絵〉。

安全島

臺北：笠詩刊社
1986 年 2 月，32 開，94 頁
臺灣詩人選集 4

本書將詩作的主題從外轉內，改而關注作者自身週遭，詩作風格自批評轉爲關切。全書收錄〈鼓手之歌〉、〈雨中行〉、〈在母親的腹中〉、〈信鴿〉等 40 首詩作，前 20 首爲舊作重登。正文前有陳千武〈詩語〉。

愛的書籤：詩畫集／蕭寶玲繪圖
臺北：笠詩刊社
1988 年 5 月，新 25 開，90 頁

本書以真摯的情愛為主題，配合蕭寶玲之繪圖，表現抒情與知性平衡的人類共通的情感。全書收錄〈願〉、〈戀〉、〈詩〉、〈裸〉等 48 首詩作。正文前有陳千武〈序〉，正文後有陳千武〈後記〉、〈作者介紹〉。

東方的彩虹：三人詩集（與金光林、高橋喜久晴合著）
臺北：笠詩刊社
1989 年 8 月，新 25 開，159 頁
笠叢書

本書為陳千武與韓國詩人金光林、日本詩人高橋喜久晴，三人共選自身詩作，翻譯成中文、韓文、日文，分別在三地以同一書名同時出版。全書收錄金光林〈風景 A〉、〈前近代性的男人〉、〈死之後〉等 27 首詩作，高橋喜久晴〈鳥〉、〈日常〉、〈獨木橋〉等 21 首詩作，陳千武〈喜相逢〉、〈穢語〉、〈愛〉等 18 首詩作。正文前有〈序〉，正文後有高橋喜久晴〈民族的語言與記憶〉、金光林〈存在與現實〉、陳千武〈日常的凝視與批判〉。

寫詩有什麼用
臺北：笠詩刊社
1990 年 3 月，新 25 開，120 頁
臺灣詩庫 1

本書題材廣泛，包含了對人生的省思、情感的表達、社會現象的批判及政治事件的嘲諷。全書收錄〈寫詩有什麼用〉、〈銀婚日〉、〈夜的風景〉、〈愛之營〉等 40 首詩作，及〈詩要寫什麼？〉、〈白蘭地和 Grape Juice〉、〈詩・政治・Propaganda〉、〈不寫詩可能會好一點〉、〈崇高美的熱望〉五篇詩論。正文後有作者介紹。

陳千武作品選集

臺中：臺中縣立文化中心
1990 年 6 月，25 開，159 頁
文學薪火相傳‧臺中縣文學家作品集 1

本書精選作者已出版之重要詩集詩作。全書分「早期日文詩選譯」、「摘自詩集《密林詩集》」、「摘自詩集《不眠的眼》」、「摘自詩集《野鹿》」、「摘自詩集《剖伊詩稿》」、「摘自詩集《媽祖的纏足》」、「摘自詩集《安全島》」、「摘自詩集《愛的書籤》」、「摘自詩集《寫詩有什麼用》」九部分，收錄〈油畫〉、〈旅情〉、〈夕陽〉、〈春色〉、〈月出的風景〉等 61 首詩作。正文前有廖了以〈序〉、洪慶峯〈文學薪傳的使命〉、張恕〈「文學薪火相傳——臺中縣文學家作品集」編選經過〉、陳千武〈我的母語（代序一）〉、〈我的第一首「詩」（代序二）〉，正文後有〈年譜〉、古添洪〈論桓夫的「泛」政治詩〉、秋吉久紀夫〈陳千武的詩〈野鹿〉的主題〉、〈陳千武著作年表〉。

陳千武詩集——現代中國の詩人／秋吉久紀夫譯編

東京：土曜美術社
1993 年 2 月，25 開，326 頁

本書爲秋吉久紀夫精選作者詩作編譯爲日文出版。全書分「詩集『密林詩抄』『不眠の眼』（一九五八～一九六三）」、「詩集『野鹿』『剖伊詩稿』（一九六四～一九七一）」、「詩集『媽祖の纏足』（一九六九～一九七四）」、「詩集『安全島』『愛の書籤』『詩はなにの役にたつのか』など （一九七四～一九八九）」、「序および後記など」、「陳千武の横顔との道程」六部分，收錄〈髮〉、〈雨中行〉、〈草原で〉、〈銀河〉、〈パパイやの花〉等 115 首詩作；第五部分收錄四篇作者的序和後記，第六部分收錄四篇秋吉久紀夫所著之相關評論及訪談紀錄。正文前有陳千武〈秋吉久紀夫訳編日本版《陳千武詩集》序〉，正文後有〈陳千武年譜試稿〉、〈陳千武主要著訳目録〉、〈秋吉久紀夫「陳千武」関係著作〉、秋吉久紀夫〈訳編者あとがき〉。

月出的風景

北京：人民文學出版社
1993 年 7 月，32 開，294 頁
臺灣當代名家作品精選集

本書為臺灣當代名家作品精選集之一，輯錄作者已出版之重要
詩集詩作。全書分「摘自詩集《徬徨的草笛》」、「摘自詩集
《密林詩抄》」、「摘自詩集《不眠的眼》」、「摘自詩集《野
鹿》」、「摘自詩集《剖伊詩稿》」、「摘自詩集《媽祖的纏足》」、
「摘自詩集《安全島》」、「摘自詩集《愛的書籤》」、「摘自詩集
《東方的彩虹》」、「摘自詩集《寫詩有什麼用》」十部分，收錄
〈大肚溪〉、〈油畫〉、〈工廠詩〉、〈夕陽〉、〈苦力〉等 138 首詩
作。正文前有郭楓〈《臺灣當代名家作品精選集》序〉、陳千武
〈我的第一首詩（代序）〉、〈作者簡介〉、〈《臺灣當代名家作品
精選集》簡介〉，正文後有陳千武〈臺灣早期的新詩〉、〈臺灣
早期的詩型〉、〈臺灣新詩的演變〉、〈臺灣現代詩的性格〉、〈作
者寫作年表〉。

禱告──詩與族譜

臺中：笠詩刊社
1993 年 12 月，25 開，87 頁

本書以詩作的形式，描寫兩百年前祖先們渡海來臺開拓定居的
過程。全書收錄〈渡臺始祖土灶公〉、〈禱告〉、〈網〉等 14 首
詩作。正文前有〈序〉，正文後有〈土灶公派下世系表〉、祖厝
祖墳照片、〈陳千武主要著作譯書目錄〉、〈陳千武簡介〉。

木瓜花詩集／金尚浩譯

漢城：瑞文堂出版社
1996 年 5 月，32 開，143 頁

搭乘木筏船——東亞號的連詩（與高橋喜久晴、丸地守、金光林合著）

東京：青樹社
2000 年 11 月，25.8×18.4 公分，118 頁

本書內容爲陳千武與高橋喜久晴、丸地守、金光林四人組成的「連詩同仁會」，共同創作的連詩，內容譯成中、日、韓三種語言。全書收錄〈伏臥的牛〉、〈瀑布精〉、〈旅途〉等 22 首詩作。正文前有〈連詩創作前言〉，正文後有〈連詩後記〉、相片集、作家簡歷。

陳千武精選詩集

臺北：桂冠圖書公司
2001 年 2 月，48 開，183 頁
九九文庫 15

本書集結作者 1940～1985 年間創作發表之詩作，按照寫作時間先後編排，藉以概觀其寫作精神之脈絡與思維。全書分爲「太陽・原鄉輯」、「媽祖・信仰輯」、「人性・省察輯」、「愛情・浪漫輯」四部分，收錄〈無聲的院子〉、〈夕陽〉、〈秋色〉、〈春色〉、〈早晨的崗站〉等 108 首詩作。正文後有〈陳千武新詩寫作年表〉、莫渝〈校後〉。

拾翠逸詩文集

南投：南投縣文化局
2001 年 12 月，25 開，180 頁
南投縣文學家作品集 32・南投縣文化資產叢書 78

本書集結作者 1958～1987 年間所發表之詩作，記錄作者的日常生活體驗。全書收錄〈外景〉、〈午後的風景〉、〈淚〉、〈甘蔗園〉、〈櫻花村〉等 134 首詩作。正文前有彭百顯〈縣長序〉、陳秀義〈局長序〉、作者〈自序〉，正文後有〈陳千武寫作年表〉。

透明相思
自印
2001 年

本書集結作者 1974～1991 年間發表之詩作。全書以漢日對照的方式編排，收錄〈血〉、〈石〉、〈神〉、〈夜〉、〈水〉等共 60 首詩作。正文後附有列表載明各首詩作漢、日文版發表之刊物、卷次、日期。

繽紛即興詩集
自印
2001 年 12 月

本書今無傳本。

吾鄉詩畫集
自印
2001 年 12 月

本書今無傳本。

暗幕的形象
自印
2001 年 12 月，32 開，191 頁

本書今無傳本。

暗幕の形象——陳千武詩集／三木直大編
東京：思潮社
2006 年 3 月，32 開，191 頁
台湾現代詩人シリーズ 1

全書分爲「油繪——1939～1942」、「夜の逆風 1941～1942」、「新地 1946～1951」、「暗幕の形象 1968～1970」、「祕情 1982～1987」、「漂台湾 1988～2000」六部分，收錄〈大肚溪〉、〈童〉、〈圖書館〉、〈油繪〉、〈むらがり〉等 51 首詩作。正文後有〈陳千武年譜〉、〈編者後記〉。

陳千武集／莫渝編

臺南：國立臺灣文學館
2008 年 12 月，25 開，134 頁
臺灣詩人選集 8

本書為陳千武詩作選集。全書收錄〈油畫〉、〈夕陽〉、〈煙囪的憂鬱〉、〈影子〉等 45 首詩作。正文前有黃碧端〈主委序〉、鄭邦鎮〈騷動，轉成運動〉、彭瑞金〈「臺灣詩人選集」編序〉、〈臺灣詩人選集編輯體例說明〉、陳千武影像、〈陳千武小傳〉，正文後有〈解說〉、〈陳千武寫作生平簡表〉、〈閱讀進階指引〉、〈陳千武已出版詩集要目〉。

拾遺詩抄

自印

本書輯錄陳千武自 1941～2010 年間以漢、日文創作發表之詩作。全書分為「若櫻詩集」、「抒情短歌」、「看畫寫詩」、「愛之神」四部分，收錄〈廟〉、〈さみだれ〉、〈池畔にて〉、〈夜の逆風〉、〈外景〉等 77 首詩作。

【散文】

文學人生散文集

臺中：臺中市文化局
2007 年 11 月，25 開，180 頁
臺中市籍作家作品集 82

本書記錄作者從小生長之生活經驗、與文友往來之回憶，同時探討臺灣文學的發展。全書收錄〈讀小學時〉、〈我的國文老師〉、〈淘氣少年時〉等 26 篇文章。正文前有胡志強〈文學源遠流長〉、黃國榮〈打造一座文學的城市〉。

【小說】

獵女犯——臺灣特別志願兵的回憶

臺中：熱點文化出版公司
1984 年 11 月，25 開，272 頁
熱點文學叢書 3

短篇小說集。本書為自傳體小說，作者以自身的戰爭經驗，描述太平洋戰爭時期臺灣士兵的心路歷程，刻劃出弱小民族被欺壓的無奈與戰亂所帶來的痛苦。全書收錄〈旗語〉、〈輸送船〉、〈死的預測〉、〈戰地新兵〉、〈霧〉、〈獵女犯〉、〈迷惘的季節〉、〈求生的慾望〉、〈洩憤〉、〈夜街的誘惑〉、〈異地鄉情〉、〈蠻橫與容忍〉、〈默契〉、〈女軍囑〉、〈遺像〉15 篇小說。正文前有〈文學少年時（代序）〉，正文後有地圖、〈在「桓夫作品討論會」宋澤萊談陳千武的小說〉、彭瑞金〈戰爭中的人類愛——試評陳千武的〈默契〉〉、葉石濤及彭瑞金〈小說對談〉、羊子喬〈歷史悲劇的見證者——〈獵女犯〉的太平洋戰爭經驗〉、陳千武〈我的兵歷表〉、〈縮圖（代後記）〉。

活著回來——日治時期，臺灣特別志願兵的回憶

臺中：晨星出版公司
1999 年 8 月，25 開，394 頁

短篇小說集。本書為臺中熱點文化出版公司《獵女犯——臺灣特別志願兵的回憶》之更名改版。新版刪去地圖，正文後新增趙天儀〈太平洋戰爭的歷史經驗〉。

猟女犯——元台湾特別志願兵の追想／保坂登志子譯

京都：洛西書院
2001 年 1 月，32 開，237 頁

短篇小說集。本書選自自《獵女犯——臺灣特別志願兵的回憶》一書。全書收錄〈輸送船〉、〈猟女犯〉、〈生への欲望〉、〈外地に蘇る郷愁〉、〈默契〉、〈遺像〉六篇小說。正文前有陳千武〈《猟女犯》日本語版に寄せて〉，正文後有〈陳千武軍歷表〉、高橋喜久晴〈解說〉、保坂登志子〈あとがき〉、地圖二張。

陳千武集／彭瑞金主編

臺北：前衛出版社
1991 年 7 月，25 開，255 頁
臺灣作家全集・短篇小說卷／戰後第一代 3

短篇小說集。本書爲「臺灣作家全集」系列之一，選錄作者描述戰爭經驗之小說。全書收錄〈旗語〉、〈輸送船〉、〈戰地新兵〉、〈獵女犯〉、〈迷惘的季節〉、〈求生的欲望〉、〈默契〉七篇小說。正文前有鍾肇政〈緒言〉、彭瑞金〈臺灣文學戰爭小說先驅——陳千武集序〉，正文後有彭瑞金〈由詩人桓夫蛻變的小說家陳千武——論臺灣小說的異數《獵女犯》〉、〈陳千武小說評論引得〉、〈陳千武生平寫作年表〉。

情虜：短篇小說集

南投：南投縣文化局
2002 年 11 月，25 開，316 頁
南投縣文學家作品集 39・南投縣文化資產叢書 89

短篇小說集。本書集結作者歷來之小說創作，可窺見其創作時代之背景、素材與風格之轉變。全書收錄〈穿白上衣的少女〉、〈秋風吹起的傍晚〉、〈衰老的怪僻老人〉、〈孤愁〉、〈哀愁的一夜〉、〈卡滅校長〉、〈京子的愛〉、〈詩與畫〉、〈迷路引臺灣〉、〈拍桌子〉、〈駙馬〉、〈臺統小吃〉、〈雨傘〉、〈笑容〉、〈塌塌米〉、〈丈夫的權利〉、〈不速之吻〉、〈情虜〉、〈跨越岔道〉、〈洪雅少女的詩〉、〈真情與錯愛〉21 篇小說。正文前有林宗男〈縣長序〉、陳秀義〈局長序〉、作者〈自序〉，正文後有日文原作〈白い上衣の少女〉、〈秋風吹く宵〉、〈老職工〉、〈哀愁の一夜〉、〈陳千武著作作品目錄〉。

【兒童文學】

富春的豐原／陳陽春、郭東泰繪圖

臺北：臺灣省政府教育廳
1982 年 12 月，20.9x17.9 公分，65 頁
中華兒童叢書

本書介紹臺中豐原地區的歷史地理與人文發展變遷。全書收錄〈我們住在豐原〉、〈豐原的地理〉、〈先住民拍宰海族的傳說〉等十篇文章。

馬可波羅・米開蘭基羅（與江文雙合著）

臺北：光復書局
1984 年 10 月，26.2x21 公分，127 頁
世界兒童傳記文學全集 5

本書爲陳千武與江文雙分別描寫馬可波羅、米開朗基羅之生平
事蹟。全書收錄〈朝向遙遠的亞洲出發〉、〈神秘盜賊卡勞納
斯〉等八篇文章。正文後有圖片與解說、年表。

馬克吐溫・哥倫布（與文心合著）

臺北：光復書局
1984 年 11 月，26.2x21 公分，127 頁
世界兒童傳記文學全集 6

本書爲陳千武與文心分別描寫馬克吐溫、哥倫布之生平事蹟。
全書收錄〈駛向黃金國〉、〈憧憬的大海〉等八篇文章。正文後
有圖片與解說、年表。

臺灣民間史話

臺北：金文圖書公司
1984 年 12 月，25 開，189 頁
金文兒童叢書 3

本書集結多篇臺灣民間故事，以兒童文學的形式加以改寫。全
書收錄〈可惡的僞善者〉、〈一張牛皮大的土地〉、〈貪心的惡
果〉、〈可憐的半屏山〉等 35 篇。正文後有陳千武〈寫在集
後〉。

臺灣原住民的母語傳說

臺北：臺原出版社
1991 年 2 月，25 開，228 頁
協和臺灣叢刊 18

本書內容爲日治時期臺灣帝國大學（現台灣大學）言語學研究
室於 1931 年整理而成，記錄臺灣原住民各族的文化與傳說。
全書分爲「共同神話」、「各族傳說」二輯，收錄〈洪水神
話〉、〈征伐太陽〉、〈女人國〉、〈陰陽綺譚〉等 35 篇。正文前

有林勃仲〈讓傳統文化立足世界舞臺——《協和臺灣叢刊》發行人序〉、陳千武〈臺灣原住民的語言與傳說——《臺灣原住民的母語傳說》前言〉，正文後有陳千武〈認識原住民的根源——《臺灣原住民的母語傳說》後記〉。

臺灣省兒童文學協會　富春文化出版公司

臺灣民間故事

臺中：臺灣省兒童文學協會
1991 年 6 月，25 開，189 頁

臺北：富春文化出版公司
2000 年 11 月，25 開，239 頁
兒童文學館 24
異軍工作室繪圖

本書為臺北金文圖書公司《臺灣民間史話》之更名改版，內容與金文版《臺灣民間史話》同。
2000 年富春版刪去陳千武〈寫在集後〉，正文前新增傅林統〈再創作的臺灣民間故事〉、陳千武〈序〉，正文後新增陳千武〈初版後記〉。

擦拭的旅行——檳榔大王遷徙記／施政廷繪圖

臺北：臺原出版社
1993 年 11 月，16 開，123 頁
臺灣少年故事 1

本書根據卑南大王開祖傳說改編而成，敘述兩位少年協助檳榔大王從馬來半島彼南地區遷徙到臺東的冒險過程。全書分「姓古兩兄弟」、「檳榔大王的竹筏船」、「水・食人樹・酋長」、「華麗島的檳榔王國」、「蠻橫的野牛族」、「邪視巫術巴雷之死」、「達克蕃的少年們」七部分。正文前有林經甫（勃仲）〈可以付出，也可以回饋！——給每一位愛臺灣的父母〉、陳千武〈無拘無束的想像——《檳榔大王遷徙記》文字作者序〉、施政廷〈卑南人的美麗家鄉——《檳榔大王遷徙記》插圖作者序〉、編輯部〈來認識這本書的作者〉。

ビンロウ大王物語──伝説・台湾原住民ペイナン族／安田學、保坂登志子譯

東京：かど書房
1998 年 8 月，25 開，126 頁

本書文章選自《擦拭的旅行──檳榔大王遷徙記》，全書收錄〈古という姓の兄弟〉、〈ビンロウ大王の竹筏舟〉、〈水・人食い木・酋長〉、〈華麗島のビンロウ王国〉、〈らんぼうな野牛族〉、〈目の化けものパレーの死〉、〈わかれ〉。正文前有陳千武〈序〉，正文後有〈台湾の原住民とその風俗習慣〉、安田學〈あとがき〉、著者簡介、譯者簡介。

謎樣的歷史──臺灣平埔族傳說／何從繪圖

臺北：臺原出版社
1993 年 11 月，16 開，104 頁
臺灣少年故事 2

本書主要介紹臺灣平埔族的神話傳說。全書分「巴宰海族傳說」、「凱達格蘭族傳說」、「噶瑪蘭族傳說」、「西拉雅族傳說」、「住在埔里的平埔族」五部分，收錄〈祖先〉、〈洪水〉、〈族人部落〉、〈妖怪達夫達夫〉等 31 篇。正文前有林經甫〈可以付出，也可以回饋！──給每一位愛臺灣的父母〉、陳千武〈荒埔中的傳奇──《臺灣平埔族傳說》文字作者序〉、何從〈描繪先民的容顏──《臺灣平埔族傳說》插圖作者序〉，正文後有〈來認識這本書的作者〉。

台湾平埔族の伝説／安田學、保坂登志子譯

京都：洛西書院
2002 年 8 月，32 開，93 頁

本書文章選自《謎樣的歷史──臺灣平埔族傳說》，全書分爲「巴宰海族の伝説」、「凱達格蘭族の伝説」、「八里坌社の伝説」、「噶瑪蘭族の伝説」、「巴洛揚社の伝説」、「壽社の伝説」、「西拉雅の伝説」、「達力克社の伝説」、「洪雅族の伝説」、「台湾平埔族の伝説解説」十部分，收錄〈洪水を引かせた大蟹〉、〈猫の目と取り換える妖怪ダフダフ〉、〈呪術師マーフーダオ〉等 23 篇。正文前有陳千武《台湾平埔族の伝説》序〉，正文後有安田學、保坂登志子〈あとがき〉。

荒埔中的傳奇

南投：南投縣文化局
2004 年 11 月，25 開，181 頁
南投縣文學家作品集 49・南投縣文化資產叢書 106

本書選自《謎樣的歷史——臺灣平埔族傳說》、《擦拭的旅行——檳榔大王的遷徙記》、《富春的豐原》三書中的篇章。全書收錄〈祖先〉、〈洪水〉、〈族人部落〉、〈妖怪達夫達夫〉、〈巫師〉等 54 篇。正文前有林宗男〈文學印記，淵遠流長〉、岩上〈評審報告〉。

【全集】

陳千武全集／陳明台主編

臺中：臺中市文化局
2003 年 8 月，25 開

本套書為作者之創作總集，依創作年代分類排列。全套共 12 冊，選錄作者歷來出版之詩集詩作、詩評、詩論、譯作、隨筆及演講紀錄。
各冊正文前有胡志強〈市長序〉及林輝堂〈局長序〉。

陳千武詩全集（一）

臺中：臺中市文化局
2003 年 8 月，25 開，242 頁
陳千武全集 1

本書選自《徬徨的草笛》、《花的詩集》兩本詩集。全書收錄〈夏深夜之一刻〉、〈上弦月〉、〈大肚溪〉、〈哭泣的靈魂〉、〈走在秋天〉等 63 首詩作。

陳千武詩全集（二）

臺中：臺中市文化局
2003 年 8 月，25 開，236 頁
陳千武全集 2

本書選自《密林詩抄》、《拾翠逸詩》兩本詩集。全書收錄〈會員的覺心〉、〈外景〉、〈午後的風景〉、〈春〉、〈歸鄉〉等 117 首詩作，並收錄杜國清〈寫在《密林詩抄》集後〉一篇。

陳千武詩全集（三）
臺中：臺中市文化局
2003 年 8 月，25 開，166 頁
陳千武全集 3

本書選自《不眠的眼》、《野鹿》兩本詩集。全書收錄〈映像〉、
〈郊外〉、〈彰化縣〉、〈殺風景〉、〈季節風〉等 65 首詩作，並收
錄趙天儀〈寫在《不眠的眼》之後〉、葉笛〈《野鹿》詩集・
跋〉、陳千武〈詩的自剖——我怎樣寫〈野鹿〉這首詩〉〈詩集
《不眠的眼》後記〉、〈後記〉。

陳千武詩全集（四）
臺中：臺中市文化局
2003 年 8 月，25 開，214 頁
陳千武全集 4

本書選自《媽祖的纏足》、《暗幕的形象》兩本詩集。全書收錄
〈漩渦〉、〈平安〉、〈吹噓〉、〈窗是裝飾品〉、〈銅鑼〉等 51 首詩
作，並收錄陳千武〈詩集《媽祖的纏足》後記〉。正文前有〈桓
夫詩觀〉。

陳千武詩全集（五）
臺中：臺中市文化局
2003 年 8 月，25 開，224 頁
陳千武全集 5

本書選自《剖伊詩稿》、《愛的書籤》兩本詩集。全書收錄〈吊
橋〉、〈期望〉、〈鳥〉、〈夜〉、〈花〉等 98 首詩作，並收錄陳千武
〈詩集《剖伊詩稿》後記〉、〈《愛的書籤》後記〉、蕭寶玲〈《愛
的書籤》詩配畫記〉。

陳千武詩全集（六）
臺中：臺中市文化局
2003 年 8 月，25 開，192 頁
陳千武全集 6

本書選自《原鄉詩畫》、《東方的彩虹》兩本詩集。全書收錄
〈閹老大〉、〈貝殼〉、〈家變〉、〈春夢〉、〈窗・〉等 55 首詩作，
並收錄高橋喜久晴、金光林〈詩集《東方的彩虹》跋〉。

陳千武詩全集（七）

臺中：臺中市文化局
2003 年 8 月，25 開，188 頁
陳千武全集 7

本書主要收錄《安全島》、《寫詩有什麼用》兩本詩集。全書收錄〈屋頂〉、〈語言受傷了〉、〈羞赧〉、〈罰〉、〈解脫〉等 56 首詩作。

陳千武詩全集（八）

臺中：臺中市文化局
2003 年 8 月，25 開，208 頁
陳千武全集 8

本書選自《繽紛即興》、《禱告》兩本詩集。全書收錄〈是不是錯了〉、〈錢有腳〉、〈海峽〉、〈演講〉、〈虛境〉等 72 首詩作，並收錄陳千武〈詩集《禱告》序〉。

陳千武詩全集（九）

臺中：臺中市文化局
2003 年 8 月，25 開，198 頁
陳千武全集 9

本書選自《暗幕的形象》、《搭乘木筏船》兩本詩集。全書收錄〈語病〉、〈百年老店〉、〈新黨〉、〈走開，餓鬼〉、〈迷惑的族群〉等 56 首詩作，並收錄陳千武〈連詩後記〉。

陳千武譯詩選集

臺中：臺中市文化局
2003 年 8 月，25 開，222 頁
陳千武全集 10

本書輯錄由作者中譯之日治時期臺灣作家日文詩作與平埔族歌謠。全書收錄追風〈模仿詩作〉、王白淵〈未完的畫像〉、〈鼴鼠〉、龍瑛宗〈夜與晨之歌〉、〈花蓮港回想〉等 32 位作家共 102 首詩作，及西拉雅、洪雅、巴布薩、拍宰海、道卡斯、凱達格蘭六族傳統歌謠共 25 首。

陳千武詩走廊散步

臺中：臺中市文化局
2003 年 8 月，25 開，252 頁
陳千武全集 11

本書集結作者發表於報刊上的論述及詩評。全書收錄〈詩的魅力〉、〈詩的重視〉、〈詩的性格〉、〈認清本土詩文學〉等 46 篇文章。

陳千武詩思隨筆集

臺中：臺中市文化局
2003 年 8 月，25 開，236 頁
陳千武全集 12

本書內容包含作者詩評、隨筆及演講紀錄。全書收錄〈她往何處去〉、〈西脇順三郎的超現實觀〉、〈具象畫會揚名那霸市〉、〈吳濁流留在日本一首漢詩〉等 46 篇文章。

文學年表

1922 年 （大正 11 年）	5 月	1 日，生於臺中州南投郡名間庄弓鞋村（今南投縣名間鄉弓鞋村）。本名陳武雄。父親陳福來，母親吳甘。排行長子，下有二位弟弟及四位妹妹。
1928 年 （昭和 3 年）	4 月	就讀臺中州南投郡皮子寮公學校。
1931 年 （昭和 6 年）	4 月	通過日語口試，轉入臺中州南投郡南投高等小學校。
1935 年 （昭和 10 年）	3 月	臺中州南投郡南投高等小學校畢業。 考入臺中州立臺中第一中學校，寄宿臺中市梅枝町。
1938 年 （昭和 13 年）	3 月	因私自赴日，受留級處分。
	本年	舉家遷居至臺中豐原。
1939 年 （昭和 14 年）	8 月	27 日，發表第一首日文詩作〈夏深夜之一刻〉於《臺灣新民報》。 30 日，發表日文詩作〈上弦月〉於《臺灣新民報》。
	9 月	16 日，發表日文詩作〈瞬間〉於《臺灣新民報》。 21 日，發表日文詩作〈哭泣的靈魂〉於《臺灣新民報》。 23 日，發表日文詩作〈走在秋天〉於《臺灣新民報》。 發表日文詩作〈大肚溪〉於《臺灣新民報》。
	11 月	1 日，發表日文詩作〈晚秋時〉於《臺灣新民報》。 2 日，發表日文詩作〈小孩兒〉於《臺灣新民報》。 10 日，發表日文詩作〈夕陽西下〉於《臺灣新民報》。
	12 月	發表日文詩作〈寂〉於《臺灣新民報》。

1940 年 （昭和 15 年）	2 月	1 日，發表日文詩作〈月光光〉於《臺灣新民報》。
	5 月	發表日文詩作〈春夜曲〉、〈無聲的院子〉於《臺灣藝術》5 月號。
	6 月	1 日，發表日文詩作〈Profile〉、〈回憶〉、〈春夜的感傷〉、〈初夏夜〉、〈鴛鴦〉、〈若想〉於《臺灣新民報》。
		9 日，發表日文詩作〈圖書館〉、〈庭院〉於《臺灣新民報》。
	7 月	16 日，發表日文詩作〈月夜〉於《臺灣新民報》。
	9 月	5 日，發表日文詩作〈油繪〉、〈醫生之家〉於《臺灣新民報》。
		發表日文詩作〈憐憫〉、〈哀歌〉於《臺灣藝術》9 月號。
	11 月	10 日，發表日文詩作〈草笛〉於《臺灣新民報》。
		25 日，發表日文詩作〈野菊〉於《臺灣新民報》。
		30 日，發表日文詩作〈散步〉、〈少女〉於《臺灣新民報》。
	12 月	自費出版日文詩集《徬徨的草笛》。
	本年	應邀參加坂原新一主持的詩話會，每月於つばさ（翼）咖啡廳定期舉辦一次。
1941 年 （昭和 16 年）	3 月	臺中州立臺中第一中學校畢業。就職於臺中製麻株式會社豐原廠。
	5 月	發表日文詩作〈風的日子〉、〈夕陽〉、〈月影〉於《臺灣新民報》。
	6 月	發表日文詩作〈夏宵〉、〈外景〉、〈離別〉、〈時〉於《臺灣新民報》。
		以詩作〈外景〉獲日本詩刊《臘人形》佳作獎。
	7 月	16 日，發表日文詩作〈苦力〉於《臺灣新民報》。
		發表日文詩作〈群聚〉、〈春雨的早晨〉於《臺灣新民

報》。

9 月　14 日，發表日文詩作〈秋色〉於《臺灣新民報》。

20 日，發表日文詩作〈工場詩〉、〈小歌曲〉、〈旅情〉於《臺灣新民報》；發表日文詩作〈歸鄉〉、〈陰天早晨〉、〈終焉〉、〈橋欄杆〉、〈孤獨〉於《臺灣藝術》9 月號。

30 日，發表日文詩作〈悅樂〉於《臺灣新民報》。

10 月　30 日，發表日文詩作〈哀傷的秋——給在通霄海濱自縊的好友〉於《臺灣新民報》。

本年　發表短篇小說〈白上衣的少女〉、〈秋風吹起的夜晚〉、〈老職工〉於《臺灣新民報》。

1942 年　1 月　20 日，發表日文詩作〈境地〉於《臺灣新聞》。
（昭和 17 年）

2 月　5 日，發表日文詩作〈月夜〉於《臺灣新民報》。

20 日，發表日文詩作〈早春〉於《興南新聞》、日本《臘人形》詩刊。

發表日文詩作〈思慕〉於《臺灣藝術》2 月號。

3 月　2 日，發表日文詩作〈月出的風景〉於《臺灣新聞》副刊。

4 月　22 日，發表日文詩作〈春色〉、〈冬的感觸〉於《臺灣新聞》副刊；發表日文詩作〈無題〉於《臺灣新民報》。

自費出版日文詩集《花的詩集》。

7 月　臺灣總督府公布「臺灣特別志願兵制度」，被選入第一期「陸軍特別志願兵」，於臺北六張犁「臺灣特別志願兵訓練所」接受訓練。結業後，擔任豐原青年團教官。

12 月　發表日文詩作〈志願兵之歌〉於《新竹州時報》。

本年　發表日文詩作〈長衫〉於《臺灣藝術》。

1943 年　2 月　自費出版與賴襄欽合著詩集《若櫻》。
（昭和 18 年）

4 月　1 日，轉入臺南市「臺灣第四部隊」，接受新兵訓練。9 月

赴南洋參加濠北地區防衛作戰。

1945 年 （昭和 20 年）	8 月	15 日，日本無條件投降，部隊受英軍指揮，轉而參加印度尼西亞獨立軍作戰。
1946 年	2 月	12 日，左上膊內部神經受損，住進第五陸軍病院接受治療。
	4 月	25 日，赴印尼雅加達集中營。在營中發起「明台會」，舉辦文化活動。
	6 月	18 日，擔任《明台報》主編。主編期間發表日文詩作〈會員的決心〉（第 1 期）、〈渣滓——昨天今天的反省〉（第 4 期）。
	7 月	返臺。
	12 月	通過行政院農委會林務局考試，任職於八仙山林場，擔任人事行政工作。
1947 年	1 月	18 日，與許玉蘭結婚。
1948 年	1 月	23 日，長子陳明台出生。
1949 年	12 月	29 日，次子陳明尹出生。
1951 年	6 月	3 日，發表日文詩作〈運材車〉於《軍民導報》。
	7 月	3 日，發表日文短篇小說〈哀愁的一夜〉於《軍民導報》。
1955 年	4 月	24 日，長女陳佳斐出生。
1958 年	1 月	10 日，發表第一首中文詩作〈外景〉於《公論報》「藍星週刊」第 182 期。開始以筆名「桓夫」發表詩作、散文、評論及翻譯。
	2 月	7 日，發表詩作〈午後的風景〉於《公論報》「藍星週刊」第 186 期。
	3 月	14 日，發表詩作〈春〉於《公論報》「藍星週刊」第 190

期。

23 日，發表詩作〈歸鄉〉於《公論報》「藍星週刊」第
191 期。

4 月　1 日，發表詩作〈淚〉於《仙林簡報》第 25 期。

27 日，發表詩作〈午前一時的觸感〉於《商工日報》「南
北笛詩頁」。

30 日，發表詩作〈甘蔗園〉於《臺中建設報》第 2 期。

7 月　26 日，發表詩作〈腳印〉於《工人報》第 380 期。

9 月　21 日，發表詩作〈哀韻〉於《工人報》第 391 期。

12 月　6 日，發表詩作〈木馬路〉、〈酒罎〉於《工人報》第 406
期。

1959 年　1 月　1 日，發表詩作〈汽笛〉於《中國勞工》第 196 期。

2 月　26 日，發表詩作〈伐木歌〉於《工人報》第 422 期。

3 月　20 日，發表詩作〈髭〉於《現代詩》第 23 期。

26 日，發表詩作〈伐木工〉於《工人報》第 428 期。

6 月　7 日，發表詩作〈新月〉於《聯合報》。

15 日，發表詩作〈櫻花村〉於《仙林簡報》。

26 日，發表詩作〈無題〉於《聯合報》。

29 日，發表詩作〈嫩芽〉於《聯合報》。

7 月　10 日，發表詩作〈髮〉於《藍星詩頁》第 8 期。

15 日，發表詩作〈處女林──每木調查記〉於《仙林簡
報》。

16 日，發表詩作〈郊外〉、〈新月〉於《中國勞工》第 209
期。

8 月　1 日，發表詩作〈我的四季〉於《聯合報》。

15 日，發表詩作〈伐木工〉、〈集材機〉於《仙林簡報》。

18 日，發表詩作〈村莊夕景〉、〈回憶〉於《聯合報》。

24 日，發表詩作〈孤星〉於《聯合報》。

25 日，發表詩作〈離別〉於《聯合報》。

9 月　1 日，發表詩作〈暴雨之夜〉於《工人報》第 459 期。

3 日，發表詩作〈山峽之墓〉於《聯合報》。

11 日，發表詩作〈路燈〉於《工人報》第 461 期。

16 日，發表詩作〈夜行列車〉於《中國勞工》第 213 期。

26 日，發表詩作〈秋色〉於《工人報》第 464 期。

10 月　10 日，發表詩作〈青春〉於《工人報》第 467 期。

16 日，發表詩作〈曙光〉於《中國勞工》第 215 期。

11 月　10 日，發表詩作〈唇〉於《藍星詩頁》第 12 期。

1960 年　4 月　16 日，發表詩作〈波紋〉於《中國勞工》第 227 期。

5 月　6 日，發表詩作〈夕暮〉於《聯合版》「海濤」。

18 日，發表詩作〈跳繩的少女〉於《聯合版》。

6 月　16 日，發表詩作〈晚歸〉於《工人報》第 516 期。

10 月　16 日，發表詩作〈雨〉、〈晨星〉於《中國勞工》第 239 期。

1961 年　2 月　1 日，發表詩作〈黃昏〉於《中國勞工》第 246 期。

16 日，發表詩作〈過年〉於《工人報》第 564 期。

3 月　11 日，發表詩作〈友情〉於《工人報》第 569 期。

4 月　16 日，發表詩作〈林間〉於《中國勞工》第 251 期。

5 月　16 日，發表詩作〈煤礦工〉於《中國勞工》第 253 期。

6 月　26 日，發表詩作〈銀河〉於《民聲日報》「文藝雙週刊」第 6 期。

7 月　27 日，發表詩作〈檳榔樹〉於《民聲日報》「文藝雙週刊」第 8 期。

8 月　15 日，發表詩作〈早晨的崗站〉於《民聲日報》「文藝雙

週刊」第 9 期。

9 月　26 日，發表詩作〈海濱〉於《民聲日報》「文藝雙週刊」第 10 期。

10 月　11 日，發表詩作〈哀韻——悼劉慶瑞學兄〉於《民聲日報》副刊。

16 日，發表詩作〈砍伐跡地〉於《民聲日報》「文藝雙週刊」第 11 期；發表詩作〈距離〉於《中國勞工》第 263 期。

11 月　15 日，發表詩作〈雨中行〉於《臺大青年》第 4 期。

21 日，發表詩作〈或是一種命運〉於《民聲日報》「文藝雙週刊」第 12 期。

12 月　24 日，發表詩作〈山〉於《文藝協會中部分會第三屆年會特刊》。

本年　與杜國清書信往來，談論詩學、文學理念與創作經驗。

1962 年　1 月　20 日，發表詩作〈霧〉於《現代文學》第 12 期。

4 月　1 日，發表詩作〈大陸之夜〉於《中國勞工》第 274 期。

16 日，發表詩作〈星之夜〉於《中國勞工》第 275 期。

20 日，發表詩作〈密林〉於《現代文學》第 13 期。

5 月　4 日，發表詩作〈煙囪的憂鬱〉於《野火》創刊號。

6 月　4 日，發表詩作〈離愁〉於《民聲日報》「文藝雙週刊」第 17 期。

18 日，發表詩作〈畸形的手〉於《民聲日報》「文藝雙週刊」第 18 期。

20 日，發表詩作〈晚春之夜〉於《現代文學》第 14 期。

7 月　16 日，發表詩作〈城市〉於《民聲日報》「文藝雙週刊」第 20 期。

8 月　5 日，發表詩作〈藤蔓〉於香港《大學生活》第 126 期。

15 日，發表詩作〈午寐〉於《野火》第 3 期。

21 日，發表詩作〈梅雨〉於《民聲日報》「文藝雙週刊」第 21 期。

9 月　9 日，發表詩作〈曉〉於《民聲日報》「文藝雙週刊」第 22 期。

29 日，發表詩作〈惑〉於《東臺日報》「九月詩展」。

11 月　1 日，發表詩作〈浪花〉於《文苑》第 12 期；發表詩作〈路〉於《曙光文藝》。

5 日，發表詩作〈手術室〉於《民聲日報》「文藝雙週刊」第 26 期。

30 日，發表詩作〈山宿之夜〉於《東臺日報》「青年文藝」第 363 期。

12 月　20 日，發表詩作〈陋巷〉於《現代文學》第 15 期。

1963 年　1 月　1 日，發表詩作〈寄生蟹〉於《中國勞工》第 292 期。

2 月　1 日，發表詩作〈山城之春〉、〈塵寰〉、〈早春〉於《東臺日報》。

25 日，發表詩作〈木瓜花〉、〈少女〉、〈理髮〉於《民聲日報》「文藝雙週刊」第 34 期。

3 月　1 日，發表詩作〈雲〉於香港《大學生活》第 140 期。

4 日，發表詩作〈眸〉於《東臺日報》「三月詩展」。

15 日，發表詩作〈網〉於《現代文學》第 16 期。

16 日，發表詩作〈雲‧水壩〉、〈風景〉於《中國勞工》第 297 期。

25 日，發表詩作〈月蝕〉於《民聲日報》「文藝雙週刊」第 37 期。

19 日，發表詩作〈幽冷的山中〉於《太魯閣》第 3 卷第 1 期。

第一本中文詩集《密林詩抄》由臺北現代文學出版社出版。

4 月　2 日，發表詩作〈彰化縣〉於《民聲日報》副刊。

15 日，發表詩作〈路之夜〉於《民聲日報》「文藝雙週刊」第 38 期。

5 月　4 日，發表詩作〈苦海〉於《曙光文藝》。

20 日，發表詩作〈薔薇〉於《民聲日報》「文藝雙週刊」第 40 期；發表詩作〈Monologue〉於《海鷗詩頁》第 8 期。

6 月　22 日，發表詩作〈晚風〉於《曙光文藝》。

25 日，發表詩作〈憂愁的山脈〉於《民聲日報》「文藝雙週刊」第 42 期。

8 月　1 日，發表詩作〈風〉於《野風》第 177 期。

19 日，發表詩作〈梨山之宿〉於《民聲日報》「文藝雙週刊」第 46 期。

10 月　7 日，發表詩作〈夜的焦慮〉於《民聲日報》「文藝雙週刊」第 50 期。

9 日，發表〈撥慢一小時〉於《臺灣時報》副刊。

19 日，發表詩作〈門〉，翻譯三好達治〈蟬〉於《曙光文藝》。

20 日，發表詩作〈童年的詩〉於《海鷗詩頁》第 11 期。

11 月　24 日，發表詩作〈肥皂泡〉於《民聲日報》副刊。

主編《民聲日報》「文藝雙週刊」第 53、55 期。

12 月　15 日，發表詩作〈不眠的眼〉於《新象詩刊》第 1 期。

30 日，發表詩作〈雁來紅〉、〈壁〉於《民聲日報》「文藝雙週刊」第 56 期。

1964 年　1 月　20 日，發表詩作〈映象〉於《創世紀》第 19 期。

2月　10 日，發表詩作〈郊外〉於《旭輝詩刊》第 3 期；發表詩作〈殺風景〉於《新象詩刊》第 2 期。

20 日，發表詩作〈季節風〉於《海鷗詩頁》第 12 期。

3月　20 日，發表詩作〈晝午的院子〉於《民聲日報》「文藝雙週刊」第 62 期。

發表短篇小說〈卡滅校長〉於《臺灣新生報》副刊。

4月　1 日，發表詩作〈在母親的腹中〉於《臺灣文藝》創刊號。

16 日，與白萩、杜國清、趙天儀、林亨泰、王羨陽、詹冰、錦連、吳瀛濤、黃荷生、古貝、薛柏谷共 12 人創辦《笠》詩社，擔任經理與執行編輯。

6月　1 日，發表詩作〈焦土上〉、〈火〉於《臺灣文藝》第 3 期；發表詩作〈花容〉、〈累贅〉於《民聲日報》「文藝雙週刊」第 67 期。

15 日，發表〈關於三好達治〉、詩作〈沉淪〉，翻譯三好達治〈跨在駱駝瘤上〉於《笠》創刊號。

17 日，發表詩作〈蓮花〉於《海洋詩刊》第 5 卷第 3 期；發表詩作〈奔波〉於《民聲日報》「文藝雙週刊」第 65 期。

7月　15 日，發表詩作〈咀嚼〉於《葡萄園詩刊》第 9 期；發表〈詩是什麼〉於《民聲日報》。

20 日，發表詩作〈七月〉於《現代詩頁》第 2 期。

25 日，發表詩作〈信鴿〉於《新象詩刊》第 5 期。

8月　11 日，發表詩作〈偶像〉於《民聲日報》。

15 日，發表〈關於北園克衛〉、詩作〈池的寓言〉，翻譯北園克衛〈夜的要素〉於《笠》第 2 期。

17 日，發表短篇小說〈京子的愛〉於《臺灣新生報》副

刊。

20 日，發表詩作〈荷花〉於《海鷗詩刊》第 14 期。

9 月　1 日，發表詩作〈落寞〉於《新地詩刊》創刊號。

10 月　1 日，發表詩作〈水牛〉於《臺灣文藝》第 5 期。

12 日，發表詩作〈在路上〉於《民聲日報》「文藝雙週刊」第 73 期。

15 日，發表〈關於西脇順三郎〉、詩作〈鼓手之歌〉、〈雨中行〉、〈星之夜〉、〈煙囱的憂鬱〉，翻譯西脇順三郎〈旅人不回歸〉於《笠》第 3 期。

11 月　9 日，發表詩作〈愛河〉於《民聲日報》「文藝雙週刊」第 74 期。

22 日，發表詩作〈牛〉於《詩》創刊號。

12 月　7 日，發表詩作〈十字路口〉於《民聲日報》「文藝雙週刊」第 76 期。

15 日，發表〈關於上田敏雄〉，翻譯上田敏雄〈燃燒終局的無限〉、〈監禁的習慣〉、〈海濱的處女是孤獨的〉於《笠》第 4 期。

本年　主編《民聲日報》「文藝雙周刊」第 57～76 期。主編期間發表〈詩的魅力〉。

1965 年　1 月　15 日，發表詩作〈濁流〉、〈秋・幻想〉於《臺灣文藝》第 6 期；發表詩作〈禱告〉於《葡萄園詩刊》第 11 期。

2 月　10 日，發表詩作〈旅愁〉於《藍星詩頁》第 59 期。

15 日，發表〈關於山中散生〉，翻譯山中散生〈在憂愁之日〉、〈黃昏的人〉、〈裂痕的鏡子〉、〈壁的一部〉於《笠》第 5 期。

27 日，發表詩作〈春息〉於《中央日報》副刊。

3 月　10 日，發表詩作〈故事〉於《藍星詩頁》第 60 期。

20 日，發表詩作〈鏡頭〉於《詩》第 2 期。

4 月　1 日，發表詩作〈女人胸脯的兩隻小鳥〉、〈奇蹟〉於《現代文學》第 24 期。

15 日，發表〈關於春山行夫〉，翻譯春山行夫〈ALBUM〉、村野四郎〈詩的語言與日常用語〉（與錦連合譯）於《笠》第 6 期。

5 月　21 日，父親陳福來逝世。

6 月　15 日，發表〈關於三好豐一郎〉、詩作〈假日〉、〈笠是詩的・詩是笠的〉，翻譯三好豐一郎〈荊棘與薊〉、村野四郎〈一個詩人的獨白〉（與錦連合譯）於《笠》第 7 期。

8 月　15 日，發表〈關於戲劇性的詩〉，翻譯田村隆一〈幻想的人〉、村野四郎〈論比喻〉（與錦連合譯）於《笠》第 8 期。

9 月　創辦自費油印詩刊《詩展望》（月刊），爲《笠》詩刊的輔助刊物，發行至 1968 年 2 月止，共 28 期。期間發表〈廟前大街〉（1 期）；〈語言的現實性〉、詩作〈但我們都要活下去〉（2 期）；詩作〈白雲〉（3 期）；〈象徵〉、詩作〈鏡前〉（5 期）；〈境遇〉（11 期）；〈朋友〉，翻譯北村太郎〈北村太郎的〈小詩集〉〉（12 期）；詩作〈柵〉（13 期）。

10 月　15 日，發表〈關於鮎川信夫〉、詩作〈曇花盛開在深夜〉，翻譯鮎川信夫〈港外〉、〈雙層的寂寞〉村野四郎〈詩的主題〉（與錦連合譯）於《笠》第 9 期。

　　　詩集《不眠的眼》、翻譯詩集《日本現代詩選》，由臺北笠詩社出版。

12 月　15 日，發表〈各務章簡介〉，翻譯各務章〈出發〉、〈我底荒野〉、鮎川信夫〈詩性想像力〉於《笠》第 10 期。

本年　主編《民聲日報》「文藝雙周刊」第 77、79 期。

1966 年　　1 月　　1 日，應邀參加由笠詩社舉辦的「現代詩座談會」，與會者有吳瀛濤、王詩琅、巫永福等人。

　　　　　　　　　15 日，應邀參加由笠詩社舉辦的「鄭烱明作品研究座談會」，與會者有林亨泰、錦連、喬林等人。

　　　　　　2 月　　15 日，發表〈關於黑田三郎〉、〈關於愛情的詩〉、詩作〈野鹿〉，翻譯黑田三郎〈歲月〉、〈妳也衹是〉於《笠》第 11 期。

　　　　　　3 月　　21 日，發表〈詩有變化〉於《民聲日報》。

　　　　　　4 月　　15 日，發表詩作〈窗〉於《葡萄園詩刊》第 16 期；發表〈我怎麼寫〈野鹿〉這首詩〉、〈關於合乎邏輯的詩〉，翻譯吉本隆明〈向異數的世界走下去〉於《笠》第 12 期。

　　　　　　　　　20 日，發表詩作〈線〉於《創世紀》第 24 期。

　　　　　　6 月　　15 日，發表〈關於寓意的詩〉，翻譯北村太郎〈墓地的人〉、〈微光〉於《笠》第 13 期。

　　　　　　　　　17 日，發表詩作〈離乳而去——杜國清離臺之日作〉於《葡萄園詩刊》第 17 期。

　　　　　　8 月　　15 日，發表〈關於古典的詩〉、〈給杜國清的信〉，翻譯桐雅夫〈詩〉於《笠》第 14 期。

　　　　　10 月　　15 日，發表〈詩、詩人與歷史〉，翻譯木源孝一〈彼方〉、〈默示〉、〈遙遠之國〉於《笠》第 15 期。

　　　　　12 月　　15 日，發表〈給杜國清〉、詩作〈蠻橫與花瓶〉，翻譯村野四郎〈現代詩的精神——詩與實存（上）〉、中村千尾〈無期日的日記〉、〈慾望的灰〉、〈春〉於《笠》第 16 期。

　　　　　　　　　25 日，發表詩作〈媽祖祭典〉於《現代文學》第 30 期。

1967 年　　2 月　　15 日，翻譯村野四郎〈現代詩的精神——詩與實存（下）〉、峠三吉〈火焰的季節〉於《笠》第 17 期。

4 月　15 日，翻譯村野四郎〈現代詩的精神──怎樣欣賞現代詩〉於《笠》第 18 期。

20 日，應邀參加由笠詩社舉辦的「高橋喜久晴來臺新詩座談會」。

5 月　24 日，發表〈詩與讀書指導──記日本詩人高橋訪文化城〉於《臺灣日報》副刊。

6 月　15 日，發表〈作品的感想〉，翻譯高橋喜久晴〈日本戰後詩史（一）〉、〈給笠詩社同人〉、村野四郎〈現代詩的精神──詩與自由〉、中桐雅夫〈戰爭〉、〈新年前夜的詩〉、〈少女〉於《笠》第 19 期。

8 月　15 日，發表〈詩‧語言‧文字〉、詩作〈摩托車〉，翻譯高橋喜久晴〈日本戰後詩史（二）〉、村野四郎〈現代詩的探究──語言的本質〉、吉本隆明〈淚將乾涸〉於《笠》第 20 期。

9 月　發表日文詩作〈蓮花〉於日本《詩學》第 241 期。

10 月　15 日，發表〈樸實的詩素──論趙天儀的詩〉，翻譯高橋喜久晴〈日本戰後詩史（三）〉、村野四郎〈現代詩的精神──現代詩應該難懂嗎〉於《笠》第 21 期。

發表短篇小說〈輸送船〉於《臺灣文藝》第 17 期。

11 月　12 日，應邀參加「中國新詩學會會員大會」，當選理事；發表詩作〈廟〉於《中國新詩》第 9 期。

12 月　15 日，翻譯高橋喜久晴〈日本戰後詩史（四）〉於《笠》第 21 期。

1968 年　1 月　20 日，發表詩作〈市街前〉於《後浪詩頁》。

2 月　15 日，發表〈新即物主義〉、詩作〈春喜〉，翻譯高橋喜久晴〈日本戰後詩史（五）〉、村野四郎〈現代詩的精神──詩的構造──音樂的構造〉、Erich Kästner〈即物性的故

事詩〉於《笠》第 23 期。

4 月　1 日，發表詩作〈懸崖〉於《中國新詩》第 10 期。

15 日，發表〈視覺性的詩——詹冰的〈affair〉〉，翻譯高橋喜久晴〈日本戰後詩史（六）〉、村野四郎〈現代詩的探求——詩的構造〉於《笠》第 24 期。

6 月　15 日，發表〈詩、自由、現代〉、詩作〈太陽〉，翻譯 Erich Kästner〈列草的譬喻〉於《笠》第 25 期。

8 月　15 日，翻譯福田陸太郎〈美國詩史（一）〉、高橋喜久晴〈日本戰後詩史（七）〉、北川冬彥〈神〉、Erich Kästner〈在旅社的男聲獨唱〉於《笠》第 26 期。

9 月　15 日，發表詩作〈媽祖生〉於《葡萄園詩刊》第 25 期。

10 月　15 日，翻譯福田陸太郎〈美國詩史（二）〉、Erich Kästner〈調換臉的夢〉於《笠》第 27 期。

12 月　15 日，發表詩作〈皺紋〉於《盤古詩頁》第 6 期；發表詩作〈部落〉、〈三角夫人〉，翻譯高橋喜久晴〈日本戰後詩史（八）〉、Erich Kästner〈人類的發達〉、澀田耕一〈朝（III）〉於《笠》第 28 期。

1969 年　2 月　15 日，發表詩作〈漩渦〉，翻譯高橋喜久晴〈日本戰後詩史（九）〉於《笠》第 29 期。

3 月　翻譯村野四郎《現代詩的探求》，由臺北田園出版社出版。

4 月　15 日，翻譯高橋喜久晴〈日本戰後詩史（十）〉於《笠》第 30 期。

6 月　15 日，翻譯高橋喜久晴〈詩人語言與思想〉於《笠》第 31 期。

以翻譯詩集《日本現代詩選》獲「第一屆笠詩獎翻譯獎」。

8 月　15 日，發表〈詩的語言──看白萩詩集《天空象徵》〉、
　　　詩作〈裝飾品〉於《笠》第 32 期。

翻譯聖‧修伯里（Antoine de Saint Exupéry）《星星的王
子》、羅福廷（Hugh Lofting）《杜立德先生到非洲》，由臺
北田園出版社出版。

9 月　7 日，發表〈關於日譯《華麗島詩集》〉於《詩隊伍新文
　　　藝》第 29 期。

10 月　15 日，翻譯田村隆一〈沉淪的寺〉於《笠》第 33 期。

12 月　15 日，發表〈牧雲的詩想──〈斑鳩與陷阱〉讀後〉，翻
　　　譯田村隆一〈我的島不是你的島〉、〈往昔　有如人情鶯啼
　　　了〉、〈出發〉、〈不在證明〉於《笠》第 34 期。

詩集《野鹿》由臺北田園出版社出版。

1970 年　1 月　翻譯布利聶‧查爾斯（Plisnier Charles）《醜女日記》，由
　　　臺北田園出版社出版。

擔任臺中縣《中堅》青年雜誌執行編輯，至 10 月止。任
職期間發表〈詩的啟示──錦連〈軌道〉〉、〈詩寫作小
論〉。

2 月　15 日，翻譯田村隆一〈沒有地圖的旅行──論鮎川信夫
　　　的詩集〉於《笠》第 35 期。

4 月　15 日，發表詩作〈給蚊子取個榮譽的名稱吧〉、〈泡沫〉、
　　　〈映象〉、〈不要哭〉，翻譯帆村莊兒〈殼〉、村野四郎〈走
　　　向抽象的趨勢〉、北村太郎〈田村隆一與我〉、田村隆一
　　　〈恐怖的研究〉於《笠》第 36 期。

翻譯野村四郎詩集《體操詩集》，由臺北笠詩社出版。

6 月　15 日，發表詩作〈高山風景區〉、〈影子〉、〈回響〉、〈歌
　　　仔戲〉，翻譯田村隆一〈我的苦悶是單純的〉、〈腐刻畫〉、

〈黃金幻想〉、〈秋〉、〈聲〉、〈預感〉、〈image〉、〈皇帝〉、〈冬的音樂〉於《笠》第 37 期。

8 月　15 日，發表〈詩的大眾化〉、詩作〈惡魔〉、〈隱身術〉、〈魂〉、〈銅鑼〉、〈夜〉、〈舞龍陣〉、〈造花〉、〈恕我冒昧〉、〈巫〉、〈屋頂下〉於《笠》第 38 期。

10 月　15 日，翻譯村野四郎〈體操詩集（全）〉、各務章〈黃昏之歌〉於《笠》第 39 期。

11 月　主持編譯中日文對照《華麗島詩集》，由日本東京若樹書房出版。

12 月　15 日，發表〈臺灣現代詩的歷史與詩人們——日文譯《華麗島詩集》後記〉於《笠》第 40 期。

翻譯三島由紀夫《憂國》，由臺北巨人出版社出版。

1971 年　1 月　30 日，發表〈日譯《華麗島詩集》出版經過〉於《青年戰士報》副刊。

翻譯河盛好藏〈金閣寺研究〉於《作品》第 5 卷第 1 期。

2 月　15 日，翻譯李沂東〈關於韓國詩壇〉、〈韓國詩選譯〉於《笠》第 41 期。

6 月　15 日，發表詩作〈小詩集：佛心化石〉，翻譯高橋喜久晴〈確證〉、〈假使　如你所說〉，於《笠》第 43 期。

8 月　15 日，發表詩作〈影子的形象〉，翻譯〈韓國申瞳集詩集〉於《笠》第 44 期。

10 月　15 日，翻譯金光林〈韓國現代詩的諸傾向〉、〈韓國現代詩選譯〉於《笠》第 45 期。

12 月　15 日，發表〈笠與吳瀛濤先生——給瀛濤兄〉、〈給白萩函〉、〈給張默函〉，翻譯高橋喜久晴〈談詩人的態度——悼吳瀛濤先生〉於《笠》第 46 期。

1972 年	2 月	15 日，發表〈看不見和看得見的詩〉、詩作〈銀婚日〉、〈奇樹〉，翻譯〈韓國現代詩選譯〉於《笠》第 47 期。
	4 月	15 日，翻譯黃靈芝〈因緣〉、〈韓國現代詩選譯〉於《笠》第 48 期。
		18 日，發表〈西脇順三郎的超現實觀〉於《臺灣日報》副刊。
	6 月	15 日，發表〈非詩的感情〉、詩作〈夜・和平〉、〈紅的迷信〉、〈今天又是陰偶雨〉，翻譯黃靈芝〈牛奶〉、鮎川信夫〈精神、語言、表現〉、あべひろとも〈我的媽媽只有一半〉於《笠》第 49 期。
	7 月	30 日，應邀參加於《自立晚報》舉辦的「詩刊的理想與使命──笠詩雙月刊八週年紀念座談會」，與會者有黃騰輝、陳秀喜、李魁賢等人。
	8 月	15 日，發表詩作〈生的律動〉、〈手術〉、〈遊戲〉、〈星星之淚〉，翻譯巫永福〈愛及其他〉、金耀燮〈射月篇〉、谷克彥〈笛之系譜〉於《笠》第 50 期。
	10 月	15 日，翻譯〈韓國現代詩選譯〉發表於《笠》51 期。
	12 月	15 日，發表詩作〈石頭的立場〉，翻譯〈巫永福詩輯〉、〈鹽分地帶的詩人們〉、面敏子〈流水〉、黃靈芝〈短詩二則〉、杜潘芳格〈愛與死〉、〈日本兒童詩選譯〉（與陳秀喜合譯）、〈韓國現代詩選譯〉於《笠》第 52 期。
1973 年	2 月	結束林務局職務，轉任臺中市政府總務處庶務股長。
		15 日，翻譯〈日本現代詩選：吉野弘的詩〉、清岡卓行〈論吉野弘的詩〉、〈韓國現代詩選譯〉，發表於《笠》第 53 期。
	4 月	15 日，發表〈浪漫詩人邱淳洸〉，翻譯秋洸淳〈哀愁賦〉、〈秋＝斷章〉、〈白手帕〉、〈晚秋〉、〈霧社的暮色〉、〈在夜

闌人靜的時候〉、〈遺落了的心願〉、杜潘芳格〈背面的星星〉、〈語彙與詩〉、茨木のり子〈劉連仁的故事〉於《笠》第 54 期。

18 日，發表〈西脇順三郎的超現實觀〉於《華岡文化一周》。

6 月　15 日，翻譯田村隆一〈恐怖・不安・幽默〉、吉野弘〈詩與宣傳〉、野口英治〈愛的界線〉於《笠》第 55 期。

20 日，發表詩作〈吊橋〉於《民聲日報》。

7 月　1 日，發表〈論古添洪詩集《剪裁》詩的意義性〉於《大地》第 6 期。

10 日，發表詩作〈期望〉於《民聲日報》。

15 日，應邀參加於臺中市政府會議室舉辦的「星火的對晤」座談會，與會者有陳秀喜、杜芳格、林亨泰等人。

8 月　15 日，翻譯田村隆一〈田村隆一日記抄〉、渡邊武信〈大岡信──從感覺的至福到哀痛的覺醒〉、大岡信〈大岡信的詩〉於《笠》第 56 期。

10 月　15 日，發表〈少女的詩〉，翻譯田村隆一〈地獄的發現・乾燥的眼──西脇順三郎與金子光晴〉、〈癌細胞──高村光太郎小論〉、〈思想的血肉化──關於鮎川信夫〈戰中手記〉的思考〉於《笠》第 57 期。

發表〈臺灣現代詩的動向〉於韓國《心象》第 2 期。

12 月　15 日，翻譯〈韓國兒童詩選譯〉、谷川俊太郎〈谷川俊太郎的詩・詩劇〉、北川透〈宿命的幻影和沉默的世界──谷川俊太郎的現在〉於《笠》第 58 期。

1974 年　2 月　15 日，發表〈《剖伊詩稿》後記〉、詩作〈剖伊詩稿〉於《笠》第 59 期。

4 月　15 日，翻譯張多芳〈張多芳詩抄〉於《笠》第 60 期。

5 月　翻譯田村隆一《田村隆一詩文集》，由臺北幼獅文藝出版社出版。

6 月　15 日，發表〈詩無邪〉於《笠》第 61 期。

　　　與杜國清合著詩集《剖伊詩稿——伊影集》，由臺北笠詩社出版。

8 月　15 日，發表〈天空復活〉於《笠》第 62 期。

10 月　15 日，發表詩作〈不必‧不必〉，翻譯王白淵〈未完的畫像〉、巫永福〈巫永福詩抄〉、山本太郎〈「擦拭」的旅行〉於《笠》第 63 期。

12 月　15 日，發表詩作〈愛的化合〉，翻譯巫永福〈巫永福詩抄〉、北川多彥〈巨大的胃囊〉於《笠》第 64 期。

　　　詩集《媽祖的纏足》由臺北笠詩社出版。

1975 年　2 月　15 日，發表〈詩的快樂——看陳坤崙詩集《無言的小草》〉，翻譯巫永福〈巫永福詩抄〉於《笠》第 65 期。

4 月　15 日，發表詩作〈枷鎖〉於《笠》第 66 期。

　　　翻譯《韓國現代詩選》，由臺中光啓出版社出版。

5 月　笠詩社與夏畫會共同於臺中市議會舉辦「現代詩畫展」，擔任策展人。

8 月　15 日，發表〈詩的行為〉於《笠》第 68 期。

10 月　15 日，發表〈欣賞的態度〉，翻譯北川多彥〈擺渡船場附近〉於《笠》第 69 期。

12 月　15 日，發表〈詩的焦點〉、〈詩的編排〉於《笠》第 70 期。

1976 年　1 月　發表短篇小說〈遺像〉於《臺灣文藝》第 50 期。

4 月　15 日，翻譯北川多彥〈早春〉於《笠》第 72 期。

　　　發表短篇小說〈霧〉於《臺灣文藝》第 51 期。

6 月	6 日，應邀參加於成功大學文學院舉辦的「笠十二週年年會暨座談」，與會者有張良澤、呂興昌、岩上等人。
7 月	短篇小說〈獵女犯〉連載於《臺灣文藝》第 52～53 期，至 10 月刊畢。
8 月	15 日，發表〈美的感動〉、詩作〈我凝視隨風起伏的草〉於《小草詩刊》第 2 期；發表〈語言不是死了的文字〉、〈時代的詩想——欣賞《悲劇的想像》後感〉、詩作〈廢墟〉、〈飛躍〉、〈鳥窩〉、〈陋習〉於《笠》第 74 期。
10 月	15 日，發表〈新的詩想〉、〈關於童詩〉、詩作〈繁華的追憶〉、〈鼓翼〉、〈憐憫〉、〈溫泉鄉〉於《笠》第 75 期。
12 月	15 日，發表〈觸角〉、〈水平線上〉、〈嬌美與哀愁〉、〈山〉於《笠》第 76 期。
	應邀擔任臺中市立文化中心主任，至 1987 年退休。
本年	兒童文學〈時間〉獲「洪建全兒童文學獎」佳作。

1977 年	2 月	15 日，發表〈詩的性格〉、詩作〈春息〉、〈水池〉、〈純潔〉、〈饗宴〉於《笠》第 77 期。
	4 月	15 日，發表詩作〈窗〉、〈愛情〉、〈白日夢〉、〈水性〉、〈密林〉於《笠》第 78 期。
	5 月	母親吳甘逝世。
	6 月	10 日，發表詩作〈花瓣〉於《臺灣文藝》第 55 期。
		15 日，發表詩作〈我所喜愛的〉，翻譯金又蓮〈離別詩二首〉於《笠》第 79 期。
		短篇小說〈獵女犯〉獲「第八屆吳濁流文學獎」。
	8 月	15 日，發表詩作〈聽〉、〈愛情的漩渦〉於《笠》第 80 期。
	10 月	15 日，發表詩作〈夢想〉、〈島〉、〈溫柔的陷阱〉，翻譯大

岡信作〈美在何處？〉於《笠》第 81 期。

12 月　15 日，發表詩作〈黑夜〉、〈叫喊〉於《詩人季刊》第 9 期。

1978 年　1 月　發表〈你想不想寫詩？〉於《兒童天地》第 115 期。

2 月　15 日，發表詩作〈懲〉、〈獵〉於《笠》第 83 期。

4 月　15 日，發表〈張文環與我〉、〈就地求生〉、詩作〈責〉、〈妒〉於《笠》第 84 期；發表詩作〈約 會〉於《詩人季刊》第 10 期。

獲臺灣文藝作家協會「文化獎」。

6 月　15 日，發表詩作〈醒〉、〈藏〉、〈等待〉、〈詩〉、〈裸〉、〈醉〉，翻譯渡邊武信〈兩個問題〉於《笠》第 85 期。

8 月　15 日，發表〈詩的鄉愁──論杜國清的詩〉於《笠》第 86 期。

10 月　15 日，發表詩作〈轉〉、〈痕跡〉於《臺灣文藝》第 60 期。

11 月　發表日文詩作〈血〉、〈石〉於日本靜岡《しもん》第 20 期。

12 月　15 日，發表詩作〈我〉於《臺灣文藝》第 61 期。翻譯北原政吉〈蝴蝶蘭〉、〈早晨的公園〉、〈鷺鷥〉、〈豬〉、〈壺〉、吉野弘〈詩招待你〉於《笠》第 88 期。

25 日，發表詩作〈追逐〉於《八掌溪》第 8 期。

1979 年　2 月　應邀擔任臺中縣青年文藝營講師，發表演講：「新的詩想」。

與北原政吉共同合編譯《臺灣現代詩集》，由日本熊本もぐら書房出版。

4 月　15 日，發表詩作〈夜景〉、〈根〉於《笠》第 90 期；發表〈詩的重視〉於《民聲日報》副刊。

5 月　30 日，發表〈探索詩的意象——新詩與插花展〉於《民聲日報》副刊。

發表日文詩作〈夜〉於日本靜岡《しもん》第 21 期。

6 月　4 日，發表〈高速公路〉於《民聲日報》副刊。

15 日，發表〈《臺灣現代詩集》在日本出版的意義〉、詩作〈縣長競選〉於《笠》第 91 期。

主編《小學生詩集》，由臺中市文化基金會出版。

主編臺灣現代詩選《美麗島詩集》，由臺北笠詩社出版。

7 月　14、28 日，主持於臺中市立文化中心舉辦的第一、二次「現代詩創作研究座談會」。

應邀擔任雲林縣青年文藝營講師，發表演講：「詩的創作」。

8 月　11、25 日，主持於臺中市立文化中心舉辦的第三、四次「現代詩創作研究座談會」。

15 日，發表〈我的第一首「詩」〉於《笠》第 92 期。

9 月　8 日，主持於臺中市立文化中心舉辦的第五次「現代詩創作研究座談會」。

發表日文詩作〈水〉、〈神〉、〈風〉於日本靜岡《しもん》第 22 期。

10 月　14 日，發表〈《臺灣現代詩集》在日本出版的意義〉於《自立晚報》副刊。

15 日，發表〈日本文化對《臺灣現代詩集》的評價〉於《笠》第 93 期。

25 日，發表〈抓住敏銳的真實感〉於《詩人季刊》第 13 期。

11 月　21 日，於臺中市立文化中心主辦「楊逵 74 歲慶生會」。

12 月　15 日，發表詩作〈願〉、〈埋怨〉於《笠》第 94 期。

《現代詩淺說》由臺中學人文化公司出版。

發表日文詩作〈春喜〉於日本靜岡《しもん》第 23 期。

1980 年	1 月	20～22 日，發表詩作〈倆小無猜〉、〈綠蔭情侶〉、〈山地人製土器〉、〈播種〉於《臺灣日報》副刊。

25～26 日，發表詩作〈石佛〉、〈豐收〉於《臺灣日報》副刊。

28 日，發表詩作〈穀倉〉於《臺灣日報》副刊。

2 月　15 日，發表詩作〈博愛座、〈窗〉於《笠》第 95 期。

應邀擔任臺中縣青年文藝營講師，發表演講：「詩的欣賞」。

3 月　1 日，發表詩作〈妳，我〉、〈因我愛〉於《臺灣文藝》第 66 期。

7 日，發表詩作〈川邊人家〉於《臺灣日報》副刊。

9 日，發表詩作〈古屋印象〉於《臺灣日報》副刊。

17 日，發表〈詩的認識〉於《民聲日報》副刊。

22～23 日，發表詩作〈開崩孔〉、〈花〉於《臺灣日報》副刊。

31 日，發表詩作〈盛開〉於《臺灣日報》副刊。

4 月　2 日，發表詩作〈渡臺始祖土灶公〉於《臺灣日報》副刊。

9 日，發表詩作〈收穫〉於《臺灣日報》副刊。

5 月　17 日，鄭烱明、李敏勇、拾虹專訪，文章〈從現實的抵抗到社會的批判──詩人桓夫訪問記〉刊載於《民眾日報》。

發表日文詩作〈殺風景〉、〈故事〉於日本靜岡《しもん》第 24 期。

7 月　翻譯布利聶‧查爾斯（Plisnier Charles）《醜女日記》，由

　　臺中學人文化公司出版。

　　應邀擔任雲林縣青年文藝營講師，發表演講：「詩的欣賞」。

8 月　15 日，編選〈中市小學詩選〉於《笠》第 98 期。

　　應邀擔任鹽分地帶文藝營指導講師，發表演講：「臺灣現代詩的演變」。

9 月　發表日文詩作〈太陽〉、〈摩托車〉於日本靜岡《しもん》第 25 期。

10 月　12 日，應邀參加於臺中市立文化中心舉辦的「詩與人生座談」，與會者有白萩、錦連、林亨泰等人。

　　15 日，翻譯渡邊武信〈詩與日常性〉於《笠》第 99 期。

　　25 日，發表〈看詹冰編的日治時期《臺灣詩集》〉於《民眾日報》。

11 月　7 日，發表〈欣賞社會性的詩──論傑美作品〉於《民眾日報》。

　　20 日～12 月 2 日，應邀參加由地球詩社於日本東京舉辦的「八十年地球詩祭暨國際詩人會議」。

　　22 日，發表詩作〈歸巢〉於《臺灣日報》副刊。

　　25 日，發表詩作〈鷺鷥〉於《臺灣日報》副刊。

　　28 日，發表詩作〈浪之歌〉於《臺灣日報》副刊。

　　30 日，發表詩作〈山居〉於《臺灣日報》副刊。

　　發表日文詩作〈不必・不必〉於日本《地球》第 72 期。

　　發表〈為自然完整的自我而求真──論楊傑美的詩〉於《臺灣日報》副刊。

12 月　4 日，發表詩作〈長流〉於《臺灣日報》副刊。

　　11 日，發表詩作〈大船〉於《臺灣日報》副刊。

　　　　　　　　　　13 日，應邀參加笠詩社於臺中市文化中心舉辦的「日治
　　　　　　　　　　時期詩人座談會」，擔任主持人。

　　　　　　　　　　14 日，應邀參加笠詩社於臺中市文化中心舉辦的「現代
　　　　　　　　　　詩演講及座談會」，與會者有陳秀喜、巫永福、杜國清等
　　　　　　　　　　人。

　　　　　　　　　　15 日，翻譯北原政吉〈日月潭之夜——獻給故張文環君
　　　　　　　　　　之靈〉於《笠》第 100 期。

　　　　　　　　　　23 日，發表〈國際詩會在東京〉於《臺灣日報》副刊。

　　　　　　　　　　發表日文詩作〈夜・和平〉、〈紅的迷信〉於日本靜岡《し
　　　　　　　　　　もん》第 26 期。

1981 年　　1 月　　3 日，發表〈文學少年時——《獵女犯》代序〉於《民眾
　　　　　　　　　　日報》。

　　　　　　　　　　27 日，發表短篇小說〈旗語〉於《臺灣日報》副刊。

　　　　　　　　　　日文詩集《媽祖的纏足》由日本熊本もぐら書房出版。

　　　　　　　　　　翻譯北原政吉詩集《龍》，由日本東京學藝館出版。

　　　　　　2 月　　1 日，應邀擔任臺中縣青年文藝營指導講師，發表演講：
　　　　　　　　　　「詩的欣賞」。

　　　　　　　　　　3 日，發表〈許達然的散文詩觀〉於《民眾日報》。

　　　　　　　　　　15 日，發表〈國際詩會在東京〉、詩作〈闊老大〉於
　　　　　　　　　　《笠》第 101 期。

　　　　　　　　　　18 日，發表短篇小說〈死的預測〉於《臺灣日報》副
　　　　　　　　　　刊。

　　　　　　　　　　27 日，發表短篇小說〈女軍囑〉於《臺灣日報》副刊。

　　　　　　3 月　　1 日，發表〈醫生釀造的語言的酒——我讀鄭烱明的詩〉
　　　　　　　　　　於《民眾日報》。

　　　　　　　　　　發表〈許達然專造象徵性心象寫詩〉於《臺灣文藝》第
　　　　　　　　　　71 期。

發表〈日治時期詩人談詩〉於《臺灣日報》副刊。

5 月　發表日文詩作〈檳榔樹〉、〈木瓜花〉於日本靜岡《しもん》第 27 期。

6 月　1 日，發表詩作〈童詩賞析〉於《臺灣日報》「兒童版」。

15 日，發表詩作〈貝殼〉，翻譯北原政吉〈遊頭汴坑〉於《笠》第 103 期。

17 日，發表詩作〈窗（之一）〉、〈窗（之二）〉、〈窗的結語〉於《臺灣日報》副刊。

25 日，發表〈詩必用語言來思考〉於《陽光小集》第 9 期。

8 月　7 日，發表〈具象畫會揚名那霸市〉於《臺灣日報》副刊。

15 日，發表詩作〈家變〉、「陳千武的工場詩及其他」：〈上弦月〉、〈大肚溪〉、〈哭泣的靈魂〉、〈油畫〉、〈工場詩〉、〈夕陽〉、〈苦力〉、〈夏宵〉、〈秋色〉、〈冬的感觸〉、〈時〉、〈終〉、〈旅情〉、〈風的日子〉、〈境地〉、〈春色〉、〈月出的風景〉，翻譯北原政吉〈龍的眸子〉、〈燃燒的唇〉、〈頭汴坑〉、〈遠望〉於《笠》第 104 期。

9 月　發表日文詩作〈微笑〉於日本靜岡《しもん》第 28 期。

10 月　6 日，發表詩作〈春夢〉於《臺灣日報》副刊。

8 日，發表詩作〈窗〉於《臺灣日報》副刊。

15 日，發表詩作〈誰撥錯了電話〉、〈楊傑美的求真與愛心〉於《笠》第 105 期；發表詩作〈幻〉、〈睡〉於《掌門詩刊》第 7 期。

發表短篇小說〈洩憤〉於《臺灣日報》副刊。

11 月　14 日，發表短篇小說〈夜街的誘惑〉於《臺灣日報》副

刊。

28 日，發表短篇小說〈異地鄉情〉於《臺灣日報》副刊。

12 月　15 日，發表詩作〈微笑〉，翻譯北原政吉〈眼紅的水牛〉、〈加令〉、〈鳥之夜〉於《笠》第 106 期。

發表日文詩作〈春夢〉、〈窗〉於日本靜岡《しもん》第 29 期。

本年　發表〈童心的發現〉於《臺灣日報》副刊。

應邀參加於陽明山中山樓舉辦的「全國第三次文藝會談」，擔任與談人。

1982 年　1 月　10 日，翻譯野間亞太子〈給終於未見面的少年〉於《中國時報》人間副刊。

10～11 日，短篇小說〈蠻橫與容忍〉連載於《臺灣日報》副刊。

14～17 日，主持臺中市立文化中心主辦的「中日韓現代詩人會議」。

15 日，翻譯金光林〈韓國現代詩的現狀〉於《聯合報》副刊。

主編《亞洲現代詩集（第一集）》，由臺北時報文化出版公司出版公司出版。

2 月　5 日，應邀擔任臺中縣青年文藝營講師，發表演講：「詩的創作」。

15 日，發表〈《黑夜來前》的詩韻——黃樹根詩集讀後〉，翻譯北原政吉〈龍〉、〈青蛇〉、〈野狗〉於《笠》第 107 期。

3 月　27 日，應邀參加於臺北舉辦的「近三十年來的臺灣詩文
　　　學運動暨《笠》的位置」，與會者有李魁賢、趙天儀、白
　　　萩等人。

4 月　15 日，發表〈原始率直的詩素——看莊金國詩集《石頭
　　　記》〉，翻譯北原政吉〈噴水塔〉、〈水中花〉、〈看板〉於
　　　《笠》第 108 期。
　　　18 日，應邀參加《笠》詩刊於臺中市立文化中心舉辦的
　　　「詩主題的捕捉與語言的運用」座談會。
　　　發表短篇小說〈默契〉於《臺灣日報》副刊。

5 月　15 日，發表詩作〈煙花〉於《臺灣日報》副刊。
　　　28 日，發表〈詩與畫〉於《臺灣日報》副刊。
　　　發表日文詩作〈根〉於日本靜岡《しもん》第 30 期。
　　　發表〈臺灣最初的新詩〉於《臺灣文藝》第 76 期。

6 月　13 日，應邀參加於臺中市立文化中心舉辦的「笠的語言
　　　問題」。
　　　15 日，發表詩作〈憶起〉，翻譯王白淵〈鼴鼠〉、北原政
　　　吉〈旅臺詩輯〉於《笠》第 109 期。
　　　25 日，發表〈方言詩〉於《臺灣日報》副刊。
　　　發表〈童詩創作與欣賞指導〉於《國教輔導》第 21 卷第
　　　8 期。

7 月　12 日，應邀擔任臺中縣青年文藝營講師，發表演講：「詩
　　　的欣賞與創作」。
　　　15 日，發表詩作〈隱花植物〉於《文學界》第 3 期。
　　　29 日，應邀擔任南投縣青年文藝營講師，發表演講：「詩
　　　的欣賞與創作」。

8 月　21 日，應邀擔任鹽分地帶文藝營講師，發表演講：「日據
　　　時期新詩的特性」。

9 月　發表日文詩作〈鳥窩〉於日本靜岡《しもん》第 31 期。

10 月　15 日，發表詩作〈春耕〉於《掌門詩刊》第 9 期；發表詩作〈閃光〉於《現代詩》復刊第 2 期；發表短篇小說〈戰地新兵〉於《文學界》第 4 期。翻譯北原政吉〈祈求平安〉、〈暝想〉於《笠》第 111 期。

17 日，應邀參加《文學界》於臺中舉辦的「桓夫作品討論會」，與會者有鄭烱明、康原、陳明台等人。

31 日，發表〈詩的通俗化運動〉於《陽光小集》第 10 期。

發表〈我的兵歷表〉於《臺灣文藝》第 77 期。

12 月　6 日，發表詩作〈在十字路口〉於《臺灣時報》副刊。

10 日，發表〈詩的啓示──喬林〈等待語言〉〉於《詩人坊》第 3 期。

15 日，發表〈光復後出發的詩人們〉於《笠》第 112 期。

24 日，應邀參加於南投縣竹山鎮舉辦的「南投縣國民中學詩歌教學研習會」，發表演講：「現代詩的認識」。

發表〈寫詩有什麼用〉於《臺灣詩季刊》第 3 號。

兒童文學《富春的豐原》由臺北臺灣書局、南投臺灣省教育廳分別出版。

主編《亞洲現代詩集（第二集）》，由臺北笠詩社出版。

主編《小學生詩集（二）》，由臺中市立文化中心出版。

1983 年　1 月　15 日，發表詩作〈雌性的憤怒〉、〈幸福〉、〈玩火〉於《文學界》第 5 期。

2 月　15 日，發表〈愛的感應──看戰後世代詩人如何表現愛情與性愛〉，翻譯北原政吉〈市場一隅〉、〈蟹〉、〈有求必

應〉於《笠》第 113 期。

3 月　12 日，發表〈詩與文化的交流——關於《亞洲現代詩
集》的出版——我的母語〉於《臺灣時報》。

21 日，發表詩作〈風箏〉於《臺灣時報》副刊。

4 月　10 日，發表詩作〈女人〉於《詩人坊》第 4 期。

15 日，發表〈我的母語〉、詩作〈蜘蛛花紋〉，翻譯北影
一〈因爲我在〉、北原政吉〈長露〉、〈雙十節之夜〉、〈怪
盜班紋蚊〉、〈在肉店裡〉於《笠》第 114 期。

6 月　15 日，發表詩作「兩個鏡頭」:〈事件〉、〈海底奇觀〉於
《笠》第 115 期；發表詩作〈花街〉於《臺灣詩季刊》第
1 期。

7 月　5 日，發表詩作〈曬魚〉、〈行車〉於《臺灣時報》副刊。

10 日，發表〈鷲谷峰雄的〈水窪〉〉、詩作〈雪峰〉於
《詩人坊》第 5 期。

8 月　15 日，發表詩作〈初一十五〉於《文學界》第 6 期。

9 月　17 日，發表詩作〈追思〉於《臺灣日報》副刊。

10 月　8 日，發表詩作〈青湖〉於《中國時報》美洲版。

15 日，翻譯北原政吉〈土結厝〉、〈旅行〉、〈中興號〉、
〈相思樹與美人魚〉於《笠》第 117 期。

20 日，發表詩作〈古屋小樓〉於《中國時報》美洲版。

發表短篇小說〈迷惘的季節〉於《文學界》第 8 期。

11 月　8 日，發表詩作〈又是秋天〉於《臺灣日報》副刊。

12 日，擔任臺中市文化中心文英館館長。

15 日，發表詩作〈外銷〉、〈分屍〉、〈有什麼不好〉於
《文學季刊》第 4 期；發表〈縮圖——（代《獵女犯》後
記）〉於《臺灣文藝》第 85 期。

發表詩作〈外銷〉、〈分屍〉、〈有什麼不好〉於《文季》第

　　　　　　　　　　4 期。

　　　　　　12 月　1 日，發表〈詩人林亨泰與風景〉於《文訊》第 6 期。

　　　　　　　　　　15 日，發表詩作〈浮生繪〉、〈白蘭地和 Grape Juice〉、〈非馬詩的評價〉，翻譯谷川俊太郎〈面對世界〉於《笠》第 118 期。

　　　　　　　　　　31 日，發表〈新詩的散文性格〉於《臺灣時報》副刊。

　　　　　　　　　　發表詩作〈寫詩有什麼用〉於《臺灣詩季刊》第 3 號。

　　　　　　　　　　翻譯北原正吉中日文對照詩集《龍》，由日本東京學藝館出版。

　　1984 年　　1 月　15 日，發表〈河野明子的〈魚影〉〉、詩作〈瓷窯〉於《詩人坊》第 7 期。

　　　　　　　　　　25 日，發表詩作〈銀婚獻禮〉於《臺灣時報》副刊。

　　　　　　　　　　應邀擔任《臺灣日報》「兒童天地」版執行編輯。

　　　　　　　　　　發表〈白萩詩的性愛〉、短篇小說〈求生的慾望〉於《文學界》第 9 期。

　　　　　　　2 月　15 日，發表〈詩・政治・Propaganda〉、〈鄭烱明的〈一個男人的觀察〉〉於《笠》第 119 期。

　　　　　　　3 月　4 日，主持笠詩社於臺中市文化中心文英館舉辦的「詩與現實」座談，與會者有白萩、林亨泰、廖莫白等人。

　　　　　　　　　　主編《亞洲現代詩集（第三集）》，由韓國同和出版社出版。

　　　　　　　4 月　4 日，發表詩作〈時間〉、〈天空的舞會〉於《商工日報》副刊。

　　　　　　　　　　6 日，發表〈兒童都是一首詩〉於《自立晚報》副刊。

　　　　　　　　　　15 日，發表〈不寫詩可能會好一點〉、〈詩史上的藝術派別〉、詩作〈夢〉，翻譯安宅夏夫〈看《亞洲現代詩集》〉

　　　　　於《笠》第 120 期。

　　　　　29 日，發表短篇小說〈孤愁〉於《臺灣日報》副刊。

　　　　　短篇小說〈求生的慾望〉獲「第三屆洪醒夫小說獎」。

5 月　　23 日，發表〈林工的呻吟〉於《自立晚報》副刊。

　　　　　24 日，發表〈根球——讀羊子喬《蓬萊文章臺灣詩》〉於
　　　　　《臺灣時報》副刊。

6 月　　1 日，發表詩作〈陌生的城市〉於《商工日報》副刊。

　　　　　4 日，發表〈詩與環境〉於《臺灣時報》副刊。

　　　　　9 日，發表詩作〈農閒期〉於《成功時報》副刊。

　　　　　15 日，翻譯白鳥元治〈思〉於《笠》第 121 期。

7 月　　2 日，發表〈我看兒童詩〉於《成功時報》副刊。

　　　　　8 日，發表詩作〈愛〉於《臺灣時報》副刊。

　　　　　18 日，發表詩作〈變質的愛〉於《臺灣時報》副刊。

8 月　　16 日，翻譯谷川俊太郎〈面對世界〉於《民眾日報》。

9 月　　發表詩作〈すみません＆對不起〉於《臺灣詩季刊》第 6
　　　　　期。

10 月　　5 日，發表詩作〈妻的蒸籠〉於《藍星》30 週年號；發表
　　　　　〈創世記的民族詩型——祝「創世紀」三十周年〉於《自
　　　　　立晚報》副刊。

　　　　　15 日，發表〈詩要寫什麼？〉於《笠》第 123 期。

　　　　　兒童文學《馬可波羅》由臺北光復書局出版。

　　　　　發表日文詩作〈春〉、〈牧歸〉於日本《詩人世界》創刊
　　　　　號。

11 月　　22 日，發表〈革新「臺灣的心」〉於《自立晚報》副刊。

　　　　　短篇小說集《獵女犯——臺灣特別志願兵的回憶》由臺中
　　　　　熱點文化出版公司出版。

　　　　　兒童文學《哥倫布》由臺北光復書局出版。

12 月	15 日，發表詩作〈穢語〉，翻譯具常〈韓國古代詩歌表現的人間像〉、白鳥元治〈墓石〉和〈老夫婦〉於《笠》第124 期。
	21 日，發表詩作〈神在哪裡？〉於《民眾日報》。
	兒童文學《臺灣民間史話》由臺北金文圖書公司出版。
	發表〈日本童詩欣賞〉於《詩人坊》季刊「兒童詩的創作與教學」。

1985 年	1 月	2 日，發表詩作〈屋頂〉於《臺灣時報》副刊。
		27 日，翻譯若揚達·馬哈巴特拉〈從亞洲的原野來〉於《臺灣時報》副刊。
		應邀擔任高雄師範大學文藝創作研習講座講師。期間發表三場演講「現代詩創作（一）」（12 月 17 日）、「現代詩創作（二）」（1987 年 1 月 14 日）、「亞洲現代詩概況」（1990 年 5 月 21 日）。
		獲中華文化復興委員會「銀盤獎」。
	2 月	12～19 日，〈臺灣新詩的演變〉連載於《中央日報》副刊。
		15 日，發表詩作〈語言受傷了〉、〈素朴的吟唱——吳俊賢詩集《森林頌歌》序〉，翻譯全仁淑〈語言〉、〈音〉、〈塔〉、李潤守〈該怎麼辦〉於《笠》第125 期。
		26 日，發表短篇小說〈迷路引臺灣〉於《臺灣時報》副刊。
	3 月	8 日，發表詩作〈羞赧〉於《臺灣時報》副刊。
		10 日，發表詩作〈罰〉於《臺灣詩季刊》第 7 期。
		16 日，發表〈殖民地的孩子〉於《自立晚報》副刊。
		29 日，發表詩作〈解脫——悼楊逵先生〉，翻譯郭水潭〈向棺木痛哭〉於《民眾日報》。

發表日文詩作〈浮生繪〉於日本《詩人世界》第 2 期。

4 月　15 日，發表〈臺灣的詩人〉、〈殖民地的孩子〉於《笠》第 126 期。

〈臺灣的現代詩〉連載於日本《海流》詩刊第 4〜5 期。

5 月　發表〈詩是什麼〉於《兒童天地》第 200 期。

6 月　15 日，發表詩作〈喜相逢〉於《笠》第 127 期。

16 日，發表〈夢的詩〉於《臺灣日報》兒童版。

22 日，發表詩作〈夜的風景〉於《臺灣時報》副刊。

23 日，發表〈詩的形式〉於《臺灣日報》兒童版。

7 月　9 日，發表〈死亡行軍——太平洋戰爭下日本軍的「特別志願兵」〉於《中國時報》人間副刊。

15 日，發表詩作〈逆境〉於《文學界》第 14 期。

發表詩作〈車禍〉於《臺灣文藝》第 95 期。

8 月　15 日，發表詩作〈沒有麼〉於《笠》第 128 期。

主編《藝文沙龍 1》由臺中市立文化中心出版。

9 月　18 日，發表詩作〈酒韻〉於《臺灣日報》副刊。

29 日，發表〈星和月的詩〉於《臺灣日報》兒童版。

翻譯〈臺灣現代詩二十五人選〉於韓國《竹筍》詩刊第 19 號。

10 月　15 日，發表〈走在沙漠上看星星〉、詩作〈我的血〉於《笠》第 129 期。

11 月　15 日，發表〈詩的內容〉於《兒童天地》第 219 期。

12 月　15 日，發表〈光復前後臺灣新詩的演變〉、詩作〈見解〉，翻譯鈴木豐志夫〈有砲臺的島〉、〈鏡子考〉、〈意外的話題〉於《笠》第 130 期。

本年　主編《小學生詩集（三）》，由臺中市立文化中心出版。

1986 年　　1 月　　18 日，發表詩作〈貞操〉於《臺灣時報》副刊。

20 日，臺中高工學生專訪，文章〈走入心靈的語言——訪詩人桓夫〉刊載於《臺中高工青年》第 69 期。

2 月　　15 日，發表〈日本的戀愛詩〉於《臺灣時報》副刊；發表詩作〈故事〉於《笠》第 131 期。

29 日，發表〈詩的啓示——郭成義〈鳥〉二首〉於《臺灣時報》副刊。

發表日文詩作〈陌生的城市〉於日本《詩人世界》第 4 期。

詩集《安全島》由臺北笠詩社出版。

翻譯詩集《散步之歌》由臺北圓神出版社出版。

3 月　　12 日，發表〈性與藝術〉於《臺灣時報》副刊。

4 月　　15 日，發表〈所謂政治詩〉、詩作〈指甲〉於《笠》第 132 期。

20 日，發表〈詩的要素〉於《臺灣日報》兒童版。

5 月　　6 日，發表詩作〈瘋〉於《臺灣時報》副刊。

25 日，發表〈童詩的意象〉於《臺灣日報》兒童版。

發表〈詩畫三題〉於《臺灣月刊》第 41 期。

發表〈成爲人類寵兒的詩底願望〉於《臺灣文藝》第 100 期。

6 月　　11 日，發表詩作〈痕〉於《臺灣時報》副刊。

15 日，發表詩作〈早春〉、〈池的寓言〉、〈信鴿〉、〈鳥窩〉、〈時間〉，翻譯吉原幸子〈麵包的話〉、〈初戀〉、〈退潮〉、〈給新生命〉、〈不是喪失〉、〈蠟燭〉於《笠》第 133 期。

主編《藝文沙龍 2》由臺中市立文化中心出版。

7 月　6～8 日，應邀參加由美國芝加哥大學舉辦的「臺灣研究國際研討會」，發表論文〈臺灣現代詩的性格〉。

8 月　15 日，發表詩作〈皮膚〉於《笠》第 134 期。

發表日文詩作〈玩火〉於日本《詩人世界》第 5 期。

9 月　6 日，發表詩作〈日月潭〉於《臺灣日報》副刊。

18 日，發表詩作〈電視機〉於《臺灣時報》副刊。

發表〈吳濁流十年祭──談《笠》的創刊〉於《臺灣文藝》第 102 期。

應邀參加於韓國漢城舉辦的「亞洲詩人會議」，發表論文〈詩的主題與其背景〉。

發表日文詩作〈見解〉於日本靜岡《しもん》第 42 期。

10 月　9 日，發表詩作〈人之車〉於《臺灣時報》副刊。

15 日，發表〈詩的主題與背景〉、詩作〈單身漢〉，翻譯具常〈你們的詩〉、秋谷豐〈最有人性的語言〉、新川和江〈日本女性與其活動〉、〈日本詩人選〉於《笠》第 135 期。

11 月　發表詩作〈墓〉於《臺灣文藝》第 103 期。

發表詩作〈因果〉於《文學界》第 20 期。

12 月　6 日，發表詩作〈誘〉於《臺灣時報》副刊。

27 日，發表詩作〈餘香〉於《臺灣時報》副刊。

1987 年　1 月　16 日，發表詩作〈寫在賀年卡上〉於《臺灣時報》副刊。

2 月　9～10 日，短篇小說〈駙馬〉連載於《臺灣時報》副刊。

15 日，發表〈鑑賞詩四篇〉、詩作〈過年夜〉，翻譯長谷川龍生〈路上的托斯卡〉於《笠》第 137 期。

18 日，發表詩作〈施捨〉於《自立晚報》副刊。

發表〈從混沌的意識清醒——欣賞李敏勇的〈鬱金香〉〉、詩作〈臺灣國語〉於《文學界》第 21 期。

3 月　應邀至宜蘭國小教師研習發表演講：「童詩創作與欣賞」。

4 月　15 日，發表詩作〈會講臺語的女人〉於《笠》138 期。

發表日文詩作〈夜的風景〉於日本靜岡《しもん》第 43 期。

5 月　主編《小學生詩集（四）》，由臺中市立文化中心出版。

發表詩作〈墓的呼喚〉於《文學界》第 22 期。

6 月　1 日，自臺中縣立文化中心文英館館長一職退休，仍擔任顧問。

發表詩作〈車禍〉於《臺灣文藝》第 95 期。

8 月　28 日，應邀擔任鹽分地帶文藝營講師，發表演講：「臺灣現代詩的性格」，演講稿發表於當日《自立晚報》副刊。

9 月　10 日，發表詩作〈星星〉於《滿天星》第 1 期。

18 日，發表詩作〈電視機〉於《臺灣時報》副刊。

發表日文詩作〈墓的呼喚〉於日本靜岡《しもん》第 44 期。

10 月　15 日，發表〈路〉於《笠》第 141 期。

21 日，發表詩作〈愛國旗〉於《臺灣時報》副刊。

11 月　26 日，發表詩作〈祕情〉於《臺灣時報》副刊。

發表詩作〈我家的狗〉於《文學界》第 24 期。

翻譯芥川龍之介《海市蜃樓》、《化妝》，由臺北圓神出版社出版。

12 月　3 日，發表詩作〈花〉於《詩脈》第 7 期。

10 日，發表詩作〈餘暉〉、〈嫦娥〉、〈小白兔〉於《滿天星》第 2 期。

14 日，發表詩作〈這一天〉於《自立晚報》副刊。

15 日，發表詩作〈臺中歡迎您〉於《笠》第 142 期。

31 日，發表詩作〈實況轉播〉於《臺灣時報》副刊。

發表日文詩作〈單身漢〉於日本《世界詩人》第 6 期。

| 1988 年 | 1 月 | 15～17 日，擔任於臺中舉辦的「亞洲詩人會議」大會會長。後獲得「亞洲詩人會議執行委員會功勞獎」。 |

15～17 日，擔任於臺中舉辦的「亞洲詩人會議」大會會長。後獲得「亞洲詩人會議執行委員會功勞獎」。

17 日，翻譯秋谷豐〈沙嵐〉於《中國時報》人間副刊。

主編《亞洲現代詩集（第四集）》，由日本東京花神社出版。

編譯《八八亞洲詩會論文集》，由臺北笠詩社出版。

2 月　15 日，發表〈崇高美的熱望〉於《笠》第 143 期。

25 日，發表詩作〈水性楊花〉於《臺灣時報》副刊。

應邀擔任臺中縣兒童文學創作研習營講師，發表演講：「新詩童詩創作」。

3 月　1 日，發表〈詩的韻味〉於《滿天星》第 3 期。

2 日，發表〈美的感動〉於《臺灣時報》副刊。

16 日，發表詩作〈言論〉於《臺灣時報》副刊。

30 日，應邀至臺北兒童文學教育學會發表演講：「童詩創作」。

應邀擔任「中部五縣市童詩競賽」評審。

4 月　1 日，發表〈童詩要寫什麼？〉於《滿天星》第 4 期。

15 日，發表〈愛的念珠——評李魁賢詩集《水晶的形成》〉於《笠》第 144 期。

21 日，發表〈矛盾〉於《臺灣時報》副刊。

24 日，發表詩作〈黨性〉於《臺灣時報》副刊。

27 日，發表詩作〈烤蕃薯〉於《臺灣時報》副刊。

5 月　26 日，發表詩作〈反串〉於《臺灣時報》副刊。

詩集《愛的書籤——詩畫集》由臺北笠詩社出版。

發表日文詩作〈電視機〉於日本靜岡《しもん》第 46
期。

6 月　12 日，應邀參加笠詩社於臺中文英館舉辦的「江山之助
作品欣賞會」座談會，與會者有林亨泰、白萩、洪中周等
人。

15 日，發表詩作〈愛之螢〉，翻譯中村義一〈臺灣現代詩
的先驅〉於《笠》第 145 期。

7 月　11 日，發表詩作〈超然〉於《臺灣時報》副刊。

發表〈什麼是臺灣的文化？〉於《臺灣文藝》第 112 期。

8 月　9 日，發表詩作〈虛心〉於《臺灣時報》副刊。

12 日，發表〈詩為先鋒的鹽分文學〉於《自立晚報》副
刊。

15 日，應邀擔任鹽分地帶文藝營指導講師，發表演講：
「臺灣詩的外來影響」。

9 月　1 日，發表〈成人寫童詩〉於《滿天星》第 5 期。

17 日，發表短篇小說〈臺統小吃〉於《臺灣時報》副
刊。

24 日，發表短篇小說〈雨傘〉於《自由時報》副刊。

發表日文詩作〈黨性〉於日本靜岡《しもん》第 47 期。

10 月　14 日，發表〈臺灣國語詩的創作〉於《臺灣時報》副
刊。

15 日，發表〈《懷念詩集》序——天空復活〉於《笠》第
147 期。

11 月　6 日，應邀主持笠詩社於臺中文英館舉辦的「論臺灣新詩
的獨特性與未來發展」座談會，與會者有詹冰、林亨泰、
趙天儀等人。

17 日，發表〈詩的啓示——非馬〈秋窗〉〉於《臺灣時報》副刊。

26 日，發表短篇小說〈笑容〉於《臺灣時報》副刊。

12 月　1 日，發表詩作〈看地球〉、〈氣象報告〉、〈螢火蟲〉於《滿天星》第 6 期。

6 日，發表詩作〈逛街〉於《自立早報》副刊。

15 日，翻譯張壽哲詩作〈飛往臺灣的飛機上〉、〈日本詩選〉於《笠》第 148 期。

發表日文詩作〈風箏〉於日本《地球詩誌》第 94 期。

發表詩作〈皮膚〉於韓國《竹筍》詩刊第 22 號。

1989 年　1 月　8 日，應邀主持笠詩社於巫永福寓所舉辦的「臺灣人的唐山觀——兼論巫永福〈祖國〉一詩」座談會，與會者有巫永福、林亨泰、趙天儀等人。

2 月　2 日，發表詩作〈是不是錯了〉於《自立早報》副刊。

15 日，翻譯水蔭萍《燃燒的臉頰》於《笠》第 149 期。

接任臺灣筆會第二屆會長。

發表短篇小說〈塌塌米〉於《臺灣文藝》第 115 期。

發表日文詩作〈烤蕃薯〉於日本靜岡《しもん》第 48 期。

3 月　12 日，應邀參加笠詩社於高雄春暉語文中心舉辦的「臺灣孤立的哀愁——兼論桓夫先生〈見解〉一詩」座談會，與會者有林亨泰、曾貴海、鄭炯明等人。

應邀擔任「中部五縣市童詩競賽」評審。

4 月　15 日，發表詩作〈錢有腳〉，翻譯〈韓國現代詩選譯〉於《笠》第 150 期。

25 日，發表詩作〈牧歸〉於《臺灣時報》副刊。

27 日，發表〈中國：一個才開始認識臺灣文學的地方——我的大陸行〉於《自立早報》副刊。

30 日，發表〈女詩人的愛〉於《自立早報》副刊。

5 月　7 日，應邀參加笠詩社於臺中文英館舉辦的「浮沉太平洋的臺灣——兼論白萩〈領空〉一詩」座談會，與會者有林亨泰、李篤恭、鄭烱明等人。

28 日，發表〈戰前的臺灣新詩〉於《首都早報》副刊。

與北原政吉共同合編，翻譯《續・臺灣現代詩集》，由日本熊本もぐら書房出版。

6 月　10 日，發表詩作〈海峽〉於《自立晚報》副刊，〈大陸紀行——古老的違和感〉於《臺灣春秋》第 9 號。

15 日，發表〈「笠」廿五歲〉、詩作〈海報〉、〈演講〉、〈秋〉，翻譯北原政吉〈繼續不斷地產生力量〉於《笠》第 151 期。

發表〈讀樹一幟〉於《臺灣文藝》第 117 期。

發表日文詩作〈沒有麼〉於日本靜岡《しもん》第 49 期。

7 月　17 日，應邀參加笠詩社於高雄春暉語文中心舉辦的「臺灣的愛怨情結——兼論李魁賢〈愛情政治學〉、鄭烱明〈一個男人的觀察〉兩詩」座談會，與會者有曾貴海、陳秀喜、井東襄等人。

8 月　10 日，發表詩作〈酷暑〉於《臺灣春秋》第 9 號。

13 日，發表〈詩的啟示——鄭烱明〈真相〉〉於《首都早報》副刊。

15 日，發表詩作〈一個家〉、〈法統〉、〈老人〉於《笠》第 152 期。

與金光林、高橋喜久晴合著詩集《東方的彩虹——三人詩

集》，由臺北笠詩社出版。

9 月　　4 日，發表〈詩的啓示──黃騰輝〈公寓〉〉於《首都早報》副刊。

16 日，發表〈詩的啓示──趙天儀〈禁倒垃圾〉〉於《首都早報》副刊。

26 日，發表〈詩的啓示──杜國清〈鼠〉〉於《首都早報》副刊。

28 日，發表〈文學使命感〉於《首都早報》副刊。

應邀擔任「臺灣文化復興委員會」文藝研究促進委員，期間籌組「臺灣省兒童文化協會」，後當選爲理事長。

10 月　　4 日，發表〈詩的啓示──李魁賢〈不會唱歌的鳥〉〉於《首都早報》副刊。

15 日，發表〈什麼是臺灣現代詩〉、〈豎立臺灣詩文學的旗幟──序《臺灣精神的堀起》〉、詩作〈真假新聞〉、〈國劇〉、〈訊息〉，翻譯長谷川龍生〈評日文譯《續・臺灣現代詩集》〉於《笠》第 153 期。

24 日，發表〈詩的啓示──郭成義〈領結的美學〉〉於《首都早報》副刊。

11 月　　1 日，發表〈詩的啓示──錦連〈龜裂〉〉於《首都早報》副刊。

12 日，發表〈詩的啓示──曾貴海〈劍與神〉〉於《首都早報》副刊。

13 日，發表詩作〈德政〉於《首都日報》副刊。

24 日，發表〈詩的啓示──林豐明〈蜥蜴斷尾〉〉於《首都早報》副刊。

27 日，發表詩作〈名字〉於《首都日報》副刊。

12 月　　6 日，發表〈詩的啓示──利玉芳〈貓〉〉於《首都早

報》副刊。

15 日，發表〈戰後臺灣詩的意識型態〉於《笠》第 154
期。

21 日，發表〈詩的啓示——陳明台〈骨肉〉〉於《首都早
報》副刊。

1990 年　　1 月　　5 日，發表〈詩的啓示——許達然〈普通列車〉〉於《首
都早報》副刊。

21 日，發表〈詩的啓示——李敏勇〈發言〉〉於《首都早
報》副刊。

31 日，發表〈臺灣筆會三年的反想〉於《臺灣時報》副
刊。

31 日～2 月 1 日，〈兒童文學的愛心——臺灣兒童文學協
會成立記〉連載於《臺灣時報》副刊。

主編《亞洲現代詩集（第五集）》，由臺北笠詩社出版。

發表短篇小說〈丈夫的權利〉於《臺灣春秋》第 15 號。

2 月　　15 日，翻譯北原政吉〈元旦馬拉松〉、井東襄〈追逐〉、
鈴木豐志夫〈風〉、〈花〉、〈臺灣瓦〉、村野四郎〈現代詩
的精神〉於《笠》第 155 期。

3 月　　21 日，發表詩作〈夢〉於《首都日報》副刊；發表〈跟
「詩」的接觸〉於《臺灣時報》副刊。

詩集《寫詩有什麼用》由臺北笠詩社出版。

4 月　　15 日，發表〈詩語言的共鳴〉、詩作〈火炎山〉，翻譯
〈現代詩欣賞〉於《笠》第 156 期。

與保坂登志子合編譯童詩集《海流》由日本東京かど創房
出版。

5 月　6 日，應邀參加笠詩社於臺北舉辦的「被踩污的綠色臺
灣——兼論李敏勇詩〈噪音〉、江自得詩〈童年的碎片〉、
李昌憲詩〈返臺觀感〉」座談會。

25 日，發表短篇小說〈不速之吻〉於《臺灣時報》副
刊。

主編童詩集《兒童寫給母親的詩》，由臺灣兒童文學協會
出版。

6 月　15 日，發表〈亞洲現代詩的歷程〉於《笠》第 157 期。
詩集《陳千武作品選集》由臺中縣立文化中心出版。

8 月　15 日，翻譯秋吉久紀夫〈鵝鑾鼻岬——於臺灣最南端〉、
鈴木豐志夫〈了不起的鳥了不起的島〉於《笠》第 158
期。

10 月　15 日，翻譯埋田昇二〈東方的彩虹——評介臺、日、韓
三人詩集〉於《笠》第 159 期。

29 日，發表〈〈地上的居住〉簡評〉（洪騂著）《中國時
報》人間副刊

12 月　15 日，翻譯小海永二〈風〉、〈要活〉、〈孩子們什麼也沒
有了嗎？〉於《笠》第 160 期。

26 日，發表詩作〈單軌道〉於《臺灣時報》副刊。

29 日，發表詩作〈溝壑〉於《自立晚報》副刊。

1991 年　1 月　3 日，發表詩作〈騙〉於《臺灣時報》副刊。

16 日，發表詩作〈石頭〉於《臺灣時報》副刊。

22 日，發表詩作〈執迷〉於《臺灣時報》副刊。

31 日，發表〈為臺灣新文化繼續奮鬥〉於《自立晚報》
副刊。

發表〈我的國文老師〉於《明道文藝》第 178 期。

2月　1 日，發表〈實質的文化活動──評介中縣文化中心辦文
　　　學活動的創舉〉於《臺灣日報》副刊。

　　　15 日，發表詩作〈殘存的 Image〉，翻譯保板登志子
　　　〈溺〉、〈罰〉、〈雲與氣候〉於《笠》第 161 期。

　　　兒童文學《臺灣原住民的母語傳統》由臺北臺原出版社出
　　　版。

3月　8 日，發表詩作〈兒語〉於《臺灣時報》副刊。

4月　15 日，發表〈稀有的女詩人〉，翻譯〈韓日詩臺譯〉於
　　　《笠》第 162 期。

　　　22 日，發表〈歷史風暴下的沉思〉於《自由時報》副
　　　刊。

　　　27 日，發表詩作〈鬼褲腳〉、〈鬼無腳〉於《自立晚報》
　　　副刊。

5月　14 日，發表詩作〈換季〉於《自立晚報》副刊。

　　　15 日，發表〈誰在慶祝母親節？〉於《臺灣日報》兒童
　　　版。

　　　21 日，發表詩作〈草蜢弄雞公〉於《自立晚報》副刊。

6月　3 日，發表詩作〈更生〉於《自立晚報》副刊。

　　　6 日，發表〈雨過天青的詩想──看莊柏林的詩集《西北
　　　雨》〉於《臺灣時報》副刊。

　　　15 日，發表〈我們被迫地反覆思考──《詩與臺灣現
　　　實》序〉於《笠》第 163 期。

　　　18 日，發表〈她往何處去──臺灣新文學與新詩發軔〉
　　　於《自由時報》副刊。

　　　兒童文學《臺灣民間故事》由臺中臺灣省兒童文學協會出
　　　版。

7月　18 日，發表詩作〈沉默〉於《自立晚報》副刊。

22 日，發表詩作〈主與客〉於《自立晚報》副刊。

27 日，發表詩作〈輿論〉於《臺灣時報》副刊；發表詩作〈晨陽〉於《自立晚報》副刊。

應邀擔任鹽分地帶文藝營講師，發表演講：「臺灣現代詩的風格」。

彭瑞金主編短篇小說集《陳千武集》，由臺北前衛出版社出版。

8 月　4 日，發表詩作〈訃聞〉於《自由時報》副刊。

15 日，翻譯北原政吉〈華麗島詩月紀行〉於《笠》第 164 期。

24 日，發表詩作〈在暴風裡〉於《自立晚報》副刊。

9 月　2 日，發表詩作〈愛的單行道〉、〈陶坊女〉於《自立晚報》副刊。

8 日，發表詩作〈手〉於《自立晚報》副刊。

15 日，發表詩作〈含羞草〉於《自立晚報》副刊。

30 日，發表詩作〈中秋節後〉於《自立晚報》副刊。

10 月　15 日，發表〈詩短評〉、詩作〈牛勁〉、〈終局〉，翻譯〈日韓現代詩選譯〉、秋吉久紀夫〈陳千武的文學出發期〉於《笠》第 165 期。

18 日，發表詩作〈自庸〉於《自立晚報》副刊。

20 日，發表詩作〈內心鬼〉於《自立晚報》副刊。

發表〈二十一世紀的詩——無慾的人心表現〉於《中縣文藝》第 5 期。

11 月　10 日，發表詩作〈請不要再演戲〉於《自立晚報》副刊。

24 日，發表詩作〈女詩人的詩〉於《自立晚報》副刊。

獲榮後文教基金會「第一屆榮後臺灣詩人獎」。

12月　15 日，發表〈詩短評〉，翻譯林修二〈林修二的詩——摘自遺稿選集《蒼星》〉、秋吉久紀夫〈陳千武詩〈信鴿〉裡的「死」〉於《笠》第 166 期。

主編《臺中縣日據時期作家文集》，由臺中縣立文化中心出版。

1992 年　1月　3 日，發表短篇小說〈情虜〉於《自立晚報》副刊。

8 日，發表詩作〈華麗島物語〉於《自立晚報》副刊。

26 日，發表〈臺灣新詩七十年〉於《民眾日報》。

2月　15 日，發表〈詩短評〉，翻譯秋吉久紀夫〈從陳千武詩集《愛的書籤》封面談起〉於《笠》第 167 期。

22 日，發表〈戰地慰安婦〉於《臺灣日報》副刊。

發表〈本土愛的情懷——序陳謙詩集《山雨欲來》〉於《臺灣文藝》第 129 期。

3月　1 日，發表〈臺中市的文藝社團〉、〈本土文學發祥在臺中〉於《文訊》第 77 期。

24 日，發表詩作〈神話・歷史〉於《自立晚報》副刊。

4月　12 日，應邀參加笠詩社於臺中舉辦的「江自得詩集《那天，我輕輕觸著了妳的傷口》合評」座談會，與會者有白萩、林亨泰、岩上等人。

15 日，發表〈詩短評〉、詩作〈關卡〉和〈變節〉於《笠》第 168 期。

獲國家文藝基金管理委員會「第一屆國家文藝翻譯成就獎」。

5月　5 日，發表詩作〈曲譜〉於《臺灣日報》副刊。

11 日，發表詩作〈淚珠〉於《自立晚報》副刊。

13 日，發表〈我的 45 年情治魔鬼纏身〉於《自立晚報》副刊。

20 日，發表詩作〈品茶〉於《臺灣日報》副刊。

21 日，發表詩作〈口紅〉於《臺灣日報》副刊；發表詩作〈拒馬〉、〈國號〉於《自立晚\報》副刊。

25 日，發表詩作〈矛盾〉於《臺灣日報》副刊。

26 日，發表〈本土愛的情懷——讀陳謙詩集《山雨欲來》〉於《自立晚報》副刊。

6 月　12 日，發表詩作〈感應〉於《自立晚報》副刊。

15 日，發表〈詩短評〉、詩作〈子母情〉、〈星期六午后的相思樹〉、〈清香〉，翻譯〈日據時期臺灣新詩選譯〉於《笠》第 169 期；發表詩作〈玩的哲理〉於《臺灣日報》副刊。

18 日，發表詩作〈夢囈〉於《自立晚報》副刊。

22 日，發表〈謊言〉於《自立晚報》副刊。

8 月　主編童詩集《我心目中的爸爸》由臺北兒童文學協會出版。

9 月　1 日，發表〈呈現包羅萬象的文學景觀——東京都近代文學博物館的風貌〉於《文訊》第 83 期。

22 日，發表詩作〈白煙遊戲〉於《自立晚報》副刊。

與保坂登志子合編中日文對照童詩集《海流 II》，分別由臺中晨星出版社與由日本東京かど創房出版。

10 月　15 日，發表詩作〈透明相思〉、〈迷航記〉、〈繽紛的愛怨〉於《笠》第 171 期。

19 日，發表詩作〈寄托〉、〈彩雲夢〉於《自立晚報》副刊。

27 日，發表詩作〈漲紅著臉〉於《自立晚報》副刊。

30 日，發表〈所謂臺灣國語〉於《自立晚報》副刊。

11 月　8 日，應邀參加韓國詩人協會舉辦之詩研討會，發表演講：「情報化時代的臺灣詩況」。

發表〈我的文學緣——日本九州大學秋田久紀夫教授編譯日文版《陳千武詩集》序〉、〈讀小學時〉於《中縣文藝》第 6 期。

本年　應邀參加臺中縣立文化中心舉辦之「現代詩研習會」，發表演講：「現代詩中的臺灣經驗」。

1993 年　1 月　5 日，發表〈情報化時代的臺灣詩況〉於《文學臺灣》第 5 期。

17 日，發表〈陳虛谷的詩〉於《民眾日報》。

2 月　13 日，發表詩作〈語病〉於《民眾日報》。

15 日，發表與金光林、小海永二合著〈亞洲現代詩的動向〉於《笠》第 173 期。

秋吉久紀夫編譯詩集《陳千武詩集——現代中國の詩人》（陳千武詩集——現代中國的詩人），由日本土曜美術出版社出版。

4 月　15 日，翻譯北原政吉〈歸〉、〈石頭夢〉、秋吉久紀夫〈臺灣孤魂的詩人楊華——一九三〇年代臺灣文學的一則〉於《笠》第 174 期。

6 月　15 日，翻譯北原政吉〈華麗島詩月紀行〉連載於《笠》第 175～176 期。

28 日，發表〈危機・畏懼——讀李敏勇詩集《傾斜的島》〉於《自立晚報》副刊。

《童詩的樂趣》由臺中縣文化中心出版。

主編《亞洲現代詩集（第六集）》，由韓國同和出版社出版。

主編《小學生詩集》（共四冊），由臺中市文化中心出版。

7 月　詩集《月出的風景》由中國北京人民文學出版社出版。

8 月　19 日，發表〈林亨泰與〈風景〉〉於《自立晚報》副刊。

9 月　15 日，發表〈文學的愛心〉於《自立晚報》副刊。

10 月　15 日，發表〈抵抗政治污染的詩心〉，翻譯〈日本詩人作品集〉、石原武〈從自然、始源來的朋友──浪漫詩派的自然觀〉、高橋喜久晴〈邂逅民族美麗的語言二十年──亞洲詩人會議的意義〉於《笠》第 177 期。

11 月　2 日，發表〈詩的自述──文學的思考〉於《自立晚報》副刊。

23 日，發表詩作〈百年老店〉、〈新黨〉於《自立晚報》副刊。

中篇小說《擦拭的旅行──檳榔大王遷徙記》由臺北臺原出版社出版。

短篇小說集《謎樣的歷史──臺灣平埔族傳說》由臺北臺原出版社出版。

12 月　15 日，翻譯秋田久紀夫〈陳千武詩中的媽祖〉於《笠》第 178 期；發表〈從文學看政治〉於《自立晚報》副刊。

詩集《禱告──詩與族譜》由臺北笠詩社出版。

1994 年　1 月　3 日，發表〈詩文學的教養〉於《自立晚報》副刊。

23～24 日，〈詩・政治詩──旁聽臺灣政治文學研討會〉連載於《自由時報》副刊。

翻譯三浦綾子《舊約聖經的光與愛》，由高雄派色文化出版社出版。

3 月　發表〈文化──思想建設〉於《臺灣文化學院》「教師論壇」創刊號。

4 月　15 日，發表詩作〈走開，餓鬼！〉於《笠》第 180 期。

以《陳千武詩集》獲日本翻譯家協會「翻譯特別功勞

賞」。

6月　15 日，發表詩作〈迷惑的族群〉，翻譯大瀧清雄與山本和夫合著之〈秋吉久紀夫編譯《陳千武詩集》讀後感〉於《笠》第 181 期。

主持由笠詩社舉辦的「臺灣文學會議」。

7月　28 日，發表〈「行」的問題〉於《自立晚報》副刊。

30 日，發表詩作〈吉祥圖〉於《臺灣月刊》第 271 期。

發表詩作〈口頭禪──啓東仙的故事〉於《文學臺灣》第 11 期。

8月　15 日，發表〈笠詩刊肇始期的 Profile〉、〈談 1994 臺灣文學會議〉於《笠》第 182 期。

27～31 日，應邀參加於臺北環亞大飯店國際會議廳舉辦的「第十五屆世界詩人大會」，發表演講：「亞洲詩的交流」。

10月　15 日，翻譯〈日本詩選〉於《笠》第 183 期；發表〈哀悼詩人楊熾昌先生〉於《臺灣時報》副刊。

11月　15 日，發表〈陶冶高尚的情操──愛好詩‧文學〉於《上智雜誌》第 4 卷第 6 期。

27 日，應邀參加由清華大學舉辦的「賴和及其同時代的作家：日據時代臺灣文學國際學術會議」。

28 日，發表詩作〈愛的亂彈〉於《臺灣日報》副刊。

12月　9 日，發表〈文化搖籃地〉於《中國時報》人間副刊。

15 日，發表詩作〈我的孫女〉，翻譯森秀樹〈母語與詩創作〉於《笠》第 184 期。

24 日，發表〈政治與文學‧地獄與天堂〉於《自立晚報》副刊。

1995 年　1月　15 日，發表〈抗衡愚民政策的臺灣文學〉於《上智雜

誌》第 5 卷第 1 期。

翻譯張文環短篇小說〈夜猿〉、津留信代〈張文環作品裡的女性觀——日本舊殖民地下的臺灣（上）〉於《文學臺灣》第 13 期。

2 月　11 日，發表詩作〈標語〉於《自立晚報》副刊。

應邀擔任靜宜大學駐校作家，講授「日本詩與臺灣現代詩」課程。

3 月　4 日，應邀參加文訊雜誌社於臺北舉辦的「日據時代臺灣現代詩史研討會」。

4 月　15 日，翻譯千葉龍〈看鏡子〉、具常〈東亞現代詩——臺灣、日本、韓國的詩比較小考〉、金子秀夫〈評介秋吉久紀夫編譯《陳千武詩集》〉於《笠》第 186 期；發表〈詩的啟示——江自得〈那天我輕觸著了妳的傷口〉〉於《民眾日報》。

翻譯津留信代〈張文環作品裡的女性觀——日本舊殖民地下的臺灣（下）〉於《文學臺灣》第 14 期。

5 月　6 日，發表〈詩的啟示——林盛彬〈家譜〉〉於《民眾日報》。

15 日，發表〈看板汙染〉於《上智雜誌》第 5 卷第 3 期。

20 日，發表〈詩的啟示——楊熾昌〈茉莉花〉〉於《民眾日報》。

21 日，發表短篇小說〈跨越岔道〉於《民眾日報》。

24 日，發表〈根球——讀羊子喬《蓬萊文章臺灣詩》〉於《臺灣時報》副刊。

29 日，發表〈日治時代的臺灣新詩〉於《夜中文脈動》第 14 期。

6月　15 日，翻譯〈林修二詩選譯〉於《笠》第 187 期。

7月　15 日，發表〈老敬不敬？〉於《上智雜誌》第 5 卷第 4
　　　期。

8月　15 日，翻譯〈林修二詩選譯〉於《笠》第 188 期。

　　　24～28 日，應邀參加於南投舉辦的「亞洲詩人會議」，擔
　　　任主持人。

　　　與保坂登志子合編中日文對照童詩集《海流 III》，分別由
　　　臺中晨星出版社與日本東京かど創房出版。

10月　15 日，發表詩作〈詩的明潭〉，翻譯〈林修二詩選〉於
　　　《笠》第 189 期。

　　　28 日，發表〈詩的自述──〈檳榔樹〉〉於《民眾日
　　　報》。

11月　15 日，發表〈生活的感受──欣賞陳亮的詩〉於《上智
　　　雜誌》第 5 卷第 6 期。

12月　2 日，發表〈詩的啓示──陳亮〈千秋〉〉於《民眾日
　　　報》。

　　　10 日，發表〈詩的自述──〈夏深夜之一刻〉〉於《更生
　　　日報》「四方文學週刊」。

　　　15 日，翻譯池上貞子〈在日月潭的臺灣現代詩與人〉、中
　　　原道夫〈參加亞洲詩人會議再一次接觸詩心〉、鈴木滿
　　　〈相逢〉於《笠》第 190 期。

　　　23 日，發表〈詩的啓示──郭楓〈廟的記事〉〉於《民眾
　　　日報》。

本年　與白萩、李魁賢合編《95 亞洲詩人會議論文集》、《95 亞
　　　洲詩人作品集》，由臺北笠詩社出版。

1996 年　1月　7 日，發表〈詩的自述──〈大肚溪〉〉於《更生日報》
　　　「四方文學週刊」。

21 日，發表〈詩的自述──〈油畫〉〉於《更生日報》「四方文學週刊」。

31 日，發表〈詩的自述──〈砍伐跡地〉〉於《民眾日報》。

2月　9 日，發表〈詩的自述──〈海峽〉〉於《民眾日報》。

11 日，發表〈詩的自述──〈苦力〉〉於《更生日報》「四方文學週刊」。

15 日，發表〈〈詩的主題與背景〉補遺〉於《笠》第 191 期。

3月　2 日，發表〈詩的自述──〈幸福〉〉於《民眾日報》。

14 日，發表〈詩的自述──〈指甲〉〉於《民眾日報》。

17 日，發表〈詩的自述──〈雨中行〉〉於《更生日報》「四方文學週刊」。

26 日，發表〈詩的自述──〈風箏〉〉於《民眾日報》。

4月　8 日，發表〈詩的自述──〈安全島〉〉於《民眾日報》。

15 日，發表〈林修二遺稿選集《蒼星》作品目錄〉於《笠》第 192 期。

28 日，發表〈詩的自述──〈不必・不必〉〉於《更生日報》「四方文學週刊」。

翻譯津留信代〈張文環作品〈夜猴子〉的意義〉於《文學臺灣》第 18 期。

5月　1～2 日，翻譯張文環〈憂鬱的詩人〉連載於《臺灣時報》副刊。

25 日～6 月 3 日，應邀參加於日本銚子市舉辦的「東亞文化交流會談」。

《木瓜花詩集》韓文譯本（金尚浩譯），由韓國漢城瑞文堂出版社出版。

6月　3 日，發表〈詩的自述——〈鼓手之歌〉〉於《民眾日
報》。

23 日，發表〈詩的自述——〈童年的詩〉〉於《更生日
報》「四方文學週刊」。

7月　25 日，發表〈詩的自述——〈我的血〉〉於《民眾日
報》。

8月　3 日，發表〈詩的自述——〈咀嚼〉〉於《更生日報》「四
方文學週刊」。

4 日，應邀參加於嘉義市二二八紀念公園會議室舉辦的
「二二八事件詩作品討論會」，與會者有趙天儀、蕭翔
文、錦連等人。

15 日，翻譯小海永二〈Minor Poet〉、〈我的一輩子〉、〈惡
夢〉、〈一個苦悶〉於《笠》第 194 期。

22～26 日，應邀參加於日本前橋舉辦的「世界詩人會
議」。

發表日文詩作〈白煙遊戲〉於《西毛文學》第 165 期。

9月　23 日，發表〈詩的自述——〈蓮花〉〉於《更生日報》
「四方文學週刊」。

10月　2 日，發表〈詩的存在——看岩上《現代詩評論集》〉於
《臺灣日報》副刊。

2～3 日，〈詩無邪・思無邪——自然流露的情感〉於《民
眾日報》。

13 日，發表〈詩的自述——〈皮膚〉〉於《更生日報》
「四方文學週刊」。

15 日，發表〈詩的象徵〉、〈探索詩表現的可能性——連
詩寫作實驗〉於《笠》第 195 期。

20 日，翻譯唐立（Daniels Christian）〈雲間的曙光——從《明台報》透視臺籍日本兵的戰後臺灣像〉（與蔡菊秀合譯）、剛崎郁子〈《明台報》全文〉於《臺灣文藝》第 157 期。

12 月　15 日，發表〈他山之石——看小海永二的詩〉，翻譯小海永二〈夜深了〉、〈愛〉、〈晚秋〉、〈黃昏時〉、〈挾在日記裡的小詩篇〉、〈滿是皺紋的我底心〉於《笠》第 196 期。

1997 年　2 月　翻譯西川滿《西川滿臺灣小說集》，由高雄春暉出版社出版。

3 月　15 日，發表〈閱讀童詩〉、〈絲瓜布——張芳慈的詩〉於《上智雜誌》第 7 卷第 2 期。

29 日，發表詩作〈情〉於《臺灣日報》副刊。

4 月　10 日，發表詩作〈只是說說而已〉於《臺灣日報》副刊。

15 日，發表詩作〈非詩的感光〉、〈愛的牢騷〉，翻譯小海永二〈期待〉、〈像少年〉、〈有一天忽然〉、〈那美麗的臉頰〉、〈山坡路上的少女〉、〈給往日的愛〉、〈從遠方〉、〈封閉的心〉、〈心不在這裡的女人〉於《笠》第 198 期。

發表短篇小說〈衰老的怪癖勞工〉於《文學臺灣》第 22 期。

《臺灣新詩論集》由高雄春暉出版社出版。

5 月　《詩的啟示——文學評論集》由南投縣立文化中心出版。

《詩文學散論》由臺中市立文化中心出版。

獲臺中市政府「大墩文學貢獻獎」。

6 月　15 日，發表詩作〈高峰的謊言花朵〉於《笠》第 199 期。

7 月　15 日，發表〈木瓜花——詩想意象〉於《上智雜誌》第 7

　　　　　　　卷第 4 期。

　　　　　　　26 日，發表詩作〈玉蘭花〉於《臺灣日報》副刊。

　　8 月　　15 日，發表〈笠的通訊〉、詩作〈笠兩百期感懷〉於
　　　　　　《笠》第 200 期。

　　9 月　　20 日，發表詩作〈我知道了〉於《臺灣日報》副刊。

　10 月　　5 日，應邀參加由笠詩社舉辦的「岩上八行詩作品研討
　　　　　　會」。

　11 月　　15 日，發表〈跳繩的少女——詩想意象〉於《上智雜
　　　　　　誌》第 7 卷第 6 期。

　　　　　　發表日文詩作〈請不要再演戲〉、〈愛的亂彈〉、〈玉蘭花〉
　　　　　　於日本《詩と思想》第 147 期「陳千武特集」。

　12 月　　15 日，翻譯小海永二〈我的偏見〉、〈詩的形形色色〉、
　　　　　　〈感懷〉、〈詩人的生涯〉、〈我們對脅迫很軟弱〉、〈走馬
　　　　　　燈〉、〈十月的信〉於《笠》第 202 期。

1998 年　　1 月　　20 日，發表〈分屍——詩想意象〉於《上智雜誌》第 8
　　　　　　卷第 1 期。

　　　　　　翻譯岡崎郁子〈探索陳千武未發表的詩、隨筆的意義〉於
　　　　　　《文學臺灣》第 25 期。

　　2 月　　15 日，發表〈詩刊交流——笠詩刊與日本的詩刊〉於
　　　　　　《笠》第 203 期。

　　4 月　　15 日，發表〈椅子——岩上的詩〉於《上智雜誌》第 8
　　　　　　卷第 2 期。

　　　　　　23 日，發表〈語言的寺廟〉於《民眾日報》。

　　5 月　　22 日，發表〈赤裸女體的詩衣裳〉於《臺灣時報》副
　　　　　　刊。

　　　　　　發表日文詩作〈透明相思〉於日本《詩吠誌》第 3 期。

　　6 月　　24 日，發表〈非詩的文字建築〉於《民眾日報》。

7 月　　4 日，應邀於日本岩手縣「現代詩歌文學館」發表演講：「談臺灣的詩」。

15 日，發表〈殺風景之美的感受——詩想意象〉於《上智雜誌》第 8 卷第 3 期。

29 日，發表〈臺灣的皇民文學〉於《民眾日報》。

安田學、保坂登志子譯日文中篇小說《ビンロウ大王物語——伝説・臺湾原住民ペイナン族》（擦拭的旅行——檳榔大王遷徙記）由日本東京かど創房出版。

9 月　　5 日，發表〈走尋臺中城——臺中一中〉於《臺灣時報》副刊。

10 月　　15 日，發表〈讓我想起——張芳慈的詩〉、〈東亞詩的交流〉於《笠》第 207 期。

發表〈詩草——詩三題〉於《淡水牛津文藝》第 1 期。

11 月　　18 日，發表〈認清本土詩文學〉於《民眾日報》。

翻譯今辻和典〈從日本看《笠》詩的運動體集團性〉於《民眾日報》。

12 月　　8 日，應邀至臺灣師範大學發表演講：「臺灣新詩的民族性、社會性」。

30 日，發表〈時間——詩想意象〉於《上智雜誌》第 8 卷第 4 期。

1999 年　　2 月　　15 日，發表〈讀陳明克《貓臉歲月》〉於《笠》第 209 期。

自費出版賴襄欽詩集《途中詩集》中譯本。

3 月　　應邀擔任「臺灣現代詩人協會」籌備會主任委員。

4 月　　15 日，發表詩作〈新地〉、〈岡市〉、〈空調冷氣〉、〈插花〉、〈人和車〉、〈操場〉於《笠》第 210 期；發表〈叫喊——白萩的詩〉於《上智雜誌》第 9 卷第 1 期。

		25 日，應邀參加南投縣文化中心於南投日月潭舉辦的「新詩創作研習營」，發表演講：「詩中愛的感應創作」。
	5 月	獲臺灣文藝作家協會「第 22 屆中興文藝特別貢獻獎」。
	6 月	12 日，發表〈本土詩心鳴奏——看李敏勇詩集〉於《民眾日報》。

25 日，應邀參加南投縣文化中心於南投日月潭舉辦的「新詩創作研習營」，發表演講：「詩中愛的感應創作」。

5 月　獲臺灣文藝作家協會「第 22 屆中興文藝特別貢獻獎」。

6 月　12 日，發表〈本土詩心鳴奏——看李敏勇詩集〉於《民眾日報》。

獲臺灣文化學院榮譽博士。

7 月　15 日，發表〈西川滿先生追悼特輯——西川滿印象〉於《淡水牛津文藝》第 4 期。

8 月　發表〈臺中市大墩文學發展史資料——臺中文學史年表（1889~1998）〉於《大墩文化》第 12 期。

短篇小說集《活著回來——日治時期‧臺灣特別志願兵的回憶》由臺中晨星出版社出版。

9 月　22 日，發表〈臺灣詩文學運動的窘境〉於《民眾日報》。

10 月　15 日，發表詩作〈防空壕〉、〈過客詩人〉、〈沒有心，用腳愛臺灣〉、〈運材車〉於《笠》第 213 期。

12 月　15 日，發表詩作〈大地震出的愛〉於《笠》第 214 期。

應邀擔任臺灣師範大學駐校作家。

2000 年　1 月　2~4 日，〈吳新榮的詩文學思想〉連載於《民眾日報》。

19~20 日，與高橋喜久晴、金光林、丸地守連詩〈遊詠於華麗島臺南〉連載於《民眾日報》。

發表〈懷念前輩作家龍瑛宗先生〉於《文學臺灣》第 33 期。

發表〈思念龍瑛宗先生〉，翻譯龍瑛宗日文詩作〈夜與晨之歌〉、〈花蓮港回想〉於《淡水牛津文藝》第 6 期。

2 月　15 日，發表與高橋喜久晴、金光林連詩〈秋天遊伊豆〉於《笠》第 215 期。

3 月　21 日，發表詩作〈錯誤的年輪〉於《民眾日報》。

發表日文詩作〈淚珠〉於日本《詩吠誌》第 10 期。

發表詩作〈新富町＆三民路〉於《海鷗詩刊》復刊第 20
期。

4 月　10 日，發表短篇小說〈洪雅少女的詩〉於《民眾日報》。

15 日，發表〈請原諒我──鄭烱明的詩〉於《上智雜
誌》第 9 卷第 2 期；發表與高橋喜久晴、金光林、丸地守
連詩〈連詩三題〉於《笠》第 216 期。

應邀主持由南投縣立文化中心舉辦的「第三屆東亞詩書
展」座談會。

5 月　28～29 日，〈女黥詩情──看新川和江的母愛與生〉連載
於《民眾日報》。

獲南投縣政府「南投文學貢獻獎」。

發表日文詩作〈新富町＆三民路〉於日本《くれっしえん
ど》第 50 期。

6 月　25 日，發表〈溪底石──詩想意象〉於《上智雜誌》第 9
卷第 3 期。

發表〈吳濁流先生留在日本靜岡一首漢詩〉於《臺灣文
藝》第 170 期。

7 月　27～28 日，〈讀史的歲月──看陳明克詩集〉連載於《民
眾日報》。

擔任臺灣現代詩人協會籌備主任委員，召開成立大會。

發表日文詩作〈在暴風裡〉於日本《西毛文學》第 181
期。

8 月　4 日，獲鹽分地帶臺灣文藝營「資深臺灣文學家成就
獎」。

9 日，發表〈踏入詩文學思潮的波濤裡──臺灣現代詩人
協會籌組緣起〉於《民眾日報》。

9 月　　18 日，發表短篇小說〈真情與錯愛〉於《民眾日報》。

22 日，發表〈臺灣詩文學的窘境〉於《民眾日報》。

10 月　　6 日，應邀參加由靜宜大學舉辦的「兒童文學與語言研討會」，發表演講：「臺灣兒童詩的發展」。

11 月　　3～5 日，應邀參加日本地球詩社五十週年「世界詩人大會二〇〇〇東京」，獲「地球詩人獎」，並發表演講：「二十世紀中的我」。

14 日，發表詩作〈夏深夜之一刻〉、〈走在秋天〉、〈晚秋時〉、〈小孩兒〉、〈夕陽西下〉、〈瞬間〉、〈寂〉、〈回憶〉、〈profile〉、〈春夜的感傷〉、〈初夏夜〉、〈鴛鴦〉、〈圖書館〉、〈庭院〉、〈月夜〉、〈春夜曲〉、〈月光光〉、〈草笛〉、〈夕陽〉、〈群眾〉於《民眾日報》。

16 日，發表詩作〈散步〉於《民眾日報》。

20 日，發表詩作〈醫生之家〉於《民眾日報》。

26 日，發表詩作〈無聲的院子〉、〈野菊〉於《民眾日報》。

與高橋喜久晴、丸地守、金光林合著日文詩集《搭乘木筏船》，由日本東京青樹社出版。

12 月　　翻譯林修二《林修二詩文集》，由臺南縣文化局出版。

兒童文學《臺灣民間故事》由臺北富春文化公司出版。

2001 年　　1 月　　16 日，發表詩作〈風的日子〉、〈月影〉、〈外景〉、〈離別〉於《民眾日報》。

18 日，發表詩作〈春雨的早晨〉於《民眾日報》。

19 日，發表詩作〈長衫〉於《民眾日報》。

20 日，發表詩作〈歸鄉〉於《民眾日報》。

30 日，發表詩作〈哀歌〉於《民眾日報》。

31 日，發表詩作〈憐憫〉、〈橋欄杆〉於《民眾日報》。

保坂登志子譯日文短篇小說集《獵女犯——臺灣特別志願兵の追想》（獵女犯——臺灣特別志願兵的回憶）由日本京都洛西書院出版。

獲靜宜大學「榮譽駐校作家獎」。

2 月　1 日，發表詩作〈少女〉、〈孤獨〉於《民眾日報》。

2 日，發表詩作〈悅樂〉於《民眾日報》。

5 日，發表詩作〈陰天早晨〉於《民眾日報》。

6 日，發表詩作〈早春〉於《民眾日報》。

12 日，發表詩作〈思慕〉於《民眾日報》。

16 日，發表詩作〈月夜〉於《民眾日報》。

詩集《陳千武精選詩集》由臺北桂冠圖書公司出版。

3 月　5 日，發表〈蝌蚪詩想——評介江嵐詩集《逗點》〉於《民眾日報》。

發表日文詩作〈品茶〉於日本《岩礁》第 106 期。

4 月　15 日，翻譯高橋絹代〈霧裡〉、〈俯瞰〉於《笠》第 222 期。

發表日文詩作〈秋〉於日本《ゆすりか》第 48 期。

5 月　2 日，發表〈窗外一朵花——跋鄭順娘處女詩集〉於《民眾日報》。

6 月　15 日，發表〈詩的啟示〉，翻譯齋藤勇一〈霓虹的橋樑〉於《笠》第 223 期。

應邀參加於臺中文化中心舉辦的臺灣端午詩人節大會，並朗誦詩作〈童年的詩〉。

自費出版《詩走廊散步》、《詩思隨筆集》。

翻譯何德來詩集《我的路》，由國立歷史博物館出版。

發表日文詩作〈曲譜〉於日本《岩礁》第 107 期。

7 月	發表〈臺灣的新詩精神 Esprit Nouveau〉於《臺灣文學評論》第 1 卷第 1 期。	

7 月　發表〈臺灣的新詩精神 Esprit Nouveau〉於《臺灣文學評論》第 1 卷第 1 期。

發表日文詩作〈換季〉於日本《岩礁》第 108 期。

9 月　24 日，發表詩作〈文化肚臍〉於《臺灣日報》副刊。

10 月　15 日，翻譯土田英雄〈在臺灣當過日本兵的兩個詩人——窗・道雄和陳千武〉於《笠》第 225 期。

翻譯詩集《臺灣新詩 36 人集》，由臺北笠詩社出版。

翻譯小海永二詩集《夢的岸邊》，由臺北笠詩社出版。

自費出版張文環短篇小說集《憂鬱的詩人》中譯本。

11 月　應邀參加由真理大學臺灣文學系舉辦的「福爾摩莎的心窗——王昶雄文學會議」。

發表〈臺中兒童詩畫的成就〉於《大墩文化》第 18 期。

12 月　自費出版詩集《繽紛即興詩集》、《吾鄉詩畫集》、《暗幕的形象》。

詩集《拾翠逸詩文集》由南投縣文化局出版。

翻譯詩集《七股四草詩情》，由中華野鳥協會出版。

發表日文詩作〈陶坊女〉於日本《ゆすりか》第 50 期。

發表日文詩作〈更生〉於日本《ゆすりか》第 51 期。

本年　翻譯中日對照詩集《透明相思》，由南投縣文化局出版。

2002 年　1 月　16 日，發表詩作〈麻雀國演義〉於《臺灣日報》副刊。

23 日，應邀參加由鄭順娘文教公益基金會舉辦的「臺、日、韓詩人交流座談會」。

應邀至臺中圖書館發表演講：「小說創作經驗談」。

2 月　2 日，應邀參加於埔里鯉魚潭舉辦的「賴和臺灣文學營」，發表演講：「日本文學與臺灣文學」。

15 日，翻譯小海永二〈道路〉、〈悲歌二〉、〈遠方〉、〈徒勞〉、〈調慢速度〉於《笠》第 227 期。

3 月　15 日，應邀參加由輔仁大學舉辦的「中日現代詩研討會」，發表演講：「詩翻譯的可能性」。

24 日，發表〈臺灣詩的新走向〉於《更生日報》「四方文學週刊」。

翻譯張文環日文作品，結集為《張文環全集》，由臺中縣文化局出版。

4 月　發表日文詩作〈感應〉於日本《ゆすりか》第 52 期。

5 月　5 日，翻譯大井康賜〈水車〉於《臺灣日報》副刊。

31 日，發表日文詩作〈清香〉於日本《極光》創刊號。

6 月　15 日，發表〈陳塡詩集《入關》序〉於《笠》第 229 期。

16 日，發表〈詩的可譯與不可譯〉於《更生日報》「四方文學週刊」。

發表〈詩為什麼存在〉於《臺灣詩學》第 40 期。

7 月　發表〈童話創作論——童心的鈴鐺〉於《文學臺灣》第 43 期。

發表〈從新詩發展的過程看日本文學〉於《臺灣文學評論》第 2 卷第 3 期。

發表日文詩作〈祕情〉於日本《ゆすりか》第 53 期。

8 月　15 日，翻譯新川和江〈不要栓綁我〉、大景康暢〈水車〉、中原道夫〈寒風〉於《笠》第 230 期。

27 日，應邀參加由臺灣文學協會舉辦的「中日現代詩國際研討會」，發表演講：「臺灣現代詩的發展」。

安田學、保坂登志子譯日文短篇小說集《臺湾平埔族の伝說》（謎樣的歷史——臺灣平埔族傳說）由日本京都洛西書院出版。

9 月　獲國家文化藝術基金會「第六屆國家文藝獎」。

10月　發表日文詩作〈愛的單行道〉於日本《ゆすりか》第 54
期。

11月　2 日，獲真理大學「第六屆臺灣文學家牛津獎」，並應邀
參加「福爾摩莎文學——陳千武創作學術研討會」。
短篇小說集《情虜》，由南投縣文化局出版。

2003 年　1月　發表〈臺灣詩的發展過程〉於《臺灣文學評論》第 3 卷第
1 期。

2月　15 日，翻譯〈日本詩人當代詩選譯〉於《笠》第 233
期。

3月　8 日，發表〈處境——一位榮民計程司機的嘟嚅〉於《臺
灣日報》副刊。

16 日，發表〈從詩史看臺灣意象的重要性〉於《更生日
報》「四方文學週刊」。

4月　10 日，發表〈臺灣本土文學的大本營〉於《自由時報》
副刊。

16 日，發表詩作〈把戲〉於《臺灣日報》副刊。

24～26 日，翻譯鈴木茂夫〈臺灣處分一九四五〉於《臺
灣日報》副刊。

29 日～5 月 1 日，應邀於南臺科技大學國際會議廳發表演
講：「東亞詩的交流與比較」，並參加「師生藝文沙龍」與
「陳千武先生作品研討會」。

6月　15 日，發表詩作〈封面印象〉於《笠》第 235 期。

7月　5 日，應邀參加於臺中市文化局舉辦的「東亞現代詩創作
國際研討會」，擔任引言人。
發表〈東亞詩的交流與比較〉於《臺灣文學評論》第 3 卷
第 3 期。

8月　陳明台主編《陳千武全集》（共 12 冊），由臺中市文化局

　　　　　　　　　　　出版。

　　　　　　9 月　　發表〈文學殿堂〉於《臺灣文學館通訊》第 1 期。

　　　　　　10 月　　發表〈何德來短歌〈我的路〉欣賞〉於《臺灣文學評論》
　　　　　　　　　　　第 3 卷第 4 期。

　　　　　　　　　　　發表日文詩作〈晚秋〉、〈貝殼〉於日本《ゆすりか》第
　　　　　　　　　　　58 期。

　　　　　　11 月　　22～23 日，應邀參加中華民國兒童文學學會於靜宜大學
　　　　　　　　　　　國際會議廳舉辦的「兒童文學資深作家陳千武先生及其同
　　　　　　　　　　　輩作家作品研討會」。《兒童文學資深作家陳千武先生及其
　　　　　　　　　　　同輩作家作品研討會論文集》由臺北中華民國兒童文學學
　　　　　　　　　　　會出版。

　　　　　　本年　　發表日文詩作〈臺灣市街後〉於日本《くれっしえんど》
　　　　　　　　　　　第 60 期。

　2004 年　　1 月　　發表日文詩作〈跳繩的少女〉於日本《ゆすりか》第 59
　　　　　　　　　　　期。

　　　　　　2 月　　10 日，發表詩作〈鄉愁〉於《臺灣日報》副刊。

　　　　　　　　　　　29 日，發表詩作〈現象──即物主義的詩〉於《臺灣日
　　　　　　　　　　　報》副刊。

　　　　　　3 月　　1 日，發表〈人生教訓〉於《文訊》第 221 期。

　　　　　　　　　　　26 日，發表詩作〈藍與綠〉於《臺灣日報》副刊。

　　　　　　　　　　　27 日，應邀參加於修平大學舉辦的「戰後臺灣文學研討
　　　　　　　　　　　會」，發表演講：「戰後臺灣現代詩創作思潮」。

　　　　　　　　　　　29 日，應邀至真理大學麻豆分校發表演講：「臺灣詩文學
　　　　　　　　　　　動向」。

　　　　　　4 月　　11 日，發表詩作〈悼念詹冰詩兄〉於《臺灣日報》副
　　　　　　　　　　　刊。

　　　　　　　　　　　15 日，應邀至彰化師範大學發表演講：「臺灣童詩創

作」。

發表〈題爲「我」的一首詩〉於《文學臺灣》第 50 期。

發表日文詩作〈誘〉、〈迷路〉於日本《ゆすりか》第 60 期。

5 月　19 日，應邀參加由東京早稻田大學舉辦的「亞洲太平洋研究科研討會」，發表演講：「臺灣現代詩的動向」。

29 日，應邀至臺中新民高中藝術會館發表演講：「臺灣本土文學的大本營」。

30 日，發表詩作〈小浦心古戰場〉於《臺灣日報》副刊。

7 月　發表〈從江自得詩集《那一支受傷的歌》看臺灣的《臉》〉於《文學臺灣》第 51 期。

發表日文詩作〈游〉於日本《ゆすりか》第 61 期。

9 月　16 日，發表〈本土文學的獨自性〉於《臺灣日報》副刊。

24～25 日，應邀參加臺灣文學協會於臺灣電視公司舉辦的「中日現代詩研討會」，與日本學者丸地守、佐藤伸宏對談，主題爲「邁向超越的夢──日本現代詩一斷層面」。

發表〈笠詩精神堅持四十年〉於《臺灣文學館通訊》第 5 期。

10 月　2～3 日，應邀參加國家臺灣文學館舉辦之「笠詩社四十周年國際學術研討會」，發表演講：「《笠》四十年的業績」。

發表〈楊逵的文學與生活〉於《文學臺灣》第 52 期。

發表日文詩作〈罰〉於日本《ゆすりか》第 62 期。

11 月　16 日，發表詩作〈拾遺詩抄〉於《臺灣日報》副刊。

兒童文學《荒埔中的傳奇》，由南投縣文化局出版。

獲中華民國資深青商總會「全球中華文化藝術薪傳獎」。

2005 年　　1 月　　發表〈臺灣現代詩暗喻的內涵──二〇〇四臺日現代詩研討會講稿〉於《文學臺灣》第 53 期。

發表日文詩作〈鏡前〉於日本《ゆすりか》第 63 期。

　　　　　2 月　　15 日，發表詩作〈抒情短歌〉於《笠》第 245 期。

　　　　　4 月　　1 日，發表詩作〈憶懷〉於《臺灣日報》副刊。

13 日，發表詩作〈藍青怪僻〉於《臺灣日報》副刊。

發表〈現代詩精神的原鄉〉於《臺灣文學評論》第 5 卷第 2 期。

發表日文詩作〈依託〉於日本《ゆすりか》第 64 期。

　　　　　5 月　　1 日，發表〈孵化的，美麗的夢〉於《文訊》第 235 期。

　　　　　7 月　　發表日文詩作〈詩二題〉（詩二題）於日本《ゆすりか》第 65 期。

　　　　10 月　　25 日，發表〈期待最後的反省──終戰六十年感言〉於《臺灣日報》副刊。

發表日文詩作〈藍與綠〉於日本《ゆすりか》第 66 期。

　　　　11 月　　26 日，應邀參加南投縣政府舉辦之「2005 南投文學──巫永福與張文環創作學術研討會」，發表演講：「臺灣新文學先驅在南投」。

　　　　12 月　　15 日，發表〈笠詩二百五十回顧〉於《笠》第 250 期。

《詩的呼喚──文學評論集》由南投縣立文化中心出版。

2006 年　　1 月　　7 日，應邀參加臺灣現代詩人協會於臺中教育大學附設實驗小學舉辦的「現代詩──詩與社會現實研討會」，與會者有趙天儀、岩上、莫渝等人。

19～22 日，翻譯工藤茂〈我底死，我忘記帶回來──論陳千武短篇集《獵女犯》〉連載於《臺灣日報》副刊。

發表日文詩作〈風韻〉於日本《ゆすりか》第 67 期。

3 月　發表〈看詩寫詩認清自己〉於《臺灣現代詩》第 5 期。

三木直大編日文詩集《暗幕の形象》（暗幕的形象）由日本東京思潮社出版。

4 月　27 日，發表詩作〈愚劣者〉於《臺灣日報》副刊。

發表日文詩作〈追想〉於日本《ゆすりか》第 68 期。

7 月　18～23 日，應邀參加東京早稻田大學座談會，發表演講：〈在殖民地峽谷的生活〉。

翻譯工藤茂〈論陳千武短篇集《獵女犯》〉於《臺灣文學評論》第 6 卷第 3 期。

發表日文詩作〈花と棘〉於日本《ゆすりか》第 69 期。

9 月　翻譯小海永二〈日本現代詩考察〉於《臺灣現代詩》第 7 期。

10 月　發表日文詩作〈吉祥圖〉於日本《ゆすりか》第 70 期。

11 月　25 日，應邀參加真理大學語文學院主辦之「黃靈芝文學會議」，發表演講：「黃靈芝的創作思考」。

2007 年　1 月　4 日，國家臺灣文學館與臺中市文化局共同舉辦「永遠的文學者——陳千武」特展，展出作家手稿、私人珍藏照片等影像，至 4 月 30 日止。

發表〈文學小巷子始終徘徊〉於《大墩文化》第 39 期。

發表日文詩作〈夢〉於日本《ゆすりか》第 71 期。

3 月　翻譯吉原幸子〈彆扭鬼〉、〈冒瀆〉於《臺灣現代詩》第 9 期。

4 月　1 日，發表〈文學館的樞紐〉於《文訊》第 258 期。

發表日文詩作〈花火〉於日本《ゆすりか》第 72 期。

6 月　翻譯藤森美里〈生命〉、〈爲了自己〉於《臺灣現代詩》第 10 期。

7月　　發表短篇小說〈罔市含羞草〉於《文學臺灣》第 63 期。

發表日文詩作〈いのちのリズム〉於日本《ゆすりか》第 73 期。

9月　　27 日，發表〈聆賞風鈴季歌〉於《臺灣時報》。

27～29 日，應邀參加南華大學舉辦之「第一屆現代臺日文學與城鄉意象研討會」，發表論文〈臺灣日本現代詩創作交流與比較〉。

發表〈臺中的文學——構成文化城的實質〉於《臺灣現代詩》第 11 期。

11月　《文學人生散文集》由臺中市文化局出版。

12月　翻譯藤森美里〈Christmas Eve〉、〈亂子〉於《臺灣現代詩》第 12 期。

2008 年　1月　　發表〈走馬燈〉於《文學臺灣》第 65 期。

發表日文詩作〈変節の夜明け〉於日本《ゆすりか》第 75 期。

3月　　29 日，應邀參加南投縣文化局舉辦之「2008 南投文學學術研討會」，發表演講：「南投文學的光芒」。

4月　　發表日文詩作〈風〉於日本《ゆすりか》第 76 期。

5月　　17 日，應邀參加由靜宜大學日本語文學系、臺灣現代詩人協會共同舉辦的「臺日韓現代詩交流座談會」，與丸地守、金尙浩、蔡秀菊、林宗儀等人對談。

7月　　發表日文詩作〈螢〉、〈螢火蟲〉於日本《ゆすりか》第 77 期。

9月　　發表〈臺日韓現代詩交流的實績〉於《臺灣現代詩》第 15 期。

10月　發表〈看原住民的趣味傳說〉於《文學臺灣》第 68 期。

　　　　　　　　應邀參加文訊雜誌社於臺中明道中學舉辦的「瞬間永恆——
　　　　　　　　—臺灣資深作家照片巡迴展」，擔任與談人。

　　　　　　　　發表日文詩作〈信念〉於日本《ゆすりか》第 78 期。

　12 月　翻譯高橋喜久晴〈獨木橋〉、〈鏈子〉、〈蠟燭〉、〈氣球〉、
　　　　　　　　〈在黑暗裡〉於《臺灣現代詩》第 16 期。

　　　　　　　　詩集《陳千武集》由臺南國立臺灣文學館出版。

　本年　發表日文詩作〈日月潭之夏〉於日本《ル-ファ-ル》詩
　　　　　　　　刊。

2009 年　　1 月　1 日，發表詩作〈誘掖〉於《文訊》第 279 期。

　　　　　　　　發表日文詩作〈誘う〉、〈晚春之夜〉於日本《ゆすりか》
　　　　　　　　第 79 期。

　2 月　15 日，發表詩作〈想飛〉、〈夢境〉、〈裸女〉、〈爭〉、〈戲
　　　　　　　　棚人生〉於《鹽分地帶文學》第 20 期。

　3 月　發表〈秋吉教授的臺灣文學觀〉於《臺灣現代詩》第 17
　　　　　　　　期。

　4 月　發表日文詩作〈都市〉、〈梅雨〉於日本《ゆすりか》第
　　　　　　　　80 期。

　5 月　28 日，應邀參加「2009 詩人節」，於慶祝大會上致詞並擔
　　　　　　　　任「新詩朗誦會」引言人。

　6 月　發表〈詩情花藝比創意〉、〈論「如何提升詩意象創作」〉
　　　　　　　　於《臺灣現代詩》第 18 期；發表詩作〈月夜〉、〈地球〉、
　　　　　　　　〈時間〉、〈氣象報告〉、〈餘暉〉、〈螢火蟲〉、〈嫦娥〉、〈星
　　　　　　　　星〉、〈相簿〉、〈小白兔〉於《滿天星》第 63 期。

　7 月　1 日，發表詩作〈詩刊封面印象〉於《文訊》第 285 期。

　　　　　　　　15 日，應邀參加國家臺灣文學館舉辦之「笠詩選新詩發
　　　　　　　　表會」，發表演講：「《笠》發行的功效」。

　　　　　　　　發表日文詩作〈愛之神〉於日本《ゆすりか》第 81 期。

8 月　發表〈寫「國文老師」的回憶〉於《明道文藝》第 401
　　　期。

9 月　翻譯小海永二〈「詩人」的語言〉、〈給住在月球的兔子
　　　們〉於《臺灣現代詩》第 19 期。

12 月　翻譯大石規子〈不可思議的我〉、〈母親〉、〈名簿裡的一
　　　行〉、〈永眠於丘陵的小星星〉於《臺灣現代詩》第 20
　　　期。

2010 年　1 月　發表日文詩作〈愚劣者〉於日本《ゆすりか》第 83 期。

3 月　翻譯大井康暢〈遠方呼喚的聲音〉於《臺灣現代詩》第
　　　21 期。

4 月　發表日文詩作〈競わず〉於日本《ゆすりか》第 84 期。

5 月　1 日，國立臺灣文學館舉辦「《明台報》及陳千武文學鼎
　　　談會」，同時將《明台報》及太平洋戰爭相關史料、手稿
　　　於作家真跡室展出，至 7 月止。

6 月　翻譯名古きよえ〈走路〉、〈在路邊〉於《臺灣現代詩》第
　　　22 期。
　　　南投縣文學資料館舉辦「陳千武文學展」，展出內容包括
　　　照片、手稿與作品等。

7 月　發表日文詩作〈迷惑的族群〉於日本《くれっしえんど》
　　　第 80 期。

9 月　翻譯秋吉久紀夫〈臺灣竹子〉、〈線香菸漂蕩著──於臺灣
　　　臺南媽祖廟〉、〈北迴歸線──於臺灣嘉義〉於《臺灣現代
　　　詩》第 23 期。

10 月　發表日文詩作〈山宿之夜〉於日本《ゆすりか》第 86
　　　期。

12 月　發表詩作〈迷惑的族群〉於《臺灣現代詩》第 24 期。

| 2011 年 | 1 月 | 8 日，應邀參加於臺中大墩市立文化中心舉辦的「吳櫻 《信鴿——文學・人生・陳千武》新書發表會」，與會者 有洪敏麟、趙天儀、岩上等人。 |
| | 6 月 | 發表詩作〈湖邊土角厝〉、〈海邊景色〉、〈嬰兒臉〉、〈巴士 停留站〉、〈於山谷〉於《臺灣現代詩》第 26 期。 |

參考資料：

・林政華，〈陳千武先生文學年譜〉，《通識研究期刊》第 3 期，2003 年 6 月。

・孟祐寧，〈陳千武先生文學年譜〉，《福爾摩莎文學——陳千武創作學術研討會》， 臺北：真理大學臺灣文學系，2002 年 11 月。

・陳明台主編，《陳千武全集》（共 12 冊），臺中：臺中市立文化局，2003 年 8 月。

・陳素蘭，《陳千武的文學人生》，臺北：時報文化出版公司，2004 年 6 月 20 日。

・陳靜玉，〈附錄一：陳千武年表〉，《陳千武及其現代詩研究》，高雄師範大學中國 語文學系碩士論文，2001 年 10 月。

・蔡秀菊，《文學陳千武》，臺中：晨星出版公司，2004 年 3 月。

輯三◎
研究綜述

鼓手之歌
陳千武詩文學的寫作精神綜述

◎阮美慧

一、前言

　　1939 年（昭和 14 年），陳千武（桓夫，1922～）發表他的第一首新詩作品〈夏深夜的一刻〉，刊於《臺灣新民報・學藝欄》（1939 年 8 月 27日），同月 30 日發表〈上弦月〉，9 月發表〈大肚溪〉等，其後，他又陸續在《臺灣藝術》、《臺灣新聞》、《興南新聞》發表詩與小說等作品，日治時期他出版了私家藏版詩集《徬徨的草笛》（1940 年）、《花的詩集》（1941 年），以及與賴襄欽合集《若櫻》（1943 年）油印本等，這些作品，記錄了他文藝青年時期的寫作軌跡，同時，也顯現戰前他已在文學上嶄露頭角。[1]

　　陳千武和巫永福（1913～2008）、吳瀛濤（1916～1971）、林亨泰（1924～）、錦連（1928～）等共爲「跨越語言一代詩人」[2]，意即：他們共同跨越了日本殖民臺灣與國民政府遷退來臺的二個時代，他們不僅書寫語言必須從日文轉爲中文，其自我認同也遭遇到扭轉的命運，故「跨越語言一代」詩人的文學歷程，皆具有承先啓後的時代意義，可做爲臺灣新文學發展史的參照，從他們的作品中，不僅可見他們對詩的堅持，更可看到

---

[1] 陳千武日治時期的作品：《徬徨的草笛》（1940 年）收詩 27 首，《花的詩集》（1942 年）收 36 首，及《若櫻》（1943 年）等詩作，後來陳千武曾部份摘譯於《笠》第 104 期（1989 年 8 月）。見〈陳千武的工場詩及其它〉17 首。

[2] 陳千武，〈文學少年〉，《民眾日報》（1981 年 1 月 3 日；《獵女犯》代序（臺中：熱點文化公司，1984 年）頁 3，及呂興昌，《臺灣詩人研究論文集》（臺南：臺南市立文化中心，1995 年 4 月），頁 230。

在幽暗的年代中所發出的微光，這些星星之火，照亮了日後臺灣文學的星空。是以，「跨越語言一代」詩人，不僅走過歷史的軌跡，也是時代的見證者，他們在面對不同政權更迭時，更具有洞察歷史的方向，更易建立自己的歷史意識，這些歷史經驗，常成為詩人日後文學觀建立的根源，如陳千武曾說：「對於飛翔自由世界的夢幻，樹立理想鄉的憧憬，醜惡常常變成一種壓力，以各種不同的手段，挾持著人存在的實際生活，誘導人的頹廢，甚至於毀滅的黑暗裡，迷失了自己。──感受這種醜惡壓力，而自覺某些反逆的精神，意圖拯救善良的意志與美，我就想寫詩。」[3]從他的詩觀中，可見他從現實生活中，提煉詩的密度，思考詩的方向，站在個人與現實對抗的立場上，將醜陋的現實給予轉化與提升，使人在詩的國度中得到美、善的救贖，同時，書寫個人在大時代中的掙扎、矛盾與哀愁。

戰後，陳千武除了語言轉換的壓力外，現實的挫折與困頓，亦是不斷挑戰著他的寫作，尤其在面對威權體制的桎梏，所感到的苦悶與高壓，迫使詩人封筆十數年，直到 1958 年才在《公論報》「藍星詩頁」，寫下戰後第一首中文詩作〈外景〉。此後，逐漸擺脫語言的障礙，在詩壇中努力耕耘、實踐，除了創作不輟外；也大量譯介日本現代詩作與詩論，加強臺灣詩的體質與擴大臺灣文學的視野，1964 年 6 月，由多位「跨越語言一代詩人」推動成立「笠詩社」（以下簡稱「笠」），創刊《笠詩刊》（以下簡稱《笠》），使得臺灣本土詩人重新匯聚，恢復、銜接自戰前的臺灣詩學發展。[4]由於，陳千武長期擔任《笠》的編務工作，且對後進的提攜不遺餘

---

[3]林亨泰，〈笠下影──桓夫〉，《笠》第 3 期（1964 年 10 月），頁 4。

[4]關於「笠」的成立始末為：1964 年 3 月，參加吳濁流（1900～1976）主持的《臺灣文藝》創刊籌備會，以傳遞臺灣文學的香火。但由於吳氏於詩學方面偏重於舊體詩的理念，於是桓夫遂與文友決定另行創辦新詩專刊，以銜接臺灣新體詩發展的血脈。故與林亨泰、錦連、古貝於卓蘭詹冰住宅，商討成立詩社事宜，由林亨泰提出以「笠」為詩刊之名，以隱喻臺灣人艱苦卓絕的精神。五人共同署名發出成立笠詩社及創刊《笠》詩刊的通告，並邀請吳瀛濤、薛柏谷、黃荷生、白萩、趙天儀、杜國清、王憲陽等七人為同仁，此 12 人即成為笠詩社、笠詩刊的共同發起人。是年六月 15 日出版《笠》創刊號，此後持續出刊，迄今出刊近兩百期（按：直至 2011 年 10 月，已出刊 285 期），是國內至今仍未脫刊的詩學刊物。（參考拙著《笠詩社跨越語言一代詩人研究》〈第三章：分論（一）桓夫論〉，臺中：東海大學中國文學研究所碩士論文，1997 年，頁 9）。

力，而逐漸凝聚「集團意識」，奠定了「笠」在詩壇上的位置及其平實穩健的風格，直至目前 2011 年 10 月從未脫稿，已出刊至 285 期。

此外，陳千武也積極推動亞洲詩人會議，加強臺灣與日本、南韓及亞洲其他地區的詩人交流，增進彼此學習觀摩的機會。另外，他也努力推廣文學教育，提升國人對詩的認知與創作，特別對童詩挹注心力，同時，也對青少年及民間文學的重視，蒐集整理編寫其相關著作，如《臺灣原住民的母語傳說》（1991 年）、《臺灣民間史語》（1991 年）、《檳榔大王遷徙記》（1993 年）、《臺灣平埔族傳說》等。歷年，陳千武獲獎無數，重要者如：吳濁流文學獎（1977 年）、亞洲詩人會議功勞獎（1988 年）、第一屆國家文藝翻譯成就獎（1992 年）、南投縣文學貢獻獎（2000 年）等，2002 年陳千武更獲頒第六屆「國家文藝獎」，其文學成就與貢獻，再次受到肯定。以下就陳千武的文學作品加以梳理，以揭示其一生的文學志業及其作品的精神樣貌。

一、殖民歷史的見證與反思

陳千武早年因受日本殖民統治，深感被殖民的無奈與哀愁。因此，在早期的詩作中，充滿了濃烈的歷史意識與被殖民的經驗。這些作品，不僅做為臺灣歷史經驗的考察，同時，更可照見詩人在殖民時代下的滄桑容顏，及其詩的精神所在。

（一）原鄉情結的考察

由於，早年陳千武生處異族統治，故對「原鄉」的意象，不時加以想像與思考，對自我的認同也常混淆不清，常自問自己到底是臺灣人？中國人？還是日本人？這些生命糾結的情懷，常化為詩句，使我們感受到他內心複雜的「原鄉情愁」，此外，透過他的詩作，我們也才能夠重新省視臺灣過去已逝的歷史記憶。陳千武在《不眠的眼》裡，對於臺灣的殖民歷史

做了深刻的回顧與反省[5]，在〈不眠的眼〉一詩中，表現對於原鄉情結的起伏、糾葛，詩末呈現自己在深夜中，那不眠的眼圓睜著，顯現其內在頹喪、焦躁的心情：

> 向左　　向右　　睜視著
>
> 向上　　向下　　瞻望著
>
> 迸出了星光　我耐心地雕琢
>
> 長夜的礦山崩潰了　　崩潰了

——節引《不眠的眼》，頁 20

另外，在〈在母親的腹中〉一詩，同樣扣緊遙遠模糊的原鄉意象，所感受到的惆悵與迷濛：

> 在母親的腹中
>
> 我底歷史早已開始蠕動
>
> 遙遠的昨日，孕育海峽的
>
> 霧。姍姍來自霧海
>
> 來自柔如山羊的眼睛
>
> 暖如深谷的
>
> 我底歷史早已開始蠕動
>
> 哦，在母親的腹中

詩人以「未成形」胎兒的胎動，隱喻自身不明確的歷史脈動，「遙遠的昨日」，當詩人回顧歷史，那遙遠的歷史卻姍姍來自「霧海」，「霧海」的朦朧、曖昧，阻礙了詩人對自身歷史根源的清晰眺望。

---

[5]參照古添洪，〈論陳千武的「泛」政治詩〉，《中外文學》第 17 卷第 5 期（1988 年 10 月），另收入孟樊主編，《臺灣當代文學評論大系：新詩批評》（臺北：正中書局，1993 年），頁 302。

> 姍姍來自霧海
>
> 彫刻年代曆的靈牌
>
> 福建　漳浦　赤湖
>
> 我底命運的原始地
>
> 而我背棄於世網角隅的
>
> ——一粒種子

　　而個體的生命，並非呱呱落地以後始告生命的開始，是「在母親的腹中／我底歷史早已開始蠕動」，因此，在母親腹中之前，其生命根源已開展，如同他在後期作品〈我的血〉（《混聲合唱》，頁 104）所說：「我的／一半是父親的血／一半是母親的血」，我的孩子，只有我二分之一的血緣，孫子只有四分之一的血緣，繼續分裂，「終歸，連山的回聲也聽不見了——」。同理，上溯自己生命的根源，自己也僅是先人六十四分之一、十六分之一、八分之一、四分之一的後嗣，那不可見的生命史前史僅是一片霧海，而其遺形物則是歷代祖先靈牌「福建　漳浦　赤湖／我底命運的原始地」，做爲生命的原始表徵。然而，矛盾的是，由於政治因素致使海峽隔絕，則「福建　漳浦　赤湖」所謂的原鄉，僅在茫茫霧海中，遙不可及。詩中複雜的歷史情結織成一張糾結難解的「網」。最後詩人的心靈回歸，並非要返回原鄉境地，相反的，卻是希冀以自身的存在確立自己生命的主體性。

> 在母親的腹中
>
> 我底歷史早已開始蠕動
>
> 來自柔如山羊的眼睛
>
> 暖如深谷的
>
> 賦予泥土的命運
>
> 綁在網中

> 掙扎於斷臍的痛苦
>
> 我底歷史早已開始蠕動
>
> 哦，在母親的腹中

——《不眠的眼》，頁27

　　為了追求個體的我的確立，詩人不得不忍受「掙扎於斷臍的痛苦」，以掙斷他與母親的連帶。而孤獨的個體生命，僅是「背棄於世網角隅的／──一粒種子」[6]，孑然隻身在世流中浮沉，「母親」與「原鄉」此一雙重意象，正刻畫了詩人生命的鄉愁與人生的孤獨感。最後，詩人「掙扎於斷臍的痛苦」，成為一個獨立的個體，與所生長的土地共存亡。

　　原鄉的追憶如同胎記一樣，血緣般的牽連無法切割，然而，現實的殖民經驗卻是經過強烈灼痛所刻下的烙印。胎記與烙印都背負在身上除之不去。而就對那遙遠的、虛幻的原鄉而言，胎記如同是出生的記念，而殖民經驗的烙印卻是對臺灣本土獻身的誓言。

　　詩人對於原鄉的感念，並非要將它視為一種「回歸母國」的宿願，如大陸來臺詩人，切實地將彼岸故鄉視做永遠的精神的慰藉，在心靈上遂產生一種戀鄉情結與流放的悲涼。如余光中的〈鄉愁〉[7]，描繪無法回歸的處境，思鄉的愁緒油然而起[8]：「而現在／鄉愁是一灣淺淺的海峽／我在這一

---

[6]本詩「而我背棄於世網角隅的」一句在陳千武詩中「網」、「雨絲」常代表著個人對歷史經驗的省察與揮之不去的情結。如在〈網〉一詩中：「啊！命運的花一瓣瓣／綻放著不甚透明的悲哀／如奴隸，被綁在網中，／被吊在傳統的蜘蛛／繫吊的蜘蛛似種子、你我、傀儡／──絲織嶺嶺的世網」（節引自《不眠的眼》，頁 25），另外，在〈雨中行〉：「千萬條蜘蛛絲直下／包圍於我／──蜘蛛絲的檻中」（節引自《密林詩抄》，頁 8），「網」為「雨絲」的變形，然主體都呈現「糾纏」、「紛雜」的意象。而「種子」、「蜘蛛」、「傀儡」代表被世網、雨絲所制約的「你我」，由於「你我」置於其中不可自救以致透出層層的無奈，表現生存的苦悶。

[7]余光中，〈鄉愁〉，收入氏著《白玉苦瓜》（臺北：大地出版社，1974 年），頁 57。

[8]有關余光中的「鄉愁」，一般論者多著墨於余氏的身分認同，強調其民族情感的深厚；但近年的研究更朝向較開放的解讀，而將他的「鄉愁」做一種角度的詮釋，更具反思性。如謝世宗〈遇見他者──余光中的旅美詩作與其國族認同的型塑〉一文指出：「〔余光中〕早期詩歌中所表現多是崇尚冒險、自由、永恆的浪漫主義態度。我們所熟識的鄉愁詩人余光中尚未成形。直到余光中前往美國進修，他才真正已離開了『家』；在異地與異國遭遇他者，才是余光中鄉愁詩浮現的歷史脈絡。」收入《臺灣文學研究學報》第 11 期（2010 年 10 月），頁 134。

頭／大陸在那頭」，或是洛夫的〈邊界望鄉〉[9]，對於故國凝視的心境，一種眺望企盼的心情：「望遠鏡中擴大數十倍的鄉愁／亂如風中的散髮／當距離調整到令人心跳的程度／一座遠方迎面飛來／把我撞成了／嚴重的內傷」，對於大陸來臺的詩人，鄉愁的「故鄉」未必專指他成長的家鄉，而是他來臺之前，大陸經驗的總體的記憶，或是個人少年、青春情懷的幻化物，因此「空間和現實的不一致總結了放逐者的命數」[10]，他們凝視故國的心情熱切殷盼，希冀回歸日以繼夜思念的故鄉。因而對於「臺灣本土」的觀照，往往由於返鄉的情節盤結，而隱沒不顯。

相較陳千武對原鄉情結而言，他並非耽溺於情境的想像或唱著流放的哀歌，而是更積極的省視自身的環境與現實，繼承橫渡黑水溝來臺拓墾的先民精神，更扎根在這塊鄉土上，在〈網〉中詩人揭示先祖跋山涉水開荒拓土的精神：

　　　　於是年代的花紋皺起
　　　　臺灣海峽的浪波湧起──
　　　　三百年前，我底祖先
　　　　呱呱誕生於海峽的戎克船上
　　　　族人的歡聲沸騰
　　　　把皺了的月光摺攏在潮上

　　　　三百年前，
　　　　我底祖先
　　　　孕育民族精神，渡過海
　　　　海的對岸，八卦山脈伸向南方
　　　　於南方的紅土山巔

---

[9]洛夫，〈邊界望鄉〉，收入氏著《時間之傷》（臺北：時報文化出版公司，1981年），頁33。
[10]簡政珍，〈余光中：放逐的現象世界〉，《當代臺灣文學評論大系──新詩評論卷》（臺北：正中書局，1993年），頁368。

　　　移植花、移植智慧，移植許多種子

　　　——栽培我們綠色的命運

——節引《不眠的眼》，頁24～25

　　於此可見，陳千武與其他大陸來臺詩人對於「原鄉」的情結不同；前者已將「原鄉」視爲祖先移民開墾的精神象徵，後者則仍將「原鄉」視作心靈回歸的幻境。由於二者對「原鄉」認同的差異，致使他們對於實存境域的關注，也呈現迥異的態度。因此，在〈網〉一詩中，「移植花，移植智慧，移植許多種子」，「移植」代表離鄉背井來到異域有適應新環境的問題，而被移植的種子卻展現更強的生命力，自覺地融入斯土，移植的種子將根芽在此土壤延伸，期盼枝繁葉茂。在〈渡海始祖土灶公〉一長詩，以詩的形式記述其家族史，詩中對自己放棄了悲情的原鄉，驕傲而自信地挺立著：

　　　我底祖先　土灶公

　　　由于你偉大的根非常堅固

　　　你的子孫雖曾經被外來的政權殖民過

　　　繁茂的枝椏卻不搖晃

　　　仍然保持自尊、自立而健在

——節引《禱告》，頁25～26

　　在這首敘述家族先民開墾拓荒的史詩中，詩人總結了自己和祖先原鄉的情懷。詩人的歷史感並非只是敘述或說明事情的發展始末，而是經由「過去」而在「現在」中找到立足點。在此立足點發展「未來」，而這也是何以陳千武能在追溯「過去」的同時更注視臺灣的現實經驗，扎根於生長的土地上。從探尋原鄉的時空座標，擴展到自身處境的認定，詩人在此找到了自己的歸屬感，同時更掌握關注的方向與努力的目標。

（二）殖民經驗的反省

　　一個外來的殖民政府與被殖民者間的文化關係，雖然常以對峙的形式存在，但二者之間的文化模式，往往也是互相滲透、交互、涵化（acculturation）的影響。不過，就「殖民化」的角度觀之，更明顯的仍是，殖民者對被殖民者一種有形的文化霸權侵略，更甚者，則是對本土文化恣意的刪改或扭曲。因此對被支配者而言，在其被奴化、剝削的過程中，往往產生「意識」或「行動」的逆反，要求要解放，尤其是知識分子，受過外來文化的衝激，對已然「內在化」的外來思想有所反思，而在這個反思過程中，又必須意識到外來思想體系裡以及自己傳統中的根源性問題，以對此宰制模式進行批判，展現抗衡的力量，而一個詩人所能做的就是藉「詩」喚醒大眾的自覺意識。

　　基於此，陳千武早期的詩作中，有相當數量是對「殖民經驗」的記錄，表現了積極的意識與批判的精神，以詩的語言對殖民者的「接收」、「壓榨」、「入侵」、「迫害」進行「精神抗爭」。如〈春色〉[11]、〈雨中行〉、〈童年的詩〉、〈信鴿〉若干詩作，皆對日治時期的統治者，提出了抗議的聲音。陳千武曾在〈我的第一首詩〉一文中自述：「一旦有思考能力，我便預感常有醜惡的壓力，從天空降下來似的，囚困著我無法飛翔自由世界的夢幻，這樣的感受是痛苦的」。[12]因此，詩是詩人藉語言以探索自我存在現實、生命情境的一種文學表現形式。在這探索過程中，詩成為自我困境找尋抒解的出口。

　　早期作品〈雨中行〉一詩，是陳千武對於自身命運反抗的基型，由於他誕生在日治異族統治之下，成長的經驗如同雨滴囚檻無法掙脫醜惡的壓力，這首詩「或許應該說是跟著我誕生為「臺灣人」的命運，同時，就有了這一球根萌芽的可能性潛在著」[13]，在殖民經驗中，現實的壓力使得他

---

[11]〈春色〉一詩收入私家版詩集：《花的詩集》於 1942 年 4 月 22 日所作。
[12]陳千武，〈我的第一首詩〉，《笠》第 92 期（1979 年 8 月），頁 35。
[13]同前註。

不得不向命運屈服,然而在屈服裡卻又產生反逆的精神,這兩股精神同時循環交錯在陳千武的心中,使他的詩在「知性的主觀精神中,不斷地以新的理念批判自己,並注重及淨化自然流露的情緒」[14],以此去記錄心中苦悶、悲哀的殖民痕跡。

　　　　一條蜘蛛絲　　直下

　　　　二條蜘蛛絲　　直下

　　　　三條蜘蛛絲　　直下

　　千萬條蜘蛛絲　　直下

　　　　　　包圍於我

　　　——蜘蛛絲的檻中

　　　被摔於地上的無數的蜘蛛

　　　都來一個翻觔斗,表示一次反抗的姿勢

　　　而以悲哀的斑紋,印上我的衣服和臉

　　　我已沾染苦悶的痕跡於一身

　　　　　　　　　——節引〈雨中行〉,《密林詩抄》,頁 8

　　歷來針對〈雨中行〉的評價者眾[15],此詩正是陳千武在面對現實生活困頓時,所展現的逆反之姿。他先由外在的雨景(雨絲),轉喻為「蜘蛛絲」,再將蜘蛛絲替換為內心的「愁思」,詩中以層遞的方式,由一條而

---

[14]陳千武,〈我的第一首詩〉,《笠》第 92 期(1979 年 8 月),頁 35。

[15]有關〈雨中行〉的評述,包括:詹冰〈我最欣賞的現代詩——評〈雨中行〉〉,《笠》第 22 期(1967 年 12 月),頁 45～46。簡安良,〈雨中行的賞析〉,收於《現代名詩賞析》(臺中:心影出版社,1979 年)。李魁賢,〈論桓夫的詩〉,收入氏著《臺灣詩人作品論》(臺北:名流出版社,1987 年)。蔡榮勇〈以小見大——欣賞〈雨中行〉〉,《笠》第 154 期(1989 年 12 月),頁 122。古繼堂,〈陳千武的雨中行〉(上海:《詩鑑賞辭典》,1991 年)。賴為政,〈詩賞析:雨中行〉,《笠》第 188 期(1995 年 8 月),頁 136～137。蕭蕭,〈〈雨中行〉鑑賞與寫作指導〉,收入《中學生現代詩手冊》(臺南:翰林出版公司,1999 年),頁 105～108。陳明台,〈鄉愁的憧憬——桓夫的詩〈雨中行〉〉,收入氏著《抒情的變貌:文學評集》(臺中:臺中市文化局,2000 年),頁 71～73。

成為千萬條，強化視覺上的效果，意味著：雨下個不停且越下越大的景象。而詩句中利用空格，隔開了蜘蛛絲（雨絲）與直下之間，空格的空間，使得雨滴直下有了節奏感與速度感的表現，這樣的動態，扣合第二段雨滴濺起翻轉的形態，而貼合成一種「反抗的姿勢」，如此的意象給予人一種鮮明的感受，透過詩人的形象刻畫，展現一種反抗殖民霸權的力量。於是，所有濺起的水花都成了反抗的姿態，印貼在身上的水漬則成為「悲哀的斑紋，印上我的衣服和臉」，那是更深一道不可抹滅的刻痕，是苦鬥於一身的印記。最後，詩人回歸生命的始源處——母體，尋求苦悶現實的慰藉。這首詩是陳千武早期的代表作，詩意確然，意象鮮明，揭示詩人在殖民統治下的精神樣貌。這樣的精神，也成為陳千武寫作時的基點與延伸，在面對嚴峻現實的考驗下，能保有較知性與冷靜的思辯性，將外在的生活壓力轉化為生命的動能，同時也展現臺灣人民處於如此的逆境中，仍能對生存的意志有所堅持與追求。

身為被殖民的悲哀，在〈童年的詩〉有更具體的描述，透過殖民者的語言學習及行為迫害，更感受到被殖民者的悲憤：

> 我底童年　上「公學校」的書袋裡
> 裝滿著教我做「賢明的愚人」的書籍
> 我們朗誦「伊、勒、哈、」
> 合唱「君の代」的國歌
>
> 禁止說母親的語言。違反的紀錄
> 被貼在教壇的壁上　記錄著悲哀
> 養成「賢明的愚人」的悲哀喲
>
> 哦！母親
> 為什麼有「大人」的恐怖威脅我
> 銀色的佩刀響著冰寒的亮聲

> 佩刀的閃光毫無鬼神的邪氣呀
>
> 我為什麼害怕　害怕「大人」的腳步聲
>
> 陰天覆蓋著幼稚的心靈
>
> 黑雲懸掛在枝梢
>
> 不尋常的權勢禁止我們說母親的語言
>
> ……

——《不眠的眼》，頁 29～30

　　在這首詩中，陳千武描寫童年時期，殖民統治的教育、語言、思想與本身所認知的意識產生了矛盾、衝突與恐懼。也再次說明了日治時期，臺灣人民心靈上的困頓。大體而言，陳千武的作品可視為「跨越語言一代」詩人典型的代表，其詩的語言並非著重於字句的精鍊、典雅，然而在樸素平實的詩句中，卻表現了諷刺與抵抗的義涵。他的詩扎根於現實生活經驗，但是又不僅止於此，追求「平凡與超越」[16]兩種境界是他詩作的理想。陳千武曾說：「現實本身並不是詩，現實要經過意識化和藝術化後才成為詩」。可見在他的創作觀裡「詩」與「現實」是並重的，換言之，在現實的關注下，仍對藝術的形式有所堅持。他說：

> 一般認為詩須以詩的語言來表現，我認為詩不應只限於用詩的語言，如果只限於用詩的語言不能表現現實的世界，因為現實的世界是散文性的，應該把現實的世界和詩結合；也就是內在的抒情必須和現實的世界結合並進一步融合散文的世界，詩才能完整。[17]

　　由此可知，他追求詩的「藝術性」與「現實性」的結合。這種創作理

---

[16] 旅人（李勇吉），〈口語說〉，《笠》第 136 期（1986 年 12 月），頁 68。

[17] 岩上，〈批判的火焰——陳千武訪問談話錄〉，收入氏著《詩的存在》（臺北：派色文化出版社，1996 年），頁 190。

念在上引〈童年的詩〉中，亦可具體看出。詩人以「賢明的愚人」的逆反語句，表現殖民統治者愚民化的歷史記憶，殖民時代禁止使用自己的母語，文化的根源被隔絕阻斷；「銀色的佩刀響著冰寒的亮聲」的高壓統治，臺灣人民被不安的陰影籠罩著。詩人透過自己親身的體驗，描寫被殖民的歷史樣貌，同時也控訴殖民政權的本質，人民活在陰鬱的氛圍中，故此用了「陰天」、「黑雲」的意象，呈現一種恐懼陰暗的心境。

在殖民經驗中，太平洋戰爭的親身經歷和死亡的陰影，更是一道永不磨滅的歷史疤痕。其中，〈信鴿〉一詩可做為這類題材的代表性作品。在詩中，陳千武對於殖民、戰爭的批判充分地流露於字裡行間，在「知性」的凝視後，藉由意象的經營呈現一種冷肅的批判。這種批判，並非情緒性的叫囂謾罵或憤怒指陳，而是對「帝國主義」的不義提出控訴，讓人瞭解到戰爭的殘酷及荒謬。

〈信鴿〉一詩收錄在 1965 年刊行的詩集《不眠的眼》裡，在陳千武的文學作品中具有十分重要的位置。日本學者秋吉久紀夫教授曾對此詩作過詳細的研究，他說：〈信鴿〉裡的「死」「那確實就是近於『以人尊嚴的意志』的『人性本能』而防衛自己的『死』，絕對要活下去的堅強的『生』的決意才對」[18]。可以說〈信鴿〉一詩的寫成乃是陳千武經過長期的破滅感、反省、探索後的「再生」，為了聯絡過去和現在，詩人不得不再次省視面對昨日的「死」，將孑然餘生的敗北感予以形象化、藝術化表現。誠如英國詩人阿諾德（Mathew Arnold，1822～1888）的名言：「詩是對生命的批判」。

　　埋設在南洋

　　我底死，我忘記帶回來

　　那裡有椰子樹繁茂的島嶼

---

[18]秋吉久紀夫，〈陳千武詩〈信鴿〉裡的死〉，原載 1988 年 12 月日本九州大學研究會發行的《文學論輯》第 34 號，另有譯文收入《笠》第 166 期（1991 年 12 月），頁 112。

蜿蜒的海濱，以及

海上，土人操櫓的獨木舟……

我瞞過土人的懷疑

穿過並列的椰子樹

深入蒼鬱的密林

終於把我底死隱藏在密林的一隅

於是

在第二次激烈的世界大戰中

我悠然地活著

雖然我任過重機槍手

從這個島嶼轉戰到那個島嶼

沐浴過敵機十五粿的散彈

擔當過敵軍射擊的目標

聽過強敵動態的聲勢

但我仍未曾死去

因我底死早先隱藏在密林的一隅

一直到不義的軍閥投降

我回到了祖國

我才想起

我底死，我忘記帶了回來

埋設在南洋島嶼的那唯一的我底死啊

我想總有一天，一定會像信鴿那樣

帶回一些南方的消息飛來——

──《不眠的眼》，頁 40

1942 年，陳千武被迫參加「臺灣志願兵」至南洋帝汶島，參加太平洋戰爭。這場與死神共舞的經驗，使詩人直視死的瀕臨，而生存的不確定

性，使詩人產生死的孤獨感，於是，乃將孑然倖存的悲愴，以幽默的藝術手法予以表現：「我仍未曾死去／因我底死早先隱藏在密林的一隅」，直到戰後返國，「我才想起／我的死，我忘記帶了回來」，實則埋在南洋的，應該是詩人在日本殖民政權的馭使下，被驅往南洋火線下的「青春底破滅感」。這段戰爭的經驗，陳千武曾於 1980 年 1 月 19 日晚上，對來訪的鄭烱明、李敏勇、拾虹說到：

> 睡時感到自己還活著，醒時感到自己沒有死去，這種深刻的感覺，一直到今天，有時會再無端地回想起，我也覺得它仍存在我底世界裡。[19]

這一段經驗，陳千武不時自他的記憶中喚起，它除了使陳千武真實地逼視到死亡的威脅外，同時也是哀悼他荒涼的青春歲月。「睡時感到自己還活著，醒時感到自己沒有死去」，這恐怕對沒有實際戰場經驗的人是難以體會的，這種生命隨時將破滅的感覺，隨著戰爭的結束固然永不再現，但事實上，它卻如生命的一道疤痕，時而隱隱作痛；「有時會再無端地回想起，我也覺得它仍存在我底世界裡」，即使想遺忘也遺忘不了，但在〈信鴿〉一詩中，詩人則將戰爭的殘酷以及死的恐怖完全純化，「把我底死隱藏在密林的一隅／於是／在第二次激烈的世界大戰中／我悠然地活著」，因為死被埋在密林中，未與「生」相攜而行，所以才能在「沐浴過敵機十五糎的散彈／擔當過敵軍射擊的目標」中活了過來。

關於〈信鴿〉中的「死」存在各種論說[20]，大體而言，詩人透過自己的「不死」反寫戰場中死的輕易，並以倖存者的身份，控訴日本發動戰爭殘民以荼的不義。

---

[19] 鄭烱明、李敏勇、拾虹訪問記錄稿，〈從現實的批判到社會的批判——詩人訪問記〉，《笠》第 97 期（1980 年 6 月），頁 45。

[20] 關於陳千武〈信鴿〉一詩中的「死」的探討，在臺灣以李魁賢、趙天儀、杜國清、陳明台四種說法最具代表性，諸說分別見於：李魁賢〈論陳千武的詩〉，《文學界》第 5 期（1982 年 10 月）。

同樣描寫戰爭經驗的另一首詩〈指甲〉刊載於《笠》第 132 期（1986年 4 月），將指甲替代士兵戰亡後的「餘生」，顯現戰爭給人帶來難以言喻的哀傷：

指甲長了
　最近　指甲長得特別快
　看看指甲
　我底指甲替我死過好幾次
　每次剪指甲
　我就追憶一次死⋯⋯

　──把剪下來的指甲裝入信封
　　　繳給　人事官准尉
　　　在戰地　粉骨碎身
　　　拾不到屍體
　　　就當骨灰用　那個時候
　　　我當日本軍兵長──

戰爭時期，「把剪下來的指甲裝入信封」，一旦戰死，屍骨無存，就把這些被收存的指甲當骨灰用。這段經歷，陳千武於 1984 年發表的「臺灣志願兵」小說集《獵女犯》中有具體的描述[21]，看到「指甲」就會想「我的死」，可見戰爭傷痛的記憶是永難磨滅的。

〈信鴿〉、〈指甲〉二詩，都是藉用日常性的平凡意象，將個人生命慘痛的體驗轉譯成民族精神的密碼，傳達共同的民族精神，使我們對殖民

---

[21] 《獵女犯》中所收〈戰地新兵〉裡有一節：「訓練結束後，新兵們忙了一陣子，整理背囊、行李和兵器之後，又像在後備部隊要出發的前夕一樣，各自剪一次手腳的指甲，裝入指定的紙袋裡，寫清楚部隊號碼和兵階、姓名，交給士官。指甲是萬一陣亡無法收拾骨灰時，當作骨灰交還遺族，或送去東京九段的靖國神社奉祀用的」見該書，頁 51。

的歷史悲情有所理解與體悟。殖民時期慘痛經歷的書寫，是跨越語言一代詩人獨擅的表現題材，如巫永福〈遺忘語言的鳥〉、詹冰〈拖著墓地前進〉等均是這類作品的名篇。但相較於其他跨越語言一代詩人而言，陳千武顯然更有自覺地借用詩的形式，來記錄那個時代臺灣人民的共同記憶，爲臺灣的殖民歷史做見證。

亞里斯多德在《詩學》第九章說：「詩比歷史更有哲理的，……蓋詩發揚普遍，而歷史記載特殊。」[22]由於，詩傾向表現人類情感的共性，以及群體內在的集體感受，因此，詩比歷史記述更容易感動人，且更使人感到真實。從陳千武的詩作中，我們可以體驗到臺灣人歷史的集體記憶，而共同去感受這段悲痛歷史在臺灣人心底深烙的傷痕。

二、現實生活的記錄與批判

關於詩人與社會現實的問題，陳千武在〈詩人的內部和外界〉一文中提到，他說：

> 外界與內部就是以自己做境界所畫分的，自己的精神活動和外面的社會狀況之謂。……因為那是認為能左右人生最大的力量，均在自然與社會中，於是，對于社會和自然的認清，以及適確的表現我們所存在的外面的世界，被視為非常重要。[23]

陳千武在此設定一個較大的範圍，其外部的世界，除了現實生活之外；也包括了自然的世界。然而這都說明了詩人將自己投向外在世界的重要性。此節乃針對陳千武對現實生活的考察，因爲在其詩作中，他對「現實」的議題特別關注，承擔做爲公共知識分子的社會責任。傅柯（Michel

---

[22]亞里斯多德著；傅東華譯，《詩學》（臺北：臺灣商務印書館，1986 年），頁 28。
[23]陳千武，〈詩人的內部和外界〉，收入氏著《現代詩淺說》（臺中：學人文化公司，1980 年），頁 43。

Foucault，1926～1984）曾對知識分子的社會責任提出看法，他說：「知識分子的角色不再是把自己放在令人側目或較前面的位置，以表達出每個人的沉默真理；其角色毋寧是要抗拒權力形成，不讓知識分子的角色淪爲對象與工具——在『知識』、『真理』、『意識』、『論述』中的對象與工具」。[24]這是傅柯對「知識分子」的忠告，他認爲知識分子應避免成爲權力核心的附庸，應勇於抗拒權力的誘惑。

　　我們可以在陳千武的詩中，看到這種知識分子的「風骨」，對陳千武而言，「詩」應該不只是自我情緒的抒寫而已，而是應該與社會現實緊密結合，如高德曼（Goldman・L）所言：「作品世界的結構乃是與特定社會群體的心理原素結構相通，或至少有明顯的關聯，文學創作的集體特徵也是源自於此」。[25]在對原鄉及殖民經驗的自我省視後，陳千武更關注「詩與現實」的結合，顯示他對現實的關懷與批判。

（一）生活面向的描繪

　　陳千武詩作的題材頗能將觸角伸向生活的四面八方，從平凡的素材中，尋找詩的要素，將之予以藝術化的表現。而其作品又不僅止於描寫生活現象而已，其中往往含寓著深刻的批判性。在他早期的日文詩作中，就曾記錄勞動者的動向及其生活經驗，藉此表達人在命運與現實中被宰制的無奈。如在「工場詩」的組詩中，詩人從生活現象抽出詩的要素，借由「纖維粗造機」、「延線」、「精紡」、「紡織女」等意象組合，呈現底層人物的困苦與辛酸。

> 我只不過是驚喜你們偉大的
>
> 小人物而已
>
> 為了眺望你們　在機房一個角落

---

[24] 廖炳惠，〈文學理論與社會實踐：愛德華・薩伊德於美國批評的脈胳〉，收入呂正惠編《文學的後設思考》（臺北：正中書局，1991 年），頁 135。

[25] 何金蘭，《文學社會學》（臺北：桂冠圖書公司，1989 年），頁 23。

　　　　每天從早晨就這樣站著

　　　　拘泥于強猛狂吹的你們

　　　　　　　　　——節引〈纖維粗造機〉，《月出的風景》，頁6

　　在此，詩人描繪了小人物的悲哀與無奈，如同〈延線〉中，人生的航程因受現實的制約，只能在單一的軌道上，無休止的運轉纏繞。

　　　　從早到晚　一年當中

　　　　回來又去

　　　　手壓抑纖維帶　捏斷纖維

　　　　把長長的人生航路

　　　　走來走去　走不出圈兜

　　　　　　　　　——〈延線〉，《月出的風景》，頁7

　　社會現實的不平，使得女工們「被纖維帶控制著命注定的一生」，詩人借「延線」機械式的動作，感受到女工們被制約的命運。再如〈精紡〉中：「令人喜愛的淨白絲屑／降在少女的頭髮上／積成純潔的白霜」（節引自《月出的風景》，頁9），由於，少女被迫於現實生活中，必須將她們的青春歲月，消磨在如陀螺般的精機旁，而流洩出來如雪白般的絲絹，是用她們鬢髮如霜的代價所換得，呈現女工被剝削的形象。由此可見，陳千武對中下階層的關懷，對現實生活做了如實的記錄。另外，這一時期的作品，像〈夕陽〉、〈苦力〉、〈秋色〉等，亦如一幅幅人間寫實的繪本，把人世間的樣態描繪在詩作中。

　　悲苦的極致或許就是悲憫，詩人在構圖這些黯淡的畫面的同時，並不拘泥在悲苦中，反而流露出他對人們追求希望的感動，如在〈精紡〉中，「主軸的回轉　成為／被少女的手掌愛撫過的／無數的陀螺／流著——流著絲線的瀑布／現出白色閃閃的生命／美麗的整隊的陀螺／有如詩般被點

綴著」（節引自《月出的風景》，頁 9）。詩人把布的生命完成，加入了少女的愛、絲線的交織、陀螺的轉動，將人的情感昇華，化解無限的悲苦。美國詩人理察・艾柏哈（Richard Eberhart，1904～2005）曾說：「詩乃全然面對現實，乃靈魂、思想、肉身的掙扎，用以體驗人生，賦渾沌或奇景以秩序，並且藉意念與靈視創造可傳達的文字形式，而愉悅人群」[26]，故詩人必需面對現實、真實體驗人生，在複雜多變的人世間，找到一條人生的目標，洗滌人們心靈上的悲痛。

　　另外，〈咀嚼〉一詩，陳千武乃是透過生活「咀嚼」的描繪，深化其動作的意義，藉此傳達詩人對於現實的不滿：

> 下顎骨接觸上顎骨，就離開。把這種動作悠然不停地反復。反復。牙齒和牙齒之間挾著糜爛的食物。（這叫做咀嚼）。
> ——就是他，會很巧妙地咀嚼。不但好咀嚼，而味覺神經也很敏銳。
> （中略）
> 下顎骨接觸上顎骨，就離開。——不停地反復著這種似乎優雅的動作的他。喜歡吃臭豆腐，自誇賦有銳利的味覺和敏捷的咀嚼運動的他。
> 坐吃了五千年歷史和遺產的精華。坐吃了世界所有的動物，猶覺饕然的他。
> 在近代史上竟吃起自己的散慢來了。
>
> ——節引《不眠的眼》，頁 50～51

　　詩人對生活的探索，乃是透過外在的觀照與自我內省，在生命的放射與內聚之間，不斷將其情感的熱力擴散開來。〈咀嚼〉一詩以「吃」這一動作的描寫，來說明中國的民族性，藉著反諷的手法，把中國人的散漫、自誇的弊病表現出來。陳千武不僅描寫生活的表象，更是在對外的觀察

---

[26]宋穎豪譯，《詩經驗談》（臺北：書林出版公司，1989 年），頁 26。

中，賦予詩更豐富的義涵。其次，在〈博愛座〉一詩：

> ……
>
> 也許，我底愛早已枯竭
> 這個位置
> 才這麼快輪到我
>
> 我端正地坐著
> 享受幾分鐘
> 搖晃不定的博愛
>
> ──《安全島》，頁46

　　博愛座本是公車上，爲老弱婦孺所特別設置的座位。這本是極尋常的題材，但陳千武在處理它時，巧妙地以「我底愛早已枯竭」來表現年長，並引起下節的「享受幾分鐘／搖晃不定的博愛」。而在深層義涵，則由〈博愛座〉的客體設置，使讓座這一行爲已非自發的謙讓扶弱，以此去質疑「博愛」、「人間溫情」的真實與虛假，詩人利用「逆反」的敘述，對現實生活省思之後，投以深切的關注。現實社會的疏離、變動、不安，詩人敏感的心，頗能善加捕捉，在〈陌生的城市〉一詩裡，詩人對城市景致的描繪，則充分刻畫現代人生活的封閉性與疏離感，所以投映在詩人眼底的儘是「陌生的」風景：

> ……
>
> 林立的大廈
> 露出一格格癡呆的小窗
> 不管朝陽來挑撥
> 深深　深鎖著做愛的親暱

　　不願覺醒

　　不願起來正視地球的陰翳改變方向

　　……

　　回頭一看

　　竟發現自己生長的城市突然變了

　　如此陌生——

——《安全島》，頁58

　　在現實的生活中，人與人之間的情感被鎖在冰冷的大樓裡，從外眺望只見到一格一格的玻璃窗，反映著如刀刃般銳利的陽光。然而在大樓裡的人們，卻無視於外在一切的改變，只耽溺在自己慾望之中。於是在這冷漠的城市，詩人才會感歎「自己生長的城市突然變了／如此陌生——」。陳千武對於現實生活的描繪，常透過「物／我」的觀照，用「逆反」、「批判」的精神加以凝視，所以他的詩，往往呈現社會內在的時代性意義。他的詩並非僅像鏡子或攝影機那樣，被動或機械地去複製外在的表象而已，而是深刻地掌握社會生活現象的本質，透過藝術性的想像、組合，以重現事物背後的事實真相。

（二）政治體制的批判

　　揭露階級剝削和社會黑暗、表達反抗統治壓迫的心聲，一直是日治以來臺灣文學的傳統，在陳千武的詩作中，我們亦可看到他對現實政治、社會的批判。但他政治批判的作品，並非只狹隘的、局限的在「政治」層面上打轉，而是連帶社會、文化作總體性、結構性的反省，如他借用「媽祖」這個意象，做為政治封建、社會閉塞、文化庸俗的表徵。

　　在《媽祖的纏足》的後記中，陳千武闡述了他的寫作動機：「很多老人霸占著他們有權勢的位置不讓，好讓那些位置是他們永生的寶座，患成社會發展的致命傷。這種偶像性的權勢——媽祖婆纏足的彆扭情況，也就

成為我寫詩的動機。」[27]從這段自敘文字中，我們可看到陳千武寫作《媽祖的纏足》系列作品的原始動機，乃是源於他對「媽祖」偶像性權勢的厭惡，在充滿政治禁忌的 1960 年代，所謂「偶像性權威」，意味著統治者「神化」與人民的「迷信」、「愚忠」，其權力基礎實源自腐敗的政治、社會文化氛圍裡的封建崇拜，「媽祖」，並非一開始就具有反抗的權威，如收錄在《野鹿》詩集中的作品〈部落〉、〈媽祖生〉、〈春喜〉等，其間雖有諷喻，但基本上是表現一種民間信仰的揶揄。如〈媽祖生〉：「無秩序的紛擾／在廟的幽昏裡／動盪不停的獻媚／在人潮的嫉妒裡／又牲禮又香枝又金紙／再膜拜再膜拜再膜拜」(《野鹿》，頁 53)。但在《媽祖的纏足》這一系列詩組中，「媽祖」的象徵意義逐漸擴充，其含攝的意義具有「虛偽、渾濁、利己、妄想、蠻橫、嫉妒、下圈套、陰謀、利慾、神經過敏、懷疑、偷懶、殘忍、惰性、權力、方便、傲慢、疲憊、纏足等」[28]，而這些抽象的義涵，帶有道德、政治文化的批判。如〈恕我冒昧〉一詩：

　　　媽祖喲

　　　坐了那麼久　妳的腳

　　　在歷史的檀木座上早已麻木了吧

　　　檀木的寶座

　　　在滿堂線香的冒煙裡

　　　在大眾的阿諛裡

　　　被燻得油黑……

　　　這是非常冒昧的話

　　　可是　妳應該把妳的神殿

　　　那個位置

---

[27]陳千武，《媽祖的纏足》(臺中：笠詩刊社，1974 年)，頁 162。
[28]古添洪，〈論陳千武的「泛」政治詩〉，頁 325。

讓給年輕的姑娘吧

比起

人造衛星混飛的宇宙戰

妳那個位置是……

媽祖喲

如果　我說錯了話

請原諒

但是　我難道有意強迫妳

把那守護了千餘年的

輝煌的貞節

妳的纏足

妳悲哀的尊嚴

讓給年輕的姑娘？……

不過

誰也不該永久霸占一個位置

如果　我說錯了話

請原諒

廟宇管理委員會的

老先生們！

——《媽祖的纏足》，頁 117～119

　　顯然，這裡的「廟宇管理委員會的／老先生們」，指的應該是政府遷臺後，當時迄未改選的立法委員、國大代表。藉著媽祖久坐在「歷史的檀木座上」，腳該「早已麻木了吧」，「誰也不該永久霸占一個位置」，藉著動員勘亂時期臨時條款的護持，無視於世界文明的進步（即詩中「人造衛星混飛的宇宙戰」）神所堅持的法統——輝煌的貞節，實質上只不過是想

迷戀權位的藉口，但無論如何，此詩的寓意，不言可喻。另一首〈夜〉：

> 在幽暗的意識裡醞釀黑色思維
>
> 於是　媽祖廟的神殿常是幽暗
>
> 漂浮著陰鬱的氣氛
>
> 造成令人恐懼鬼神的效果
>
> 黑色思維把時代的文明
>
> 用古老的語言拴住

——節引《媽祖的纏足》，頁105～106

　　這可為前述〈恕我冒昧〉作一註腳，「黑色思維把時代文明／用古老語言拴住」，黑色思維無疑是封建思想的象徵，「古老語言拴住」的，正是所謂的「法統」；「媽祖廟的神殿常是幽暗／漂浮著陰鬱的氣氛」，則是暗喻政治體制的陰鬱。

　　臺灣戰後的政治是一種專斷權威的統治模式，加上白色恐怖的氣氛四處瀰漫，因而形成一種僵化、霸權的文化體系，再加上執政當局為了瓦解民眾的反抗意識，於是訴諸愚民政策，壟斷傳播媒體，人民所接收的都是制式的教條宣言，人民「知的權力」被剝奪，統治者被極度的歌頌、神化，「廟宇的五彩螢光／不斷地閃著盲目的信號／盲目的信號成為媽祖的後光／使信徒不敢仰望　只知膜拜」（〈夜〉，《媽祖的纏足》，頁106）如此統治者便可久居其位。

　　在陳千武的政治批判中，「媽祖」這一意象的中心義涵後來便擴大衍化為「黑影子」，如「不要揮起媽祖／威嚇我，黑黑的影子」〈信仰〉，「詛咒是／那黑影子下圈套的圖釘」〈詛咒〉，「信仰媽祖是幸福的／偶爾有幸福接近我們／那瞬間　黑影子／就跳出來遮擋了」〈泡沫〉，「黑影子」乃成為「威權」用以蒙蔽人民理智的象徵。另如〈銅鑼〉及〈屋頂下〉兩首，則更代表陳千武在這一詩組中的圓熟表現：

......

工廠的黑煙在天空描繪黑影

比黑煙更險惡的人心的不信

使天空暗淡

敲打信仰媽祖的銅鑼

天空會轉晴嗎？

敲打銅鑼

招來災禍的天狗會逃掉嗎？

——〈銅鑼〉，《媽祖的纏足》，頁 104

　　民間在日蝕時，會大聲敲打銅鑼，驅趕吞噬「太陽」的天狗，使光明重現。這首〈銅鑼〉便是借此暗喻 1960、1970 年代，臺灣人民對統治階級的腐化普遍產生的不信任感，「使天空暗淡」，在危疑之中，光靠統治者的宣傳機器的吹噓，（即詩中的「敲打信仰媽祖的銅鑼」），天空便會轉晴嗎？不勤修內政，銅鑼雖喧天價響，天災人禍仍自不免，而「黑煙」是「黑影子」的變形，但其基本義涵是相似的。而「黑煙」的流動不拘，更意味著危機四伏，此詩的象徵意義更具多重性，而最後以「敲打銅鑼呀！／敲打心胸呀！」作結，則企盼用力的敲擊的銅鑼聲，能喚起沉睡中人們的覺醒。另一首〈屋頂下〉，其文句雖稍冗長，但詩中的批判性則更直接而強烈。此詩以「屋頂」為統治機構（政府）的象徵，首節如此寫著：

從太陽的暴虐

從淹溺的殘忍性

我們逃避

我們進入屋頂下

（中略）

尤其　媽祖廟的屋頂

用最精彩的姿勢

在保佑著

我們的一切

　　　　　——〈屋頂下〉，節引《媽祖的纏足》，頁 112～113

　　逃避太陽的酷虐而進入屋頂下，這裡的「太陽」爲雙重意象，一面做爲暴虐的象徵，另則代表日本殖民政權。戰後臺灣人民在脫離了日本殖民政權苛酷的統治後，迫不急待的投入所謂的「祖國的懷抱」，詩中的「媽祖廟的屋頂」也是雙重意象，一則做爲與「太陽」相對的慈母的意象，隱喻祖國，一則媽祖理當庇佑眾生。然而一旦進入廟中，才發覺那是不適合人居的場所：

從進入屋頂下

我們永遠跑不出來

媽祖廟的屋頂是

花彫刺目而不洩漏

可是除了避雨之外

誰也不願呆住的屋頂

然而　從那兒

我們永遠跑不出來

　　　　　——〈屋頂下〉，節引《媽祖的纏足》，頁 114～115

　　「花彫刺目而不洩漏」，祖國文明原來只是裝飾性的外在，其內則是密不通風、不透光（「不洩漏」），充滿著壓抑、疑惑、禁忌。如同〈夜〉一詩所述「媽祖廟的神殿常是幽暗／漂浮著陰鬱的氣氛」。在廟裡：

有不正常的屋頂

有抑壓著自然躍動的屋頂

有阻礙語言萌芽的屋頂

有充滿懷疑和嫉妒的屋頂

傷腦筋的是

比羽毛更輕的──信念

　　　　　──〈屋頂下〉，節引《媽祖的纏足》，頁 113～114

　　原來中國所自詡的五千年文明，其中只是壓抑自由、阻礙思想進步、充滿「懷疑和嫉妒」，充塞輕飄飄、無根的信念。此詩結尾詩人慨歎著：

曾有一次

我們更換了屋頂

可是屋頂還是同樣的屋頂

不夠溫暖

漏得更多

我們的惰性更為增強

到底還不是一樣的屋頂

要容忍下去嗎

在媽祖廟的屋頂下

避雨的人喲

　　　　　──〈屋頂下〉，節引《媽祖的纏足》，頁 113～114

　　更換另一個政權，「到底還不是一樣的屋頂」，廟不能給我們庇佑，反而成為禁錮我們的地方，那麼我們還要繼續容忍下去嗎？這首詩寫於 1968 年，陳千武藉用「屋頂」這個意象，挑釁政治神話的權威性，由於這在當時是「殺頭」的詩，所以陳千武不得不用許多枝蔓的話語來隱藏他

「批評的錘」。

　　詩人鄭烱明曾對陳千武的「媽祖」意象提出說明，他說：

　　　1960 年代末期，臺灣的經濟雖然處於高度成長的狀態，但在政治和文
　　化箝制方面仍是相當閉鎖的，詩人不得不以「媽祖」這個象徵做為現
　　實批判的對象。回顧 1960 年代的詩壇，正是現代主義、超現實主義泛
　　濫的時期，在那種重視極端個人情緒，玩弄文字技巧，以及「精神不
　　在家」的作品到處充斥的情況下，陳千武的一系列有關媽祖詩抄的出
　　現，有著不同尋常的意義。[29]

　　誠如鄭氏所指，當時臺灣詩壇瀰漫著西方現代主義思潮，許多自我情
緒發洩、過度注重形式技巧的的詩作充斥。而陳千武這種樸拙的語言，在
當時並未受到重視，因此，他顛覆性高的作品，反而可以得到創作的空
間，得以逃過情治單位的耳目。這種面對高壓政權統治，敢於凜然不屈的
說出「我們還要繼續忍受下去嗎？」，是臺灣文學家書寫的「良心」。此
期，陳千武另有〈影子〉一詩：

　　　專制的太陽壓在頭上的時候
　　　我底影子長不起來
　　　影子好像是脆弱的自尊心
　　　自尊心拖著──
　　　忽長忽短的影子
　　　（中略）
　　　現在我底影子濃到反黑了
　　　我知道我底影子　如果再長

---

[29]鄭烱明，〈陳千武詩中的歷史意識和現實批判〉，《笠》第 140 期（1987 年 8 月），頁 81。

長過那牆垣的頂角的時候

這個世界就會崩潰

不！我會崩潰

會被整飾得體無完膚

而這個世界的一切仍然存在

——節引《媽祖的纏足》，頁 74～75

　　「專制的太陽」隱喻權力中心，而當太陽壓在頭上時，「我的影子長不起來」，這裡的「影子」，一言以蔽之，也就是民主自由思想。由於專制統治，所以思想自由被極度的壓抑，只能以虛像的形式投影在地上。隨著專制統治的強弱，影子忽長忽短。這自由民主的思想雖屢遭打壓，但不會根絕，只要一得其時，便會傳播擴散，「現在我的影子濃到反黑了」，「反黑」是臺語詞彙，比喻濃得化不開之意，顯示民主自由的思想已蔓延開來了，只要那影子「長過那牆垣的頂角的時候／這個世界就會崩潰」，似乎這民主思想只要能超越某一限度時，它便會起著顛覆性的力量，把高壓的體制推翻。人們如此樂觀的期盼著。但實質上，在極權社會，民主自由思想畢竟只能在牆垣內的一隅滋生，只要一跨越尺度，專制體制立刻加以鎮壓，我「會被整飾得體無完膚」，此處「整飾」是「整肅」的諧聲，民主思潮立刻被扼殺，「而這個世界的一切仍然存在」，而專制體制仍然頑強的存在著。可知那牆垣是無法跨越的，而牆垣的存在，正顯示生活在這體制之內的人民是被禁錮著的，只要一有反逆，立刻被鎮壓。雖則如此，影子並不會被撲殺，自由民主思想的薪火仍會繼續傳遞下去。在高壓的政治處境下，詩人雖無力改變體制，但他藉用他的詩，記錄他的時代，將被禁錮的聲音透露出來。有了〈影子〉這一類詩，那個年代才不致成為喑啞的年代。

三、自我生命的關照與省察

詩人利用詩與自己進行心靈對話、解剖靈魂。當詩的表現臻於極致，詩便幻化爲詩人的生命密碼。透過詩的展現，可以解讀到詩人對生命的態度與想法。

陳千武對於自己詩觀的闡釋，在《笠》第 3 期林亨泰先生所執筆的「笠下影」中曾引述：

> 認識自我探求人存在的意義，將現存的生命連續於未來，爲具備持久性的真、善、美而努力，就必須發揮知性的主觀精神，不斷地以新的理念批判自己；並注重及淨化自然流露的情緒，但不惑溺於日常普遍性的感情，而追求高度的精神結晶[30]

對「人存在意義探求」是古往今來文學家永遠的主題之一。人一投入世界，即是朝著生與死的指標前進，一個不可回頭的方向。詩人不斷地在找尋人生的內涵力求真、善、美的境界，做爲人生存在的依歸，將永恆的情感化成詩篇，藉以擺脫「存在的無常與時間消逝」的陰影。同時藉由「愛與希望」化解「生與死」的催迫。在真實的生與愛中，期待完美的死，將生命的有限歸於無限。

由於陳千武早期的戰爭經驗，使得他對「死」的認知深沉痛切，已由死超脫至愛。詩人不斷地探索生命的本質，將其本質經由個人的反省、關照，擴散至世間。

（一）生與死的辯證

對存在無盡的關心，能歸結的是死的現象，在死的存在中，才能思考生的完美。對陳千武而言，死的意識常是他詩中的思想，然而死亡並非終結的意義，而是要在死的逼視中看見生的可貴。在〈壁〉中，詩人面壁觀

---

[30]林亨泰，〈笠下影——桓夫論〉，《笠》第 3 期（1964 年 10 月），頁 4。

照生命,「死亡」意識如影隨形,恰如歷史恆流沉潛進入詩人生命之中:

> 就在清晨,走近造化的
>
> 陡壁。履修一日
>
> 生命的必修科,投出善變的影子
>
> ……
>
> 就在清晨,走近陡壁
>
> 壁上照一身我的側影
>
> 我以時間。剪貼自己的影子
>
> 疊入死亡的里程碑──

──《密林詩抄》,頁44

　　詩人早期的生命歷程,經歷了被殖民的經驗,太平洋戰爭的經驗,這都強化了詩人對死亡陰影的感受。如〈信鴿〉:「我底死,我忘記帶了回來╱埋設在南洋島嶼的那唯一的我底死啊」,詩人剪貼著「死亡」,疊入了自己生命的里程碑。在靜默之中去體認自己生命的真實。詩在剖心之痛、淚滴之傷的瞬間完成。面對生命的瞬息萬變與難以掌握,詩人並不就此頹廢虛無,反而將生命的存有,視爲與生交辯的一面鏡子。藉生命存有的映照,顯現人生存在的價值與意義。如〈鼓手之歌〉即表現了生命積極的意義:

> 時間。遴選我作一個鼓手
>
> 鼓面是用我的皮張的
>
> 鼓的聲音很響亮
>
> 超越各種樂器的音響
>
> 鼓聲裡摻雜著我寂寞的心聲
>
> 波及遠處神祕的山峰而回響

於是收到回響的寂寞時

我不得不，又拼命地打鼓

鼓是我痛愛的生命

我是寂寞的鼓手

——《密林詩抄》，頁 32

此詩爲陳千武早期的代表作之一。「時間」在此可視爲「命運」的同義詞。因此，「不是時間遴選他，而是他不屈服於時間，他的詩的未來生命穿透『現在』堅厚的牆壁和『過去』獲得結合」[31] 詩人藉用「鼓手」這一形象來表現他對生命的熱愛——「鼓是我痛愛的生命」，鼓聲傳達詩人的存在，縱使回響是寂寞的，但詩人仍永不懈怠，「拼命的打鼓」，表現詩人對命運的不屈服。

〈獨木舟〉一詩則是對因癌症而棄養的父親的哀悼。有別於他戰中時期在火線上所感受到的死的經驗，陳千武體驗到另一種面臨生命盡頭的「死」的經驗。他說道：「死並不是可怕的。但家父於 1965 年 5 月 21 日逝世，我伺候在他臨終床前，眼看著他爲了癌細胞的毒發而痛苦掙扎了一個晚上，感到掌握著人底生命之神實在太殘忍了。當時那無限的悲哀，使我想到給父親改換了一則安靜而美的，我所憧憬的臨終場面」[32]。

〈獨木舟〉收錄在《野鹿》卷首，陳千武似乎是將人孤獨的死，無可替代的那種感覺，用獨木舟這個意象來捕捉，詩一開始即描述父親遭受病痛的折磨，當面對父親在與死神拉拔時，心中莫不感到死的不可抗拒，但最後詩人將哀慟轉化爲一種平和的氣氛，使內心的情感得到昇華。然而這樣「死」的描寫與在戰場上親身感受到的死的威脅，二者在描寫「死」是

---

[31] 葉笛，〈探索異數世界的人——陳千武論〉，收入氏著《臺灣文學巡禮》（臺南：臺南市立文化中心，1995 年），頁 86。

[32] 陳千武，〈我怎樣寫「野鹿」這首詩〉，收於《陳千武作品選集》（臺中：臺中縣立文化中心，1990 年），頁 10～11。

有所差異的，如最能代表戰場經驗的〈信鴿〉一詩寫到：「埋設在南洋／
我底死，我忘記帶回來。……我瞞過土人的懷疑／穿過並列的椰子樹／深
入蒼鬱的密林／終於把我底死隱藏在密林的一隅」（節引自《不眠的眼》，
頁 40），雖然陳千武戰後生還，但戰爭所感受到的「死」卻如影隨形，使
他對於死的感知有深沉的體悟。但〈獨木舟〉是超脫本體，凝視著與自己
血緣相繫的父親，一步步走到人生終點，完成自我生命的過程：

　　　失去光潤的白象牙的死接近您
　　　葡萄搖晃的願望
　　　不知何時竟成酸痛的癌細胞
　　　伸長的鐵絲網　毒蛇舌尖的紅絲
　　　網占臟腑的中樞
　　　戳破時間　啄傷愛的果實……
　　　您說　看見穿八卦衫的神接近來
　　　神接近來
　　　來蒐集我們聳立的神經和神妙的歎息！

　　　……

　　　夜已沉寂　地球逆轉
　　　然而　您已不再關心那些
　　　您的一切被催命的痛苦毀滅
　　　花的慾望不復存在
　　　一顆隕星拖著微光掠過您的白髮頭上
　　　被喧嚷的太空人漫步的故事
　　　您厭煩不？
　　　不！您已不再關心那些
　　　霧已消散

　　您恢復清醒　恢復澈悟

　　摒棄未完成的藝術刺繡的現實

　　您撒下了手……

　　離別就是這麼簡單這麼痛苦

　　讓我們哭泣吧　哭出長久

　　被抑壓著反命運的哀嚎

　　讓我們擁抱您不裝飾的愛

　　以詩的尊嚴　念經的音韻

　　木魚的孤獨聲　布滿寂靜的夜

　　在被戳破了的時間裡

　　被夾在神曲的終了和神曲的開始之間

　　神融化了我們……

　　人的生老病死是無可奈何的宿命，但陳千武從父親的生轉至死的過程中，體悟死的莊嚴肅穆。見到父親枯槁的容顏，病痛的折磨，詩人感受到的是無盡的悲慟。但如同頓悟般，詩人把生命的過去、現在、未來連結成循環不已，體悟方生方死，方死方生。人在浩瀚的蒼穹之下，宛如星塵。陳千武把人臨前的意識清明，視爲澈悟，於是死者頓然委棄一切，「霧已消散／你恢復清醒　恢復澈悟，……你撒下了手／離別就是這麼簡單」。然而，生理的終止並非生命的終極，「在戳破了的時間裡／被挾在神曲的終了和神曲的開始之間／神融化了我們……」，生命的永恆昇華至無窮的年歲裡。死無所懼，生預告著死，死的到來是宣告生的圓滿。

　　之後，陳千武寫了〈野鹿〉，此詩以「散文詩」形式表現，詩藉由一隻被獵殺而瀕臨死亡狀態的鹿，描述臨終前瞬間的安靜，配以追憶與現實對比，「把處於很短時間的生與死的葛藤予以結晶化了的詩」[33]。

---

[33]秋吉久紀夫，〈陳千武的詩〈野鹿〉的主題〉，收入《陳千武作品選集》（臺中：臺中縣立文化中

野鹿的肩膀印有不可磨滅的小痣　和其他許許多多的肩膀一樣　眼前
相思樹的花蕊遍地黃黃　黃黃的黃昏逐漸接近了　但那老頑固的夕陽
想再灼灼反射一次峰巒的青春　而玉山的山脈仍是那麼華麗儼然　這
已不是暫時的橫臥　脆弱的野鹿抬頭仰望玉山　看看肩膀的小痣　小
痣的創傷裂開一朵豔紅的牡丹花了

血噴出來　以回憶的速度　讓野鹿領略了一切　由於結局逐漸垂下的
慢幕　獵人尖箭的威脅已淡薄

很快地　血色的晚霞布滿了遙遠的回憶　野鹿習性的諦念　品嚐著死
亡瞬前的靜寂　而追想就是永恆那麼一回事。……
（中略）
……。在冷漠的現實中　野鹿肩膀的血絲不斷地流著　不斷地痙攣著
野鹿卻未曾想過咒罵的怨言　而創口逐漸喪失疼痛　曾灼熱的光線
放射無煩惱的盛衰　那些盛衰的故事已經遼遠
野鹿橫臥的崗上已是一片死寂和幽暗　美麗而廣闊的林野是永遠屬於
死了的　野鹿那麼想　那麼想著　那朦朧的瞳膜已映不著霸占山野的
那些猙獰的面孔了　映不著夥伴們互爭雌雄的愛情了　哦！愛情　愛
情在歡樂的疲憊之後昏昏睡去　睡……去……

──《野鹿》，頁 8

　　〈野鹿〉與〈獨木舟〉所處理的都是生命盡頭的景象。在〈獨木舟〉
一詩裡，由於描寫的是親人的死，所以即使詩人努力地抑制自我情緒，詩
人用獨木舟這個意象來暗喻死的孤獨，無可替代。但使它不致成為個人悲
慟感情的宣洩。但是我們在這詩中仍可感受到詩人哽咽的聲音「讓我們哭
泣吧　哭出長久／被抑壓著反命運的哀嚎／讓我們擁抱您不裝飾的愛」。

心，1990 年），頁 134。

但在〈野鹿〉中，詩人則將感情要素抽離殆盡，把「死」完全純化，黃昏的夕暉照映著一隻中箭垂死的野鹿，「血色的晚霞布滿了遙遠的回憶」，把晚霞回憶和死調色在一起，使得野鹿的死充滿淒美的意象與結尾的「愛情」正相承應。「野鹿肩膀的血絲不斷地流著／不斷地痙攣著／野鹿卻未曾想過咒罵的怨言／而創口逐漸喪失疼痛」，一切逐漸遙遠了，死的氤氳逐漸加深，而在臨終的眼底一切轉爲模糊，終而「愛情在歡樂的疲憊之後昏昏睡去　睡……去……」，野鹿最後所眷念的是昔時的情愛，懷著愛的惆悵，慢慢地死去。這裡「死」的悲慟完全被淨化，只賸下生與情愛的惆悵而已，死甚至還帶著些微的甜蜜的感覺。詩人將野鹿垂死前的時間予以「慢動作」分解。

　　詩可分爲五節，在節與節間，可以感受到「時間的推移」，野鹿死的過程，由首節的「小痣的創傷裂開一朵豔紅的牡丹花」，至次節「血噴出來」，第三節「血又噴出來」，第四節則僅賸血絲不斷淌流，「而創口逐漸喪失疼痛」，繼則野鹿逐漸喪失意識，對外在的一切開始覺得「遼遠」，最後懷著愛的回憶沉沉睡去、死去。如此冷靜的寫法，是否因爲死的對象是「野鹿」，故而詩人得以將牠的「死前片刻」類似新感覺派小說般地，極盡能事的加以刻畫？但這隻野鹿似乎倒映著詩人自己青春情愛挫敗的感傷回憶，其間，有陳千武成長的影子，他少年時代在八卦山南端渡過，每天仰望遙遠的玉山，「黎明以及昏黃時的玉山形成優雅美麗的線條，展示永恆的青春」[34]，「玉山山脈仍是那麼華麗儼然／這已不是暫時的橫臥／脆弱的野鹿抬頭仰望玉山」，「玉山」的形象在陳千武心中挺立。在〈我怎樣寫〈野鹿〉這首詩〉一文中，陳千武特別提到：

　　　玉山與我們那麼接近，是我理想的象徵。野鹿在臨終時仍抬頭仰望玉
　　山的青春，是表示生命至最後的收場尚不失去堅強意志。而野鹿的生

---

[34]陳千武，〈我怎樣寫「野鹿」這首詩〉，收入《陳千武作品選集》（臺中：臺中縣立文化中心，1990 年），頁 11。

命，猶如人在這文明發達的社會裡，常受到mechanism底恐怖的生命那樣脆弱。[35]

　　陳千武藉由死的探照，領略到生的種種競逐，到最後終歸只是「曾灼熱的光線／放射無盡煩惱的盛衰／那些盛衰的故事已經遼遠」，這與羅貫中「是非成敗轉成空，青山依舊在，只是夕陽紅」的感喟頗爲近似。而在生的盡頭，唯一可回味的，伴著野鹿死去的是愛──「愛情在歡樂的疲憊之後昏昏睡去」。詩人以「愛」來超越生死的悲苦，「愛」的需求是人類對抗逆境的共同訴求。陳千武最後藉著〈野鹿〉祈願著：「但願人生的最後，脆弱的生命之死，能得到如『野鹿』的死那樣安靜和優美而已」[36]，而陳千武所要傳達除了「生的意志」外，同時亦表達了「死的尊嚴」。

（二）愛與希望的堅持

　　陳千武在其所著《現代詩淺說》中，曾引用C‧S路易斯的話：「詩的基本性主題並不多，愛、死、善惡、時間、永遠等等這些而已，而這些在這三十年間似無變動，變動的卻是詩的語言」，表明對詩的主題的看法，此外，陳千武更修正最後一句話爲「變動的是詩的動機」[37]。然而，寫詩應基於什麼樣的動機呢？陳千武認爲「很多有關社會性主題，不能使我們感動的原因，似乎在詩裡缺乏『愛』這一重要因素之故。」「詩人應該把『愛的貧困』這種事實，訴說一般群眾才對」，「有關政治性或社會性爲主題的詩，也應該用更真實而強烈的愛的眼光來寫，才能寫出有效果的詩。」[38]陳千武詩作的精神與動機，大抵是以反抗現實醜惡出發，然又基於愛與希望的信念，故使得其詩有深刻的批判與諷喻的內涵。在他的詩作中，對「愛與希望」的貫注，從早期個人抒情至批判現實社會的詩作中，都可見到他根植於個人的經驗基礎，而獲得真正的愛的感受。

---

[35]同前註，頁11。
[36]陳千武，〈我怎樣寫「野鹿」這首詩〉，頁12。
[37]陳千武，《現代詩淺說》（臺中：學人文化公司，1979年），頁51。
[38]同前註，頁53。

　　早期日文詩中，陳千武即在詩中融入自己的真情真意，如〈冬的感觸〉，抒情柔美的透出愛與希望：

　　　　心灰哀哭的天空
　　　　覆蓋著搖晃在嘎嘎風響的
　　　　冬的外景　我們快樂地走上
　　　　不知道什麼地方的白色小徑

　　　　像柔美的舞女　麥穗舞著
　　　　在美麗的園地
　　　　紫色的甘蔗花
　　　　也舒暢連綿不絕地搖著
　　　　金黃的汁咯咯咯響著

　　　　啊，風稍微吹大了
　　　　忍著浸進來的寒氣
　　　　有如新鮮的果實般咬著
　　　　簡樸的愛情

　　　　帶上藍色的面紗吧
　　　　在深深的歡喜裡
　　　　春天要來──不久
　　　　溫和高興的季節
　　　　就要流進活潑的園地來

　　　　　　　　　　　　　　　──《月出的風景》，頁 25

　　在〈冬的感觸〉中，詩人一反歷來對冬的印象，「孤獨寒冷」，將自己心中的意象投注於外在的事物，「物我同感」，因爲詩人充滿愛的喜

悅，故外在的景物藉由詩人的感染也活潑快樂，像一首優美歌曲，風吹過之際「像柔美的舞女　麥穗舞著／在美麗的園地／紫色的甘蔗花／也舒暢連綿不絕地搖著／金黃的葉咯咯響著」，大地宛如一場露天的舞會，所有的景物共同歡唱。末了，「春天要來，──不久／溫和高興的季節／就要流進活潑的園地來」，這樣鼓舞人心的詩句，如雪萊在〈西風〉的結語：「假如冬天來了，春天還會遠嗎」，陳千武藉著季節具體的意象去傳達希望的哲理。

　　「愛」是一種主觀情感的表達，而詩人則應避免將詩流於自我情緒的放縱，故應將愛的情調轉化為可以「共感」的經驗。使其情感有一種內在的飛躍，藉著詩人的想像使平凡的事物顯現不平凡。

　　關於「愛」的真正核心，陳千武特別指出要能從個人最真切的感受擴而論之，而不是泛泛地說。陳千武認為「愛」才是他寫詩的根本動機，他自認「我們要改變社會必須為了『誰』，而非為了社會本身。我們指摘社會黑暗的一面，也並非為了社會，而必須為了『某個人』才對。為了『誰』和為了『某個人』，那『誰』或『某個人』就是自己所愛的人。為了自己所愛的人，我們才有意思改善社會。如果不是為了所愛的人，詩人寫的詩便是無意義的虛空的東西。」[39]。換言之，缺乏「愛」或「愛」的動力，便無法產生真正的詩。因而，在陳千武的詩中，不時流露愛的心聲，如〈梅雨〉（《密林詩抄》，頁 8）：「唯這一季是霉爛的一節／該潤於虔誠的愛／孵化綠油油的夏天」、〈少女〉（《密林詩抄》，頁 19）：「她喜歡嗅嗅新書的香味／輕輕朗誦一兩句詩而歎息。／她喜歡粉紅色的愛情　」、〈女人胸脯的兩隻小鳥〉（《不眠的眼》，頁 70）：「拉下窗簾吧／讓女人胸脯的兩隻小鳥飛出去／意欲從一顆小小的新發出長短的電波而收受這祕密的擴聲器響了起來呵／愛總比獻神的香火還神聖吧」，陳千武的詩作中這些「愛」的傳達無非是透過自身的情感，描繪一具有生命力

---

[39]陳千武，《現代詩淺說》，頁 53～54。

的軀體。

　　在《剖伊詩稿》中，則是以性和愛為主題，其主題可從詩集首頁印著四個明暗不同方格的女體側影看出，此與同屬笠詩社的白萩詩集《香頌》，互相輝映，而且代表兩種截然不同的風格。「伊」是女性的指稱詞，「剖伊」無疑是專以女人為客體，藉著各種日常性事物，細緻地刻畫女性的心理活動與情欲，這與當時一般習見的情詩，其詩風甜美柔膩迥異其趣，陳千武《剖》中所表現的，則是中年男子對赤裸的情愛和熾烈的性愛的歌詠。對此陳千武在詩集的後記也談到了寫作此詩的動機：

　　　　事實上，一位少女的感情惹起了我，使我寫成這一系列的小品散文詩。寫的當中，像害了病一樣的心情，寫成之後，我恢復了健康，又回到平常的生活。[40]

　　因此，《剖》可說是陳千武對於女性情欲的一種渴求，同時也是他「對女人的體驗，在某一段時期裡，最大的抒情」[41]，以下我們可從《剖》中的詩作探知一二：

　　　　由於多量的出血她蒼白著　像散亂的花瓣那樣的血使她的哀憐隨時間流露在嘴唇　她是善感的女人

　　　　火旺盛地燃燒　映紅了她的臉頰　當蒼白的臉頰被染紅了　她多少就能脫離出血的痛苦

　　　　流出過多的血使她患了冷血症　男人享受的血流　男人興奮的血流沉溺於血流中的男人　以抵抗被流失的力量　託著女人的愛　構成了部落的風景

---

[40]陳千武，〈《剖伊詩稿》後記〉，《剖伊詩稿》（臺中：笠詩刊社，1974 年），頁 65。
[41]同前註。

她從瞬間窒息似的感覺中　沉入灼熱的舌尖在燃燒的陶醉感　開始燃

燒的她的舌尖也像血一樣鮮紅

儲蓄著子孫之源流的血　有剩餘的就從她的私處溢盈出來向男人的世

界擴散而去

流出過多的血使她患了冷血症　男人享受的血流　男人興奮的血流

沉溺於血流中的男人　以抵抗被流失的力量　拖著女人的愛　構成了

部落的風景

歷史是部落風景的變遷紡織出來的　在偉大歷史的陰影下　因多量出

血而蒼白的她　已不再對自然的生理感到痛苦　秋天過後春天就來

在這個沒有冬天就迎接春天的季節裡　她想要生個孩子

——〈血〉，《剖伊詩稿》，頁 57～59

「沉溺於血流中的男子　以抵抗被流失的力量　拖著女人的愛　構成了部落的風景」，這可說是整本《剖》愛的底色。他所刻畫的與其說是對性的欲求的飢渴，毋寧說是哀樂於青春的流逝，因而亟於「性」來體認「生命的實感」。對陳千武而言，性不是醜惡的，反而性的欲求更體現強烈的生命氣息、自然的本源。這種熾熱歌詠情欲的詩作，在封閉的 1970 年代無疑是極為「異色的」表現，正如前述，陳千武政治批判性作品「媽祖」系列一般，二者都體現了陳千武另一類的前衛性，和社會嗅覺的靈敏度。可惜，歷來詩評家對陳千武這類刻畫中年人生情愛的詩作似乎未予以應有的關注。

繼《剖》之後，陳千武於 1988 年又出版了《愛的書籤》詩畫集。在《愛的書籤》序文中，陳千武談到：「愛為肉眼看不見，卻激動心靈，能令人永恆懷念的根底。世界無論任何事象、物象都需要愛。有愛，才能培

育所有的生，活潑愉快地活下去」[42]。

　　愛是生命的根源，生命本就是在情愛中產生的，因爲有愛的存在，使得這終究要歸於破滅的人生，才能產生繼續活下去的信念。如同上文〈野鹿〉一詩結尾顯示的，在生命的盡頭，讓我們眷念低迴的，不正是那昔日的愛的溫慰。正因爲基於這種信念，所以陳千武一面慨歎「寫詩有什麼用」[43]，卻也對臺灣政治社會風氣的敗壞，以及文化體制的管束，提出嚴厲的批判；另外，也非議詩人本身的墮落，缺乏「抵抗」意欲，認爲「不現代的現代詩改變不了人生／改善不了社會風氣／解救不了民族氣質／推動不了國運／詩瞑目著／不暢流　寫詩有什麼用」。

　　但在《愛的書籤》裡，詩人則意在「希求天真無邪、純真，具抒情與知性平衡的愛」[44]，這點我們可以從《愛的書籤》每首都是以一個單字爲題看到。同時，詩中所吟詠的，是生與死兩個次元世界的極點，他在〈難懂的詩〉一文中指出：

> 把相對的兩點不看做個別的極點，而同時賦與看得見兩極點的眼光，
> 發現事物的方法。就是我們說「死」的時候，必會同時想到「生」。[45]

　　換句話說，《愛的書籤》亦是延續著陳千武的戰爭經驗而來，由「戰爭」、「死亡」、「恨」涵融於「愛」、「性」、「生」的描寫。從封面中，我們也可以找到一些答案，封面中一位年輕女性的胴體仰躺在赤紅的陽傘下，前面站著一隻白鴿子，其意義據日本學者秋吉久紀夫的研究爲，「橫臥著的年輕裸女表示原初性生命力的『性』，白色鴿子一隻表示反原初生命力的『戰爭』，而背景張開著的紅色陽傘，該是表示藝術性的意

---

[42]陳千武詩，蕭寶玲畫，〈詩畫集序〉，《愛的書籤》（臺中：笠詩刊社，1988 年）。
[43]陳千武 1983 年撰有長詩〈寫詩有什麼用〉，原刊《臺灣詩季刊》第 3 號。另收入詩集《寫詩有什麼用》（臺中：笠詩刊社，1990 年）。
[44]陳千武詩，蕭寶玲畫，〈詩畫集序〉，《愛的書籤》詩畫集序。
[45]陳千武，〈難懂的詩〉，《現代詩淺說》，頁 26。

義。」[46]在〈尋〉一詩可見其精神的底蘊：

　　昨天我摸索
　　在密林中
　　密林是情竇初開的
　　處女地

　　今夜　我站在
　　懸崖斜面
　　看密林的情火在燃燒
　　忽視我的存在在燃燒

　　然而　我還要
　　竄進密林
　　尋找
　　遺落在樹與樹之間
　　那初戀的快樂

——〈尋〉,《愛的書籤》,頁 46

　　「密林」在陳千武的詩中,象徵著死亡的空間,然而密林又是「生」欲望躍動之地。如同〈信鴿〉一開頭的「埋設在南洋島嶼的那唯一的我底死啊」,其中皆對昔日強韌的生命力的嚮往,而生的極限即是「性」,因此由性去體驗自身的「存在」。因此詩的末段「然而　我還要／竄進密林／尋找／遺落在樹與樹之間／那初戀的快樂」,這裡將死與生又連結在一起,縱然密林是殘酷的場戰,但陳千武亦要竄進密林,尋找失落的生、愛與希望。

---

[46]秋吉久紀夫,〈從陳千武詩集《愛的書籤》封面談起〉,《笠》第 167 期（1992 年 2 月）,頁 123。

四、結論：以詩為圓心，畫出文學的圓圈

綜觀陳千武的詩作，因歷經被殖民的經驗以及成長後重新學習中文的窘迫，所以，詩的語言表現，不免稍覺生硬，但如李敏勇所言：「由於不熟練的中國語文，才不致淪於華麗詞彙的堆砌；才能準確而素樸地掌握詩的本質，未嘗不是『跨越語言一代』詩人之福」[47]，陳千武那種未盡洗練的語言，反而形成他獨特而質樸的語言風格，並且使得詩人更重於詩的「意義性」。再者，由於陳千武卓越的日文能力，使得他得以透過日文增進自己的文學見識，吸收日本、西洋文學之長，建立較為厚實的文學世界觀。加上個人的努力和寫作熱情，其創作、評論、翻譯作品源源不斷，成為笠詩社詩人群中著述量最大的詩人之一。

由於，陳千武個人的成長經驗及濃厚的歷史意識，故在方法論及精神論上，都使他遠離了布爾喬亞式的方向，而更貼近一般的普羅精神，靠緊大眾的現實生活，這些都是豐厚臺灣詩壇的寶貴資產。其詩學表現，可歸納以下幾點特徵：

1.他的詩表現斯土斯民的情感。由於陳千武親身的歷史經驗，使他不斷探索生命根源的問題，以及展現殖民的抵抗精神，進而寫下了一系列反殖民的作品，他的作品始終以生長的土地為根基，展示與臺灣人民共同仰息的心志。

2.他的詩是社會現實的三稜鏡。陳千武始終站在被支配者的立場發言，其文學呈現一種鮮明的「抵抗詩學」。因此，他不僅記錄現實生活中的多樣性，同時更關注社會的底層人物，寄予希望與同情。對現實的觀察與寫作，無論是取材自民間宗教，或是對政治的批判、社會的諷刺，都有深刻的表現手法，具有「知性」的詩風。

3.他的詩力圖展示愛與希望。透過詩，陳千武與自我生命進行對話，恆常對現實醜惡積極批判後，企盼意圖拯救善良的意志美。他不斷透過內

---

[47]李敏勇，〈抵抗詩學〉，《笠》第 97 期（1980 年 6 月），頁 40。

在生、死的辯證之後，堅定地以「愛」、「希望」爲寫作基調，因此，即使在困頓的現實中，他的作品亦能傳達出生之理念及明確的人生目標。

以上大費篇幅地綜述陳千武的詩作，在於陳千武文學的表現及研究，以「詩」最具代表，其數量皆占最大宗。因此，陳千武是以詩爲他創作的核心，漸次擴展其他的文學領域，成爲多方位的創作者及文化推動者。

在本冊彙編的資料中，陳千武的詩的研究有作品及評論二個方面：

1.在詩作的研究上，有：呂興昌〈桓夫生平及其日據時期新詩研究〉、葉笛〈探索異數世界的人——桓夫論〉、莫渝〈桓夫筆下的鄉土情懷〉、趙天儀〈桓夫詩中的殖民地統治與太平洋戰爭經驗〉、鄭烱明〈桓夫詩中的歷史意識和現實批判〉、李魁賢〈論桓夫的詩〉、古添洪〈論桓夫的「泛」政治詩〉、陳明台〈死和再生——桓夫和鮎川信夫中共通主題的比較〉、秋吉久紀夫〈陳千武詩〈信鴿〉裡的「死」〉、丁旭輝〈論陳千武詩語言魅力的兩種模式及轉變〉等，這些詩作研究論述，爬梳了陳千武日治時期的作品，揭示他早期文藝青年的創作歷程，此時，他的文學已展露日後文學創作的基調，具批判與希望的內涵。戰後，陳千武由於遭遇語言轉換的命運，沉寂許久，待出發後，詩作率先對臺灣歷史意識的建立，揭露殖民地的統治及太平洋戰爭的經驗，其中最具代表性的作品，莫過於〈信鴿〉一詩，詩中展現死的脫卻及生的回歸的精神。此外，做爲一位詩人，陳千武始終站在批判的立場，針砭時政，一系列的「泛」政治詩，充分發揮「媽祖」意象的變形及隱喻，成爲獨特的寫作風格，堪爲臺灣「政治詩」的先趨。

2.有關詩論的探討，林亨泰〈笠下影——桓夫論〉、陳千武〈我怎樣寫〈野鹿〉這首詩〉、〈臺灣現代詩的歷史和詩人們〉、〈我的第一首詩〉、〈文學少年時〉等，皆從陳千武自身的寫作經驗中，勾勒出陳千武詩的認識論及方法論，在這些詩論中，他對臺灣新詩的發展，正本清源地提出「詩的兩個球根」說，強調詩「寫什麼」重於「怎麼寫」，他說：「令詩人不得不嚮往詩的衝激，絕不是在空虛美底價值的世界。反而是在「詩」與「非詩」的界限多偏於「非詩」的，換句話說是在我們追求生存的現實生活裡。活生

生的現實生活才有其吸引我們底詩的源泉。因此，……從「寫什麼」詩，具有其「主題」的側面攻入現代的核心，才是詩人的重要使命吧！」[48]，此外，他也一再表示「當感受這種醜惡壓力，而自覺某些反逆的精神，意圖整救善良的意志與美，我就想寫詩」[49]，換言之，陳千武的詩論，著重在對外在環境的省視與反思，以逆反的精神對抗生命的哀愁與現實的醜陋。

　　另外，陳千武以詩筆進行小說的寫作，將他個人戰爭的經驗化爲小說敘事，呈現臺灣特別志願兵的回憶，最膾炙人口的代表作《獵女犯》（後再版改名爲《活著回來》），由於，書寫的風格及題材特殊，雖然，他的小說創作量少，卻也能引起普遍的注意，其中許達然〈俘虜島──論陳千武小說《獵女犯》的主題〉、彭瑞金〈臺灣文學戰爭小說先趨〉，都對他的小說提出高度的肯定。他的小說，不僅在題材及表現上別具意義，更成爲臺灣歷史敘事的一環，記錄戰前臺灣青年的殖民傷痕與歷史圖像。除了孜孜不倦創作文學作品之外，陳千武對文學的教育及推廣亦特別重視，他認爲文學應向下扎根，因此，對兒童文學、青少年文學，不遺餘力，甚至改寫民間文學，普及文學教育。此外，他也率先連結日本、韓國等地，展開亞洲詩人間的交流，創辦多次「亞洲詩人會議」，拓展臺灣現代詩的能見度，舉凡種種，都爲臺灣現代詩帶來更具發展的機會。

　　陳千武一生的文學與研究，綜上所論，可包含詩、小說、評論、兒童文學、青少年文學、民間文學，以及文學活動等等，橫亙一生的創作生涯可謂多采多姿，在數量繁多的研究資料中，本冊彙編僅能從中撿選一些代表資料，期能突顯陳千武各個面向的文學表現，使日後對陳千武文學感興趣者或研究者，能在此彙編中得到初步的認知，進而增進對文學的了解及喜愛。

---

[48] 陳千武《現代詩淺說》，頁 108。
[49] 林亨泰，〈笠下影──桓夫論〉，《笠》第 3 期（1964 年 10 月），頁 4。

輯四◎
重要評論文章選刊

文學少年時

代序

◎陳千武

民國 24 年 3 月以 15 對 1 的比率，我考進專為臺灣人子弟設立的臺中一中。當時一般認為念臺中一中的孩子都是天才，但我卻不是。入學那天第一節的「修身」，就被專制有名的卡滅校長（廣松良臣）叫出來罰站。理由是我聽不進去又不懂他給新生苦口婆心說過：「在廁所胡寫和關門關不緊，都是沒有出息的人。」這一句格言的意義。他罵我「從來沒看過這樣一個笨豬新生。」於是，從一開始我便成為 150 名新生知名度當中最高的一個。

不但是「修身課」，其他很多課程我都不喜歡，我喜歡念的是日本國語、作文、漢文，此外就是熱心於柔道、田徑和音樂。

一年級的一個下午，我的表哥帶我去臺中圖書館。他不管我的志趣，就自動地借了一本吉川英治的小說，叫我看。從此，我被吉川英治樸素、簡潔的文章和耿直、豪爽帶有野性的禪味以及貫徹求真理的故事內容迷惑了，便拚命地蒐集吉川英治的著作來讀。

因我獨自寄宿於母舅的家，鄉愁與孤獨，不使我趨向學業功課，卻驅使我走入文藝的世界，讀過吉川英治的小說之後，從無賴的旅遊小說、時代武俠、現代愛情，看膩了之後，開始亂讀純文藝小說，覺得純文藝深奧的思考力很魅人，於是又對世界文學名著感到興趣，愛不釋手，但都是「亂讀」，沒有「精讀」過，看過就忘了。

由於愛好小說，三年級的第一學期，每次作文的習題，我都很認真寫。甚至有一次作文習題，寫了 400 字稿紙二十張左右的文章繳卷。一般

學生頂多寫三張稿紙，已很了不起了。而我的二十張稿紙作文不論寫得好壞，也該獲得老師的精神鼓勵吧！卻不但沒有，卑鄙的前田老師給我學期末的作文成績是「丙」。日本人老師蔑視臺灣人如此狂妄，使我氣惱在心。第二學期仍然上前田老師的國文和作文，但我決心連一篇作文習題都不寫，不繳卷。前田當然知道我這個問題學生不繳作文習題的原因，卻對我一句話都不講，然而我的第二學期末的作文成績是「乙」。這樣的老師怎能叫學生心服。於是第三學期每次上國文課的時候，我乾脆把課本豎立在課桌上遮掩著看小說，我看的小說比課本上的文章還有意思。前田老師知道我不在聽他的課，也裝著不理我。但有一天，真是鬼使神差，前田老師走到後排我的桌子邊，站了很久，俯視看我凝神耽讀著里見諄的小說《多情佛心》。我知道他站在身邊，仍不抬頭也不躊躇，繼續耽讀著。前田老師不得已遂走開，繞了教室一圈，回到教壇上，厲聲喊我到教壇前面來。我實在看不起他，早不認為他是一個老師了。前田等我走到他的面前，一句話不講，舉起右拳向我的臉頰打來。前田是矮子，而我練柔道，手技好又敏捷，很快抓住前田的手臂，轉背把他摔倒在地上。全教室的學生「哇！」地站起來，前田卻「吁、吁！你敢，你敢！」咕噥著倒在地上講不出話來。瞬間，里見諄的《多情佛心》，閃過我的腦裡，一種憐憫的感覺壓住我的心，我用雙手拉著前田站起來，顯然露出憤怒與羞辱神情的前田，拿了教科書，踉蹌走出教室，回教官室去，我覺悟，前田回到教官室，必會報告校長召來家長罰我嚴重的處罰。停學、退學或監禁？然而，我的畏懼落空了，前田不願因此丟掉老師的尊嚴，終於放過了我。

漸漸地，我的欣賞興趣從小說轉移到詩。起自明治時期的新體詩、島崎藤村、川路柳虹、三木露風，以至大正、昭和期的西條八十、堀口大學、柳澤健、生田春月、佐藤春夫還有上田敏等人的詩和翻譯詩，不管遇到什麼便耽讀起來。有時一本詩集，天天拿在手裡看了好幾天，陶醉於優美的抒情裡。而我找書看的地方，也從臺中圖書館移到中央書局，因為書局可以找到一些新書來讀。我買不起書，所以一俟下課就背著書包，站在

中央書局的書架中間看書。看到回豐原家的火車時間迫近，才匆匆跑去車站。幸好那個時候火車的班車不多，有時可以在書局看了一個多鐘頭的書，真過癮。

　　因我不偏愛，所涉獵的文學作品較廣，而且是多方面的。不過，像最初沉迷於吉川英治的小說一樣，有一段時期，橫光利一、川端康成等一班人，實踐追求的新感覺派作品也迷住了我；左派作家們，赤裸裸的表現苦悶的作品，也吸引了我一陣子。可是，我只愛好文學，而亂讀的習慣仍然不改變，一直到我接受現代主義的詩，才開始認識自己，有了一點批判自我的意識。

　　中央書局的經理張星建先生，常常看到我夾在書架中間看書，他的視線使我覺得很不好意思。因我不買書，誤為他的視線是監視的。有一個星期六下午，張星建先生走近我，叫我可以坐在他會客用的沙發上看；這種優厚的待遇使我嚇呆了。但一談起來才知道他是文藝聯盟的老將。他拿了《臺灣文藝》雜誌給我看，張文環、龍瑛宗、黃得時等作家的名字，奇異的映入我的腦裡，臺灣人創造自己的文藝，使我感到是神聖的行為。張星建先生說：「我們要創造新文藝，把新的文化遺產留給後代。」並把臺灣文壇的情況告訴了我，又借給我一些書帶回家看。

　　創作自己的文藝，這一啟示，促使我意向寫作，從新體詩的嘗試，和歌的習作，以至自由詩，終於感到以詩的形式較適合於自我的表現的寫作。於是，民國 28 年 8 月 27 日首次在黃得時先生主編的《臺灣新民報》學藝欄，發表日文詩〈夏深夜的一刻〉，同月 30 日發表〈上弦月〉，9 月發表〈大肚溪〉，至 12 月共發表過八首詩。

　　臺灣文藝聯盟在臺中醉月樓召開會員大會，已不記得是哪一天了。而在前一天黃得時先生打電話告訴我，我背著書包跑到車站前的中央旅社，在二樓見了黃得時、張文環、葉步月三位先生，雖然已不記得談過甚麼，但那天的興奮之情，仍很深刻地留在我的腦裡，尤其，張文環很親切地鼓勵了我。由於這一次見面的機會，導致三年後，我進入特別志願兵訓練所

受訓六個月期間，差不多每個星期便帶著另一位同在受訓的詩友賴襄欽，到市內山水亭去見張文環先生，對文學創作的觀點、思想的運用，受了很大的影響。

自從在報紙學藝欄發表詩作之後，我在學校裡的生活也改變了，不再跟一些卑鄙的老師搗蛋，而時常嚴肅地思考著人生與社會環境，以及被殖民的問題。這個時期，也常在下課後，背著書包，跑到梅枝町訪問經營花園的楊逵先生。先生和葉陶夫人都很歡迎我，楊逵先生實踐「晴耕雨讀」的生活。我喜歡他不拘泥規矩而樸素的生活方式，常跟他在花園裡邊拔草邊聽他的高論。我跟他接觸，知道他是一點都不陰險的人物，但他卻前後遭遇過幾次思想筆論的厄運而受罪，不無令人鼻酸。

民國 29 年 5 月，一中五年級的第一學期，我以柔道部的主將，聯合劍道部的主將陳嘉豐，策動全校學生，反對日本皇民化運動的改姓名政策，遭人密告我是主犯，遂受罰在校監禁一個多月，幸好遇到卡滅校長退休要換校長才解除處分，學期末的成績「操行丁」、「軍訓丙」，失去了升學的條件。這種遭遇促使我愈迷於詩的創作。把作品投於《臺灣新民報》學藝欄及臺中的《臺灣新聞》文藝欄發表，另參加臺中一批詩友們每月一次在「翼」咖啡廳召開的詩話會，會員七、八個人都是日本人的年輕男女，只有我一個臺灣人，卻年紀最輕，因我念南投尋常小學校畢業，講日語寫日文跟他們一點不遜色，沒人敢看不起我。

因我在一中五年級的操行成績，第一學期「丁」，第二學期「丙」，第三學期是否准予畢業成了問題。但在教員會討論中，沒有一個老師願意讓我留級，而且據於思想引起的操行成績，難向一般社會大眾公開，於是我最後一學期的操行成績升為「乙」，把我踢出校門。

臺中一中畢業後，我進入臺灣製麻會社豐原工場做工，工場裡的總工頭是日本人。日本人喜歡仿效西方人從前指中國、印度、馬來西亞地方的勞動者稱「苦力」，而指稱臺灣人勞動者為「苦力」。不管日人怎樣輕視與侮蔑，我仍願與苦力們一起在工場裡勞動。而從經驗裡，寫了幾首「工

場詩」以及工場爲背景的勞動詩，在報紙上發表。又寫了一短篇小說〈老工人〉發表於《臺灣新民報》。會社的船山主事知道我常常寫文章，就特別優待我，把我調入事務所辦事，但我不習慣坐辦公廳、辦公也辦得不合他的意，遂又調我去工場當監工，卻又嫌監工對待苦力太仁慈，我便提出辭職，到彰化一位族兄經營的製米工場去當教練。

　　民國 31 年 7 月，我被徵入特別志願兵訓練所接受軍訓，到了民國 32 年 4 月，正式到臺南第四部隊入營不再寫詩，不看文學作品，結束了我的「文學少年時」。

——發表於 1981 年 1 月 3 月《民眾日報》副刊

——選自陳千武《獵女犯》

臺中：熱點文化出版公司，1984 年 11 月

我的第一首「詩」

◎陳千武

民國 28 年 8 月 27 日，我寫得一首〈夏深夜之一刻〉日文詩，在當時唯一臺灣人所辦的日刊報紙《臺灣新民報》副刊文藝欄刊登。是臺中一中的同學先看到報紙告訴我，我才去找報紙來看，果然，我看到自己寫的東西頭一次變成鉛字，有些頭昏昏的，感到「陳千武」三個字印得特別鮮明，而心裡癢癢。文藝欄的主編黃得時先生，便成為我心目中的老師了。

從此以後，我使勁地學習詩作，一直到民國 31 年 4 月，我為臺灣特別志願兵入營日止，在《臺灣新民報》、臺中的《臺灣新聞》，以及《臺灣藝術》雜誌，斷斷續續發表過許多日文詩及小品文。茲翻譯曾經往臺中縣龍井遊玩詩一首：

把兩腿張開伸直
水喊著
繞過浮在溪中的沙灘
水、水、水
淼淼到遙遠的對岸
白砂的小丘
北風來通報風颱了
北風咻咻吐著赤外線
圍繞小丘
咦──浪波湧起啦

青藍的水

緩慢地

要把今天流走

「喂──喂──把竹筏划過來」

一個少年捧起長竿

一個少年蹲在竹筏

一個少年瞄準相機

對準著舶來的舊相機

喳喳的摩擦聲

「──筏划過來」

提著公事包的官服走近來

「船夫不在麼……」

少年抬起頭喊了一聲

「不要嚕囌，划過來」

水流湧起了漣漪

竹筏大搖了一搖

北風把薄紗

捲上天空

那個傢伙，真厚臉皮的……

白色紙片像白旗

飛升高高的堤防上去

──〈大肚溪〉，民國 28 年 9 月刊於《臺灣新民報》

臺灣光復後，由於語言的阻礙，我停止寫作十幾年，到民國 47 年 1 月 10 日，我用中文寫的詩〈外景〉一首在《聯合報》「藍星詩頁」上發表，便又恢復了執迷於詩的生活。於是，在《藍星》、《南北笛》、《現代詩》、《工人報》、《中國勞工》等報刊，零星發表過幾篇作品。

民國 50 年暑假，就讀臺大外文系的內弟杜國清，常來我家談詩，拿創作跟我交換意見，以致增進了我的中文寫作能力。有一個星期天下午，我在家十分無聊，突然間，驟雨下得很大。奇妙的雨滴的躍動，引起了我寫一首〈雨中行〉：

　　　　一條蜘蛛絲　　直下

　　　　二條蜘蛛絲　　直下

　　　　三條蜘蛛絲　　直下

　　　　千萬條蜘蛛絲　　直下

　　　　　　　包圍我於

　　　　——蜘蛛絲的檻中

　　　　被摔於地上的無數的蜘蛛

　　　　都來一個翻筋斗，表示一次反抗的姿勢

　　　　而以悲哀的斑紋，印上我的衣服和臉

　　　　我已沾染苦鬥的痕跡於一身

　　　　母親啊，我焦灼思家

　　　　思慕妳溫柔的手，拭去

　　　　纏繞我煩惱的雨絲——

因杜國清主編《臺大青年》索稿，便把〈雨中行〉交給杜國清，發表於民國 50 年 11 月 15 日出版的《臺大青年》第 4 期。

〈雨中行〉可以說是我的第一首詩。

詹冰在欣賞這一首詩的評文裡說：「我認為〈雨中行〉是桓夫作品中的傑作。同時認為是我國現代詩中的逸品。」

詹冰是臺灣詩壇最具敏銳的現代詩感覺的詩人，也是臺灣從日據時代至今那麼多新詩人當中，把詩官能表現得最凸出的詩人。他雖是我臺中一

中的同期同學，但到民國 52 年以前，我還不知道他寫詩寫得那麼好。因為他很謙虛，又不喜歡露面，只默默追求開拓自己的詩境，未曾宣揚過，他確實是一位了不起的詩人。他評介〈雨中行〉給我最大的鼓勵，使我對詩的嚴肅性感到緊張與信心。

詹冰的評文大略說：「以蜘蛛絲適當地比喻雨絲，而暗喻人生的煩絲真不平凡。用重疊法描出下雨的視覺效果，再使它意味著包圍人的『檻鐵絲』，是成功的表現，巧妙的伏筆。再以蜘蛛比喻雨滴，雨滴丟下來四射的形象與蜘蛛的形態一般，表示雨滴的特性，有入木三分的筆勢。又用『翻筋斗』表示蜘蛛反抗的姿勢，可以說巧奪天工的描寫。以印在衣服和臉的雨痕，看作悲哀的斑紋和苦悶的痕跡，而想到母愛，希望母親拭去煩惱的雨絲，把真情表現得淋漓盡致，……。」最後又說：「這一首詩不只是桓夫的『高度精神的結晶』，同時實現了他『意圖拯救善良的意志與美』」。詹冰據於詩所表現的意象，欣賞其視覺性的發展，分析詩情的演變，十分細微。

其實，我寫〈雨中行〉，並沒有像詹冰所說的那麼巧妙地計算過詩語前後的邏輯。我說〈雨中行〉是我的第一首詩，跟詹冰對這首詩所下的評語無關。只是他評文裡最後的一句話說「這首詩不只是桓夫的『高度精神的結晶』，同時實現了他『意圖拯救善良的意志與美』」，完全與我對詩有清醒的認識之後寫出來的詩觀符合，也就是我真正寫詩的開始。

然則，〈雨中行〉一詩誕生的苗根，似乎抑壓在我心底深處很久。或許應該說是跟著我誕生為「臺灣人」的命運同時，就有了這一球根萌芽的可能性潛在著。

我的詩觀，是「對於飛翔自由世界的夢幻，樹立理想鄉的憧憬」而必須「認識自我，探求人存在的意義，將現存的生命連續於未來，為具備持久性的真、善、美而努力」。為了追求這一理想，我常常感受「現實的醜惡，常變成一種壓力，以各種不同的手段，挾持著人存在的實際生活，導誘人於頹廢，甚至毀滅的黑命運裡，迷失了自己。」因此我「自覺某些反

逆的精神」以寫詩「意圖拯救善良的意志與美。」

　　由於我誕生在日據異族的統治下，度過幼、少年時期而長大，一旦有思考的能力，我便預感常有醜惡的壓力，從天空降下來似的，囚困著我無法飛翔進入自由世界的夢幻，這樣感受是痛苦的。然而醜惡的壓力是什麼，譬如說，像日本人持著統治者的優越感欺凌臺人，而臺人的無自覺處處逢迎有權的自卑感等等，那些醜惡都不無令人感到悲憤。但處於無力者的立場，卻又不得不認命屈服於醜惡的壓力的檻中生活。

　　從廣大的天空下降的雨滴，猶如有毒的蜘蛛絲那樣構成囚檻，也許一般很多人看不到自己的身邊有這種囚檻，使人看不到囚檻是愚民政策的效果吧。但有識者必會感受這種檻中生活的痛苦。詩中採用比喻的蜘蛛具雙份的性格。即蜘蛛絲比喻檻柵，蜘蛛比喻被壓迫的弱者，抱著強烈反抗意志。千萬條的蜘蛛絲包圍的囚檻必無法突破。無數的蜘蛛所表示的無數的反抗，必無停息地繼續反抗。

　　如此現實的醜惡和反逆的精神互相循環對立之間，「必須發揮知性的主觀精神，不斷地以新的理念批判自己，並注重及淨化自然流露的情緒。」才能認清悲哀的斑紋或苦悶的痕跡。我們追求高度的精神結晶，最後總會想到母親，母親是存在的根源，想到存在的根源時，無論處於怎樣逆境，多少會得到一點安慰。

　　〈雨中行〉的情緒，是自然的流露而不複雜。我的詩是從這種自然的情緒所得到的感受很單純地發展開來。

——選自《笠》第 92 期，1979 年 6 月

我怎樣寫〈野鹿〉這首詩

◎桓夫[*]

　　醞釀在心裡已久的一種不可捉摸的思想，經過一段時間的磨鍊之後，就逐漸形成一則較為具體的詩底主題。而詩的主題不外就是在自己周圍的事物或經驗中，發現了特殊意義的事象。

　　〈野鹿〉是從自己的經驗中發現素材，以「擬似故事」的構造寫成。乍見似具現實性的外殼，但實際是想像性的一場情景。在這種非現實性的故事裡，我發現與自己的經驗有所相同的感觸。可以說這是自己經驗的再發現的詩。並且意圖把自己的經驗推展至更普遍、更一般性的經驗。

　　〈野鹿〉並無難懂的地方。是描寫一隻野鹿受過傷，於臨終瞬前沉入回憶的安靜。這些情景似乎每位讀者都可領略，容易了解。但事實上野鹿並非這首詩的主題。我認為臨終瞬前的安靜是極為寶貴的情緒。配以追憶與現實的對比，要表現現實的苛刻與憧憬的美鮮明的兩面，並以生命的葛藤與大自然的對比，強調生命的哀愁和貫串在其中一絲無可奈何的宿命。

　　死並不是可怕的。但我父親於 1965 年 5 月 21 日逝世。我侍候在他臨終牀前，眼看他為了癌細胞的毒發而痛苦掙扎了一個晚上，感到掌握人的生死之神實在太殘忍了。當時那無限的悲哀，使我想到給父親改換了一則安靜而美的，我所憧憬的臨終場面。這是寫這首詩的直接動機之一。

　　我出生於南投縣名間鄉的山頂，是八卦山脈的南端。在那山頂的地方，每天仰望著遙遠的玉山，度過我底少年時代。黎明以及黃昏時的玉山形成優雅美麗的線條，展示著永遠的青春。

---

[*]本名陳千武。

　　少年向琥珀色的玉山

　　直奔上去

　　在那兒　光的微粒捲渦逆流

　　玉山與我是那麼親近。是我理想的象徵。野鹿在臨終時仍抬頭仰望玉山的青春。是表示生命至最後的牧場尚不失去理想的堅強意志。而野鹿的生命，猶如人在這文明發達的社會裡，常受到 mechanism 的恐怖的生命，那樣脆弱的。

　　第二次世界大戰中，我被日本軍閥徵召出征到南洋帝汶山島去服役，帝汶山的人口稀疏，所住的土人仍過著原始的生活。男女都裸著上半身當日本軍的苦工。日本軍詐騙那些原住土人說：「日本是太陽國，你們若想反抗太陽，眼睛會瞎，所有的愛會被燒焦得比你們的黑褐皮膚還黑。」腦筋簡單的土人們信以為真，在近代化的軍隊裝備牽制下，毫不敢謀反。但為了役使他們，發出命令的部隊各階長官太多了。土人們便慨歎地說：「那麼多的太陽……」。而我，在日本軍隊裡的一個不是日本人的我，深深了解土人們的苦衷。那些過多權威的太陽，使我聯想了阿眉族神話裡的故事。那有趣的故事。

　　當時帝汶山的日本軍已失去本國的支援。缺乏糧秣。不得不開始「現地自活」的方法，就地從事種植採取糧食。有些士兵被派進入原始森林裡打獵。密林裡野鹿特別多。平均二三天就有一隻野鹿被打死，放於隊部的廣場。那從肩膀流著血死去的野鹿，我看得太多了。而覺得同樣一個生命，人與野鹿的死有何差別？被一張召集令徵召來戰地的我底生命，又豈不是很脆弱的嗎？強與弱，豈只是立場的不同而已嗎？

　　這些故事，這些事實，占據了我追憶的大部分，印象太深了。所以我把這些經驗編織成〈野鹿〉詩。或許，讀者會覺得我所用的手法過於單調、欠真摯、有些含糊。但我是盡量在野鹿的 image 上重疊著自己的影子，想造成 double-image 的效果，以經驗的事象作樞軸而發展的想像力，

希望讀者攝取強烈的共感。成功與否，或詩的暗喻，詩的標的，只請讀者
體會批評。但願人生的最後，脆弱的生命的死，能得到如〈野鹿〉的死那
樣安靜和優美而已。

——選自《笠》第 12 期，1966 年 4 月

臺灣現代詩的歷史和詩人們

◎陳千武

這本《華麗島詩集》，係收錄民國 40 年（1951）由紀弦、覃子豪等創刊的《詩誌》、《新詩週刊》為基礎而發展的《現代詩》、《藍星》、《南北笛》、《創世紀》，以及其後刊行現仍存在的《葡萄園》、《笠》等，在那些詩刊經常發表作品活躍的詩人們 64 人共 108 首作品的翻譯。

僅僅 20 年的時間，被置於舊韻文詩及古典文學根深的對抗環境裡的「新詩」，能從萌芽而急速地趨向具體發展，這是絕非偶然的成果吧。探其本源，便可發現在這些詩以前，已經有其醞釀生機的詩的根球存在了。

而這個詩的根球可分為兩個源流予以考慮。

一般認為促進直接性開花的根球的源流是紀弦、覃子豪從中國大陸搬來的戴望舒、李金髮等所提倡的「『現代』派」。當時在中國大陸集結於詩刊《現代》的主要詩人即有李金髮、戴望舒、王獨清、穆木天、馮乃超、姚蓬子等，那些詩風都是法國象徵主義和美國意象主義的產物。紀弦係屬於「現代派」的一員，而在臺灣延續其「現代」的血緣，主編詩刊《現代詩》，成為臺灣新詩的契機。

另一個源流就是臺灣過去在日本殖民地時代，透過曾受日本文壇影響下的矢野峰人、西川滿等所實踐了的近代新詩精神。當時主要的詩人有故王白淵、曾石火、陳遜仁、張冬芳、史民和現仍健在的楊啓東、巫永福、郭水潭、邱淳洸、林精鏐、楊雲萍等，他們所留下的日文詩雖已無法看到，但繼承那些近代新詩精神的少數詩人們——吳瀛濤、林亨泰、錦連等，跨越了兩種語言，與紀弦他們從大陸背負過來的「現代派」根球融

合，而形成了獨特的詩型使其發展。

民國 42 年（1953）2 月的《現代詩》第 13 期，紀弦獲得林亨泰他們的協力倡導了革新的「現代派」，形成臺灣詩壇現代詩的主流，證實了上述兩個根球合流的意義。

當時紀弦說「現代詩的世界是始於傳統詩的世界消失的地方，表現傳統詩所不能表現的」而強調其理論就是中國現代主義的一環，中國民族文化的一部分，倡導新現代主義是不僅限於超現實主義，即把阿保里奈爾以降的新詩精神，綜合性地予以捕捉，並以中國性的本體予以思考。事實，他把新的主知性導入詩壇來了。

屬於「現代詩」社的詩人中，方思是有如里爾克的莊嚴性和完美的秩序開拓了深遠思想的境地，林泠以女性的銳敏感覺，把詩以淡淡的音調構成明澄的結晶體，薛柏谷是冷徹的詩人，在詩裡盛滿了冷徹的詩的 image 和美的光輝，黃荷生是在酷烈的自己修練中，焦躁、煩悶了之後建設自己世界的新銳現代主義者，愁予是重視中國文字的特色與美妙的韻律，能正確地把握並熟練運用的自覺詩人。

同這個時期，雖不屬於「現代詩」社，但如慧星出現而因車禍夭折了的天才詩人楊喚，留了許多潔簡而美麗的抒情詩令人愛惜。

藍星詩社是覃子豪相對「現代詩」社而創立的，大體亦為繼承了「現代派」的詩風。但由於覃子豪個人的氣質攝取了「現代派」較溫和的一面，合併大陸當時較抒情派的「新月派」的風格，倡導了與「現代詩」不同的詩型。在本質上趨於同一傾向的「現代詩」的前衛和「藍星」穩健的態度，一見似乎兩立著，有一段時期也爭論到「橫的移植」和「縱的繼承」問題。覃子豪的穩健性格雖受到許多人的喜愛，但他的作品本身多偏於論理性缺乏現代性；索性說他是一位組織者，在詩論上留下許多功績較適當吧。屬於覃子豪為中心的「藍星」詩人中，向明繼承了覃子豪的穩健，具有秩序統制的詩風，彭捷以母性的溫柔表現現代抒情。覃子豪於民國 52 年（1963）10 月病歿。

「藍星週刊」第 161 期以後的藍星詩社轉移在余光中的手裡，余光中對於紀弦的新現代主義提倡了國粹固有的傳統文化，以模仿舊韻律詩詞的文言體寫了許多優美的詩，並加以獎勵，因而流行過無內容的文言美文形式詩，於 1959 年到 1964 年之間風靡了詩壇。

余光中的詩歷從格律詩出發，後受過現代詩潮的引誘而進入現代詩，時而補足古典的餘暉，再走向現代前軀，經過轉變無常的過程逐漸成熟。

屬於後期的「藍星」詩人中，王渝、王憲陽、葉珊、敻虹等大體以同樣的傾向寫平和、穩健、浪漫的抒情與古典性的自律詩，乘著流行的韻律使年輕的詩讀者們陶醉於詩的甘美的律動。同屬於藍星的羅門和蓉子卻是具有稍微不同詩風的夫婦，均由紀弦的「現代詩」脫離出來的詩人。蓉子以女性特有的情緒美，表現了均衡與和諧的心象狀態，羅門是把詩人的生命，托於貴族性悲劇精神的表象。另一位顯示特異存在的周夢蝶是透徹於禪的詩風，古典性香氣頗高。

不管上述「現代詩」與「藍星」對立的狀況如何，另一《南北笛》詩刊發行期間雖較短，但於民國 47 年（1958）間在日報的文藝欄以雙週刊出現，大都集中刊登了「現代詩」夥伴的前衛性作品。主編羊令野由於深受古文學的薰陶，乃寫充滿中國色彩的輝煌 image 的感覺詩。

民國 43 年（1954）10 月創刊的《創世紀》是由現役軍人的詩人們發刊的。張默、洛夫、瘂弦三人共同主編，起初提倡了「民族詩型」主張傳統的感情問題；但於民國 49 年（1960）間自第 12 期起改組並改版，即趨向於超現實主義而努力實踐。主要的同仁中，張默以不屈不撓的精神挑戰詩，表明其孤獨和冷冽的心境；洛夫是持有敏銳而深刻的視察力所計算出來的苦澀語言，針對事物意圖使詩語極度濃縮的現實主義者；瘂弦是對存在的感情與知性的體驗能適切表現的詩人；葉維廉是用爆炸性的語言寫富於暗喻的詩；商禽具有豐富的想像力；以超現實的手法巧妙地表現人性；辛鬱喜歡把自然感覺的流動用來捕捉意象；沙牧的詩是從人生的痛苦裡抽出來，而著迷於英雄主義思想的進行與阻礙的矛盾的產物；季紅把內在的

孤獨聲音向外輻射；秀陶據於冷靜的創作過程和表現技巧發現自己的光明，還有唯一的女性詩人朵思的詩其清新的感覺性具有無限的魅力。

《葡萄園》詩刊是民國 51 年（1962）7 月，由畢業於中國詩人聯誼會主辦的新詩講習班的青年們所創辦；主張新詩的大眾化，雖以明朗的語言來寫詩為目標，但其運動常徘徊於低迷狀態而未發揮有效的影響力。社長陳敏華是社交界著名的女性詩人，寫自由形式的抒情詩，古丁在其同仁中較有力量的存在，表明民族性的自覺，主編徐和隣樸素的詩，是跨越中日兩種語言的詩人。

上述的詩刊由於詩派的對立或內部的分裂或詩想的低迷，而陷於解散或停刊的時候，民國 53 年（1964）6 月由本省籍的吳瀛濤、詹冰、桓夫、林亨泰、錦連、白萩、趙天儀等人籌辦的《笠》詩誌創刊了。同仁包含有 20 歲至 50 歲的各世代，對發行已滿六年的《笠》的活動，同仁們都祈望著需要更進一層的努力。（不像過去的詩誌有內部分裂的現象，同仁們都持有一種詩人的自覺，以連貫於悲哀記憶的精神和鄉土愛的共通性而結合著，也許可以說，這是現代人誰也會面臨的苦悶吧。）目前，他們都站在連結兩極端的線上堅守中庸之道，而把詩人的精神置於何種的位置，將令人期待其詩表現的變化與內容的充實。

《笠》的同仁是跨越中、日兩種語言的詩人們做為背景，僅依據國語成長的中堅世代成為活動的中心，此後的年輕世代的詩人們便造成《笠》衝擊性的動力。

跨越兩種語言的世代有吳瀛濤、林亨泰、錦連、黃騰輝、葉笛。中堅世代的有白萩等人曾經屬於「現代詩」、「藍星」、「南北笛」、「創世紀」而活躍。林亨泰以技巧化了的詩人的直覺達到美的極致，追求非情的境地；白萩不斷地打破某種束縛欲求超越而顯示多方面的變貌，不願停滯詩的一定點仍在繼續前進；錦連執著於深厚的民族性和實質的生活，在孤絕與寂寞，嚴謹而忠實地歌唱自己；吳瀛濤是喜歡表現存在與時間的思索性詩人；黃騰輝係《笠》發行人，在早期《新詩週刊》寫了單純樸素的寫

實傾向的詩；葉笛寫敘事性抒情較濃的詩，而貫徹於藝術的自覺，追求詩的純粹性。

　　曾經不屬於其他詩刊的「笠」同仁中跨越兩種語言世代的詩人：詹冰是傾注知性，而計算心象的鮮度造型機智與感覺美的世界；桓夫把陰陽兩極的據點同時作用予以激盪，像散發火花的方法呈示抒情美或具反逆性批判的嶄新的詩；羅浪是用直觀性的熱情淡淡地展開心象，顯示樸素詩境，張彥勳是由於一種自覺，表現現實悲劇性的寫實派；杜潘芳格以燃燒的熱情，衝擊詩豐富的抒情的女性詩人；陳秀喜在現實生活裡，凝視自己的步子，而忠實地記錄女性的感覺；黃靈芝是以批判性表現悲哀記憶和存在價值，何瑞雄是自覺連結於歷史和社會的生命，而發出悲痛叫喊的詩人。

　　在中堅的世代，趙天儀是維持淳樸的詩風，追求 image 的淨化和超脫現象的詩；李魁賢是從生活體驗中，以里爾克式的穩健銳利的筆法，率直地表現了工業時代的挫折和憂鬱，安逸和苦悶；杜國清離脫了浪漫愛情的誤差，站於青春的廢墟，從流浪的痛苦中表現最純真的抒情；林煥彰是苦心於主題的捕捉，意象的蘊蓄和詩境的開拓而努力的詩人；喬林以有含蓄的意象像噴水式的暗喻魅惑讀者；施善繼以散文式的語言表現黑色花球的純粹感覺；林宗源善用方言為表現鄉愁美而努力，方平依靠實質的性格，從體驗中追求真和善；謝秀宗是適當地配合主知與抒情，顯出抒情詩的現代美；岩上在穩健的鄉土詩裡，表現孤獨與寂寞；非馬是住於美國的年輕工學博士，寫現代即物性的詩。

　　屬於年輕世代，王浩很實質地寫鄉土色彩的批判性；鄭炯明寫現代新即物傾向的詩；傅敏有洗練的現代抒情；陳明台以生活體驗為基礎，具有感覺與想像力的技巧；簡誠含有冷澈批判性；古添洪有傳統意味的感覺，各自分別在追求高度的詩質，而有相當的成果。

　　相對於《笠》詩刊，最近有原《創世紀》和《南北笛》等詩刊的詩人為中心創立的「詩宗社」，發行了第一集《雪之臉》。詩宗社要走的方向如何？現尚未看出其確定的主張。但依據「笠」的現況來說，活躍在臺灣

的詩人們正依其自覺，持著孕有環境的獨特性和問題的複雜性的那些語言
的使命，越趨深入反省的意識，希冀向大眾推展出新的詩世界——。

——選自《笠》第 40 期，1970 年 12 月

《童詩的樂趣》自序

◎陳千武

　　爲什麼要指導兒童欣賞詩或寫詩？可以說是爲了讓兒童在讀詩或寫詩的過程中得到快樂。這是唯一的理由吧。

　　所謂要使兒童從讀詩或寫詩得到快樂，要首先指導兒童看詩和玩味詩的方法；等到兒童有了看詩和玩味詩的愛好之後，再培養兒童對生活周圍的事物、景象，能夠仔細的觀察，而從觀察所得到的感受，加以訓練思考的習慣。

　　原來，僅能接受物象表面上的情況，必須使其深入把握物象本質，認知內面變化，才會很自然地改變了兒童的思考方法與其想要表現的技巧。依據思考的習慣，會使兒童更進一步把握了人生存在的意義，分別人性的善惡，如此，兒童對詩的欣賞和寫詩快樂的程度，就越來越增高，也可以看出由於教育發揮的較大效果。

　　不過，對詩的認識與思考與表現的改變，能夠提高到何種程度，卻必須看每一個兒童本身的主體性，當有所差異。於是就指導兒童欣賞詩或寫詩的方法來說，只要讓兒童欣賞詩或寫詩的興趣一次比一次增加，也就是唯一最好的指導方法吧。

　　還有，指導兒童欣賞詩或寫詩的目的，是增長兒童的感性與知性的深度。但如果僅以其目的爲重點來指導，反而會使兒童從欣賞詩或寫詩最基本的條件脫節，得不到詩性快樂的結果。就這一點來說，也應該以能使兒童對詩逐漸增加興趣爲要點來指導，才比較妥當，且能達成教育的目的。

　　茲列舉指導兒童欣賞詩或寫詩的方法順序如次：

1.為了讓兒童讀詩得到快樂，應該指導兒童讀詩和玩味詩的方法。

2.培養兒童對事物景象的觀察，如何感受與訓練加以思考的習慣。

3.教導兒童感受詩內容的深處，了解新鮮的表現技巧。

4.教導兒童認識詩，詩的質素，並學習寫詩，練習詩的表現技巧。

5.教導兒童透過詩體會人生存的意義，與做人真摯的態度。

　　筆者曾經擔任兒童文學雜誌《兒童天地》的童詩選稿工作十多年，並受臺中軍中廣播電臺委託，撰寫一系列的「童詩創作與欣賞」在兒童節目中廣播了半年；另在臺中文化中心任內策辦過「童詩創作徵文比賽」亦有近二十次，因而實際接觸評閱的童詩，不勝枚舉。也因此寫過不少有關童詩欣賞與創作的論文，今把論文重新整理輯成一冊，定名《童詩的樂趣》，集中論文舉例的詩共有 140 首，期望提供喜歡文學、愛好童詩的學童及社會人士、老師、家長參閱並請指教。

──選自陳千武《童詩的樂趣》

臺中：臺中縣立文化中心，1993 年 6 月

笠下影
桓夫

◎林亨泰*

一、作品

　　時間。遴選我作一個鼓手

　　鼓面是用我的皮張的。

　　鼓的聲音很響亮

　　超越各種樂器的音響

　　鼓聲裏滲雜著我寂寞的心聲

　　波及遠處神祕的山峰而回響

　　於是收到回響的寂寞時

　　我不得不，又拚命地打鼓……

　　鼓是我痛愛的生命

　　我是寂寞的鼓手。

——〈鼓手之歌〉

　　一條蜘蛛絲　　直下

　　二條蜘蛛絲　　直下

　　三條蜘蛛絲　　直下

　　千萬條蜘蛛絲　　直下

---

*發表文章時爲《笠》詩刊主編，現已自教職退休，專事寫作。

　　　　　　包圍我於

──蜘蛛絲的檻中

被摔於地上的無數的蜘蛛

都來一個翻筋斗，表示一次反抗的姿勢

而以悲哀的斑紋，印上我的衣服和臉

我已沾染苦鬥的痕跡於一身

母親啊，我焦灼思家

思慕妳溫柔的手，拭去

纏繞我煩惱的雨絲──

　　　　　　　　　　　　　　　　　　　──〈雨中行〉

難受億萬光年的歧視，我遂

　　不敢隨風飄散，和葉子們私語

夜景已深

　　繫於鬱悒的狗吠著

塗抹晝午的清醒裝入墨繪的畫框

幾顆未來在躊躇……

幾顆過去在彷徨……

於現實飛躍的睡眠的邊緣

於鬱悒的獄外，許多慾望的彩燈亮著

亮著──女人們用鬍鬚編織意想外的故事

　　時針的眼　　憐憫地凝望我

　　夜景已深　　意念的狗吠著

　　吠著　　睡眠又飛躍又墮落

　　吠著　花與月躲藏起來了

——〈星之夜〉

一起一伏　緞帶狀的風

揉搓風景　揉搓鼠色

　　的怨言以及離別的啜泣

煙雲翳入朦朧　我兀立於朦朧

——昨日　擷取癡駭的

蒼白的月亮　憐憫我

而今朝　透過雲靄赧紅的太陽窺探我

　　在被揉搓了的命運裏　想起

孤獨的頑童底

瓶里的

蟋蟀。

　　咖啡室里嗆著紫煙的杜鵑花——

朦朧　鬱積的濃煙響往

春野的邀宴　只待熱情重燃

　　　啊啊，普羅米修士遺棄我

　　緞狀帶的風嘲笑我……

——〈煙囪的憂鬱〉

二、詩的位置

　　人類在發明文字以前，詩人們已經在歌吟著詩了——雖然這麼說，但他們至少還有從幼時到成人之間一直慣用下來的，並且也相當熟知的自己的語言，做爲表現詩的工具。然而從吳瀛濤到錦連爲止的這一世代裡所發生的悲劇，不要說對自己的文字，甚至連自己的語言，也是毫無所知，並

在 20 歲以前的這一段時期裡，也就是應該是他們學習語文最適宜的時代裡，由於異族的統治而盡被奪去學習的機會了。

可是桓夫的情形到底如何呢？讀了桓夫的日文詩[1]之後，再讀了他的中文詩時我們所感到的是，不管在語言與文字上的困難有多大，他的詩仍然一直在壯大繁茂著。照道理說，用笨拙的中文所寫的，應該比用優越的日文所寫的要更拙劣，可是事實上恰恰相反，他的中文詩所表現出來的意境，遠比他的日文詩要深邃得多，這究竟意味著甚麼呢？這不是啟示著語言與文字上的涵養，在詩的創作上不如精神的成熟來得重要嗎？直截了當的說：語言與文字不能創造詩，反而詩創造了語言與文字！

如上所述，主要的雖然是提出了詩與語文的關係，做為問題的討論，但也可以論到這時期的臺灣詩人的詩，同時也可以窺見到桓夫的詩在臺灣詩壇所占的位置吧。

三、詩的特徵

說左右還是說兩翼呢？說上下還是說頭腳呢？說前後還是說過去未來呢？他的詩就是含有這樣二個據點。[2]這不是吳瀛濤那樣凝視一點然後徐徐推進的創作方法，而是從猶如電的陰陽兩極一般的兩據點同時作用、相互激盪、而迸發出來閃亮的火花的一種方法，也就是說：他的詩是由於以自我批判的火焰燃燒自己而完成的，因此，要說它有著火焰式的熱情嗎？然而卻又蘊含批判的冷靜，要說它蘊含著批判的冷靜嗎？它卻又並不那麼冷峻、那麼晦澀，這不是知性與抒情有了恰到好處的融合的證據嗎？他就這樣孜孜於使他的精神去彌補這兩極間的空隙！

---

[1] 在日本的月刊雜誌《文章》（1941 年）與詩誌《蠟人形》（1942 年）上發表的〈廟〉、〈早期〉、〈外景〉等。

[2] 「拚命地打鼓……」與「回響的寂寞」，「反抗的姿勢」與「焦灼思家」，「睡眠又飛躍」與「飛躍又墮落」，以及「一起」與「一伏」等等。

四、結語

　　五四以來，詩的求新一直被十分喧擾地爭論著，詩人本身也非常關懷這問題，可是其實這並沒有多大的意義，與其去注意新或舊，不如埋首寫些不虛偽並且屬於自己的真實底感動，如果寫出這樣不抄襲別人而且是真正屬於自己的作品，不是已經夠新了嗎？或者還有甚麼可比這個更新的呢？就這一點言，桓夫不止於一極，而且也針對了另一極，即寂寞的回聲、反抗的姿勢、意念的狗、頑童底瓶裡的蟋蟀等都能率直地寫出，他就是以這種方法寫出了嶄新的詩。

──選自《笠》第 3 期，1964 年 10 月

桓夫生平及其日據時期新詩研究

◎呂興昌[*]

一、前言

　　臺灣新詩的歷史，迄今約七十年，其最重要的淵源有二：其一是受中國五四運動以降新詩發展的影響，其二則受日據時期日本新詩運動的啓發。前者又可分爲兩個階段，即 1920 年代張我軍（1902～1955）把中國白話詩帶回臺灣推廣，與 1950 年代紀弦（1913～）把戴望舒（1905～1950）等現代派詩風導入臺灣鼓動風潮。後者則是在殖民體制下，以日文爲表現工具的詩人的活動，他們先由 1920、1930 年代的王白淵（1902～1965）、楊雲萍（1906～2000）、郭水潭（1907～1995）、楊熾昌（水蔭萍）（1908～1994）、林修二（1911～1944）、林精鏐（林芳年）（1914～1989）等先行代開其端，再由 1940 年代的吳瀛濤（1916～1971）、桓夫（陳千武）（1922～）與銀鈴會的成員詹冰（1921～2004）、林亨泰（1924～）、張彥勳（1925～1995）、錦連（陳金連）（1928～）等「跨越語言的一代」承其緒；這些詩人，有的來不及見到殖民政權無條件投降便溘然長逝，有的在戰後第二年執政者全面禁用日語，以及 1947 年爆發二二八事件的龐大壓力下，深感適應困難而被迫封筆，有的則度過一段黯晦肅殺的沉潛歲月，並逐漸學會新的語言工具後，於 1950 年代末、1960 年代初重新出發，與現代詩社、藍星詩社、創世紀詩社、葡萄園詩社、笠詩社，以及其他不屬

[*]發表文章時爲清華大學文學研究所教授，現爲成功大學臺灣文學系兼任教授。

任何詩社的詩人，共同參與並推動臺灣新詩的繼續發展。[1]

這兩個淵源雖然是再明顯不過的歷史事實，而桓夫也早在 1970 年以「新詩的兩個球根」予以比喻描述，生動而準確，[2]然而遲至 1986 年，遠在加拿大的紀弦，在去國 10 年之後，[3]仍然肯定一般讀者似是而非的訛傳觀念，自認是「臺灣現代詩的鼻祖」，完全忽略戰前臺灣詩人長期耕耘所累積的成果，殊屬遺憾。[4]

當然，紀弦不了解 1945 年以前，近四分之一世紀的臺灣新詩之發展情形，一方面是囿於他個人的識見，另方面也是由於 1980 年代以前，整個臺灣的政治、教育、文化體系，一直處在疑懼、封閉的境況之中使然；絕大部分的來臺人士與戰後受教育的知識分子，除非特別有心，或有特殊的機緣，否則，便與紀弦一樣，根本無從認識臺灣早已拓展開來的新文學歷程。而桓夫能在 1970 年代初便意識到釐清臺灣新詩史之來龍去脈的重要性，顯然與他從戰前走向戰後，身為「跨越語言的一代」的詩人有密不可分的關係；他從 1930 年代末期，開始以日文在《臺灣新民報》、《臺灣藝術》、《臺灣新聞》、《興南新聞》發表詩作，1940 年將這些作品的剪貼集成《彷徨的草笛》私家藏版詩集，[5]1942 年再集成另一私家版的《花的詩集》[6]，1943 年赴南洋征戰之前與友人賴襄欽還油印了合著詩集《若櫻》

[1]陳千武，〈臺灣現代詩的歷史和詩人們：《華麗島詩集》後記〉，《笠》第 40 期（1970 年 12月）。原文係日文，作者自譯成中文；陳千武，〈臺灣現代詩的演變〉，《自立晚報》副刊（1980 年 9 月 2 日）；羊子喬，〈光復前臺灣新詩論〉，《臺灣文藝》第 71 期（1981 年 3月）；趙天儀，〈臺灣光復以後二十年新詩的發展——光復後二十年到《臺灣文藝》創刊為止〉，《臺灣文藝》第 82 期（1983 年 5 月）；趙天儀，〈戰後臺灣新詩初探〉，《文學界》第 16 期（1985 年 11 月）。

[2]陳千武，〈臺灣現代詩的歷史和詩人們：《華麗島詩集》後記〉，《笠》第 40 期（1970 年 12月）。

[3]見紀弦，〈紀弦寫作年表〉，《晚景》（臺北：爾雅出版社，1985 年 5 月），頁 219，民國 65 年條下。

[4]見巫永福，〈小談臺灣現代詩〉，《風雨中的長青樹》（臺中：中央書局，1986 年 12 月），頁 291。

[5]見陳千武，〈年譜〉，《陳千武作品選集》（臺中：臺中縣立文化中心，1990 年 6 月），頁 75～76，1939、1940 年條下。

[6]同前註，1942 年條下。

7；此外，他還多次拜訪文壇前輩張文環（1909～1978），受益良多，8由此可見，在紀弦把新詩的另一球根帶入臺灣之前，桓夫早就已在臺灣詩壇埋首筆耕一段時間了，他清楚自己正走在王白淵、楊雲萍、郭水潭等人所推動的臺灣新詩之路上，他本身就是臺灣新詩史的活見證。

　　然而，見證臺灣新詩史之發展的桓夫，到了戰後，當他賴以思考、書寫的日文工具被迫禁用之後，他的詩人角色是尷尬而迷惘的；從異族殖民統治中解放出來，確是令人歡欣鼓舞而充滿希望的，但處在日本「國語」已廢，中國「國語」未識那種青黃不接的時期，縱使詩思滿溢，終究形同啞子，失聲之苦，非局外人所能領略。所幸桓夫尚能應付這段暗淡的沉潛時期，自二二八事變之後，開始學習中國語文，用力之勤，可從手抄《少年維特之煩惱》中譯本一事，見其一斑。9 11 年後，他終於能以中文在《公論報》的「藍星週刊」發表詩作，10那是 1958 年，37 歲，從此正式成為「跨越語言的一代」的詩人。

　　「跨越語言的一代」最先由林亨泰提出；1967 年 4 月，日本詩人高橋喜久晴來臺訪問，與臺灣詩人舉行座談，會後與精通日文的詩人繼續交談，如魚得水，林亨泰乃適時提出「跨越語言的一代」一詞，指稱他們這些先用日文再改中文創作的詩人。高橋返日後，在 9 月發行的《詩學》雜誌上，發表〈臺灣的現代詩〉，便採用此詞為副題來介紹林亨泰、桓夫等人，此後，大家轉相沿用，竟成一般詩史常語了。11雖然如此，跨越語言的一代在臺灣新詩發展中儘管有其歷史性的貢獻，不過，整體而言，一般對他們的了解與重視仍然相當有限。就中，林亨泰算是最受注目的詩人，但誤解與曲解仍在所難免。至於其他諸人，則或多或少皆受到冷落，實在

7陳千武，〈年譜〉，《陳千武作品選集》，頁 76，1947 年條下。
8同前註，1942 年條下。
9陳千武，〈年譜〉，《陳千武作品選集》，頁 76， 1947 年條下。
10見《公論報》1958 年 1 月 10 日，「藍星週刊」第 182 期，載有「千武」的詩〈外景〉，據陳氏〈年譜〉云，這是他第一首發表的中文詩。
11「跨越語言的一代」一語出現的年代與背景，乃林亨泰、陳千武二氏分別告訴筆者，印證無誤。

有必要重新整理、探討他們在新詩史上的成就，並予以定出確切的地位。

　　當然，就目前的學術環境而言，有關臺灣新詩的討論，可以說是詩壇人士著墨者多，學界涉筆者少；究其原因，顯然與當代文學在學院中一直未受應有的重視，逐使學術菁英大都從事古典文學的探索不無關係。筆者不敏，深知這種不正常的現象應該早日有所調整，「跨越語言的一代」乃成為筆者鑽研臺灣新詩的第一個重點，本文所要討論的便是其中的桓夫。

二、桓夫生平

　　桓夫，本名陳武雄，日據時期使用陳千武筆名發表日文詩作，有時也使用「春岡咲人」、「千衣子」等筆名，[12]1950 年代重新出發，以中文寫詩，一開始仍繼續使用「千武」一名，[13]不久即改用「桓夫」直到今天，不過，偶爾還會使用「陳千武」的老筆名。

　　桓夫於 1922 年 5 月 1 日生於日本統治下的南投名間鄉弓鞋村，父陳福來，任職名間庄役場農業技士，母吳甘，南投望族詩人吳維岳（步初）胞妹，精通唐山歷史與小說[14]。七歲入皮子寮公學校受日文教育，10 歲經日語口試轉學南投小學校三年級，同班三十多名學生大都是日本人，臺灣人只有三位。公學校與小學校均禁用臺語，前者之日人教師動輒辱罵臺人學生「巴格野鹿」、「清國奴」，後者之日人師長較能尊重臺人學生，使桓夫未覺有被歧視的精神苦悶。[15]14 歲以 15 對 1 的比率考入臺中一中，著迷於吉川英治的小說，然後從無賴的旅遊小說、時代武俠、現代愛情，讀到純文藝小說，進而世界文學名著，雖非精讀，但經此廣泛涉獵後，自然地打下了良好的文學根柢。[16]1938 年，17 歲的桓夫，正準備讀三年級第三學

---

[12]使用「春岡咲人」筆名發表的詩作有〈無題〉、〈月夜〉、〈終焉〉，使用「千衣子」的是〈春色〉。見陳千武家藏版《花的詩集》。其中〈終焉〉、〈春色〉二詩陳氏有中譯，見〈陳千武的工場詩及其他〉，《笠》第 104 期（1981 年 8 月），頁 46～48。

[13]見「藍星週刊」第 182 期（〈外景〉）、第 186 期（〈午夜的風景〉）、第 190 期（〈春〉）。

[14]見〈年譜〉1922 年條下。此篇生平略傳，基本上即根據〈年譜〉撰成，下文不再註出。

[15]見陳千武，〈殖民地的孩子〉，《笠》第 126 期（1985 年 4 月）。

[16]見陳千武，〈文學少年時〉，《民眾日報》，1981 年 1 月 3 日。

期時，忽然覺得親赴日本完成學業是最佳的考慮，乃瞞著父母，偷偷的把
註冊費 72 圓拿去買船票，而且上了船。其父發覺後，立刻急電船長，結果
船抵日本港口後，桓夫馬上被飭令遣回臺灣，[17]一次充滿天真理想與冒險
精神的少年喜劇於焉落幕，結果桓夫得到的懲罰是，留級一年！

　　漸漸的，桓夫的興趣從小說轉移到詩，從明治時代的新體詩、島崎藤
村、川路柳虹、三木露風、讀到大正、昭和時期的西條八十、堀口大學、
柳澤健、生田春月、佐藤春夫與上田敏等的詩作與譯詩。由於買不起書，
先是至臺中圖書館借閱，然後轉到中央書局站讀，對於橫光利一、川端康
成等新感覺派與左派作品都沉迷了一陣子，一直到接受現代主義的詩，才
開始真正認識自己，有了一點批判自我的意識。[18]

　　就在這「站讀」的過程中，中央書局的經理張星建發現了這位嗜好文
學的年輕人，主動請他坐在會客用的沙發上看，並拿出在臺發行的《臺灣
文藝》讓他閱讀，使他第一次知道「臺灣文藝聯盟」幾枝健筆的名字，即
張文環（1909～1978）、龍瑛宗（1911～1999）、黃得時（1909～
1999）。張文環告訴桓夫：「我們要創造新文藝，把新的文化遺產留給後
代。」[19]

　　這對桓夫決定從事寫作具有很大的啓示，他先嘗試新體詩、和歌、自
由詩的習作，最後覺得詩的形式較適於自我表現，遂於 1939 年 8 月 27 日，
首次在黃得時主編的《臺灣新民報》「學藝欄」發表日文詩〈夏夜深き一
時〉（夏深夜的一刻），至年底陸續共發表了八首。其後又在《臺灣藝
術》、《臺灣新聞》、《興南新聞》繼續發表詩與小說。1940 年，由於黃
得時的引介，認識了張文環。同一時期，桓夫也常在下課後，背著書包，
跑到梅枝町訪問經營花園的楊逵（1905～1985）。[20]本年，桓夫將二年來
的創作 27 首剪貼納入私家藏版詩集《彷徨の草苗》（彷徨的草笛），兩年後

---

[17]見桓夫口述。
[18]見陳千武，〈文學少年時〉，《民眾日報》，1981 年 1 月 3 日。
[19]同前註。
[20]見陳千武，〈文學少年時〉。

又集成另一本《花的詩集》，桓夫的日文詩全都收在這兩本書裡。1981 年曾將其中的部分，以〈工場詩及其他〉為題，發表於《笠》第 104 期。

1940 年 5 月，桓夫升上五年級，他以柔道部主將，聯合劍道部主將陳嘉豐，策動全校學生，反對日本皇民化改姓名政策，被罰在校監禁月餘，使他在困頓之中更耽於詩的創作。[21] 然後被邀加入坂原新一主宰的詩會，每月一次參加臺中「つばさ喫茶店」的詩話會。這就是桓夫戰前最早的文學活動情形。

1941 年 3 月，桓夫自臺中一中畢業，原本只需五年的中學教育竟讀了六年，時已 20 歲。由於反對改姓名事件，操行丁等，軍訓丙等，失去了升學的條件，所以畢業後，便進入臺灣製麻會社豐原工場做工，被視為「苦力」，乃有〈工場詩〉與〈老工人〉小說之創作。12 月，日本偷襲珍珠港，掀起太平洋戰爭，大舉進兵南洋，為了補充兵員之不足，總督府乃於 1942 年 4 月公布「臺灣志願兵制度」（其實是逼迫臺灣青年「志願」應徵）。此時桓夫接到通知，前往里長辦公處，在里幹事早已填妥的志願書上蓋章，經過篩選，正式成為特別志願兵，遂辭去製麻會社的工作，準備新兵訓練的徵調。等待期間，暫往彰化，在堂兄經營的製米工場幫忙。[22] 七月赴臺北六張犁入志願兵訓練所，抽空到設於太平町（今延平北路）「山水亭」臺菜館二樓的《臺灣文學》編輯部，拜訪主編張文環，談論當時文壇情況，比較《臺灣文學》的鄉土寫實與西川滿（1908～1999）《文藝臺灣》的華麗浪漫，使桓夫了解文學的精神所在與思想的獨立性，對生命的根本也有了自覺。張氏談話內容，幽默而具意義，發人深省，桓夫認為受益良多。[23] 年底，訓練所結訓，回鄉任豐原街青年團教官三個月。

1943 年，22 歲，於 4 月入臺南市「臺灣第四部隊」，為二等兵，接受新兵訓練。9 月 27 日轉屬「臺灣步兵第二（野戰）聯隊」，升一等兵，30

21見陳千武，〈文學少年時〉，《民眾日報》，1981 年 1 月 3 日。
22見桓夫口述。
23見陳千武，〈張文環與我〉，《笠》第 84 期（1978 年 4 月）。

日從高雄港啓程「南進」，12 月 17 日，登陸帝汶島老天港，參加濠北地區防衛作戰，一直到 1945 年 7 月始退出濠北，轉至爪哇，不久，日本投降，爲英軍俘虜，參加印尼獨立戰爭。11 月退出軍隊，入臺灣同鄉會萬隆支部服務。1946 年 2 月，因左上膊內部神經切斷住進陸軍病院，3 月出院，派臺灣同鄉會雅加達總會服務，4 月進雅加達集中營，六月轉新加坡集中營，營中約收容一千多名臺灣人，乃發起「明台會」，主編《明台報》，共出版 5 期。7 月 14 日，離開新加坡，啓程返臺，20 日，抵基隆港，夜半回到豐原，結束爲期兩年左右的太平洋戰爭經驗。[24]

　　就在這年年底，桓夫進林務局八仙山林場任職，掌理人事，辦公地點在豐原，常要進入八仙山與大雪山林場去發放薪水給一千五百多名伐木工人，一去就是兩三天，甚至四、五天，與工人感情特別好。在那個時代，管人事而不具國民黨員身分是不可思議的，因此當他後來被發現非屬黨員，再加上性喜寫作，看起來頗有「思想」後，便被服務單位的特務監視，歷時 27 年。其中，1970 年申請出國赴日，即因安全調查不通過，未能成行。[25]

　　1947 年結婚後一個月，二二八事變發生。爲適應全面禁用日語的政策，開始學習中國語文，曾手抄歌德《少年維特之煩惱》中譯文，足見學習之狂熱與用力之勤苦。而二二八事變之餘波在 1954 年繼續盪漾：桓夫胞弟陳文雄以思想犯入獄服刑二年。

　　12 年辛勤自修中文後，桓夫重新出發，開始在國內報紙、詩刊、雜誌發表中文詩作，這時他已 37 歲。爲了吸收更廣泛的現代詩養料，狂熱地涉獵日本的超現實主義、現代主義、新即物主義、新現實主義等詩人的作品，[26]並予以翻譯評介到臺灣來，至今持續不斷，成爲桓夫在臺灣新詩史上的一項重要貢獻。

---

[24]見桓夫，〈我的兵歷表〉，《臺灣文藝》第 77 期（1982 年 10 月）。
[25]見桓夫口述。
[26]見古添洪，〈現代詩裡「現代主義」問卷及分析〉，《文學界》第 24 期（1987 年 11 月）。

　　1961 年的暑假，桓夫與小他 19 歲，正在臺大外文系讀書的內表弟杜國清（1941～）談論現代詩，之後常以書信交換創作經驗，助長了中文的表現能力。杜氏後來為桓夫的第一本詩集《密林詩抄》寫了評析性的跋。1963 年底，從詩作者進一步成為詩編者，在李升如的支持下，與杜國清、趙天儀（1935～）借《民聲日報‧文藝雙週刊》的版面，共同主編了《詩展望》專頁，[27]但主要還是由桓夫負責主編，這專頁一直維持到 1965 年。

　　1964 年，曾領 1950 年代之風騷的三大詩社，頗有力不從心的現象：《現代詩》在 2 月停刊，《藍星》只剩季刊與詩頁繼續撐持，《創世紀》不定期出版。再加上報紙副刊不願刊登新詩，雜誌的詩作形同補白，整個詩壇可說一片蕭條冷清。就在這種背景下，桓夫於 3 月 1 日參加吳濁流（1900～1976）的《臺灣文藝》創刊籌備會，會後文友深覺有另外出版純詩刊以建立獨特而完整的臺灣文藝的必要，乃自告奮勇，積極推動。8 日，與林亨泰、錦連、古貝（1939～）聚於苗栗卓蘭詹冰宅，討論成立詩社，發行詩刊，以平衡戰後政治社會體制不公平所造成的精神虐待，結果，論及詩刊名稱時，林亨泰提出「笠」字，與「皇冠」適成鮮明的對比，表現出臺灣斗笠所具有的淳樸、篤實、原始美、普遍性、與不怕日曬雨打的堅忍性，亦即象徵了島上人民勤奮耐勞、崇尚自由與不屈不撓的意志之精神，與會人士一致贊成。16 日，與詹冰、林亨泰、錦連、古貝五人署名發出笠詩社成立及發行詩刊之通知，邀請吳瀛濤（1916～1971）、薛柏谷、黃荷生、白萩（1937～）、趙天儀、杜國清、王憲陽等七人為同仁，6 月 15 日，《笠》詩刊創刊號出版，成為至今猶在刊行，從不脫期，全國歷史最悠久的詩雜誌。[28]

　　經由《笠》詩刊的締造，桓夫與詩友相互切磋的機會更多，也不斷地發表新詩、翻譯、評論，作品質量俱升，成為苦學有成的最佳典範。

---

[27]見趙天儀，〈從荊棘的途徑走出來：《笠》百期的回顧與展望〉，《臺灣文藝》第 70 期（1980 年 12 月）。
[28]見陳千武，〈談《笠》的創刊〉，《臺灣文藝》第 102 期（1986 年 9 月）。

　　1967 年，發表以太平洋戰爭爲經驗素材的自傳性小說〈輸送船〉，成爲「臺灣特別志願兵的回憶」系列小說的開始，多年後又陸續發表〈遺像〉、〈霧〉、〈獵女犯〉等，至 1984 年結集成書。

　　1976 年，年逾知命的桓夫，結束整整 27 年無法升遷的林務局工作，隨新任市長陳端堂進入臺中市政府，就任必須與市長同進退的庶務股長。就在這一年，開始整理日據時期臺灣新詩的歷史，翻譯重要的詩人作品爲中文，本年有邱淳洸（1908～1989），此後陸續整理譯出的詩人有張冬芳（1917～1968）、王白淵、巫永福（1913～2008）等，成爲 1980 年代主編光復前臺灣文學全集新詩部分的濫觴。

　　1976 年 10 月，一手創立全國最早的臺中市立文化中心，並兼中心主任。當時任行政院長的蔣經國連續兩年前往巡視，覺得構想甚佳，乃下令各縣市分別成立文化中心。[29]第二年，桓夫隨市長卸任辭去庶務股長職，專任中心主任，一直到 1984 年，新建的臺中市立文化中心落成，原中心改爲博物館（即文英館），桓夫乃轉任館長。

　　桓夫擔任文化中心主任與文英館長期間，策劃、推動、協辦多種文學、藝術及其他文化活動，甚有口碑。同時又常應邀前往各縣市所舉辦之文藝營，擔任新詩組之講師，並多次在各大專院校之文學獎活動中擔任新詩評審，對於青年學子之新詩教育，付出不少心力。

　　1977 年 5 月，小說〈獵女犯〉獲「吳濁流文學獎」。1979 年，主辦臺中市兒童詩畫展，並編選《小學生詩集》出版，對於兒童詩的推廣備極關心，此後主持「兒童文學研究」座談會、「兒童文學夏令營」、「兒童文學研習營」，主編報紙兒童版，演講兒童詩，翻譯國外童詩作品，遂成爲國內兒童文學專家之一，並於 1989 年籌組「臺灣省兒童文學協會」，當選爲理事長。

　　1980 年 10 月，旅遊日本參加地球詩社所主辦的「東京國際詩人

---

[29]見桓夫口述。

會」，並與韓國詩人金光林（1929～ ）、日本詩人高橋喜久晴（1926～ ）
商談《亞洲現代詩集》出版事宜。決定由三國輪流主編，第一集於 1981 年
11 月出版，高橋負責，其後於 1983 年出版第二集，桓夫主編，1984 年出
版第三集，金光林主編，1988 年出版第 4 集，再由日本主編。與詩集出版
互相輝映的「中日韓現代詩人會議」，也於 1982 年元月在臺北召開，其後
又陸續於 1984、1986、1988 年，分別在東京、漢城、臺中召開「亞洲詩人
大會」。《亞洲現代詩集》之編輯，「詩人會議」之召開，臺灣部分以
「笠詩社」為主辦單位，其中桓夫出力最多，深獲肯定。桓夫認為，將
來，詩人不只僅限從詩人自身的環境來創作，詩人在重視自己環境的立場
的同時，更應該擴大視野，具備國際性、世界性的思考，藉此促進現代詩
的交流，提高現代詩的水準。[30]

　　1981 年 3 月，自豐原遷居臺中市。6 月，策劃編印《臺灣民俗文物圖
錄》。7 月，赴琉球參加臺中「具象畫會」在那霸舉辦的畫展，並任該畫
會顧問。11 月，參加全國第三次文藝會談。1984 年 5 月，參與編輯《一九
八三當代詩人選》（金文圖書版）。1985 年 4 月，以小說〈求生的慾望〉
獲第三屆「洪醒夫小說獎」。1986 年 7 月，在美國參加芝加哥大學的「臺
灣研究國際研討會」。1987 年 2 月，受聘臺中縣立文化中心諮詢委員，參
與該中心所主辦的文學資料蒐集會議。6 月 1 日，自臺中市文化中心文英
館館長任上退休，結束 41 年的公務員生涯。8 月，在美國參加芝大「臺灣
研究國際研討會」，發表論文〈臺灣現代詩的性格〉。1989 年 2 月，接任
臺灣筆會第二任會長。月底赴中國上海參加復旦大學主辦的文學會議。9
月，任省文復會文藝研究促進委員。

　　桓夫今年剛好年屆古稀，到目前為止，發表的詩集除了戰前剪貼存藏
的《彷徨的草笛》、《花的詩集》外，戰後出版的計有 10 種：

　　《密林詩抄》（臺北：現代文學社，1963 年 3 月）

---

[30]見陳千武，〈國際詩會在東京〉，《笠》第 101 期（1981 年 2 月）。

《不眠的眼》（臺中：笠詩刊社，1965 年 10 月）

《野鹿》（臺北：田園出版社，1969 年 12 月）

《剖伊詩稿》（臺中：笠詩刊社，1974 年 6 月）

《媽祖的纏足》（臺中：笠詩刊社，1974 年 12 月）

《安全島》（臺北：笠詩刊社，1986 年 2 月）

《愛的書籤詩畫集》（臺北：笠詩刊社，1988 年 5 月）

《東方的彩虹──三人詩集》（臺北：笠詩刊社，1989 年 8 月）

《寫詩有什麼用》（臺北：笠詩刊社，1990 年 3 月）

《陳千武作品選集》（臺中：臺中縣文化中心，1990 年 6 月）

譯詩集八種：

《日本現代詩選》（臺中：笠詩刊社，1965 年 10 月）

《溫柔的忠告》（高橋喜久晴著）（臺中：笠詩刊社，1967 年 4 月）

《體操詩集》（村野四郎著）（臺中：笠詩刊社，1970 年 10 月）（按：
此集原載《笠》第 39 期，影印加封面成集）

《華麗島詩集》（日本：若樹書房，1970 年 11 月）

《韓國現代詩選》（臺中：光啓出版社，1975 年 4 月）

《臺灣現代詩集》（日本：もぐら書房，1979 年 2 月）

《媽祖的纏足》（日本：もぐら書房，1981 年 1 月）

《續・臺灣現代詩集》（日本：もぐら書房，1989 年 5 月）

現代詩評論一種：

《現代詩淺說》（臺中：學人文化公司，1980 年 8 月）

譯詩論二種：

《現代詩的探求》（村野四郎著）（臺北：田園出版社，1969 年 3 月）

《田村隆一詩文集》（田村隆一著）（臺北：幼獅文藝社，1974 年 5
月）

小說二種：

《獵女犯》（臺中：熱點文化出版公司，1984 年 11 月）

《陳千武集》（臺北：前衛出版社，1991 年 7 月）

翻譯小說三種：

《醜女日記》（臺北：田園出版社，1970 年 1 月初版。臺中：學人文化公司，1980 年 7 月再版）

《憂國》（三島由紀夫著）（臺北：巨人社，1970 年 12 月）

《海市蜃樓》（芥川龍之介著）（臺北：圓神出版社，1987 年 10 月）

譯述一種：

《臺灣原住民的母語傳說》（臺北：臺原出版社，1991 年 2 月）

兒童文學五種：

《杜立德先生到非洲》（譯集）（臺北：田園出版社，1969 年 9 月）

《星星王子》（譯集）（臺北：田園出版社，1969 年 9 月）

《小學生詩集》1～4（編選）（臺中：臺中市文化中心，1979～1985 年）

《富春的豐原》（臺北：臺灣書局，1982 年 12 月）

《臺灣民間史話》（臺北：金文圖書，1984 年 12 月）

綜觀桓夫的生平，約有七點特色值得注意：

1.個性中具有反抗與批判的倔強因素，使他無論戰前戰後都能一方面質疑社會，另方面也能自我審視，形成他創作內容的主要部分。

2.自中學時代起便能廣泛接觸日本與世界文學，尤其是具有現代精神的作品，使他的文學眼光與創作幅度，有一個寬廣而深入的基礎。

3.對於兒童世界特別關心，在童詩的理論與創作方面均能深入，尤其勤於推廣兒童文學活動，殊有貢獻。

4.無論是詩、散文、小說或評論、翻譯等工作，均能全心投入，知性感性平衡發展，是一位多元取向的詩人。

5.整理、研究並翻譯戰前臺灣詩人的作品，提出兩個球根的詩史觀念，對於文學史的發展脈絡，特具啟發性。

6.不僅熱心推動國內詩社活動，也積極與亞洲詩人聯繫，出版臺、

日、韓三國詩集，對於臺灣文學之國際地位提升，用力至勤，值得欽佩。

　　7.樂於接近、指導年輕人，於新詩教育的推廣，相當熱心。

三、桓夫日據時期的新詩

　　日據時期臺灣新詩的發展，約可分爲三個階段，即自 1923 年至 1932 年的奠基期、1932 年至 1937 年的成熟期、1937 年至 1945 年的決戰期。在奠基期，由於臺灣新詩人置身異族的殖民統治之下，新詩有的反映出被壓迫者的反抗心聲，有的從熱情走向冷酷、由雄心壯志步入悲觀失望；在成熟期，由於新詩技巧提高，內容多樣，專業詩人應運而生，而有流派的出現，有的著重社會寫實，有的強調超現實主義的個人抒情；到了決戰期，由於日本企圖消除臺灣人的祖國意識，全面廢止雜誌報紙的漢文欄，中文詩不再有發表園地，只剩下日文詩繼續支撐下去，它們或者走向個人的浪漫抒情，或者走向理性的大我抒情，民族意識成爲暫時潛伏的暗流。[31]

　　桓夫的日文詩正屬於決戰期新詩的一環。

　　收於《彷徨的草笛》的 27 首作品，是 18、19 歲，就讀臺中一中三年級（留級那一年）與四年級的在學作品，時間是 1939 至 1940 年。而《花的詩集》36 首，則是 20、21 歲，畢業後短暫就業期的作品，時間是 1941 至 1942 年。此外，1943 年 2 月，桓夫曾將題爲〈歷史之前〉的幾首詩，與好友賴襄欽題爲〈途上〉的幾首合在一起，總題爲《若櫻》，以油印出版，可惜《若櫻》目前已散佚不見，無從窺其底蘊。[32]

　　這些少作，藉著桓夫 1981 年的自譯的幫助，其所呈現的精神風貌與語言特性，令人印象深刻。底下擬從三方面進行探討。

（一）抵抗與希望

　　由於桓夫並不是一開始就接觸現代主義，因此他的少作，正如大部分

---

[31] 見羊子喬，〈光復前臺灣新詩論〉，《臺灣文藝》第 71 期（1981 年 3 月）。

[32] 〈年譜〉把合集誤作《途上》，經與桓夫請教，乃是筆誤，〈途上〉是賴氏詩題，合集題名《若櫻》。

初學者一樣，難免以抒情的筆調揮灑著敏銳而善感的詩心，例如：

我煩惱：孤獨地嘶喊著

我嗚咽、悲哀地彷徨著

　　　　　　　　　　　　　　　　　　　　——〈上弦月〉

把今天的回憶點綴在眸子裏的

原野的歌

憂愁寒冷孤獨地回響著

　　　　　　　　　　　　　　　　　　　　——〈旅情〉

現在　　兩個人的純潔

愛已終結

和著單音　　悲哀低訴的絃

風一般地歌唱吧

　　　　　　　　　　　　　　　　　　　　——〈終焉〉

　　在這裡，對於愛情朦朧的嚮往所引發的種種悲愁孤寂，或是喃喃自語，或是嘶喊呼喚，充滿浪漫的情感宣洩。不過，這種詩想與表現方式，桓夫很快就做了調整，他那冷靜而溫和的知性思路很快就出現了，例如〈大肚溪〉[33]一詩：

兩腿張開伸直

水喊著。

繞過浮在溪中沙灘的

水、水、水。

---

[33]以下所引詩作，主要根據桓夫自己的翻譯，但筆者也參考日文原詩，略作修訂。

淼淼到遙遠的對岸

白砂的小丘。

通報颱風要來的

北風

咻咻吐著紅外線

迴繞小丘。

咦，浪波湧起啦。

青藍的水

要把緩緩的今天流走。

「喂！喂！把竹筏划過來！」

一個少年捧起長竿。

一個少年蹲在竹筏上。

一個少年以照相機對準著

以舶來的舊相機對準著。

喳！喳的摩擦聲。

「喂！把竹筏划過來！」

提著公事包的官服走近來。

「船夫不在嘛！」

少年抬頭叫了一聲。

「不要囉唆，划過來！」

水流盪起了漣漪。

竹筏大大地搖了一搖。

北風把薄薄的絹帕

捲上天空。

那個傢伙！真是不要臉的東西！

高高的堤防

白色的紙片飄飛著。

　　根據桓夫自述，這是他到臺中縣龍井鄉遊玩時所寫的詩，[34]龍井位於臺中市西邊，大肚溪在龍井的西南隅，自東南往西北流注入海。

　　此詩分成前後兩個部分：第一部分到「青藍的水／要把緩緩的今天流走」為止，敘述詩中的旁觀者（可能就是桓夫本身），偷得浮生半日閒似的欣賞著大肚溪的簡單景色，雖說隱隱有些不安的騷動（颱風欲來、浪波小湧），然而生活的節奏與基調畢竟是舒緩而平靜的。第二部分從「喂！喂！把竹筏划過來」直到篇末，描繪的是寧靜的生活中所浮現的一些人物動狀。當然，全詩的重點是在第二部分；不知來自何方的喝叫聲既是令人不悅，而陶醉於自己悠閒生活中的三少年，面對這無禮的呼喝自是相應不理，然而隨著「喳——喳」摩擦之聲的逼近，赫然發現再度下達命令的是「提著公事包的官服」時，一種橫遭統治者侵犯的恥辱感油然激動起來，他們昂然否認自己是可被隨意驅使的「船夫」。接著，更嚴厲無理的喝斥三度下達，而且是在了解三少年根本不是擺渡之人後，以「不要囉唆」的威嚇口氣來遂行其宰制的目的。於是一種微妙的對立形成：少年不再有任何的回應，在旁觀者的注視下，只見竹筏搖了一搖，盪起了漣漪，暗示少年內心的不平與無言的抗議。最後，作者利用強勁的北風將「官服」的絹帕捲上天空，在堤防上方如白紙般的飄飛此一形象，很具體地表達了不滿與嘲弄的批判——真是「不要臉的東西」！

　　當然，桓夫並沒有進一步敘述整個事件如何收結，到底少年有沒有屈從「官服」而渡他過溪，如果沒有屈從，他們會有什麼樣的下場？如果屈從，那又是什麼樣的滋味？

　　18 歲的詩人很有節制地把這些問題留給讀者，留給那個時代飽受異族欺凌的有心人去思索，他只是把最具爆發點的鏡頭拍攝下來，成為一種歷史見證。

　　在語言處理方面，雖然仍難免有作者涉入的批判，如急於為讀者點出

---

[34]見陳千武，〈我的第一首詩〉，《笠》第 92 期（1979 年 8 月）。

「那個傢伙，真是不要臉的東西」，但全詩還是盡量保持冷靜的敘述風格，不致流於浮泛的濫情。

再從另一個角度來探討這首詩可能潛藏的意蘊。

詩題「大肚溪」，而本文並未特別處理大肚溪本身應有的風土特性，似乎頗不切題，因此讀者不得不放棄此一思路，改變解讀的策略：大肚溪不是某一條特別的溪水，它是一個符號，一個象徵，象徵臺灣這塊土地曾經有過的兩種截然不同的被對待的方式，一種是少年嬉戲所代表的徜徉其間的田園情趣，另一種則是「官服」強渡所隱含的橫加驅使的政治宰割。這兩種對待方式相互對立、激盪形成桓夫詩中一貫維持的根本詩觀，至今不變。他在 1960 年代曾以明確的文字如此敘述：

> 1.對於飛翔自由世界的夢幻，樹立理想鄉的憧憬；現實的醜惡常變成一種壓力，以各種不同的手段，挾制著人存在的實際生活，導誘人於頹廢，甚至毀滅的黑命運裡，迷失了自己。——感受這種醜惡壓力，而自覺某些反逆的精神，意圖拯救善良的意志與美，我就想選寫詩。
>
> 2.認識自我，探求人存在的意義，將現存的生命繼續於未來；為具備持久性的真、善、美而努力，就必須發揮知性的主觀的精神，不斷地以新的觀念批判自己，並注重及淨化自然流露的情緒，但不惑溺於日常普遍性的感情，而追求高度的精神結晶。——我想以這種方式，獲得現代詩的性格。[35]

桓夫這兩段話可以簡單地歸納成兩個基本觀念，1.詩是一種對現實環境與自我的批判與抵抗；2.所有的自然感情應淨化成知性的觀照。前者考慮的是文學經驗的本質，後者處理的是文學表現的方式。這種詩觀並非戰後才開始出現並實踐，早在日據時期，便已逐漸萌芽茁壯，而〈大肚溪〉

---

[35]見〈笠下影·桓夫詩觀〉，《笠》第 3 期（1964 年 10 月）。

一詩便是其中「抵抗詩學」的典型，[36]值得特別注意。

再看〈油畫〉一詩：

　　　　監禁室的牆上……

　　　　我凝視著一張油畫

　　　　鮮明浮現的

　　　　紅色風景

　　　　究竟在訴說什麼

　　　　寂靜的房間……

　　　　在時鐘的聲響裡

　　　　遙遠的昔日之夢

　　　　向我腦中奔馳而過

　　　　紅色風景的山

　　　　是懷念的故鄉

　　　　啊！毫無華美的生活

　　　　人生二十的煩惱是什麼？

　　　　童心喚起我

　　　　看吧在將來！

　　　　我的童心也知道

　　　　命運會怎樣啊

雖然詩中提到「人生二十的煩惱」，但卻是 19 歲的作品，二十云云只是取其成數。寫作的動機是 1940 年 5 月，因帶頭反對皇民化改姓名事件，被臺中一中當局懲罰在校監禁一個多月，看著牆上懸掛的一幅油畫，有感而作。在這首詩裡，激烈的反對事件並未著墨，桓夫只點出「監禁室」三

---

36 「抵抗詩學」是李敏勇提出了解桓夫詩的一個觀念，見《笠》第 97 期（1980 年 6 月）。

字，隱約透露詩中之我的處境，然後集中焦點在壁上的油畫，但他的重點
並未落在油畫本身的美學特質的欣賞，而是經由那特殊色調的風景，引發
對意義的思索：壁上的風景終究只是畫中之物，但夢裡的風景卻是活生生
的鄉土，雖不華美，卻是生活所寄的鄉土。而這正是「人生二十」的煩惱
之源；人生二十表示人已成年，足於了解真正的現實人生，但現實人生告
訴他的是，「懷念的故鄉」早已並非吾土，生活其間的人，正遭遇「皇民
化」的風暴，遲早也要變成非吾民的一群。面對這種困境，少年桓夫在煩
惱之餘並沒有絕望，正如身處禁錮之室，心仍自由奔馳一樣，他以「童
心」來掃除現實的葛藤。不錯，童心難免天真，更可能幼稚，但它有項特
色：它不在乎現實，它更要超越現實，它所知的命運是：希望就在將來！

　　像這樣的詩，表面似在詠物抒情，但骨子裡卻蘊含著毫不妥協的抗拒
精神，而且敘述語調也一直保持著樸素、知性的風格，但又不流於枯瘠，
實在是難得的少年詩作。

（二）勞工生活的關懷

　　這些少作另一值得注意的特色是，對於工場生活的描述。從實際生活
本身來看，桓夫結束中學生涯後，由於操行與軍訓分數偏低，失去投考大
學的機會，只好進入臺灣製麻會社豐原工場做做工，開始親身體驗下層勞
工生活的苦樂，並從中進一步了解勞動者在殖民體制下的宿命地位。由於
會社的主事知道桓夫常常寫文章，便將他調入事務所辦公，但他不習慣坐
辦公廳，事情也辦得不合主事的意，遂再將他調回工場當監工，卻又嫌他
監工時對待工人太仁慈，使桓夫頗為不滿，再加上此時已被徵調為志願
兵，乃提出辭職，暫到彰化一處為堂兄幫忙。這些有關工場生活的作品，
正是他在豐原工場任職時觀察與思索的結晶。

　　首先，桓夫發現人在工作中竟然也能展現一種藝術性的美感；例如
〈精紡〉一詩，桓夫從日夜不休的紡織機上旋轉的紗線陀螺看到的是：

主軸的迴轉　成為
被少女的手掌愛撫過的
無數優雅的陀螺
流著──流著絲線的瀑布
現出白色閃閃的生命
美麗的整隊的陀螺
有如詩般被點綴著

　　由於有「愛」的撫觸，單調的紡織竟成瀑「布」的流瀉，而且閃耀著
生命的光輝，從而飽含詩意的感動，進一步體會到人在創造性的工作中所
綻放出來的喜樂與健朗：

站在精紡機檯旁……
以不虛偽的健康的思念
培養絲線的成長而歡喜
活潑的眸子的少女們
滾轉著好淘氣的笑聲
又被主軸的迴線撥散了
與生俱來的永恆的明朗

　　這「永恆的明朗」生命，使繁重的工作化成一種無限飛揚的舞曲：

額上流著汗　胸脯鼓起著
跟年輕魯笨的梭子
從早到晚狂舞著

　　　　　　　　　　　　　　　　　　──〈紡織女〉

　　同樣的，如果勞動不涉及其他惱人的殖民衝突因素，那麼，它也可能給人間帶來一些生趣與歡笑，例如〈夕陽〉一詩提到「手推臺車」，這原是勞動者運送原料、成品的工具，有時也是「裸身的苦力」輕便的交通工具（〈秋色〉），常常被用來暗示殖民統治經濟壓榨的象徵，但是，當這手推臺車在夕陽之下閒置於鐵軌之上時，也就是當它暫時不意味著壓榨時，它也可以成爲孩童嬉戲的對象：

　　　　孩童們亮起高興的臉跳上

　　　　被遺忘了的手推臺車

　　　　慢慢地從緩坡滑下——

　　　　車上的孩童們舉起雙手

　　　　向小小的氣流歡笑

　　　　圓圓的臉

　　　　裸體的胸脯　舒暢地流著

　　　　一次又一次

　　　　手推臺車從緩坡滑下

這樣的描寫的確令人愉快，然後桓夫插入一句：「只要總工具不站在高臺上」不言可喻，作者藉著這行詩句，點出壓力、監視暫時退卻的時候，一切都將充滿田園抒情式的酣暢與自由：

　　　　沐浴著巨大餘暉的

　　　　孩童們

　　　　是忘記回家的雛鳳啦

　　　　鐵軌上

　　　　油汗亮著

　　然而，這種童稚的歡樂，儘管令人無限懷思，但卻也容易在現實冷酷的摧殘下霍然醒悟，發現那只不過是偶爾的不食人間煙火，就像〈秋色〉一詩，當他正伸直雙腿，躺在小時候經常俯伏的印度原麻堆上，享受那有如英國少女頭髮般的原麻黃味，以及巨大圓紅的落日之際：

> 忽然，有一臺手推臺車
> 載著裸聲的苦力
> 向灰白倉庫的進口駛去

　　於是，天真的美夢頓時破滅，龐大的陰影襲來，他開始正視這些「苦力」向「灰白」的倉庫駛去的意義。根據桓夫自己的回憶，他在製麻工場做工時，總工頭是日本人，日本人喜歡仿效西方人從前指中國、印度、馬來西亞地方的勞工為苦力，因此對臺灣的工人也援用這樣的稱呼加以輕視和侮蔑。[37] 準此，這首〈秋色〉雖然只以描寫手推臺車上的苦力向倉庫進口駛去做為全詩的結束，表面似乎並無批判的意味，實則在「突然」的驚歎與「灰白」的隱約暗示中，已經流露出大夢初醒的自覺，因此，緊接著便有〈苦力〉一詩的出現：[38]

> 日正當中
> 全都露出赤銅色的背脊
> 油和汗
> 使鈍厚的肌膚亮著
> 給舊式的壓榨機　插上細長的圓木
> 旋盤輪子就吱吱吱吱地發響了

---

[37] 陳千武，〈文學少年時〉，《民眾日報》，1981 年 1 月 3 日。
[38] 根據《花的詩集》（自家藏版，1941～1942 年）所註，〈秋色〉發表於 1941 年 9 月 14 日，〈苦力〉則發表於 9 月 16 日。

苦力們

比划船更簡慢的動作

以水牛般的步子開始轉動

啊，這就跟羅馬時代

囚犯勞動的電影鏡頭

一模一樣

那些臂腕的筋肉　鈍重的眼神

還有懶倦的腳步——

既然如此

我就是倒背著手　拿著形笞的

囚犯監守了……

我只壓抑著寂寞感

慢步走——

　　前文已提過，桓夫在工場先是做工，接著坐辦公室，最後當了監工。這首詩顯然就是以監工的角度來寫他的「苦力」同胞。在此，桓夫以「牛」、「囚犯」（其實就是羅馬式的奴隸）來點出勞工在殖民體制下的卑賤地位，而「鈍重的眼神」所暗示的毫無希望之光，「懶倦的腳步」所意味的苦難遙遙無期，讓敏感的旁觀者不禁悚然而驚，赧然自慚地意識到自己簡直就是壓迫者的幫兇了。雖然全詩結束時，桓夫只能「壓抑著寂寞感」，經由自我的批判與醒覺，一種想從困境中走出一條新路的契機，雖然有點猶疑，卻已暗暗滋生。

　　當然，要走出一條新路是不容易的，身為勞工，似乎早已命中註定受制於他所從事的機械生產，就像〈延線〉一詩所描寫的女工，雖然有時也會偷空「毫無拘束地挺著腰／向延線機那邊的夥伴微笑」，但整個生活步調卻是永無止境地原地打轉，轉不出任何可預見的希望，終使這毫無拘束的微笑徒成無可奈何的苦中作樂：

邊把溢出來的纖維帶　押入纖維筒

女人們走著

走四公尺長的路程

去又回來

從早到晚　一年當中

回來又去

手壓抑纖維帶　捏斷纖維

把長長的人生航路

走來走去

在此，女工自卑的人生航路與她們所處理的纖維，巧妙地合而為一，點出她們被機械生產體系牽制支配的一生，既無出路，又無了時。這種了解與關懷，並非偶然突發的投注，而是桓夫自身體驗的延伸。他在〈纖維粗造機〉裡，描寫「我」在機械體系強力壓制下的情形，非常深刻：

恐、恐、恐、恐

衝破未明的空氣

碎麻機和纖維機

在工廠最前線咆哮的你們

清澄的機房一角

我停站著　可是

你們對不屑一瞥　是的

我只不過是驚喜你們之偉大的

小人物而已

為了眺望你們　在機房這個角落

每天一早我就這樣站著

顧慮著強猛狂吠的你們

機械恐恐的咆哮聲，是一種強猛的狂吠，是一種偉大的姿態，在它面前，人是不值一顧的小人物，毫無地位可言。於是人與機械形成對峙，而且絕對屈居下風，飽受威脅，隨時顧慮著受其壓制；唯一微弱的不平表示只是遠遠地站著，站著注視那龐然巨物的一舉一動，不錯，這種遠遠的眺望是缺少積極力量的，然而，也正由於此一冷眼的注視，桓夫透露了他的抵抗，儘管這種抵抗多麼無濟於事。進一步看，這首詩裡的機械，碎麻機與纖維機，並非只是客觀存在的機器而已，它們豈不正是殖民統治者壓榨臺灣人的代表物？桓夫自己既有如此的體驗，他之關懷與他相同命運的同胞，自是相濡以沫的同病相憐了。

總之，桓夫在這類與工場生活有關的作品裡，透過他的關懷，忠實地刻畫出日據末期臺灣勞工的精神面貌，他們一方面有著難以突破的困境，另方面也有苦中作樂的些許希望；而其筆觸理性節制，不趨於叫囂，情感真摯動人，卻不流於濫情。

（三）「聖戰」批判

桓夫這些日文詩的第三項特色是，當戰爭末期，許多人正全面倒向日軍政策而歌頌所謂的「聖戰」，且以「皇民」為榮的時候，他一如其他有骨氣的臺灣人一樣，在嚴酷的軍管之下，雖然無法直接描寫批判戰爭的題材，但卻委婉地以間接的手法暗示出潛在的異議。

〈春色〉一詩正是這種不可多得的典型作品：

> 罩手看太陽，看到掌紋的血紅。我停下來站著。擁抱微風旋律的春，把春滿滿吸進胸中，向著薄紗似煙濛的臺灣海峽，多想伸長手臂去探觸。今晨的平野，也像緞帶髮結般地明亮。

> 埤圳的水緩緩地流著。美人蕉花開了。黃的紅的整齊美麗地羅列在水邊。蘆葦輕輕匿藏它的影子。處女般清澄的空氣很清爽。我的靈魂裡，有棕櫚的葉柄搖晃著。

閃耀的田園情緒！稻田的細葉摩擦著，使小小的綠波流動著——。只
是，在無止境的大道上，拍達拍達踐踏著草露的，我底思念的深處，
似乎聽到黎明時在叢林行軍的士兵，濕透了的赤色鞋響。

遙遠的那邊，班鳩色小塔亮著的那一帶，戰爭把一時明亮生動的霓虹
掛起來。朝陽豐盈的光。清醒的額上有神在……就這樣我要向這條無
止境的直線大道，無論到那裡都要走下去。

這首詩作於 1942 年 4 月 22 日。[39]我們知道，桓夫這時已被徵選為臺
灣陸軍特別志願兵，辭掉製麻會社的工作，來到彰化，等待遠赴臺北接受
新兵訓練，在這種情況下，戰爭的陰影、鄉土的眷戀與及個人的命運，必
然會有一番的思考和釐清，此詩應該就是因此而引發寫作動機吧。

從形式看，這是桓夫日據時期僅有的兩首分段詩之一（另一首為〈陰
陰的早晨〉），似乎是用來表達比較複雜的內涵時喜歡採用的形式，就像戰
後的〈咀嚼〉與〈野鹿〉二詩一樣。

第一段「罩手看太陽，看到掌紋的血紅」的奇特開端，令人印象深
刻；它帶給人一種對於自己的血統脈絡的審視，而伸臂欲觸煙濛的臺灣海
峽，則把這血統推向更廣大的歷史根源的尋覓，而這也正是戰後桓夫曾經
一再強調的，如〈網〉詩的：

臺灣海峽的浪波湧起——

三百年前，我底祖先

呱呱誕生於海峽的戎客船上[40]

---

[39]見《花的詩集》（自家藏版，1941～1942 年），原詩所附之寫作日期。
[40]見《不眠的眼》（臺中：笠詩刊社，1965 年 10 月），頁 25。

〈在母親的腹中〉的：

　　　　在母親的腹中
　　　　我底歷史早已開始蠕動
　　　　遙遠的昨日，孕育海峽的
　　　　霧。姍姍來自霧海
　　　　……
　　　　姍姍來自霧海
　　　　彫刻年代曆的靈牌
　　　　福建　漳浦　赤湖
　　　　我底命運的原始地
　　　　而我被棄於世網角隅的
　　　　──一粒種子
　　　　……
　　　　掙扎於斷臍的痛苦中[41]

　　這一系列的意象都指出個人的血源溯越海峽，直達整個族群共同本源的強烈企圖，然而處在殖民地體制下的臺灣子弟，卻無法真正地追求這與生俱來的夢想，相反地卻在統治者的逼迫下，無奈地參與了這不知為誰，也不知為何而戰的荒謬戰爭，其內心之不甘可想而知，然而這種不甘在那高壓肅殺的環境裡絕不能正面流露，只能拐彎抹角地暗示，這就是此段輕輕點出欲探海峽之後，馬上蕩開，轉寫平原之美的理由。當然，也就在此一轉折中，桓夫開始透過刻畫那些具有臺灣風土特色的地形地物；表現了他潛藏的鄉土情懷，同時也意味著他對戰爭此一破壞性的殺戮行為之不能苟同：緩緩流動的埤圳、逢春即開的美人蕉、輕輕匿藏影子的頑皮的蘆

---

[41]見《不眠的眼》（臺中：笠詩刊社，1965 年 10 月），頁 27～28。

葦，搖晃的棕櫚，既美麗，又祥和，空氣更是清爽澄淨，有如處女般的純潔無染，再加上稻浪起伏，十足呈現出可以生斯長斯的田園風味，這一切原是人生道上隨時碰得到的可愛景緻，如今卻無可避免地要被迫放棄，內心之不平，自是顯然，在此，桓夫很自然地使用「只是」（第三段）這個轉折語，把前面累積下來的鄉土風景之美作了一個總結：戰爭的腳步聲，已隱隱可覺地侵入並破壞這美麗的家園了。

　　最後一段，桓夫更以巧妙的筆法，明褒暗貶地對戰爭提出了他的批判。首先，他把戰爭比喻成明亮生動的霓虹，表面上頗能配合日本當局對於「聖戰」所要求的頌讚，但骨子裡卻是不以為然，所以特別在「明亮生動的霓虹」之前加上「一時」的形容，這豈非意味著日本發動的戰爭只不過是曇花一現的夢幻嗎？其次，「朝陽豐盈的光」一句，乍看，似乎不知用意何在，因為它不是完整的句子，然而這正是桓夫高明的所在。我們知道，霓虹的出現是陽光照在天空水氣的結果，但時間一久，水氣漸散，虹即消失，而陽光則依然如故。準此，「朝陽豐盈的光」不啻在暗示，霓虹固能炫麗於一時，終究經不起時間之考驗而歸於幻滅，反不如陽光之久長，再度強調戰爭之虛幻性。最後，全詩以「清醒的額上有神在……就這樣我要向這條無止境的直線大道，無論到那裡都要走下去」作結，表面固然符合「聖戰」必須參與的官方要求，實則另有所指；神，是桓夫詩中經常出現的意象，特別是到了戰後。祂具有雙重意義，有時代表人類的保護者，有時代表頑固的獨裁統治，日據時期，桓夫完全強調前一種意義。例如〈無聲的庭院〉：

　　　願神矯治隔鄰發狂的女人

　　　葫蘆墩的神啊

　　　吹散仰望天空的憂愁

　　　吹散他的純情吧

　　　　　　　　　　　　　——〈哭泣的靈魂〉

因此，「清醒的額上有神在」便意味著，一方面，桓夫清醒地意識到
參加這場戰爭不是自己的意願，另方面，既然參戰無可避免，那就憑著神
的與人同在，把它視爲生命大道必須經歷的鍛鍊吧。就這樣，桓夫預言式
地觸及了自己未來的命運，並留下了歷史的證言。我們知道，不久之後，
他便離開臺灣，實際參與了日本在南洋的侵略戰爭，這些經驗，他後來全
部以小說的形式加以回憶，成爲《獵女犯》中一系列的作品，而這首〈春
色〉幾乎可以拿來當作它們的序曲。

四、結語

桓夫曾經說過，抵抗、批判、愛、希望是日本殖民統治時期，臺灣詩
人四個共通的創作主題，[42]衡諸他個人實際的詩作，的確也能身體力行此
一識見。最重要的是，當論者不斷探討、評析他戰後詩作中的鄉土情懷、
歷史根源、現實質疑等根本特質時，必須了解，所有這些詩素，在他日據
時期的少作中，早已萌芽，而且也有相當的成績，因此，就語言而言，桓
夫是從日文跨越到中文了，但從基本精神看，他是始終一貫，執著到底
的。

最後，仍須再強調一點，桓夫詩作，素以冷靜著稱，戰前戰後皆同，
但他冷靜、知性的背後，仍然隱藏著一顆赤子之心，前文討論過的〈夕
陽〉，以及另一首〈陰陰的早晨〉中，孩童的意象都令人心嚮往之，這或
許也是一種伏線，使他日後能在童詩與兒童文學方面投注更大的心力。總
之，冷靜的批判抵抗原是一種愛的敦促方式，因爲它的目的是帶來希望，
所以他在〈冬的觸感〉裡，可以從「心灰哀哭的天空」、「忍著侵進來的
寒氣」的凜冽氣氛中，寫出最平實的希望來：

　　帶上藍色的面紗吧

---

[42]見陳千武，〈詩的主題與背景〉，《笠》第 135 期（1986 年 10 月）。

在深深的歡喜裡

春天要來──不久

溫和高興的季節

就要流進活潑的園地來

　　　　　　　　　　　　　　──1991 年 4 月完稿

　　　　　　　　──選自《文學臺灣》第 1 期，1991 年 12 月

探索異數世界的人
桓夫論

◎葉笛[*]

一

　　梵谷（Vincent Willem van Gogh）追求以彩色表現在世界裡的生命的不安。而終於瘋狂自殺以終。華格納（W. R. Wagner）曾說：「如果我有養得起妻子的錢財就不再創作」（見華格納書簡集）但，這些固執的藝術家們還是把自己的生命埋在藝術的神聖殿堂中。這些不幸而不朽的人們有時會叫人沉思：「他們為什麼必須如此？」同樣的疑問亦可對詩人們發出：「為什麼追求永無止境的語言的魔術？」這個問題一直到現在還不能獲得叫人滿意的解答，但，每當我沉浸於詩句中時，我似乎了解一點何以詩人會像魔鬼纏身似地把自我拋進以語言創造另一世界的忘我而純粹的創作活動的地獄中。創作的痛苦，也許誠如艾略特（T. S. Eliot）所說的，確有「將血化為墨水的那種苦處。」的吧？！但，願甘之如飴，那又為什麼？設若能解決這一點，也許，我們就可解決詩人創作精神的原始的動力？然而，我不想在這裡從正面去追究這個問題，我的想法是想從詩來品味「語言」對於他們生存意識的意義。我以為「生命」不但從「過去」延續到「現在」，更應該有一種力量從「未來」流回「現在」，穿透「現在」和「過去」結合才有永恆的價值。對於詩的世界亦可作如是的看法。

　　對詩人來說：「語言」是溝通他和世界的橋樑，也是塑造他生命的武

---

[*]葉笛（1931～2006）詩人、作家、評論家。本名葉寄民。臺灣臺南人。發表文章時為臺南市永都長青福利館講師。

器。唯有不斷地向語言挑戰，不斷地寫詩，詩人才能證明他的存在。從這一點看，桓夫是有豐滿的生命力的詩人。因爲從日文詩到中文詩，他走的路不是平坦的大道而是崎嶇坎坷的。這就是說：臺灣光復這一歷史的事實使桓夫在語言的能力上反而變成新生的嬰兒，並且，一個人受語言訓練最佳的時代亦早已過去，這，做爲一詩人而言，是喪失了「語言」的武器，但，桓夫卻在這種殘酷的情況下匍匐過「語言的真空地帶」，重新站起來向它挑戰。（林亨泰稱這一世代的詩人爲「跨越語言的一代」）。然而，這種猶如陷入「失語症」的世界般的詩人之痛苦是不言而喻的。詩人除了和語言格鬥之外，還得用自己的靈魂去錘擊語言而征服它。這是一種考驗。不但，需要長久的忍耐工夫，還得用精神最大的勇氣去擁抱那痛苦。經過近十年的語言的鍛鍊，桓夫才在語言上獲得新生。可是，桓夫手中的語言並不是一把最犀利的匕首。但，正如不是所有的藝術一定是美的[1]，有美麗詞藻的詩不一定就是真詩，或好詩。在我看來語言文字本身無所謂美或醜，主要的是詩人如何去選擇語言安排於詩中，使該語言不但具有現在和歷史傳統上的意義，還能生一種新生的意義和力量。所謂詩是用語言的表現活動的最高形式，簡言之，就是上面說的，深化觀念及體驗的層次的語言的表現力而言的。

　　經過十分之一世紀的語言的煉獄，桓夫唱出這樣的歌：

　　　　時間。遴選我作一個鼓手
　　　　鼓面是我的皮張的。
　　　　鼓的聲音很響亮
　　　　超越各種樂器的音響

　　上面是桓夫的第一本中文詩集《密林詩抄》的〈鼓手之歌〉的第一

---

[1] 見 Herbert Read, *"The Meaning of Art"*（Baltimore,Md.:Penguin Books,c1931.）第 1 章第 4 節〈藝術和美的區別〉。

節。鼓手之歌，可看作詩人用祖國的語言的新聲，也是做爲詩人邁向世界的序曲。可是，我認爲並不是「時間」遴選他，而是他不屈服於時間，他的詩的未來的生命穿透「現在」堅厚的牆壁和「過去」獲得結合。詩人擂打的鼓面是用自己的心身去張緊的，因之，激越的靈魂之歌超越任何樂器的聲音。從這裡，我們可以領悟「語言」是詩人接近真實的自己，接近人類不可或缺的存在。一個詩人不能觸及自我的世界，怎能和世界溝通呢？「由於接近自己才能接近人類」，勞倫斯·達烈兒的話在文學和詩的世界裡並不矛盾而是真實的。所不同的，只是詩人比任何藝術家都要以語言去接近自己和人類而已。

二

　　桓夫從《密林詩抄》（民國 52 年出版）到《不眠的眼》（民國 54 年出版），其創作的歷程是有一以貫之的基本精神及態度的。

> 認識自我，探求人存在的意義，將現存的生命連續於未來，爲具備持久性的真、善、美而努力，就必須發揮知性的主觀精神，不斷地以新的理念批判自己，並注重及淨化自然流露的情緒，但，不惑溺於日常普遍性的感情，而追求高度的精神結晶——我想以這種方式獲得現代詩真正的性格。
>
> ——〈笠下影·桓夫詩觀〉，《笠》第 3 期

　　我想從上面的話可以歸納出現代詩的特性：1.探求並批判現代人存在的情境及意義。2.轉化一切事物爲永恆的存在。3.真摯性爲現代詩必備本質之一。我之所以畫蛇添足地從桓夫的話歸納出三點現代詩的特性，就是一般視現代詩爲洪水猛獸，或因其難懂而敬而遠之的人們；只是從現代詩的外貌去衡量它，並沒有從現代詩的本質去理解它。這種現象和近代美術運動及其所遭受的抵抗，頗有雷同的情勢和命運。（我以爲近代美術演變的

性格對於考察現代詩所產生的背景以及現代詩的生存所受的抗拒將有助於我們認識現代詩本質和性格。）而我們之所以對這些藝術上及現代詩的運動有一種隔離感，除了社會背景的不同之外，詩人及藝術家們還不能以明確的意識態度，用強而有力的創作品去魅住欣賞的大眾也是難辭其咎的。

　　桓夫在自由中國的詩壇上，是少數把握現代詩性格而不斷地以嚴肅的態度去創作著的詩人之一。現在，我想以其詩作予以剖析：

> 巒峰睡著
> 誰也不想重述那些
> 經歷過的島嶼和激流
> 而熟悉的語言都生鏽了
> 如今該遺忘
> 或不該遺忘的都遺忘了
> 幻想的山躑躅
> 開在被覆蓋的熔岩上
> 有誰記得
> 雨打日暮的悲歌……

——〈遺忘之歌〉第 3 節，《不眠的眼》

　　巒峰是大地上的存在之一，但，正如我們常無意識地活在既有的世界觀念裡不加審視和沉思。我們很容易遺忘不該遺忘的。「該遺忘或不該遺忘的都遺忘了」！這是詩人對歷史和存在的清醒凝視。其實，詩人並沒有遺忘。因為連那「幻想的山躑躅」，一種詩人發現過的美，如今「開在被覆蓋的熔岩上」都烙印在心中，而所謂「被覆蓋的熔岩上」是喻變動的世界的。詩人從變動的世界的現在回歷到過去去挖掘被埋沒的夢。而發現「幻想的山躑躅」，並且想起已經被覆蓋的昨日的世界「雨打日暮的悲歌……」。清醒是件不容易的事，也是件痛苦的事。但，不能永遠保持自

己的清醒的人不配稱爲詩人。杜斯妥也夫斯基曾對梅烈日科夫斯基
（Dmitry Merezhkovsky）說：「我不能給你什麼忠告，不過：只有這句話
——要寫作你必須學習如何受苦。」這是意味深長的話。一個從事創造嶄
新世界的詩人要是沒有這種態度是不能繼續寫詩的。

　　桓夫在戰爭和戰爭的虎口中失落了青春。在第二次大戰中，他曾被徵
往南太平洋的一孤島，在飛機、炸彈、槍炮、飢餓中，曾經面對過死亡。
人在面臨死亡的危機的時辰，最能深刻地思索生命。而且，死的預感更會
使現在的幸福和陶醉陷落於不安。他有這種不死的體驗，所以做爲詩人有
一種超越經驗的意欲和觀點——「人必須活下去，但，怎樣活下去呢」再
沒有比哈姆雷特喊出：「To be or not to be, that is the question.」這句話更富
戲劇性而能扣人心弦，令人沉思的啦，哈姆雷特之所以猶然活在現代人的
心目中，就因爲他對於存在的追求的人性。桓夫的詩具有魅力也就在這
兒。他在戰爭經歷的「死亡的不可代替性」，相反地使他領悟到「生命是
唯一而具個性的存在」的真諦。所以，他高歌著：

　　　掙扎於斷臍的痛苦

　　　我底歷史早已開始蠕動

　　　哦，在母親的腹中

　　　　　　　　　　　　——〈在母親的腹中〉，《不眠的眼》

　　這是一種絕對的肯定，肯定生命以及生命所孕育的一切痛苦。誕生到
死亡是一條歷史必然的歷程。問題是如何去走完這一條充滿婆娑悲苦的世
界之路。在這種探求精神之下，他寫了不少詩。〈雨中行〉、〈煤礦
工〉、〈塵寰〉、〈壁〉、〈網〉、〈信鴿〉等。這些詩有充滿著外在的
感覺和內在感覺的交感，思想和情緒都同時存在著淨化爲詩。如果我們不
否認詩爲了再現現實而需要夢，而把「現在」照在永恆的時間的焦點上拯
救出來，則桓夫有太多的赤子之心的想像力。這種詩的想像力具有一種解

開閉鎖的存在的力量。

三

熱愛生命的人必將對生命加以冷觀的批判基於愛之深，愛之切，於是他「禱告」：

> 啊，庇佑祢這無依的子孫吧
>
> 我底祖先！
>
> 近代歷世的祖母，以至冒險渡臺，苦苦開拓麗島的世祖，以至未移民以前，世居祖籍的，溯自「族譜」記載的歷代祖先和那「族譜」上的始祖。
>
> 以至始祖以前
>
> 動亂時代的
>
> 啟蒙三千年的「子曰」而上，頭目統治的原始，人權和神權都分不清，新舊石器史蹟以前。
>
> 脫衣舞孃頂愛摹倣的，那些神話裡的，
>
> 甚至，尚未構成人形，仍在漂盪
>
> 著的細胞
>
> 的溶液。
>
> 肉眼看不見的
>
> 較有無名的廟宇的鬼神更正統的，
>
> 連連綿綿，終於，造成我這後代的
>
> 我底祖先！
>
> 啊庇佑祢這聰明的子孫吧！
>
> ——〈禱告〉，《不眠的眼》

　　這是對生命始源的鄉愁的追求。對於現代愚昧的世代，發自深心的呼
籲！設若，我們這一代不至愚昧到人權和神權都分不清，我們何須請祖先
的庇佑！然而，事實上，我們仍停滯於「尚未構成人形，仍在漂盪著細胞
的溶液。」的，忘記生命必須用自己的右手去開拓，沒有神的拐杖便不能
自己開拓自己生命的「迷信」的世界中，所謂「迷信」就是種軟弱、迷
失。這種子孫聰明嗎？不，但，這種「啊，庇佑祢這聰明的子孫吧。」是
一種痛心的反語，一種深沉含淚的自我解嘲！在這種情況下，詩人反而對
於祖先們一往直前地開拓自己生存的世界的精神和冒險發出讚歎。

　　桓夫這種詩的創作的意念，不是基於「詩該怎麼寫」而是基於「要寫
什麼詩」的創作。「對於『詩該怎樣寫』這種化妝的詩我毫無考究。比較
偏於執著『要寫什麼詩』。隨應湧上的詩考。要寫什麼就寫什麼，沒有定
型和拘束。……」（見《不眠的眼》後記）。他的這種詩精神乃在肯定詩的
價值，雖然，現代比任何時代對於詩是沒有安定的假定的時代。何以故
呢？兩次世界大戰帶給人類對生存的不安，社會，思想，制度的激變在使
人類深深感到要把人類所創造的世界從毀滅性的邊緣拉回來，確有捉襟見
肘，力不從心之感。這種人類生活中的普通的危懼意識使一切藝術文化逐
漸失去固定力，（所謂固定力是藝術的價值能普通地被承認而深化人類對
理想生活的力量而言的）詩做為藝術文化的一環自不能例外。

　　但，詩人應該有這樣的信仰：「所謂幻滅就是走向健全性的一階段，
而由於跨越它才能到達新的真理和信心。」（M・Robards 論 T・E・
Hulme）如其不然，詩和衣裳哲學只是五十步和百步之差而已。驅使我們
走向詩的，不在於詩自身的空虛的美的價值，而是非詩的，換言之：是在
我們活著的現實生活中的。我們的「誠實」只存於「寫詩」這一點上，也
就是說由於「寫詩」才能對現代「誠實」的。「存在」和「自由」是只有
人類才能結合的一概念，然而，也僅止於「可結合」的不安定的狀態，在
這種現代的狀況下，對於詩人來說所謂「寫詩」就是喚起對於我們的精神
的危機的正確的感覺，而要將絕望的根源的內部症狀，現代的愚昧和我們

的精神的黑暗予以切除的。所以，詩人必須使不可見的成爲可視的，以物質的感覺逼近人們，詩才有生命，在這一點上。桓夫將負荷著觀念的重量的抽象語言提升到具有密度的詩語，使之生根於詩的血脈中，這是他做爲現代詩人有特異表現力的地方。這種詩是一種真實的創造，因爲它是一個調和的世界，蘊藏對人類活著的知性和感受性，給生命以某種感化的，新的東西，新的衝動和新的思考方法。卡路‧尤伊斯曼（Joris Karl Huysman, 1848～1907，法國小說家，美術評論家）說：「藝術家，僧侶和醫生是人類的悲慘之證人。」這句話不獨可使人們玩味，對於閉居於象牙之塔，只管烹調著語言，加著太多的味精的一部分現代詩人更值得去咀嚼的吧。

——選自《笠》第 24 期，1968 年 4 月

桓夫筆下的鄉土情懷

◎莫渝*

　　所謂鄉土情懷，不單是在作品中嚷著擁抱泥土，扎生活的根，握一撮芬芳鄉土，或者表現鄉村風光，而是能夠接續歷史傳統的民族血脈，且奠基於現實生活環境的一種愛心懷抱。桓夫在〈焦土上〉一詩言：「沒有愛，種子不會發芽的」（詩集《不眠的眼》，頁 31），沒有愛，詩何嘗能延續生命呢？本文試著就這項定義，回顧詩人桓夫的這類傾向的作品。

　　早年，桓夫從事日文詩創作的成果，由於沒有機會，我們無從欣賞。不過，從詩集名稱《彷徨的草苗》、《花的詩集》、《若櫻》看，內容上大概比較偏重青春時期的浪漫抒情，即使有異族統治的反抗心理，份量上還不夠明顯。上面的說法，也可以從詩人改習語言文字後，推出的第一冊中文詩集《密林詩抄》（民國 52 年 3 月）獲得證明。縱觀集裡 40 首詩篇，我們固然欣悅詩人駕馭語言文字的努力，意象經營的創新，詩質理解的掌握，但，依然無法肯定詩人對鄉土情懷有明確的表現。

　　隨著詩人駕馭語言文字能力的增強，「笠」詩社詩刊的成立，以及民族意識的增濃，本土文學的確定，詩人逐漸將鄉土情懷呈現出來。民國 54 年 10 月出版的第二冊詩集《不眠的眼》有三首可以歸入此類的詩篇，它們是：〈在母親的腹中〉、〈童年的詩〉、〈咀嚼〉。這三首詩儼然是三個成長階段的體認，第一首是誕生前血緣的認同：

---

*本名林良雅。發表文章時為國小教師，現為《笠》詩刊主編。

> 姍姍來自霧海
>
> 彫刻年代曆的靈牌
>
> 福建　漳浦　赤湖
>
> 我底命運的原始地
>
> 　　而我被摒棄於世網角隅的
>
> 　　——一粒種子
>
> ……………………
>
> 綁在網中
>
> 掙扎斷臍的痛苦
>
> 我底歷史早已開始蠕動
>
> 哦，在母親的腹中

「霧海」指的是使臺灣隔離祖國的臺灣海峽，「靈牌」卻是心繫祖國有形的象徵。還未出生，就注定斷臍，注定為世網所摒棄，這不也是吳濁流筆下《亞細亞的孤兒》的寫照嗎？

第二首〈童年的詩〉，可以當作詩人在童年日據教育的視聽之下，興起對本國傳統血緣的認同：

> 用祖母的語言灌溉我呵　母親！
>
> 幼稚的智慧已發芽
>
> 靈魂捧著傳統的香爐
>
> 翻開族譜　純潔的血統連連綿綿

當詩人童年的智慧啟蒙後，懂得翻閱族譜時，他了解母親的語言與異國的語言，是變質的語言，他懇切地呼喚傳統的香爐深存幼稚的靈魂內，他渴盼接受再上一代祖母的語言。接著，第二、三段，描述童年教育的陰森冰寒心理：

我為什麼害怕　害怕「大人」的腳步聲

陰天覆蓋著幼稚的心靈

黑雲懸掛在枝梢

不尋常的權勢禁止我們說母親的語言

愈是禁止，幼稚的心靈愈希望在「族人的懷抱裡」、「自然的恩惠裡」自由地跳躍，為求達此目的，因而一再的企求：「哦！母親／用祖母的語言灌溉我成長吧」。

第三首〈咀嚼〉則是長大（臺灣光復），耳濡目染後，所作理性批判的認同。全詩分三段以散文詩形式述說，首段先解釋「咀嚼」的定義，其次談些咀嚼的對象，這正好說明「中國人好吃」或「吃，在中國」的俗語，末段的末四行畫龍點睛似的將詩人的本意道出：

坐吃了五千年歷史和遺產的精華。

坐吃了世界所有的動物，猶覺饕然的他。

在近代史上

竟吃起自己的散漫來了。

這個諷刺部分人士的意象，也在〈泡沫〉[1]中再次表現出來：

活在五千年後的文化接續線上

未曾做過什麼　那個傢伙

隨心所欲地大吃大喝

滔滔不絕地大吹大擂

之後　死了

---

[1] 見陳千武，《媽祖的纏足》（臺中：笠詩刊社，1974 年 12 月），頁 58～59。

還不知羞

仍然在嘴角吹起泡沫

　　我們重新檢討上面三首詩，主要原因乃在於指明桓夫他對鄉土情懷的
立足點，有了這樣的體認與自覺，詩人才能在往後更加把握住該有的胸
襟，更能確立自己的方向，從而在《野鹿》詩集之後，緊緊抓住以「廟」
與「媽祖」為主題的領悟。

　　從詩集《野鹿》開始，桓夫即一連串拿「廟」以及做為「廟」主角的
「媽祖」，做為他處理鄉土情懷的主要對象。這類詩為數相當多，包括
《野鹿》詩集第 3 輯 9 首，與《媽祖的纏足》第 3 輯 17 首，總計 26 首。
這類詩的主題，批判性質濃於歌頌，而且幾乎都是負面的批判，這股批判
觀點正好銜繼前述〈咀嚼〉一詩所發展出來的溫柔的諷刺。

　　先看〈媽祖生〉這首詩，詩人從蒼蠅引發詩興，進而在中段指出：

無秩序的紛擾

在廟的幽香裡

動盪不停的獻媚

在人潮的妒忌裡

又牲禮又香枝又金紙

再膜拜再膜拜再膜拜

意圖吵醒神

獲得神的保祐……

某些人的虔誠，在詩人理性的筆下，近乎是愚昧的迷信，詩人認為大眾
「他們喜歡在神話裡做活」（〈廟〉詩），還肯定廟的作用是：

　　傳遞神話

　　讓孩子們察覺恐怖的遊魂世界

　　或許　再過一千多年以後

　　那毒葷的廟宇仍然那麼豔麗

　　媽祖啊　我的神──

　　　　　　　　　　　　　　　　──〈媽祖祭典〉詩末

儘管詩人在末尾喊著我的神，那只是虛脫般的呼叫，他早已認定廟宇的存
在，僅僅：

　　只是望望神燈一把火

　　讓褪了色的粉腿再麻木下去吧

　　　　　　　　　　　　　　　　　　　──〈媽祖祭典〉

這種否定廟、否定神（媽祖）的正面價值，到《媽祖的纏足》一輯詩中，
更加強烈，因為神畢竟無言：

　　像媽祖那樣緘默無言

　　無言地只在等待

　　等待圖釘生鏽而腐蝕

　　　　　　　　　　　　　　　　　　　　　──〈詛咒〉

或是：

　　是不是像媽祖那樣

　　臉上毫無表情地緘默著呢

　　　　　　　　　　　　　　　　　　　　──〈死的位置〉

以及：

> 蠻橫的毛蟲們爬上來啃花兒的時候
>
> 花兒對著悲慘的命運皺起眉頭的時候
>
> 媽祖却默默無言
>
> 聽著無依無靠不眠不休的禱告
>
> 也是默默無言

　　　　　　　　　　　　　　　　　　——〈花〉

　　以上所引詩中的諷刺，乃是詩人否定媽祖的偶像，同時否定現實性情境的權威偶像。這種否定態度，正是詩人創作的動機之一，他在詩集《媽祖的纏足》後記中提到「……老年人雖不認老，但那種古老得像媽祖婆纏足的狀態，十分頑固地絆纏著這個社會，使這個社會失去了新活力的氣息，卻成事實。」詩人反對「誰也不該永久霸占一個位置」（〈恕我冒昧〉一詩），因而很冒昧的指出媽祖的錯誤：

> 媽祖喲
>
> 坐了那麼久　祢的腳
>
> 在歷史的檀木座上
>
> 早已麻木了吧

　　　　　　　　　　　　　　　　　　——〈恕我冒昧〉

　　媽祖原本是鄉土的代表，一般民眾精神的支柱，然而，在詩中，媽祖成了詩人反抗情緒的目標。詩人為何會有反抗情緒的爆發？這固然由於早年日據時代因素的潛藏，同時也是目前社會情境所使，環眼四周，廟宇處處，甚而有香火鼎盛，煙縷不絕的大廟宇，這類披著神的金衣金裝的木偶，竟然享有輝煌的尊嚴，比較起來，有理性的人類，根本不足為道。為

此，富正義感的詩人，當然起而指責。

　　鄉土情懷有其正面，也有負面，詩人桓夫所採取的情懷該是後者，他站在批判的立場，以溫柔善意的諷刺，做理性的處理，使我們在護衛鄉土的態度，有新的方式。詩人自己曾說過：「新詩人應該很大膽的從各方面可能的範圍去嘗試新的方法，勇敢的把自己投進現實泥土和機油香味的戰鬥性環境裡面，擴充詩的實質。」對於鄉土情懷負面的批判方式，可以說是詩人「各方面可能的範圍」中的一種「嘗試新的方法」。

　　詩，跟其他文學形式一樣，也許無法對社會做應盡的興革，然而，當我們向詩索取真摯性的時候，詩人桓夫對於神廟與媽祖所做的批判精神，不也是這類傾向之一嗎？

——民國 69 年 2 月 19 日

——選自《笠》第 140 期，1987 年 8 月

桓夫詩中的殖民地統治
與太平洋戰爭經驗

◎趙天儀[*]

　　自 1894 年馬關條約，臺灣割讓給日本以後，臺灣同胞歷經了日本 50 年殖民地的統治。又自 1941 年珍珠港事變以後，也歷經了三年多的太平洋戰爭。如果有所謂臺灣文學的日本經驗的話，殖民地統治的經驗與太平洋戰爭的經驗，是兩種相當凸出的經驗。而在日本統治臺灣的末期，為了配合所謂大東亞共榮圈，在臺灣掀起了皇民化運動，也就是要臺灣同胞歸化日本，因此，組織奉公會，改姓名，獎勵國語（日語）之家，甚至徵調臺灣青年為軍伕、學徒兵或特別志願兵，參加其侵略南洋的戰爭。在這時期，所謂決戰下的臺灣文學，就是鼓勵數典忘祖的皇民化文學。由於在這種高壓與愚民並施的政策之下，當時臺灣青年的苦悶是可以想像的。

　　桓夫便是歷經了殖民地統治的經驗和太平洋戰爭的經驗，是當時的臺灣青年，也是能以文學的創作來表現其經驗的少數作家之一。他曾經當過日本軍裡的臺灣特別志願兵，也是當時的臺灣青年詩人之一。他有自家藏版的日文詩集《彷徨的草苗》、《花的詩集》，以及跟賴襄欽合著的詩集《若櫻》。在臺灣光復以後，桓夫開始學習使用中文來寫詩，經過了十多年的努力奮鬥，到了民國 52 年 3 月才出版了他第一部中文詩集《密林詩抄》，從此，他寫詩，在創作、評論與翻譯方面都持續不懈。然後，他又寫小說，發表了一系列的「臺灣特別志願兵的回憶」，其中〈獵女犯〉還獲得了吳濁流文學獎。直到目前為止，桓夫還出版了中文詩集的《不眠的

---

[*]發表文章時為國立編譯館人文組編纂，現已自靜宜大學臺灣文學系教授職務退休。

眼》、《野鹿》、《剖伊詩稿》、《媽祖的纏足》，以及日文詩選集《媽祖の纏足》。在桓夫的詩作中，我們可以看到他有一部分的詩作，便是反映了殖民地統治的經驗與太平洋戰爭的經驗。我們可以說，在日據時期 50 年的時光，是臺灣同胞在日本殖民地統治下的一種反抗日本帝國主義的血淚史。而在太平洋戰爭三年多的時光裡，有許多臺灣青年被迫參加了這個不義的戰爭，因而犧牲了寶貴的生命，虛度了可貴的青春。

　　詩的創作就是把經驗化為體驗，而以語言來加以表現。茲將桓夫的詩，依殖民地統治的經驗與太平洋戰爭的經驗來加以個別討論。

　　試以他的一首〈網〉的詩為例：

> 於天之蒼茫，於霧海
>
> 刻著花紋的年代。……哦！
>
> 掉下來一條條蜘蛛絲
>
> 撒下來長長長長的傳統
>
> 繫吊的蜘蛛似種子、你我、傀儡
>
> ──絲織繽紛的世網
>
> 網搖晃，咱們就搖晃
>
> 網破碎，咱們就修築
>
> 花在網中，網在花中
>
> 花鮮紅，花誘惑
>
> 世界從此動亂，人們從此搔擾
>
> 於是年代的花紋皺起
>
> 臺灣海峽的浪波湧起──
>
> 三百年前，我底祖先
>
> 呱呱誕生於海峽的戎克船上
>
> 旅人的歡聲沸騰

把皺了的月光摺攏在潮上

三百年前，我底祖先

孕育民族精神，渡過海

海的對岸，八卦山脈伸向南方

於南方的紅土山巔

移植花，移植智慧，移植許多種子

——栽培我們綠色的命運

啊！命運的花一瓣瓣

綻放著不甚透明的悲哀

如奴隸，被綁在網中

被吊在傳統的蜘蛛絲

繫吊的蜘蛛絲似種子、你我、傀儡

——絲織繽紛的世網

　　這首詩，桓夫在尋找一種根源，也就是「我底祖先」的傳統，這種
「我底祖先」的傳統，事實上，該也是臺灣同胞的傳統。桓夫以「網」為
象徵，以歷史的回顧為出發，表現了「我底祖先」，「移植花，移植智
慧，移植許多種子——栽培我們的命運」。所以，這種命運，也是臺灣同
胞共同的命運。

　　試再舉他的一首〈在母親的腹中〉的詩為例：

在母親的腹中

我底歷史早已開始蠕動

遙遠的昨日，孕育海峽的

霧。姍姍來自霧海

來自柔如山羊的眼睛

　　　暖如深谷的

　　　我底歷史早已開始蠕動

　　　哦，在母親的腹中

　　　姍姍來自霧海

　　　彫刻年代曆的靈牌

　　　福建　漳浦　赤湖

　　　我底命運的原始地

　　　　　而我被棄於世網角隅的

　　　　　──一粒種子

　　　在母親的腹中

　　　我底歷史早已開始蠕動

　　　來自柔如山羊的眼睛

　　　暖如深谷的

　　　賦予泥土的命運

　　　綁在網中

　　　掙扎於斷臍的痛苦

　　　我底歷史早已開始蠕動

　　　哦，在母親的腹中

　　這首詩，桓夫也在尋找一種根源，「在母親的腹中我底歷史早已開始蠕動」，而追溯到「我底命運的原始地」。當然，這種「掙扎於斷臍的痛苦」，乃是表現了一種亞細亞的孤兒的命運，不能遺忘的，該是這「一粒種子」的根源。這首詩，反映了殖民地統治下的悲哀。

　　又試以他的一首〈童年的詩〉底作品為例：

用祖母的語言灌溉我呵　母親！

幼稚的智慧已發芽

靈魂捧著傳統的香爐

翻開族譜　純潔的血統連連綿綿

我底童年　上「公學校」的書袋裡

裝滿著教我做「賢明的愚人」的書籍

我們朗誦「伊、勒、哈」

合唱「君が代」的國歌

禁止說母親的語言。違反的紀錄

被貼在教壇的壁上紀錄著悲哀

養成「賢明的愚人」的悲哀喲

哦！母親

為甚麼有「大人」的恐怖威脅我

銀色的佩刀響著冰寒的亮聲

佩刀的閃光毫無鬼神的邪氣呀

我為甚麼害怕　害怕「大人」的腳步聲

陰天覆蓋著幼稚的心靈

黑雲懸掛在枝梢

不尋常的權勢禁止我們說母親的語言

哦！母親

用祖母的語言

灌溉我成長吧

有如山羊遽然眨眨眼

我底童年　在悲哀的一絲夢裡哭泣

我底童年　在泥土的山巔自由地跳躍

　　　　赤裸的腳跟自由地跳躍

　　　　向茶園　向曠野　奔跑在燙熱的小徑

　　　　擁在族人的懷抱裡　自然的恩惠裡

　　　　我底童年　在泥土的山巔自由地跳躍

　　　　用祖母的語言灌溉我呵　母親！

　　〈網〉是在尋找我底祖先的根源，〈在母親的腹中〉是在尋找我底命運的原始地的根源，而〈童年的詩〉是在尋找被禁止了的祖母的語言的根源。這三種根源，在日本殖民地的統治下，曾經都被切斷。我們知道，日本為了皇民化運動，不惜禁止漢文，禁止臺灣的學生說自己的語言，而這種不能說自己的語言的悲哀，還挾帶著一種恐怖的強制性的威脅，使桓夫不禁呼喊著：「用祖母的語言灌溉我呵　母親！」這是多麼沉痛的吶喊！以上三首桓夫的詩，都是沿著寫實主義的路子，還帶點象徵的意味，而在逆說與反諷的語氣中，表現了一種追求理想的性格。可以說，桓夫的詩，是對於歷史的一種批判。

　　由於在第二次世界大戰中，桓夫曾經被日本徵調為臺灣特別志願兵，在太平洋戰爭中，萬劫歸來，因此，他有許許多多的噩夢般的記憶；有些寫成了詩，有些寫成了非虛構的戰爭小說。

　　試以他的一首〈信鴿〉的詩為例：

　　　　埋設在南洋

　　　　我底死，我忘記帶回來

　　　　那裡有椰子樹繁茂的島嶼

　　　　蜿蜒的海濱，以及

　　　　海上，土人操櫓的獨木舟……

　　　　我瞞過土人的懷疑

　　　　穿過並列的椰子樹

深入蒼鬱的密林

終於把我底死隱藏在密林的一隅

於是

在第二次激烈的世界大戰中

我悠然地活著

雖然我任過重機鎗手

從這個島嶼轉戰到那個島嶼

沐浴過敵機十五糎的散彈

擔當過敵軍射擊的目標

聽過強敵動態的聲勢

但我仍未曾死去

因我底死早先隱藏在密林的一隅

一直到不義的軍閥投降

我回到了，祖國

我才想起

我底死，我忘記帶了回來

埋設在南洋島嶼的那唯一的我底死啊

我想總有一天，一定會像信鴿那樣

帶回一些南方的消息飛來——

　　我們知道，日本在太平洋戰爭中，除了陸地上的戰馬與軍犬以外，還訓練使用信鴿為空中的補助。在〈信鴿〉這首詩中，桓夫是借來成為一種象徵，事實上，他是尋找在太平洋戰爭中「我底死，我忘記帶了回來」。為什麼呢？說人是生死有命也罷，人的一生，該是從生到死的過程。然而，生要生得有意義，死要死得有價值，才是人生的真諦。桓夫在日本殖民地的統治下，做為一個臺灣特別志願兵，名為志願，實為矛盾語法。在太平洋戰爭中，他為何而戰呢？他不過是為日本不義的軍閥而戰，隨時可

以當一名砲灰而死，所以，這種死，是不值得的。因此，桓夫認爲當一個
臺灣特別志願兵的昨日之我已死，而當一個回到光明的臺灣的今日之我已
重生。所以，他說「埋設在南洋島嶼的那唯一的我底死啊」，該是意味著
昨日之我已死的象徵，而同時宣告了今日之我的復活！

　　試再舉他的一首〈野鹿〉的散文詩爲例：

　　野鹿的肩膀印有不可磨滅的小痣　和其他許多許多肩膀一樣　眼前相
　　思樹的花蕾遍地黃黃　黃黃的黃昏逐漸接近了　但那老頑固的夕陽想
　　再灼灼反射一次峰巒的青春　而玉山的山脈仍是那麼華麗嚴然　這已
　　不是暫時的橫臥　脆弱的野鹿抬頭仰望玉山　看看肩膀的小痣　小痣
　　的創傷裂開一朵豔紅的牡丹花了

　　血噴出來　以回憶的速度　讓野鹿領略了一切　由於結局逐漸垂下的
　　幔幕　獵人尖箭的威脅已淡薄

　　很快地　血色的晚霞布滿了遙遠的回憶　野鹿習性的諦念　品嚐著死
　　亡瞬前的靜寂　而追想就是永恆那麼一回事　嘿　那阿眉族的祖先
　　曾經擁有七個太陽　你想想七個太陽怎不燒壞了黃褐皮膚的愛情　誰
　　都在歎息多餘的權威貽害了慾望的豐收　於是阿眉族的祖宗們曾經組
　　隊打獵去了呢　徒險涉水打獵太陽去了呢──血又噴出來

　　豔紅而純潔的擴大了的牡丹花──　現在　只存一個太陽　現在　許
　　多意志　許多愛情　屬於荒野的冷漠　在冷漠的現實中　野鹿肩膀的
　　血絲不斷地流著　不斷地痙攣著　野鹿卻未曾想過咒罵的怨言　而創
　　口逐漸喪失疼痛　曾灼熱的光線　放射無盡煩惱的盛衰　那些盛衰的
　　故事已經遼遠

　　野鹿橫臥的崗上已是一片死寂和幽暗　美麗而廣潤的林野是永遠屬於
　　死了的　野鹿那麼想　那麼想著　那矇矓的瞳膜已映不著霸占山野的

　　那些猙獰的面孔了　映不著夥伴們互爭雌鹿的愛情了　哦！愛情　愛
情在歡樂的疲憊之後昏昏睡去　睡……去……

　　在〈野鹿〉這首詩中，桓夫所要表現的「是描寫一隻野鹿受過傷，於
臨終瞬前沉入回憶的安靜」。換句話說，是表現死前的刹那。而作者在太
平洋戰爭中所體驗的「死」前的刹那，跟「野鹿」「死」前的刹那，交織成
〈我怎樣寫〈野鹿〉這首詩〉的體驗。

　　桓夫在〈我怎樣寫〈野鹿〉這首詩〉中說：「第二次世界大戰中，我
被日本軍閥徵召出征到南洋帝汶山島去服役。帝汶山的人口稀疏，所住的
土人仍過著原始的生活。男女都裸著上半身當日本軍的苦工。日本軍詐騙
那些土人說：『日本是太陽國，你們若想反抗太陽，眼睛會瞎，所有的愛
會被燒焦得比你們的黑褐皮膚還黑。』腦筋簡單的土人們信以爲真，在近
代化的軍隊之裝備的牽制下，毫不敢謀反。但爲了役使他們，部隊發出命
令的各階長官太多了。土人們便慨歎地說：『那麼多太陽……』。而我，
在日本軍隊裡的一個不是日本人的我，深深了解土人們的苦衷。那些過多
權威的太陽，使我聯想了阿眉族神話裡的故事。」在這裡，作者和土人們
都嘗到了日本殖民地統治的經驗，也經歷了太平洋戰爭的經驗，桓夫把這
兩種經驗化成爲他的人生體驗。

　　桓夫又說：「當時帝汶山的日本軍已失去本國的支援。缺乏糧食，不
得不開始『現地自活』的方法，就地從事種植採取糧食。有些士兵被派進
入原始森林裡打獵。密林裡野鹿特別多，平均二、三天就有一隻野鹿被打
死，放置於部隊的廣場。那從肩膀流著血死去的野鹿，我看過很多。而覺
得同樣一個生命，人與野鹿的死有何差別？被一張召集令徵召來到戰地的
我的生命，又豈不是很脆弱的嗎？強與弱，豈只是立場的不同而已嗎？」

　　這首詩，「野鹿」有戰地與故鄉的雙重意象，同時也有野鹿與自己的
影子所形成的雙重意象，造成詩中的隱喻，來象徵生命的脆弱，以及死亡
的安寧。波蘭詩人米洛舒（Czeslaw Milosz）在〈獻辭〉一詩中說：

不能拯救世界或人民的

詩是什麼？

官方謊言的共謀，

喉頭將被割的酒鬼之歌，

大二女生的讀物。

——杜國清譯

　　我們的現代詩如何才能超越米洛舒所批判的這三點？桓夫的詩給了我們有力的註腳，證明我們的現代詩也隱藏了自我提升與自我批判的能耐。桓夫在《現代詩淺說》裡的〈詩的動機和主題〉中說：

　　很多有關社會性為主題的詩，不能使我們感動的原因，似乎在詩裡缺乏「愛」這一重要因素之故。我們要改善社會必須要為了「誰」，而非為了社會本身。我們指摘社會的罪惡一面，也並非為了社會，而必須為了「某個人」才對。為了「誰」和為了「某個人」，那「誰」或某個人，就是自己所愛的人。為了自己所愛的人，我們才有意思想改善社會。如果不為了所愛的人，詩人寫的詩便是無意義的空虛的東西。我們有家族有情人，但是在完整的意義來說，我們是不是真正地愛著自己的家人或情人呢。我們有無完全獲得人愛人的真正的能力？因為還沒有獲得真正愛的能力，詩人寫有關社會性的詩，便不能完全基於自己的經驗，才會吼叫著一些超出必要範圍的觀念的喊聲，露出無切實感的素材。有些人認為不如此露現有必要以上的觀念的叫喊或素材，詩便缺乏逼真和說服力。但是，不論你把觀念叫出多大的喊聲，詩的逼真力並不會增加。已經被人知曉的素材，不管你排出多少，如不能發現新的素材，說服力是絕不會增多的。有關政治性或社會性為主題的詩，也應該用更真實而強烈的愛的眼光來寫，才能寫出有效果的詩。

　　當我們從事現代詩的創作，如果探索著「怎麼寫？」的時候，這是一個詩的方法論的問題，我們在這個問題上，從所謂的現代主義，新古典主義，超現實主義到新即物主義，都在嘗試著方法的革新。然而，當我們探索著「寫什麼？」的時候，這該是一個詩的精神論的問題。在這方面，我們現代詩人的開拓還不夠深入與遼闊，值得我們進一步來加以努力。

　　詩人桓夫在詩的精神論上，以反抗現實的醜惡出發，但也基於愛的理念，給歷史的錯誤予以深刻的諷刺和批評。以殖民地統治和太平洋戰爭的體驗所創作的一些詩作為例，建立了詩人桓夫獨特的精神世界，創造了值得我們珍惜和回顧的現代詩的里程碑。

──選自《笠》第 111 期，1982 年 10 月

桓夫詩中的歷史意識和現實批判

◎鄭烱明[*]

前言

　　桓夫，本名陳武雄，另有一筆名陳千武，1922 年生於南投名間。18 歲開始以日文發表詩作於黃得時主編的《臺灣新民報》學藝欄，以後繼續在《臺灣新聞》、《臺灣藝術》等發表作品。1942 年 7 月進入臺北「臺灣特別志願兵訓練所」，接受訓練，1943 年 9 月被調至南洋，參加南太平洋戰爭。1946 年 7 月從新加坡返回臺灣。臺灣光復後，由於時代環境改變，詩人操作的語言發生重大變革，即使用的語文由日文改為中文，加上 1947 年發生的 228 事件，詩人因而停筆。

　　為了再度出發，能以中文寫作，桓夫於 1947 年開始研習中文，1958 年第一首中文詩發表於《公論報》「藍星週刊」，以後陸續在《現代詩》、《藍星》、《南北笛》等詩刊發表作品。1964 年 6 月與吳瀛濤、林亨泰、詹冰、錦連、白萩、趙天儀、杜國清、黃荷生等創辦《笠》詩刊。

　　經過近三十年持續不斷地創作，至目前為止，計出版詩集：《密林詩抄》（1963 年）、《不眠的眼》（1965 年）、《野鹿》（1969 年）、《剖伊詩稿》（1974 年）、《媽祖的纏足》（1974 年）、《安全島》（1982 年影印版，除選自上述詩集作品外，亦收錄相關評論；1986 年版為精選集）、日文詩集《媽祖の纏足》（1981 年）。詩評論《現代詩淺說》、翻譯《日本

---

*發表文章時為《文學界》雜誌發行人，現為財團法人文學臺灣基金會董事長、《文學臺灣》發行人。

現代詩選》（1965 年）、《現代詩的探求》（1969 年）、《田村隆一詩文集》（1974 年）等多種。

　　桓夫除了寫詩以外，也嘗試短篇小說的創作，主要的題材是以他參加第二次世界大戰南太平洋戰爭的經驗爲主，曾以〈獵女犯〉獲 1977 年吳濁流文學獎，1984 年結集出版《獵女犯》，副題爲「臺灣特別志願兵的回憶」。此外，值得一提的是，他也致力於中日韓的詩的交流，除了介紹臺灣的現代詩於日本、韓國的重要詩誌發表外，並主持了《華麗島詩集》（1970 年，日文）、《臺灣現代詩集》（1979 年，日文）及《亞洲現代詩集》的譯介工作，貢獻很大。

　　本文主要討論的是桓夫詩中的歷史意識和現實批判。

一

　　談到桓夫的詩，不能不談他對詩的看法。基本上，他詩的創作原動力，來自對現實的抵抗，所以他曾說：「詩是一種抵抗。」又說：「感受這種（指現實）醜惡壓力，而自覺某些反逆的精神，意圖拯救善良的意志與美，我就想寫詩。」另外，他認爲：「認識自我，探求人存在的意義，將現在的生命連續於未來，爲具備持久性的真、善、美而努力，就必須發揮知性的主觀精神，不斷地以新的觀念批判自己，並注重及淨化自然流露的情緒，但不惑溺於日常普遍性的感情，而追求高度的精神結晶。」從上面所揭示的詩觀，我們可以看出桓夫是一位非常有自覺的現實主義詩人。

　　他所謂的「抵抗」，不是「單指抵抗某種對象，像反殖民地政策啦，是對自身的一種內省」，「我個人認爲，抵抗的精神對現代詩是非常重要的素質。它來自理智、思考、知識」。[1]因此，葉笛認爲桓夫是「少數把握現代詩性格，而不斷以嚴肅的態度去創作的詩人之一」[2]。

　　綜觀桓夫的寫作歷程，依時間的前後，大約可分爲下列幾個時期：

---

[1]鄭烱明記錄，〈從現實的抵抗到社會的批判──桓夫訪問記〉，《笠》第 97 期（1980 年 6 月）。
[2]見葉笛，〈探索異數世界的人〉，《笠》第 24 期（1968 年 4 月）。

（一）日文寫作時期（1939～1943）

即從 1939 年 18 歲，發表〈夏夜的一刻〉於黃得時主編的《臺灣新民報》學藝欄開始，到 1943 年被徵調至南洋爲止。這時期的作品，桓夫曾以〈陳千武的工場詩及其他〉爲題，自譯發表在《笠》第 104 期。透過翻譯，我們讀到了詩人早期的作品。它的特色是帶有少年淳樸的情感，有著淡淡的哀愁，但不陷於情緒的告白。像〈冬的感觸〉一詩，是一首感覺細膩的抒情詩。當被調到南洋後，在不知何時會突然死去的情況下，自然沒有詩，不過這段戰爭的體驗，日後常出現在他的詩作和小說裡。

（二）重新出發時期（1958～1965）

經過 10 年的學習、準備，1958 年發表第一首中文詩後，繼續努力創作，並開始譯介日本現代詩選。《密林詩抄》和《不眠的眼》是這個時期出版的詩集。1964 年 6 月與詩友創辦《笠》詩刊，對他創作生涯有很大的影響，由於詩社同仁的互相切磋和研究，使他的詩更上一層。

《密林詩抄》是以對人生和自然的抒情爲主，《不眠的眼》則逐漸展露對歷史根源的思考、探索和批判。這時期的主要作品有〈雨中行〉、〈鼓手之歌〉、〈在母親的腹中〉、〈信鴿〉、〈咀嚼〉、〈蓮花〉、〈網〉等。

（三）創作旺盛時期（1966～1974）

這段時間是桓夫創作生命的一個高峰，《野鹿》、《剖伊詩稿》、《媽祖的纏足》均是這個時期的作品。在《野鹿》詩集中，開始出現以媽祖做爲對現實質疑的對象，進而在《媽祖的纏足》展開深刻有力的批判。這時期的重要詩作包括：〈野鹿〉、〈平安〉、〈給蚊子取個榮譽的名稱吧〉、〈部落〉、〈羨慕的形象〉、〈媽祖祭典〉、〈銅鑼〉、〈屋頂下〉等。

（四）溫和穩健時期（1975～1987）

《安全島》詩集是這時期的作品，重要的詩作有〈安全島〉、〈不必‧不必〉、〈高速公路〉、〈逆境〉、〈蜘蛛花紋〉、〈神在哪裡？〉

等。由於自 1976 年 10 月起擔任新成立的臺中市立文化中心主任，瑣事繁多，故創作減少。這時期的詩作對現實的凝視比較少採取強烈批判的姿態，但仍相當敏銳，對愛的詮釋也十分深刻。

二

桓夫在詩中所表現的歷史意識，由於詩人本身跨越兩個不同時代，參加過太平洋戰爭，所以表現的方式也有差異。桓夫雖然以日文詩作登上日據末期的文壇，但他真正的文學生命則是 1945 年臺灣光復後，經過近十年的重新學習中文，努力摸索，然後破繭而出才開始的。

〈鼓手之歌〉一詩，首度出現詩人對歷史的感觸。

> 時間。遴選我作一個鼓手
> 鼓面是用我的皮張的。
> 鼓的聲音很響亮
> 超越各種樂器的音響
>
> 鼓聲裡滲雜著我寂寞的心聲
> 波及遠處神秘的山峰而回響
> 於是收到回響的寂寞時
> 我不得不，又拼命地打鼓……
>
> 鼓是我痛愛的生命
> 我是寂寞的鼓手。

自喻為一個時代的鼓手，使桓夫日後的創作，不局限在個人情感的發洩，而將詩人敏銳的觸鬚，伸向過去、現在和未來遼闊的空間。而《不眠的眼》詩集，是透露受殖民地統治的反省和批判。50 年的壓迫統治並沒有讓詩人忘掉自己的歷史根源，相反的，以銳利的語言和詩想寫下詩句：

在母親的腹中

我底歷史早已開始蠕動

來自柔如山羊的眼睛

暖如深谷的

賦予泥土的命運

綁在網中

掙扎於斷臍的痛苦

我底歷史早已開始蠕動

哦，在母親的腹中

——〈在母親的腹中〉

哦，母親

用祖母的語言灌溉我成長吧

有如山羊遽然眨眨眼

我在童年　在悲哀的一絲夢裡哭泣

我在童年　在紅土的山巔自由地跳躍

——〈童年的詩〉

　　了解 300 年來臺灣的歷史，也必然了解「斷臍的痛苦」。二次大戰末期，做為殖民地的一員，參加南太平洋戰爭，使詩人體會到生命的存在、死亡、仇恨與愛的糾葛。桓夫自己這樣說：「戰爭的時候，今天要死或明天爬不起來，是無人能預料的，『睡時感到自己還活著，醒時感到自己沒有死去』，這種深刻的感覺一直到今天，有時會再無端地回想起，我覺得它仍存在於我底世界裡。」[3]也曾把這種感受表現在〈野鹿〉一詩中，「現實的苛刻與憧憬的美那鮮明的兩面」及「以生命的葛藤與大自然的對比，

---

[3]鄭烱明記錄，〈從現實的抵抗到社會的批判——桓夫訪問記〉，《笠》第 97 期（1980 年 6月）。

要強調生命的哀愁和貫串在其中一絲無可奈何的宿命」。[4]所以，當我們讀到桓夫在〈信鴿〉說：「我底死，我忘記帶了回來／埋設在南洋島嶼的那唯一的我底死啊／我想總有一天，一定會像信鴿那樣／帶回一些南方的消息飛來──」，便不會感到驚訝，爲什麼在戰爭中沒有死去，回到故鄉卻認爲「死」還在南洋的島嶼，總有一天會回來。沒有死的催迫，可說就沒有生的感覺，此處所謂的「死」，其實是附著在青年的「生之意志」。

　　那麼，臺灣光復後，詩人的歷史感如何？在日本統治時，說內地是「祖國日本」，而詩人的母親教他：「我們的祖先從唐山來，唐山才是我們的祖國。」，因此希望回到祖國，幾乎是當時臺灣民眾的願望，可是歷史告訴我們那是一個短暫的噩夢。「從此在我的心裡深處，完全失去了『祖國』。『祖國』是什麼？我生爲一個臺灣人，曾經當過 25 年的日本國民，日本卻不是我的『祖國』。……現在中華民國在臺灣，爲什麼做一個國民，還會望不到『祖國』？回憶自己的遭遇，我了解近幾年來，臺灣人知識分子所強調的臺灣『意識』，顯示臺灣意識早已放棄了『祖國』愛，不得不只一意懷念『故鄉』的哀愁感。」[5]桓夫在談及李敏勇的詩作〈鬱金香〉所引發的感觸，有它的軌跡可尋。儘管有人認爲歷史是荒謬的，可是誰能逃出它的陰影？

　　　　　…………

　　下顎骨接觸上顎骨，就離開。──不停地反覆著這種似乎優雅的動作
　　的他。喜歡吃臭豆腐，自誇賦有銳利的味覺和敏捷的咀嚼運動的他。

　　坐吃了五千年歷史和遺產的精華
　　坐吃了世界所有的動物，猶覺饕然的他。
　　在近代史上

---

[4]桓夫，〈我怎樣寫〈野鹿〉這首詩〉，《野鹿》（臺北：田園出版社，1969 年 12 月），頁 10。
[5]桓夫，〈從混沌的意識清醒──欣賞李敏勇的〈鬱金香〉〉，《文學界》第 21 期（1987 年 2月），頁 57～60。

　　竟吃起自己的散慢來了。

　　這首〈咀嚼〉，是桓夫對所謂的中國的悠久歷史文化提出強烈的批
判。自詡爲世界上最懂得吃的藝術的民族，其實有它長久鬱積下來的陰暗
病灶。而這個病灶一日不除，如何能提升它的文化水準。

　　桓夫詩中的歷史意識，是透過殖民地經驗、戰爭體驗以及根植於現實
的敏銳觀察，三者溶合而成，明確而不曖昧，這在同年代的臺灣詩人之中
是不多見的。

三

　　桓夫作品的另一個特色是對現實的批判。

　　1960 年代末期、1970 年代初期，臺灣的經濟雖然處於高度成長的狀
態，但在政治和文化箝制方面仍是相當閉鎖的，詩人不得不以「媽祖」這
個象徵做爲現實批判的對象。回顧 1960 年代的詩壇，正是現代主義、超現
實主義泛濫的時期，在那種重視極端個人情緒、玩弄文字技巧，以及「精
神不在家」的作品到處充斥的情況下，桓夫的一系列有關媽祖詩抄的出
現，有著不同尋常的意義。

　　「封建意識裡的形式，使這個社會的佛心，變成了化石。於是現代，
我們仍會看到很多人的生活觀念，依然固執在那毫無改進，只求形式的歌
仔戲的悲劇性，而未曾覺醒，造成了新舊觀念的很多矛盾。但大家都很少
去考慮它。若我們稍稍重視精神的生活，即應該有批判的眼光來思考，並
有所反省。這種反省成爲我寫這些詩篇的詩想之一。」「很多老年人霸占著
他們有權勢的位置不讓；好像那些位置是他們永生的寶座，患成社會發展
的致命傷。這種偶像性的權勢──媽祖婆纏足的彆扭情況，也就成爲我寫
詩的動機。」[6]上面這兩段話，充分透露桓夫寫媽祖詩抄的詩想背景。

---

[6]桓夫，〈後記〉，《媽祖的纏足》（臺中：笠詩刊社，1974 年 12 月），頁 161～163。

　　桓夫以媽祖為題材的作品，除了《媽祖的纏足》17 首外，尚有收在
《野鹿》第 3 輯的 7 首。筆者曾在〈桓夫詩中媽祖世界的探討〉[7]一文中指
出，桓夫詩中最早出現媽祖的地方是〈奇蹟〉這首詩，「赤裸的真實／觸
及豐盈的愛的核心／正如射進來的一道曙光……畢竟　在那兒／我發現了
媽祖的存在──」，在這裡，媽祖的存在象徵著真實與愛，有如一道曙光，
詩人並沒有將祂聯想成「纏足」或「霸占一個位置」，那麼為什麼後來媽
祖在詩中的象徵會改變呢？這是一個值得深思的問題。我們可以這樣解
釋，剛開始時，桓夫只是將女人與媽祖的意象重疊，然後抒發個人的感
受，可是後來卻將批判的現實予形象化，而媽祖長久霸占位置，只重視外
表不顧內在的彆扭狀態正符合詩人所要求的形象，於是，詩人最後以「媽
祖」展開強烈的批判。試看下列的詩句：

　　　媽祖啊　走出來吧　在另一個覺醒

　　　的世界備有新沙發的寶座

　　　把一千多年的纏足換一雙高跟鞋吧

　　　走起路來一樣會搖搖擺擺的

　　　　　　　　　　　　　　　　　　　　　──〈媽祖祭典〉

　　　媽祖喲

　　　是你，把密林裡新芽的氣息封鎖起來

　　　我們　慢慢地

　　　把古代的語言吞食

　　　聽見野狼在遠方的叫聲

　　　我們的純潔顫抖著

　　　　　　　　　　　　　　　　　　　　　──〈夢〉

[7]鄭烱明，〈桓夫詩中媽祖世界的探討〉，《笠》第 97 期（1980 年 6 月），頁 36～39。

敲打信仰媽祖的銅鑼

天空會轉晴嗎？

敲打銅鑼

招來災禍的天狗會逃掉嗎？

——〈銅鑼〉

〈屋頂下〉可能是桓夫媽祖系列詩中最具深度和銳利詩想的作品。

…………

從太陽的暴虐

從淹溺的殘忍性

我們逃避

我們進入屋頂下

可是　錯誤時常發生

從進入的屋頂下

我們永遠跑不出來

…………

我們相信

是屋頂

證實了我們的愛和誠實

然而　瘋狂的屋頂

使我們一再地痛苦

曾經有一次

我們更換了屋頂

可是屋頂還是同樣的屋頂

不夠溫暖

漏得更多

…………

要容忍下去嗎

在媽祖廟的屋頂下

避雨的人喲

　　表面上，媽祖廟的「屋頂」用最精彩的姿勢保佑著祂的信徒，可是事實那是一個「壓抑著自然躍動、阻礙語言萌芽、充滿懷疑和嫉妒」的屋頂。在此，我們必須注意「屋頂」所代表的隱喻，才能了解詩中所隱含的更深一層的意義，翻開歷史，臺灣歷代的統治者，不正如媽祖廟的屋頂的寫照嗎？

　　〈暗幕的形象〉（原題為〈影子〉），這首詩長達 275 行，負荷著詩人過多的憤怒，嚴格說來，詩的結構有它基本缺陷，就是只有橫的發展沒有縱的連繫，如此減弱了詩的氣勢和凝聚力，但詩中仍有令人心動的句子：

影子是房間　是標語

在誰也不在的房間

有人凝視著我們的房間

誰也不敢講話的房間

常在舉行成規儀式的房間

為怕死　就必須喊口號

為達成慾望　就必須強暴

把那些許多新的標語懸掛起來

…………

我們必須等待

從大地萌芽的死

等待一個死真正得到另一個死為止

除了以媽祖的象徵做爲批判的對象外，桓夫也常將「太陽」看成暴虐的形象，而出現詩中，像「從太陽的暴虐／從淹溺的殘忍性，我們逃避」（〈屋頂下〉）、「專制的太陽壓在頭上的時候／我底影子長不起來／影子好像是脆弱的自尊心」（〈影子〉），「我張開眼睛／乃是一粒被迸出了的種子／飛落於荒野／茫然　面對著太陽」（〈太陽〉）。這些都是詩人感受（現實）醜惡的壓力之後，自內心所抒發出來的感觸。

蒐集在「垃圾箱裡的意念」（《媽祖的纏足》第二輯）的作品，是對只顧追求物質享受，而不管精神文化建設的畸形社會的諷刺和批判。像〈歌仔戲〉一詩所指的：

> 女扮男裝以假眼淚洗臉
> 演唱愛情的變態
> 以情愁抹殺理智
> 以員外的長袖攪拌泥女的故事
> 活在今天的追憶
> 沒有明天的飛躍
> 永恆被黏在愚昧的瀝青裡

桓夫自《媽祖的纏足》之後的作品，對現實所採取的姿態，雖仍秉持過去所謂的「抵抗精神」，但語言和思考更見圓熟而豁達。

〈不必・不必〉和〈博愛座〉皆以老人乘車的題材寫成，但前者以「不必讓我位置，老並不值得尊敬，不必優待，我底終站馬上就會到達」的自然口吻，頗具反諷味道，〈博愛座〉則是一種人生的反省。

〈安全島〉一詩，最能說明桓夫近年來的心境。

> 在速度裏
> 互爭快慢的大小車輛

　　偶然會跳上島

　　惹出不可收拾的車禍

　　我們必須護衛

　　島的安全

　　爭先恐後的很多車輛

　　衝破大氣捲起暴風

　　摧殘了島上僅存的

　　綠葉變色了

　　我們必須養護

　　島的美景

　　我不是喜歡長久站在

　　安全島上看風景

　　但因川流不息的車輛

　　造成交通紊亂的淫晦

　　使我久久不敢下來

　　使我久久不想走開

　　以交通紊亂、人們不遵守規則，來影射當前的政治、社會狀態，最恰當不過。其實豈止政治、社會的失調，整個制度、文化價值觀念的不合理、倒錯現象，才是問題徵結。對於把臺灣寄望在「未曾看過的幸福」，正如寄望在一個虛幻而不確實的夢上，這點桓夫很清楚，所以他寫：

　　怎樣的意圖？

　　怎樣的智慧和未來的夢？

　　我只感覺沒有彩色的茅屋裏

　　封閉著閃閃的希望

　　我必須努力打開封閉著的窗

　　促進呼吸

　　讓希望延續下來

——〈我凝視隨風起伏的草〉

　　〈寫詩有什麼用〉這首百行詩，是詩人對社會存在種種弊病的無力感，但詩人不會就此退縮。桓夫曾以堅定的信心寫下：

　　我寫詩

　　主要的原因是神不在

　　自從我誕生　神就不在了

　　我要繼續把詩寫下去

　　沒有人相信也好

　　沒有人看詩也好

　　我要繼續把詩寫下去

　　因為我知道　我確實知道

　　神不在！

——〈神在哪裡？〉

　　詩人不是政治家，也不是社會改革者，詩人只是以語言來建構詩人獨特的世界，然後表現他對人生對時代的經驗而已，唯有打開無形的封閉著的窗，才能實現詩人真正的未來的夢。

結論

　　桓夫是所謂跨越語言一代的詩人之一，1945 年臺灣結束殖民地統治後，他沒有因語言轉換的問題而停止他的文學創作，在經過一段艱苦的學習後，終於再度出發。語言雖是詩人創作的主要工具，但重要的是詩想，

在經歷兩個不同的時代之後，使桓夫深深體會：「詩應該怎麼寫」固然重要，但「要寫什麼」對他而言更具意義。因此，綜觀桓夫的作品，他捨棄了華麗的詞藻，避免單獨的意象的羅列，而專注於如何將日常的語言賦予新的意義，透過「真摯性的詩想」，創造具有獨特風格的詩世界。

　　經過近三十年的努力，桓夫在詩中所展現的歷史意識和現實批判精神，已經為臺灣現代詩樹立了良好的典範，而且無疑地將成為未來臺灣文學傳統的一部分。

──1987 年 5 月 25 日於高雄

本文於 1987 年「臺灣文學研究會年會」上宣讀

──選自《笠》第 140 期，1987 年 8 月

論桓夫的「泛」政治詩

◎古添洪[*]

一、前言

　　遠在臺灣新文學始軔之際，文學界已孕育兩個至今仍在某意義上繼續存在的課題：即鄉土文學及臺灣話文學兩個問題[1]。這兩個問題之產生與當時臺灣之成爲日本殖民地而祖國大陸又長期未能給予臺灣救助這一事實相結合，而這兩個問題之延續至今則是由於臺灣光復以來某些不幸政治事件以及國府長期未能光復大陸及兩地隔絕有關。1970 年代臺灣文壇所興起的鄉土文學以及臺灣結、中國結等問題，實可向上溯源到這臺灣文學的早期。只是這些問題由於 1970 年代言論自由之提高而能得以公開及多面化的討論，而這些問題一直藏在《笠》詩人群詩歌的背後[2]，尤其是詩社裡跨越日語到中國語的一代。《笠》發起人之一的桓夫（陳千武）自述其念臺中一中時，即「時常嚴肅地思考人生與社會環境，以及被殖民的問題」[3]，而桓夫的詩歌莫不是臺灣這一塊鄉土的經驗，以及這鄉土向內向外所延伸的經驗：即殖民經驗、志願兵太平洋經驗、以及與這塊鄉土不可分的中國情結或原鄉情結，以及臺灣情結。就臺灣話文學這一問題而言，桓夫採取開闊的態度，用白話文來創作，而非刻意地用臺灣方言來做爲詩歌的媒介。

---

[*]發表文章時爲臺灣師範大學英語系副教授，現爲慈濟大學英美語文學系教授。
[1]參葉石濤，《臺灣文學史綱》（高雄：文學界雜誌社，1987 年），第 2 章第 2 節，頁 24～28。
[2]自 1937 年中日戰爭爆發，日本爲阻止臺灣與大陸的聯繫，在臺灣推行所謂皇民化運動，禁絕漢文，遂造成臺灣光復後語言隔絕的一代：他們幼讀日文，光復後又重新學習漢文。這跨越二種語言的詩人群，終於在 1964 年建立了他們的「笠」詩社。
[3]見陳千武，《獵女犯》（臺中：熱點文化公司，1984 年），頁 6。

在日據時期臺灣文學所孕育的與現實相結合的「反抗」傳統一直是桓夫詩歌裡與現實不可分離的那些詩篇的骨髓。桓夫之能繼承及發揚這個傳統，與桓夫在他底文學少年時代，有幸得識文藝聯盟老將張星建與左翼作家楊逵[4]，或不無關係。事實上，就在其文學的少年時代，就讀臺中一中五年級時（1940 年），桓夫曾策動全校學生反對日本皇民化運動的改姓名政策，遭到校方監禁的處分[5]。誠如德國小說家湯瑪斯・曼（1875～1955）所說：「在我們這個年代，人底命運以政治的詞彙演出」[6]。我決定把桓夫詩裡與政治現實若即若離的那些詩篇稱爲「泛」政治詩。

桓夫在《媽祖的纏足》（1974 年）的〈跋〉裡曾說：「我們生長在臺灣這個天然華麗的島嶼，因接受特異環境的影響，自然抱持著與教科書所授的觀念有所不同的想法，可以說是從鄉土愛出發的一種民族精神支配著我們，使我們無法融入只求形式的教訓」[7]。「教科書所授的觀念」（在日據時代，「皇民思想」即爲這統治階層所散播的意識形態的最典型的表達），使得桓夫不得不成爲一個「泛」異端主義者，而其詩歌不得不歸入文學底不可避免的「異端」性格中的左翼[8]。

在廣義的層面裡，處在「政治」敏感的社會裡，即桓夫含蓄地所言的「特異環境」，詩歌都不免帶有政治性。德希達（Derrida）的「解構主義」（"de-construction"），其解構之運作，往往注視從政治面滲透到各層面的語碼，即是把所有看來中性的東西政治化起來，指出其所受政治結構的決定，也即是其背後的政治含義[9]。解構思維在此歷史時空裡大放異彩，與本世紀「政治」無所不在這一事實恐息息相關，非謬然產生者也。

---

[4]見陳千武，《獵女犯》（臺中：熱點文化公司，1984 年），頁 5～6。
[5]同前註，頁 6。
[6]湯瑪斯・曼之語爲詩人葉慈（Yeats）所引，做爲其詩〈政治〉（"Politics"）之引言，本處即引自葉慈詩。見 W. B. Yeats, *Collected Poems*,（New York: Macmillan, 1956），p. 337.
[7]桓夫，《媽祖的纏足》（臺中：笠詩刊社，1974 年），頁 161～162。
[8]關於文學底異端性格的左右翼，請參拙著「詩學隨筆」中的〈文學的異端性格〉一則。「詩學隨筆」收入本人詩集《歸來》（臺北：國家出版社，1986 年）附錄內。
[9]Jonathan Culler, *On Deconstruction*,（New York: Conrnell U. Press, 1982），p. 156.

　　職是之故，「泛」政治詩這一個範疇之提出與討論，是適逢其時，具有時代意義的吧！泛政治詩不等同於屬於「走向文學」（"tendency literature"）的政治詩，它沒有直接的政治訴求，不像「走向文學」那麼對當時的政治環境作直接而具體的指涉，那麼對某些政治形態作訴求，更沒有「走向文學」那麼要帶引讀者朝向某個政治走向。泛政治詩毋寧是建立在更廣闊的土壤上，建立在人文的關切上，對政治產生了質詢。被我歸爲「泛」政治詩的桓夫的詩篇（非桓夫詩的全部）正符合我上述對「泛政治詩」的初步界定。桓夫詩底唯美、喻況、若即若離的品質，更無法使其走入「走向文學」的格局，而只能成爲「泛」政治詩。

　　至於桓夫與現代詩的淵源，根據最新的一份問卷，桓夫承認對「日本現代詩人西脇順三郎實踐的超現實主義、北園克衛提倡的現代主義、村野四郎實踐的新即物主義、北川冬彥實踐的新現實主義，均經過一段時期的熱狂予以涉獵」，並謂雖然對日本詩人實踐的新即物主義與現代主義感到興趣，但所追隨者實不限於一格，對現代詩所慣有的斷與連的手法及象徵等，均採用以發揮詩的機能[10]。換言之，就像同時期的大多數詩人一樣，桓夫在接受外來影響時，是採取「隨意取材」（"eclecticism"）的態度。值得注意的是，桓夫用中文從事詩創作之始即同時從事日文詩中譯的工作，處女詩集《密林詩抄》出版於 1963 年，而其譯著《日本現代詩選》出版於 1965 年（該詩集收兩三年內詩作而該譯集則收兩年內譯作）[11]，然而，當我們注意到桓夫此時乃首度在中文語言裡操練這一事實，其「譯筆」及任何「翻譯」本身所含攝的不可避免的「不馴服性」是否會影響著桓夫中文詩的語言，則頗是一個值得探討的問題。

　　俄國記號學者洛德曼（Lotman）指出，語言是首度規範系統，而文學則是二度規範系統，所謂規範系統者，即是把現實納入某種模式裡去認識它而這模式也同時規範著我們對現實的視覺。文學研究不應該放在文學作

---

[10]古添洪，〈現代詩裡「現代主義」問卷及分析〉，《文學界》第 24 期（1987 年），頁 86～87。
[11]《密林詩抄》及《日本現代詩選》之後記。

品裡說了什麼而應該研究這些內容是靠什麼表義系統（significative system）而得以表達[12]。這個記號學的研究視野對「泛」政治詩的探討也許特爲有意義。

　　「泛」政治詩往往是反當前意識形態的，而這「反意識形態」又往往不免逆反而自陷於另一意識形態的框框裡。我們當然期望「泛」政治詩能打破這個不幸的逆反循環。但當「泛」政治詩未能衝破這個惡性循環而顯得與意識形態相結合時，這惡性的逆反循環也並非是全然的，而是就不同的實際詩篇而有程度上的差異與超越。無論如何，「泛」政治詩的魅力在於它與政治指涉的若即若離既晦復顯的關係上。把詩篇打開而「陳示」其所賴的表義系統，一方面有助於使詩篇所涵的意識形態曝光而得以批判，一方面有助於詩篇底若即若離既晦復顯底品質的認知。當然，在當代記號學的精神指引下，筆者也不得不在這裡預先指出，這所謂表義系統的「陳示」，最終也不免是研究者的「建構」，不免負荷著研究者的主體性。雖然在下面的論述裡，重點放在詩篇所涵攝的表義系統上，但筆者也會不時作一些妥協，從「系統」穿梭到「作品裡說了什麼」這一個層面上，爲抽象的後設系統作具體的落實。

二、基型：雨中行

　　詩人每一詩篇都可以說加上了詩人底簽名，而詩人底個別的簽名，則各有差異，或清晰或模糊，或工整或草率，或完整或殘缺。從時間的順序軸來觀察，詩人第一本詩集可說已爲詩人的發展提出了預設。在其第一本詩集《密林詩抄》（1963 年）眾多的——有著作者「簽名」的作品裡，筆者認爲〈雨中行〉是最完美的「簽名」，可看作桓夫詩歌的「基型」。以後的作品在某意義上幾乎皆可看作是這「基型」的各個演化或更易：

---

[12]關於洛德曼的規範系統理論，請參古添洪，《記號詩學》（臺北：東大圖書公司，1984 年）第 5 章，頁 115～138。

一條蜘蛛絲　直下

二條蜘蛛絲　直下

三條蜘蛛絲　直下

千萬條蜘蛛絲　直下

　　　　包圍我於

——蜘蛛絲的檻中

被摔於地上的無數的蜘蛛

都來一個翻筋斗，表示一次反抗的姿勢

都以悲哀的斑紋，印在我的衣服和臉

我已沾染苦鬥的痕跡於一身

母親啊，我焦灼思家

思慕妳溫柔的手，拭去

纏繞我煩惱的雨絲——

　　我們暫時遵循自索緒爾（Saussure）以來所首肯的記號底二重安排（double articulation），並把「詩」這一記號系統分爲表達層及內容層，不進一步依詹姆斯尼夫（Hjelmslev）把這兩層面細分爲四次元，而直接討論此詩的表達層（即形式上的各種安排）及內容層所賴的表義系統。這首詩的「表達」層可說有三個次元的安排。一爲意象的安排，可看作是表達層上的主導，其中又可分爲三個次元來論：1.雨底物象（首節）；2.鑲在「喻況」框框的物象（二節的蜘蛛物象）；3.鑲在「願望」框框的物象（三節）。其二爲「形象詩」（"shaped verse"）的傾向，此見於首節的形象化的詩行排列以「模仿」雨象。其三爲「圖案美」的傾向，此見於首節的「形象」模擬以及「斑紋」、「印」等詞彙上。至於「內容」層的表義系統則由幾個次元安排所構成。最低的次元可稱爲內涵語碼層，由一些表達意義的語意單元（seme）所構成，即詩中「包圍」、「檻」、「苦鬥」、「悲哀」等詞

彙所構成的語意網。較高的次元是主賓的離合安排，也就是「蜘蛛」與說話人「我」的喻況安排。「我」與「蜘蛛」先離後合：「我」站在蜘蛛檻中凝視「蜘蛛」──翻筋斗，是主賓之離；當「蜘蛛」底悲哀的斑紋「印」在說話人「我」底衣臉上時，主賓合一，客體的「苦鬥」、「反抗」、「悲哀」這語意網遂為主體所沾染。最高的次元應是「現實」與「理想」的對立，對前者的捨棄，對後者的回歸。筆者把母親底溫柔的世界讀作是理想世界的一個旁喻，而這個旁喻也得以擴大而成為合乎人性的世界。深言之，這一個相對組尚涵攝「父性──殘酷──現實」與「母性──溫柔──理想」這一串聯做為其前提。

　　也許所有詩歌都有這「形式」與「內容」的二重安排情形，但這首做為桓夫詩「基型」的〈雨中行〉，一方傾向於唯「美」的表達，一方傾向於「濁」的內容，其二重對立特為凸顯。「濁」的「內容」融在「美」的「表達」上，可說是桓夫詩歌的特色。

　　上面從二重安排的角度把桓夫詩打開以後，我們能進一步討論什麼呢？說話人把雨絲喻況為一條條的蜘蛛絲，把雨點喻況為蜘蛛。這個喻況成立以後，以後所構成的整個意象以及進一步蜘蛛與說話人「我」的主賓喻況才有著落。然而，喻況的構成，如雅克慎（Jakobson）所言，得靠類同或毗鄰關係才能建立[13]。雨珠在地上飛濺被類同為翻筋斗尚可以，但蜘蛛落地的姿勢顯然不像翻筋斗，更遑論被看作「反抗」的姿勢了。然而，整個喻況又如此有感動力（最少就筆者而言），這是什麼緣故呢？原來上述本來突兀的類同關係，由於在「蜘蛛←→雨珠」這喻況的背後有一「蜘蛛←→人」的喻況在支撐，故「翻筋斗」、「反抗」等字眼，都有了著落。然而，「蜘蛛←→人」的喻況，是經由兩者的接觸，是經由毗鄰關係──經由蜘蛛的斑紋「印」在說話人的衣和臉上而構成。假如我們可以用「即物主義」這個術語來討論桓夫詩的話，桓夫的「即物主義」是經由一個周遭的

---

[13]關於雅克慎的喻況二軸理論，請參古添洪，《記號詩學》（臺北：東大圖書公司，1984年）第4章第2節，頁83～97。

物象（雨中行）開始，透過一個「喻況」設計，以「主賓相喻」做爲中介而達到詩人底主體性的表達。換言之，桓夫的「即物主義」，其興趣不在物象本身，而是在使這個物象轉化爲「喻象」的詩人底主體性上，而這個始朝的「物象」與中介的「喻象」爲其詩帶來了美感。

　　然而，〈雨中行〉並未涵攝什麼社會現實，而只是「現實」的一個抽象層面。詩中的物象（雨景）與喻象（蜘蛛）並不涵攝什麼現實；而這「反抗——苦鬥——悲哀——願望」也構成不了一個具體的「論說」（"discourse"），最多僅僅是一個「論說」的抽象體。無論如何，〈雨中行〉所反映出來的抽象傾向以及與政治母題的若即若離，相當地支配著桓夫以後的「泛」政治詩，雖然其後的詩在社會指涉及論說的建構上有時有所增強。

三、原鄉結：不眠的眼

　　〈雨中行〉所表達的「反抗——搏鬥——悲哀——人性的回歸」終於在其第二本詩集《不眠的眼》裡（1965 年）裡獲得進一步的落實。由於殖民地的經驗，也由於光復以來的一些不幸事件，桓夫的出發是由回顧與反省開始；以《不眠的眼》領頭的第二輯就是這個方向的成果。

　　〈童年的詩〉是寫殖民經驗的詩：

　　　　我底童年上「公學校」的書袋裡

　　　　裝滿著教我做「賢明的愚人」的書籍

　　　　我們朗誦「伊、勒、哈」

　　　　合唱「君が代」的國歌

　　　　禁止說母親的語言。違反的紀錄

　　　　被貼在教壇的壁上　　記錄著悲哀

　　　　養成「賢明的愚人」的悲哀喲

　　　　哦！母親

為什麼有「大人」的恐怖威脅我

銀色的佩刀響著冰寒的亮聲

佩刀的閃光毫無鬼神的邪氣呀

我為什麼要害怕　害怕「大人」的腳步聲

陰天覆蓋著幼稚的心靈

黑雲懸掛在枝梢

不尋常的權勢禁止我們說母親的語言

——〈童年的詩〉二、三節

　　這首詩並沒有繼承〈雨中行〉的美學傾向，但詩中控訴日本帝國主義的禁絕臺灣人的母語以及要培養臺灣人作「賢明的愚人」，毋寧是擊中了殖民主義的本質。日據以來臺灣文學所蘊含的「原鄉」母題成為《不眠的眼》二輯的主要骨幹：

三百年前，我底祖先

孕育民族精神，渡過海

海的對岸，八卦山脈伸向南方

於南方的紅土山巔

移植花，植移智慧，移植許多種子

——栽培我們綠色的命運

啊！命運的花一瓣瓣

綻放著不甚透明的悲哀

如奴隸，被綁在網中

被吊在傳統的蜘蛛絲

繫吊的蜘蛛似種子、你我、傀儡

——絲織繽紛的世網

——〈網〉末兩節

　　詩人對「原鄉」的感受是兩面的：從原鄉裡移來智慧是正面的，但同時又背負著原鄉的傳統的包袱。從歷史的角度而言，這原鄉的負面涵攝著甲午戰爭後臺灣之被割據以及後來因著原鄉的關係而帶來的不自主性。這真是不透明的悲哀啊！不過，這是歷史上的不幸，詩人強調的，毋寧是我們是原鄉的種子，這種無可代替、超越政治事件的血緣關係。詩人向蒼天禱告說：「肉眼看不見的，╱較有名無名的廟宇的鬼神更是正統的，╱連連綿綿，終於，造成我這後代的，╱我底祖先！╱啊，庇佑祢這聰明的子孫吧！」（〈禱告〉）。「聰明」二字是不免帶有反諷況味的吧！司馬遷說：「人窮則呼天」（《史記》伯夷列傳）；禱告後面所包攝的悲哀與無助是可想見的。〈網〉詩中的「蜘蛛似種子，你我，傀儡」是〈雨中行〉中「主賓先離後合」底表義架構的一個變體，前者是用「毗鄰」的關係（〈印〉）把主賓連接，而這裡則暗用「類同」關係，並把做為讀者的「你」納入這個離合體系中。詩人終於直說：你我都陷入同一命運；這一手法與艾略特（T. S. Eliot）在〈荒原〉（"Wasteland"）裡所突然插入的「你，虛偽的讀者，我的同類，我的兄弟」（行 76）同趣。〈禱告〉詩中的尋求祖先的保佑與〈雨中行〉中的尋求母親的安慰，也是同一表義架構的運作。

　　輯中的另一骨幹就是被壓迫者的心情以及隨之而來的批判精神。這批判並非來自正面的指責，而往往是經由一個辯證式的「逆反」。這正是桓夫獨特之處：

　　　爭氣嗎，不，你原是善良的種仔
　　　侮辱嗎，不，你是溫雅的花朵
　　　你知道，蠻橫的是越過牆籬的藤蔓
　　　沒有愛種子不會發芽呵

　　　　　　　　　　　　　　　　　　──〈焦土上〉

動歪腦筋的那些壞蛋逞威風說：是在統馭著我
但這就是統馭嗎？
不，我是
循著宇宙的軌道行走，正在感化他們的呢

——〈火〉

好罷！那麼
我就從你眼前消逝　到宇宙
的另一端探險去
——起初我浮現在空中
然後　加速地下沉
沉淪——沉淪
哦哦！——那是誰在沉淪哪……

——〈沉淪〉

　　可貴的是，這「逆反」的盡頭是恕道精神。就桓夫詩的發展而言，這辯證式的逆反可說是〈雨中行〉從殘酷的現實逆反於溫柔世界的一個強勢的形式，而就精神而言，這恕道精神終於為「反抗——苦鬥——悲哀」尋出一個出路。〈雨中行〉所表達的唯美傾向在《不眠的眼》裡繼續發揮：

那些　肩膀和背脊和腰
以及那些裙裾都印上
了編排得不規則　的
無數隻不眠的眼　不
眠的眼圍繞著微妙的
線條　圍繞著神祕的夜

——〈不眠的眼〉二節

網搖晃，咱們就搖晃

網破碎，咱們就修築

花在網中，網在花中

花鮮紅，花誘惑

被誘成多角型的網喲

世界後此動亂，人間從此搔擾

——〈網〉二節

在臉之花上，在花之臉上

一個臉笑著，搓揉著手

在風中頻頻叩頭的蒲公英啊

蒲公英笑著，搓搓著手

——〈焦土上〉四節

　　例一、例二都有圖案美的傾向，這可看作是〈雨中行〉首節「形象詩」傾向的內化版本。例一中的視覺逆反產生了某程度的超世實的況味。例二中「花」底意象由於其象徵義的相當挖空（我們沒法確認花的象徵義，無法理性地解釋它與網的關係），其唯美傾向特別凸顯。當然，如果把「網」比作「花」，花網合一，其唯美傾向仍相當凸顯。第三例的唯美傾向也許主要見於花與臉、蒲公英與人的合一上。如果我們要進一步解構這些意象而找出它們的表義結構，則有三點可言。其一，是密度高。這個密度高是來自意象中各局部的重覆性與毗鄰性（毗鄰性在例一例三裡最高：前者是肩背腰裙裾眼，後者是臉手頭）。其二，喻旨層與喻依層同時展開。例二中「網」的層面與「花」的層面同時進行，例三中「人」的層面與「蒲公英」的層面同時進行。例一沒有喻依喻旨兩個層面，但卻有兩個觀察點的層面：即肩膀、背脊、腰、裙裾做為客體（被印上無數不眠的眼）的層面，以及這不眠的眼做為主體（「不眠的眼圍繞著微妙的線條」）的層面。

其三：客觀的描寫手法。詩人站在客觀的角度，讓喻旨及喻依二層面依著它們本身所擁有的客觀性如實地描繪出來。這麼的一個客觀性當然會造成前面所說的毗鄰性高了。新即物主義即是新客觀主義，雖然「客觀」一詞含義很豐富，但上述所提到的客觀性應是其含義之一。

　　上引諸詩節中，唯美的意象並未貫通全詩，但並非僅是詩中的局部而淪爲修辭的地位，而是在詩中占有相當主導性。能含攝一個意念（idea）甚或一個論辯（argument），而這意念或論辯能有相當形象化的表出而又能貫穿全詩的例子，也許要算是〈午前一刻的觸感〉與〈咀嚼〉了：

> ──我的地球
> 〈最新世界地圖〉
> 畫在我肥嫩的背脊
> 以極美麗的顏色
> 我背著──
> 我的地球
> （中略）
> 伸手欲搔癢
> 伸右手或左手──繞於背後
> 〈哎！我的背後在發癢〉
> 我欲搔痛癢的地方
> 由一個國家
> 輪次一個國家……（後略）
>
> 　　　　　　　　　　　　　　　　──〈午前一刻的觸感〉

下顎骨接觸上顎骨，就離開。把這種動作悠然不停地反覆。反覆。牙齒和牙齒之間挾著糜爛的食物。（這叫做咀嚼）

（中略）

下顎骨接觸上顎骨，就離開。──不停地反覆著這種似乎優雅的動作

的他。喜歡吃臭豆腐，自誇賦有銳利的味覺和敏捷的咀嚼運動的他。

坐吃了五千年歷史和遺產的精華。

坐吃了世界所有的動物，猶覺饕然的他。

在近代史上

竟吃起自己的散慢來了。

　　　　　　　　　　　　　　　　　　　　　　──〈咀嚼〉

　　〈午前一刻的觸感〉帶有一點超現實的傾向，其意念建立在「癢」
上，把繫人深處的鄉土或原鄉（詩中未明白的說出）比作最癢的地方：「我
苦心──費盡苦心的／搔抓！／搔抓最壞／最壞的地方／決心得到絕對的
痛快」。為什麼這鄉土，這原鄉是最癢的地方？一切盡在不言中，一切盡在
不可言說的臺灣結、中國結的鬱結裡。桓夫此詩的標題與及超現實本質與
他所譯北川冬彥的『夜半覺醒與桌子的位置』相近：「身似乘在溪流上／意
識竟無止盡地流著流著／為要安定意識／就必須把桌子放置與溪流成直角
／以之抵抗」[14]。〈咀嚼〉一詩是對中國「咀嚼」文化的反省，並順著這個
意念而諷刺現代中國人坐吃五千年文化。從殖民經濟到原鄉母題到對中國
傳統文化的反省應是順理成章。〈咀嚼〉詩中「意念」與「主題」的關係不
是「類同」的喻況關係而是「毗鄰」的喻況關係。

　　〈童年的詩〉及〈信鴿〉（後者寫桓夫本身以日本志願兵的身分被派往
太平洋作戰；所謂志願兵並非真正志願，這類詞彙只是殖民地政府對語意
世界閹割的一貫技倆罷了）乃是確實地回到桓夫所處殖民地時期的原點，
表現對日本殖民主義的反抗及對原鄉的情結。輯中其他的詩所含攝的被壓
迫感、臺灣結與中國結的複合，其心裡原點是否必然全然屬於殖民時期，
很難確認。也許是殖民經驗的原點與光復後的現實經驗複合的鬱結吧！這

---

[14]桓夫譯，《日本現代詩選》（臺中：笠詩刊社，1965 年），頁 23。

個複合使詩中的時間游移及延長，使整個詩輯耐讀而豐富。

四、泛政治象徵：媽祖的纏足

《野鹿》（1969 年）是本過渡性小詩集。就「泛」政治詩層面而言，它一方面繼承桓夫的太平洋戰爭經驗，一方面開發「媽祖」這個母題。但「政治」鬱結大大削減，而「媽祖」僅是封建、迷信的象徵，沒有政治指涉。一直到《媽祖的纏足》（1974 年），桓夫的「泛」政治詩才達到高潮。

從《不眠的眼》開始，桓夫的「泛」政治詩與其對文化的關切不可分割，《媽祖的纏足》裡更是如此，而文化關切的層面落實在臺灣的鄉土上。桓夫在《媽祖的纏足》的〈後記〉裡寫道：「封建意識裡的形式，使這個社會的佛心，變成了化石」。誠然，在命名為《佛心化石》的第一輯裡，10首都是寫臺灣鄉土在這個特殊環境裡文化的墮落，即使顯然帶有「泛」政治詩色彩的前三首，仍可置入文化墮落的大範疇裡。因為政治的橫蠻也未嘗不是文化墮落的一個表徵。三首詩用同一隱喻的方法，著眼於臺灣在歸屬上的滄桑，把政治母題表出來（其政治母題更經由詩的副題明白標出）：

> 萌第一支新芽
>
>   把它吃掉
> 萌第二支新芽
>
>   把它吃掉
> 萌第三支新芽
>
>   把它吃掉
>
> ──〈不知恨〉三節前半
>
> 母親！妳在哪兒？
>
>   第一個繼母打了我
> 母親！妳在哪兒？

　　　　第二個繼母打了我

　　母親！妳在哪兒？

　　　　有沒有第三個繼母？

　　　　　　　　　　　　　　　　　　——〈怎麼辦〉二節

　　第一個驛站我在管

　　餘暉灼然！

　　第二個驛站我來管

　　他媽的　誰敢罵我

　　第三個讓你管

　　餘暉灼然！

　　　　　　　　　　　　　　　　　　——〈是我的〉二節

　　然而，最成熟而最繁富的「泛」政治詩當推以《媽祖的纏足》命名的第二輯了。桓夫的〈後記〉裡說道：「老年人雖不認老，但那種古老得像媽祖婆纏足的狀態，十分頑固地絆纏著這個社會，使這個社會失去了新活力的氣息，卻成事實。很多老年人霸占著他們有權勢的位置不讓；好像那些位置是他們永生的寶座，患成社會發展的致命傷。這種偶像性的權勢——媽祖纏足的彆扭情況，也就成為我寫詩的動機」。誠然，文化關切可說是桓夫「泛」政治詩的骨髓，使到他的詩不易淪為意識形態的喧嘩。

　　《媽祖的纏足》這輯詩應看作是一完整的詩組，它的價值才能獲得充分的體認，它的繁富才能充分被掌握。做為一個詩組，它的衍義中心是置於「媽祖」這一個超級記號上，藉此組內各詩纔能合為一體。然而，就組內個別詩篇而言，「媽祖」有時處於中心位置，有時處於旁涉位置，有時甚至缺席。唯一媽祖缺席的詩篇乃是〈舞龍陣〉；媽祖不在詩篇內，但所述舞龍顯然是媽祖祭典的一個項目，而媽祖遂在詩篇外成為此詩的衍義中心。

當「媽祖」居於中心位置時，詩篇的意義是從「媽祖」衍生出來的，如〈屋頂下〉中由媽祖廟的屋頂而衍生出來的政治的屋頂，如〈恕我冒昧〉中以媽祖的纏足而衍生出來的文化層面的纏足以及媽祖讓位給年輕姑娘的文化及政治層面的象徵意義。有時，「媽祖」雖然是詩中的衍義中心，它的中心位置卻爲詩組中所創造的神祕人物「黑影子」所取代。這「取代」情形在出現「黑影子」的四首詩裡無一例外。

在〈信仰〉及〈迷〉二詩中；詩中的說話人是以「黑影子」做爲說話對象，直呼其名；換言之，黑影子成爲了詩中的受話人：

> 不要揮起媽祖
>
> 威嚇我，黑黑的影子
>
> 你的信仰
>
> 只不過是遼闊的沙漠裡的
>
> 一把砂塵
>
> 　　　　　　　　　　　　　　　　　　　　——〈信仰〉

> 黑影子呀！你知道嗎？
>
> 不要靠近我——
>
> 搖醒你那睡在媽祖的金衣裳裡的靈魂吧
>
> 　　　　　　　　　　　　　　　　　　　　——〈迷〉

在〈詛咒〉及〈泡沫〉二詩中，黑影子雖非以受話人的身分出現，但都扮演著決定性的角色，而在〈詛咒〉中，媽祖更淪爲以「像」字做爲領頜的旁涉的地位：

> 信仰媽祖是幸福的
>
> 偶爾有幸福接近我們
>
> 那瞬間　黑影子

就躍出來遮擋了

——〈泡沫〉

詛咒是

那黑影子下圈套的圖釘

刺傷了我的腳掌

血湧出來

我把它拔出

扔在沒人經過的深坑

（中略一節）

容易發起脾氣來

像媽祖那樣緘默無言

無言地只在等待

等待圖釘生鏽而腐蝕！

——〈詛咒〉

　　同樣以喻況詞「像」字做為領頷而對「媽祖」作指涉的例子，除〈詛咒〉外尙出現於〈死的位置〉（「或者　性火所燃燒過的女人／是不是像媽祖那樣／臉上毫無表情地緘默著呢？」）、〈花〉（「即使在洪水的激流中／我們也像媽祖般坐著禪凝視自己」）及〈隱身術〉（「沒有愛，沒有恨／像完全歸依媽祖那麼／用安全的反抗」）。前三個例子的喻況都指向媽祖的同一性格：緘默、無言、坐禪凝視自己。

　　引起我興趣的是，這個喻況框框（「像」）在表義過程裡的特殊性。我們可以說在這三詩例裡，媽祖喻況完全是修飾性的，去掉也不影響其喻旨「緘默」，其出現只是因爲這一詩組既爲「媽祖的纏足」，故說話人硬把「媽祖」從外加上去。但如果我們不願意這樣輕易地放過「媽祖」這一個喻依，不放過這一個喻依所擁有的品質在詩中表義過程所扮演的角色及其

散發出來的意義，那我們就得爲這個表義過程加以建構。

首先，這個「媽祖」的緘默與說話人敢怒不敢言的緘默、與女人爲性火可燃燒過後可能有的緘默，都不一致。那麼，這兩者的喻況基礎建立在哪裡呢？原來，「媽祖」在全詩組裡已成爲一個象徵，而媽祖的「緘默」，毋寧是帶有反諷的況味：媽祖緘默無言，無能爲我們消災，雖貴爲媽祖，不過是緘默的神像而已。喻況的基礎，正在這「反諷」的況味上。做爲敢怒而不敢言的我，做爲爲性火所燃燒過的沉默的女人，做爲患了不動員症坐禪的我們，就猶如媽祖一樣，他們都是從說話人「反諷」的觀點裡來陳述。因此，這喻況的建立不在毗鄰，不在表面的類同，而在於說話人對於這喻況的兩面（喻依與喻旨）共有的「反諷」的態度上。在第四例裡，也就是在〈隱身術〉裡，情形也是一樣：「完全歸依媽祖」是以反諷的口吻道出的；完全歸依媽祖就失去了做人的尊嚴。詩中更進一步稱此爲「安全的反抗」，稱之爲把正身隱藏的「隱身術」，在表義上更旋進了兩個階梯。（〈漩渦〉中也出現以「像」喻況詞帶引的插句：「像媽祖祭典裡氾濫的香燻」。但這插句並非如前四例處於旁涉地位，蓋詩中歷史所浮游的虛僞的殘滓與媽祖祭典氾濫的香燻已構成詩中兩個喻況的主體，細節地被描寫，這喻況插句只是明白地把兩者合一的喻況關係表出而已。）

「媽祖」的象徵含義豐富而不穩定，其所賴的表義過程也甚爲複雜。使到整個媽祖象徵及其表義行爲複雜化的，是詩人在其中又創造了另一個神祕的象徵——黑影子。

媽祖與黑影子的關係也是豐富而不穩定，在前面所徵引的黑影子出現的四個例子裡已約略可以看到。我一直用「不穩定」這個詞彙，事實上，這不穩定實亦可以「辯證」關係來形容。現在，我們徵引《媽祖的纏足》輯中的第一首（〈信仰〉）全詩如下，並圖解媽祖與黑影子的關係，以及這媽祖象徵在表義過程的各種辯證以及所牽動的文化網，以做爲對這媽祖象徵底表義過程的初步描述：

不要揮起媽祖

威嚇我，黑黑的影子

你的信仰

只不過是遼闊的沙漠裡的

一把砂塵

當綠色的風微微吹來

以愛

吹撫我的鼻尖

你就　因私慾而嫉妒而發瘋

像乩童那麼

神在

神在心的深處呼喊我

說、無邪——

這首詩的表義架構可描繪如下：

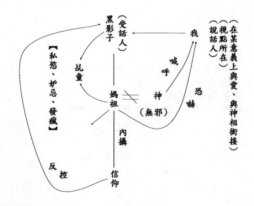

　　貫通這個示意圖的思維模式可以說是二元對立及辯證。主要辯證是來
自黑影子與媽祖的關係。媽祖可以說是為黑影子所假借或創造，媽祖相當

程度地被挖空而淪爲偶像或傀儡的地位。但經過一個辯證的逆反程序，被假借的媽祖卻衍生爲信仰，倒過來控御了黑影子。整個辯證過程可說是黑影子的作繭自縛。第二個同樣重要但處於不同層次的辯證，是建立在受話人（黑影子）與說話人（我）的二元對立上。整首詩是一個話語，是一個說話人「我」給予受話人黑影子的話語，已如前述；整個視點是以說話人「我」爲出發點。媽祖之被假借與創造在某一意義上而言，可說是爲說話人「我」而設的，因爲從說話人「我」的角度而言，黑影子是透過媽祖恐嚇他。「黑影子」與「我」之間的完整的辯證，則是一方的「愛」引起另一方的「嫉妒」與「發瘋」。在這一個辯證互動裡，黑影子變形並貶降爲乩童。乩童恰恰可爲媽祖所衍生；於是，這一個辯證與前一個辯證便可以連接起來。同時，表義系統裡尙含攝一個小小的但頂重要的二元對立，也就是媽祖做爲「偶像」與「神」的對立：神是無邪的。由於「神」在說話人「我」心底深處呼喊著他，於是這一個二元對立又得與整個表義系統連接而成爲其中的一個有機組成。

　　上述〈信仰〉一詩所含攝的表義系統建立以後，詩組內相當地以「媽祖」做爲中心的詩篇，輕而易舉地就可以插進這個像電源插座般的「媽祖」而連接起來：

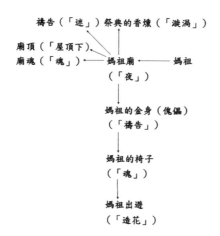

　　其他遠離媽祖中心的詩仍可以同樣的方式和媽祖這個插座連接起來，但不妨以特別標記標出，以表示這些詩篇之乖離「媽祖」這個中心。

　　就《媽祖的纏足》這一個詩組的語意世界而言，對媽祖所衍生、含攝的各種象徵及其負面含義，則有虛偽、渾濁、利己、妄想、蠻橫、妒忌、下圈套、陰謀、利慾、神經過敏、懷疑、偷懶、殺忍、惰性、權力、方便、傲慢、疲憊、纏足等。就說話人「我」所代表的一方而言，則有愛、無邪、發脾氣、沉默、容忍、等待、安全的反抗、膽怯、懦弱等等；同時，除了前三者外，說話人對自己的這種態度多少帶有反諷的口吻道出。

　　這個語意世界相當抽象，也可說是相當文化性的、道德性的。就是在這一個文化、道德的語意世界上，「泛」政治母題建立了起來。媽祖及黑影子這兩個角色及象徵雖可以在文化、道德層面上作詮釋，但更容易引起在政治母題上作詮釋。這一個政治詮釋的傾向在詩組內的某些詩節及字裡行間特別得到支持與落實！

　　　　為了逃避妳那無意義的災禍

　　　　沒有愛　沒有恨

　　　　用完全歸依媽祖那麼

　　　　用安全的反抗……

　　　　把正身隱藏了的我們

　　　　是不是由於膽怯？

　　　　是不是由於懦弱？

　　　　　　　　　　　　　　　　　　　──〈隱身術〉

　　　　沒有誇耀正氣那種靈魂

　　　　也無所謂的自由的椅子

　　　　有權力的，頭目的權力

　　　　能夠任你胡作非為的

方便的椅子

拔掉美的語言的心軸

僅是鑲金的椅子

有權力的，頭目的權力

面向媽祖，一張有權力的椅子

——〈魂〉

我們相信

是屋頂

證實了我們的愛和誠實

然而　瘋狂的屋頂

使我們一再地痛苦

曾有一次

我們更換了屋頂

可是屋頂還是同樣的屋頂

不夠溫暖

漏得更多

我們的惰性更為增強

到底還不是一樣的屋頂

要容忍下去嗎

在媽祖的屋頂下

避雨的人喲

——〈屋頂下〉

不！不過

誰也不該永久霸占一個位置

如果　我說錯了話

　　請原諒
　　廟宇管理委員會的
　　老先生們！

——〈恕我冒昧〉

　　由於某些語彙在上下文裡產生某種齟齬，乖離了其所處的論述範疇的語意層面，引人把他們置入他種論述範疇裡作詮釋。隱藏正身，安全反抗、胡作胡爲的頭目的椅子、權力的椅子、方便的椅子、屋頂的容忍與更換、媽祖長久霸占一個位置等等，都乖離了媽祖原擁有的文化的、宗教的論述範疇，而朝向「泛」政治的層面走去。

五、終結：蜘蛛花紋

　　收在其自選集《安全島》（1986 年）裡後於《媽祖的纏足》的泛政治作品，重覆了某些前已在其泛政治詩裡建立起來的意象與概念，如雨檻（〈窗〉）、屋頂（〈屋頂〉）、幸福（〈幸福〉）、神像與乩童（〈神在哪裡？〉）等。除了「幸福」有特殊的發展外，其他並沒有什麼推進，只是有時在現實指涉上局部地更爲直接。總體而言，談不上什麼發展；倒是出人意外地，其中的〈蜘蛛花紋〉，幾可看作其「泛」政治詩的終結。

　　在桓夫「泛」政治詩發展上，值得注意的是在「論說」的一個層次上，在兩三首詩裡獲得了一些進展。政治母題已不再停留在〈雨中行〉的「苦鬥——悲哀——願望」的模式，不再停留在《不眠的眼》的控訴及原鄉結上，不再停留在《媽祖的纏足》兩極的語意世界及內攝的勸誡模式上，而可說在政治層面上已含有「論說」的雛形：

　　初一十五
　　必須跟著阿媽虔誠地拜祖公
　　祈求平安　平安之外

我還要有更多的朋友

因為朋友比「傳統」好

將來我長大　有朋友

能獨立　不結婚

爸　　媽　你們沒有孫子抱

就知道　傳統該怎麼傳啦

──〈初一十五〉末節

少年開始焦慮了

左思右想　想不出趕走小蜘蛛的妙法

只望著窗外一片綠地　綠地！

對啦　搬到天然的綠地去

把房間的窗門封閉起來

再來一次油漆　裝潢　濃濃地

把大母蛛連小蜘蛛用油漆黏起來做花紋

刷新房間　一定很漂亮

黏上一隻大母蛛和數千小蜘蛛散亂的花紋

一定很漂亮──漂亮的歷史

於是　少年高興地　含著微笑

拍手　又拍手

──〈蜘蛛花紋〉末節

　　如果〈雨中行〉表達的是「願望式」的逆反，這裡則是「嘲弄式」的逆反。引詩中所涵政治層面上的「論說」已漸成形，而這「論說」顯然與這十年來某些新生代的政治觀點較接近。但我們得注意，這些「論說」是以「嘲弄式」的姿態出現，前提是如果如此繼續下去，就會做成如此可嘲弄的結局；換言之，詩中的政治「論說」並非是訴求式的，非是要朝這個

方向走去；故終極而言，仍可看作內攝一勸誡模式，如《媽祖的纏足》。

　　〈蜘蛛花紋〉一詩可說是桓夫〈雨中行〉基型的再現，也可說是其「泛」政治詩的一個終結。「蜘蛛」母題出現在〈雨中行〉，出現在《不眠的眼》詩輯，但現在的意義卻完全不同。「花紋」母題出現在《不眠的眼》詩輯，是自〈雨中行〉基型以來的圖案式的唯美追求。這一個圖案式的唯美追求在〈蜘蛛花紋〉裡達到極致，新即物主義的客觀描述發揮了高度的功能。這即物的客觀描述——「把房間的窗門封閉起來／再來一次油漆裝潢濃濃地／把大母蛛連小蜘蛛用油漆黏起來做花紋／刷新房間／一定很漂亮／黏上一隻大母蛛和數千小蜘蛛散亂的花紋／一定很漂亮」——與其中所涵攝的巨大無垠的歷史慘劇，產生了一種難以詮釋的美學震撼。「美」的「形式」與「濁」的「內容」在這詩中達到了高峰。這一個近乎唯美的即物描寫同時也是超現實的——桓夫從日本現代詩所學到的超現實手法在這裡可說是有最成功的演出。

　　從政治母題的喻況而言，〈雨中行〉的政治母題可說完全爲雨中行本象所吸乾，僅能就「反抗——搏鬥——悲哀——願望」這一抽象結構晦澀地指涉。在《不眠的眼》詩輯裡，殖民的悲哀與原鄉結或經由某些語句直接的表出，或經由對中國傳統的反思表出，而讓這些政治母題投射到其他詩的局部上而使之成爲泛政治化。在〈佛心化石〉裡，其政治母題僅黏在臺灣歸屬的滄桑這一個情意結上，經由三個不同的喻況但同一的模式來表達，本身不含任何的政治論述。

　　《媽祖的纏足》詩輯豐富多了，其「媽祖」及「黑影子」的象徵呼之欲出，但又爲詩輯中的文化關切所掩蓋所吸乾。其明顯的政治母題仍不免是媽祖廟屋頂的三度更易與纏足的媽祖應讓位給年輕女子，與〈佛心化石〉所表達者實爲二致，仍然沒有明確的政治論述形成。到了〈蜘蛛花紋〉，平面的屋頂終於改爲立體的房間，房外有「綠地」（「陸地」的相關詞；新大陸之謂也），而母蜘蛛來時懷著圓盤型白袋子如禮物，室內的主人是和順少年而室內美麗、乾淨。白袋子的拉鏈拉開瞬間，跳出無數小蜘

蛛，顯露出私慾的醜八怪姿態，各在利己的位置上，坐著不動。整首詩是一個細節發展著的隱喻（extended metaphor），其政治指涉可從細節的「隱喻」裡重建。如前述，詩的結尾在各層面上終於發展為一個「論述」雛形，其「論述」姿勢建立在「逆反」上，與〈雨中行〉同趣。同時，這「論述」雛形與新生代的局部看法同步。

這「論述」的雛形是為歷史所決定，不是桓夫神來之想，是到了這歷史的一刻，「論述」之雛形才花熟蒂落、才能產生。不過，讓我再度強調，這個「論述」雛形仍然是抽象的，一如〈雨中行〉的抽象表義架構；這個「論述」是「嘲弄式」的，並非導向式的。這也許得歸咎於桓夫所生活的歷史空間所形成的歷史品質，在日據時代已成形的原鄉結與臺灣結的結合；這結合早已在詩人意識裡植根，牢不可破；而桓夫的泛政治詩也正植根在那裡。

——選自《中外文學》第 197 期，1988 年 12 月

陳千武詩〈信鴿〉裡的「死」

◎秋吉久紀夫*

一

指甲長了

最近　指甲長得特別快

看看指甲

我底指甲替我死過幾次

每次剪指甲

我就追憶一次死……

……把剪下來的指甲裝入信封

繳給人事官准尉

在戰地　粉骨碎身

拾不到屍體

就當骨灰用　那個時候

我當日本軍兵長……

不管我的意志是快樂

或悲傷

不久　指甲總會長　長到

　我感覺不舒服的時候

*發表文章時爲日本九州大學言語文化部教授，現爲日本九州大學名譽教授。

指甲很乖地

又讓我剪

指甲好像是我底生命之外的

生物

長了就要我剪

每次剪下來的指甲

都活著

然後　慢慢地

替我死去！

$\qquad$〈指甲〉

　　這首詩揭載於臺灣發行的詩誌《笠》1986 年 4 月第 132 期。作者是陳千武。我剛看了這首詩，瞬間一種慘痛的記憶甦生在腦裡。那是 1974 年印度尼西亞西里伯斯北端的美那多向東越過摩鹿加海峽有個小小的摩羅泰島，在那密林裡被救出來的中村輝夫的故事。中村是臺灣出身的日本軍士兵，30 年的長時間，在南方的孤島天天守備著孤壘。第二次世界大戰中，日本從統治的殖民地臺灣，以「日本臣民」徵集了 21 萬人參與戰爭，其中戰死的有三萬餘人[1]。陳千武就是當時的日本軍士兵，正式的名稱是「臺灣特別志願兵」。看看他的經歷：

　　陳千武於 1922 年 5 月 1 日在當時日本統治下的臺灣南投縣名間鄉誕生，這個地點位於臺灣中部的山岳地帶。本名陳武雄，另有筆名桓夫。1935 年 4 月從一年級三十多名中臺灣人僅三名的南投小學校[2]，進入臺灣名門中學之一的臺中第一中學。此間耽讀了里見弴、橫光利一、川端康成、島崎藤村、川路柳虹、三木露風、西條八十、堀口大學、柳澤健、生田春

[1]秋本英勇，〈為臺灣元日本士兵的補償〉，《臺灣人元日本兵補償問題》第 10 期（1981 年 4 月 6 日）。
[2]鄭烱明整理，〈從現實的抵抗到社會的批判〉，《笠》第 97 期（1980 年 6 月）。

月、佐藤春夫、上田敏等的小說、詩、翻譯。1939 年 8 月在發行全島的報紙《臺灣新民報》學藝欄，揭載日本語詩〈夏深夜的一刻〉[3]之後，志向文學。1940 年畢業臺中一中，就職於臺灣製麻會社豐原工場，1942 年 7 月以第一期臺灣特別志願兵，進入臺北六張犁的「臺灣特別志願兵訓練所」。1943 年 4 月轉屬於臺南市「臺灣步兵第二連隊」，經過新加坡、雅加達前往帝汶島，參加澳洲北部地區防衛作戰。1945 年 7 月從帝汶島出發，參加「第三號作戰」，在爪哇遇到戰敗，參加印度尼西亞獨立戰爭，1946 年 7 月返回基隆港[4]，勤務於豐原大甲林區管理處。1958 年好不容易開始用中文寫作。1964 年參與《笠》詩誌創刊。1971 年轉勤於臺中市政府，1986 年經過臺中市文化中心主任轉任文英博物館館長。1987 年已屆年限退休[5]。

著作如次：

以特別志願兵入隊前揭載於《臺灣新民報》、《興南新聞》等的日文作品，收錄於自家藏版的《彷徨的草笛》、《花的詩集》。中文詩集有《密林詩抄》（1963 年）、《不眠的眼》（1965 年）、《野鹿》（1969 年）、《剖伊詩稿》（1974 年）、《媽祖的纏足》（1974 年）、《安全島》（1986 年）、《愛的書籤》（1988 年）、短篇小說集《獵女犯》（1984 年）、評論集《現代詩淺說》（1979 年）、翻譯《日本現代詩選》（1965 年）、《現代詩的探求》（村論四郎著，1969 年）、《星星王子》（1969 年）、《杜里德先生到非洲》（1969 年）、《華麗島詩集》（日文譯，1970 年）、《憂國》（三島由紀夫著，1970 年）、《田村隆一詩文集》（1974 年）、《韓國現代詩選》（1975 年）、《媽祖的纏足》（日文版，1981 年）等。

二

　　陳千武於日本戰敗後返鄉到 1958 年的 14 年間，長久沉默了之後才開

---

[3]陳千武自家藏版詩集《彷徨的草笛》。
[4]陳千武，〈文學少年時〉、〈我的兵歷表〉，《獵女犯》（臺中：熱點文化公司，1984 年 11 月）頁 3、267。
[5]旅人編，〈中國新詩論史十三〉，《笠》第 136 期（1986 年 12 月）。

始用中文寫作品。1963 年上梓詩集《密林詩抄》，1965 年刊行詩集《不眠的眼》。在《不眠的眼》裡收有如下一首詩：

> 埋設在南洋
>
> 我底死、我忘記帶回來
>
> 那裡有椰子樹繁茂的島嶼
>
> 蜿蜒的海濱、以及
>
> 海上、土人操櫓的獨木舟……
>
> 我瞞過土人的懷疑
>
> 穿過並列的椰子樹
>
> 深入蒼鬱的密林
>
> 終於把我底死隱藏在密林的一隅
>
> 於是
>
> 在第二次激烈的世界大戰中
>
> 我悠然地活著
>
> 雖然我任過重機鎗手
>
> 從這個島嶼轉戰到那個島嶼
>
> 沐浴過敵機十五粿的散彈
>
> 擔當過敵軍射擊的目標
>
> 聽過強敵動態的聲勢
>
> 但我仍未曾死去
>
> 因我底死早先隱藏在密林的一隅
>
> 一直到不義的軍閥投降
>
> 我回到了，祖國
>
> 我才想起
>
> 我底死，我忘記帶了回來
>
> 埋設在南洋島嶼的那唯一的我底死啊

　　　我想總有一天，一定會像信鴿那樣

　　　帶回一些南方的消息飛來──[6]

　　「傳書鳩」的中國語言「信鴿」，戰爭中，利用鳩的歸巢本能，重用爲軍事機密的連絡、通信的手段。這首詩裡的戰線，當然就是陳千武參加戰爭的當時，位於荷蘭領土印度尼西亞與英國領土澳洲的境界，帝汶島爲主的地點。

　　帝汶島（Timor）在一 1988 年時點，西部地域屬於印度尼西亞東部松達列島州，東部地域屬於葡萄牙領土。東西合併人口三一八餘萬，面積 33900 平方公里。住民係馬來人和巴布亞人，還有山岳地帶的米拉尼西亞人，大都霧霞籠罩著的密林繁茂的島嶼。如臺灣浮現在北回歸線下一樣，處於南回歸線下的島嶼。

　　詩裡的「重機槍手」是指舊軍隊的重機關槍槍手。在帝汶島的濠北防衛作戰，陳千武是屬於臺灣步兵第二連隊第三機關鎗隊。

　　這一首〈信鴿〉詩，我認爲在陳千武文學裡帶有非常重要的意義。那是在他個人的人生打上了一個句點，同時經過太平洋戰爭的實質體驗，復歸於原來臺灣人的一種證明。然而對於這一首〈信鴿〉詩裡的「死」，在臺灣文學界也有各種的論說。其代表性的，可列舉李魁賢、趙天儀、杜國清、陳明台的四種說法。

　　李魁賢的〈論桓夫的詩〉如次說：

　　　〈信鴿〉這首詩語言明朗，意象也很清楚，桓夫在詩中回想著出征
　　　南洋未死，而能生返臺灣的幸運。但詩中的「死」卻是一項特殊的
　　　觀念，它帶有俗世的、文學的、哲學的，各方面雜揉的思考。在俗
　　　世的意義上，「死」相對於「生」，成爲「生」的終結。這是詩中

---

[6]陳千武，〈信鴿〉，《不眠的眼》（臺中：笠詩刊社，1965 年 10 月），頁 40。此詩於 1963 年執筆，發表於《新象》第 5 期（1964 年 7 月 15 日）。

「我悠然地活著」「我仍未曾死去」最基本的說明。

然而，桓夫在詩中前後用了五個「我底死」，這個「死」的詞性成為所有格，是我的所有物，應該是現時存有的、而俗世的，現實的「死」的意義，是在「我」不存在時，才會出現。因此，帶有超現實思考的「我底死」，在哲學的意義上，應為「生」的極致，是在克服兩難的存在困境中獲得本質底流的諧合，是一項美德的完成。……然而我們再從文學意義上來考察，「死」帶有濃厚的暗喻性。在太平洋戰爭末期，日本軍閥眼見敗象漸露，乃鼓勵軍國主義的餘威，搧動熱血青年為國捐軀的愛國情緒，於是開始訓練敢死隊，包括神風特攻隊，以視死如歸為倫理，甚至到後來也喊出住民玉碎的口號。因此，「死」在那種情形下有甘願受日本軍閥驅策的意思，而桓夫在南洋把死隱藏在密林的　一隅，顯然摒棄了「死」的召喚，反抗了為異國戰死的盲從[7]

畢竟李魁賢把〈信鴿〉的「死」分為三種類，而從結論來說是把握了文學的意義。認為那是要躲避日本軍強迫你「死」的「死」。

趙天儀早在〈桓夫詩中的殖民地統治與太平洋戰爭經驗〉裡說過：

桓夫在日本殖民地的統治下，做為一個臺灣特別志願兵，名為志願，實為矛盾說法。在太平洋戰爭中，他為何而戰呢？他不過是為日本不義的軍閥而戰，隨時可以當一名砲灰而死，所以這種死，是不值得的。因此，桓夫認為當一個臺灣特別志願兵的昨日之我已死，而當一個回到光明的臺灣的今日之我已重生。所以他說「埋設在南洋島嶼的那唯一的我底死啊」，該是意味著昨日之我已死的象徵，而同時宣告了今日之我的復活[8]。

---

[7] 李魁賢，〈論桓夫的詩〉，《文學界》第 5 期（1982 年 10 月）。
[8] 趙天儀，〈桓夫詩中的殖民地統治與太平洋戰爭經驗〉，《笠》第 111 期（1982 年 10 月）。

如此說明了「死」，但是後來杜國清在〈笠與臺灣詩人〉裡如次敘述：

　　可是，在重讀之後，我又認為「我底死」，指的是被迫志願的「我」做為人的尊嚴的意志。既然被迫志願，則「我」的志願受屈，不自願，毋寧死，因此，「我」將它「早先隱藏在密林的一隅」，而在南洋歷經戰鬥的「我」，只是個沒有意志的「我」，因此在槍林彈雨中，「悠然活著」、「未曾死去」，因為那種沒有意志的活和死，也都沒有什麼意義的了。

　　可是，再進一步推想，「我底死」似乎是頗為「我」所珍重，那是「我」「唯一的」東西，因此才在戰爭中大難隨時可能來臨之前，預先將它「隱藏在密林的一隅」。然則，為了不讓「我底死」在戰爭中真的死去，「我」才小心將它「隱藏」起來。這是逆說性（Paradoxical）的詩句，而且「我」將「我底死早先隱藏在密林的一隅」，「一直到不義的軍閥投降」，顯然「我底死」與「不義的軍閥」是誓不兩立的。然則「我底死」，不光是個人的意志，而且是不為不義的意志。為了不為不義的意志，不受軍閥及其發動的戰爭所摧殘，而將它「隱藏」起來，這行為本身，正是「我」的意志行為，亦即「我」的意志，終於戰勝要摧毀「我」的意志的不義的戰爭及其軍閥。這又是一層逆說性的意義。

　　然則「我底死」指的是個人的自由意志，可是「我」戰後回到了祖國，「才想起／我底死，我忘記帶了回來」。換句話說，戰後回到祖國，「我」依然是一個沒有自由意志的人。這是詩人對現實「反逆的精神」，以「探求人存在的意義」，是詩人一再表明的詩觀。可是詩人，對人生、對人性並不失望或悲觀，因為「我」想，總有一天，「我底死」「一定會像信鴿那樣帶回一些南方的消息飛來——」。亦即「我」的存在，總有一天會獲得自由意志。詩人對人性的信心，對個人終將獲得自由意志的信心，以「信鴿」象徵，而牠

帶來的消息，將是南方的密林戰後恢復的自由風光吧，這最後一句，多少帶有詩人浪漫精神的憧憬和理想鄉的嚮往[9]。

　　杜國清認為「我底死」，畢竟就是被日本政府強制而當臺灣特別志願兵的「我」，做一個人的尊嚴意志，因此解說為事先在被強制的「死」未來臨之前，把它藏在密林的一隅，是逆說性的表現。他強調「以人尊嚴的意志」，即與李魁賢的論法有所不同。

　　還有陳明台在〈歷史、詩、現實與夢〉裡說：

> 這首詩在他的眾多作品中具有十分重要的位置。其一，這是一首寫個人的精神史的告白詩，是以在南洋參戰的經驗，也就是詩人的青春期中最重要的一段日子與體驗為內容，而展開敘述，同時截然地指陳了詩人的生與死的分界的歷史，以及詩人存在的歷史的鉅大變化，「一直到不義的軍閥投降／我回到了祖國……」，任何人都可以理解這是在敘說臺灣光復，臺灣史的空前的變化。其二，這是一首寫戰爭體驗的詩，特別是死的體驗的詩。然而就詩人而言，其意義反而是在經由「隱藏死」的虛構的逆說，強調沒有死去，逃脫了死的生的重要事實，「埋設在南洋的那唯一的我底死啊／我想總有一天，一定會像信鴿那樣／帶回一些南方的消息飛來」在這兒，詩人預言著「唯一的青春的死」時時在他殘留的生之中會反覆出現，被反芻而持續的必然性，更確切地說，詩人的一時代的死的意識，已經宿命地成為強烈支撐著生的意志而永遠存在。

　　這一敘述，並引用了日本現代詩人鮎川信夫的詩〈死去的男人〉開頭的一節：

---

[9] 杜國清，〈笠與臺灣詩人〉，《笠》第 128 期（1985 年 8 月）。

> 譬如　從霧裡
> 或者　從所有樓梯的跫音裡
> 遺囑執行人　模糊地顯現了姿影
> ——這就是一切的開始[10]

然後說：

> 相對於鮎川氏存在的重新形成日本的戰後史，桓夫的歷史的改變卻
> 含有更大的意義。他們的世代歷史的改變正如同自己的生所背負的
> 宿命一般的東西。從開始就聯結于他們的誕生的根源，所謂沒有鄉
> 愁的孤兒的宿命，並非只是像戰爭的勃發或某一種狀況的變更的事
> 情而已[11]。

　　在此陳明台強調，由於「隱藏死」，反而沒有死，而那是「唯一的青春
的死」，指摘係詩人陳千武的「一個時代的死的意識」。而且那個「死的意
識」，要與日本戰後詩裡佔有重要位置的鮎川信夫的詩「死去的男人」開頭
一節予以對比，大體很相似。但是分析陳千武還有從日本殖民地的脫離這
種雙重的重要意義。

　　對於這種「死」的內容，以上各人的論說哪一位所論比較中肯？姑且
不提，先就陳明台言及包括鮎川信夫的「荒地」集團來觀察吧。

三

　　1974 年 5 月陳千武譯著《田村隆一詩文集》由臺灣幼獅文藝社出版。
田村隆一跟鮎川信夫一樣是「荒地」集團之一。而《荒地》是太平洋戰爭
後於 1947 年 8 月復刊的詩刊。現在所論的詩〈信鴿〉執筆時期，與《田村

---

[10] 鮎川信夫，〈死去的男人〉，《戰後詩大系 1》（東京：三一書房，1970 年 9 月），頁 199。
[11] 陳明台，〈歷史、詩、現實與夢〉，《文學界》第 5 期（1982 年 10 月）。

隆一詩文集》翻譯的時間大約有十一年的差距，當然不能以同一次元直接論之。不過，陳千武自動會翻譯田村隆一詩文的作業，不外就是二人之間必有其共鳴的感情與思想存在。「荒地」本身的名稱就有英國T‧S‧艾略特的念頭意識而定名的。成員除上述二人之外有中桐雅夫、黑田三郎、三好豐一郎、北村太郎、木原孝一等。以其生年來說；鮎川 1920 年、田村 1923 年、中桐 1919 年、黑田 1919 年，三好 1920 年、北村 1922 年、木原 1922 年，均為大正末期同世代的人。而且大部分都在戰時經過日本軍人的戰地體驗。例如鮎川參加荷蘭領土印度尼西亞蘇門答臘的作戰，田村和北村均為海軍預備學生，黑田去了爪哇，木原是從最大激戰地之一的硫磺島事件回歸的人。那些體驗都被吸收為他們的戰後體驗，形成了對現實的認識，把戰後的虛無、破滅性的時代思潮，最敏銳的定著於作品上[12]。他們的詩若除掉了「死」，詩就不能存在。

　　陳千武翻譯的《田村隆一詩文集》包括〈一九四〇年代‧夏〉和〈立棺〉等詩。茲列出陳千武的譯文：

世界的正午
在可憐的明朗裡由於人與事物的自明性
我們被傷害著！
像狗下垂著舌尖
「一九四……年
強烈的太陽與火的藍紫的戰場上
我毫無理由地倒下了　可是
我的幻影仍然活著」
「我還活著
死去的是我的經驗」

[12]大岡信，〈田村隆一〉，《現代詩人論》（東京：角川書店，1969 年 2 月），頁 233。

「我的房間被封閉著　然而

我記憶的椅子和

我幻影的窗

你絕不能否定」

我們用我們的爪搔抓這個地上

如星光的汗浮流在額上

我們埋葬我們那死了的經驗

我們夢見我們那受傷的蘇甦的幻影[13]

（第二連略）

——〈一九四〇年代・夏〉[14]

　　與陳千武的〈信鴿〉對比，其主題與詩句的近似性，不無令人驚奇。

　　不過，要看陳千武的〈信鴿〉跟「荒地」集團的作品的近似性，我還是能立刻選擇鮎川信夫的詩包括在《病院船日記》一連串詩群中的〈遙遠的浮標〉一詩，做為對比似乎較適切。其全文如下：

遙遠的浮標

掀起了小小的波浪

向不幸的士兵　宣告別離

不管是什麼樣的惡魔

也不能除去那浮標

我的苦楚

我的悲傷

都不會殘留永久吧

---

[13]田村隆一著，陳千武譯，〈一九四〇年代・夏〉，《田村隆一詩文集》（臺北：幼獅文藝社，1974年5月），頁75。

[14]田村隆一，〈一九四〇年代・夏〉，《田村隆一詩集》（東京：思潮社，1968年1月），頁24。

　　雖然　在記憶裡的港口

　　時常漂浮著浮標不失

　　這不幸的士兵

　　不知在何時何地

　　會落入惡魔的手裡也說不定

　　在將死去之前

　　再也不會邂逅的

　　寂寞的浮標喲[15]

　　這是在 1953 年 1 月《詩與詩論》發表的詩。這首 16 行詩，把戰時中
遭遇的「死」，只有在現在這個時點再予體驗，才持有保證自己實存的內
容。第一連和第三連的「不幸的士兵」，不外就是指第三、四連的主題
「我」，亦即「不幸的士兵」和「我」是同格。四連是被倒置著，採用考慮
過去的追憶的文章法。「寂寞的浮標」很明顯的就是「死」的象徵。那是
「在將死去之前／再也不會邂逅的」等於表示「在將死時會再邂逅」的意
義存在。

　　這首鮎川信夫的「浮標」和陳千武的「信鴿」都是爲了連絡過去與現
在，負有橋樑任務的現實。就上述的觀點來看陳千武〈信鴿〉裡的「死」，
不能不說是跟日本「荒地」集團詩人們共通的，爲了使戰後自己的「生」
能夠甦生，才讓屬於自己最貴重的人生階段的青春「死」去的「死」，是同
一意義的「死」。還沒有戰敗以前，陳千武也說過「那唯一的我底死」那
樣，跟田村隆一或鮎川信夫等同爲大日本帝國軍人拿著武器參戰。

　　不過，我並不是說這兩者的實情完全一樣。

---

[15]鮎川信夫，〈遙遠的浮標〉，《新選鮎川信夫詩集》（東京：思潮社，1977 年 6 月），頁 22。

四

　　陳千武的經歷如前面說過，他是詩人又是作家。收錄〈信鴿〉的詩集
《不眠的眼》係於 1965 年 10 月刊行。二年後 1967 年 10 出版的《臺灣文
藝》第 17 期即發表短篇小說〈輸送船〉，之後便陸續執筆以戰爭體驗爲主
題的自傳式短篇小說。到 1984 年 2 月發表〈求生的慾望〉共 15 篇。其中
的精華是 1976 年 7 月及 10 月的《臺灣文藝》第 52、53 期連載的〈獵女
犯〉。這一作品於 1977 年獲得相當於日本芥川獎的吳濁流文學獎。而這 15
篇短篇再加了代序〈文學少年時〉及代後記〈縮圖〉，並附〈我的兵歷
記〉，於 1984 年 11 月由臺中熱點文化事業出版有限公司發行單行本[16]。有
關〈獵女犯〉下次再論，現在要論的是與問題的詩〈信鴿〉有關的，最初
執筆的〈輸送船〉比較重要。〈輸送船〉的前端刊有〈信鴿〉一詩，這可以
知道兩者的聯繫是絕對的。主題與〈信鴿〉一樣在戰時中直接遭遇的
「死」。戰後經過約二十年的空白，才開始與自己的「死」正面對質，能以
作品形象化的詩「信鴿」，還有再晚了四年好不容易才著手創作的短篇小說
〈輸送船〉，其中僅有體裁不同，內容卻屬於同一次元，是長時間在陳千武
的心裡深處掙扎過來的思念情感。

　　首先介紹短篇〈輸送船〉出現的人物吧。主角「我」雖說是戰時志
願、事實係強制方法被徵集的臺灣特別志願兵，從 20 萬人中被選拔僅五百
人之一的大日本帝國陸軍一等兵。謝蜀與「我」一樣是臺灣特別志願兵，
比「我」大三歲，臺灣豐原出身，入伍一星期前才結婚，對日本「皇民化
政策」積極履行的人物。還有金域、岩田、吉本三個日本兵。沖繩出身的
金城是勤勉的青年。岩田是鹿兒島出身，但未到達戰地便發瘋。吉本雖然
正常，卻有點遲鈍。除了這四個人，輸送船艙底載有強制徵來的印度尼西
亞女人一群，要送去戰地當慰安婦。

　　這一作品由六段構成。第一段「海」是 3000 噸的輸送船，於 1943 年

---

[16]陳千武，《獵女犯》（臺中：熱點文化公司，1984 年 11 月）。

10 月 30 日由荷蘭領印度尼西亞的爪哇出發，經過巴里島，躲避敵機的來襲而迂迴向日本軍最南方戰線基地帝汶島航行。第二段「神符」是戰爭中出征的士兵們，祈願在戰地的平安，極其珍重地攜帶著神符。第三段「慰安婦」、第四段「血肉悲劇」。敵機突然針對載著士兵和慰安婦航海的軍用輸送船飛來襲擊，一瞬出了好多的死傷者，船內混亂異常。第五段「鎗彈的蹦跳」，在近帝汶島的海域，遭遇敵機第二次攻擊。「我」在甲板上以緊急辦法，救助了一位逃避不及的慰安婦。可是同班的吉本卻中彈即死了。第六段「難忘的回歸線」，船到達了目的地澳洲北方的日本軍最南端前線基地，入港於葡萄牙領帝汶島北部的老天港。不過為了警戒敵機的攻擊，船不停地駛在海上旋迴了一個晚上，到凌晨未明才下了上陸命令。上陸用舟艇急忙衝破海浪疾駛。到達岸邊，便跳上等待著的軍用卡車，分乘駛向密林裡的高地基地去。路上透過樹林間隙瞭望黎明的港口，又有敵機的來襲，一艘輸送船噴出黑煙在燃燒，另一艘船從船上有如螞蟻的好多士兵慌張地在逃跑。謝蜀和岩田從此就不再出現了身影。時間是 1943 年 12 月 17 日。「我」們便立刻配置於大日本帝國陸軍步兵臺灣第二連隊第三機關鎗中隊，參加日本軍最南端戰線基地澳洲北部地區防衛作戰。

　　如上述，在這一短篇〈輸送船〉描寫敵機的襲擊有三處。除了上陸之後的一處描寫之外即有兩處，其中令讀者集中精神的是最初的場面：

　　　　正是青天霹靂，有如特大的雨滴嘩啦嘩啦地，從青白的天空飛下
　　　來。「哇呀──呀！」突然，異狀的驚歎聲，從全船的甲板上湧
　　　起。同時嘈雜的哭叫聲，以及莫名其妙的喊叫，震駭了南方的海
　　　上。非常的狀態使我驚跳起來。那不是驟雨，是飛機，敵軍的偵察
　　　機，飛疾的爆音接近了的時候，瞬間從機上打出來的十五粒機鎗散
　　　彈，像特大的雨滴灑落在鋼鐵的甲板上跳躍。有的穿串了船腹，把
　　　魚罐頭工廠改變為阿鼻地獄。赤裸著身子在甲板上的兵仔們爭先恐
　　　後，不經過樓梯，從船艙的天口邊緣一齊跳了下來。不！寧可說是

墜落了下來。——「敵機來襲,被害慘重呀!」口口不知叫嚷著甚麼異怕的話,極端紛亂。真的,我們已被包圍在戰火圈內了?我想跑出外面,但抬頭一看,瞬即險而眼昏過去。站在我面前的,大砲隊一個臺灣特別志願兵,我不知道他姓劉或姓張,直立站著的他那右臂和右腿,被自天空飛來的重機鎗彈打中了,所有皮肉都剝開,露出白白的肢骨,和殘留的紅色肉塊,且附有斑點的白脂。

危險的「我」的「死」突然以毫無預期的形式來到了。這種描寫真令人屏息似的,情景十分緊迫。對於「我」雖然事先把握著戰地的概念,但是突然現出的「死」的黑影子接近過來,使「我」覺醒了「生」與「死」處於一張紙隔壁的狀態。萬沒想到生存下來的「我」們,一上岸立刻就乘上軍用卡車,被送到帝汶島密林深處的日本軍前線基地,才放了心。

然而短篇〈輸送船〉的最後一段如次寫著:

這裡是戰地,在戰地,我們不知將參加何種的戰鬥。事先,我該把我底死隱藏在密林的一隅。像謝蜀把他的死沉藏在海底裡一樣。密林,誰也發現不到埋藏我底死的——神祕的密林[17]。

從這一文脈看起來,這明明就是「我」在不斷地有「死」恐怖的戰地最前線,想把自己的「生」當做「死」埋藏在遮掩藍天的戰地密林裡的描寫。當然這不是單獨反抗編隊的日本帝國軍隊而進入現實的密林。這裡的「死」顯然具有「生」的意義。而「我」底「生」像同班的謝蜀把「死」沉藏於海底一樣,表面上以同樣的方式遂行。但實際上密林絕不是一層,是持有雙層構造的密林,所以有「神祕的密林」的表現。那是在「我」的心裡深處以外的存在。

---

[17]陳千武,〈輸送船〉,《臺灣文藝》第 17 期(1967 年 10 月)。

　　把這個地方與問題的詩〈信鴿〉對比的時候，短篇〈輸送船〉文中的「事先我該把我底死隱藏在密林的一隅」，顯然就是與詩〈信鴿〉的詩句第七行「穿過並列的椰子樹／深入蒼鬱的密林／終於把我底死隱藏在密林的一隅」以及第 19 行「我底死早先隱藏在密林的一隅」，相互呼應的。而詩「信鴿」第八行「蒼鬱的密林」是現實的帝汶島的密林，第九行「把我底死隱藏在密林的一隅」與第 19 行「我底死早先隱藏在密林的一隅」是「心裡深處」的密林。把現實的「生」，隱藏在現實的帝汶島的密林以及「心裡深處」的密林，才能夠避免「死」了。

　　當時，成為日本南方戰地最前線基地的帝汶島，敵方反而不重視這個目標，被列入死角的旁觀狀態。這可以從陳千武的其他短篇小說看得出來。例如〈霧〉[18]有如次一段：

> 由於海空雙方的補給路線均被斷絕，帝汶島的日本軍，不但無法進來，也脫離不出去，形成孤立的天然俘虜島[19]。

〈獵女犯〉(《臺灣文藝》第 55、53 期，1976 年 7、10 月) 也記載：

> 日軍占領荷蘭和葡萄牙各屬一半的帝汶島不久，島的周圍，海與空的控制權，便落入澳洲聯軍的掌握，完全使這個島變成了天然俘虜島。

依據這些記載，事情十分明白。

五

　　我在此文開端提示了詩〈指甲〉，這與詩〈信鴿〉持有極為相似的關

---

[18]陳千武，〈霧〉，《臺灣文藝》第 51 期 (1976 年 4 月)。
[19]陳千武，〈霧〉，《獵女犯》，頁 71。

係，因為雙方都據於戰時的「死」為主題的詩。不過〈指甲〉是比〈信
鴿〉遲了 23 年後寫的作品。而〈指甲〉和〈信鴿〉一樣，是回憶戰時中的
「死」為對象。對於陳千武來說，經過 20 年（詩〈信鴿〉）或經過 40 年
（詩〈指甲〉），戰時的「死」的記憶，是不可能遺忘，也就是他的「生」
的根源。而且詩〈指甲〉又與短篇〈戰地新兵〉[20]有所關連。〈戰地新兵〉
裡有如次的一節：

> 訓練結束後，新兵們忙了一陣子，整理背囊、行李和兵器，之後又
> 像在後備部隊要出發的前夕一樣，各自剪一次手腳的指甲，裝入指
> 定的紙袋裡，寫清楚部隊號碼和兵階、姓名，交給人事官。指甲是
> 萬一陣亡無法收拾骨灰時，當做骨灰交還遺族，或送去東京九段的
> 靖國神社奉祈用的[21]。

詩〈指甲〉是於短篇〈戰地新兵〉的三年半後 1986 年 4 月發表，比較
先前的詩〈信鴿〉與短篇〈輸送船〉的關係相反，亦即先有小說的完成，
後再有詩產生。也許因此這首詩〈指甲〉的緊迫感比詩〈信鴿〉較稀薄。
那是歸因於第四行的詩句「我底指甲替我死過好幾次」的「死」比較無絕
對性之故。同時第六行的「死」也不像詩「信鴿」裡的「死」那麼賦予迫
力的雙重性。雖然〈指甲〉描繪了戰時的「死」，但是令人感覺已經不持有
「死」的影子的「生」充滿在詩裡，因此僅看詩〈指甲〉來考察，那跟前
述鮎川信夫的〈遙遠的浮標〉詩裡的「死」並無不同。

如上述的論點來看，詩〈信鴿〉的「死」所有的特異性更為顯著了。
那不僅是意味著「屬於自己最貴重的人生階段的青春」而已。也不僅是
「一個時代的死的意識」而已。況且要連結於「為了逃避日本軍所強制的
『死』的『死』」也不可能。那確實就是近於「以人尊嚴的意志」的「人性

---

[20]陳千武，〈戰地新兵〉，《文學界》第 4 期（1972 年 10 月）。
[21]陳千武，〈戰地新兵〉，《獵女犯》，頁 51。

本能」而防衛自己的「死」，絕對要活下去的堅強的「生」的決意才對。

六

對於詩〈信鴿〉還有一點應該說明的是，與鮎川信夫等「荒地」集團的作品比較，含有異質的要素。那是第 20 行的「不義的軍閥」和第 21 行的「祖國」。因為有這兩個句子，才如前述把〈信鴿〉裡的「死」，誤以為要逃避據於日本軍強制的「死」，這是不能否定的。

這兩句話意，到 1945 年 8 月 15 日陳千武所屬的大日本帝國全面性無條件投降為止，是不會從他的嘴巴吐露出來的。不過也不能因此就說，他在從軍中，毫無持有連結這兩句話的意識。因為表示這一事實的文章，可以散見於先前看過的短篇〈輸送船〉和〈戰地新兵〉裡幾個地方。首先舉〈戰地新兵〉裡的一節：

> 擠在輸送船裡二千多的士兵，有日本和琉球人的現役兵，現地徵召的印度尼西亞兵補與年輕的女人，還有不到總人數十分之一的臺灣特別志願兵，都雜亂在一起，由於恐怖而喧擾不停。有些臺灣志願兵們卻默默祈求媽祖保佑，保佑輸送船安全抵達目的地的港口。[22]

還有一個地方：

> 臺灣特別志願兵戰死了，能否跟日本兵一樣進入靖國神社呢。……假如自己真的戰死了，能自由飛翔的靈魂，必會拒絕到靖國神社去的。……死後，當然要回到祖先的靈位在一起，這是自然的法則麼。[23]

---

[22]同前註。
[23]同註 21。

雖被編入爲大日本帝國軍人的一員，但一旦戰死了，差別只有回到故鄉臺灣的祖先墳墓裡去而已，這才是無可奈何的本然的姿勢這種意識。要祈願身體的安全，不是求日本的神、祈求故鄉臺灣的媽祖廟，這就是自然的法則實存的想法。〈輸送船〉的第二段「神符」更明確地描寫這個問題：

> 臺灣特別志願兵的「我」的神符，是我家松柏坑玄天上帝廟二帝爺的護符。同班謝蜀帶的是故鄉豐原媽祖廟的護符。知道他們帶護符的日本出身的吉本揚言說的地方：「你那土神的護符有效嗎。我帶著明治神宮和能本神社的護符……。」吉本膝行前來，把身子一幌拿出胸前的兩個護符袋，高舉著說：「這才是真的護符呀！能保知我的『武運長久』並殺死敵人，我這神符的威力才真大啊。」[24]

短篇〈戰地新兵〉（1984 年 11 月）和〈輸送船〉（1967 年 10 月）均離開戰爭時期相當遙遠的時點執筆的，但是在這二篇所表現的問題，並非屬於大日本帝國無條件投降之後才惹起的性質的問題。因爲他們是臺灣特別志願兵，在當時日常生活裡講出這些，一點也不會覺得稀奇。那麼，在前述的詩〈信鴿〉裡的「死」，雖然沒有積極性的民族意識，但是可能認爲有投射其影子吧。

七

要等到陳千武的詩〈信鴿〉產生，他本身確實需要長期的虛脫、彷徨與摸索的歲月。那不僅是等待能用中國語執筆的必要，陳千武於 1980 年 1 月 19 日晚上，對於來訪的鄭烱明、李敏勇、拾虹等的質問回答過如次：

> 空白的原因，我想，語言只占一部分因素，語言的改變固然無法繼

---

[24] 陳千武，〈輸送船〉，《臺灣文藝》第 17 期（1967 年 10 月）。

續寫下去，但如果一定要寫，也可用日文啊。主要是戰後政治社會
體制改變了，連帶使用的語言也變了，以致不能馬上適應，造成精
神的空虛[25]。

對於陳千武來說，詩〈信鴿〉的脫稿，是從據於戰敗的大日本帝國陸
軍兵長陳武雄的「死」，經過長時間的自己苦鬥之後再到達的「再生」。

那是經過最初出版的中國語詩集《密林詩抄》，才好不容易把握了自我
的意識。下面《密林詩抄》裡的詩〈壁〉的詩句，能切實地證明其過程。

就在清晨，走近陡壁
壁上照一身我的側影
我以時間，剪貼自己的影子
疊入死亡的里程碑

　　　　　　　　　　　　　　　　——（1988 年 9 月 25 日）[26]

---

[25]鄭烱明整理，〈從現實的抵抗到社會的批判〉，《笠》第 97 期（1980 年 6 月）。

[26]〈壁〉於 1962 年 3 月執筆，《密林詩抄》（臺北：現代文學，1963 年 3 月），頁 44。

論陳千武詩語言魅力的兩種模式及其轉變

◎丁旭輝*

一、前言

　　陳千武的詩是「跨越語言的一代」的典範之一，隨著政權與語言的更迭變遷，在沉寂了 13 年之後，1958 年他重新站上詩壇，隨後佳作連連，截至 2002 年 11 月為止，日文詩集不算在內的話，他總共出版了《密林詩抄》、《不眠的眼》、《野鹿》、《剖伊詩稿》、《媽祖的纏足》、《安全島》、《愛的書籤》、《東方的彩虹》、《寫詩有什麼用》、《陳千武作品選集》、《禱告：詩與族譜》、《陳千武精選詩集》、《拾翠逸詩文集》等 13 本詩集與選集[1]。

　　討論陳千武詩作的文章相當的多，不過大都針對詩人生平、作品與生平之關係、作品之內涵意識、主題思想等加以論述，尚未有針對其語言成就的本身專門論述者，故本文即針對其詩語言入手。細讀陳千武全部的詩作，可以清楚的看到他的詩語言魅力的形成及其轉變。在第一本詩集《密林詩抄》裡，語言雖然還略顯生澀，但高度技巧性的意象語言，則為他塑

---

*發表文章時為輔英科技大學通識中心副教授，現為高雄應用科技大學文化事業發展系教授。

[1] 《密林詩抄》（臺北：現代文學社，1963 年）；《不眠的眼》（臺北：笠詩刊社，1965 年）；《野鹿》（臺北：田園出版社，1969 年）；《剖伊詩稿》（臺中：笠詩刊社，1974 年）；《媽祖的纏足》（臺中：笠詩刊社，1974 年）；《安全島》（臺北：笠詩刊社，1986 年）；《愛的書籤》（臺北：笠詩刊社，1988 年）；《東方的彩虹》（臺北：笠詩刊社，1989 年）；《寫詩有什麼用》（臺北：笠詩刊社，1990 年）；《陳千武作品選集》（臺中：臺中縣文化中心，1990 年）；《禱告：詩與族譜》（臺北：笠詩刊社，1993 年）；《陳千武精選詩集》（臺北：桂冠圖書公司，2001 年）；《拾翠逸詩文集》（南投：南投縣文化局，2001 年）。以下凡引用這 13 本書中之資料，只以括號註明頁數，不另詳註。

造出充滿張力[2]的文字，初步展現了他的詩歌魅力。第二、三本詩集《不眠的眼》、《野鹿》開始，陳千武的詩語言開始有了敘述性的傾向；1970 年代以後，陳千武的詩奉行「真摯性」的詩觀，語言有了根本的轉變，充滿敘述性與生活性，圓融而平易，技巧性的展現一方面深化了，一方面同時也淡化了，語言魅力有了不同的表現模式。本文即嘗試呈現這兩種語言魅力，並分析其形成因素與轉變關鍵，文中將依諸詩集之出版時間與個別詩作之發表時間先後爲次序，逐一論述，以觀察其語言之轉變軌跡。

　　不過，在這 13 本詩集與選集中，散文詩作品較少，且論者已多，其詩語言之發展大抵也可以包含在分行詩中，所以本文不擬重複論述，因此《剖伊詩稿》不在本文討論之列，因爲該集成就主要在於散文詩；對其他詩集中的散文詩也只做必要之舉例，不加深論。日據時期新詩也有了呂興昌先生的專論[3]，所以《陳千武作品選集》、《陳千武精選詩集》也不列入討論之內，因爲集中除了前幾個詩集的選輯之外，只多了一些早期日文詩作的中譯；然而在說明陳千武詩中的超現實來源時，這些譯作是很好的例證，文中也將適度徵引。

二、《密林詩抄》：充滿張力的切入點

　　1958 年，當陳千武重新站上詩壇時，他首先必須克服的便是語言的障礙，尤其詩的語言是文學中最精練的語言，所以難度也是最高的。從《禱告：詩與族譜》與《拾翠逸詩文集》中，我們看到不少寫於他以中文創作的前幾年的詩作，這些作品不免充滿習作的性質，從其中我們可以明顯看出陳千武與語言搏鬥的痕跡；然而對一個已經習慣日文，而且曾獲邀加入

---

[2]「張力」（"Tension"）原爲新批評學派（The New Criticism）的核心理論，見李英豪，〈論現代詩之張力〉，《創世紀四十年評論選》（臺北：創世紀詩雜誌社，1994 年），頁 49～67，引文見頁 65。

[3]見呂興昌，〈桓夫生平及其日據時期新詩研究〉，收入《桓夫詩評論資料選集》（高雄：春暉出版社，1997 年），頁 427～470。

日文詩會，並且已經有了兩本日文詩集[4]成績的詩人而言，重新學習一種新語言，並以此新語言寫詩是相當艱辛不易的，所以也是字字動人的。正因為有這樣的決心，又有日文打下的堅實的創作基礎，所以陳千武的進步很快，只要比較 1958 年的作品與他的第一本詩集《密林詩抄》中的作品就可以相信；而也許因為急於克服語言的障礙，加上原來寫日文詩所積累下來的基礎，所以陳千武很自然的，在一開始就傾向於技巧的琢磨與展現。

　　這種對技巧的注重在早期的作品中就可以清楚的看到，例如收入《拾翠逸詩文集》，發表於 1958 年的陳千武第一首中文詩作〈外景〉[5]（頁 1），即使語言還不夠流暢，但已初步可以看到雕琢的企圖；而從同樣發表於 1958 年的〈甘蔗園〉（頁 4）的「那條幽遠的細道／穿過蒼翠的南國之園的神祕／像一個少女的迷惑」，與〈腳印〉（頁 7）的「那一位少女遺落了的小腳印」等，我們已可以看到成功技巧的初步展現了。

　　到了《密林詩抄》，技巧的注重更加明顯，而進步也更加的快速。這本詩集收錄了陳千武創作初期較為成熟的作品，以這樣一本詩集切入詩壇，力道是非常強勁的，因為藉著這些詩作，陳千武雖然文字仍感生澀、日文痕跡猶在，但其高度的技巧展現，則使得他的詩作充滿高度濃縮的張力。

　　例如〈春〉（頁 4）：「春遂顛落在池塘的岸邊／……被雄鴨子啄著了／……春蹣跚地鑽進土壤裡」，「啄」、「鑽」兩個動詞的巧妙運用，使得形

---

[4]陳千武在自撰的「年譜」中提到他 1940 年「被邀加入原新一主宰的詩會」，每月一次，定期參加詩會的活動，並將二年來的 27 首詩「納入私家版詩集《徬徨的草笛》」；1942 年又將 36 首詩「納入私家版《花的詩集》」。見《陳千武作品選集》，頁 76。

[5]陳千武在發表於《笠》第 92 期（1979 年 8 月）的〈我的第一首「詩」〉中，提到寫於 1961 年的〈雨中行〉「可以說是我的第一首詩」，見頁 34。這篇文章在收入 1990 年出版的《陳千武作品選集》中時，這句話修正為「是我的中文第一首詩」，見頁 12。於是一直以來，評論者提到此詩時往往誤認為〈雨中行〉是陳千武的第一首中文詩。雖然後來這篇文章再度收入 1997 年出版的《詩的啟示：文學評論集》（南投：南投縣立文化中心，1997 年，頁 121~127）時，這句話已修正為〈雨中行〉可以說是我喜愛的第一首詩」（頁 124），意即〈雨中行〉是他最滿意的第一首中文詩；但是，這樣的誤會並未得到澄清。其實在《笠》發表時，同一頁的上半段裡，陳千武已經說：「臺灣光復後，由於語言的阻礙，我停止寫作十幾年，到民國 47 年 1 月 10 日，我用中文寫的詩〈外景〉一首在《聯合報》「藍星詩頁」上發表，便又恢復了執迷於詩的生活。」所以陳千武第一首中文詩應該是這首發表於 1958 年 1 月 10 日的〈外景〉。

象化[6]的手法有了精釆的展現,「春」便顯得具體可感了;〈砍伐跡地〉(頁
25～26):「烏鴉啣著灰白的夢幻滑過」也是同樣手法的運用,語言因此有
了更高的質感;〈梅雨〉(頁 6)的最後一行「孵化綠油油的夏天」也有異
曲同工之妙,濕答答的梅雨會將綠油油而晴朗的夏天「孵」出來,令人相
當期待;又如〈月光〉(頁 9):「榕樹傘下的方窗又告失眠了」,則是以簡
單的「擬人法」,使人聯想到詩中人的眼睛(靈魂之「窗」)一夜都未曾閉
上,把窗內詩中人的情傷失眠,動人而傳神的表達出來;〈雲‧水壩〉(頁
17):「深淵處,綠色的魚與白色的魚在調情」,則把白雲倒映在綠波蕩漾的
水壩中的景象,以飛躍的想像力表現出來。由這些例子,可以知道陳千武
在技巧的琢磨上所下的功夫及成就。又例如〈髭〉(頁 11):

> 新的鍋子已變成紫黑色了。/用棕刷子磨擦的事,/慾求光澤潤生的
> 事/有時候她想得很需要。

　　也許是受到日本文學的影響,陳千武在一般人認為相當保守的年代,
寫了不少精釆的性愛或有性愛暗示的詩,如本詩與〈髮〉(頁 7)、〈草坪
上〉(頁 12)等,成為難得的先行者。詩中利用深刻的隱喻手法,把一個
「新婚過了幾個月後的女人的心事」[7],即難以啟齒的性,做了最佳的暗
示。就像新買的鍋子在被燻成紫黑色之後,需要用棕刷子摩擦刷洗,使它
重新恢復光澤;而新嫁的少婦在刷鍋子的時候,因為摩擦刷洗的動作而想
起耳鬢廝磨的甜蜜感覺,頓時覺得很渴望獲得這種親密感,也是人性之
常。語言看似簡單,其實詩意被深刻的隱藏了起來,在看似沒有刻意運用
技巧的情況下,語言已被高度濃縮,獲得了強大的張力。

---

[6]「形象化」即「擬虛為實」的方法,屬於「轉化」的一種,見黃慶萱,《修辭學》(臺北:三民書
　局,1992 年),頁 268～269、278～282。本文所使用之辭格定義,俱採此書。
[7]見陳千武,《現代詩淺說》(臺中:學人文化公司,1979 年),頁 168。

　　陳千武早期詩作對技巧性的重視，還可以從他對超現實技巧的運用中看出，而這種傾向也是從早期詩作便一直有的，甚至於在日據時期詩作中就可以看出來了，例如收錄在《陳千武作品選集》中的〈旅情〉（頁 18～19）有這樣的詩句：「風死在站員的肩膀」；在〈夏宵〉（頁 22）裡，也有「月亮，在天空闊步走著」的句子，這些詩的語言風格都是超現實味道相當濃厚的。即使日據時期的陳千武並沒有發展出超現實的詩風，但超現實主義在日本從 1925 年在《文藝耽美》雜誌上開始被介紹以來，在日本詩壇就一直不斷的發展[8]；而 1933 年 6 月[9]，臺灣本土詩人水蔭萍（楊熾昌）糾集林永修、張良典、李張瑞和日本人戶田房子、岸麗子等同好所組織的「風車詩社」，也是以超現實主義為訴求的。以陳千武對日本詩壇的瘋狂閱讀與熟悉[10]，及臺灣本土詩壇超現實運動的可能影響，加上 1970 年代他對超現實詩的再三介紹與辯護[11]，陳千武在詩的起步階段受到超現實詩風的影響是相當自然的，而後來他的詩中一直不乏超現實技巧也是必然的。正如 1950、1960 年代超現實主義對臺灣詩壇的「技術訓練」一樣，超現實主義對初期的陳千武而言，的確是一個磨練與展現詩作技巧的好方法。

　　這種超現實技巧的使用到了《密林詩抄》裡有更成功的操作，例如〈髮〉（頁 7）第二段：「聽診地心的血脈鼓動的聲音／像鐵軌上鐵輪的駛過……」，寫激情纏綿時「女人的心臟血脈的鼓動」[12]，有驚人而超現實的

---

[8]〈日據時代臺灣詩壇的超現實主義運動──風車詩社的詩運動〉，《臺灣現代詩史論》（臺北：文訊雜誌社，1996 年），頁 21～34。

[9] 風車詩社成立時間向有 1933、1935 年二說，主張 1935 年的如林佩芬 1984 年的訪問記，〈永不停息的風車──訪楊熾昌先生〉，《水蔭萍作品集》（臺南：臺南市立文化中心，1995 年），頁 263～279，說見頁 275；或者像葉笛，〈日據時代臺灣詩壇的超現實主義運動──風車詩社的詩運動〉，《臺灣現代詩史論》（臺北：文訊雜誌社，1996 年），頁 27。不過此說已為呂興昌，〈楊熾昌生平著作年表初稿〉所修正，見《臺灣詩人研究論文集》（臺南：臺南市立文化中心，1995 年 4 月），頁 161～216，見頁 169。本文採呂氏新說。

[10] 日據時代，陳千武透過到圖書館與在書店站讀，對日本詩壇作品與理論，展開大量的閱讀與吸收。參見陳千武，〈文學少年時〉，《民眾日報》，1981 年 1 月 3 日。

[11] 見陳千武在《現代詩淺說》（臺中：學人文化公司，1979 年）中的三篇文章：〈難懂的詩〉（頁 22～36）、〈詩的動機和主題〉（頁 48～59）、〈西脇順三郎的超現實觀〉（頁 117～120）。

[12] 陳千武在《現代詩淺說》中說這首詩寫的是做愛時的經驗，而這兩句寫的是女人心臟血脈的急促鼓動，見頁 160。

想像力，將詩中人俯身在激情的女子胸口所聽到的聲響做了具體的傳達。
又如〈壁〉（頁 44）：「我以時間，剪貼自己的影子／疊入死亡的里程碑」，
每過一日，死亡即逼進一日，每一天，都像我自己用時間的剪刀，把自己
的影子剪下，一天一天的貼在一起，成爲死亡的里程碑，這也是超現實手
法的運用。又如〈星之夜〉（頁 34）：

> 夜景已深／繫於鬱悒的狗吠著／／塗抹晝午的清醒裝入墨繪的畫框／
> 幾顆未來在躊躇……／幾顆過去在徬徨……／於現實飛躍的睡眠的邊
> 緣／於鬱悒的獄外，許多慾望的彩燈亮著／亮著──女人們用鬍鬚編
> 織意想外的故事／／時針的眼　憐憫地凝望我／夜景已深　意念的狗
> 吠著／吠著　睡眠又飛躍又墜落／吠著　花與月躲藏起來了

　　嚴格說起來，這不是超現實詩，只是詩中運用了超現實的技巧，製造
出一種孤高徬徨迷濛神祕的氣氛，詩中有謹慎憂鬱的心境，有躊躇徬徨的
人生抉擇，有被壓抑的性的苦悶，還有遠方單調淒厲的狗吠聲，而這一切
通通匯聚爲無眠的夜晚中，潛伏在自己心中那頭「意念的狗」的吠叫聲，
時而遠、時而近，時而真實、時而虛幻。
　　與超現實技巧類似的是一種神祕氣息的醞釀。例如〈陋巷〉（頁 38）：

> 鋼泥的層樓　有如／三千年輪檜木的威嚴／窗窗窗的明滅　像／枝上
> 千萬隻貓頭鷹的眼睛／／棲息於城市的密林／一隻可憐的過街鼠／模
> 倣市虎躍過斑馬線／仍尋不到充饑的食物／貧窮的輪胎爆破於陋巷

　　把水泥叢林與城市陋巷的安靜，寫得好像原始密林般的神祕，氣氛的
醞造極爲成功。「窗窗窗的明滅」，運用了一點視覺暗示的手法，營造了站
滿千萬隻貓頭鷹的原始密林，在夜晚中只見千萬隻發光的眼睛的神祕恐怖
氣氛，而意象的實質其實是一長排或一大棟水泥樓房繁複眾多的窗口所散

出的燈光。這樣的寫法可以說是一種把尋常經驗透過「創造性變形」，取得「陌生化」[13]的驚異感，從而製造新的詩境的手法。而「貧窮的輪胎爆破於陋巷」，則把陋巷之「陋」與貧，以靜物畫的視覺效果，真實的呈現在我們眼前，令人一看到詩句，腦海中即閃過一幅散發神祕、貧窮、簡陋的靜物畫的畫面，引起我們對這悲慘世界諸多熟悉的聯想。透過這樣技巧性的處理，詩的張力遂達到頂點。

陳千武早期詩作的技巧性也表現在結構經營上。如〈晚秋〉（頁 18）：

自你遠離了於最後的春天／你底笑聲和細語／仍懸掛在院裡[14]的樹枝／任四季的風雨飄灑／／──如今／一葉笑聲淡黃了／被風吹起翩翩落地／一片愛語枯萎了／被冷雨無情的敲擊／／我得穿著木屐出去／將掉落的一片片檢起來／將已褪色而枯淡的／生命重新拼在一塊兒／準備貼在／明春新買的紀念冊上

除了第一行的「於」是一個稍有瑕疵的倒裝之外，整首詩結構嚴謹、語言抒情動人。第一段裡，自從「你」在最後一個春天離去之後，對「我」來說，卻彷彿從不曾離去一樣，因為在院裡的每一片葉子、每一根枝幹、每一個季節、每一場風雨中，我都聽到你的笑聲和細語。在這裡，陳千武把「轉化」手法中的三種方法交揉在一起：先用「物性化」（一般或稱「擬物法」）的手法「擬人為物」，使得「你」成為樹上的每一片葉子、每一根枝幹；然後用「人性化」（一般或稱「擬人法」）的手法「擬物為人」，暗示了從今以後，樹上的每一次葉落、每一個變化都是因為你，都讓我想起你，於是樹上的每一片葉子、每一根枝幹都成為你；然後用「形象化」（一般或稱「具象法」）的手法「擬虛為實」，於是你的所有聲音，都成

---

[13]「陌生化」是俄國形式主義文學批評的核心概念，他們認為「藝術的使命不在於是真是假地模仿自然，而在於對自然（其中也包括現實生活）進行創造性的變形。」見張冰，《陌生化詩學：俄國形式主義研究》（北京：北京師範大學出版社，2000 年 11 月），頁 66。
[14]原作「里」，疑誤。

爲可視可觸的實體，風來，每一片葉子都搖曳著你的丰姿與笑語。「轉化」技巧的運用，在第一段裡，詩人成功的造成聽覺向視覺的轉換。

第二段，延續第一段的聽覺、視覺的轉換，笑聲與細語轉化爲落葉，遭遇風吹雨打，幸福的假象破滅，氣氛哀愁而淒美。在這一段裡，陳千武加入了兩個韻腳（地、擊），配合韻律的諧和，強化詩的美感。

第三段的第一行，以「去」延續前一段的韻律，並利用韻律的延續，巧妙地也把聽覺、視覺轉換的詩意承續了過來，使得結構更完整，同時本身又有新的押韻設計（來、在），兩相作用下，詩遂有了精采的結尾：把一片片枯葉撿拾拼貼在春天新買的紀念冊上，則你永遠保有離開時的春天的面容，而我也永遠保有拼貼時的春天的記憶。如此技巧處理，動人之極。

《密林詩抄》裡還有另首佳作：〈路〉（頁 39～40），可視爲陳千武上承日據時期對歷史根源的探求[15]，下開往後中文詩作深刻歷史意識的作品：

> 北京猿人偶然涉過／毛蟲與花甲蟲爬過／以及鐵蹄載著異變奔過／終於堆積歷史　的飄帶／佩於山崗無盡的／／蜿蜒於五十萬年的地殼／穿過晚霞的鄉村／插進霓虹的夜都市／意欲伸出海峽——／而都市的夜悠長……／／鐵蹄的騷音幾乎被遺忘了／飛快車與毛蟲齊驅／花甲蟲與汽車共沾朝露／傳統或反傳統都沿著路進入夜／把進化論浸於繽紛的溶液吧！／／紅色與綠色的飄帶交叉著／與我的命運交叉著／交叉著經與緯　純潔與淫亂／而路的夜是那麼長／把文明塗上女人的嘴唇吧！

第一段的前三行，陳千武以看來簡潔，而其實強度極大、極爲濃縮的語言，展現了大尺度的時空壓縮與融合交錯，以一條路見證了整個人類的

---

[15]陳千武日據時期詩作已表現出強烈的歷史根源感，見呂興昌，〈桓夫生平及其日據時期新詩研究〉，收入《桓夫詩評論資料選集》（高雄：春暉出版社，1997年），頁 461、465。

文明演進、興亡盛衰，寫出歷史的縱深感。詩表面上寫的是整個人類的歷史，實際上同時也在寫多災多難的臺灣。所以到了第二段，路穿過鄉村、插進都市，卻跨不出海峽，因爲島上的夜充滿五光十色的霓虹燈。在此，詩人意有所指的暗諷島上的繁華與墮落，「都市的夜悠長」一句隱喻島上政權與人心的長睡不起。

　　第三段，在戰爭與災難過了之後，人們輕易的遺忘了這些印記，文明（飛快車、汽車）又快速進展，甚至破壞自然（毛蟲、花甲蟲），也破壞傳統，引起傳統、反傳統之爭。詩人無法忍受這些紛擾，所以他呼喚「夜」的來臨，讓世界重歸寂滅。不過，這當然只是暫時的逃避而已！

　　末段，「紅色與綠色的飄帶」象徵政權的標記（同第一段的「飄帶」），人類的文明、臺灣的命運都一樣，就在政權的交替中延續下去，而小我的命運也交纏在大我之中，交纏在經緯變遷、正亂反治之間。詩的結束處，陳千武再度使用「夜」，以隱喻文明的負面與罪惡，並反諷與質疑地寫道：整個人類文明的成果，或整個臺灣的進步，結果似乎只是像一支唇膏，只能讓女人擦擦嘴唇！言下之意，只是物質的，而不是精神的、心靈的。

　　在詩中，陳千武表現了深刻的歷史意識，也表達出在歷史洪流中，小我的命運是無法自外於大我的，言語之間既充滿知性的命定論，也充滿無可奈何的情緒與批判的精神。濃縮的語言，讓詩充滿了詮釋的張力。

　　至於《密林詩抄》中的名詩〈密林〉（頁 48），本來極爲精采，堪稱壓卷之作，尤其是詩中深刻的歷史情懷、對自我靈魂的呼喚與「樹與樹之間遍布空虛」、「世紀的風雨沉澱在此」的語言，真是令人讚賞，但此詩其實是 1941 年日文舊作的中譯[16]，所以在此割捨，不予討論。

三、《不眠的眼》、《野鹿》：成熟與轉變的痕跡

（一）《不眠的眼》

---

[16]此詩又見《陳千武精選詩集》，頁 105。詩下陳千武自註「1941 年作品，刊於《臺灣新民報》」，此集爲作者自選，應該無誤。

　　到了第二本詩集《不眠的眼》，陳千武的技巧越來越成熟，佳句多於佳篇的情況已經不見，語言的詩質與張力也增強。如〈遺忘之歌〉（頁3）：

　　　　於無涯的地平線上／呼吸泥土發散的香味／夢　在思維之外／麻栗樹的闊葉飄落了／／佇立在秋　聽枯椏呼喚／渴望／的春霧　遲疑在遠方／／巒峰睡著／誰也不想重述那些／經歷過的島嶼和激流——／而熟悉的語言都生鏽了／如今　該遺忘／或不該遺忘的都遺忘了／／幻想的山躑躅／開在被覆蓋的熔岩上／有誰記得／雨打日暮的悲歌……

　　開卷即為佳作。第一段的寧靜氣氛在葉落之際，被烘托到最靜美的地步，立下全詩的基調；然則「一葉之秋」，靜中有動，歲月如流水，正載著落葉，向遠方流逝，而這也為「遺忘」的主題，鋪下伏筆與背景。第二段的跨行處理，自然而高明，第一次的切斷，造成讀者閱讀上的疑惑與懸念：枯椏要呼喚什麼呢？到了第二行，詩人仍然沒有公布答案，甚至再度切斷語法，製造了新的懸疑：渴望什麼呢？兩次的中斷、懸念，使得讀者的閱讀期待達到高潮，而詩的張力也到達極致。另外，由於跨行的巧妙處理，衍生出詩的兩種可能的讀法：「渴望的春霧」可以與上一行結合為「聽枯椏呼喚渴望的春霧」，也可以與下一行結合為「渴望的春霧遲疑在遠方」，造成語言的彈性，增加了詮釋的空間。除了跨行技巧的高明之外，在此，詩人又塑造了一個成功的意象「枯椏」，用以象徵自我的內心：由其「枯」，顯見其內心歷經了歲月的滄桑；由其對春霧的呼喚、渴望與春霧的「遲疑在遠方」，則顯見其內心對美好期待的強烈渴求，與隨之而來的失落與悲傷。

　　第三段的「峰巒睡著」，呼應了第一段的「夢」與寧靜氣氛。「經歷過的島嶼和激流」，則呼應了第二段的「枯」，正是這些象徵生命中的阻礙與危難（被殖民的悲慘、戰場上的恐懼、228事件、白色恐怖等）的島嶼和激流，使他歷盡滄桑，從春綠變成枯椏。而「遺忘」則呼應了第二段對春

霧的渴望與春霧的遲疑，正因爲期待中的美好事物一直沒有實現，所以時日一久，只好遺忘，而其實這遺忘並非眞的遺忘，而是刻意的，因爲只有遺忘，才能忘卻內心的失落與悲傷。

到了第四段，「熔岩」的意象強烈的象徵詩人內心曾經有過的狂暴與激烈；而今，熔岩已被那些象徵阻礙與危難的島嶼和激流「覆蓋」，年輕時的狂暴與激烈，也該遺忘了，然而，故事也許可忘，那縈迴心中的悲傷旋律如何能忘呢？

整首詩結構嚴整，技巧成熟，意象具體而象徵深刻，語言張力藏得更深也更強。又如〈在母親的腹中〉（頁 27～28）也是很好的例子，此詩上承《密林詩抄》〈路〉（頁 39～40）以來的歷史意識，語言略帶點超現實風，技巧高超而自然。

在《不眠的眼》中，陳千武在語言臻於成熟的同時，也開始有了新的轉變，即敘述性的逐漸顯露。例如〈童年的詩〉（頁 29～30），詩人以「銀色的佩刀響著冰寒的亮聲」一句暗示對日本警察的恐怖印象，把視覺（「顏色」——銀色與「明暗」——亮）、聽覺（「響」著亮「聲」）、觸覺（冰寒）等三種感官交揉濃縮於一個句子裡，而且「響著冰寒的亮聲」更有一種冷入脊髓的恐懼，傳神之極；又如「黑雲懸掛在枝梢」一句，也運用了極佳的象徵手法，以最少的文字，把殖民政權下的陰霾壓力與無所不在的監視，做了最強烈的展示。然而在這樣高度的技巧操作中，同時也充滿「我底童年上『公學校』的書袋裡／裝滿著教我做『賢明的愚人』的書籍……」等敘述性的語言。

這種敘述性的傾向逐漸增強的結果，在詩集裡，也產生了一些以這樣的語言爲主所創作出來的佳篇，如〈信鴿〉（頁 40～41）、〈咀嚼〉（頁 50～51）、〈旅愁〉（頁 63～64）等，前二首論者已多，且看〈旅愁〉：

靜謐　靜謐的霧雨迷茫／迷茫於山峽的小驛站——／明暗裡一幅現代印象畫／畫出唯一月臺／老站長又扳下一黃昏的轉轍器／／瞧瞧攜帶

的錶／等候即將進站的誤了時的慢車／似等候依序而來的生日／在人
生漫長的回憶劃下了信號／為了一則平安　老站長／廝守著　一輩子
在閃亮的紅紅綠綠／／有時　折一支白色的梅花／插上襟邊　哼著孩
提的歌　在山澗／憂愁地　冰冷地迴響著孤獨／風　停泊在那不甚筆
挺的肩膀／／哦！　悠閒的月臺上／又駛進了旅客擁擠的列車／車廂
閃閃的銀色螢光／絢爛地照亮了老站長紋皺底臉……

　　一個山間小站，誤點的列車慢慢的進站，又慢慢的開出，老站長的一
生就在這列車的進進出出與旅客的人來人往之間流逝了。詩的節奏緩慢而
悠閒，就像老站長的工作與心情一樣，他等候誤了時的慢車，如等候自己
「依序而來的生日」，生命就如此依序消逝，誰也沒有能力阻止，偶爾折一
支白色的梅花，想起時候的歌曲，心中有一點孤獨感、一點高潔感。肩膀
已不甚筆挺了、皺紋已爬滿臉龐了，為了一則平安，老站長仍然廝守著小
站的紅紅綠綠。莫渝曾比較過此詩與日據時期作品〈旅情〉（《陳千武作品
精選集》，頁 18～19）的類似性，並以兩者的關係詢問詩人，陳千武的回
答是兩者之間完全沒有刻意影響或傳承的關係[17]。既然如此，在這前後兩
首類似的詩作中，〈旅情〉的高度技巧經營，如後兩段：「手摘的白梅花枝
／嫣[18]然／懸掛著少女們的歡笑／／風死在站員的肩膀／慢時的小火車不
久會進站吧／青淡的瓦斯燈／在小型的車廂裡／絢爛地會開著什麼花
呢？」與見不到技巧經營，只是將人生如旅的歲月閒愁平敘道來的〈旅
愁〉，便是最好的對比，也可以看到陳千武語言朝敘述、平易轉變的軌跡。
　　在《不眠的眼》的〈後記〉中，陳千武說：「對於『詩該怎麼寫』這種
化妝的詩我毫無考究。比較偏於執著『要寫什麼詩』。……因我的語言和文
字的修練淺薄而幼稚，無法化妝詩，所以懶得加以考究。」這段話宣告了
他主題內容重於文字技巧的詩觀，對於他的詩語言的轉變，提供了一個間

---

[17]見莫渝，〈寂寞黃昏雨——談〈旅情〉和〈旅愁〉〉，收入《桓夫評論資料選集》，頁 84～90。
[18]原作「焉」，疑誤。

接但有力的說明。

（二）《野鹿》

到了《野鹿》，陳千武的技巧仍有精釆的展現，如〈飛行雲〉（頁 16～17），以「火車穿破我們的手掌」、「噴射機穿過我們的胸膛」、「那些神燈的故事／火呀火呀火燒我們的幼稚」的超現實技巧，破除「超越現實、離開現實」的迷信思想，詩思本身就是相當有趣的，技巧的表現也是相當成功的，而此詩也是陳千武後來詩作重要主題之一——表現知識分子對迷信思想之攻擊——的源頭[19]。類似的例子又如〈摩托車〉（頁 20～21）、〈皺紋〉（頁 26～27）、〈線〉（頁 28～29）等。

如果說《不眠的眼》是在高度技巧中加入敘述性的轉變，《野鹿》則是平分秋色了，敘述性語言與技巧性的語言各有精釆的表現，而且往往彼此交揉。開篇第一首〈獨木舟〉（頁 2～6）就是一個好例子，詩中記述詩人父親患癌症逝世前的痛苦與詩人內心的傷痛，整首詩都以敘述性的語言進行，然而其中也穿插了部分的意象語，如形容死亡的「失去光潤的白象牙的死接近您」，隱喻癌細胞的「毒蛇舌尖的紅絲」、「超越數字的蛇群」，隱喻生命的脆弱的「生命在晨露的脆弱裡閃耀」等。

完全以敘述性語言寫就的佳作，在《野鹿》中開始大量出現，例如〈假日〉（頁 30～31），此詩語言平淡無奇，然而卻可以說是化平凡為神奇的佳例，在假日時人擠人的擁擠車廂中，詩中男子發現一個女子「右腿密接在我底左腿」、「妳底薰香」／偎倚著我底重心跟隨著／鋼軌的飛奔使妳柔軟的隆起抖顫在我底胸前」，而開始思索「這種特異的場面／妳曾經和非妳丈夫的人有過經驗沒有？」「陌生的我們瞬間已是這麼親密／如果如果妳我之間就這樣牽纏繼續一生……」，甚至於幻想如果此時發生大爆炸，「殘留著妳和我在這一片／祇有軌道橫臥的曠野上仍然／腿密接著腿——那麼

---

[19] 在這之前，《密林詩抄》中的〈檳榔樹〉（頁 28～29）與《不眠的眼》中的〈門〉（頁 33），表現的主題較傾向於對神明所代表的權威的諷刺批判，政治性格較為顯明；此詩則直接針對迷信加以批判。關於前者，日本學者秋吉久紀夫在〈陳千武詩中的媽祖〉中亦略為論及，此文收入《桓夫詩評論資料選集》，頁 375～426，論及處見頁 414～420。

／妳會伸出臂膀擁抱我嗎？／噢！陌生的太太」。雖然是偶然的遐思，但對於活在符號化與象徵化的世界中的我們，這樣的思考其實有更深刻的意涵，詩人讓我們反省、思考人性中情感、情慾的奧祕與界限、肢體動作的象徵意涵與人際之間的微妙關係。又如〈媽祖生〉（頁 52～53）、〈春喜〉（頁 54～55）、〈廟前大街〉（頁 48～49），也都是以純敘述語言寫作的成功作品。〈媽祖生〉、〈春喜〉兩首詩論者已多，相對之下，充滿實驗性的〈廟前大街〉則未見討論，值得一看：

> 新娘的花轎過了　　之後
> 送葬的行列過了　　之後
> 產婆的摩托車飛奔而過
>
> 鞭炮劈劈拍拍劈劈拍拍／恭喜發財劈劈拍拍劈劈拍拍／地理師道士和尚頭劈劈拍拍劈劈拍拍／發財與棺材劈劈拍拍劈劈拍拍／感情的媒介者　俗規的支配者／戰爭　機關鎗邱岡舍放大炮　劈―普―／火藥的發明者　得意的／劈劈拍拍　劈劈拍拍完了／看城煌爺出巡去　劈劈拍拍　完了／看媽祖婆逛街去　劈劈拍拍　完了／／新娘的尼龍衣裳很美／覆蓋棺木的錦繡衣布很美／來了　過了　之後／藍天　噴射機雲飄得高高

　　詩全以平易的敘述語言寫成。第一段的文字排列有些圖象性的視覺暗示，前兩行的上半行暗示迎娶與送葬的行列，兩個「之後」暗示圍觀的人群，中間的空格則是兩者之間的間隔，第三行則是產婆的摩托車呼嘯而過的身影，為了表示快速飛奔而過，所以中間沒有留下空格。這樣的圖象處理，令人聯想到林亨泰的〈風景No.1〉、〈風景No.2〉[20]。而在這一段裡，把

---

[20]林亨泰這兩首詩發表於 1959 年 10 月，引起相當多的討論，後來收入《林亨泰全集二》（彰化：彰化縣立文化中心，1998 年），頁 126、127。關於這兩首詩的視覺圖象暗示及相關討論，可以參考丁旭輝，〈臺灣現代詩圖象技巧研究〉（高雄：春暉出版社，2000 年）或丁旭輝，〈林亨泰符號

人生的三個重要關鍵：結婚、生產、死亡放在一起，也有解剖人生、呈露人生的深刻意味。

　　第二段更是實驗性、前衛性的成功展現。詩中以一連串的「劈劈拍拍」的鞭炮聲製造吵雜的音響效果，而在這吵雜的鞭炮聲中，其實隱藏了諸多人生的聲響，包括寒喧聲、作法聲、機槍聲、放屁聲（邱岡舍放大炮）、廟會聲等。而這些聲音，都代表虛假、迷信、殘忍與醜陋，卻寫得熱鬧滾滾，這種以破壞爲建設的筆法與後現代的語言遊戲味道與幽默感不禁讓人聯想到由機關槍的「答、答、答」聲音轉變而來的「達達主義」，而其將人生諸番平凡面目在詩中加以「創造性變形」，在平凡無奇處創造詩性空間的「陌生化」功力，則令人稱奇！

　　最後一段又把新娘的尼龍衣之美與覆蓋棺木的錦繡衣之美相提並論，卻未作任何評論，而只以藍天上，噴射機飛過後殘留的雲氣，做了無言而冷靜的結語。

　　全詩雖然充滿實驗性，但語言在平易中展開敘述，呈顯人生的現象，及隱藏在現象背後呼之欲出的批判、譏諷與省思的本質。不見技巧操弄，顯現出陳千武游刃有餘的語言駕馭功力與詩學的創意。

四、七十年代以後：圓融平易的語言與深刻的詩境

（一）「真摯性」的提出

　　1963 年 3 月，《密林詩抄》出版時，除了詩作之外只有一篇杜國清的〈寫在集後〉（頁 51～55），陳千武本人並沒有表達任何意見。1964 年 3 月笠詩社成立，6 月《笠》詩刊創刊，陳千武爲 12 位發起人之一。自從加入笠詩社以來，陳千武開始表達明確的詩觀，詩風也開始有了變化：1965 年10 月，《不眠的眼》出版，在〈後記〉中，陳千武表達了他主題內容重於文字技巧的詩觀（見上文），詩語言也開始傾向於敘述性；1969 年 12 月，

《野鹿》出版，這種敘述性的語言有了更清楚明朗的發展。1970 年代，也就是《媽祖的纏足》以後，這種敘述性的語言成為陳千武詩作的標準語言，技巧性的操作一則被深化，同時也被淡化。造成這種徹底的轉變，是因為「真摯性」詩觀的提出。

1974 年 12 月，陳千武在《媽祖的纏足‧後記》裡首次提到「真摯性」，1988 年在《愛的書籤‧後記》裡又再次提到。其實「真摯性」的詩觀，在陳千武加入笠詩社以後的《不眠的眼》與《野鹿》的作品中，已經表現大部分的傾向，只是尚未提出明確的口號而已，後來這個口號的提出，應是受了林亨泰的影響所致。林亨泰不管是在 1950 年代的《現代詩》時期，或是在 1960 年代中期以後的《笠》時期，都是集團內部的理論大將。1968 年 1 月，林亨泰在笠詩社發行他的第一本詩論集《現代詩的基本精神──論真摯性──》[21]，極力主張現代詩的基本精神為「真摯性」，書末版權頁上所列的函購帳號下註明為「陳武雄帳戶」，陳武雄即陳千武的本名。而《媽祖的纏足》為 1969 年 12 月《野鹿》出版之後到 1974 年 12 月間陳千武分行詩作的結集，所以「真摯性」詩觀的形成，最早可以追溯到 1969 年底，這正是林亨泰提出理論的隔一年。

何謂「真摯性」？林亨泰在《現代詩的基本精神──論真摯性──》中，對「真摯性」並沒有明確清楚的定義與說明，只引考克多（Jean Cocteau 1889～1963）討論一切，暴露一切，赤裸裸的生活著。為了要彌補意欲成為一個堅強的人之不足，我想盡辦法利用人類天賦中的另一極限，即表示著貧弱一面極限的，這種真摯性」（頁 15）的說法來間接解釋，並在這段引言下說明自己的理解：「就是說對於一般人所不欲言的，甚至自己的弱點（愚昧、下賤、懦弱、混亂、虛偽等）也毫無掩飾地率直地描繪出來。」（頁 15）在舉紀弦詩作為例之後，他又說：「這種毫不保留的坦白，正好構成了詩的真摯性」（頁 15）、「同時也能夠知道『真摯性』怎樣淨化

---

[21]林亨泰，《現代詩的基本精神──論真摯性──》（臺中：笠詩刊社，1968 年）。

日常用語，怎樣從習慣化僵硬化的狀態中獲得新生命與旺盛的活力，以及日常用語怎樣從散文的次元，飛躍到詩的次元而成為詩用語的理由了。」（頁 27）在比較瘂弦、商禽各自的作品優劣時，他認為瘂弦的〈另一種理由〉比〈巴黎〉好、商禽的〈事件〉比〈長頸鹿〉好的理由在於他們是更為真摯的（頁 41），並說他們「詩的張力更加拉緊了」（頁 42），並且認為一樣是真摯的，而瘂弦的作品比紀弦「在感動讀者這一點上」是「更富於暗示」、「更為持久」的，原因即在於「如果是紀弦，通常會以『直接的聲音』從心靈深處『吶喊』出來，瘂弦卻是以語言的技巧先予冷凝，然後再做為『人工的語言』而寫下的」（頁 42）。在書的「結語」中，林亨泰說：「只要詩人是真摯的，他一定會以全世界人類為整體而把握它，毫不吝惜地把自己的命運賭在時代和全人類的命運裡面的。」（頁 74）歸納林亨泰的意思，他所謂的「真摯性」包括詩的兩個方面：在內容上，坦然無遮掩，即直抒胸臆、暴露自己，關懷社會、時代與全體人類；在技巧上，透過淨化日常用語，從日常用語中提煉詩語，不排斥技巧與張力。

　　陳千武則在《媽祖的纏足・後記》中說：「語言只是工具而已。詩必須內含真摯性的意象（Image）[22]，才能有詩想的發端。有真摯性的詩想湧現，詩就不受使用的語言左右，詩意仍會自然發展下去。我靠詩想的自然發展寫詩，而在詩想的發展中，並未曾考慮過硬用所謂極為藝術化的詩語來編綴。」（頁 163）在《愛的書籤・後記》中又說：「說抒情，我卻不喜歡被軟弱的感情所驅使而流淚。我所重視的是知性的哀愁，坦[23]率地抓住批判性、閃電性的感覺，毫無隱瞞地，表現真摯性的情愛。」（頁 89）歸納陳千武兩次對「真摯性」的發言，意義大抵延續了《不眠的眼・後記》中，主題內容重於文字技巧的詩觀，不過在此，他又明確的強調以「詩想的自然發展」、「毫無隱瞞」等忠於自我心靈、坦率直接的表達方式來寫詩，並加入「批判性」的觀念。

---

[22]原文誤作 imaqe。
[23]原文誤作「担」。

　　除此之外，在前後兩次提出「真摯性」的中間，他在 1979 年出版的詩
論集《現代詩淺說》[24]中，多次提到他的詩觀，雖然並未使用「真摯性」
一詞，不過仍然可以當成他對「真摯性」的補充，例如在〈詩的認識〉中
他說：「我們必須不斷地努力，使詩與現實接觸。」（頁 2）在〈詩的語
言〉中說：「所謂詩語，應該從日常用語裡抽出來造成的。……那就是使用
日常用語，創造非日常的世界的時候，詩的語言便會出現。」（頁 7）在
〈詩的大眾化〉（頁 96～104）中則提倡詩語言的淺易。這些詩觀融入「真
摯性」的內涵之中，造成 1970 年代以後陳千武詩語言風格的徹底轉變，他
從日常用語中提煉詩的語言，追求淺易、明朗、生活化與敘述化，力求以
圓融平易的語言，創造深刻動人的詩境。當然，隨著創作經驗的累積，技
巧會不斷的深化，但 1970 年代以後的陳千武，在技巧深化的同時也將它淡
化了，不再刻意追求、鍛鍊與雕琢技巧。即使陳千武在書中三次提到超現
實主義（見上文），不過一方面那比較傾向於向社會大眾介紹詩歌派別的性
質，一方面 1970 年代以後，陳千武即使有超現實的表現或像他在〈詩的象
徵〉中說的：「從詩裡丟棄象徵，詩便不成立。」（頁 88）也是著重於詩境
的營造，技巧性也被降到最低了，這在他的作品中可以得到很清楚的印
證。陳千武的「真摯性」與林亨泰所論述的大抵相同，唯一的差異在於陳
千武對技巧性的刻意淡化。

（二）圓融平易的語言與深刻的詩境

　　1970 年代以後，陳千武將早年的技巧予以深化、淡化後，加在生活
化、敘述化的語言之中，著重於抓住事物內在的深層聯繫與詩本質之展
現，創造了一種圓融平易的語言與深刻的詩境。

　　先看《媽祖的纏足》中的例。其中除了極少數像〈夢〉（頁 90～91）
是以技巧性比較高的意象語來寫的之外，絕大多數詩都是以敘述性與生活
性的語言創作的，其中〈溪底石〉（頁 42～43）、〈手術〉（頁 48～49）、〈歌

---

[24]陳千武，《現代詩淺說》。

仔戲〉（頁 55～57）、〈泡沫〉（頁 58～59）、〈給蚊子取個榮譽的名稱吧〉（頁 62～63）、〈影子〉（頁 74～75）、〈迷〉（頁 84～85）、〈死的位置〉（頁 86～87）等都堪稱佳作。例如〈手術〉：

> 大夫診斷說我患了「腸捻轉」……／激痛已久　使我忘卻了／死或不死該如何爭辯？／／……切開糜爛的零件／剔除我的頑固和反抗吧／看起來覺得不順眼的一切／使我自感懺悔的肉片／緊貼著我　那陌生的臟物／害我的黨羽／都把它挖出來丟入垃圾箱裡去／乾脆俐落／／捻轉著的不祇是腸而已吧／也有不相干的感情在捻轉著吧／大夫啊相信您的診斷是正確的／您的手術刀能使我活過來／使我重新看到／親愛的妻子　看到／手術後直線的世界

一個手術的過程，成了思索生命（死或不死該如何爭辯？）與自我懺悔（第二段）的過程。第三段，詩中人進一步反省自己的感情是不是也打結了？在手術之後，不只腸子恢復了順暢，情感與眼光也因面對生命的重大考驗而獲得重新省思的機會，那與結婚幾十年妻子的相處所累積下來的種種心結與塵垢漸多的愛情，那幾十年來看待世界的習慣角度，也解開鬆脫、潔淨如初、重新調整了，所以當他得以再度掙開雙眼，他又重新看到一個至「親」至「愛」的妻子，而原先扭曲變形的世界，也重新以原來的筆直線條呈現在他的眼前了。歷經一場生死交關的過程後，詩中人獲得了一個全新的生命、一個新生的自我。

　　又如〈死的位置〉（頁 86～87），在第一段裡，詩人說「爲了看透明天／纏向未知的夜鋪開被窩」，似乎活者只是爲了好奇明天的自己將會如何，生命好像只是一個無奈的延續！第二段裡，詩人自問，也問所有的你我：「夢消逝了的時候我們走到了什麼地方呢」，的確，在夢醒時分，你得到了什麼？失去了什麼？你走了多少路？未來又將如何過下去？生命的本質與存在的意義又在哪裡？這是詩人對自己的逼問，也是每個人夜闌人靜審視

自己時，都必須面對的問題，這樣的詩，讀來令人泫然欲泣！而到了最後一段，詩人想想，看不透死亡其實是好的，「什麼都看不透也好／只想看看花兒有著樹蔭／只想將手臂和手臂抱在一起」。在這有樹有花有妳的世界，生命畢業是美好的。

這是 1970 年代以後陳千武的典型語言，雖然語言是日常生活中的散文語言，充滿敘述性、生活性，但經過提煉之後，卻表現出深刻的詩境。

再看《安全島》。全集 40 首詩，前 20 首為舊作選輯，後 20 首為新作，新作中〈不必・不必〉（頁 44～45）、〈博愛座〉（頁 46～47）、〈鳥窩〉（頁 48～49）、〈窗〉（頁 50～51）、〈陌生的城市〉（頁 58～60）、〈秋〉（頁 61）、〈事件〉（頁 62～63）、〈風箏〉（頁 66～67）、〈屋頂〉（頁 68～69）、〈神在哪裡〉（頁 89～94）等都是動人的佳作，其中除了〈事件〉的語言技巧性較為顯著之外，其他都是使用從生活語言中提煉而成的詩語所創作而成的典型詩作，例如〈不必・不必〉：

> 不必讓給我位置／小姐　車子開得很快／我底終站馬上會到達……／
> ／不必，不必可憐我／雖然我的年紀這麼大／但年齡不是經過我的努
> 力獲得的／不做過什麼／也會自然這樣醜老／老並不值得令人尊敬的
> 特權／不必優待我　不必／不必同情我的皺紋這麼多／我吃過歷史／
> 吐出了好多固有道德／使臉上的皺紋越多越神氣／不過我知道　我是
> 一個敗家子／連一篇新潮紅樓夢也未曾寫過／／不必　不必捧我場／
> 在這麼擁擠的人群裡／在這麼搖動的公共汽車裡／能夠站得住腳／我
> 才感到安慰／誰也不必扶我下場／我底站馬上會到達

1974 年詩人 53 歲寫了這首詩[25]，從公車上讓座的一件小事與「不必、不必」的日常語言發展成詩，這正是後期陳千武詩的典型手法。第一段看

---

[25]陳千武，《詩的啟示：文學評論集》（南投：南投縣立文化中心，1997 年），頁 176。

似家常對話，其實已暗藏詩的脈絡。第二段一句「年齡不是經過我的努力
獲得的」道出了詩人的人性智慧，也道出了一個簡單、真實，而無人反省
的真相，這便是一種詩性內涵了。尋著這個線索，詩人說他的老，只是因
為吃過歷史，還反省他活得這麼老，卻一點文學上的成績也沒有；一個
「吃」字，道出詩人所經歷過的滄桑，被殖民的辛酸、戰場的死亡陰影，
以及 228 的夢魘、幾十年的監視恐懼等，這近代史中最不堪的一部分，他
都一一和著淚水「吃」了進去；而吃多了肚子不舒服，吐出來的卻是固有
道德，這句話一方面自我諷刺，說自己只會開口閉口拿固有道德訓人，一
方面也諷刺固有道德裡盡是一些令人反胃的東西；最後以《紅樓夢》代表
中國文學的最高成就，說自己一篇也沒寫過，是一個敗家子，實際上則是
一個諷刺筆法，「新潮」二字，其實是暗諷那些襲古為今、盲目時髦的人。
用最尋常的語言，寫最尋常的題材，描述最尋常的心境，卻有了不尋常的
詩性內涵，這便是陳千武在高度技巧的張力語言之外的另一種魅力的展
現。也是他自己詩要「新」、要「令人感到驚訝」、要「打破習慣性」的詩
觀[26]的最佳實踐；而這樣的詩觀，也再次印證了好詩必然是有著「創造性
變形」的「陌生化」的詩。

　　到了第三段，第一段的「我底終站馬上會到達」從原本只是日常對話
的客氣話，到了這裡，當詩人重複這句話時又加上「誰也不必扶我下場」
一句日常普通言語，卻突然獲得詩神的祕密加冕，成為別有所指的詩語
言，暗示「人必有老、人必有死」的人盡皆知卻又神祕無比的真相，展現
詩的語言魅力。如果早期的陳千武是藉高度經營的語言技巧來表現語言的
張力與魅力，那麼後期的陳千武則是表現語言與詩的本質的張力與魅力。

　　《安全島》之後，1988 年，陳千武出版《愛的書籤》，不過從書的
〈後記〉（頁 88～89）裡，我們可以知道這本詩集中的作品其實是 1970 年

---

[26]在〈新的詩想〉一文中，陳千武說：「如果詩不新，缺乏令人感到『驚訝』的要素，就不能稱為
詩。」「所以『驚訝』這一要素，也就含有『打破習慣性』的行為之意。」見陳千武，《現代詩淺
說》，頁 282～286，引文分見頁 282、283。

代中期到 1980 年代中期的情詩結集，與《安全島》屬於同一時期的作品，原本應該在 1984 年就要出版了。其中如〈尋〉（46～47）、〈宴〉（52～53）、〈慾〉（60～61）、〈鄉〉（62～63）、〈瓣〉（70～71）、〈待〉（86～87）等都是佳作，語言抒情而明朗、細膩而甜美，不過因為集中諸作跨越時間較長，比較不能代表陳千武詩作的全貌，而且這些詩的語言成就大概都已經包含在同時期的《安全島》中了，所以此處不再細論。

　　《愛的書籤》之後，《東方的彩虹》為陳千武與二位日、韓詩人的詩作合集。其中除了收入一些舊作之外，新收入的只有 13 首，這 13 首詩除了兩首作於 1987 年之外，都是作於 1986 年之前，論時間，也是與《安全島》同時期的作品，所以此處也不再細論。

　　《東方的彩虹》之後，1990 年，陳千武出版《寫詩有什麼用》，其中部分作品與《安全島》屬於同一時期的舊作；至於新作中也有不少佳作，如〈蒸籠〉：

> 還是把忍耐了一天／鬱積下來的／憤慨／帶回家　放入／妻的蒸籠裡／蒸成／饅頭　吃掉……／／早晚相信／妻的蒸籠　蒸出／健康與溫柔／和藹地　拒絕任何／醞釀不成的／革命……／／日日　不是起床／就是倒臥著的人生／為了愛／妻的蒸籠　蒸出／熱燙燙的／自私……／／自私　才看不到／人家演出的骯髒戲／才聽不到／人家唱出的空城計

　　這是一首結過婚的人才能充分理解的絕妙好詩。第一段把憤慨蒸成饅頭，寫活了妻子以溫柔嫻淑化解了丈夫在外面打拚所不得不忍受的窩囊氣。第二段更精彩，妻的溫柔嫻淑不但讓丈夫保持健康與溫柔，而且「和藹的」、四兩撥千金的化解了婚姻生活中所可能引起的情緒危機與婚姻危機。第三段，「自私」字眼的出現相當突兀，也阻斷了原來的詩想動線，令人有點不知所以。到了第四段，撥雲見日，原來是因為「愛」都是自私

的，愛得越深，自私也就越重，而因爲愛得夠深，才無暇顧及他人的隱
私、看不到他人對婚姻的背叛（骯髒戲）；更重要的，也因爲愛得夠深，自
私得夠深，才不會掉入他人所設計的空城計（仙人跳、婚外情）陷阱了。
用日常的語言，寫日常的題材，卻寫活了人生況味，深得詩之三昧！

　　《寫詩有什麼用》之後，陳千武於 1993 年出版《禱告：詩與族譜》，
其中雖多舊作選輯，但也有幾首新作，其中像〈溝壑〉（頁 53～55），就是
精采無比的，詩分六段 42 行，茲引前兩段爲例：

　　　玉山海拔三九九七米／雪山海拔三八八四米／從頂峰分水嶺流出無數
　　　的溝壑／流入每一個人心皺起一條條的溝／淡水河　大安溪　曾文溪
　　　／還有濁水溪　整年暢流的水濁濁／／臺灣的溝壑特別多／早期的溝
　　　分稱內地和本島／後期的溝分稱本省和外省／大大小小的溝渠匯聚苦
　　　悶的眉頭／自從前世紀末到本世紀末／住民們不分山地或平地／都想
　　　填平人心皺起的溝

　　由山溝、水溝一躍而成人心的鴻溝，陳千武寫來順理成章，流暢自
然，似乎真有其事，這種近乎魔幻寫實的筆法乃是他一直未曾或忘的超現
實筆法的另一種變貌，只是在「真摯性」詩觀的原則下，所使用的語言是
未加技巧處理、保持日常、生活面貌的敘述性語言，以此圓融平易的語言
與深刻的詩境對比早期的超現實詩，前後不同的語言模式及其魅力便清朗
可鑑了。

　　《禱告：詩與族譜》之後，2001 年，陳千武分別於 2 月與 12 月出版
《陳千武精選詩集》與《拾翠逸詩文集》，前者本文不論（見前文），後者
除部分舊作外，其他作品所收錄的範圍由 1950 年代到 1980、1990 年代，
跨越範圍太大，且其語言的成就大抵也已包含於其他單行詩集之中了，所
以不再細論，不過其中所收錄的早期詩作，是做爲對比考察的絕佳材料，
這在前文已經有所引用了。

五、結論

陳千武，一個不肯輕易向語言低頭，而終於跨越語言、征服語言的詩人，我們在他的詩中可以找到苦鬥的痕跡，也可以發現臺灣現代詩豐美的收穫。

《密林詩抄》是他一個充滿張力的切入點，以此，他一腳跨入臺灣現代詩壇，以一種略帶生澀而技巧性極高、充滿張力與濃縮意象的詩語言，創造出個人的詩歌魅力。同屬 1960 年代的另兩本詩集《不眠的眼》與《野鹿》，則一方面繼續發展，並展現更成熟迷人的丰姿，一方面，也開始有所轉變，朝著主題內涵重於技巧鍛鍊的敘述化、平易化的方向，悄悄的醞釀另一種模式的語言風格與詩歌魅力。

1970 年代以後，從《媽祖的纏足》開始，陳千武的詩語言，在「真摯化」詩觀的原則下，技巧在不斷深化之餘也不斷被淡化，陳千武傾其全力從日常生活的語言中提煉詩的語言，企圖以圓融平易的語言，表現深刻的詩境，真摯的面對語言與生活，表現語言與生活最真實的一面，也表現詩人與世界最真摯的一面。以此而形成他後期的另一種詩歌魅力。

期待陳千武的下一本詩集，裡面必有更令人為之著迷的魅力。

備註：

本文曾於 2002 年 11 月 2 日於真理大學「陳千武創作學術研討會」上發表，因會後並未出版正式之論文集，故重新發表於期刊，以利學術之流通切磋

——選自《中央圖書館臺灣分館館刊》第 9 卷第 3 期，2003 年 9 月

陳千武在《笠》發展史上的地位

◎阮美慧[*]

一、前言

1964 年《笠》創刊，陳千武爲 12 位創社成員之一，與吳瀛濤、巫永福、林亨泰、錦連、詹冰、張彥勳、羅浪等同屬於所謂「跨越語言一代」詩人。而他們特殊的文學經歷與認知，見證了日治時期的文學發展，使得戰後因政治因素而中斷的臺灣文學傳統，保有一息尚存的餘力，日後成爲推動臺灣文學的重要推手。

因此，他們都歷經了跨越語言的艱辛，艱困地克服語言障礙，重拾詩筆[1]，直至 1964 年《笠》創刊後，才再度活躍於詩壇。特別是陳千武因對文學懷有高度的熱情，《笠》一創刊，即積極參與《笠》的各項事務，扮演重要的角色，在文學創作或社務推動上影響了《笠》早期的發展。而這些貢獻與付出，不僅延續了他戰前所熱愛的文學生命，同時也展開他戰後另一波文學的高潮。他長期對《笠》的關注與投入，引領《笠》朝著臺灣現實精神前進，集結一群有理想性、批判性的詩人，從 1960 年代一直延續至今，使《笠》成爲戰後最具代表性的本土詩社。此外，《笠》肩荷著延續臺灣文學精神，傳承臺灣文學香火的使命，因此，在現實環境中，詩是如此小眾，但《笠》卻仍堅持發出異質、有力的聲音。

---

[*]發表文章時爲東海大學中國文學系助理教授，現爲東海大學中國文學系副教授。
[1]陳千武於《笠》1964 年創刊前，已有許多重要的作品發表，如〈鼓手之歌〉（1961 年）、〈雨中行〉（1961 年）、〈密林〉（1962 年）等，收入氏著《密林詩抄》（臺北：現代文學雜誌社），1963 年。

綜觀陳千武前後四、五十年的文學成就，除了詩作著作等身之外[2]，對於迻譯日本詩學、詩作、詩人譯介等，強化臺灣現代詩的體質，亦是不遺餘力。曾以翻譯著作《日本現代詩選》獲得第一屆笠詩獎翻譯獎（1969年）及獲國家文藝翻譯成就獎（1992年）、日本翻譯家協會翻譯特別功勞獎（1994年）。此外，對詩學的研究評論，也有其見地之處，著有《現代詩的探求》（1969年）、《現代詩淺說》（1979年）、《臺灣新詩論集》（1997年）、《詩文學散論》（1997年）、《詩的啓示文學評論集》（1997年）諸書。另外，也對臺灣與亞洲國家的詩人的文學交流活動，貢獻頗多心力，曾舉辦過多次亞洲詩人會議，打開臺灣詩人與國際詩人對話的空間與管道。因此，他的文學成就是多方面的。

雖說一個文學社團風格的建立，需要依賴時間的累積，大量人力的努力，才能見其端倪。但在發展之初，若成員能夠達成共識，有一定的規畫與使命，加上有力人士的推動，建立出一個文學社團的健全體質，對其社團的永續發展提供了較大的可能性。而《笠》創刊伊始，陳千武個人對文學的執著及對文學的信念，積極地參與《笠》的各項運作，使得《笠》能夠在他的奔走下，逐漸壯碩成長，發展出具有臺灣特色的詩學，相較於其它詩社，有一份異質知性的風格，以下擬就幾個面向，探討陳千武在《笠》發展史上的位置，檢視兩者的依存關係，肯定陳千武對《笠》的貢獻與推展。

二、拓展笠詩社的發展與營運

1964年2月，陳千武參加由吳濁流所主持的臺灣文藝座談會，結識許多本省籍前輩與同輩作家。其中，結識吳瀛濤後，吳氏與之商討籌畫成立

---

[2]陳千武前後出版的詩集有：《密林詩抄》（1963年）、《不眠的眼》（1965年）、《野鹿》（1969年）、《剖伊詩稿》（1974年）、《媽祖的纏足》（1974年）、《安全島》（1986年）、《愛的書籤》（1988年）、《東方的彩虹》（1989年）、《寫詩有什麼用》（1990年）、《陳千武作品選集》（1990年）、《月出的風景》（1993年）、《禱告》（1993年）等12種，共收入四百多首，2003年由陳明台主編，臺中市文化局出版《陳千武全集》11冊。

屬於自己的詩社、詩刊事宜，成爲笠成立之前的最早契機。之後，吳瀛濤、陳千武分別力邀北部、中部的本省籍詩人共同商議笠詩社創刊事宜，而催生了《笠》的誕生，[3]使得本省籍詩人可以有一個真正屬於自己的文學陣地。此外，《笠》創刊（1964 年 6 月）後不久，陳千武即積極展開一連串詩的推動工作，當時由鍾肇政負責編輯的《本省籍作家作品選集》10 冊（穆中南發行，文壇社出版，1965 年），既已悄悄地在籌畫、召集全省各地的本省作家，此舉可謂戰後第一次具體呈現「本省文化的飛揚」，「是一個劃時代的總匯」，[4]而此舉歷時一年多餘始告完成。第 10 冊爲《新詩集》，實際主要編者有陳千武、錦連、林亨泰、古貝、趙天儀五人，由陳、趙二人負責發函聯絡，《新詩集》出版後，其序〈二十年來的臺灣詩壇〉由趙天儀主筆，附錄〈臺灣二十年來出版的新詩集〉則由陳千武整理，由於這次的擴大聯絡、蒐集本省詩人及其作品，使得陳、趙二人，更早且較全面地接觸了當時散落在各個角落的本省詩人，了解到當時本省詩人的動向，形成一個本土的「文化聯絡網」。[5]而《笠》創刊的 12 位創始人：吳瀛濤、詹冰、陳千武、林亨泰、錦連、白萩、杜國清、趙天儀、黃荷生、古貝、王憲陽等人，當時都在《本省籍作家作品選集——新詩集》的名單中以及參與臺灣文藝的座談會，這些文壇先進，透過陳千武的穿針引線而匯集起來，成爲舉起戰後臺灣本土詩文學的大纛之一。

　　《笠》創刊後，對陳千武而言，不僅是他文學生命的再出發，同時更肩負一分對臺灣文學發展的責任與使命，如何傳遞日治時期詩的文學傳統？如何發揚臺灣文學的精神？都成爲《笠》成立之後，重要的課題及努力的方向。而打開《笠》的能見度及運作機制，使《笠》可以成爲戰後臺

---

[3]關於《本省籍作家作品選集——新詩集》的編輯到《笠》創刊的過程，承蒙趙天儀先生告知。
[4]穆中南，〈出版的話〉，收入鍾肇政編《本省籍作家作品選集》（臺北：文壇社，1965 年），頁 1。
[5]《本省籍作家作品選集——新詩集》共收入 94 位詩人，其中曾參與過《笠》的有：王憲陽、古貝、白浪萍、白萩、吳瀛濤、何瑞雄、杜國清、林亨泰、林佛兒、林宗源、林煥彰、桓夫、徐和鄰、張彥勳、許其正、許達然、黃荷生、黃進蓮、喬林、詹冰、瑞郎、葉笛、楓堤、趙天儀、潛石（鄭恆雄）、邱瑩星、蔡淇津、錦連、薛柏谷、羅明河、羅浪。

灣文學堡壘，對陳千武及其它笠詩社的同人，都是深具意義的目標。因此，從每一期《笠》封底的職務欄中，可以見到《笠》發展的軌跡，也隱約記錄了陳千武早期積極參與社務的痕跡：1～8 期，當時位於臺中縣豐原鎮的家成為社址的所在地；9～18 期負責經理部；19～24 期為編輯部，當時對外的發函、聯絡事宜，也幾乎都是陳千武負責處理《笠》龐大的庶務[6]。此外，從 1963 年 11 月起，陳千武更在李升如的協助下，借《民聲日報・文藝雙周刊》的版面，編輯「詩展望」專頁，直至 1965 年。1965 年之後，自費創辦《詩展望》油印刊物，為《笠》的輔助刊物，而陳千武編輯此刊物的目的是：「將當時投稿《笠》，而未被錄用的詩作，編輯於此，一方面鼓勵創作者，一方面可以拓展《笠》的視角」[7]，這項工作直至 1968 年。這份刊物雖然只是薄薄幾頁，但卻鼓勵了許多出道寫詩的年輕詩人，如陳義芝（憶芝）[8]、林煥彰[9]、李弦（李豐楙）[10]等年輕詩人的作品，都曾刊登於此，展現了他對文學的熱情及文藝行政的經驗。透過陳千武對本省籍作家訊息的掌握，以及編輯《詩展望》之便，初步使《笠》有向外接觸的機會，在 1960 年代外在環境十分嚴峻之下，《笠》匯聚大批的本土詩人，間接成為戰後本土文學傳播、交流的一個重心，對整個臺灣文學的推展具有正面的意義，也穩固《笠》的發展根基及戰後文壇地位的重要性。

　　1973 年，陳千武更辭去工作長達 27 年的林務局職務，進入臺中市政

---

[6]有關陳千武先生早期參與《笠》的事情，據趙天儀先生口述，2003 年 5 月 16 日於靜宜大學。陳千武先生、陳太太口述，2003 年 5 月 23 日，於陳千武先生家中。

[7]陳千武先生口述，2003 年 5 月 23 日。

[8]憶芝〈無為〉：「那是已經許久許久的事了／夜晚我不再做夢／為了生存／我白白的睡下／又／白白的醒來／一天復又一天／如今／連那一朵花都凋萎了」《詩展望》第 2 期（1965 年 10 月）

[9]林煥彰，〈詩簡〉：1「莎密娜，倘若一枚銅幣／是一個太陽。那去年夏天／我們浪擲了的實在太多。」2「莎密娜，別因春雨而陰鬱。／夏天一到，我們便去南方，／豐收太陽。」3「莎密娜，我生命正開著美的盛宴。／而愛留一位置給我，／讓我永遠坐在你身邊。」4「莎密娜，站在街頭／百葉裙的海浪一潮潮湧過，我是給遺忘的貝殼。」《詩展望》第 7 期（1966 年 4 月）

[10]李弦，〈沉思，在植物園中〉：「望過四月的植物園／瞳子鋪開一園林景／彩色踏繽紛以來／瞑思淩碧波以來／我見蓮池恒是嫵媚／蓮池召我，喚我／呈我以一池清且連合／我廝守其中，沉思其畔／不能曬太陽光／不能坐芳草地／遂憶起南方的太陽／燦燦然流過我額際／而今夏枯守異域／來此默坐，來此沉思／哦！湖啊！請涵容我／異鄉人濃濃的憂鬱。」《詩展望》第 8 期（1966 年 5 月）

府擔任庶務股長，1976 年轉任臺中市立文化中心主任，這也是推動《笠》參與外界各項活動，打開知名度的重要時期。就文化傳播學的概念來說，陳千武因文化職務的關係，帶動了《笠》文化傳播的邊際效益，突破以往官方傳媒的文化宰制，使一般民眾可以獲得共同的、一致的「文化認同」，達到本土文化宣傳的效果。

陳千武在位期間，積極推動各項詩的展覽活動，舉辦多次文藝研習會、參與各縣市的文藝營、擔任各種詩的文學評審等，其中邀請笠詩社同人擔任講習、評審的工作，間接傳遞了《笠》的文學理念與文學訊息。1984 年，新建文化中心落成，原文化中心改為博物館（文英館），隨即轉任館長，直到 1987 年 2 月才自文英館館長退職。陳千武任職文化行政工作長達十多年，無形中替《笠》開拓了許多文藝管道與資源，經由介紹、舉辦詩的相關活動，使《笠》可以參與更多的民眾活動，讓一般大眾了解到《笠》的文學表現、笠詩人的文學氣質，從《笠》本身的營運到拓展，由點逐漸擴大成面，成為戰後詩壇上重要詩社之一。

除了對內擴展之外，《笠》創刊不久，陳千武更積極將《笠》引介至海外，尤其是對日本方面，他並不局限《笠》為在地性文化，僅將《笠》鎖定為地方性的刊物而已，而是希望打開《笠》的國際視野。這樣的認知，來自於陳千武少年時期，即對文學充滿了高度的喜愛及興趣，就學期間，常藉由日文大量閱讀各種文學作品，尤其日本方面的文學，[11]因此，對於日本詩學的發展並不陌生，且有一種親切感與熟悉感，進而興起主動與日本現代詩壇交流的構想。所以，《笠》一創刊，我們可以見到陳千武持續不斷地譯介日本詩人、詩作的用心，在創刊前幾期分別譯介了三好達治（1900～1964）、北園克衛（1902～）、西脇順三郎（1894～）、上田敏雄（1900～）等人及其作品，同時，也將國內的詩人譯介到日本各地，就此打開與日本詩壇接觸的第一步，另外，他也主動寄贈《笠》等刊物給日本

---

[11]關於陳千武先生日治時期的作品及特色，可參考呂興昌，〈桓夫生平及其日據時期新詩研究〉，收錄氏著《臺灣詩人研究論文集》（臺南：臺南市立文化中心，1995 年），頁 225～272。

各大圖書館，使《笠》與日本詩壇有接軌的機會。

　　例如：1965 年陳千武將《笠》寄給靜岡縣圖書館葵文庫，因而認識了日本詩人高橋喜久晴、各務章等人，開始臺日詩壇之間的各項交流活動，也因詩的結緣，而與日本詩人高橋喜久晴展開了一生難得的情誼。1966年，陳千武將《笠》及國內詩集、詩刊物寄至日本，參加靜岡縣舉辦的「早春詩祭」，同時由高橋喜久晴撰文〈現代中國詩特集〉加以介紹，在日本《詩學》8 月號發表，這是初次日本詩壇詳細介紹臺灣詩壇的境況，使日本詩人可以得知臺灣現代詩的發展情形。1970 年，他更著手主持編選、翻譯臺灣詩人 64 名，108 首作品，出版中日文對照的《華麗島詩集》，由東京若樹書房出版，並撰寫後記〈現代詩的歷史與詩人們〉，首次提出臺灣「詩的兩個球根」說，釐清了臺灣現代詩史的發展實況。1980 年，參加日本地球詩社舉辦的「東京國際詩人會」，[12]與韓國詩人金光林、日本詩人高橋喜久晴洽談出版《亞洲現代詩集》事宜，第一集由高橋喜久晴主編，於1981 年末出版，此後三國輪流負責，陳千武主編第二集，於 1983 年出版，此外，陳千武還促成 1982 年在臺北召開「亞洲詩人大會」，使《笠》有躋身至國際詩壇上的機會，同時也使臺灣詩人除了日韓兩國之外，可以延伸至亞洲周邊的國家，擴大文學的新視野，更可與亞洲各地詩人進行交流，以交換創作的經驗，提升詩的創作水準。

　　由上列舉各項詩學活動，都可見到陳千武對《笠》的推展與營運的重要性，不管對內或是對外的拓展，他都不遺餘力，使《笠》可以在平穩中求進步，走過了將近四十年的歲月，見證了從 1960 年代以降的詩壇動向。

　　此外，《笠》也因陳千武仿效日本雜誌採同仁性質的運作方式，彼此共同承擔《笠》的編輯、發行，凝聚出鮮明的集團意識，使得本土詩學能在戰後劣勢的文學場域中占有一席之地，相較於 1950 年代《現代詩》、《藍星》、《創世紀》較突出詩人個人色彩的作風不同，由於，他們以個別大家

---

[12]陳千武，〈國際詩會在東京〉，《笠》第 101 期（1981 年 2 月），頁 47～53。

爲主，當這些靈魂人物終止或退出詩社時，即面臨詩社瓦解的命運。[13] 因此，《笠》從未間斷平穩地走過了 40 年頭，而《現代詩》、《藍星》、《創世紀》則在紀弦、覃子豪、余光中、洛夫、張默等前輩詩人的退出、出走之後宣告解散，其發展歷程斷斷續續，是可以推知一二的。

　　總之，一個社團、刊物可以行之久遠，除了靠外在資金的挹注，內部同仁間的共識外，社團中若能有號召力、親和力的人擔任穿針引線的工作，不僅可使該社團在對外、對內的各項事務上更順利，同時也能更容易推動各項事務的運作，在《笠》的發展史上，陳千武不僅催生了《笠》；同時更是《笠》有力的推手，爲《笠》在草創時期重要且關鍵的人物之一。

三、建立《笠》的文學傳統與風格

　　陳千武自日治時期已開始寫詩，其作品〈夏夜的一刻〉首次刊登於黃得時主編的《臺灣新民報・學藝欄》（1939 年 8 月 27 日），他曾說：「從此以後，我使勁地學習詩作，一直到 1942 年 4 月，我爲臺灣特別志願兵入營日止，在《臺灣新民報》，臺中的《臺灣新聞》，以及《臺灣藝術雜誌》，斷斷續續發表過許多日文詩及小品文。」[14] 從他的追憶中，可見陳千武早年對文學的喜愛與熱情。戰後，他和大多曾經歷過日本殖民統治的臺灣知識分子一樣，成爲所謂「跨越語言一代」詩人，不得不重新學習新的語文、鍛鍊新的書寫工具，直到 1958 年 1 月 10 日，才再次出發，以中文在《藍星詩頁》（1958 年 1 月 10 日）發表〈外景〉一詩，中間已離終戰時間（1945 年）相距 13 年，13 年的時間，對一位創作者而言，無疑是莫大的扭傷且留下難以彌補的空白。難得的是，雖飽受語言轉換的困境，陳千武

---

[13] 楊牧在〈關於紀弦的現代詩與現代派〉中，追憶紀弦與《現代詩》最後的發展說：「紀弦終於寫了〈不是感言〉把交出現代詩刊經過作了一個報告……事實上以紀弦爲象徵的『現代詩社』和『現代派』到此已經結束。」（頁 385）另外，余光中在〈第十七個誕辰〉中追憶《藍星》的發展說：「可以子豪的逝世視爲藍星前後期的分水嶺。……藍星在走了望堯，黃用，啞了阮囊，死了子豪之後，陣容大見遜色，發展也就改向。」（頁 401）參見張漢良等編，《現代詩導讀》（理論・史料）篇（臺北：故鄉出版社，1979 年）。
[14] 陳千武，〈我的第一首「詩」〉，《笠》第 92 期（1979 年 8 月），頁 33。

始終沒有放棄他所熱愛的詩文學，沒有因為語言的中斷而終止他詩的創作，他仍然孜孜不倦地經營著他詩的志業，步履蹣跚地朝著文學的頂峰攀爬。

　　一位作家的創作方法和文學理念的形成，必然與他接觸的文學環境和養成過程息息相關，同時也決定了他的文學形式和文學風格的建立。陳千武生於 1922 年，戰前因受母舅吳瀛岳[15]及文學前輩張深切的啟蒙，使他較早對臺灣文壇有所接觸與熟識，據他回憶說：

> 我於中學四年級，有一次在北京大學教書的張深切回到臺中來找我母舅，我有機會請教他有關臺灣文學的一些情況。……
> 1939 年 8 月，我的第一首詩〈夏夜的一刻〉，在《臺灣新民報‧學藝欄》發表之後，我便與在文壇活躍的黃得時、張文環、張星建、楊逵等前輩作家有機會接近。[16]

　　日治時期，隨著日本殖民統治的日趨嚴密，臺灣人民飽受日本式體制的桎梏與壓迫，繼 1915 年大規模的武裝抗日事件——噍吧年事件——失敗之後，轉而思索以文化運動做為啟蒙臺灣人民的首要工作，喚醒臺灣人民被殖民者的悲哀。1921 年臺灣文化協會成立，正式掀開臺灣新文化運動的序幕，其中，文學的特色，自然傾向於現實、批判的風格，從臺灣新文學之父賴和以降的臺灣新文學作家系譜，大多具有社會寫實的風格[17]。是以，陳千武於日治時期，能夠直接與日治時期一些重要的文人往來，如張深切、張文環、楊逵等，自然對日治時期，推動臺灣文化、對抗日本殖民

---

[15]吳瀛岳，別號步初，日治時期曾任南投街「南瀛詩社」社長。

[16]陳千武，〈文學使命感〉，原載《首都日報》1989 年 9 月 28 日，收入氏著《詩文學散論》（臺北：臺北市文化中心，1997 年），頁 73。

[17]關於臺灣文學史的資料，可參考葉石濤，《臺灣文學史綱》（高雄：文學界雜誌社，1991 年）、彭瑞金《臺灣新文學運動 40 年》（臺北：自立晚報，1992 年）、劉登翰等《臺灣文學史》（上、下）（福州：海峽文藝出版社，1993 年）等。

政權有力的知識分子，有一分認識與崇仰。透過與這些作家的接近，使得陳千武對日治時期的臺灣文學，有一定的認知，初步地了解到日治時期的臺灣文學概況。其後，耳濡目染地，接受這些文學前輩的人格感召，受到他們文學信念的精神洗禮。

其次，陳千武年少時期即泅泳在日本文學的大海中，透過日文吸收了日本各個不同時期的文學養分，使他能夠在臺灣文學精神的基盤中，注入不同的文學活源，豐饒他的文學園地。在〈我的文學少年〉中說：

> 漸漸地，我的欣賞興趣從小說轉移到詩。起自明治時期的新體詩、島崎藤村、川路柳虹、三木露風，以至大正、昭和期的西條八十、崛口大學、柳澤健、生田春月、佐藤春夫還有上田敏等人的詩和翻譯詩，不管遇到什麼便耽讀。……因我不偏愛，所涉獵的文學作品較廣，而且是多方面的。[18]

日本現代詩史，始於「1882 年（日本年號明治 15 年），井上哲次郎、外山正一、矢田部良吉共著的『新體詩抄』。」[19]然而，語體詩因仍具有文語與韻律的限制，遂發展出口語的自由詩，而「日本口語自由詩的最初作品，川路柳虹的〈塵塚〉，於 1907 年發表詩誌『詩人』後，此種真正能代表新詩代的新詩，始陸續輩出」[20]，從「新體詩抄」到「口語自由詩」，日本戰前的詩風，也從描述詩人自己的詩感，一變為具冷澈、批評精神的風格。無形中，陳千武也受到日本戰前文學改革風氣的浸潤，在詩人的感性中追求作品的知性與逆反性。

由於，受到了日治時期前輩作家及日本現代詩文學的潛移默化，陳千武早期的詩觀，即表現出對現實凝視與知性省思的特點：

---

[18]陳千武，〈我的文學少年〉，原載《民眾日報》，1981 年 1 月 3 日。收入於氏著《獵女犯》代序（臺中：熱點文化公司，1984 年），頁 4～5。
[19]吳瀛濤，〈日本現代詩史〉，《笠》第 4 期（1964 年 12 月），頁 16。
[20]同前註，頁 16～17。

1.對於飛翔自由世界的夢幻，樹立理想鄉的憧憬；現實的醜惡常變成一
種壓力，以各種不同的手段，挾制著人存在的實際生活，導誘人於頹
廢，甚至毀滅的黑命運裡，迷失了自己。──感受這種醜惡壓力，而自
覺某些反逆的精神，意圖拯救善良的意志與美，我就想寫詩。

2.認識自我，探求人存在的意義，將現存的生命連續於未來，為具備持
久性的真、善、美而努力；就必須發揮知性的主觀的精神，不斷地以新
的理念批判自己；並注重及淨化自然流露的情緒，但不惑溺於日常普遍
性的感情，而追求高度的精神結晶。──我想以這種方式，獲得現代詩
真正的精神。[21]

　　以上詩觀，可以看到陳千武逆反精神與批判性格的來源何在，正因受
到時代環境的影響，使得他的詩，來自於抗逆現實的醜惡與冷酷，以一種
反逆的精神，去除日常的普遍性，而建立純美的理想世界。根據大陸學者
古繼堂的研究指出：「陳千武寫詩是有感而發，在於批判現實和淨化自
己。」[22]這樣的觀察雖略顯簡單，但也指出了陳千武詩中頗具代表性的特
色。從陳千武詩的表現論來看，基本上他乃以批判現實為基調，淨化和過
濾日常生活中的情緒反應、普遍情感，以主知的精神去捕捉詩的意象，凝
練詩的質素。在〈笠下影──桓夫〉中稱他的詩為「知性與抒情有了恰到
好處的融合」，其道理即在於此。[23]

　　因此，陳千武在〈詩‧詩人與歷史〉中，會提出「寫什麼」更重於
「怎麼寫」的詩的認識論：

　　　　事實上，令詩人不得不嚮往詩的衝激，絕不是在空虛美底價值的世
　　　　界。反而是在「詩」與「非詩」的界限多偏於「非詩」的，換句話說

---

[21]林亨泰，〈笠下影：桓夫〉，《笠》第 3 期（1964 年 10 月），頁 4。
[22]古繼堂，《臺灣新詩發展史》（北京：人民文學出版社，1989 年），頁 69。
[23]同註 21，頁 6。

是在我們追求生存的現實生活裡。活生生的現實生活才有其吸引我們
底詩的源泉。因此，逃避現實，逃避人生的藝術方法，也可以說是違
背了詩的本質行走的。以藝術的思考、方法、感覺，注重「怎麼寫」
詩，並非目前現代詩的重要課題。而從「寫什麼」詩，具有其「主
題」的側面攻入現代的核心，才是詩人的重要使命吧！[24]

此說是針對當時詩壇虛浮之風的省思，係感受詩壇所謂「新形式主
義」的傾向，詩人多重視「怎麼寫」，而忽視了詩的內容思想，導致詩風的
晦澀、蒼白。他認為，若詩人太注重個人的「內向觀點」[25]，只追求情緒
世界及藝術形式的表現，而脫離社會現實的詩作，不但無法表現詩的現實
機能，毋寧是一種「非詩」。因此，陳千武強調「寫什麼」，乃是要詩透過
「主題」的側面攻入「現代」的核心。至於詩要「寫什麼」，陳千武在〈詩
要寫什麼〉一文，就語言的表現更進一步具體指出：

「詩是語言的藝術」，是寫詩的人最初應該了解的基本常識。而藝術雖
是以給人看得見的「形式」的顯現，但形式不就是詩。詩的藝術性自有
其思考技巧、詩質素的內涵，才能獲得詩的感動。不能僅以現實反逆的
題材，用詩既成被認定的形式寫出，就算是詩。[26]

換言之，一首詩的完成，不單只囿於形式、題材、文字的表現，更要執著
於深化詩的精神內涵，表現詩的思想性，不斷探觸新的「語言」機能，擺
脫「文字」平面的書寫慣性，這才是一首詩的完成。如 T. S. Eliot 對「文學

---

[24]陳千武，《現代詩淺說》（臺中：學人文化公司，1979 年），頁 108。
[25]所謂「內向觀點」係「指不注意前後文、不加思索的自動反應、抽象階層的混用、只注意相同的
　地方，不注意不同的地方，習慣於由定義中，也就是用更多的字，來解釋事情。」參考早川博士
　著，鄧海珠譯，《語言與人生》（臺北：遠流出版公司，1981 年），頁 232。
[26]陳千武，〈詩要寫什麼〉，《笠》第 123 期（1984 年 10 月），收入氏著《詩文學散論》（臺北：臺北
　市立文化中心，1997 年），頁 20。

語言」所下的定義：

> 我所謂聽覺的想像力（auditory imagination）就是一種直達思想和感情
> 的意識階層，使每一個字都充滿活力的對於音節和節奏的感覺。它能深
> 入人心探訪其中最原始、平常最不注意的部分，從人類最基礎的本能裡
> 得來力量。它當然得通過意義，才能發生作用——至少並不是完全沒有
> 平常所謂的意義的。它能將古老的、模糊的、陳腐的成分，和流行的、
> 新穎的、驚人的成分結合起來。它是最陳舊、最文明心境的綜合物。[27]

　　T. S. Eliot 對「文學語言」之說，與日本詩人西脇順三郎所說的「新的
關係」的建立若合符節，都強調「語言」最大的功用，即是要喚醒沉睡的
心靈，打破日常的瑣碎性、陳舊性、習慣性，給予一種新的意義的體驗，
建立起「機智的喜悅」。由於，漢字與拼音文字不同，它不是音意而是形意
的結合，每個字大多為一個意義單元，本身有它的意義性與限定性，因
此，若過份依賴文字意義，則容易喪失語言的活用機能，而容易落入文字
的窠臼中，套用文字的意義。因此，陳千武會提出「詩是語言的藝術」而
非文字的藝術，他說：

> 在我國似乎會被誤稱為「詩是文字的藝術」。因文字可與語言脫離，構
> 成另一種意義型態之故。但事實上，仔細想一想就會知道「詩是文字的
> 藝術」這一句話，不無異於詩的本質。第一文字本身是古人所創造賦與
> 形象化和意義的一種既成藝術品。用前人所創造的文字，像積木式予以
> 巧妙地組成詩，嚴格地說，那只是做人家所創造的再現行為。而與「語
> 言的藝術」那樣捕捉內心湧上來的語言創作的行為，顯有本質上的不
> 同。又文字是由知識所得，語言是由體驗所得。[28]

---

[27]陳千武，《語言與人生》（臺北：遠流出版公司，1981 年），頁 108。
[28]陳千武，《詩文學散論》（臺北：臺北市立文化中心，1997 年），頁 18。

　　陳千武對詩「語言」的思考，乃在於：檢視 1960 年代的臺灣詩壇，除了狂飆的超現實主義之外，另外，即是以余光中《蓮的聯想》爲代表的「新古典主義」之風的提倡。但在 1960 年代的詩壇，不管是以標榜新奇特異的「超現實主義」，如碧果的〈鈕釦〉：「純黑的／哦　深處。無邊的深處啊　於湖面之上／我將懂得那翅翼的對白」（節錄《六十年代詩選》，頁 195）；或是轉換古典詩詞入詩的「新古典主義」，如余光中〈永遠，我等〉：「你的美無端地將我劈傷，今夏／只要伸臂，便有奇蹟降落／在攤開的手掌，便有你降落／在我的掌心，蓮的掌心」（節錄《蓮的聯想》，頁 83～84），其創作精神，都是在先對「形式」或「文字」的掌握，而依賴詩的「形式」或「文字」展現詩意。換言之，他們強調詩要「怎麼寫」，是重於詩要「寫什麼」的寫作意識。

　　而陳千武「詩是語言的藝術」而非「文字的藝術」之說，點出過去臺灣詩壇過於講究詩的「形式」的迷思。「語言」不單只是言談或書寫的工具，它同時是文化的載體，具有體悟生命現象的方法與能力，它有它始源性的機能，可以去創造詩的藝術。詩人村野四郎（1901～1975）在〈語言的本質〉中認爲：「一般所謂美文法或修辭法那些，只把既成的語言換來換去而予配列的『詩的構成法』是多麼空虛的做法」[29]，適切地指明詩的語言，應在於挖掘客觀物象與詩人內面精神的「原始性」關係，建立起「原始性語言」，而非只是華美的修辭或沒有意義的文字堆砌。

　　這樣的思考，是陳千武對當時亞流的現代主義詩學，所提出的修正意見，他之所以不斷深化「寫什麼」的內涵，乃是體認到戰後臺灣詩壇的弊病及對詩語言認識的偏差，加上自己歷經「跨越語言」的苦痛，更珍惜

---

[29] 村野四郎著，陳千武譯，〈語言的本質〉，《笠》第 20 期（1967 年 8 月），頁 55。陳千武先生曾於《笠》翻譯村野四郎的詩論多篇，有〈詩的語言與日常用語〉（第 6 期，與錦連合譯）、〈一個詩人的獨白〉（第 7 期，與錦連合譯）、〈論比喻〉（第 8 期，與錦連合譯）、〈詩的主題〉（第 9 期，與錦連合譯）、〈詩的實存〉（第 16～17 期）〈怎樣欣賞現代詩〉（第 18 期）、〈詩與自由〉（第 19 期）、〈語言的本質〉（第 20 期）、〈音樂的構造〉（第 23 期）、〈詩的構造〉（第 24 期）、〈走向抽象的趨勢〉（第 36 期）、〈現代詩的精神〉（第 155 期）等，並曾出版村野四郎詩論《現代詩的探求》（臺北：田園出版社，1969 年）。

「語言」的使用，使他在詩的寫作或教導上，寧願捨棄華麗的詞藻堆疊，避免單獨的意象排列，而直接對詩的本質進行探求。除了「語言」之外，詩還須具備：

> 有真摯性的詩想湧現，詩就不受使用的語言左右，詩意仍會自然發展下去。我靠詩想的自然發展寫詩，而在詩想的發展中，並未曾考慮過應用所謂極為藝術化的詩語來編綴。[30]

　　真摯的意象、自然的詩想，說明了詩最重要者，乃是從日常生活中提煉出來，講求情感的真切性，不矯揉作態，誠如村野四郎所言：「認知難懂的語言固無不可，但不如對現實生活中使用著、有生命的平易語言，作更深的理解而加以使用」[31]。

　　換言之，詩的語言應是可適切表達「作者的感情、態度、氣氛等喚起讀者共鳴為主要的作用」[32]，因此，在詩的表現上，陳千武一向重視知性、冷靜、情感真摯，無形中對《笠》的風格潛移默化，李敏勇曾提出「寧戴臺灣草笠，不戴中國皇冠」[33]的論點，正點出《笠》傾向樸實真摯的風格；不取巧花俏的作風，其所追求的語言是：

> 《笠》所追求的既不是成為詩的語言，而是追求原始語言創造新的詩的語言。中國文字是表意的，容易使人墜入文字的原意失去真情的創造，所以《笠》的同仁們極力避免這種墮性，而真摯地追求原始的語言。[34]

　　《笠》所強調的詩的語言，與陳千武一貫的主張相似，說明陳千武早

---

[30]陳千武，《媽祖的纏足》後記〈臺中：笠詩刊社，1974 年〉，頁 163。

[31]村野四郎著，洪順隆譯《現代詩探源》（臺北：文史哲出版社，1969 年），頁 39。

[32]陳千武，〈詩的語言〉，收入氏著《現代詩淺說》，頁 9。

[33]李敏勇，〈寧戴臺灣草笠，不戴中國皇冠〉，《笠》第 139 期（1987 年 6 月）。

[34]〈笠的語言問題〉座談紀錄，收入《笠》第 110 期（1981 年 8 月），頁 12～13。

期所堅持的詩觀，已獲得《笠》同人多數的贊成與支持，成爲《笠》發展的方向與目標。

另外，相較於早期創社的其它成員，陳千武因較早親炙日治時期的臺灣文學作家，受到近代文學精神的洗禮及前輩作家的精神感召，因此，從戰後初期到《笠》創刊，他並沒有參與現代派的活動，有實驗性作品的過程，反觀林亨泰[35]、錦連[36]、白萩[37]諸人，大多從現代派詩風走回現實批判的詩路，其歷程是經過一波三折的。因此，早期創社的成員，雖然各自有不同的詩學特色，在戰後詩史上也多有貢獻，但相較而言，陳千武則更純粹將戰前的文學經驗拓展至戰後，建立他豐饒的文學礦脈，且藉著推動、編輯《笠》的同時，架構出《笠》知性、批判的集團特色，形成凝聚《笠》力量的精神指標，就一位知識分子的角色來說，正如Edward W. Said在《知識分子》所強調的：

> 知識分子是具有能力「向」（to）公眾以及「爲」（for）公眾來代表、具現、表明訊息、觀點、態度、哲學或意見的個人。且這個角色也有尖銳的一面，在扮演這個角色時必須意識到其處境就是公開提出令人

---

[35]林亨泰於 1950 年代因購閱紀弦主編的《現代詩》，因與紀弦結識。當時林氏將仿效日本詩人春山行夫、北園克衛等前衛運動的詩作寄給紀弦，而發表了許多頗具實驗性的「符號詩」刊登於《現代詩》，有：〈輪子〉（第 13 期）、〈房屋〉（第 13 期）、〈第 20 圖〉（第 14 期）、〈ROMACE〉（第 14 期）、〈噪音〉（第 14 期）、〈進香團〉（第 17 期）、〈患沙眼的程式〉（第 18 期）等，而被稱爲「最新銳的詩人」。此外，1956 年，紀弦成立「現代派」，希冀將西方「現代主義」表現論引進臺灣，而受到論者的質疑、指責，林亨泰則成爲紀弦標榜「現代主義」臺灣化的理論建構者，提出許多影響一時的詩論，有〈關於現代派〉（第 17 期）、〈中國詩的傳統〉（第 20 期）、〈談主知與抒情〉（第 21 期）、〈鹹味的詩〉（第 22 期）、〈孤獨的位置〉（第 39 期）等，成爲當時臺灣現代主義的最佳旗手。

[36]錦連於 1950 年代開始嘗試中文寫作，曾投稿《現代詩》、《創世紀》、《筆匯》等刊物，寫作不少以形式爲主，極具前衛實驗的創作，如以新的「電影詩」手法寫成的〈女的紀錄片〉、〈轢死〉（《現代詩》第 16 期，1957 年 1 月）；另有〈情緒〉（《現代詩》第 12 期，1955 年冬季號）、〈夜空〉（《現代詩》第 18 期，1957 年 5 月）、〈構成之歌〉（《現代詩》第 20 期，1958 年 12 月）。

[37]1950 年代白萩因〈羅盤〉一詩，獲得中國文藝協會第一屆新詩獎，刊載於《公論報》「藍星週刊」，受到主編覃子豪的賞識，而對詩投以高度的興趣。之後，曾爲《藍星》主幹、「現代派」同仁、《創世紀》詩刊編委，詩的足跡，走過 1950 年代的三大詩社，作品也時常刊登在《現代詩》、《藍星》、《創世紀》等，1958 年第一本詩集《蛾之死》，由藍星詩社印行。可見，白萩與臺灣「現代主義」詩學，有很深的關係。

尷尬的問題，對抗（而不是產生）正統與教條，不能輕易被政府或集團收編，其存在理由就是代表所有那些慣常被遺忘或棄置不顧的人們和議題。[38]

　　戰後臺灣現代詩的發展，因受到政治因素的牽制，使得 1950、1960 年代的詩風，主要呈現出反共抗俄及現代主義的表現風格，1964 年《笠》創刊，則注入了新的創作元素，呈現不同的創作風格，同時，修正了戰後詩史的發展源流，而陳千武在其中所扮演的角色，正是藉由他詩的活動與書寫，重新拼貼那段被遺忘的歷史經驗，以建立《笠》自我獨特的詩的形式與精神，同時，一直到陳千武強調「寫什麼」重於「怎麼寫」的詩的表現論，《笠》幾番衍化，已漸確立獨自的創作風格與精神血脈。換言之，《笠》所標榜的現代詩的表現，著重於縱深的挖掘與橫向的拓展，從現實時空中去探尋詩的真切性，藉此回溯臺灣新詩發展的歷史淵源及傳統精神，以調整當時現代詩與時代隔絕的現象。這也是《笠》之異於同屬 1960 年代成立的詩社團體[39]，就詩的藝術探討上，不偏廢只在「怎麼寫」，而更重視「寫什麼」，將詩的內涵往現實生活中探觸延伸。

　　以下試擬陳千武的詩作，實際檢視其作品的風格特色，印證他所主張的文學理論及所傳承的文學傳統、與《笠》之間的文學風格的密切性。從他早期作品（1963～1974 年）來看[40]，除《剖伊詩稿》專以女性、愛欲為主題外，大多作品都可見到，他對歷史意識的關注與對現實生活的批判，如〈咀嚼〉（1964 年）一詩：

　　　下顎骨接觸上顎骨，就離開。把這種動作悠然不停地反覆。反覆。牙齒

[38]Edward W. Said 著；單德興譯，《知識分子論》（臺北：麥田出版公司，1997 年），頁 48。
[39]1962 年《葡萄園》成立，率先針對當時現代詩的晦澀加以反撥。然而《葡萄園》與《笠》最大的差別在於，《葡萄園》只就文字的明朗性加以追求，而缺少對現代詩質的加強，致使詩的表現薄弱。而《笠》除了思索詩的形式、語言外，更注重詩的內容、精神等內在的層面。
[40]陳千武早期（1963～74 年）作品有：《密林詩抄》（1963 年）、《不眠的眼》（1965 年）、《野鹿》（1969 年）、《剖伊詩稿》（1974 年）、《媽祖的纏足》（1974 年）等。

和牙齒之間挾著糜爛的食物。（這叫做咀嚼）。

——就是他，會很巧妙地咀嚼。不但好咀嚼，而味覺神經也很敏銳。

剛誕生不久且未沾有鼠嗅的小耗子。

或滲有鹼味的蚯蚓。

或特地把咀嚼蟲叢聚在爛豬肉，再把吸收了豬肉的營養的咀蟲用油炸……

或用斧頭敲開頭蓋骨，把活生生的猴子的腦汁……

——喜歡吃那些怪東西的他。

下顎骨接觸上顎骨，就離開。——不停地反覆著這種似乎優雅的動作的他。

喜歡吃臭豆腐，自誇有銳利的味覺和敏捷的咀嚼運動的他。

坐吃了五千年歷史和遺產的精華。

坐吃了世界所有的動物，猶覺饜然的他。

在近代史上

竟吃起自己的散慢來了。

——《不眠的眼》，頁 50～51

　　在〈咀嚼〉中，陳千武以中國聞名「吃」的文化，以其大辣辣的咬合動作，來反諷中國人醜陋、懶散的民族性。且將「咀嚼」加以動作化，加強「上顎骨接觸下顎骨，就離開」的象徵，用極誇張的形象來突顯不堪的嘴臉，「他」野蠻地吃盡了小耗子、蚯蚓、蛆、猴子的腦汁，卻是一副「優雅的」，不停地反覆、反覆地咀嚼。陳千武正言若反地將民族的陋習、散漫，與中國的近代史相連接，擴大詩的精神世界。另外，〈雨中行〉（1961年）、〈鼓手之歌〉（1961年）、〈給蚊子取個榮譽的名稱吧〉（1970年）等，也都是陳千武就存在與現實的問題，進行深刻挖掘與探究的代表性。

　　另外，戰前陳千武曾被迫參加「臺灣特別志願兵」徵調至南洋打戰，而這樣對戰爭和死的實感體驗，成為日後他創作的重要元素，除了小說

《獵女犯》外，亦有詩作〈密林〉（1962 年）、〈信鴿〉（1964 年）等詩作，記錄那段戰爭的歷史經驗。而陳千武對於統治權力的批判，更有一系列以「媽祖」為隱喻的「泛」政治詩[41]，以媽祖久占位置，來象徵國民政府來臺後的政治霸權及威權統治。

如〈恕我冒昧〉（1968 年）：

　　媽祖喲

　　坐了那麼久　妳的腳

　　在歷史的檀木座上

　　早已麻木了吧

　　檀木的寶座

　　在滿堂的線香的冒煙裡

　　在大眾的阿諛裡

　　被燻得油黑……

　　這是非常冒昧的話

　　可是　妳應該把妳的神殿

　　那個位置

　　讓給年輕的姑娘吧

　　比起

　　人造衛星混飛的宇宙戰

　　妳那個位置是……

　　媽祖喲

　　如果　我說錯了話

　　請原諒

---

[41] 詳細討論，可參考古添洪，〈論桓夫的「泛」政治詩〉，原載《中外文學》第 197 期（1988 年 12月）。收入陳明台編，《桓夫詩評論資料選集》（高雄：春暉出版社，1997 年），頁 219～256。

——《媽祖的纏足》，頁 117～119

　　在高壓的白色恐怖時期，陳千武能獨排眾議，直接挑戰統治權威，以極生動貼切的意象，來象徵國民黨專制統治，使語言能夠展現新的機能，靈活機趣的效用。由於，陳千武對於政治的批判與精神的抵抗，樹立了一種在野的性格，尤其，在臺灣還未解嚴時期，已率先創作這樣具敏感性與政治性的詩，表現詩人內在的真誠與坦率，因此，葉笛曾稱他爲「探索異數世界的人」[42]。縱觀陳千武詩的主要特色，誠如杜國清所言：

> 桓夫的詩，莫不切入現實，具有強烈的批判性。由於中文不是他自小學會的語言，他的中文詩無雕琢浮華的美辭麗句，卻句句含有切痛淋漓的現實感。他寫詩的評詩觀點，基本上著重意義性甚於文字的音樂性，但不失其意象的繪畫性。由於感情成熟、思想深切、詩法穩健，他的詩頗爲耐讀，具有高度的精神結晶。[43]

　　戰後，陳千武克服語言的障礙，以有限的中文能力，重新拾起詩筆，不斷淬煉他的詩作，選擇適當的語言，來呈現詩的新生意義與力量，表現「詩的精神性」。

　　他以嚴肅的態度進行詩的創作，以詩作爲紀錄觀察現實人生、社會樣態、生命存在的形式，使詩顯現其文學的豐厚性與機能性。而陳千武明確的詩人位置與風格特色，加上他對《笠》的推動，影響《笠》的精神思維，使得標榜現實精神、真摯情感、反省批判的詩風，能貫注在《笠》之中，使《笠》在整個臺灣詩史上，有其獨特鮮明的抵抗性格，成爲戰後臺灣精神回歸的象徵。

---

[42]葉笛，〈探索異數世界的人〉，《笠》第 24 期（1968 年 4 月）。
[43]杜國清，〈笠與臺灣詩人〉，原載《笠》第 128 期（1985 年 8 月），收入《臺灣精神的崛起》（高雄：春暉出版社，1989 年），頁 163。

四、對後輩的提攜與影響

　　1964 年《笠》成立，代表本土詩人的重新匯聚、出發，與大陸來臺詩人，分別在臺灣詩壇上占有重要的位置。回顧 1960 年代中期，《現代詩》在發刊 45 期以後，宣告解散；《藍星》、《創世紀》也處於強弩之末，逐漸走向偃旗息鼓的境地。此時，《笠》的出刊，不只代表本土詩學的興起，具有異質的詩風之外，同時，《笠》平穩持續的出刊，從 1960 年代迄今，與1950 年代成立的三大詩社，分別承載了戰後臺灣詩壇發展的重要任務。

　　細究《笠》之所以能在 1960 年代後的臺灣詩壇展現詩的力量，最大的緣由在於「集團性格」濃厚，詩社間能夠彼此擁有一致的精神與信念，即所謂的「世代傳承」。而「世代傳承」不只是純粹寫詩經驗的交替承續，更包括具有堅實的歷史意識與文學理念，彼此有強大的向心力。這也是《笠》之所以能夠面對詩壇的風風雨雨，走過許多堅難的年代，而成為有力的詩社之一。相較於其它詩社的發展，《笠》自 1964 年成立以來，至今將近四十年間從未間斷、脫離，可謂寫下臺灣詩史最難得的一頁。這些表現都體現出，《笠》是一個內部向心力極強的詩社，而這股中心力量，正是靠著世代之間的傳承與提攜，所共同凝聚出的目標與性格。

　　而《笠》這股集團性格之所以形成，有賴於創社階段幾位創始人篳路藍縷、建立良好的運作機制，如早期編輯政策採同仁輪流制，在編務上大家可以相互挹注，形成編輯群的方式，不會因少數人的退出或壟斷，而造成刊物的營運癱瘓。之後，《笠》的第一代成員，有些凋零、有些淡出[44]，而李敏勇認為「他們那一代裡面最頑強的就是陳千武，他為什麼最頑強？因為他生命力旺盛，寫很多東西，所以他那本《媽祖的纏足》是一整本都

---

[44] 以《笠》第一代同是跨越語言一代的詩人來看，有吳瀛濤、詹冰、陳千武、林亨泰、錦連等，檢視其戰後的文學軌跡，1970 年代後，詹冰、林亨泰、錦連幾乎中斷文學創作，直至 1986 年才由笠詩社再出版新作，1971 年吳瀛濤病逝。反觀，陳千武先生在 1960、1970、1980 年代展現了旺盛的創作生命力，相繼出版詩集有：《密林詩抄》（1963 年）、《不眠的眼》（1965 年）、《野鹿》（1969 年）、《剖伊詩稿》（1974 年）、《媽祖的纏足》（1974 年）、《安全島》（1986 年）、《愛的書籤詩畫集》（1988 年）、《東方彩虹》（1989 年）等。

用『媽祖』這個象徵去對抗」[45]，正因陳千武有如此強烈的創作意識與批判精神，做為文學前輩與精神導師，他都成為《笠》最核心的人物，而影響到《笠》的中堅世代，如鄭烱明、李敏勇、陳明台、陳鴻森、郭成義、拾虹等，這些「中堅世代」的加入，透過他們在 1970、1980 年代的詩作表現及文學活動，而強化《笠》對臺灣主體性的捍衛，成為象徵臺灣精神的重要詩社。而《笠》的集團性格如何呢？可舉 1970 年代所謂「新生代詩人」與笠的「中堅世代」相較，即可看出。

1970 年代，臺灣的國際局勢丕變，致使臺灣頓時成為國際孤兒，一股回歸現實風潮風起雲湧，「新生代詩人」對「現代詩」脫離現實的傾向，給予無情的撻伐，尤其是對《現代詩》、《創世紀》、《藍星》等前行代詩人。此舉，引起洛夫在編選《中國現代文學大系・詩卷》序言中，憤憤地說：「領中國未來詩壇『風騷』的自然有待另一批新的詩人，他們將全新的美學觀點和形式來取代我們今天流行的詩。他們是誰？我們不得而知，他們決不是今天詩壇年輕的一代。」[46]反觀，《笠》能度過此低蕩時期，免於外在局勢的批判，在於《笠》向來扎根於臺灣現實的精神，另外，則是《笠》較其他詩社，有更明顯的「世代性」交替傳承，可以因應不同時代的挑戰。

1970 年代《笠》「中堅世代詩人」，與 1970 年代《龍族》到《陽光小集》的「新生代詩人」，皆標榜「年輕」、「狂熱」的新一代詩人，分別展現了旺盛的生命力，承載了「文化革命」的任務。雖然，在 1970、1980 年代，《笠》與戰後「新生代詩人」，同為有力的詩學代表群像，但仔細比較其作品，可以發現《笠》詩社的年輕世代更具有臺灣「歷史意識」的認知與素養，他們扎根在「臺灣」，使得他們詩的表現，更具異質之聲。

如李敏勇的〈戰俘〉（1973 年）：「K 中尉沒有祖國／被俘的時候／他

---

[45]〈傷痕民族誌——陳鴻森現代作品座談會記錄〉，2003 年 1 月 18 日於南港中研院史語所，收錄《笠》第 237 期（2003 年 10 月），頁 59。
[46]洛夫，《中國現代文學大系・詩卷》序言（臺北：巨人出版社，1972 年），頁 23。

宣誓丟棄了／釋還的那天／他望著祖國的來人／默默地／想把自己交給他們／武裝被禁止了／武裝沒有被禁止／祖國已經沒有了／祖國還有／雙重的認識論／在 K 中尉身上實驗了／說不定有一天／會輪到你或我／世界在靜靜地擦著眼淚／世界在靜靜地掉著眼淚」（《混聲合唱》，頁 580～581）。這是一首反思終戰之後，臺籍日本兵（K 中尉）的處境，是一首呈現高度臺灣歷史意識的作品，而 K 中尉所面臨認同的雙重矛盾，正是戰後臺灣人民在高壓的統治下，所共同感受的難題。相對於 1970 年代的「新生代詩人」標榜回歸現實、回歸民族的詩作表現，如陳芳明〈路過峨嵋街〉：「有一支民謠在洶湧的人群中／和穿熱褲的女孩／擦身而過／在一家咖啡的店的沙發坐下來／然後推開寫著冷氣開放的玻璃門／流到街上／終於消失在／廣告氣球的末端／它是被所有的耳朵拒絕在門外的／一支民謠，充滿泥土的憂愁／具有血的成分」（《龍族詩選》（臺北：林白出版社，1973 年），頁 34），以「民歌」的流動旋律貫串民族的傷愁，在不為人知的街道上、在洶湧的人潮裡消失，呈現詩人內心抒情性的愁思。同為 1970 年代的作品，前者就臺灣被殖民歷史的反思；後者則是淡淡遣懷民族憂思，在抵抗的位階上，兩者應是有所差別的。

由於，《笠》「中堅世代詩人」受到跨越語言一代詩人們的影響，傳承自日治時期的臺灣文學傳統，在作品表現上，特別關懷斯土斯民、注重社會脈動、強調歷史意識的作品，其中，可以見到與陳千武在作品的精神上、意識上相互切合，彼此間相同的文學表現，所凝聚的集團性格，使《笠》能夠走過艱困的年代，依然屹立不搖。

除了精神的感召外，有關創作的方法、理念，也可從書信中，看到陳千武對後進的指導與鼓勵。在「笠書簡」〈給杜國清的信〉中，陳千武對杜國清的鼓勵及寫作，給予明確的觀念建立，認為詩的寫作不要只拘泥在形式的表現上，應追求詩的真摯性與主知性，他說：

　　大作〈茉莉花的夜〉和〈司諾克的 Chance〉這種詩未曾看過的人會覺

得奇異，被吸引而感到興趣。現在詩壇上有些人專寫類似這種的詩。這是達達的無內容意義的，偶爾試作一二篇也好，但千萬不要以為這種詩型具有高度的詩意。……

詩無感情是要不得的，當然根據感情的抒發才能寫出詩。我想純粹的抒情詩應該把「抒情予以透明化」。如未能把「情」予以「透明化」的詩，就好比為性慾才去找女人一樣沒有純潔的愛可言。[47]

陳千武對杜國清這番話的背後意義，即是針對當時詩壇的浮風而起。1960 年代的詩壇，盛行「超現實主義」及「新古典主義」兩大詩風，年輕的詩人寫詩，不免受此風影響，而陳千武則理性地提出，他對詩的認知與寫作的重點，將詩人對詩的寫作導向正途。另外，在他給拾虹的書簡中，對於詩人如何把握詩的寫作精神，給予肯切的告誡：

無真實意象未具內容的詩，雖具有語言的躍動，但畢竟是空虛無意義的。如果，初步踏出詩界的年輕詩人。不自覺自己的詩所存在的本質上精神底流，而進入詩的「死胡同」不願回顧，便等於自殺了。[48]陳千武的詩觀及所奉行的文學精神，都是站在真摯的情感、現實的關注上，且詩要能言之有物，要能引起普遍的共鳴。無形中，他的詩作態度與精神，也在這一往一返的教導中，灌輸到《笠》年輕一輩的身上，成為《笠》共同的創作意識，使得年輕一輩的詩人具有歸屬感，具有鮮明的集團性格。

在文學涵養上，陳千武不斷譯介日本詩學的工作，加深後輩的文學視野與素養，使他們在詩的表現上，可以有學習的對象，如郭成義所言：

---

[47] 桓夫，〈笠書簡——給杜國清的信〉，《笠》第 14 期（1966 年 8 月），頁 47～48。
[48] 〈影響與抄襲〉，收入陳千武著《現代詩淺說》，頁 116。

以我們戰後這一代來講，我們曾受日本詩間接的影響是不可否認的，或者說，在形式上我們是接受日本詩影響比較多的一群。[49]

年輕一代詩人從譯介的作品中，獲得更廣泛性的文學涵養，不僅擴大寫作技巧、文學見識，同時也提高詩的表現層次，使作品更具藝術性。在譯介方面，以陳千武譯介最甚[50]，長期且多面的介紹有關日本的現代詩學，從日本詩學中得到學習的借鏡。如日本戰後現代詩深刻的思考性，詩人對「戰爭體驗直接或間接地影響戰後詩人的創作，成為主題，殆無疑義」[51]以及他們「沒有脫節於自己的風土與時空，詩人的呼吸與時代的脈動有相當密接、一致的現象」[52]來看，戰後日本現代詩，對戰爭主題進行多方面的思考，無形中影響到《笠》本土派詩人的創作。以臺灣被殖民的悲哀來說，《笠》一方面來自強烈的歷史意識，一方面受到日本戰後現代詩的刺激，對太平洋戰爭的反省與思索也給予許多的關注。

有關日治時期戰爭題材的寫作，要以陳千武為最早。陳千武因親歷過太平洋戰爭的威脅，對此一主題有許多深刻的詩作，如〈信鴿〉、〈密林〉等，相應於後輩中，陳鴻森對戰爭的刻畫也有明顯的成績。一方面因陳鴻森曾任軍人身分的經驗；另一方面，郭成義認為「如果在當時他（案：陳鴻森）受到日本詩的影響，也應該是受到日本詩翻譯過來的影響，可能受到桓夫先生的影響比較大。」[53]

可見陳千武譯介日本詩學及本身的文學經驗，都使得後輩在文學的創作上得到了不少的啟發。以下擬舉兩位不同世代同一主題的作品，更可看

---

[49]〈傷痕民族誌——陳鴻森現代作品座談會記錄〉，2003 年 1 月 18 日於南港中研院史語所，收錄《笠》第 237 期（2003 年 10 月）頁 59。

[50]可參考陳鴻森、吳政上編《笠詩刊三十年總目》有關日本詩創作及詩評論的翻譯者，即可看到陳千武充沛地文學生命力，及對日本詩學譯介的貢獻。（高雄：春暉出版社，1995 年）

[51]陳明台，〈戰後日本現代詩概觀〉，收入氏譯《戰後日本現代詩選》（臺中：熱點文化公司，1984 年），頁 15。

[52]同前註，頁 26。

[53]〈傷痕民族誌——陳鴻森現代作品座談會記錄〉，2003 年 1 月 18 日於南港中研院史語所，收錄《笠》第 237 期（2003 年 10 月）。

到不同世代之間的影響與傳承，1960 年代陳千武〈信鴿〉（1964 年）一詩，描寫太平洋戰爭的經驗：

　　因我的死早先隱藏在密林的一隅

　　一直到不義的軍閥投降

　　我回到了祖國

　　我才想起

　　我底死，我忘記帶了回來

　　埋設在南洋島嶼的那唯一的我的死啊

　　我想總有一天，一定會像信鴿那樣

　　帶回一些南方的消息來──

　　　　　　　　　　　　　　　──節錄《混聲合唱》，83～84

　　此詩，描繪「臺灣特別志願兵」被徵調南洋作戰，在躲過槍林彈雨，瀕臨死亡的威脅後，僥倖生存的精神世界。歷經死的真實經驗，「死」成為個人內心的精神底蘊。由此，陳千武將這樣的描寫，再擴大成為整個民族被殖民的歷史記憶，呈現臺灣高度的精神象徵。到了 1970 年代，陳鴻森的長詩〈幻〉則繼續深化此一主題：

　　從戰爭中

　　僥倖的活了過來

　　而以兩倍以上的

　　生的實感

　　生活著的我們

　　不得不相信著

　　一切實存之間

　　均被某種力量

在運作著

而當年　那些無辜的死者

已差不多快被遺忘了

還活著的

不久　也將離去

——節錄《雕塑家的兒子》，頁 40～42

　　在戰爭中僥倖存活下來的人，未必較死去的人更具意義。倖存者，無法擺脫戰後「死」的陰影，在其陰影籠罩下，無法連結現實的「生」，必須承載兩倍的「死」。在荒謬情境中，「死」成爲「生」的唯一等候。就二陳的表現關係，李敏勇再次證實上述觀點：

　　在臺灣，太平洋戰爭的反省比較多的是陳千武。我想陳鴻森有關太平洋戰爭的詩作，那些反省，與他多年軍旅生活、特殊的軍人體驗有關。另外，1970 年開始，陳千武先生的太平洋戰爭經驗小說或者詩歌寫作，是否也提供了某種刺激？還有一種是，他個人特殊歷史觀照所形成，兒子世代要替父親發言的那種用心，是他 1970 年代的詩值得注意之處。[54]

　　由上可知，《笠》前輩詩人對後輩的文學提攜與關照，以及世代間「歷史意識」的傳承，彼此表現相互連繫，是《笠》在戰後詩壇中能夠表現具有臺灣魂的詩，而不同於其它詩社的詩人們的重要關鍵。

　　陳千武除了創作、翻譯之外，還身兼數職，參與編輯、審稿，更長時間負責經理部，處理笠詩社繁雜的庶務，掌管《笠》的大小事宜，同時，對後輩的賞識與提攜，更是功不可沒。如陳千武擔任主編期間（第 14～24

---

[54]〈傷痕民族誌——陳鴻森現代作品座談會記錄〉，《笠》第 237 期（2003 年 10 月），頁 28。

期），基於愛才惜才的心情，提高鄭烱明詩作的能見度，分別連續多期刊載鄭氏的作品[55]，讚賞他為「笠詩刊中堅分子」[56]。另外，在第 17 期，特別舉行「鄭烱明作品研討會」，成為第一位獲選「作品合評」的年輕詩人。席間，錦連說：

> 上次桓夫說過：《笠》創刊的目的在於培養年輕詩人。因為年老一代的人，詩思已枯竭，勉強寫出來也是無聊；故此我們計畫今後只要有年輕人的好作品，盡量加以成輯，做為研究資料。[57]

可見陳千武努力貫徹他的主張，對獎掖後輩不遺餘力，使年輕詩人能持續對詩產生熱情，且對《笠》具有認同感。之後，鄭烱明不斷加強他詩的能力，成為《笠》重要的成員之一。1980 年代臺灣精神崛起時，鄭烱明率先集結南部笠的同仁，如陳坤崙、曾貴海等，在高雄創辦了極具臺灣本土色彩的綜合性文學刊物——《文學界》（1982～88），與《笠》、《臺灣文藝》成為 1980 年代論述臺灣文學的重要場域。1990 年代，原本《文學界》的創始者——鄭烱明等人，再度創辦《文學臺灣》（1991 年 12 月），成為 1990 年代發揚臺灣文化的一個主要園地，以迄至今。這些「中堅世代」的詩人，與陳千武之間的互動密切，透過陳千武的教導、提攜與影響，凝聚了彼此的集體意識，日後各自在臺灣文學的場域中，發揮了莫大的效力，延續了《笠》的在野精神及寫作風格，使《笠》自 1960 年代創刊後，直至 1980 年代成為臺灣詩壇不可忽視的詩人集團。

---

[55] 從《笠》第 23 期開始，連載〈二十詩抄〉，分別有：第 23 期（1968 年 2 月）發表：〈熨斗〉、〈我是一隻思想的鳥〉、〈再見〉、〈石灰窯〉、〈蝴蝶〉、〈蚊〉。《笠》第 24 期（1968 年 4 月）發表：〈黃昏〉、〈瘋子〉、〈搖籃曲〉。《笠》第 25 期（1968 年 6 月）發表：〈禁地〉、〈涼爽的雨後〉、〈早晨的癢〉、〈歸途〉。《笠》第 26 期（1968 年 8 月）發表：〈五月的幽香〉、〈深谷〉。

[56] 「剖視鄭烱明的詩世界」座談會（1981 年 10 月 11 日），收錄鄭烱明著《最後的戀歌》（臺北：笠詩刊社，1986 年），頁 78。

[57] 〈「鄭烱明」作品研究〉紀錄，《笠》第 17 期（1967 年 2 月），頁 40。

五、結論

陳千武為「跨越語言一代」詩人，戰前因受到日治時期臺灣文學傳統的洗禮，感受到被殖民的悲哀；戰後又不得不因語言的跨越，而中斷了長達 13 年的文學創作，這樣的生命歷程，致使他的文學作品，更重視詩的思想內容，具有知性、批判的風格，不會陷溺在語言文字的雕琢上。1964 年《笠》創刊，陳千武重回詩的舞臺，再次展現他文學的創作力與生命力。先後擔任了《笠》的各項事務工作，從庶務到編輯，此外，打開《笠》與外在社會的接觸層面，促進《笠》與國際交流學習的機會，積極地推動、拓展《笠》的營運與發展，使《笠》不斷成長茁壯，在臺灣詩壇上，逐漸占有重要的位置與場域。

基於 1960 年代臺灣詩風走向狂飆的超現實主義，因背離臺灣現實生活經驗，崇尚「實驗」、「新奇」的作品，加上沒有正確的發展方向，衍生許多晦澀難懂的亞流作品。此時，陳千武提出「寫什麼」重於「怎麼寫」，正是針對當時詩壇的弊端，提出解決之道，將詩回歸到最樸實、最真切的情感中，表現「語言」的新機能，而非只是利用「文字」的形義，取巧、墮性地以華美的語詞來表現詩的意象。因此，在詩作的實踐上，陳千武常能深入生活的體驗與觀察，重新獲得嶄新的意象，開創詩的新生命，如：〈咀嚼〉一詩，將咬合的動作與中國無所不吃的文化相連結，表現中國散漫、粗鄙的民族性；其次，以民間信仰「媽祖」的形象，暗喻、諷刺國民黨專制統治，不僅意象貼切，也豐富了詩的內涵。

由於，戰後陳千武相對於其他創始成員，如林亨泰、錦連、白萩等，並未參與現代派詩人群的活動，更純粹就個人的文學經驗，以戰前臺灣文學傳統的精神，從事詩的思考與創作，展開他戰後的文學生命，他的文學理念與作品實踐，隨著《笠》的在野性格鮮明，而成為極為重要的參照對象，同時也是使《笠》建立自己獨特的文學傳統與風格的指標。

此外，《笠》之所以能夠走過風雨飄搖的年代而屹立不搖，主要在於：

詩社間有強烈的「集團意識」，而集團意識來自於「世代傳承」，它不僅只是寫作技巧的模擬，而更是歷史意識與文學理念的傳遞，在世代交替與傳承上，陳千武對後輩的提攜與影響，深具關鍵性意義，他使得《笠》「中堅世代」的詩人，在文學的涵養與創作上，透過他對日本詩學的大量譯介，而加深他們的文學視野與學養；另外，他對後輩的獎掖，也使得年輕詩人獲得鼓勵，而更堅持文學的創作及活動，有擔當去肩負臺灣文學的使命，奠定《笠》的詩史地位，延續《笠》的生命力。

綜上所述，陳千武不僅在他個人文學成就上，展現他的文學高度，同時，更對《笠》的發展起了重要的影響力，使《笠》可以完成世代的傳承交替、凝聚詩社的集體意識，發展出「笠」的特殊性格，持續平穩地走過將近四十個年頭，成為臺灣戰後詩壇上的「異數」，及詩史上重要的一頁。

——選自《東海中文學報》第 17 期，2005 年 7 月

俘虜島
論陳千武小說《獵女犯》的主題

◎許達然[*]

　　詩人陳千武的短篇小說集《獵女犯》，篇篇各有主題，主題都相連，相連成爲長篇戰爭小說。小說主題環繞在生的本能、自我意識、對殖民主義的抗議、對鄉土的執著及被戰爭所破滅的愛情。通篇流露生命的荒謬。

　　小說的時空是第二次世界大戰的臺灣與南洋。1941 年日本政府在臺灣招志願兵，20 萬青年提出志願書；從這 20 萬青年選出 1500 個「臺灣特別志願兵」。

　　小說的發展大約這樣：船載著臺灣特別志願兵、日本兵、琉球兵，帶著志願兵林逸平臨行前偶爾認識的日本女人的旗語：「我要你們活著回來」，駛向南洋。船上，林認識謝蜀，結婚一星期就離開新娘，帶著媽祖的護符，相信自己不會死。林也認識賴文欽，女友相信「愛情是犧牲」，他卻因要當兵而認爲自己無資格結婚。船抵帝汶島，澳國飛機來炸，謝蜀還未上岸就被炸死了。在島上他們是新兵。對於他們，因爲沒有兵再來，也因爲經驗新。對於土著，他們是外來的新奇。他們占據村莊，做爲戰地。他們獵走女人，慰安侵略者。在《獵女犯》中，有一位會講林的母語。林爲在異鄉能再講母語而興奮，更爲不能救她而悲憤。有個土著要救被抓去慰安所的妻子，但反而被抓。林去慰安所並不是由於性的需要，而只是要看會講母語的獵女犯。士兵的死的憂鬱在自慰、同性戀、及到慰安所暫時解脫。而土著忍受外來的侵略，有的男人被編入日本軍隊。有一個中隊的爪

*本名許文雄，發表文章時爲美國西北大學亞非系教授，現爲《新地文學》社務委員。

哇土著兵造反，殺了侮辱他們的三個日本軍人。土著為日本軍隊開墾與種植。升上兵長的林受命指揮他們。土著素珊公主喜歡林，但他知道那並不就是愛。他對待土著很和善，部隊移營時，土著希望他留下，但他只好服從命令，跟部隊離去。日本終於投降了，規律失去了意義，士兵擅自脫離軍隊，但林仍抵擋得住夜街的誘惑。林一直不認為自己是日本兵，他不賤低自己。戰後在爪哇島上他認識講閩南語的商人溫先生及理髮匠顏先生。林和他們用母語交談感到特別的親切。林回臺灣的船上，遇到一個自稱沒愛過任何人的臺灣人女軍屬。有個日本人喜歡她，但她還是選擇回臺灣。當年英雄地離開臺灣的兵，回來時沒有人迎接，「好像服刑期滿的囚犯」。戰爭強加在人的痛苦並沒因戰爭結束而結束，志願兵欽（賴文欽）離開臺灣前，叮嚀女友不可志願去當看護助手。女友誓等他回來，然而為了保持自己的貞潔，拒絕強迫的婚姻，她志願做看護助手到香港。戰後回到臺灣，他不諒解她。他後來在一次動亂中被誤殺了。

　　寫作已四十多年的傑出詩人陳千武，以詩的語言描寫帝汶島密林與土著的生活，使有火藥味的戰爭小說也充滿原始的浪漫氣息。本文討論他的小說主題：認同故鄉與人民、生命的思考，性與愛、以及反殖民反戰。

　　連貫小說的英雄是林逸平。他的名字隱喻著小說的諷刺：在帝汶島的密「林」，沒有激烈的戰，更沒有真正的和「平」，而英雄的心境永不安「逸」。在滿布危險、悲憤、與懷疑的密林裡，英雄肯定自己，有著強烈的自我意識（identity）與堅強的意志。英雄肯定並熱愛他所生長的土地。日本女友以染血的手帕送他并祝他「武運長久」時，他說：「我是臺灣人。」在帝汶島，會講閩南語的華僑，看他穿日本軍裝而以為他是日本人時，他證明自己是臺灣人。因為認同自己的土地與人民，所以在日本人的戰爭，他感到自己是「局外人」「冷靜地觀察」（頁 177 及 179），英雄是肯定自己的局外人，所以在日本戰敗後，他不尋求性的刺激去遺忘失敗，麻醉自己。林逸平代表被殖民的臺灣人理想性格：「他能以自己的意志，做不違背人道的事情，只要看不見的權力不強迫他，他總是不忘記自己是一個流暢

著熱血的人」（頁 147）。事實上，林逸平也體現了 1940 年代前期臺灣知識分子的意志與心情：「為了抵抗這種（被殖民的）命運，就想更深固地紮根於自己的土地上，可是也因此越把根紮緊，越有強烈的悲哀」（頁 195）。英雄熱愛家鄉，把家鄉人格化為母親。懷念家鄉時都會想起母親。不懂日語的母親從不流淚；母親的話是家鄉的教誨：「必須勇敢的面對現實，認清環境，要自尊而不自欺。」（頁 11）。

除了家鄉的繾綣外，英雄縈繞著對生命的思考。生命如密林，有蔥鬱和枯萎，總是培育著什麼。然而在戰爭的土地上，籠罩著死亡的陰影，對生命的思考常被死的恐怖打斷。他們都是「敢死隊的小角色」，但活著是安慰。「死還沒輪到以前，他們在睡眠中，仍然擁有今天。今天這個空虛又寶貴的時間，表示著生命存續於未來還有一脈希望」（頁 85）。再怎樣勇敢，比軍用狗還不受重視的兵「出征到槍彈飛交的戰地，誰敢凱旋回來？」（頁 45），窺探的死神「一有機會就會抓住其中一個」（頁 70）。因此活著是「死神遺棄了我」（頁 50）。在死面前的生命「有如鋁質遇到酸性腐蝕時那麼無情」士兵若死在戰場上，但卻餓死。無法對抗死，老兵糊塗過日子「早在未投降之前就墮落了……天天喝酒」（頁 178）。死亡似乎比生命還平常。林逸平知道三個日本軍人被土著殺死後，並不感到悲哀：「因為在戰地製造死是司空見慣」（頁 130）。

活與性都是人的本能。密林不但散布死亡的恐嚇也隱藏性的誘惑。戰爭並不能使英雄性無能，然而對「逡巡在慾望、悔悟與自責的矛盾裡」（頁 187）的林逸平，性和戰爭一樣迷糊不清，不屬於自己的意願（頁 156）。除了被迫外，冷靜的林逸平拒絕性。性在死亡的邊緣似乎失去了意欲，在軍隊裡不知女人的都是小孩（頁 199），英雄是小孩。

愛使生命燦爛，但小說裡的愛都無結局，因為被戰爭破壞了。林逸平的第一個日本女朋友本田七美子，用刀割破無名指，以血染紅手帕，希望他帶那手帕出征，然而他把染血的手帕與她寫的信燒了（頁 31）。他的第二個日本女朋友松澤京子，在林出征前，送他「一顆純潔的心」及一塊

布，是她站在街角，求一千個婦女扎針的。她希望他圍在腰上，祈盼一千顆婦女的誠心可以防彈（頁 47）。純情的愛超越國限，超越國界的戰爭卻使純情的愛無法發展與成熟。賴文欽與臺灣女友的愛是真摯的，然而戰爭使他誤會她高貴的愛。戰爭的勝利竟是個人的失敗，他死了，遺像保存在她痛苦的愛裡。

戰爭摧毀生命與愛情也扭曲了人性，而戰爭是殖民者發動的。《獵女犯》裡的短篇小說篇篇都突顯出反殖民與反戰爭的主題。小說的英雄都表現出了反殖民的精神。林逸平的抗議殖民主義是顯明的，作者也透過賴文欽表達臺灣人的反殖民精神。對於統治者，臺灣人是泥土，任統治者塑造（頁 237）。然而對於被殖民者卻要「不斷的反抗，……讓心靈自由，不怕死」（頁 45）。對於作者，被殖民的都是兄弟。林逸平同情要求獨立的印尼軍隊，而印尼獨立軍也向他說：「我們都是兄弟」（頁 217）。

像近代大部分的戰爭小說，陳千武的《獵女犯》是反戰小說。反戰不只由於反殖民，更出自人道主義。作者強調英雄的「志願」是被迫的。戰爭是侵略者的把戲，大家都受苦。連無辜的女人也被抓去慰安士兵，彷彿馴服的獵女犯顯然是對戰爭強烈的控訴。小說的諷刺是船把士兵從一個島送到另一個島，但並未和敵人作戰，而只是欺負土著。澳國飛機偶爾投下炸彈，日本兵從未反擊。日本人沒有戰鬥，卻侵占帝汶島。戰爭是侵略者的藉口，土著不懂的文明。士兵懂得文明，卻是戰爭的囚犯。戰爭結束，士兵的刑期也完了。戰爭製造仇恨，但仇恨卻征服不了人。華僑溫先生在侵略中國的日本投降後仍把自己的土地給日本兵耕住，因爲「人總要互相幫助才有進步」（頁 198）。這本戰爭小說突顯出的是人道主義的愛。只有愛才有和平，而愛不是在口中，是在行動裡。

愛並不能解決一切。戰爭是對生命的諷刺，意義是無意義，志願是不志願，規律是無規律，知識是無智慧。Norman Mailer認爲「第二次大戰是

人間情況的一面鏡子，使每個觀察它的人盲目」[1]陳千武筆下的英雄張著眼睛清醒思考，但看到的是衝突，感覺的是荒謬。荒謬對於卡謬（Albert Camus）是心靈與世界理性與了解的衝突[2]。理性思考失去意義。陳千武的英雄堅持理性思考，但越思考越覺荒謬：「戰爭只是為了推廣那張太陽的黑點而已，但太陽的黑點，越蔓延越使他們患上精神分裂症」（頁 85）。但理性思考使英雄清醒：「我很想要瘋，卻瘋不起來，我知道枷鎖我的是甚麼。」（頁 26）尼采發瘋是要肯定自己，但在荒謬感裡，連發瘋都不容易──只因太清醒。

　　荒謬是在一個團體裡，卻不屬於那團體。「我本非他們的國民，但他們強要登錄我是他們的國民」（頁 26）。林逸平是日本軍隊的一員，但他從不覺得屬於日本軍隊；他在侵略者裡，他不是侵略者，但別人把他看做侵略者。他受命押送獵女犯，想保護她們，她們卻把他當做軍人盜匪，只因他穿著日本軍服，是「搶人家婦女的幫手」。痛恨不合理，卻又服從不合理；要解除荒謬，卻在荒謬裡。Joseph Heller 的戰爭小說〈軍規第二十二〉（"Catch—22"）寫出如何變巧都有未明文的規則須遵守，主角最後逃兵。在軍隊裡再怎樣不合理竟也服從。林逸平受會講閩南話的獵女犯責備與日本人一起做壞事時說：「軍隊裡的規律和命令，不得不服從。」（頁 95）。服從變成了不文明的規則裡的文明。荒謬是較文明與較不文明的相遇。較文明也許享受較多的物質，但不一定擁有較多的智慧。正如一個軍官所點出的：「你們該學習猴子，在這未開化的密林」（頁 59）。所謂文明只是程度與看法不同而已，自認為文明的也許是野蠻。林逸平認為土著並不蕃：「真正蕃的是日本軍政的法令，搶占人家的土地、房屋、財產、並剝奪人民的權利」（頁 146）。「自認為文明的把文明強加在森林的人們，而這文明是戰爭與侵略，強迫他們在自己的土地上為外來的人勞役。他們也都想脫

---

[1]Norman Mailer, *Advertisements for Myself* (New York: G. P. Putnam's Sons, 1954), P.336。
[2]關於卡謬對荒謬的解釋參見 Philip Thody, *Albert Camus: A Study of His Work* (New York: Grove Press, Inc., K957), PP. 1015; Arnold P. Hinchliffe, *The Absured* (London: Methuen Co, 1972),p.36～43.

離這種痛苦與桎梏而逃跑，但能夠逃到那兒去？這裡是自己誕生之地」（頁173）。

　　卡謬的荒謬是生命與希望都失去意義，除了肉體感覺外都冷漠，荒謬是不必對人生負責。陳千武的英雄，對戰爭下的生命雖然產生懷疑，但仍抱著希望；雖然投降生的本能，但仍關懷祖鄉；不逃避生命，生命在自己生長的鄉土才有意義，無法逃避。怎樣逃，都要在鄉土的生命裡。林逸平的部隊要離開土著時，土著希望他留下，他卻跟部隊走了：「離開這個未開花的殖民地，最後，他還是希望回到早被殖民著的故鄉，想繼續活下去」（頁175）。

　　從一個命運的臺灣島到另一個命運的帝汶島，居民都是俘虜，小說是生命的俘虜。Norman Mailer 用自己 1944 年～1946 年在菲律賓的戰爭經驗寫成的小說〈裸者與死者〉（"The Naked and the Dead"）在森林發生。森林是無情社會的隱喻。陳千武的小說在隱喻裡抗議無情的社會。傑出詩人寫小說並不多。在西方，像 Philip Larkin Kinsley Amis 是少數例外；在臺灣，只有陳千武。他充滿詩意與文義的小說，寫出了俘虜島上，生死密林裡，被戰爭扭曲的人性與愛，及對不合理與殖民的批判。

　　　　　　　　　　　　　　　　　　——選自《臺灣文藝》第 97 期，1985 年 11 月

臺灣文學戰爭小說先驅

《陳千武集》序

◎彭瑞金[*]

　　陳千武即詩人桓夫。桓夫的詩齡極長，從日據時代，還是慘綠少年的時候，即用日文寫新體詩，戰後不久，便克服語言障礙，以中文寫詩，迄至 1980 年代後期，依然創作不輟，是貫穿兩個時代的詩人。然而，25 歲才開始學習中文的詩人，卻戲劇性地在小說創作的天地裡，也爭得一席之地，寫下 15 篇極富傳奇性的短篇小說，其中，〈獵女犯〉還曾經獲得 1977 年吳濁流文學獎。

　　以〈獵女犯〉爲代表的 15 篇小說，是作者根據自己在日據時代服役、參加太平洋戰爭的經驗寫成的。陳千武於太平洋戰爭期間被迫接受「臺灣特別志願兵」訓練，並隨即被征調至爪哇、帝汶島等南太平洋島嶼上作戰，直到戰爭結束一年後，才由新加坡的集中營被遣返。《獵女犯》系列小說，即根據這張兵歷表爲背景寫作，從集結出征、運輸船在海上遇襲、南洋列島上構築工事、防衛作戰；太平洋戰爭結束後，參加印度尼西亞獨立戰爭，直迄經由集中營歸來，完整的「臺灣特別志願兵的回憶」，實質上是一部戰爭經驗小說，可說是臺灣小說界，風格獨具的作品，也是彌足珍貴的太平洋戰爭小說。

　　「臺灣特別志願兵」是師出無名的怪異產物，臺灣子弟被迫當日本兵，而名曰「志願」，其尷尬的地位，幾乎已一語道破了《獵女犯》寫作的微妙玄機。臺灣人無故捲入這場戰爭，除了飽受戰時物資匱乏、機槍炮火

---

[*]靜宜大學臺灣文學系教授兼系主任。

的戰禍威脅之外，被迫遠赴南洋作戰的臺灣青年，身為殖民地的受迫害者，卻又被迫當統治者的鷹犬，成了「聖戰」的侵略工具，壓迫更無助的土人，夾處在侵略者鎖鍊中不得脫身，格外深刻地凸顯了殖民地人民悲哀而無奈的命運。不過，這也像殖民地人民的心靈歷險浴火記一樣，逼使被殖民的臺灣人去探討、思考自己的處境，因此，《獵女犯》系列小說也是一部重要的探討臺灣人命運的小說。

政治地位受歧視的臺灣人，在戰爭的咒語下卻獲得了一視同仁的公平，炮火不但公正的不分種族地對待每一位戰士，並且還隱隱含有天道好還的道德宿命論在裡面，強壯、勇敢、善良的臺灣兵，不但深受幸運之神眷顧厚愛，也在戰火的死亡煉獄中尋獲了苦悶的殖民地心靈的出路。〈旗語〉和〈輸送船〉便深具這樣的暗示性，統治者日本人莫名其妙的優越感，離開陸地置身輸送船後，面對無情的槍彈、大海、人造的災禍……，並未獲得造物主特別的厚待，尤其是「死亡」，不論是哪一國哪一族的神祇神符，都不能確保「武運長久」。無情戰火與死亡的體驗，似乎有效地激發了殖民地臺灣人巨視性的靈魂醒覺，因此，原本是一部記錄臺灣特別志願兵太平洋參戰經驗的戰爭小說，卻不自覺中也成了悲哀的殖民地人民命運的告解。透過林兵長的「兵」路歷程，我們似乎清楚地看到一顆自怨自艾的殖民地心靈，邁越陰霾、成長茁壯的心路歷程，因此，它也是深具人性探索的戰爭哲學，「戰爭」基本上是把人推到絕望的境地去做深度思考的機會，林兵長代表的臺灣人，經歷過戰爭血肉悲劇的洗禮之後，不但對自己的命運有一番清楚的審視，同時也看清楚了統治者所謂聖戰的假象與荒謬，也能肯定而清晰地以人道精神來看這場悲劇。

從為首的〈旗語〉即可以看出來，林兵長有渴望以平等的人的地位受尊重的喜悅，戰爭和死亡曾經公正地證明人不分種族、統治者或被統治者、階級、宗教信仰……，都受到一體對待，給予因戰爭而成熟的林兵長所象徵的多難受苦的臺灣人正面的鼓舞。當林兵長能心平氣和地看待那些狂妄無知的日籍同袍，也能以開闊的悲憫心看待印度尼西亞的土人、荷蘭

人時，重新契合了因爲戰爭而敵對、割裂、扭曲的人性。這種對人性尊嚴的探索與堅持，實際上構成了這個系列寫作的綱領。

　　以結構論，〈旗語〉開啓了探索的門，〈輸送船〉、〈戰地新兵〉則提供了沉思的絕對空間，〈獵女犯〉、〈默契〉卻是提供了成熟的人道思想的具體證明，至於〈求生的欲望〉和〈迷惘的季節〉則是插曲，使這部戰爭系列小說襯得更有血有肉。作者很小心地將寫作的立場避開反日反殖民小說或反戰小說，只肯把它定位在自傳體的戰爭紀錄小說，反而提供了冷靜審視戰爭、時代，透視殖民地政權的體質的機會，不愧是以文學做了最好的時代見證。

——選自彭瑞金編《陳千武集》

臺北：前衛出版社，1994 年 3 月

再創作的《臺灣民間故事》

◎傅林統[*]

　　民間故事具有不朽的生命力，有些故事活了好幾百年，甚至數千年。廣義的「民間故事」還包括神話和傳說，這些都是一個民族珍貴的文化資產，表現他們祖先的心靈、願望、夢想。由於民間故事往往是用口傳的，一代一代在夏夜的庭院，冬日的爐邊，由慈祥的長輩用親切的口吻敘述。因此充滿著智慧，也充分的口語化，當然也就成爲兒童文學重要的成分。

　　臺灣民間流傳著數不盡、說不完的故事，有的是原住民的，有的是歷代歷年從大陸各地而來的漢人的，有的是族群融合當中產生的。從這些多采多姿且多元化的故事中，我們更可以知道這塊土地的住民是從何處來的，是怎樣克服困難，怎樣開墾荒蕪之地，逐漸的造成一片樂土。而這些故事又怎樣伴著天真的兒童成長，也讓開疆闢土的勞苦大眾，在汗珠裡綻開歡顏笑容。

　　若說臺灣是一座奇偉的民間故事寶山並不爲過，因爲臺灣有產生豐富的故事的歷史背景和風土民情，更有許多先哲先賢把生涯奉獻於口傳的民間故事搜集。在我們身邊有著無數的珍貴的資料，而且這座寶山仍在不斷的開挖尋寶。給兒童看的「臺灣民間故事」，版本也很多，有的忠於原話，有的刻意趣味化，有的保留臺灣的韻味，有的著重於「國語」化。不過很可惜的很少有抱持著自己的觀點或理念，把故事藝術化的作品。因此臺灣民間故事的重現，仍停留於搜集、整理、詮釋、改寫的階段，而很難看到「再創作」的水準。

---

[*]發表文章時已自國小校長職務退休，現專事寫作。

　　令人興奮的是詩人陳千武先生，以他的文學觀和對鄉土的認知，把「臺灣民間故事」做了一次美好的再創作。

　　無可諱言的，臺灣的民間故事和傳說雖然豐盛無比，但很多是屬於「怪譚」之類，出現在故事裡的角色，以「鬼、仙、神」占最大的份量，知識分子視之爲「怪力亂神」，而懷疑它在兒童文學上的價值。

　　現在陳千武先生憑著深厚的文學涵養、詩人的氣質，重新整理這些故事，賦與「舊瓶裝新酒」的新精神、新面貌。誠如他自己所說的：「以真摯性的現實體驗，改寫成爲人性實質感受的故事，除去幻覺、荒謬、惑人的部分，──把妄誕的想法，拉回科學的現實領域來。」

　　因此，經過陳千武先生的妙手再創作，這些故事呈現的是不同凡響的風格，除了不再有迷信之虞外，又篇篇如珠玉。趣味化的敘述、誘人的情節安排、逐漸推向高潮的結構組織、戲劇化的效果、濃厚的鄉土味，處處顯露著先民的啓示和作者賦給的內涵，讓人愛不釋手、百讀不厭、也回味無窮。

──選自陳千武《臺灣民間故事》
臺北：富春文化公司，2000 年 11 月

死和再生

桓夫和鮎川信夫詩中共通主題的比較

◎陳明台[*]

一、

　　有人以為詩是詩人精神的紀錄，內部世界的投影，譬如說：日本詩人高村光太郎的《智惠子抄》是他和智惠子夫人的愛情的紀錄，《暗愚》則是他晚年的懺悔錄。而詩由於其具有的象徵性和共同的感覺，也可能成為時代和歷史的證言：

> 詩的投影的實體即是我們自身的存在，存在於現代生活的內部，也就是說逃避除了意味著死亡以外，沒有任何意義，敢不逃避的話，則對於存在中會發生或可能發生的所有事象，應將其以某種方式刻印在自己的經驗裡。[1]

　　此段話正是明確地指陳了詩和存在的密切關連，詩人經驗具有的高度價值。以詩做為詩人的精神史的紀錄，時代的證言，從此一觀點來比較臺灣詩人桓夫和日本詩人鮎川信夫的作品，則不但可以見出他們詩中不同的特質，而且可以見出他們共通的、從戰中到戰後內部的精神風貌及變化，乃至對應於時代和歷史的態度，十分耐人尋味。

---

[*]發表文章時為淡江大學日本語文學系副教授。
[1]北村太郎，《投影的意味》（臺北：詩潮社，1965 年 4 月），頁 3。

二、

桓夫和鮎川信夫都是屬於所謂戰中的世代，在日本軍國主義支配一切的時期渡過了青春時代，並且親身體驗過所謂「大東亞戰爭」，而對於戰中派的特色，有人曾經如此加以說明：

> 戰中派所不能不背負的宿命即是自身的青春，在戰爭中渡過的青春，必須正面地和戰爭衝突，對決此一事實。
> 戰中派的基本性格即在於因為戰場和軍隊的特異體驗，產生了求道的姿態和過剩的誠實主義，因而不時努力於凝視自己與超越自我。
> 戰中派對於厚顏無恥或許顯示了過度的敏感也說不定。[2]

可見戰中派在其精神形成上無法擺脫戰爭的陰影，不管願不願意，他們都必須受到自身的過去──也就是歷史──的制約，因此在形成自身的精神史之際，「青春」此一存在的意義就特別重大。

首先，我們來看看桓夫和鮎川信夫兩人在戰場渡過的青春──兵歷表──兩人均在 1942 年（7 月、10 月）入伍，鮎川被派往蘇門答臘、新加坡，由於染上瘧疾，1944 年 6 月，經西貢、馬尼拉、基隆，中途除役返回日本。桓夫則輾轉參戰於新加坡、爪哇、濠北，參與印尼獨立戰爭，被俘，1946 年 7 月由集中營遣送返回臺灣。出征時，鮎川正值 20，桓夫 22，皆居於青春的入口。而感性特強的這一時期，戰場和軍隊的體驗，當然會讓他們飽受衝擊，對他們思想的形成產生決定性的影響。

只以一張徵兵令，而必須在大義名目下，慷慨赴死，對於這種青春生命的毫無價值，一切的強制，兩人同樣有著極深的體會。

鮎川對於軍隊的強制和欺瞞深深感到失望：「……那是奇怪的階級，

---

[2]安田武，《我的戰後精神史》（東京：第三文明社，1978 年 5 月），頁 31～62。

厚顏、專制的奴隸世界，絕非開放的集團生活……」[3]對他而言青春是幻滅的代名詞，只有喪失感，別無任何希望、意味：

> 在我們之間，廣漠的荒涼視野
>
> 如同黑色的腳一般，縮收著
>
> 而沉落的夕陽只有一個

——〈日暮〉

　　不管是軍隊的體驗也好，青春喪失感也好，鮎川卻能在窒息的時代氣氛中，打開一條思想的出路。「……我所知道的是由於軍隊生活的困苦與壓制，讓我發現了不管如何都無法從我奪走的，我最爲執拗、固執的東西……」[4]所謂最執拗、固執的東西，對鮎川而言，也就是：「……只要沒有失去語言，詩人就什麼都不會失去……」[5]這種堅持到戰後成爲他思想的核心，詩想的中心，自不待言。對照於鮎川密閉而形成思想的方式，桓夫則有其更曲折的心路，青春的喪失、一切的強制，均重疊於「祖國的喪失」而產生了不同的意味：

> 日本人有服兵役的義務，……而我們沒有。被剝奪了權利的另一面，被賦有勞役的義務，是我們誕生就拖下來的一系悲哀的命運……事實，我並非他們的國民，但他們強要登錄我是他們的國民……。[6]

　　戰場體驗，加深來自日本殖民地臺灣特別志願兵的桓夫對日本軍國的反抗意識、自身存在及故鄉的自覺，當然不言可喻。可以說，他所感受的是雙重的強制和抵抗。這些對他戰後思想、詩想的影響自然十分巨大。

---

[3]鮎川信夫，《戰中手記》（臺北：詩潮社，1974 年 10 月），頁 42。
[4]同前註，頁 52。
[5]鮎川信夫，〈無祖國的精神〉，《鮎川信夫詩集》（臺北：詩潮社，1968 年 4 月），頁 120。
[6]桓夫，〈輸送船〉，《獵女犯》（臺中：熱點文化公司，1984 年 11 月），頁 26。

禁止說母親的語言、違反的紀錄，

被貼在教壇的壁上記錄著悲哀，

養成賢明愚人的悲哀。

——〈童年的詩〉

命運的花一瓣瓣

綻放著不甚透明的悲哀

如奴隸、被綁在網中

——〈網〉

賦予泥土的命運

綁在網中

掙扎在斷臍的痛苦

我的歷史早已開始蠕動

在母親的腹中

——〈在母親的腹中〉

　　在這些詩句中，可以見出身受強制的悲哀，更清楚的顯示了對於自身根源與命運的自覺。

　　總而言之，戰中的青春其喪失感、無價值，影響了兩人後來思想的形成。然而，由於立場的不同，鮎川往自身的內部透過密閉的方式而展開，桓夫則透過抵抗的對象（軍國日本）來構建，有其不同的性質。即使如此，在歷史的陰影中，時代的狀況中，他們都能從「人性和存在」來思考，仍可見出共通之立腳點。

三、

　　不拘泥於青春一個時期，而以整個「生」的角度來考察，則戰爭體驗中最深刻的應是對於「死」的體會，戰中的死對立於生，或者死成為日

常，乃至生者與死者的關係，從思想形成的角度來看，對於桓夫和鮎川信夫的詩想解明實有莫大的助益。鮎川有〈死去男人〉一詩，桓夫則有〈信鴿〉一詩，均屬名作。前者是作者透過追憶的形式寫給死去的友人森川義信，具有鎮魂意味的詩，後者則帶有濃厚自傳性質的作品。

　　　實際是，沒有影子，也沒有形狀
　　　一逃出了死，確實是如此

　　　　　　　　　　　　　　　　　　　　──〈死去的男人〉

　　　埋設在南洋諸島嶼的那唯一的我的死
　　　我想總有一天，一定會像信鴿那樣

　　　　　　　　　　　　　　　　　　　　　　　　──〈信鴿〉

　　比較這兩段詩句，可以見出兩人對死思考的原點，有明顯的不同。鮎川是從死逃出，活下來的人反而卻「無影、無形」的存在；換言之，死去的戰友才是實體。而桓夫則是曾經埋葬在南洋的死，而再度復生，傳來新消息，「生」具有意味。之所以如此，我們可以幾個角度來加以說明。

　　其一、對於死，二人鮮烈的印象有所不同，縱使兩人對於死均具有讚美和憧憬，「美麗而廣闊的林野是永遠屬於死了／……那朦朧的瞳膜已映不著霸占山野的猙獰面孔了／映不著夥伴們互爭雌鹿的愛情了……」對於桓夫而言，脆弱生命的死是安靜和優美的畫面，「埋葬的那天／……沒有激憤、沒有悲哀、沒有不平的柔弱椅子，向著天空張開眼／你只是在沉重的靴裡伸入腳／靜靜地橫著……」「……他永遠的死去了／哦，人性喲，這美麗的兵士，會再復生嗎……」鮎川則以死為生的逸脫，經由死──即否定──的價值來發現生的意味，當然，其中也有經由對死者的讚美，生者的自我處罰來鎮魂，去除污穢。日本傳統的思考，對二人而言，死都是由醜惡現世的解脫，但是鮎川始終以生者和死者的連帶，生死的對比為主眼

點；而桓夫卻有經由死來重建自身的強烈心情。「……終於把我的死隱藏在密林的一隅／於是……我悠然地活著……／但我仍未死去／因我的死早先隱藏在密林的一隅……」刻意安排的死，顯示了對抗不義的軍國的作者的意志，也由於此一安排，支持作者活下來。死呈示作者的抵抗、再生的渴求，具備了不同的意義。

　　其二、以生者與死者對照的角度而言，桓夫與鮎川也顯示了不同。桓夫始終以自己的生與死來對比，〈信鴿〉開頭：「埋設在南洋／我的死，我忘記帶回來」已可見出：〈指甲〉詩中：「我的指甲替我死過好幾次／每次剪指甲／我就追憶一次死」均可見出他是以自身的生和死為著眼點。鮎川則在〈波浪渡海〉一詩中寫著：「即使波浪渡過海／因著一個兵士的死／我的思想會回歸於我」；在〈神的兵士〉中寫著：「許多兵士／死了許多次／又復活了許多次」。他並未以自身，而是以戰爭中多數的死者為對象。也因此桓夫的死是對自身的生與精神執著，鮎川則以遺囑執行人自居。〈死去的男人〉開頭：「譬如／從霧裡／或者從所有樓梯的跫音裡／遺囑執行人，模糊地顯現了姿影／這就是一切的開始」，當然，兩者均具備了誠實凝視自己的心情。

　　其三、經由二人不同的心路歷程，桓夫是以死的否定意味來做為抵抗時代與狀況的武器，由此而奪回喪失的生。所以「不義的軍閥投降／我回到祖國／我才想起，我的死／」，乃是包含了自身和自身根源（祖國臺灣）主體性的回復，一種全然的再生、復活的意味。鮎川則是以死者為主體，死者才是完全的存在，生者（包含自身）的永遠的不完全性，必須信賴死者來補足。因而在戰後，鮎川的青春的、一時代的死，依然是支持他的生的意志的最大的力量；對鮎川而言，活著並非意味著再生，只是一種對應於死的延續。因此，二人在戰後詩想發展的方向，顯示相當的分歧。

四、

　　戰後，以歷史和時代狀況的變化此一角度來考察，桓夫和鮎川均面臨了必要調整與適應的困境自是不言可喻，他們共通的問題是如何重新出發；一言以蔽之，鮎川面對著戰後日本的焦土（精神的荒廢），桓夫則面對著語言的劇變（文化的適應），因此戰中的思想形成與體驗，就各自發揮了不同的作用。鮎川依然持續著以死的否定與敗北的現況認識來透視自身精神的荒廢，以及日本等於荒地的事實，死依然是陰影而持續存在。

　　　　想死去，也不知道為了什麼
　　　　大事故的記憶被喚醒了

　　　　　　　　　　　　　　　　　　　　——〈路上〉

　　　　不相信勝利的我
　　　　長久以來夢著這片荒野，那是
　　　　無法容納絕望，也無法容納希望的地方
　　　　…………
　　　　面向廣大的荒野的魂魄
　　　　如何能相信敗北

　　　　　　　　　　　　　　　　　　　　——〈兵士之歌〉

　　戰後荒廢的時代中，相對於存活下來的鮎川，死者（象徵完美）成為支持他（生者）再出發的力量，「荒地」認識的根據，鮎川也因此能在充滿不安與絕望的戰後狀況中，重新奮起，而努力於荒廢的秩序之構建、人性之復歸。當然，戰中鮎川的堅持，依然持續著；（只要沒有失去語言，詩人就沒有任何可能失去的東西）因此，他如此宣稱著：

　　　　不承認自己的生具有任何意義，乃是比喪失生命更壞的事。因此寫詩

的行爲必然是以意味來證明自己的生之意義。[7]

　　而桓夫又如何呢？戰中對死的思考，無理的強制的反抗，在戰後成爲再生的精神源泉，從而，桓夫能擺脫死的陰影，轉向重生，他的重新出發卻不能不受制於語言的改變（等於語言的喪失），以及歷史的巨大變化（等於抵抗對象的轉移），前者使他自覺地思考語言和詩的意味。

　　成爲「詩語」的語言，是植根於一般的人性，作者所要傳達的，和讀者所要了解的，都在人的內在密密地互相照應著。[8]後者則依然延續戰中對「對象」的凝視，自身根源的確認，來調整自身內部與外部狀況之對應（即現實）。因此，他的詩想始終以下列二個著眼點而展開：

　　1.依附主體的確認，歷史的變化既是無法抗拒，則回歸於自身內部時，必須先對生的根源再加確認。於他，臺灣史的變動乃是悲慘的宿命。

> 從進入的屋頂
>
> 我們永遠跑不出來
>
> ……
>
> 是屋頂證實了我們的愛和誠實
>
> 然而瘋狂的屋頂使我們一再地痛苦
>
> 曾有一次
>
> 我們更換了屋頂
>
> 可是屋頂還是一樣的屋頂
>
> ——〈屋頂〉

感受這種悲慘的宿命，投影自身於外部的現實時，他如此宣稱：

---

[7]鮎川信夫，〈詩人的出發〉，《鮎川信夫詩集》（臺北：詩潮社，1968 年 4 月）頁 102。
[8]桓夫，〈詩的語言〉，《現代詩淺說》（臺中：學人文化公司，1979 年 12 月），頁 12。

……現實的醜惡常變成一種壓力，以各種不同的手段挾制著人存在的
實際生活，導誘人於頹廢，甚至毀滅的黑暗的命運裡，迷失了自己。
感受這種醜惡壓力，而自覺某些反逆地精神，意圖拯救善良的美和意
志，我就想寫詩。

2.上述的詩觀，形成桓夫詩想的二個主要核心素質：批判和抵抗，因
而發展出來他的系列文化與宗教批判的作品，在《媽祖的纏足》詩集中：

　　拾取欺騙自己的錯覺的時候

　　她那龐大的臀部就遮掩了

　　媽祖的金身

　　　　　　　　　　　　　　　　　　　　　　——〈春喜〉

　　他們喜歡在神話裡作活

　　他們預感終將變成神

　　陰間和陽間越來越近

　　　　　　　　　　　　　　　　　　　　　　——〈廟〉

　　我希望你信神

　　雖然我無信仰

　　但是我喜歡你信神

　　……

　　就不再跟我吵鬧了

　　　　　　　　　　　　　　　　　　　　　　——〈平安〉

以媽祖此一民間基本信仰的對象的省察，透過宗教、文化的考察，詩
人是從自我內部的檢視和批判，投影於外部現實來進行，除了對政治文化
的醜惡面，強制（從軍國轉為野蠻的權力、社會的不合理等）加以反逆

外，也有直接對「體制」抵抗的強烈的心情，在其他的詩作中顯現。

> 專制的太陽壓在頭上的時候
> 我的影子長不起來
>
> ——〈影子〉

> 從太陽的暴虐
> 從淹溺的殘忍性
> 我們逃避
>
> ——〈屋頂下〉

> 我張開眼睛
> 乃是一粒被迸出了的種子
> 飛落於荒野
> 茫然、面對著太陽
>
> ——〈太陽〉

詩中再三出現的「太陽」這一意象，不禁令人想起基於戰中體驗而寫成的〈野鹿〉一詩中「太陽」的暗示：

> ……曾經擁有七個太陽，你想想七個太陽怎麼不燒焦了黃褐色皮膚的愛情，誰都在歎息多餘的權威貽害了慾望的豐收……

太陽做為暴虐的象徵，正是抵抗的對象，從此我們可以見出從戰中到戰後一脈相承、精神發展的軌跡。

可見，桓夫和鮎川在戰後、詩形成的過程中，戰中體驗給予的影響，前者的基於「再生」而產生積極的意志、批判與抵抗精神，後者以與死者的連帶感而從敗北中努力奮起，透過詩、語言，連結自身與外部世界，他

們都寫下了自身的精神紀錄，也爲荒廢不毛的現代留下證言。而且，桓夫
和鮎川信夫的詩，可以說都是屬於倫理的詩，透過內面飽滿的精神，經常
保持對存在狀況的關心，有著嚴苛地自我凝視與省察的心情。

存在與現實——
東亞現代詩的脫現代主義旗手

陳千武與高橋喜久晴

◎金光林*

　　臺灣詩人陳千武與日本詩人高橋喜久晴與我三個人，已經深交了十多年，經過公與非公式的接觸或集會或通信，也透過詩，互相了解，增加了友誼。我最初接觸陳千武的詩，是收錄在日文譯版《華麗島詩集》（1970年若樹書房版）的〈咀嚼〉。作者緊咬著中國五千年的歷史，以具抵抗的現實意識表現，使我無意中發現了他底詩精神的實存。高橋喜久晴的詩，是從他的詩集《日常》（1973　年詩學社）及《悄悄的狼煙》（1984　年百鬼界）等，看到存在論認識的發想，後來由〈鳥〉一首詩，確信了他無疑就是一位存在的詩人。

　　這兩位詩人，詩的型態與意識根本的差異，是前者執於現實性，後者有意捕捉事象的存在性。說清楚一點，就是前者以詩控告污黑的現實，內心憧憬著淨美的世界，後者認清日常的非日常性與平凡的非平凡化，要掌握海德格（Martin Heidegger，1889～1976）所說的「存在者的存在」。

　　不過，他們兩個人的詩，也有其共通點。那是據於對存在性與存在意識柔韌的志向，遂發現了從現代主義脫出的頭緒，以語言形成了藝術行為這一點吧。而支掌這些方法的背景，前者持有強烈的歷史性的表現，後者即持有向天主教義的現實感覺的意象。

*發表文章時為韓國長安大學日文系教授、韓國詩人協會會長，現為半年刊《Asia　Poem　光與林》創辦人。

凝視現實與靜觀的詩

　　陳千武係 1922 年生於中部臺灣的南投縣。幼時就接受對中國唐山的歷史與小說，造詣深厚的母親的感化而成長。在當時日本殖民地時期，家庭教育河洛話，學校學習日本語，使他長於習作中文和日文。

　　二次大戰時，被徵召當日本軍現役兵，參加南方帝汶島戰線，把當時的體驗小說化寫成《獵女犯》獲得吳濁流文學獎。在他的詩能看到事實的紀錄或辭賦性的敘述，是由於他長於散文性表現的緣故吧。

　　他於 1964 年參加《笠》詩刊的創刊，成爲實質的臺灣詩壇核心集團而活躍。最近十年間，韓臺日三國做中心推進的《亞洲現代詩集》、「亞洲詩人會議」，他便擔任臺灣方面的主角而活動。

　　他的詩集有《密林詩抄》（1952 年）、《不眠的眼》（1954 年）、《野鹿》（1958 年）、《媽祖的纏足》（1963 年）、《剖伊詩稿》（1966 年）、《安全島》（1975 年）、《愛的書籤》（1988 年）等八卷，譯詩集有《韓國現代詩選》、《日本現代詩選》，日文譯版《華麗島詩集》，並有村野四郎、田村隆一詩與論文集等。

　　可以說陳千武的詩是對現代的抵抗和批判寫成的。初期對現實的醜惡，表明了積極的抵抗意識，後期即基於溫健的愛的理念，辛辣地對歷史的過失加以諷刺批評。「究明現實的醜惡，會變成一種壓力。這種壓力的感受性和自覺，成爲反逆精神，意圖拯救善良的意志與美」，說過這些話的陳千武的詩觀是明確的。雖然他的詩的出發，透過現實的凝視或靜觀，形成了抵抗與批判，但他卻明確地對本身的理想世界的憧憬和希望，沒有拋棄。

　　　　我的
　　　　一半是父親的血
　　　　一半是母親的血

我的

妻，是陌生人

架著愛之橋永恆生活在一起

我的孩子，有一半的我

另一半由陌生人擁有（以下略）

　　這一首〈我的血〉，看不出有特別的手法上技巧或奇術，但其自我認識與批判，形成了莫大的共感帶。一見只排列著幼稚的數學數值，這些數字卻以無技巧的技巧傳達了思考的奧妙。凡一般的現代詩都重視語言與語言的新關係，像這首詩卻用平凡的數值，帶上非凡的意義來了。

　　每一位詩人都有其詩作上的特徵。而陳千武的特徵，似乎可用以下三點來考慮。

　　首先應該考慮的是，他的豐富的體驗與見識，具有寬闊的視點與多樣性的面貌。能予了解他是知性勝過於感性的詩人。

　　第二、他的詩始終有鄉愁的意識。即據於殖民經驗與參加戰爭的體驗，如前述在初期以顯著的抵抗對象表現，後期即以比較曖昧的現實與夢的憧憬美表象出來。這意味著他的抵抗轉向內心的批判了。

　　第三，可以說形成陳千武的詩的核心體是歷史意識。初期比較直線的接觸，後期即對傳統的批判或透過女人像，表明象徵性的內心感受。無論以宗教為題材或抒情性的，都有歷史的意識形成詩的價值給與意義。這種說法並無過份。譬如〈咀嚼〉一詩：

下顎骨接觸上顎骨，就離開。——不停地反覆著這種似乎優雅的動作的他。喜歡吃臭豆腐，自誇賦有銳利的 味覺和敏銳的咀嚼運動的他。

坐吃了五千年歷史和遺產的精華。

坐吃了世界所有的動物，猶覺饜然的他。

在近代史上。

竟吃起自己的散慢來了。

給讀者一種輕快的興奮，這種詩不是以單純的現實感能夠寫成的。除了現實感覺之外，需要有詩人本身對現實積極性的見解，即現實觀的領會才行。比喻坐吃所有的饕然的形態，這首詩單純的「咀嚼」意象，卻被擴大到吃盡五千年歷史與遺產的精華的最大範圍的意義。把王朝或獨裁者或權力者貪婪的食性，「竟吃起自己的散慢來」，用這種自我矛盾的諷刺話，昇華到高格調的批判精神，令人感受。

如此消極性的抵抗形態，可以在重視藝術性的詩人們細心的作品裡看得到。不過，與之相對的積極性社會發言的作品，即採取事件的紀錄意圖，獲得強烈的衝擊效果。

> 有什麼企圖似的
> 誰？沒打錯電話號碼
> 卻說撥錯了
> 令人看透的欺騙陰謀
> 必是發生某種事件的前兆……〈詩＝誰撥錯了電話〉
> 而飢餓
> 還是繼續飢餓，核能工廠漏氣
> 還繼續漏氣，車禍或
> 空中劫機，還是不斷地爆發〈詩＝墓的呼喚〉
> 算不完的舊帳、真霉氣
> 跟我們這一世代無關的戰爭，我討厭
> 討厭女詩人深深不忘的埋怨
> 散佈怨恨、自造不幸……〈詩＝見解〉

從上述引用的詩句，可以看到他的紀錄性，不管是各行各獨立的事

件，互有多少的關聯，而這些複雜的事件，雖不是同一時刻、場所、人物，但也能從其有如電影編集組立的「montage」的技法，看出其重新照明所構成的一系統。

　　紀錄事件的技法，若據於「現實感」或「新的工具」的關係上，互相作用的要素成立的場合，大都可以期待在 propaganda 的詩所做的，宣傳或煽情性的效果以上，超越其效果的新次元的詩的價值。

　　如上述，陳千武的詩是爲了擁護善良的意志或美，發揮信心全力投入於拯救的方法上，以抵抗和批判的現實主義爲基調，卻暗示人性的尊嚴，又含有哀愁感的羅曼史（Romance）與理想主義濃厚的色彩，黏著在他的作品。這是不可忽略的觀點。

求道者情念的詩

　　高橋喜久晴 1926 年生於磐田市，專修大學畢業後，歷任短大教師及公立學校教師、校長等，一直到退休後從事教育的天主教詩人。《地球》詩刊的同人，主持《指紋》詩刊，也是研究《臺灣的現代詩》雜誌的主編。

　　詩集有《陌生的魚》（1960 年）、《溫柔的忠告》（1966 年）、《日常》（1973 年）、《不寂寞嗎》（1980 年）、《在旅途》（1980 年）、《悄悄的狼煙》（1984 年）等，評論集有《關於宗教與文學的筆記》（1962 年）、《詩的幻影》（1978 年）等。日本現代詩人會會員。《H 氏獎》、《東海現代詩人獎》評審委員，獲中日短詩型文學獎，亞洲詩人功勞獎。

　　日本不像韓國那麼多基督教系統的詩人。尤其天主教著名的詩人僅有數名而已。他是早期在日本組織的「日本天主教徒詩人會」的會員，但現在這個會似乎有名無實了，沒有活動。也因此，他對韓國天主教徒詩人的活動，及其思想的體系，寄與深切的關心。

　　高橋的詩，正如其詩集的題目「日常」一樣，是從日常出發的，日常是我們毫無關心的對象，也容易忽略的觀念。那是因爲我們執著於非日常性的事象的緣故吧。日常在其中內含有非日常，但非日常卻從破壞日常性

開始，換句話說，是要達到離開現實或生活幻想的地方。

　　不過，高橋很了解給與生活所有的主題之最後，剩下來的絕對性的主題就是日常，因此他未曾離開日常。常常在他的詩裡所表現的非日常性的發想，是內含在日常裡的非日常性。絕對不是幻想。是不尋常的想像力醞釀出來的新意象（image）。他有意把某種觀念或情緒，還有想要表現的修辭技巧，都要徹底地，以一個活生生的人表現出來。因而，使我們對他的詩，寄與無限的信賴。

　　　　踩錯走習慣了的樓梯

　　　　為甚麼？

　　　　怎麼會

　　　　如此發悶的時候

　　　　已經把日常的樓梯踩錯了

　　　　我們終於不再有

　　　　踩錯日常的事

　　　　在爬樓梯時的談笑裡

　　　　卻感覺到

　　　　我們的樓梯

　　　　早已發臭了的

　　　　這個早晨

　　　　都已經，屬於日常哩

　　這是詩〈日常〉的全文。我們偶爾會踩錯走習慣了的樓梯而挫折受傷。此時的日常是被非日常背反了的，使我們省悟，從事情的開始就負有挫折與深傷。也因此使我們可以想到，支掌著他的詩就是日常的不安與危機，亦即面對恐怖的誠實的視點。在他的另一首詩「受過威脅三個月」，也能看到日常以恐怖的對象表現。空白未寫記事的一年前的一頁日記，使

作者不得不究明自己的日常與自己的存在，畢竟隱藏有甚麼秘密？這種恐怖，不用常識的語言傳達，而用詩表現才會造成特殊的意義。

　　　拉近一個桶

　　擁抱在胸裡

　　　另一個你

　　　就消逝於遙遠黑暗的羊齒葉陰去

　　　沒有聲音、下一次

　　　把你換回來

　　　從接近手裡的另一個桶的旁邊

　　　離開我胸脯的一個墜落下去

　　　交錯

　　　兩個水桶

　　　忽上忽下閉著嘴做無言的拉鋸戰

　　　接近的一方

　　　越接近

　　　越向遠離的一方

　　　呼喚

　　　而遠離去的一方

　　　投擲過來

　　　聽不見的呼喚

　　　反覆著

　　　想思與想思

　　　背靠背的交錯

　　　偶而稍為接觸

　　　就像背信的煩惱

　　　發出共鳴

　　互相深深給與傷痕

　　響應著發出共鳴

　　而滲出在嘴唇的血還沒有乾

　　這是連作詩〈吊水桶（1）〉除了第一聯的全部。日本固有的舊式生活裡的水井，以水井的兩個吊水桶爲題材的這首詩，他描繪了現實卻燃燒著非現實的超現實情念。以切實的表現迫近於生命根源的驚異性的詩法，令人感動。

　　在此所表現的對象，並非單純的忽上忽下的兩個水桶，卻令人感受到複雜的精神內容的交錯狀態，或夫妻之間的感情戲劇。另一方面，「一個水桶／攀上高空去／就有一個水桶／向深淵的井底墮落」，這種水桶的二律背反，自己的生與喜悅，由於他人的失意與死，才得到保障的絕對性的關係與深刻的斷絕感，互相傷害也無法回復的人存在的悲劇與不條理。詩人以敏銳的觀點究明這些，令人共鳴。

　　可以說高橋喜久晴的詩，所敘述的事件，大都像錬金術師磨練了語言，以最節制簡潔的語句表現。一看描繪得單純又實在，其實，在語言的背景現出的是單純裡，具有含蓄與暗示的複雜，平凡裡有非凡，日常裡有非日常性的理念存在。

　　鳥

　　被擊打

　　受到致命傷

　　也會盡其能力飛

　　而在飛翔當中

　　死

　　死了

　　墮落到地面來

　　鳥是

　　為了脫逃而繼續飛翔的嗎？

　　如果是為了脫逃而飛翔

　　也可以說

　　死了才真正的脫逃

　　而墜落

　　是因為斷了念以後的動作嗎

　　不是吧

　　是在飛翔當中死了的

　　由於傷得很重而疲憊

　　而斷念

　　墜落

　　然後卻不是死

　　是保持著飛翔的姿勢

　　把生轉變為直角的方向而已

　　他在〈鳥〉一詩，表象的是鳥死了卻不是死的存在，只是把生的方向轉變為直角而已。這種思考是從死的一面去把握生，死是生的繼續的一種認識，與 R‧M‧墨爾克說過「死是生的發展的型態」，有其一脈相通的看法，是把「生」改為「直角」的意義。

　　「持有敏銳感受性的眼光，世界所有的現象，都會看得非常奇異。而感到驚異的能力，會引導知性的人的生涯，向永遠的幻想興奮裡去」。美國一位批評家批評現代詩人的這一句話，正適合於講到高橋喜久晴的詩的狀況吧。他還是在存在論認識的型態上，為了究明「存在者的存在」，而無法捨棄求道者的情念，繼續經營著燃燒的詩。

　　如上述所看的陳千武與高橋喜久晴的詩，雖各持有不同的詩法與個性，但植根於日常或現實形式認識的共感帶，可以說十分成功，而共同在東亞的現代詩上，完成了脫現代主義的詩人，值得令人注目。

　　　　　　　　　　　　　　──選自《東方的彩虹：三人詩集》
　　　　　　　　　　　　　　臺北：笠詩刊社，1989 年 8 月

輯五◎
研究評論資料目錄

作家生平、作品評論專書與學位論文

專書

1. 陳明台編　　桓夫詩評論資料選集　高雄　春暉出版社　1997 年 4 月　507 頁

本書收錄 12 位作家研究評論桓夫詩作的作品：1.葉笛〈探索異數世界的人——桓夫論〉；2.趙天儀「論詩人桓夫及其作品」：〈鄉土性、民族性與社會性〉、〈詩中的殖民地統治與太平洋戰爭經驗〉、〈寂寞的鼓手〉、〈時間的對決〉共 4 篇；3.李敏勇「詩的人生探究」：〈抵抗詩學〉、〈生涯之旅〉、〈中國人殘酷和敗壞情況的批判〉共 3 篇；4.莫渝「桓夫筆下的鄉土情懷」：〈鄉土情懷〉、〈寂寞黃昏雨〉、〈愛或夢之歌〉、〈蒼蠅・馬車・媽祖〉共 4 篇；5.鄭烱明「探討桓夫詩中的世界」：〈歷史意識和現實批判〉、〈媽祖世界的探討〉共 2 篇；6.李魁賢〈論桓夫的詩〉；7.陳明台「試析論桓夫的詩」：〈歷史、詩、現實與夢〉、〈死和再生〉共 2 篇；8.黃恆秋「詩人的青春痘」：〈論詩集《愛的書籤》〉、〈時代的見證——談詩〈見解〉〉共 2 篇；9.古添洪「論桓夫的「泛」政治詩」：〈前言〉、〈基型・雨中行〉、〈原鄉結〉、〈泛政治象徵・媽祖的纏足〉、〈終結・蜘蛛花紋〉共 5 篇；10.秋吉久紀夫「陳千武論」：〈詩〈信鴿〉裡的「死」〉、〈陳千武的文學出發期〉、〈詩〈野鹿〉的主題〉、〈從詩集《愛的書籤》封面談起〉、〈陳千武詩中的媽祖〉共 5 篇；11.呂興昌「桓夫生平及其日據時期新詩研究」：〈前言〉、〈桓夫生平〉、〈桓夫日據時期的新詩〉共 3 篇；12.蔡秀菊「媽祖的宰制與再生」：〈前言：臺灣的國民詩人陳千武〉、〈現實主義中的超現實質素〉、〈現代化的反省——佛心化石〉、〈垃圾箱裡的非垃圾意念〉、〈封建王朝的頹廢意象〉、〈尋找媽祖的再生〉、〈結語〉共 6 篇。正文後附錄〈陳千武（桓夫）作品評論索引〉。

2. 真理大學臺灣文學系　　福爾摩莎文學——陳千武創作學術研討會資料彙集　臺北　真理大學臺灣文學系主辦　2002 年 11 月 2 日　286 頁

本資料彙集分 2 部分：1.會議手冊，包含「臺灣文學家牛津獎」獎詞、陳明台〈獻詞：永遠的文學者——陳千武〉、〈陳千武先生獲獎紀錄〉、〈陳千武先生文學年譜〉等；2.論文集，包括專題演講 1 篇：趙天儀〈陳千武文學的探索〉，特別演講 2 篇：高橋喜久晴〈東亞的詩人陳千武——我與臺灣〉、金光林〈存在與現實——東亞現代詩暨現代主義的旗手陳千武〉，論文 12 篇：陳明台〈發生的事・發生的文學——論陳千武文學的「時空裝置」〉、孟佑寧〈意涵交疊的想像世界——高德曼「發生論結構主義」在桓夫詩作之應用〉、郭楓〈梅花香自苦寒來——論陳千武的

詩家風格〉、許素蘭〈當詩人成爲「臺灣特別志願兵──陳千武《獵女犯》的「局外人」觀點〉、戴寶珠〈政治信仰的一重暗碼：桓夫詩中的「黑影子」與詩的「無邪」〉、丁旭輝〈論陳千武詩語言魅力的兩種模式及其轉變〉、阮美慧〈陳千武與《笠》早期風格的形成〉、余昭玟〈性別的對立、宰制與解放──論陳千武小說中的情欲書寫〉、金尙浩〈論《笠》詩刊創辦期陳千武的詩〉、林柏燕〈談戰爭小說的弔詭與浪漫──以陳千武小說爲例〉、陳康芬〈真誠的純真（authentic innocence）──論陳千武《活著回來──日治時期臺灣特別志願兵的回憶》中的反殖民思想〉、陳靜玉〈陳千武詩中的意象經營〉。

3. **蔡秀菊　　文學陳千武　臺中　晨星出版社　2004 年 3 月　453 頁**

本書蒐集作者歷年來對陳千武及其作品之評論。全書共 2 部分：1.陳千武其創作歷程之探討，收有〈臺灣現代詩人陳千武的跨語言暨戰爭經驗〉、〈臺灣詩人陳千武〉、〈陳千武的文學啓蒙〉、〈陳千武戰前文學作品分析〉、〈陳千武有關戰爭時期的作品分析〉；2.陳千武作品評論分析，收有〈媽祖的宰制與再生──評陳千武的詩集《媽祖的纏足》〉、〈從擦拭的旅行探討陳千武文學創作的另一面──論陳千武的原住民文學〉、〈以史詩書寫的族譜──論陳千武的詩集《禱告──詩與族譜》〉、〈暗幕的形象──論陳千武的長詩〈影子〉的具象思維〉、〈阿公對孫子講的床邊故事──論陳千武的少年歷史小說《富春的豐原》〉、〈論陳千武詩集《不眠的眼》中殖民地經驗的系譜〉、〈歷史迷霧五十八年──從《明臺報》與《獵女犯──臺灣特別志願兵的回憶》透視臺灣極日本兵陳千武的臺灣自覺意識〉。正文後附錄〈陳千武生平寫作年表〉、〈陳千武成書細目〉、〈陳千武作品評論引得〉、〈陳千武文學成就舉隅〉。

4. **陳素蘭　　陳千武的文學人生　臺北　時報文化出版公司　2004 年 6 月　255 頁**

本書爲《陳千武與其詩研究》碩士論文出版，以知人論世的研究方式，探討陳千武創作歷程與文學時代背景，及其創作之特殊性，以完整呈現陳千武詩作之各種面向。全書共 6 章：1.生平事蹟；2.創作歷程；3.作品特色；4.重要評論；5.得獎紀錄；6.生平大事年表。

5. **羊子喬　　島上詩鼓手：陳千武文學評傳　高雄　春暉出版社　2009 年 5 月　191 頁**

本書全面性地自陳千武的生命經驗到文學創作關照作家的文學歷程及特色。全書共 10 章：1.日治時期的文學成績單（一九二二──一九四五）；2.參戰及戰後初期的際遇（一九四三──一九四六）；3.跨越語言再出發（一九四六──一九六三）；4.太平洋戰

爭的生死愛欲（一九六三——一九八四）；5.自我座標的確立（一九六四——一九九七）；6.自傳體小說的虛構與真實（一九六七—二〇〇七）；7.從翻譯、交流到建構（一九六二—二〇〇四）；8.墾殖兒童文學花園（一九六七——一九九七）；9.詩的主張和理論（一九七〇—二〇〇三）；10 結論。正文後附錄〈陳千武文學年表〉、〈陳千武先生著述目錄（97 部）〉、〈學者相關研究（15 部）〉、〈陳千武得獎紀錄〉。

6. 吳　櫻　　溪聲不遠：陳千武詩賞讀集　臺中　臺灣現代詩人協會　2010 年 5 月　138頁

本書結集莫渝、吳櫻、莫云、李益美、陳塡等人撰寫陳千武詩賞析的文章。全書共 46 篇：莫渝〈桎梏中的遐想〉、莫渝〈歡笑的夕陽〉、吳櫻〈神在與不在〉、莫云〈溪聲不遠〉、李益美〈勞動的電影鏡頭〉、李益美〈夏宵的月光〉、莫云〈那一夜，月色拂過〉、陳塡〈瓶裡的蟋蟀〉、利玉芳〈歌唱懷鄉曲〉、葉斐娜〈自我的信奉〉、蔡秀菊〈內行看門道，外行看熱鬧〉、康原〈信鴿傳遞的生命之詩〉、金尚浩〈探究和對決〉、陳秀枝〈寂寞地與永恆拔河〉、莫渝〈平靜安息的耽溺〉、廖秀春〈面對太陽——茫然的落寞〉、利玉芳〈賦予泥土的命運〉、蔡秀菊〈禱告的弦外之音〉、黃玉蘭〈常與無常〉、趙天儀〈逃避陽光的地方〉、莫渝〈跌落自威權的座席〉、賴欣〈逃惑的薰香〉、陳秀枝〈深植泥土不怕爛〉、趙天儀〈忘記帶了回來〉、莫渝〈墮落的象徵〉、李長青〈人性與社會的縮影〉、陳明克〈花與藕〉、陳明克〈以愛為名的河〉、葉斐娜〈意志的投射〉、趙天儀〈希望妳信神〉、關紫心〈敲響心中的銅鑼〉、李長青〈政治神話〉、賴欣〈挑戰悲哀的尊嚴〉、周淑慧〈過境〉、林淯晴〈賣唱神話〉、吳櫻〈草葉搖晃〉、黃騰輝〈頹廢中補到的「鳥」〉、黃玉蘭〈愛的叛逆〉、蔡榮勇〈青春的嫩葉〉、林鷺〈風箏的心理告白〉、岩上〈詩中的寓言〉、岩上〈「屋頂」和「歷史」〉、林孟寰〈歷史的共業〉、李昌憲〈東南亞戰場的火線上〉、蔡榮勇〈連山的回聲也聽不見〉、莫渝〈疆界或藩籬乎？〉。正文前有吳櫻〈序：時代光影在・閃動〉。

7. 吳　櫻　　信鴿：文學・人生・陳千武　臺中　臺中市文化局　2010 年 12 月　270頁

本書以小說的表現方式描述陳千武生平及文學經歷。全書共 7 章：1 在紅土的山巔（童年）；2.青春的苦悶（中學時代）；3.戰爭的漩渦；4.困厄的時代；5.人生的契機；6.永遠的文學者；7.陳千武的文學世界。正文前有胡志強序〈市長序〉、黃國榮序〈局長序〉、作者自序〈他存在，他的時代存在〉、陳明台序〈時空的越境・精神史之意味〉、〈序章———生兩世〉，正文後附錄〈陳千武文學年表〉、〈陳千

武先生著述目錄〉、〈學者相關研究〉、〈陳千武得獎紀錄〉、〈參考書目〉。

學位論文

8. 吳慧婷　　記實與虛構：陳千武自傳性小說「臺灣特別志願兵的回憶」系列作
品研究　南華大學文學研究所　碩士論文　呂興昌教授指導　1994
年6月　137頁

本論文以記實與虛構問題，以及陳千武自傳中的「自我」乃為虛構的自傳批評理論
來審視「臺灣特別志願兵的回憶」系列作品的虛構性，並探討系列作品中記實與虛
構的文學功用及影響。全文共 5 章：1.緒論；2.「臺灣特別志願兵的回憶」系列作品
概述；3.「臺灣特別志願兵的回憶」系列作品的虛構性及其屬性的確定；4.「臺灣特
別志願兵的回憶」系列作品中記實與虛構的文學功用及影響；5.結論。正文後附錄
〈《獵女犯》各篇小說與發表時原文校勘表〉、〈陳千武小品文〈詩與畫〉〉、
〈迷路引臺灣〉、〈拍桌子〉、〈臺統小吃〉、〈雨傘——赴施明正追思記〉、
〈笑容〉。

9. 謝惠芳　　論陳千武小說《活著回來》————一部臺灣特別志願兵紀錄《獵女
犯》的綜合考察　靜宜大學中國文學系　碩士論文　趙天儀教授指
導　2000年　255頁

本論文從作者生平入手，並論及文學界中對本書的評論與評價。全文共 7 章：1.關於
《獵女犯》；2.小說成立的背景；3.詩與小說的關係；4.《獵女犯》一書的基本內
容；5.主題分析；6.《獵女犯》中的人物架構；7.綜論小說特色。正文後附錄〈陳千
武訪問錄〉、〈趙天儀訪問錄〉。

10. 陳靜玉　　陳千武及其現代詩研究　高雄師範大學國文學系國文教學碩士班
碩士論文　林文欽教授指導　2001年10月　272頁

本論文分析陳千武的詩作、詩論，及其相關論述，以發現臺灣文學發展的真正面
貌，及臺灣精神的內涵與風格，繼而以此釐清臺灣現代詩的發展脈絡。全文共 7
章：1.緒論；2.陳千武的生平與文學歷程；3.陳千武的詩論；4.陳千武詩的主題思
想；5.陳千武詩的藝術特色；6.評價與影響；7.結論。正文後附錄〈陳千武年
表〉。

11. 陳素蘭　　陳千武與其詩研究　中興大學中國文學系　碩士論文　徐照華教授
指導　2003年7月　221頁

本論文以知人論世的研究方式，探討陳千武創作歷程與文學時代背景，及其創作之

特殊性，以完整呈現陳千武詩作之各種面向。全文共 7 章：1.緒論；2.時代背景與生平；3.陳千武詩論；4.陳千武詩的主題與內涵；5.陳千武詩的藝術特色；6.陳千武詩的評價、貢獻與影響；7.結論。

12. **廖秀春**　鼓手之歌——陳千武兒童文學世界的探討　東海大學中國文學系碩士論文　許建崑教授指導　2005 年　147 頁

本論文首先從陳千武的生平事蹟，找尋其創作傾向及風格；繼而從陳千武的現代詩中找出可讀的兒童詩，並與詩理論一一印證；之後從其兒童故事與譯作中整理出兒童文學的脈絡，重新檢視陳千武對兒童文學的努力與貢獻。全文共 5 章：1.緒論；2.陳千武生平、文學及其文化推廣；3.兒童詩及理論；4.兒童故事及其譯作；5.結論。

13. **游麗芳**　陳千武詩之意象研究　高雄師範大學國文學系國文教學碩士班　碩士論文　林文欽教授指導　2006 年　256 頁

本論文參照詩人的一生、時代背景及其抵抗精神，分析其詩作的意象，主要著重其意象形成、指稱、系統進行探討，以呼應詩人的生命精神。全文共 7 章：1.緒論；2.陳千武的生平；3.意象論；4.陳千武詩之意象主題（上）；5.陳千武詩之意象主題（下）；6.陳千武詩之意象系統及風格；7.結論。

14. **鄭淑玲**　陳千武兒童故事研究　臺北市立教育大學中國語文學系碩士班　碩士論文　陳光憲教授指導　2008 年 6 月　276 頁

本論文研究陳千武的兒童故事，歸納並探討其中的內涵與寫作技巧，且論述其語言詩化、取材貼近鄉土等特色，闡明其兒童故事之價值。全文共 6 章：1.緒論；2.陳千武生平及創作；3.陳千武兒童故事的類型及其著作；4.陳千武兒童故事的內涵與技巧；5.陳千武兒童故事的特色；6.結論。正文後附錄〈陳千武先生兒童文學活動年表〉、〈陳千武先生著作年表〉、〈陳千武先生獲獎紀錄年表〉。

15. **石淑美**　陳千武兒童詩創作、理論與活動研究　中正大學臺灣文學所　碩士論文　趙天儀教授指導　2009 年 6 月　170 頁

本論文分析陳千武所創作、翻譯的兒童詩，比較陳千武與林鍾隆、趙天儀的兒童詩觀，再藉由陳千武中年以後推廣兒童詩所參與的活動，闡明其對於兒童文學的影響與貢獻。全文共 6 章：1.緒論；2.文學與人生；3.陳千武兒童詩創作與翻譯；4.兒童詩的詩觀；5.兒童詩的推廣活動；6.結論。正文後附錄〈陳千武訪問記〉、〈陳千武兒童文學活動年表〉、〈陳千武在《滿天星》翻譯的日、韓兒童詩及相關論述〉、〈陳千武兒童詩及兒童文學書目〉。

16. 李展平　　太平洋戰爭書寫——以陳千武《活著回來》、李喬《孤燈》、東方白
　　　　《浪淘沙》為論述場域　中興大學臺灣文學研究所　碩士論文　楊
　　　　翠教授指導　2010 年 7 月　128 頁

　　本論文以陳千武《活著回來》、李喬《寒夜三部曲・孤燈》、東方白《浪淘沙》中
　　的〈沙〉篇為探討文本，分別論述其文中歷史元素、敘述結構、表現手法，闡述人
　　物在小說中的位置與角色等，歸結三部文本共通的歷史關懷與人性思索。全文共五
　　章：1.緒論；2.陳千武《活著回來》的太平洋戰爭書寫；3.李喬《孤燈》的太平洋
　　戰爭書寫；4.東方白《浪淘沙》的太平洋戰爭書寫；5.結論——邊緣發聲與戰爭敘
　　述。正文後附錄〈陳千武訪問稿〉、〈李喬訪問稿〉、〈臺籍軍屬在呂宋島逃難過
　　程之相關檔案〉、〈原住民薰空挺隊〉、〈北婆羅洲古晉俘虜營之相關檔案〉、
　　〈東方白《浪淘沙》終戰後日軍乞討照片〉、〈日軍國際戰犯關押在東京巢鴨監獄
　　相關檔案〉、〈原住民出草之相關檔案〉、〈大東亞戰局圖與大東亞共榮圈交通略
　　圖〉。

17. 陳采玉　　陳千武譯詩之研究　跨文化研究所　博士論文　林水福教授指導
　　　　2011 年 5 月　242 頁

　　本論文研究陳千武自譯及翻譯他人的華語與日語詩，以瓦爾特・班雅明和霍米・巴
　　巴的翻譯觀點，並置於書寫時的文化及社會脈絡下，探討其文學從接受到生產的問
　　題。全文共 5 章：1.陳千武的文學受容歷程；2.內在翻譯；3.日詩華譯；4.華詩日
　　譯；5.自他翻譯比較。正文前有〈序論〉，正文後有〈結論〉，附錄〈日詩華譯整
　　理——陳千武自譯〉、〈華詩日譯整理——陳千武自譯〉、〈華詩日譯——漢字讀
　　音標示〉、〈華詩日譯——後註整理〉。

作家生平資料篇目

自述

18. 陳千武　　後記　日本現代詩選　臺中　笠詩社　1965 年 10 月　頁 93—95

19. 陳千武　　後記　不眠的眼　臺中　笠詩社　1965 年 10 月　頁 73—74

20. 陳千武　　詩集《不眠之眼》後記　陳千武全集・詩全集（3）　臺中　臺中
　　　　市文化局　2003 年 8 月　頁 90—92

21. 桓　夫　　我怎樣寫〈野鹿〉這首詩　笠　第 12 期　1966 年 4 月　頁 16—17

22. 陳千武　　我怎樣寫〈野鹿〉這首詩　野鹿　臺北　田園出版社　1969 年 12

月　頁 10—12

23. 陳千武　　　我怎樣寫〈野鹿〉這首詩　陳千武全集・詩全集（3）　臺中　臺中市文化局　2003 年 8 月　頁 102—105

24. 桓　夫　　　詩的問答〔陳千武部分〕　笠　第 20 期　1967 年 8 月　頁 46—47

25. 陳千武　　　後記[1]　野鹿　臺北　田園出版社　1969 年 12 月　頁 69

26. 陳千武　　　後記　陳千武全集・詩全集（3）　臺中　臺中市文化局　2003 年 8 月　頁 165

27. 陳千武　　　剖伊詩稿——後記　笠　第 59 期　1973 年 10 月　頁 21

28. 陳千武　　　後記　剖伊詩稿・伊影集　臺北　笠詩刊社　1974 年 6 月　頁 65

29. 陳千武　　　詩集《剖伊詩稿》後記　陳千武全集・詩全集（5）　臺中　臺中市文化局　2003 年 8 月　頁 42

30. 陳千武　　　後記　桓夫詩集・媽祖的纏足　臺中　笠詩刊社　1974 年 12 月　頁 161—163

31. 陳千武　　　《媽祖の纏足》後記　現代中國の詩人——陳千武詩集　東京　土曜美術社　1993 年 2 月　頁 257—258

32. 陳千武　　　詩集《媽祖的纏足》後記　陳千武全集・詩全集（4）　臺中　臺中市文化局　2003 年 8 月　頁 212—214

33. 陳千武　　　張文環與我　笠　第 84 期　1978 年 4 月　頁 136—142

34. 陳千武　　　張文環與我　張文環先生追思錄　臺中　高長印書局　1978 年 7 月　頁 191—193

35. 陳千武　　　詩歷・詩觀　美麗島詩集　臺北　笠詩社　1979 年 6 月　頁 226

36. 陳千武　　　我的第一首「詩」　笠　第 92 期　1979 年 8 月　頁 33—35

37. 陳千武　　　我的第一首「詩」　陳千武作品選集　臺中　臺中縣立文化中心　1990 年 6 月　頁 8—14

38. 陳千武　　　我的第一首「詩」　詩的啓示　南投　南投縣立文化中心　1997 年 5 月　頁 123—127

---

[1]本文後收錄於《陳千武全集・詩全集（3）》。

39. 陳千武　我的兵歷表　臺灣文藝　第 77 期　1982 年 10 月　頁 63—64

40. 陳千武　我的兵歷表　獵女犯　臺中　熱點文化出版公司　1984 年 11 月　頁 267—271

41. 陳千武　我的兵歷表　活著回來：日治時期，臺灣特別志願兵的回憶　臺中　晨星出版社　1999 年 8 月　頁 387—389

42. 陳千武　詩與文化的交流——關於《亞洲現代詩集》的出版——我的母語　臺灣時報　1983 年 3 月 12 日　12 版

43. 陳千武　我的母語　笠　第 114 期　1983 年 4 月　頁 25

44. 陳千武　我的母語　陳千武作品選集　臺中　臺中縣立文化中心　1990 年 6 月　頁 6—7

45. 陳千武　詩集《龍》に寄せこ　詩集——龍　東京　東京學藝館　1983 年 12 月　〔3〕頁

46. 陳千武　文學少年時　獵女犯　臺中　熱點文化出版公司　1984 年 11 月　頁 3—7

47. 陳千武　文學少年時　活著回來：日治時期，臺灣特別志願兵的回憶　臺中　晨星出版社　1999 年 8 月　頁 5—10

48. 陳千武　文學少年時　青少年臺灣文庫 2——散文讀本 2：狂歌正年少　臺北　國立編譯館　2008 年 12 月　頁 50—56

49. 陳千武　殖民地的孩子　笠　第 126 期　1985 年 4 月　頁 82—87

50. 陳千武　序　愛的書籤　臺北　笠詩刊社　1988 年 5 月　頁 3

51. 陳千武　後記　愛的書籤　臺中　笠詩刊社　1988 年 5 月　頁 88—89

52. 陳千武　《愛的書籤》後記　陳千武全集・詩全集（5）　臺中　臺中市文化局　2003 年 8 月　頁 166—167

53. 陳千武　まえがき　續・台湾現代詩集　熊本　もぐら書房　1989 年 2 月　頁 1—2

54. 陳千武　作家生日感言：陳千武　自由時報　1990 年 5 月 1 日　18 版

55. 陳千武　我的國文老師　明道文藝　第 178 期　1991 年 1 月　頁 20—26

56. 陳千武　　認識原住民的根源——《臺灣原住民的母語傳說》後記　臺灣原住民的母語傳說　臺北　臺原出版社　1991 年 2 月　頁 228—229

57. 陳千武　　寫在集後[2]　臺灣民間故事　臺中　臺灣省兒童文學協會　1991 年 6 月　頁 187—189

58. 陳千武　　初版後記　臺灣民間故事　臺北　富春文化公司　2000 年 11 月　頁 237—239

59. 陳千武　　本土文學發祥在臺中　文訊雜誌　第 77 期　1992 年 3 月　頁 29—33

60. 陳千武講；陳柔縉記　　斗笠遮風又遮雨，不像皇冠那麼偉大——「笠」詩社創辦人談臺灣早期詩壇紛爭　新新聞週刊　第 271 期　1992 年 5 月 17 日　頁 78—80

61. 陳千武　　〈求生的欲望〉後記　洪醒夫小說獎作品集　臺北　爾雅出版社　1992 年 7 月　頁 76

62. 陳千武　　我的文學緣——日本九州大學秋吉久紀夫教授編譯日文版《陳千武詩集》序　中縣文藝　第 6 期　1992 年 11 月　頁 65—68

63. 陳千武　　秋吉久紀夫訳編日本版《陳千武詩集》序——わたしの文學との機緣　現代中國の詩人——陳千武詩集　東京　土曜美術社　1993 年 2 月　頁 3—5

64. 陳千武　　我的文學緣——日本九州大學秋吉久紀夫教授編譯日文版《陳千武詩集》序　文學臺灣　第 6 期　1993 年 4 月　頁 13—16

65. 陳千武　　我的文學緣——日本九州大學秋吉久紀夫教授編譯日文版《陳千武詩集》序　文學人生散文集　臺中　臺中市文化局　2007 年 11 月　頁 31—35

66. 陳千武　　自序　童詩的樂趣　臺中　臺中縣立文化中心　1993 年 6 月　〔3〕頁

67. 陳千武　　無拘無束的想像——《檳榔大王遷徙記》文字作者序　擦拭的旅

---

[2]本文後改篇名爲〈初版後記〉，收錄於《臺灣民間故事》臺北革新版。

行：檳榔大王遷徙記　臺北　臺原藝術文化基金會　1993 年 12 月　頁 4—7

68. 陳千武　　　荒埔中的傳奇——《臺灣平埔族傳說》文字作者序　謎樣的歷史：臺灣平埔族傳說　臺北　臺原藝術文化基金會　1993 年 12 月　頁 4—7

69. 陳千武著；安田學，保坂登志子譯　　《臺灣平埔族の伝説》序　臺灣平埔族の伝説　京都　洛西書院　2002 年 8 月　頁 3—6

70. 陳千武　　　回憶漩渦：陳千武　笠　第 181 期　1994 年 6 月　頁 96—97

71. 陳千武　　　文化搖籃地　中國時報　1994 年 12 月 9 日　39 版

72. 陳千武　　　詩的自述——〈檳榔樹〉　民眾日報　1995 年 10 月 28 日　19 版

73. 陳千武　　　〈檳榔樹〉評析　詩的啓示　南投　南投縣立文化中心　1997 年 5 月　頁 160—163

74. 陳千武　　　詩的回憶——〈夏夜之一刻〉　更生日報　1995 年 12 月 10 日　20 版

75. 陳千武　　　〈夏夜之一刻〉評析　詩的啓示　南投　南投縣立文化中心　1997 年 5 月　頁 128—131

76. 陳千武　　　詩的回憶——〈大肚溪〉　更生日報　1996 年 1 月 7 日　20 版

77. 陳千武　　　〈大肚溪〉評析　詩的啓示　南投　南投縣立文化中心　1997 年 5 月　頁 132—136

78. 陳千武　　　詩的回憶——〈油畫〉　更生日報　1996 年 1 月 21 日　20 版

79. 陳千武　　　〈油畫〉評析　詩的啓示　南投　南投縣立文化中心　1997 年 5 月　頁 137—141

80. 陳千武　　　詩的自述——〈砍伐跡地〉　民眾日報　1996 年 1 月 31 日　27 版

81. 陳千武　　　〈砍伐跡地〉評析　詩的啓示　南投　南投縣立文化中心　1997 年 5 月　頁 164—168

82. 陳千武　　　詩的自述——〈海峽〉評析　民眾日報　1996 年 2 月 9 日　27 版

83. 陳千武　　　〈海峽〉評析　詩的啓示　南投　南投縣立文化中心　1997 年 5 月

頁 189—192

84. 陳千武　　詩的回憶──〈苦力〉　更生日報　1996 年 2 月 11 日　20 版

85. 陳千武　　〈苦力〉評析　詩的啓示　南投　南投縣立文化中心　1997 年 5 月　頁 142—145

86. 陳千武　　詩的自述──〈幸福〉　民眾日報　1996 年 3 月 2 日　27 版

87. 陳千武　　〈幸福〉評析　詩的啓示　南投　南投縣立文化中心　1997 年 5 月　頁 184—188

88. 陳千武　　詩的自述──〈指甲〉　民眾日報　1996 年 3 月 14 日　27 版

89. 陳千武　　〈指甲〉評析　詩的啓示　南投　南投縣立文化中心　1997 年 5 月　頁 155—159

90. 陳千武　　詩的回憶──〈雨中行〉　更生日報　1996 年 3 月 17 日　20 版

91. 陳千武　　〈雨中行〉評析　詩的啓示　南投　南投縣立文化中心　1997 年 5 月　頁 146—149

92. 陳千武　　詩的自述──〈風箏〉　民眾日報　1996 年 3 月 26 日　27 版

93. 陳千武　　〈風箏〉評析　詩的啓示　南投　南投縣立文化中心　1997 年 5 月　頁 169—173

94. 陳千武　　詩的自述──〈安全島〉　民眾日報　1996 年 4 月 8 日　19 版

95. 陳千武　　〈安全島〉評析　詩的啓示　南投　南投縣立文化中心　1997 年 5 月　頁 179—183

96. 陳千武　　詩的回憶──〈不必‧不必〉　更生日報　1996 年 4 月 28 日　20 版

97. 陳千武　　〈不必‧不必〉評析　詩的啓示　南投　南投縣立文化中心　1997 年 5 月　頁 174—178

98. 陳千武　　詩的自述──〈鼓手之歌〉　民眾日報　1996 年 6 月 3 日　27 版

99. 陳千武　　〈鼓手之歌〉評析　詩的啓示　南投　南投縣立文化中心　1997 年 5 月　頁 150—154

100. 陳千武　　詩的回憶──〈童年的詩〉　更生日報　1996 年 6 月 23 日　20

版

101. 陳千武　〈童年的詩〉評析　詩的啓示　南投　南投縣立文化中心　1997年5月　頁211—215

102. 陳千武　詩的自述——〈我的血〉　民眾日報　1996年7月25日　27版

103. 陳千武　〈我的血〉評析　詩的啓示　南投　南投縣立文化中心　1997年5月　頁206—210

104. 陳千武　詩的回憶——〈咀嚼〉　更生日報　1996年7月28日　20版

105. 陳千武　〈咀嚼〉評析　詩的啓示　南投　南投縣立文化中心　1997年5月　頁202—205

106. 陳千武　詩的回憶——〈蓮花〉評析　更生日報　1996年9月22日　27版

107. 陳千武　〈蓮花〉評析　詩的啓示　南投　南投縣立文化中心　1997年5月　頁197—201

108. 陳千武　詩的回憶——〈皮膚〉評析　更生日報　1996年10月13日　20版

109. 陳千武　〈皮膚〉評析　詩的啓示　南投　南投縣立文化中心　1997年5月　頁193—196

110. 陳千武　譯者的話　西川滿小說集（2）　臺北　春暉出版社　1997年2月　頁5—6

111. 陳千武　美的感動——陳千武〈髮〉　臺灣新詩論集　臺北　春暉出版社　1997年4月　頁364—366

112. 陳千武　自序　詩的啓示　南投　南投縣立文化中心　1997年5月　頁6—7

113. 陳千武　〈文學的思考〉評析　詩的啓示　南投　南投縣立文化中心　1997年5月　頁216—219

114. 陳千武　後記　詩文學散論　臺中　臺中市立文化中心　1997年5月　頁298—299

115. 陳千武　　〈木瓜花〉——詩的自述　上智雜誌　第 7 卷第 4 期　1997 年 7 月　頁 7

116. 陳千武　　〈木瓜花〉——詩的自述　陳千武全集・詩走廊散步　臺中　臺中市文化局　2003 年 8 月　頁 185—187

117. 陳千武　　〈跳繩的少女〉——詩的自述　上智雜誌　第 7 卷第 6 期　1997 年 11 月　頁 6

118. 陳千武　　〈跳繩的少女〉——詩的自述　陳千武全集・詩走廊散步　臺中　臺中市文化局　2003 年 8 月　頁 191—193

119. 陳千武　　〈分屍〉的詩想——詩的自述　上智雜誌　第 8 卷第 1 期　1998 年 1 月　頁 7

120. 陳千武　　〈分屍〉——詩的自述　陳千武全集・詩走廊散步　臺中　臺中市文化局　2003 年 8 月　頁 188—190

121. 陳千武　　〈殺風景〉之美的感受——詩的自述　上智雜誌　第 8 卷第 3 期　1998 年 7 月　頁 9

122. 陳千武　　〈殺風景〉之美的感受——詩的自述　陳千武全集・詩走廊散步　臺中　臺中市文化局　2003 年 8 月　頁 200—202

123. 陳千武　　〈時間〉——詩的自述　上智雜誌　第 8 卷第 4 期　1998 年 12 月　頁 11

124. 陳千武　　〈時間〉——詩的自述　陳千武全集・詩走廊散步　臺中　臺中市文化局　2003 年 8 月　頁 194—196

125. 陳千武　　《海流：臺灣日本兒童詩對譯選集》　國語日報　2000 年 4 月 24 日　11 版

126. 陳千武　　得獎感言　第二屆南投縣文學獎得獎作品集　南投　南投縣立文化中心　2000 年 5 月　頁 14—15

127. 陳千武　　〈溪底石〉——詩的自述　上智雜誌　第 9 卷第 3 期　2000 年 6 月　頁 4

128. 陳千武　　〈溪底石〉——詩的自述　陳千武全集・詩走廊散步　臺中　臺

中市文化局　2003 年 8 月　頁 197—199

129. 陳千武　　序　臺灣民間故事　臺北　富春文化公司　2000 年 11 月　頁 6—
9

130. 陳千武　　自序　拾翠逸詩文集　南投　南投縣政府文化局　2001 年 12 月
頁 5—6

131. 陳千武　　自序　情虜短篇小說集　南投　南投縣政府文化局　2002 年 11 月
頁 7—9

132. 陳千武　　譯序　臺灣處分一九四五年　臺中　晨星出版社　2003 年 4 月
頁 6—7

133. 陳千武　　關於日譯《華麗島詩集》　陳千武詩走廊散步　臺中　臺中市文
化局　2003 年 8 月　頁 54—64

134. 陳千武　　《臺灣現代詩集》在日出版的意義　陳千武詩走廊散步　臺中
臺中市文化局　2003 年 8 月　頁 65—70

135. 陳千武　　連詩創作前言　陳千武全集・詩全集（9）　臺中　臺中市文化局
2003 年 8 月　頁 84—85

136. 陳千武　　連詩後記　陳千武全集・詩全集（9）　臺中　臺中市文化局
2003 年 8 月　頁 126

137. 陳千武　　人生教訓　文訊雜誌　第 221 期　2004 年 3 月　頁 114

138. 陳千武　　人生教訓　當我們青春年少——作家影像故事展展覽專輯　臺南
國家臺灣文學館　2007 年 2 月　頁 24—25

139. 陳千武　　詩人近況　2004 臺灣詩選　臺北　二魚文化公司　2005 年 3 月
頁 285—286

140. 陳千武　　現代詩精神的原鄉　臺灣文學評論　第 5 卷第 2 期　2005 年 4 月
頁 84—96

141. 陳千武　　孵化的，美麗的夢　文訊雜誌　第 235 期　2005 年 5 月　頁 62

142. 陳千武　　我的小說創作與戰爭體驗　文學人生散文集　臺中　臺中市文化
局　2007 年 11 月　頁 71—85

143. 陳千武　　我的時代・我的文學　文學人生散文集　臺中　臺中市文化局
　　　2007 年 11 月　頁 86—88

144. 陳千武　　工作與我　文學人生散文集　臺中　臺中市文化局　2007 年 11 月
　　　頁 89—103

145. 陳千武　　南投文學的光芒——新文學的興起——作家與創作——陳千武
　　　2008 南投文學學術研討會論文集　南投　南投縣文化局　2008 年
　　　4 月　頁 13

他述

146. 〔幼獅文藝〕　　桓夫　幼獅文藝　第 148 期　1966 年 4 月　頁 147

147. 柳文哲〔趙天儀〕　　一隻戰慄的手　幼獅文藝　第 193 期　1970 年 1 月
　　　頁 143—144

148. 趙天儀　　一隻戰慄的手　美學與批評　臺北　有志圖書出版公司　1972 年
　　　3 月　頁 114—115

149. 周伯乃　　詩的鼓手——桓夫　自由青年　第 46 卷第 4 期　1971 年 10 月 1
　　　日　頁 133—139

150. 高橋喜久晴著；葉笛譯　　一個日本詩人看：中國的現代詩壇——「跨越語
　　　言的一代」的詩人們——新的期待——笠的同仁〔陳千武部分〕
　　　從深淵出發　臺中　普天出版社　1972 年 1 月　頁 237—238

151. 蕭　蕭　　陳千武　現代詩入門　臺北　故鄉出版社　1982 年 2 月　頁 97—
　　　98

152. 劉美雪　　饗宴側記〔陳千武部分〕　臺灣日報　1984 年 6 月 5 日　8 版

153. 李豐楙　　桓夫　中國新詩賞析 3　臺北　長安出版社　1987 年 2 月　頁 197

154. 高橋喜久晴　　民族的語言與記憶〔陳千武部分〕　東方的彩虹　臺北　笠
　　　詩刊社　1989 年 8 月　頁 125—138

155. 陳明尹　　踩著踏板的人——我的父親桓夫　聯合報　1990 年 5 月 27 日　29
　　　版

156. 詹順裕　　跨代詩人——詹冰、桓夫、白萩　臺灣日報　1990 年 5 月 28 日

15 版

157. 翁奕波　時代的鼓手——臺灣詩人桓夫　海峽　1990 年第 5 期　1990 年 10 月　頁 174—175

158. 王晉民　陳千武小傳　臺灣文學家辭典　南寧　廣西教育出版社　1991 年 7 月　頁 503—504

159. 葉石濤　六〇年代的臺灣文學——無根與放逐——作家作品——陳千武　臺灣文學史綱　高雄　文學界雜誌社　1991 年 9 月　頁 134

160. 葉石濤　臺灣文學史綱——六〇年代的臺灣文學——無根與放逐〔陳千武部分〕　葉石濤全集・評論卷五　臺南，高雄　國立臺灣文學館，高雄市文化局　2008 年 3 月　頁 150—151

161. 張信吉　陳武雄曾在南洋押送慰安婦　自由時報　1992 年 3 月 5 日　3 版

162. 趙天儀　陳千武小傳　混聲合唱——笠詩選　高雄　春暉出版社　1992 年 9 月　頁 80

163. 邱　婷　陳千武撫今追昔神情一片黯然　民生報　1992 年 10 月 24 日　29 版

164. 鍾美芳　陳千武小傳　臺中縣文學發展史：田野調查報告書　臺中　臺中縣立文化中心　1993 年 6 月　頁 245

165. 鍾美芳　訪陳千武　臺中縣文學發展史：田野調查報告書　臺中　臺中縣立文化中心　1993 年 6 月　頁 246—247

166. 陳瓊芬，傅素花　陳千武簡介　童詩的樂趣　臺中　臺中縣立文化中心　1993 年 6 月　〔1〕頁

167. 詹慧玲　故事的作者——陳千武　擦拭的旅行：檳榔大王遷徙記　臺北　臺原藝術文化基金會　1993 年 12 月　頁 10

168. 古繼堂　陳千武小傳　臺港澳暨海外華文新詩大辭典　遼寧　瀋陽出版社　1994 年 5 月　頁 73—75

169. 楊　翠　戰後初期——世代交替中的縣籍作家——文壇新秀的誕生——陳千武與張彥勳　臺中縣文學發展史　臺中　臺中縣立文化中心

1995 年 6 月　頁 198—199

170. 楊　　翠　　六〇年代——縣籍作家的再振——縣籍作家「跨越語言」的經驗
　　　　　　　　——陳千武・張彥勳　臺中縣文學發展史　臺中　臺中縣立文化
　　　　　　　　中心　1995 年 6 月　頁 226—228

171. 楊　　翠　　六〇年代——縣籍作家的再振——陳千武與《笠詩刊》　臺中縣
　　　　　　　　文學發展史　臺中　臺中縣立文化中心　1995 年 6 月　頁 231—
　　　　　　　　238

172. 楊　　翠　　七〇年代——寫實主義文學潮流底下的縣籍文學概況——縣籍作
　　　　　　　　家的文學團體參與情況〔陳千武部分〕　臺中縣文學發展史　臺
　　　　　　　　中　臺中縣立文化中心　1995 年 6 月　頁 250

173. 楊　　翠　　八〇年代以來——文學多樣化，臺中縣文壇生氣再現——跨世代
　　　　　　　　作家持續創作不輟——陳千武、張彥勳　臺中縣文學發展史　臺
　　　　　　　　中　臺中縣立文化中心　1995 年 6 月　頁 257—259

174. 楊　　翠　　八〇年代以來——文學多樣化，臺中縣文壇生氣再現——兒童文
　　　　　　　　學的天空很美麗——陳千武、張彥勳、黃海、蘇紹連　臺中縣文
　　　　　　　　學發展史　臺中　臺中縣立文化中心　1995 年 6 月　頁 264—269

175. 王偉芳　　自己寫的書自己賣——書香世界幾番浮沉，陳千武依然不斷前進
　　　　　　　　中華日報　1995 年 7 月 21 日　9 版

176. Daniels Christian（唐立）　　雲間的曙光——《明台報》に見られる台湾籍日
　　　　　　　　本兵の戰後台湾像〔陳千武部分〕　東京外國語大學アツア・ア
　　　　　　　　フリ言語文化研究　第 51 期　1996 年 3 月　頁 135—136

177. Daniels Christian（唐立）著；蔡秀菊，陳千武譯　　雲間的曙光——從《明臺
　　　　　　　　報》透視臺灣籍日本兵的戰後臺灣像〔陳千武部分〕　臺灣文藝
　　　　　　　　第 157 期　1996 年 10 月　頁 118

178. 湯芝萱　　生長在文學之家——陳千武：孩子養成自己思考的習慣　文訊雜
　　　　　　　　誌　第 128 期　1996 年 6 月　頁 32

179. 湯芝萱　　文學是讓人愉快的事——陳明台和父親陳千武有點不太一樣　文

訊雜誌　第 129 期　1996 年 7 月　頁 75—76

180. 趙天儀　豎立一座歷史的里程碑　臺灣日報　1997 年 5 月 13 日　23 版

181. 趙天儀　豎立一座歷史的里程碑　風雨樓再筆：臺灣文化的漣漪　臺中
　　　臺中市文化局　2000 年 11 月　頁 146—148

182. 葉石濤　陳千武——恂恂「臺灣」君子，謙和的長者（上、下）　臺灣新
　　　聞報　1997 年 8 月 1—2 日　13，22 版

183. 葉石濤　陳千武——恂恂「臺灣」君子，謙和的長者　文訊雜誌　第 143
　　　期　1997 年 9 月　頁 54

184. 葉石濤　恂恂「臺灣君子」，謙和長者——陳千武　從府城到舊城：葉石濤
　　　回憶錄　臺北　翰音文化公司　1999 年 9 月 10 日　頁 137—145

185. 葉石濤　恂恂「臺灣君子」，謙和長者——陳千武　葉石濤全集・評論卷六
　　　臺南，高雄　國立臺灣文學館，高雄市文化局　2008 年 3 月　頁
　　　29—36

186. 蔡慧貞　陳千武煉獄經歷化作傳世之作，尋找苦悶心靈的出路而成爲臺灣
　　　文學戰爭小說的先驅　自立晚報　1997 年 8 月 17 日　5 版

187. 楊　翠　陳千武以詩筆描述親身經歷戰火浮生　臺灣日報　1997 年 8 月 23
　　　日　5 版

188. 〔岩上主編〕　陳千武（1992—）　笠下影：笠詩社同仁著譯書目集　臺
　　　北　笠詩社　1997 年 8 月　頁 20

189. 〔文訊雜誌〕　陳千武——多部作品問世　文訊雜誌　第 143 期　1997 年
　　　9 月　頁 57

190. 岩　上　雲層中的霞光——寫詩人陳千武　臺灣時報　1997 年 11 月 11 日
　　　30 版

191. 山口惣司　優しく毅然とた人　詩與思想　第 147 期　1997 年 11 月　頁
　　　48—51

192. 杜國清　陳千武と私　詩與思想　第 147 期　1997 年 11 月　頁 52—55

193. 中原道夫　陳千武先生との出會い　詩與思想　第 147 期　1997 年 11 月

　　　　　　　頁 57

194. 賴　汝　　陳千武先生と私　詩與思想　第 147 期　1997 年 11 月　頁 59

195. 齊藤勇一　　陳千武氏との出會い——その多彩な活動　詩與思想　第 147
　　　　　　　期　1997 年 11 月　頁 60

196. 飯嶋武太郎　　陳千武先生との出會い　詩與思想　第 147 期　1997 年 11 月
　　　　　　　頁 61

197. 錦　連　　詩人・陳千武　詩與思想　第 147 期　1997 年 11 月　頁 62

198. 高惠琳　　陳千武——在語言的時空中振筆不歇的詩人　1997 臺灣文學年鑑
　　　　　　　臺北　行政院文建會　1998 年 1 月　頁 244—245

199. 奚　密　　早期《笠》詩刊探析〔陳千武部分〕　文化、認同、社會變遷：
　　　　　　　戰後五十年臺灣文學國際學術研討會論文集　臺北　行政院文建
　　　　　　　會　2000 年 6 月　頁 185—192

200. 奚　密　　早期《笠》詩刊探析〔陳千武部分〕　臺灣現代詩論　香港　天
　　　　　　　地圖書公司　2009 年 7 月　頁 109—116

201.〔路寒袖編〕　　作家簡介——陳千武　臺中縣作家與作品論文集　臺中
　　　　　　　臺中縣立文化中心　2000 年 12 月　頁 528

202. 向　陽　　〈建構《臺灣文學讀本》系列〉：新詩卷序——書寫土地的聲音
　　　　　　　（下）〔陳千武部分〕　臺灣日報　2001 年 6 月 16 日　23 版

203.〔向陽主編〕　　作者簡介——陳千武　臺中縣國民中小學臺灣文學讀本・
　　　　　　　新詩卷　臺中　臺中縣文化局　2001 年 6 月　頁 9

204.〔楊翠主編〕　　作者簡介——陳千武　臺中縣國民中小學臺灣文學讀本・
　　　　　　　小說卷（下）　臺中　臺中縣文化局　2001 年 6 月　頁 9

205.〔康原主編〕　　作者簡介　臺中縣國民中小學臺灣文學讀本・兒童文學卷
　　　　　　　臺中　臺中縣文化局　2001 年 6 月　頁 178—182

206. 賴素鈴　　中日現代詩國際研討會第三屆寶島文學獎頒獎——剖詩路陳千武
　　　　　　　道心跡　民生報　2002 年 8 月 28 日　A10 版

207. 陳文芬　　國家文藝獎得主北上參加中日現代詩國際研討會——陳千武直指

臺灣現代詩人過度藝術自我陶醉　中國時報　2002 年 8 月 28 日 14 版

208. 邱各容　　中部兒童文學的舵手〔陳千武部分〕　播種希望的人們　臺北 富春文化公司　2002 年 8 月　頁 44—48

209. 〔蕭蕭，白靈編〕　　桓夫簡介　臺灣現代文學教程：新詩讀本　臺北　二 魚文化公司　2002 年 8 月　頁 96—97

210. 莊紫蓉　　來自民間的詩人——陳千武印象　自由時報　2002 年 10 月 31 日 39 版

211. 康　原　　跨越語言的臺灣詩人——林亨泰與陳千武　臺灣月刊　第 238 期 2002 年 10 月　頁 19—21

212. 陳明台　　獻辭：永遠的文學者——陳千武　福爾摩莎文學——陳千武創作 學術研討會資料彙集（會議手冊）　臺北　真理大學臺灣文學系 主辦　2002 年 11 月 2 日　頁 4—5

213. 林政華　　全才能全方位的臺灣本土文學大家——陳千武　臺灣新聞報 2002 年 11 月 12 日　9 版

214. 林政華　　全才能全方位的臺灣本土文學大家——陳千武　臺灣古今文學名 家　桃園　開南管理學院通識教育中心　2003 年 3 月　頁 56

215. 林政華　　福爾摩莎的良知——陳千武先生的文學志業　臺灣文學評論　第 3 卷第 1 期　2003 年 1 月　頁 50—52

216. 落　蒂　　文學的苦行者　臺灣新聞報　2003 年 4 月 28 日　23 版

217. 王景山　　陳千武　臺港澳暨海外華文作家辭典　北京　人民文學出版社 2003 年 7 月　頁 62—63

218. 洪志明　　童詩起鼓者——陳千武　兒童文學資深作家陳千武先生及其同輩 作家作品研討會論文集　臺北　中華民國兒童學會　2003 年 11 月 頁 176—189

219. 石德華　　陳千武——文學等重於生命本質　文訊雜誌　第 220 期　2004 年 2 月　頁 69—70

220. 陳素蘭　　文學少年陳千武　中央日報　2004 年 6 月 27 日　17 版

221. 〔彭瑞金選編〕　　作者簡介　國民文選・小說卷 2　臺北　玉山社出版公司
　　　　2004 年 7 月　頁 84—85

222. 〔方群，孟樊，須文蔚主編〕　　一九六○年代臺灣新詩概論〔陳千武部
　　　　分〕　現代新詩讀本　臺北　揚智文化公司　2004 年 8 月　頁
　　　　109

223. 陳去非　　詩人陳千武和向明——我的啓蒙師和授業師　明道文藝　第 346
　　　　期　2005 年 1 月　頁 99—101

224. 蔡依伶　　家在臺中——陳千武　印刻文學生活誌　第 19 期　2005 年 3 月
　　　　頁 108—115

225. 洪惠燕　　永遠的文學舵手——陳千武　大墩文化　第 31 期　2005 年 7 月
　　　　頁 14—15

226. 〔吳東晟，陳昱成，王浩翔編〕　　陳千武　織錦入春闈：現代詩精選讀本
　　　　臺中　京城文化公司　2005 年 8 月　頁 33

227. 〔蕭蕭主編〕　　詩人簡介　優游意象世界　臺北　聯合文學出版社　2006
　　　　年 6 月　頁 30

228. 陳憲仁　　「永遠的文學者——陳千武」特展　文訊雜誌　第 251 期　2006
　　　　年 9 月　頁 123—124

229. 朱瓊芬　　詩情畫意，把時間拐走了：永遠的文學者——陳千武特展　大墩
　　　　文化　第 37 期　2006 年 9 月　頁 24—25

230. 吳　櫻　　永遠的文學者——陳千武　大墩文化　第 37 期　2006 年 9 月　頁
　　　　26—28

231. 葉志雲　　國家文藝獎得主，與中一中學弟分享傳奇生命篇章——陳千武
　　　　「吐詩」造反抗日諷蔣　中國時報　2006 年 11 月 17 日　C4 版

232. 黃艾惠　　陳千武特展——認識永遠的文學者　書香遠傳　第 45 期　2007 年
　　　　2 月　頁 44—45

233. 莫　渝　　陳千武簡介　臺灣詩人群像　臺北　秀威資訊科技公司　2007 年

　　　　　　　5 月　頁 333—334

234.〔鹽分地帶文學〕　　前輩作家寫真簿——陳千武：意圖拯救善良的意志與
　　　　　　　美，我就想寫詩。　鹽分地帶文學　第 12 期　2007 年 10 月　頁
　　　　　　　10

235.〔封德屏主編〕　　陳千武　2007 臺灣作家作品目錄　臺南　國立臺灣文學
　　　　　　　館　2008 年 7 月　頁 842

236. 陳憲仁　　陳千武：堅持寫作，充滿活力　文訊雜誌　第 276 期　2008 年 10
　　　　　　　月　頁 87

237.〔臺灣時報〕　　陳千武文學展開幕　臺灣時報　2008 年 11 月 15 日　10 版

238.〔路寒袖編著〕　　作者介紹／陳千武　青少年臺灣文庫 2——散文讀本 2：
　　　　　　　狂歌正年少　臺北　國立編譯館　2008 年 12 月　頁 49

239. 鄭烱明　　我的詩文學的啓蒙者　新地文學　第 8 期　2009 年 6 月　頁 100
　　　　　　　—103

240. 吳　櫻　　序：時代光影在・閃動　溪聲不遠：陳千武詩賞讀集　臺中　臺
　　　　　　　灣現代詩人協會　2010 年 5 月　頁 2—3

241. 吳　櫻　　他存在，他的時代存在　臺灣現代詩　第 25 期　2011 年 3 月　頁
　　　　　　　80—82

242. 林皇德　　陳千武——戰火洗禮的靈魂　用愛釀成篇章——臺灣文學家的故
　　　　　　　事　臺南　國立臺灣文學館　2011 年 7 月　頁 81—84

243. 陳允元　　在時代的海盜船上——日治時期本島人作家的戰後信札〔陳千武
　　　　　　　部分〕　聯合文學　第 323 期　2011 年 9 月　頁 118

訪談、對談

244. 陳千武等[3]　　詩歌創作的方向　臺灣日報　1969 年 6 月 29 日　11 版

245. 何豐山　　時代的尖兵——訪問桓夫先生　笠　第 78 期　1977 年 4 月　頁
　　　　　　　77—81

246. 桓夫等[4]　　中國詩人的道路　現代名詩品賞集　臺北　聯亞出版社　1979 年

---

[3]與會者：陳千武、楚卿、王逢吉、沙軍、白塵、彭捷、陳金池；紀錄：崔百城。

5 月　頁 3—26

247. 鄭烱明，李敏勇，拾虹　　從現實的抵抗到社會的批判——詩人桓夫訪問記
　　　民眾日報　1980 年 5 月 17 日　12 版

248. 鄭烱明，李敏勇，拾虹　　從現實的抵抗到社會的批判——詩人桓夫訪問記
　　　笠　第 97 期　1980 年 6 月　頁 43—49

249. 曾清吉等[5]　　一九八二年新春桓夫、白萩、林亨泰、錦連談片　笠　第 107
　　　期　1982 年 2 月　頁 32—37

250. 陳千武等[6]　　桓夫作品討論會　文學界　第 5 期　1983 年 1 月　頁 6—27

251. 桓夫等[7]　　「詩的饗宴」座談實錄（上、下）　臺灣日報　1984 年 6 月 4—
　　　5 日　8 版

252. 桓夫等[8]　　「詩的饗宴」——在彰化（上、下）　臺灣時報　1984 年 7 月
　　　14—15 日　8 版

253. 桓夫等[9]　　詩的饗宴——南投座談實錄（上、下）　臺灣日報　1984 年 10
　　　月 12—13 日　8 版

254. 康　原　　自覺的批判者——桓夫·臺中　作家的故鄉　臺北　前衛出版社
　　　1987 年 11 月　頁 197—206

255. 古繼堂　　和臺灣著名老詩人桓夫談詩　文藝報　1987 年 12 月 5 日　8 版

256. 陳千武等[10]　　我們是怎樣走過來的——日據時代作家座談會　新地文學　第
　　　3 期　1990 年 8 月　頁 67—68

257. 陳千武等　　我們是怎樣走過來的——日據時代作家座談會　葉石濤全集·

---

[4] 主持人：羊令野；與會者：商禽、向明、張默、蓉子、高大鵬、蘇紹連、桓夫、管管、吳望堯、
羅行、羅門、辛鬱、岩上、碧果、陳家帶、梅新、向陽、彭邦楨；紀錄：蕭蕭。
[5] 訪問者：曾清吉、李敏勇、陳明台、鄭烱明。
[6] 與會者：鄭烱明、陳千武、康原、陳明台、李敏勇、宋澤萊；紀錄：鄭念青。
[7] 主持人：桓夫；與會者：白萩、蔡榮勇、苦苓、林亨泰、康原、廖莫白、賴源聰、趙怒波、陳篤
弘；紀錄、攝影：劉美玲。
[8] 主持人：康原；與會者：林亨泰、陳金連、桓夫、廖莫白、林雙不、宋澤萊、岩上、苦苓、李勤
岸、王灝、吳晟、陳篤弘；紀錄：劉美玲。
[9] 與會者：寧可、白萩、林亨泰、桓夫、岩上、王灝、陳篤弘；紀錄：劉美玲。
[10] 主持人：趙天儀；與會者：王昶雄、葉石濤、陳千武、林亨泰。

評論卷七　臺南，高雄　國立臺灣文學館，高雄市政府文化局　2008 年 3 月　頁 250

258. 瓦歷斯・諾幹　汲取族群文化的養分——訪詩人陳千武　自由時報　1991 年 2 月 20 日　18 版

259. 蘇惠昭　詩的花朵將開滿臺灣——陳武雄對詩的未來充滿樂觀期待　臺灣時報　1992 年 5 月 8 日　20 版

260. 陳武雄等[11]　文學創作的方向——座談會紀實　臺灣日報　1992 年 6 月 20 日　9 版

261. 安克強　一顆蓬勃躍動的詩心——專訪陳千武先生　文訊雜誌　第 86 期　1992 年 12 月　頁 78—83

262. 秋吉久紀夫　現代臺灣の詩人——陳千武訪問記（1—2）　現代中國の詩人——陳千武詩集　東京　土曜美術社　1993 年 2 月　頁 268—292

263. 楊　翠　訪談紀錄　臺中縣文學發展史：田野調查報告書　臺中　臺中縣立文化中心　1993 年 6 月　頁 255—261

264. 陳千武等[12]　臺灣文學的國際交流　文學臺灣　第 9 期　1994 年 1 月　頁 162—198

265. 陳千武主持；朱實，張彥勳講　臺灣詩史「銀鈴會」專題研討會——第一場研討會　臺灣詩史「銀鈴會」論文集　彰化　磺溪文化學會　1995 年 6 月　頁 135—141

266. 陳千武等[13]　二二八事件詩作品討論會記錄　笠　第 195 期　1996 年 10 月　頁 131—143

267. 許　原　第一屆大墩文學獎貢獻獎得主——陳千武專訪　大墩文化　第 5 期　1997 年 12 月 1 日　頁 67—69

---

[11] 主持人：萬德群；與會者：夏鐵肩、王賢忠、王逢吉、王臨泰、陳武雄、白萩、寧克文、陳憲仁、石德華、黃武忠；紀錄：郁馥馨。
[12] 主持人：李敏勇；與會者：陳千武、梁景峰、杜國清、吳潛誠；紀錄：莊紫蓉。
[13] 主持人：岩上；與會者：趙天儀、蕭翔文、賴洝、陳千武、錦連、岩上、陳重光、康文祥、王逸石；紀錄：利玉芳。

268. 楊　翠　　現代精神與鄉土文化的合體——訪陳千武談臺灣文學的理想性
　　　　臺灣文藝　第 160 期　1998 年 1 月　頁 75—78

269. 洪志明　　拜訪兒童詩的推手——陳千武先生　兒童文學學刊　第 1 期
　　　　1998 年 3 月　頁 207—222

270. 洪志明　　拜訪兒童詩的推手——陳千武先生　兒童文學工作者訪問稿　臺
　　　　北　萬卷樓圖書公司　2000 年 6 月　頁 53—74

271. 林盛彬　　訪陳千武先生談現代文學　笠　第 209 期　1999 年 2 月　頁 131
　　　　—140

272. 莊紫蓉　　探索語言的藝術，追求現代精神——陳千武專訪　臺灣文藝　第
　　　　179 期　2001 年 12 月　頁 21—43

273. 陳千武等[14]　催生一座詩歌文學館（1—3）　臺灣日報　2004 年 7 月 3—5
　　　　日　17，15，19 版

274. 陳千武等[15]　文學記憶——少年十五二十時　明道文藝　第 342 期　2004
　　　　年 9 月　頁 32—43

275. 林秀美　　訪問陳千武先生　鄭烱明及其詩作研究　高雄師範大學國文學系
　　　　國文教學碩士班　碩士論文　林文欽教授指導　2004 年 12 月　頁
　　　　421—429

276. 賴衍宏　　特別志願兵的短歌——專訪陳千武　笠　第 247 期　2005 年 6 月
　　　　頁 57—61

277. 陳千武等[16]　現代詩「詩與社會現實」專題研討　臺灣現代詩　第 5 期
　　　　2006 年 3 月　頁 46—77

278. 陳千武等[17]　臺日韓現代詩交流座談會　臺灣現代詩　第 15 期　2008 年 9
　　　　月　頁 76—108

---

[14]主持人：鄭邦鎮、路寒袖；與會者：王世勛、林輝堂、黃國書、陳千武、陳明台、趙天儀、廖振
　富、薛順雄；紀錄：廖文豪；攝影：李度。
[15]與會者：陳千武、渡也、路寒袖、石德華、封德屏；紀錄：李長青。
[16]主持人：趙天儀；與會者：岩上、莫渝、陳千武、康原。
[17]與會者：陳千武、九地守、趙天儀、金尚浩、蔡秀菊、林宗儀。

年表

279.〔文學界〕　　陳千武寫作年表　文學界　第 5 期　1983 年 1 月　頁 28—41

280.〔洪富連，陳瓊芬〕　　年譜　陳千武作品選集　臺中　臺中縣立文化中心　1990 年 6 月　頁 75—95

281.〔編輯部〕　　陳千武生平寫作年表　陳千武集（臺灣作家全集）　臺北　前衛出版社　1991 年 7 月　頁 249—255

282. 秋吉久紀夫　　陳千武年譜試稿　現代中國の詩人——陳千武詩集　東京　土曜美術社　1993 年 2 月　頁 315—320

283. 陳瓊芬，傅素花　　陳千武兒童文學活動年表　童詩的樂趣　臺中　臺中縣立文化中心　1993 年 6 月　〔4〕頁

284. 秋吉久紀夫　　陳千武小傳　詩與思想　第 147 期　1997 年 11 月　頁 42—47

285. 陳千武　　陳千武新詩寫作年表　陳千武精選詩集　臺北　桂冠圖書公司　2001 年 2 月　頁 175—181

286. 陳千武　　陳千武寫作年表　拾翠逸詩文集　南投　南投縣文化局　2001 年 12 月　頁 170—180

287. 孟佑寧輯　　陳千武先生文學年譜　福爾摩莎文學——陳千武創作學術研討會資料彙集（會議手冊）　臺北　真理大學臺灣文學系主辦　2002 年 11 月 2 日　頁 9—19

288. 林政華　　陳千武先生文學年譜（上、下）　臺灣文學評論　第 3 卷第 2—3 期　2003 年 4，7 月　頁 169—194，190—212

289. 林政華　　陳千武先生文學年譜　通識研究集刊　第 3 期　2003 年 6 月　頁 1—39

290. 蔡秀菊　　陳千武生平寫作年表　文學陳千武　臺中　晨星出版社　2004 年 3 月　頁 339—425

291. 陳素蘭　　陳千武生平大事年表　陳千武的文學人生　臺北　時報文化出版公司　2004 年 6 月　頁 231—255

292. 三木直大　　陳千武年譜　暗幕の形象：陳千武詩集　東京　思潮社　2006
　　　年 3 月　頁 176—181

293. 邱各容　　作家兒童文學年表　臺灣兒童文學作家及作品論　臺北　富春文
　　　化公司　2008 年 8 月　頁 77—87

294.〔趙天儀編〕　　陳千武生平寫作簡表　陳千武集　臺南　國立臺灣文學館
　　　2008 年 12 月　頁 127—130

295. 羊子喬　　陳千武文學年表　島上詩鼓手：陳千武文學評傳　高雄　春暉出
　　　版社　2009 年 5 月　頁 153—174

296. 吳　櫻　　陳千武文學年表　信鴿：文學・人生・陳千武　臺中　臺中市文
　　　化局　2010 年 12 月　頁 215—254

其他

297. 鍾肇政　　回顧與前瞻——有關吳濁流文學獎、新詩獎的幾點報告〔陳千武
　　　部分〕　臺灣文藝　第 55 期　1977 年 6 月　頁 13—14

298. 徐雁影　　笠書簡——徐雁影致桓夫　笠　第 134 期　1986 年 8 月　頁 126

299. 江　兒　　陳千武新任「臺灣筆會」會長　文訊雜誌　第 42 期　1989 年 1 月
　　　頁 52—55

300. 江　兒　　陳千武獲頒榮後臺灣詩獎　文訊雜誌　第 74 期　1991 年 12 月
　　　頁 44—45

301. 陳憲仁　　牛年・石雕・元宵樂——陳千武獲「文學貢獻獎」　文訊雜誌
　　　第 138 期　1997 年 4 月　頁 63—64

302. 第二屆南投縣文學獎評審委員會　　文學貢獻獎評定書——得獎人陳千武先
　　　生　第二屆南投縣文學獎得獎作品集　南投　南投縣立文化中心
　　　2000 年 5 月　頁 11—13

303. 郭士榛　　文藝獎揭曉〔陳千武部分〕　中央日報　2002 年 7 月 9 日　9 版

304. 賴素鈴　　國家文藝獎第六屆三類四位——文學類陳千武見證歷史創作不輟
　　　又著手譯述　民生報　2002 年 7 月 9 日　A10 版

305. 施沛琳　　榮膺國家文藝獎〔陳千武部分〕　聯合報　2002 年 7 月 9 日　14

版

306. 丁榮生　　獲國家文藝獎〔陳千武部分〕　中國時報　2002 年 7 月 9 日　14
　　　　　　　版

307. 劉潔妃　　國家文藝獎得主實至名歸〔陳千武部分〕　人間福報　2002 年 9
　　　　　　　月 11 日　7 版

308. 于國華　　從生活凝練智慧憑人生充實創作〔陳千武部分〕　民生報　2002
　　　　　　　年 9 月 11 日　A10 版

309. 真理大學臺灣文學系　　「臺灣文學家牛津獎」獎詞　福爾摩莎文學——陳
　　　　　　　千武創作學術研討會資料彙集（會議手冊）　臺北　真理大學臺
　　　　　　　灣文學系主辦　2002 年 11 月 2 日　頁 1

310. 〔孟佑寧輯〕　　陳千武先生獲獎記錄　福爾摩莎文學——陳千武創作學術
　　　　　　　研討會資料彙集（會議手冊）　臺北　真理大學臺灣文學系主辦
　　　　　　　2002 年 11 月 2 日　頁 6

311. 彭瑞金　　艷日下健步爬升的身影——敬賀陳千武先生榮獲第六屆國家文藝
　　　　　　　獎　聯合文學　第 218 期　2002 年 12 月　頁 64—68

312. 徐俊益　　陳千武獲第六屆國家文藝獎　2002 臺灣文學年鑑　臺北　行政院
　　　　　　　文建會　2003 年 9 月　頁 144—146

313. 陳憲仁　　陳千武雙喜臨門　文訊雜誌　第 215 期　2003 年 9 月　頁 89—90

314. 洪士惠　　陳千武獲頒「臺灣文學家牛津獎」　文訊雜誌　第 218 期　2003
　　　　　　　年 12 月　頁 82

315. 陳憲仁　　《陳千武詩全集》出版　文訊雜誌　第 220 期　2004 年 2 月　頁
　　　　　　　86

316. 蔡秀菊　　陳千武文學成就舉隅　文學陳千武　臺北　晨星出版社　2004 年
　　　　　　　3 月 30 日　頁 453

317. 陳金旺　　戒嚴受難作家，陳千武特展　中華日報　2006 年 7 月 16 日　18
　　　　　　　版

318. 吳幸樺　　跨越國界，永遠的陳千武——國家臺灣文學館陳千武特展　自由

時報　2007 年 1 月 17 日　B12 版

319. 嚴　振　福爾摩沙地球詩人——陳千武文學展　文訊雜誌　第 279 期
2009 年 1 月　頁 112

320. 詹宇霈　詩人陳千武文學展　文訊雜誌　第 279 期　2009 年 1 月　頁 134

321. 羊子喬　陳千武得獎紀錄　島上詩鼓手：陳千武文學評傳　高雄　春暉出
版社　2009 年 5 月　頁 183

322. 吳　櫻　陳千武得獎紀錄　信鴿：文學・人生・陳千武　臺中　臺中市文
化局　2010 年 12 月　頁 267—268

作品評論篇目

綜論

323. 林亨泰　笠下影——桓夫　笠　第 3 期　1964 年 10 月　頁 4—6

324. 林亨泰　笠下影——桓夫　林亨泰全集・文學論述卷 3　彰化　彰化縣立文
化中心　1998 年 9 月　頁 84—92

325. 沙　白　笠的衣及料——我看「笠」兩年來的詩創作——桓夫：使用小戰
場武器的有我詩人　笠　第 13 期　1966 年 6 月　頁 5

326. 岩　上　笠書簡　笠　第 21 期　1967 年 10 月　頁 53

327. 葉　笛　探索異數世界的人——桓夫論　笠　第 24 期　1968 年 4 月　頁
43—47

328. 葉　笛　探索異數世界的人——桓夫論　臺灣文學巡禮　臺南　臺南市立
文化中心　1995 年 4 月　頁 83—93

329. 葉　笛　探索異數世界的人——桓夫論　桓夫詩評論資料選集　高雄　春
暉出版社　1997 年 4 月　頁 3—14

330. 葉　笛　探索異數世界的人——桓夫論　葉笛全集・評論卷二　臺南　國
家臺灣文學館籌備處　2007 年 5 月　頁 128—139

331. 趙天儀　第一次全省詩展（上）〔陳千武部分〕　臺灣文藝　第 32 期
1971 年 7 月　頁 81

332. 趙天儀　第一次全省詩展——評介《本省籍作家作品選集・第十輯「新詩卷」》——過渡時期——桓夫　裸體的國王　臺北　香草山出版社　1976 年 6 月　頁 44—45

333. 李康洙　活躍的詩底交流　笠　第 46 期　1971 年 12 月　頁 94

334. 莫　渝　桓夫筆下的鄉土情懷　笠　第 97 期　1980 年 6 月　頁 32—35

335. 莫　渝　桓夫筆下的鄉土情懷　讀詩錄　苗栗　苗栗縣立文化中心　1992 年 6 月　頁 106—114

336. 莫　渝　桓夫筆下的鄉土情懷　桓夫詩評論資料選集　高雄　春暉出版社　1997 年 4 月　頁 75—84

337. 莫　渝　桓夫筆下的鄉土情懷　臺灣新詩筆記　臺北　桂冠圖書公司　2000 年 11 月　頁 225—232

338. 鄭烱明　桓夫詩中媽祖世界的探討　笠　第 97 期　1980 年 6 月　頁 37—39

339. 鄭烱明　探討桓夫詩中的世界——媽祖世界的探討　桓夫詩評論資料選集　高雄　春暉出版社　1997 年 4 月　頁 123—134

340. 李敏勇　抵抗詩學　笠　第 97 期　1980 年 6 月　頁 40—42

341. 李敏勇　詩的人生探究——抵抗詩學　桓夫詩評論資料選集　高雄　春暉出版社　1997 年 4 月　頁 61—67

342. 舒　蘭　中國新詩史話——桓夫[18]　新文藝　第 296 期　1980 年 11 月　頁 70—73

343. 舒　蘭　日據時期的臺灣詩壇——陳千武　中國新詩史話（三）　臺北　渤海堂文化公司　1998 年 10 月　頁 83—86

344. 北原政吉　序文　媽祖の纏足　熊本　もぐら書房　1981 年 1 月　頁 1—4

345. 蕭　蕭　詩人與詩風——桓夫　臺灣日報　1982 年 6 月 24 日　8 版

346. 蕭　蕭　詩人與詩風——陳千武　現代詩縱橫觀　臺北　文史哲出版社　1991 年 6 月　頁 69—70

---

[18] 本文後改篇名為〈日據時期的臺灣詩壇——陳千武〉。

347. 趙天儀　桓夫詩中的殖民地統治與太平洋戰爭經驗　笠　第 111 期　1982
年 10 月　頁 44—49

348. 趙天儀　殖民地統治與太平洋戰爭的體驗——論桓夫的詩（上、下）　臺
灣時報　1983 年 1 月 29—30 日　12 版

349. 趙天儀　論詩人桓夫及其作品——詩中的殖民地統治與太平洋戰爭經驗
桓夫詩評論資料選集　高雄　春暉出版社　1997 年 4 月　頁 24—
39

350. 趙天儀　殖民地統治與太平洋戰爭的體驗——論桓夫詩　時間的對決：臺
灣現代詩評論集　臺北　富春文化公司　2002 年 5 月　頁 27—45

351. 李魁賢　論桓夫的詩　文學界　第 5 期　1983 年 1 月　頁 48—63

352. 李魁賢　論桓夫的詩　臺灣詩人作品論　臺北　名流出版社　1987 年 1 月
頁 73—90

353. 李魁賢　論桓夫的詩　桓夫詩評論資料選集　高雄　春暉出版社　1997 年
4 月　頁 135—160

354. 李魁賢　論桓夫的詩　李魁賢文集 4　臺北　行政院文建會　2002 年 10 月
頁 75—94

355. 陳明台　歷史、詩、現實與夢——試析論桓夫的詩　文學界　第 5 期
1983 年 1 月　頁 64—80

356. 陳明台　歷史、詩、現實與夢——試析論桓夫的詩　心境與風景　臺中
臺中縣立文化中心　1990 年 11 月　頁 38—54

357. 陳明台　試析論桓夫的詩——歷史、詩、現實與夢　桓夫詩評論資料選集
高雄　春暉出版社　1997 年 4 月　頁 161—185

358. 林　梵〔林瑞明〕　從迷惘到自主——第一代到第四代的文學旅程〔陳千
武部分〕　臺灣文藝　第 83 期　1983 年 7 月　頁 50—51

359. 林　梵　從迷惘到自主——第一代到第四代的文學旅程〔陳千武部分〕
臺灣文學的過去與未來　臺北　臺灣文藝雜誌社　1985 年 3 月
頁 73—74

360. 林瑞明　　從迷惘到自主——第一代到第四代的文學旅程〔陳千武部分〕　臺灣文學的本土觀察　臺北　允晨文化公司　1996 年 7 月　頁 79—80

361. 鄭烱明　　被扭曲的形象　臺灣文藝　第 85 期　1983 年 11 月　頁 43—44

362. 宋澤萊　　在「桓夫作品討論會」席上，宋澤萊談陳千武的小說　獵女犯　臺中　熱點文化出版公司　1984 年 11 月　頁 245—251

363. 宋澤萊　　「桓夫作品討論會」陳千武的小說　活著回來：日治時期，臺灣特別志願兵的回憶　臺中　晨星出版社　1999 年 8 月　頁 337—345

364. 趙天儀　　論詩人桓夫及其作品——時間的對決　自立晚報　1986 年 6 月 13 日　10 版

365. 趙天儀　　論詩人桓夫及其作品　笠　第 133 期　1986 年 6 月　頁 68—73

366. 趙天儀　　論詩人桓夫及其作品——時間的對決　桓夫詩評論資料選集　高雄　春暉出版社　1997 年 4 月　頁 49—59

367. 趙天儀　　論詩人桓夫及其作品——時間的對決　時間的對決：臺灣現代詩評論集　臺北　富春文化公司　2002 年 5 月　頁 11—25

368. 李　敦　　桓夫先生與臺灣詩運　臺灣日報　1986 年 3 月 23 日　8 版

369. 旅　人　　中國新詩論史——桓夫[19]　笠　第 136 期　1986 年 12 月　頁 58—61

370. 旅　人　　新詩論第三期——桓夫　中國新詩論史　臺中　臺中縣立文化中心　1991 年 12 月　頁 222—227

371.〔張錯編〕　　桓夫詩選——桓夫（1922—）　千曲之島　臺北　爾雅出版社　1987 年 7 月　頁 139—140

372. 鄭烱明　　桓夫詩中的歷史意識和現實批判　笠　第 140 期　1987 年 8 月　頁 76—86

373. 鄭烱明　　桓夫詩中的歷史意識和現實批判（上、下）　臺灣時報　1987 年

---

[19]本文後改篇名為〈新詩論第三期——桓夫〉。

9 月 7—8 日　8 版

374. 鄭烱明　　桓夫詩中的歷史意識和現實批判　南瀛文學選‧評論卷（二）
臺南　臺南縣文化中心　1992 年 6 月　頁 293—314

375. 鄭烱明　　探討桓夫詩中的世界——歷史意識和現實批判　桓夫詩評論資料
選集　高雄　春暉出版社　1997 年 4 月　頁 103—122

376. 羊子喬　　詩是一種抵抗——陳千武的文學世界初探　自立早報　1988 年 8
月 13 日　14 版

377. 羊子喬　　詩是一種抵抗——陳千武的文學世界初探　神祕的觸鬚　臺北
台笠出版社　1996 年 6 月　頁 206—210

378. 羊子喬　　詩是一種抵抗——陳千武　神祕的觸鬚　臺南　臺南縣立文化中
心　1998 年 12 月　頁 206—210

379. 羊子喬　　詩是一種抵抗——陳千武的文學世界初探　中央日報　2000 年 6
月 6 日　22 版

380. 古添洪　　論桓夫的「泛」政治詩　中外文學　第 197 期　1988 年 12 月　頁
42—72

381. 古添洪　　論桓夫的「泛」政治詩　陳千武作品選集　臺中　臺中縣立文化
中心　1990 年 11 月　頁 98—131

382. 古添洪　　論桓夫的「泛」政治詩　當代臺灣文學評論大系‧新詩批評卷
臺北　正中書局　1993 年 5 月　頁 293—336

383. 古添洪　　論桓夫的「泛」政治詩　桓夫詩評論資料選集　高雄　春暉出版
社　1997 年 4 月　頁 219—256

384. 古繼堂　　「跨越語言」的一代詩人〔陳千武部分〕　臺灣新詩發展史　臺
北　文史哲出版社　1989 年 7 月　頁 80—87

385. 金光林　　存在與現實——東亞現代詩的脫現代主義旗手——陳千武與高橋
喜久晴　東方的彩虹　臺北　笠詩刊社　1989 年 8 月　頁 139—
147

386. 金光林　　存在和現實——東亞現代詩人現代主義的旗手陳千武　福爾摩莎

文學——陳千武創作學術研討會資料彙集（論文集）　臺北　真
理大學臺灣文學系主辦　2002 年 11 月 2 日　頁 23—27

387. 彭瑞金　埋頭深耕的年代（一九六〇——一九六九）——臺灣詩的現代化與
本土化〔陳千武部分〕　臺灣新文學運動 40 年　臺北　自立晚報
社　1991 年 3 月　頁 143

388. 朱雙一　鄉土詩歌的崛起及詩壇的多元化趨向〔陳千武部分〕　臺灣新文
學概觀（下）　廈門　鷺江出版社　1991 年 6 月　頁 144—145

389. 彭瑞金　臺灣文學戰爭小說先趨——《陳千武集》序　陳千武集（臺灣作
家全集）　臺北　前衛出版社　1991 年 7 月　頁 9—12

390. 彭瑞金　臺灣文學戰爭小說先趨——《陳千武集》　短篇小說卷別冊（臺
灣作家全集）　臺北　前衛出版社　1994 年 3 月　頁 71—74

391. 潘亞暾　淺論陳千武的戰爭小說（上、下）　臺灣時報　1991 年 9 月 1—2
日　27 版

392. 陳明台　死和再生——桓夫和鮎川信夫詩中共通主題的比較　臺灣文藝
第 127 期　1991 年 10 月　頁 136—150

393. 陳明台　死和再生——桓夫和鮎川信夫詩中共通主題的比較　臺灣文學研
究論集　臺北　文史哲出版社　1997 年 4 月　頁 230—243

394. 陳明台　試析論桓夫的詩——死和再生——桓夫和鮎川信夫詩中共通主題
的比較　桓夫詩評論資料選集　高雄　春暉出版社　1997 年 4 月
頁 185—201

395. 秋吉久紀夫　陳千武的文學出發期　笠　第 165 期　1991 年 10 月　頁 115
—138

396. 秋吉久紀夫　陳千武論——陳千武的文學出發期　桓夫詩評論資料選集
高雄　春暉出版社　1997 年 4 月　頁 284—316

397. 岩　上　批判的火焰——詩人陳千武先生文學歷程與成就　自立晚報
1991 年 11 月 4 日　19 版

398. 岩　上　批判的火焰——詩人陳千武先生文學歷程與成就　詩的存在　臺

北　派色文化出版社　1996 年 8 月　頁 181－196

399. 呂興昌　　桓夫生平及其日據時期新詩研究　文學臺灣　第 1 期　1991 年 12
月　頁 123—163

400. 呂興昌　　桓夫生平及其日據時期新詩研究——跨越語言一代的詩人研究之
一　臺灣詩人研究論文集　臺南　臺南市立文化中心　1995 年 4
月　頁 225—272

401. 呂興昌　　桓夫生平及其日據時期新詩研究　桓夫詩評論資料選集　高雄
春暉出版社　1997 年 4 月　頁 427—470

402. 劉登翰　　現實主義詩潮的勃興——林亨泰、白萩、陳千武與《笠》詩人群
臺灣文學史（下）　福州　海峽文藝出版社　1993 年 1 月　頁
370—375

403. 秋吉久紀夫　　再生の詩人陳千武　現代中國の詩人——陳千武詩集　東京
土曜美術社　1993 年 2 月　頁 262—267

404. 古繼堂　　崇尚傳統和寫實詩人的詩歌理論批評〔陳千武部分〕　臺灣新文
學理論批評史　瀋陽　春風文藝出版社　1993 年 6 月　頁 366—
368

405. 古繼堂　　崇尚傳統和寫實詩人的詩歌理論批評——詩必須有動機開導的—
—陳千武　臺灣新文學理論批評史　臺北　秀威資訊科技公司
2009 年 3 月　頁 368—370

406. 秋吉久紀夫著；桓夫譯　　陳千武詩中的媽祖　笠　第 178 期　1993 年 12 月
頁 81—119

407. 秋吉久紀夫　　陳千武論——陳千武詩中的媽祖　桓夫詩評論資料選集　高
雄　春暉出版社　1997 年 4 月　頁 375—426

408. 莫　渝　　愛或夢之歌——小論桓夫散文詩　臺灣時報　1994 年 10 月 15 日
22 版

409. 莫　渝　　桓夫筆下的鄉土情懷——愛或夢之歌——小論散文詩　桓夫詩評
論資料選集　高雄　春暉出版社　1997 年 4 月　頁 91—94

410. 莫　渝　愛或夢之歌——小論桓夫散文詩　閱讀臺灣散文詩　苗栗　苗栗
　　　縣立文化中心　1997 年 12 月　頁 101—105

411. 莫　渝　愛或夢之歌——小論桓夫散文詩　臺灣新詩筆記　臺北　桂冠圖
　　　書公司　2000 年 11 月　頁 237—240

412. 森秀樹　母語與詩創作　笠　第 184 期　1994 年 12 月　頁 136—139

413. 劉小新　崇高美的熱望——陳千武詩歌創作的精神追求　華僑大學學報
　　　1995 年第 1 期　1995 年 3 月　頁 91—95

414. 陳明台　陳千武漫長文學行路中的成果逐漸呈現　文訊雜誌　第 117 期
　　　1995 年 7 月　頁 26—27

415. 莫　渝　六○年代臺灣的鄉土詩〔陳千武部分〕　臺灣現代詩史論：臺灣
　　　現代詩史研討會實錄　臺北　文訊雜誌社　1996 年 3 月　頁 205
　　　—207

416. 趙天儀　太平洋戰爭的歷史經驗——論陳千武的詩與小說　文學臺灣　第
　　　19 期　1996 年 7 月　頁 204—222

417. 趙天儀　太平洋戰爭的歷史經驗——論陳千武的詩與小說　臺灣文學中的
　　　歷史經驗　臺北　文津出版社公司　1997 年 6 月　頁 189—203

418. 趙天儀　太平洋戰爭的歷史經驗——論陳千武的詩與小說　活著回來：日
　　　治時期，臺灣特別志願兵的回憶　臺中　晨星出版社　1999 年 8
　　　月　頁 365—385

419. 劉登翰，朱雙一　翻一個筋斗表示一次反抗的姿勢——桓夫論　彼岸的繆
　　　斯——臺灣詩歌化　南昌　百花洲文藝出版社　1996 年 12 月　頁
　　　166—170

420. 陳明台　論戰後臺灣現代詩所受日本前衛詩潮的影響——以跨越語言一代
　　　的詩人爲中心來探討[20]　第三屆現代詩學術會議論文集　彰化　彰

---

[20]本文探討戰後臺灣現代詩發展與日本前衛詩潮的關連，以詹冰、陳千武、林亨泰、蕭翔文、錦連
　5 位 1920 年代出生的詩人作品爲討論對象。全文共 6 小節：1.前言；2.共同背景的探索；3.「現
　代派」和日本前衛詩潮；4.「笠」和日本前衛詩潮；5.試鍊和變革——以跨語言一代的詩人爲
　例；6.結語。

化師範大學國文學系　1997 年 5 月　頁 99—122

421. 陳明台　論戰後臺灣現代詩所受日本前衛詩潮的影響——以跨越語言一代
　　　的詩人為中心來探討　強韌的精神　高雄　春暉出版社　2004 年
　　　11 月　頁 217—240

422. 陳明台　論戰後臺灣現代詩所受日本前衛詩潮的影響——以跨越語言一代
　　　的詩人為中心來探討　強韌的精神　高雄　春暉出版社　2005 年
　　　5 月　頁 57—80

423. 阮美慧　　桓夫論　笠詩社跨越語言一代詩人研究　東海大學中國文學系
　　　碩士論文　陳鴻森教授指導　1997 年 5 月　頁 57—102

424. 蔡秀菊　陳千武的小說與詩表現和「死」、「生」、「愛」的關連　文學臺灣
　　　第 24 期　1997 年 10 月　頁 172—213

425. 高橋喜久晴　　硬骨とやさし抵抗と寬容の詩人陳千武　詩與思想　第 147
　　　期　1997 年 11 月　頁 35—41

426. 金光林　歷史的現實へと強烈な批評　詩與思想　第 147 期　1997 年 11 月
　　　頁 56

427. 鈴木豐志夫　　告密の國の詩人　詩與思想　第 147 期　1997 年 11 月　頁
　　　58

428. 岡崎郁子著；蔡秀菊，桓夫譯　　探索陳千武未發表的詩、隨筆的意義　文
　　　學臺灣　第 25 期　1998 年 1 月　頁 110—143

429. 秋吉久紀夫著；千衣子譯　　陳千武的「原鄉」意識的形成——一個原臺灣
　　　特別志願兵的足跡　臺灣文藝　第 160 期　1998 年 1 月　頁 47—
　　　74

430. 阮美慧　永遠的打鼓手——論桓夫詩的風格表現　水筆仔　第 4 期　1998
　　　年 3 月　頁 8—34

431. 彭瑞金　陳千武——戰後臺灣的詩鼓手　臺灣文學步道　高雄　高雄縣立
　　　文化中心　1998 年 7 月　頁 188—192

432. 彭瑞金　陳千武——戰後臺灣的詩鼓手　臺灣新聞報　1998 年 8 月 3 日

13 版

433. 彭瑞金　陳千武——臺灣詩的鼓手　臺灣文學 50 家　臺北　玉山社出版公司　2005 年 7 月　頁 274—281

434. 舒　蘭　六〇年代詩人詩作——桓夫　中國新詩史話（四）　臺北　渤海堂文化公司　1998 年 10 月　頁 103—106

435. 趙天儀　陳千武的詩與詩論——現實經驗的藝術導向　笠　第 209 期　1999 年 2 月　頁 93—104

436. 趙天儀　陳千武的詩與詩論——現實經驗的藝術導向　時間的對決：臺灣現代詩評論集　臺北　富春文化公司　2002 年 5 月　頁 59—84

437. 潘麗珠　桓夫　臺灣現代詩教學研究　臺北　五南圖書公司　1999 年 3 月　頁 125—127

438. 林淇瀁　長廊與地圖：臺灣新詩風潮的溯源與鳥瞰——在分水嶺上：鄉土派和現代派兩條路線的分枝〔陳千武部分〕　中外文學　第 28 卷第 1 期　1999 年 6 月　頁 87—88

439. 陳明台　臺中市的主要作家和作品：陳千武　臺中市文學史初編　臺中　臺中市立文化中心　1999 年 6 月　頁 85—87

440. 陳明台　戰後初期臺中市的作家與作品——陳千武　臺中市文學史初編　臺中　臺中市立文化中心　1999 年 6 月　頁 102—103

441. 陳明台　五十年代的作家和作品——陳千武　臺中市文學史初編　臺中　臺中市立文化中心　1999 年 6 月　頁 121—126

442. 蔡秀菊　死亡的美學——從陳千武的〈信鴿〉談起（1—19）　民眾日報　2000 年 2 月 10—28 日　19 版

443. 阮美慧　死的脫卻與生的回歸——陳千武詩作小考　臺灣文學研討會：臺中縣作家與作品　臺中　臺中縣政府　2000 年 3 月 25—26 日

444. 阮美慧　死的脫卻與生的回歸——陳千武詩作小考　臺灣文學研討會：臺中縣作家與作品論文集　臺中　臺中縣立文化中心　2000 年 12 月　頁 170—203

445. 高惠琳　　陳千武──跨越語言的一代　國語日報　2000 年 4 月 24 日　6 版

446. 陳慧文　　年少的苦悶與期待──決戰陳千武日文詩研究賞析　民眾日報　2000 年 7 月 12—14 日　17 版

447. 康　　原　土地滋養下的文學花朵〔陳千武部分〕　臺中縣國民中小學臺灣文學讀本‧兒童文學卷　臺中　臺中縣文化局　2001 年 6 月　頁 2

448. 杜　　子　作家素描　大墩文化　第 18 期　2001 年 11 月　頁 35—37

449. 金尚浩　　包容的美學──論九〇年代陳千武的詩　臺灣新聞報　2001 年 12 月 6 日　13 版

450. 金尚浩　　包容的美學──論九〇年代陳千武的詩　葉石濤及其同時代作家國際學術研討會　高雄　行政院文建會主辦　2001 年 12 月 8—9 日

451. 金尚浩　　包容的美學──論九〇年代陳千武的詩　越浪前行的一代──葉石濤及其同時代作家文學國際學術研討會論文集　高雄　春暉出版社　2002 年 2 月　頁 93—118

452. 金尚浩　　包容的美學──論九〇年代陳千武的詩　戰後臺灣現代詩研究論集　臺中　晨星出版社　2005 年 3 月　頁 35—58

453. 余昭玟　　身兼詩人的小說家──陳千武、張彥勳、李篤恭　戰後跨語一代小說家及其作品研究　成功大學中國文學系　博士論文　吳達芸教授指導　2002 年 1 月　頁 72—79

454. 王淑瑛　　陳武雄心有所感下筆成詩　民生報　2002 年 2 月 25 日　A5 版

455. 陳明台　　陳千武的文學行路　聯合報　2002 年 9 月 20 日　39 版

456. 林政華　　國家文藝獎得主陳千武對現代詩的反省與批判　臺灣新聞報　2002 年 10 月 31 日　9 版

457. 林政華　　陳千武「詩無邪」理念的形成與貫徹　自由時報　2002 年 10 月 31 日　39 版

458. 李長青　　陳千武印象　笠　第 231 期　2002 年 10 月　頁 26—31

459. 李長青　陳千武印象　幼獅文藝　第 600 期　2003 年 12 月　頁 120—124

460. 林政華　福爾摩莎的良知——陳千武先生之詩文概述　臺灣日報　2002 年 11 月 2 日　25 版

461. 趙天儀　陳千武的文學探索　福爾摩莎文學——陳千武創作學術研討會資料彙集（論文集）　臺北　真理大學臺灣文學系主辦　2002 年 11 月 2 日　頁 1—12

462. 高橋喜久晴　東亞的詩人陳千武——我與臺灣　福爾摩莎文學——陳千武創作學術研討會資料彙集（論文集）　臺北　真理大學臺灣文學系主辦　2002 年 11 月 2 日　頁 13—22

463. 高橋喜久晴著；桓夫譯　東亞的詩人陳千武——我與臺灣（1—4）　臺灣日報　2005 年 7 月 18—21 日　19 版

464. 陳明台　發生的事·發生的文學——論陳千武文學的「時空裝置」　福爾摩莎文學——陳千武創作學術研討會資料彙集（論文集）　臺北　真理大學臺灣文學系主辦　2002 年 11 月 2 日　頁 29—44

465. 陳明台　發生的事·發生的文學——論陳千武文學的「時空構造」　強韌的精神　高雄　春暉出版社　2004 年 11 月　頁 23—46

466. 陳明台　發生的事·發生的文學——論陳千武文學的「時空構造」　強韌的精神　高雄　春暉出版社　2005 年 5 月　頁 223—246

467. 孟佑寧　意涵交疊的想像世界——高德曼「發生論結構主義」在桓夫詩作之應用　福爾摩莎文學——陳千武創作學術研討會資料彙集（論文集）　臺北　真理大學臺灣文學系主辦　2002 年 11 月 2 日　頁 45—74

468. 郭　楓　梅花香自苦寒來——論陳千武的詩家風格　福爾摩莎文學——陳千武創作學術研討會資料彙集（論文集）　臺北　真理大學臺灣文學系主辦　2002 年 11 月 2 日　頁 75—104

469. 郭　楓　梅花香自苦寒來——論陳千武的詩家風格　美麗島文學評論續集　臺北　臺北縣政府文化局　2003 年 12 月　頁 72—116

470. 戴寶珠　　政治信仰的一重暗碼：桓夫詩中的「黑影子」與詩的「無邪」
　　　　　　　福爾摩莎文學——陳千武創作學術研討會資料彙集（論文集）
　　　　　　　臺北　真理大學臺灣文學系主辦　2002 年 11 月 2 日　頁 117—
　　　　　　　142

471. 丁旭輝　　論陳千武詩語言魅力的兩種模式及其轉變　福爾摩莎文學——陳
　　　　　　　千武創作學術研討會資料彙集（論文集）　臺北　真理大學臺灣
　　　　　　　文學系主辦　2002 年 11 月 2 日　頁 143—170

472. 丁旭輝　　論陳千武詩語言魅力的兩種模式及其轉變　中央圖書館臺灣分館
　　　　　　　館刊　第 9 卷第 3 期　2003 年 9 月　頁 92—109

473. 阮美慧　　陳千武與《笠》早期風格的形成　福爾摩莎文學——陳千武創作
　　　　　　　學術研討會資料彙集（論文集）　臺北　真理大學臺灣文學系主
　　　　　　　辦　2002 年 11 月 2 日　頁 171—188

474. 余昭玟　　性別的對立、宰制與解放——論陳千武小說中的情慾書寫　福爾
　　　　　　　摩莎文學——陳千武創作學術研討會資料彙集（論文集）　臺北
　　　　　　　真理大學臺灣文學系主辦　2002 年 11 月 2 日　頁 189—202

475. 余昭玟　　性別的對立、宰制與解放——論陳千武小說中的情慾書寫　從語
　　　　　　　言跨越到文學建構：跨語一代小說家研究論文集　臺南　臺南市
　　　　　　　立圖書館　2003 年 11 月　頁 67—88

476. 金尚浩　　論《笠》詩刊創辦期陳千武的詩　福爾摩莎文學——陳千武創作
　　　　　　　學術研討會資料彙集（論文集）　臺北　真理大學臺灣文學系主
　　　　　　　辦　2002 年 11 月 2 日　頁 203—224

477. 金尚浩　　論《笠》詩刊創辦期陳千武的詩　戰後臺灣現代詩研究論集　臺
　　　　　　　中　晨星出版社　2005 年 3 月　頁 7—34

478. 陳靜玉　　陳千武詩中的意象經營　福爾摩莎文學——陳千武創作學術研討
　　　　　　　會資料彙集（論文集）　臺北　真理大學臺灣文學系主辦　2002
　　　　　　　年 11 月 2 日　頁 261—285

479. 丁旭輝　　真摯而豐沛的生命力——論陳千武詩　左岸詩話　臺北　爾雅出

版社　2002年11月　頁101—116

480. 趙天儀　陳千武的創作與翻譯（上、下）　中央日報　2002 年 12 月 28—29日　16版

481. 陳芳明　鄉土文學運動的覺醒與再出發〔陳千武部分〕　聯合文學　第 221 期　2003年3月　頁155—156

482. 解昆樺　笠詩社的現代詩典律建構——臺灣本土位置的追尋〔陳千武部分〕　論臺灣現代詩典律的建構與推移：以創世紀、笠詩社為觀察核心　中正大學中國文學系　碩士論文　江寶釵教授指導　2003年4月　頁311—342

483. 解昆樺　笠詩社的現代詩典律建構——臺灣本土位置的追尋〔陳千武部分〕　臺灣現代詩典律的建構與推移：以創世紀詩社與笠詩社為觀察核心　臺北　鷹漢文化公司　2004年7月　頁266—296

484. 解昆樺　笠詩社的現代詩典律建構——笠詩社典律的系譜論與創作論〔陳千武部分〕　論臺灣現代詩典律的建構與推移：以創世紀、笠詩社為觀察核心　中正大學中國文學系　碩士論文　江寶釵教授指導　2003年4月　頁343—377

485. 解昆樺　笠詩社的現代詩典律建構——笠詩社典律的系譜論與創作論〔陳千武部分〕　臺灣現代詩典律的建構與推移：以創世紀詩社與笠詩社為觀察核心　臺北　鷹漢文化公司　2004 年 7 月　頁297—330

486. 丁旭輝　試論陳千武詩作的圖象技巧　臺灣詩學季刊　第 1 期　2003 年 5 月　頁113—129

487. 林姿伶　《笠》重要詩人之一——桓夫及其作品探討　1964—1977 年《笠》重要詩人研究　臺南師範學院鄉土文化研究所　碩士論文　龔顯宗教授指導　2003年6月　頁32—51

488. 古繼堂　臺灣新文學的重建——跨語言一代作家的創作〔陳千武部分〕　簡明臺灣文學史　北京　時事出版社　2003年7月　頁206—207

489. 方艾鈞　　陳千武——穿越詩與小說的界限　書香遠傳　第 4 期　2003 年 9
　　　　　　　月　頁 44—45

490. 阮美慧　　陳千武在《笠》發展史上的位置[21]　文學傳媒與文化視界國際學術
　　　　　　　研討會　嘉義　國科會人文研究中心主辦　2003 年 11 月 8—9 日

491. 阮美慧　　陳千武在《笠》發展史上的地位　東海中文學報　第 17 期　2005
　　　　　　　年 7 月　頁 153—179

492. 余昭玟　　跨語一代作家小說中的死亡觀照〔陳千武部分〕　從語言跨越到
　　　　　　　文學建構：跨語一代小說家研究論文集　臺南　臺南市立圖書館
　　　　　　　2003 年 11 月　頁 125—129

493. 徐錦成　　陳千武的兒童詩論　兒童文學資深作家陳千武先生及其同輩作家
　　　　　　　作品研討會論文集　臺北　中華民國兒童學會　2003 年 11 月　頁
　　　　　　　18—29

494. 陳秀枝　　烈日與暖陽——談陳千武和他的少年詩　兒童文學資深作家陳千
　　　　　　　武先生及其同輩作家作品研討會論文集　臺北　中華民國兒童學
　　　　　　　會　2003 年 11 月　頁 30—48

495. 蔡秀菊　　歷史迷霧五十八年——從《明臺報》與《獵女犯——臺灣特別志
　　　　　　　願兵的回憶》透視臺灣籍日本兵陳千武的臺灣自覺意識　臺灣前
　　　　　　　行代詩家論　臺北　萬卷樓圖書公司　2003 年 11 月　頁 271—
　　　　　　　289

496. 蔡秀菊　　歷史迷霧五十八年——從《明臺報》與《獵女犯——臺灣特別志
　　　　　　　願兵的回憶》透視臺灣籍日本兵陳千武的臺灣自覺意識　文學陳
　　　　　　　千武　臺中　晨星出版社　2004 年 3 月　頁 320—336

497. 蔡秀菊　　臺灣現代詩人陳千武的跨語言暨戰爭經驗　文學陳千武　臺中
　　　　　　　晨星出版社　2004 年 3 月　頁 10—17

498. 蔡秀菊　　臺灣詩人陳千武　文學陳千武　臺中　晨星出版社　2004 年 3 月

---

[21]本文檢視陳千武與《笠》詩刊依存的關係，肯定其貢獻與推展。全文共 5 小節：1.前言；2.拓展
　笠詩社的發展與營運；3.建立《笠》的文學傳統與風格；4.對後輩的提攜與影響；5.結論。

頁 18—33

499. 蔡秀菊　　陳千武的文學啓蒙期　文學陳千武　臺中　晨星出版社　2004 年
3 月　頁 34—55

500. 蔡秀菊　　陳千武戰前文學作品分析　文學陳千武　臺中　晨星出版社
2004 年 3 月　頁 56—102

501. 蔡秀菊　　陳千武有關戰爭時期的作品分析　文學陳千武　臺中　晨星出版
社　2004 年 3 月　頁 103—167

502. 蔡秀菊　　從擦拭的旅行探討陳千武文學創作的另一面——論陳千武的原住
民文學　文學陳千武　臺北　晨星出版社　2004 年 3 月　頁 187
—200

503. 郭　楓　　從比較視角論笠詩社的特立風格——詩論比較：站在兩極論述的
刀鋒上〔陳千武部分〕　笠詩社四十週年國際學術研討會論文集
臺南　國家臺灣文學館籌備處　2004 年 11 月　頁 104

504. 陳明台　　永遠的文學者——陳千武的人與文學　強韌的精神　高雄　春暉
出版社　2004 年 11 月　頁 295—310

505. 陳明台　　永遠的文學者——陳千武的詩與人　強韌的精神　高雄　春暉出
版社　2005 年 5 月　頁 461—476

506. 金尙浩　　痛苦的美學——陳千武和金光林的戰爭傷痕詩之比較研究　戰後
臺灣現代詩研究論集　臺中　晨星出版社　2005 年 3 月　頁 59—
82

507. 莫　渝　　陳千武的詩　文學臺灣　第 54 期　2005 年 4 月　頁 157—169

508. 莫　渝　　臺灣詩的明燈——讀陳千武的詩　臺灣詩人群像　臺北　秀威資
訊科技公司　2007 年 5 月　頁 59—68

509. 王世中　　論陳千武「臺灣特別志願兵」系列小說之人物形象及其省思[22]　樹

---

[22]本文以陳千武的《獵女犯》及《情虜》中的〈京子的愛〉、〈丈夫的權利〉以及〈跨越岔道〉等小
說爲文本，探討人物形象及其對戰爭之省思。全文共 5 節：1.敘述陳千武生平；2.「臺灣特別志
願兵」系列小說發表之先後及其內容；3.繼而探討小說所呈現之人物形象；4.再者闡述小說中對
戰爭之省思；5.最後總結小說之人物形象及其省思之意義。

人學報　第 3 期　2005 年 7 月　頁 17—41

510. 王德威　　嚮往一次戰爭〔陳千武部分〕　臺灣：從文學看歷史　臺北　麥田出版公司　2005 年 9 月　頁 269—271

511. 金尙浩　　戰後現代詩人的臺灣想像與現實〔陳千武部分〕　第四屆臺灣文化國際學術研討會論文集：臺灣思想與臺灣主體性　臺北　臺灣師範大學臺灣文化及語言文學研究所　2005 年 10 月　頁 273—275

512. 孟　樊　　承襲期臺灣新詩史（下）——錦連、陳千武與吳瀛濤　臺灣詩學學刊　第 6 期　2005 年 11 月　頁 96—99

513. 郭麗娟　　發現詩的本能——陳千武含情談生死　臺灣光華雜誌　第 31 卷第 11 期　2006 年 11 月　頁 98—107

514. 羊子喬　　島上詩鼓手陳千武的早期文學成績單　鹽分地帶文學　第 8 期　2007 年 2 月　頁 198—205

515. 陳瀅州　　「永遠的文學者——陳千武」特展——走入小說密林、詩的蛛網　臺灣文學館通訊　第 15 期　2007 年 5 月　頁 4—9

516. 古遠清　　從鄉土到本土的「笠集團」——《臺灣當代新詩史》之一節〔陳千武部分〕　笠　第 259 期　2007 年 6 月　頁 190—191

517. 林金郎　　文化肚臍：陳千武和他的詩全集　笠　第 260 期　2007 年 8 月　頁 137—142

518. 丁威仁　　現實主義的藝術導向——八〇年代《笠》詩論初探〔陳千武部分〕　「笠與七、八〇年代臺灣詩壇關係」學術研討會　臺中　東海大學中文系，笠詩社　2007 年 11 月 24—25 日

519. 丁威仁　　現實主義的藝術導向——八〇年代《笠》詩論初探〔陳千武部分〕　「笠與七、八〇年代臺灣詩壇關係」學術研討會論文集　高雄　春暉出版社　2008 年 8 月　頁 257—264

520. 謝惠芳　　趙天儀老師訪問稿　趙天儀教授榮退紀念文集・論文集　臺北　富春文化公司　2007 年 12 月　頁 65—75

521. 林淇瀁　鳥瞰南投文學發展〔陳千武部分〕　2008 南投文學學術研討會　南投　南投縣文化局，靜宜大學人社院臺灣研究中心　2008 年 3 月 29 日

522. 林淇瀁　再現南投「意義地圖」——析論日治以降南投新文學發展典模〔陳千武部分〕　2008 南投文學學術研討會論文集　南投　南投縣文化局　2008 年 4 月　頁 147—159

523. 林淇瀁　再現南投「意義地圖」——析論日治以降南投新文學發展典模〔陳千武部分〕　臺北教育大學語文集刊　第 14 期　2008 年 7 月　頁 29—56

524. 羊子喬　論陳千武的翻譯、文學交流與建構　文學臺灣　第 66 期　2008 年 4 月　頁 207—222

525. 邱各容　陳千武——永葆童心的詩人作家　臺灣兒童文學作家及作品論　臺北　富春文化公司　2008 年 8 月　頁 52—71

526. 阮美慧　死的脫卻，生的回歸：陳千武詩的精神意識考察[23]　戰後臺灣「現實詩學」研究——以「笠」詩社為考察中心　臺北　臺灣學生書局　2008 年 8 月　頁 255—299

527. 丁威仁　臺灣本土詩學的建立（上）：七〇年代《笠》詩論研究〔陳千武部分〕　戰後臺灣現代詩論　臺中　印書小舖　2008 年 9 月　頁 84—127

528. 丁威仁　臺灣本土詩學的建立（下）：八〇年代《笠》詩論研究〔陳千武部分〕　戰後臺灣現代詩論　臺中　印書小舖　2008 年 9 月　頁 164—175

529.〔趙天儀編〕　解說　陳千武集　臺南　國立臺灣文學館　2008 年 12 月　頁 111—126

530. 李若鶯　獵者的獻詩　鹽分地帶文學　第 20 期　2009 年 2 月　頁 79—88

---

[23]本文旨在發掘陳千武詩作所展現的生命力，全文共 5 小節：1.前言；2.疊入死亡的里程碑——殖民傷痕的悲愁與哀感；3.掙扎於斷臍的痛苦——主體認同的追尋與確認；4.以愛推動生命的齒輪——生存意志的再生與動力；5.結論。

---

[24] 與會者：陳明台、李敏勇、鄭烱明；紀錄：王慈憶。

[25] 以視覺思考特色為中心，重探陳千武日治時期詩作論述。全文共 5 小節：1.前言；2.桓夫日治期詩作詮釋策略的反思；3.詩中有畫——桓夫日治時期詩作特質分析；4.桓夫日治時期詩作主題分析；5.結語。

[26] 李瑞騰、林淑貞、顧敏耀、羅秀美、陳政彥合著。

542. 杜國清　從《現代文學》到《笠》[27]　詩論・詩評・詩論詩　臺北　臺灣大學　2010 年 12 月　頁 323—334

543. 陳采玉　華語臺灣文學與日語臺灣文學的交混——以陳千武的自譯詩作為例　高苑學報　第 17 卷第 1 期　2011 年 3 月　頁 117—127

544. 林孟寰　相異的印記　臺灣現代詩　第 25 期　2011 年 3 月　頁 75—76

545. 岩　上　論陳千武宗教詩中批判意識的意義　臺灣現代詩　第 26 期　2011 年 6 月　頁 67—79

546. 莫　渝　臺灣新詩史的明燈——陳千武先生給予臺灣詩界的啟示　臺灣現代詩　第 27 期　2011 年 9 月　頁 80—89

分論

◆單行本作品

論述

《童詩的樂趣》

547. 林璟亨　揭發兒童的詩心，激勵創作的才華　臺灣文藝　第 155 期　1996 年 6 月 20 日　頁 64—65

詩

《密林詩抄》

548. 杜國清　寫在《密林詩抄》之後　現代文學　第 16 期　1963 年 3 月　頁 76—80

549. 杜國清　寫在《密林詩抄》之後　陳千武全集・詩全集（2）　臺中　臺中市文化局　2003 年 8 月　頁 158—164

550. 丁　穎　燈窗談詩——兼論兩本新詩集〔《密林詩抄》部分〕　西窗獨白　臺中　藍燈出版社　1971 年 2 月　頁 205—208

551. 蔡秀菊　密林裡的三度空間——論陳千武的第一部中文詩集《密林詩抄》　臺灣文藝　第 174 期　2001 年 2 月　頁 12—27

---

[27]本文作者敘述與陳千武談詩、互相切磋詩作的過往，說明《笠》詩刊具現代主義特色，並闡釋陳千武詩作特色及詩風的轉變。

《不眠的眼》

552. 趙天儀　　評桓夫詩集《不眠的眼》　笠　第 13 期　1966 年 6 月　頁 63—
　　　65

553. 趙天儀　　桓夫《不眠的眼》　裸體的國王　臺北　香草山出版公司　1976
　　　年 6 月　頁 232—237

554. 趙天儀　　寫在《不眠的眼》之後　陳千武全集·詩全集（3）　臺中　臺中
　　　市文化局　2003 年 8 月　頁 93—97

555. 吳瀛濤等[28]　詩集合評會——《不眠的眼》　笠　第 20 期　1967 年 8 月
　　　頁 36—38

556. 蔣勳等[29]　探討詩人的精神領域——談桓夫著《不眠的眼》　笠　第 20 期
　　　1967 年 8 月　頁 39—42

557. 蔡秀菊　　論陳千武詩集《不眠的眼》中殖民地經驗的系譜　臺灣文藝　第
　　　175 期　2001 年 4 月　頁 22—51

558. 蔡秀菊　　論陳千武詩集《不眠的眼》中殖民地經驗的系譜　文學陳千武
　　　臺北　晨星出版社　2004 年 3 月　頁 272—319

《野鹿》

559. 葉　笛　　跋　野鹿　臺北　田園出版社　1969 年 12 月　頁 67—68

560. 葉　笛　　《野鹿》詩集·跋　陳千武全集·詩全集（3）　臺中　臺中市文
　　　化局　2003 年 8 月　頁 163—164

561. 傅　敏　　鄉愁的聲音——《野鹿》評介　青溪　第 3 卷第 12 期　1970 年 6
　　　月　頁 66—78

562. 柳文哲　　詩壇散步——《野鹿》　笠　第 37 期　1970 年 6 月　頁 52

563. 趙天儀　　桓夫《野鹿》　裸體的國王　臺北　香草山出版公司　1976 年 6
　　　月　頁 315—317

564. 林鍾隆　　《野鹿》讀後　現代詩的解說與評論　臺中　現代潮出版社

---

[28] 合評者：吳瀛濤、吳建堂、陳秀喜、林煥彰、黃騰輝、藍楓、趙天儀。
[29] 與會者：蔣勳、龔顯宗、鐘友聯、張曼君、張寧安、許少玲、陳燈逢、卓照明、林清元、楊邵
　　華、鍾健智、黃桂枝；紀錄：陳明台。

　　　　　　1972 年 1 月　頁 174—177

《媽祖的纏足》

565. 郭成義　　《媽祖的纏足》讀後感　笠　第 40 期　1970 年 12 月　頁 45

566. 旅　人　　對鳴錄——桓夫著《媽祖的纏足》　笠　第 70 期　1975 年 12 月　
　　　　　　頁 74—76

567. 趙天儀　　鄉土性、民族性與社會性——評桓夫詩集《媽祖的纏足》　綠地　
　　　　　　第 2 期　1976 年 3 月　頁 6—9

568. 趙天儀　　論詩人桓夫及其作品——鄉土性、民族性與社會性：評詩集《媽
　　　　　　祖的纏足》　桓夫詩評論資料選集　高雄　春暉出版社　1997 年
　　　　　　4 月　頁 15—24

569. 趙天儀　　鄉土性、民族性與社會性——評桓夫詩集《媽祖的纏足》　時間
　　　　　　的對決：臺灣現代詩評論集　臺北　富春文化公司　2002 年 5 月　
　　　　　　頁 47—58

570. 田代操等[30]　　讀詩感想——談桓夫詩集《媽祖的纏足》　笠　第 79 期　
　　　　　　1977 年 6 月　頁 52—56

571. 南邦和　　詩集散策——評桓夫詩集《媽祖的纏足》　笠　第 79 期　1977 年
　　　　　　6 月　頁 57—58

572. 本田晴光　　多面的觸手——給陳千武　笠　第 102 期　1981 年 4 月　頁 73

573. 蔡秀菊　　媽祖的宰制與再生——評陳千武的詩集《媽祖的纏足》　臺灣文
　　　　　　藝　第 155 期　1996 年 6 月　頁 53—63

574. 蔡秀菊　　媽祖的宰制與再生——評詩集《媽祖的纏足》　桓夫詩評論資料
　　　　　　選集　高雄　春暉出版社　1997 年 4 月　頁 471—496

575. 蔡秀菊　　媽祖的宰制與再生——評陳千武的詩集《媽祖的纏足》　文學陳
　　　　　　千武　臺北　晨星出版社　2004 年 3 月　頁 170—186

576. 應鳳凰，傅月庵　　桓夫——《媽祖的纏足》　冊頁流轉——臺灣文學書入

---

[30]評論者：田代操、王詩琅、高橋喜久晴、佐藤詠子、上谷澄子、金光林、唐文標、谷克彥、幾瀨
　勝彬。

門 108　臺北　印刻文學生活雜誌出版公司　2011 年 3 月　頁 100
—101

《剖伊詩稿》

577. 林鍾隆　　拂塵集——《剖伊詩稿》　笠　第 63 期　1974 年 10 月　頁 69

《愛的書籤》

578. 黃恆秋　　詩人的青春痘——讀陳千武詩《愛的書籤》　臺灣時報　1988 年
9 月 28 日　15 版

579. 黃恆秋　　詩人的青春痘——讀陳千武詩集《愛的書籤》　臺灣文學與現代
詩　苗栗　苗栗縣立文化中心　1992 年 6 月　頁 136—147

580. 黃恆秋　　詩人的青春痘——論詩集《愛的書籤》　桓夫詩評論資料選集
高雄　春暉出版社　1997 年 4 月　頁 203—214

581. 秋吉久紀夫　　從陳千武詩集《愛的書籤》封面談起　笠　第 167 期　1992
年 2 月　頁 107—124

582. 秋吉久紀夫　　陳千武論——從詩集《愛的書籤》封面談起　桓夫詩評論資
料選集　高雄　春暉出版社　1997 年 4 月　頁 350—375

583. 潘亞暾　　《愛的書籤》及其它　笠　第 185 期　1995 年 2 月　頁 112—117

584. 蕭寶玲　　《愛的書籤》詩配畫記　陳千武全集・詩全集（5）　臺中　臺中
市文化局　2003 年 8 月　頁 168—169

《東方彩虹》

585. 康　原　　相互輝映的虹彩——讀《東方彩虹》有感（上、下）　首都早報
1989 年 9 月 19—20 日　7 版

586. 康　原　　相互輝映的虹彩　鄉土檔案　彰化　彰化縣立文化中心　1993 年
6 月　頁 160—170

587. 埋田昇二　　論《東方的彩虹》　笠　第 159 期　1990 年 10 月　頁 84—86

《陳千武詩集》

588. 大瀧清雄，山本和夫著；桓夫譯　　秋吉久紀夫譯編《陳千武詩集》讀後感
笠　第 180 期　1994 年 4 月　頁 128—131

589. 金子秀夫著；桓夫譯　評介秋吉久紀夫譯編《陳千武詩集》　笠　第 186
　　　期　1995 年 4 月　頁 115—118

《禱告——詩與族譜》

590. 蔡秀菊　以史詩書寫的族譜——論陳千武的詩集《禱告——詩與族譜》
　　　（1—28）　民眾日報　1999 年 7 月 23—8 月 21 日　17 版

591. 蔡秀菊　以史詩書寫的族譜——論陳千武的詩集《禱告——詩與族譜》
　　　文學陳千武　臺中　晨星出版社　2004 年 3 月　頁 201—236

《陳千武精選詩集》

592. 莫　渝　《陳千武精選詩集》校後　陳千武精選詩集　臺北　桂冠圖書
　　　公司　2001 年 2 月　頁 183

593. 莫　渝　《陳千武精選詩集》校後　新詩隨筆　臺北　臺北縣文化局
　　　2001 年 12 月　頁 51

594. 莫　渝　《陳千武精選詩集》校後　前言後語集　苗栗　苗栗縣文化局
　　　2005 年 4 月　頁 229

小說

《獵女犯》

595. 鍾鐵民　我看《獵女犯》和《小黑》　臺灣文藝　第 55 期　1977 年 6
　　　月　頁 21—23

596. 〔臺灣日報〕　《獵女犯》[31]　臺灣日報　1984 年 12 月 13 日　8 版

597. 林鍾隆　陳千武的《獵女犯》　中華日報　1985 年 1 月 7 日　9 版

598. 林鍾隆　陳千武的《獵女犯》　笠　第 125 期　1985 年 2 月　頁 68—69

599. 苦　苓　陳千武的《獵女犯》　臺灣日報　1985 年 1 月 20 日　8 版

600. 苦　苓　《獵女犯》　書中書　臺北　希代書版公司　1986 年 9 月　頁 61
　　　—64

601. 應鳳凰　冬天的書——陳千武的《獵女犯》　臺灣時報　1985 年 1 月 21 日
　　　8 版

---

[31] 《獵女犯》後易名為《活著回來：日治時期，臺灣特別志願兵的回憶》。

602. 齊邦媛　中國現代文學中深刻的時代性精神初探——陳千武的《獵女犯》[32]
中央日報　1985 年 1 月 31 日　10 版

603. 齊邦媛　時代的聲音〔《獵女犯——臺灣特別志願兵的回憶》部分〕　千
年之淚　臺北　爾雅出版社　1990 年 7 月　頁 9—10

604. 李　喬　《獵女犯》讀後感　笠　第 125 期　1985 年 2 月　頁 70—71

605. 鍾肇政　談日據時期的臺灣志願兵——讀陳千武的《獵女犯》　文訊雜誌
第 16 期　1985 年 2 月　頁 157—163

606. 鍾肇政　談日據時期的臺灣志願兵——讀陳千武的《獵女犯》　鍾肇政全
集・隨筆集（二）　桃園　桃園縣文化局　2000 年 12 月　頁 483
—490

607. 李　敦　《獵女犯》帶給我們些什麼　明道文藝　第 109 期　1985 年 4 月
頁 74—77

608. 李篤恭　大戰的夢魘——拜讀《獵女犯》有感　笠　第 126 期　1985 年 4
月　頁 74—80

609. 莊　園　《獵女犯》　臺灣時報　1985 年 5 月 28 日　8 版

610. 張興魁　我讀《獵女犯》　臺灣新聞報　1985 年 7 月 3 日　8 版

611. 王逢吉　血淚鑄成書——評介陳千武的《獵女犯》　臺灣日報　1985 年 7
月 7 日　8 版

612. 許達然　俘虜島——論陳千武小說《獵女犯》的主題　中華日報　1985 年
10 月 16 日　8 版

613. 許達然　俘虜島——論陳千武小說《獵女犯》的主題　臺灣文藝　第 97 期
1985 年 11 月　頁 204—210

614. 許達然著；下村作次郎譯　捕虜の島——陳千武著《獵女犯》の主題につ
いて　咿啞〔日本〕　第 24、25 合刊　1989 年 7 月　頁 66—70

615. 龍瑛宗　陳千武的《獵女犯》　自立晚報　1986 年 1 月 22 日　11 版

616. 龍瑛宗　陳千武的《獵女犯》　龍瑛宗全集・中文卷・評論集　臺南　國

---

[32]本文後改篇名為〈時代的聲音〉。

家臺灣文學館籌備處　2006 年 11 月　頁 357—359

617. 秦昕強　　多餘的戰爭和並非多餘的回憶——試評陳千武的小說集《獵女犯》　臺灣春秋　第 2 卷第 2 期　1989 年 12 月　頁 339—345

618. 彭瑞金　　陳千武的《獵女犯》[33]　臺灣時報　1990 年 1 月 14 日　23 版

619. 彭瑞金　　由詩人桓夫蛻變的小說家陳千武——論臺灣小說的異數《獵女犯》　臺灣春秋　第 15 期　1990 年 1 月　頁 337—346

620. 彭瑞金　　由詩人桓夫蛻變的小說家陳千武——論臺灣小說的異數《獵女犯》　陳千武集（臺灣作家全集）　臺北　前衛出版社　1991 年 7 月　頁 233—246

621. 彭瑞金　　由詩人桓夫蛻變的小說家陳千武　瞄準臺灣作家　高雄　派色文化出版社　1992 年 7 月　頁 117—131

622. 彭瑞金　　由詩人桓夫蛻變的小說家陳千武——論臺灣小說的異數《獵女犯》　臺中縣文學發展史：田野調查報告書　臺中　臺中縣立文化中心　1993 年 6 月　頁 261—262

623. 陸士清　　陳千武　臺灣小說選講新編　上海　復旦大學出版社　1991 年　頁 1—4

624. 鄭清文　　《獵女犯》　臺灣文學的基點　高雄　派色文化出版社　1992 年 7 月　頁 307—310

625. 詹　悟　　心酸之淚哭成此書——陳千武的《獵女犯》　好書解讀　南投　南投縣立文化中心　1997 年 5 月　頁 245—250

626. 千衣子譯述[34]　臺灣小說《獵女犯》的回響（上、下）　民眾日報　2000 年 4 月 26—27 日　17 版

627. 卓玫君　　活著回來——陳千武的戰爭文學　中央日報　2000 年 6 月 16 日　22 版

628. 劉慧真　　被殖民的兵歷表：陳千武《獵女犯》　聯合報　2000 年 11 月 11

---

[33]本文後改篇名為〈由詩人桓夫蛻變的小說家陳千武——論臺灣小說的異數《獵女犯》〉。

[34]本文摘要譯述秋吉久紀夫、鈴木俊、春木節子、鈴木豐志夫、中村洋子、亞沙芙咪郎等人於東京「獵女犯出版祝賀會」發表之祝詞與評論。

日　37 版

629. 土田英雄著；千衣子譯　　在臺灣當過日本兵的兩位詩人——窗・道雄和陳
　　　千武　笠　第 225 期　2001 年 10 月　頁 125—128

630. 許素蘭　　當詩人成爲「臺灣特別志願兵」——陳千武《獵女犯》的「局外
　　　人」觀點　福爾摩莎文學——陳千武創作學術研討會資料彙集
　　　臺北　真理大學臺灣文學系主辦　2002 年 11 月 2 日　頁 105—
　　　116

631. 林柏燕　　談戰爭小說的弔詭與浪漫——以陳千武小說爲例　福爾摩莎文學
　　　——陳千武創作學術研討會資料彙集　臺北　真理大學臺灣文學
　　　系主辦　2002 年 11 月 2 日　頁 225—242

632. 陳康芬　　真誠的純真（authentic innocence）——論陳千武《活著回來——
　　　日治時期臺灣特別志願兵的回憶》中的反殖民思想　福爾摩莎文
　　　學——陳千武創作學術研討會論文集　臺北　真理大學臺灣文學
　　　系主辦　2002 年 11 月 2 日　頁 243—260

633. 吳智偉　　虛構與真實——陳千武的《活著回來》　戰爭、回憶與政治——
　　　戰後臺灣本省籍人士的戰爭書寫　臺灣師範大學歷史學系　碩士
　　　論文　張瑞德教授指導　2003 年　頁 100—110

634. 工藤茂著；陳千武譯　　論陳千武短篇集《獵女犯》　臺灣文學評論　第 6
　　　卷第 3 期　2006 年 7 月　頁 5—20

兒童文學

《擦拭的旅行——檳榔大王遷徙記》

635. 張桂娥　　臺灣少年小說日譯狀況之研究——陳千武的《擦拭的旅行——檳
　　　榔大王遷徙記》　臺灣少年小說學術研討會　臺東　臺東師範學
　　　院兒童文學研究所　2002 年 6 月 8—9 日

636. 張桂娥　　臺灣少年小說日譯狀況之研究——陳千武的《擦拭的旅行——檳
　　　榔大王遷徙記》　少兒文學天地寬——臺灣少年小說學術研討會
　　　論文集　臺北　九歌出版社　2002 年 6 月　頁 133—137

《臺灣民間故事》

637. 傅林統　《臺灣民間故事》　臺灣（1945—1998）兒童文學 100　臺北　行政院文建會　2000 年 3 月　頁 104—105

638. 傅林統　再創作的《臺灣民間故事》　臺灣民間故事　臺北　富春文化　2000 年 11 月　頁 2—5

639. 林素珍　舊瓶裝新酒——陳千武《臺灣民間故事》評述　兒童文學資深作家陳千武先生及其同輩作家作品研討會論文集　臺北　中華民國兒童學會　2003 年 11 月　頁 49—69

《富春的豐原》

640. 蔡秀菊　阿公對孫子講的床邊故事——論陳千武的少年歷史小說《富春的豐原》　文學陳千武　臺中　晨星出版社　2004 年 3 月　頁 262—271

文集

《陳千武全集》

641. 趙天儀　走在詩文學前鋒的詩鼓手——《陳千武全集》十二冊簡介　臺灣文學館通訊　第 3 期　2004 年 3 月　頁 49—53

642. 趙天儀　走在詩文學前鋒的詩鼓手——《陳千武全集》十二冊簡介　笠　第 245 期　2005 年 2 月　頁 114—120

643. 趙天儀　《陳千武詩全集》十二冊出版　2003 臺灣文學年鑑　臺北　行政院文建會　2004 年 8 月　頁 168—171

◆多部作品

〈咀嚼〉、〈午前一刻的觸感〉、《媽祖的纏足》

644. 古添洪　臺灣現代詩的「外來影響」面向——歐美現代詩潮的接受／挪用／與本土化〔〈咀嚼〉、〈午前一刻的觸感〉、《媽祖的纏足》部分〕　不廢中西萬古流：中西抒情詩類及影響研究　臺北　臺灣學生書局　2005 年 4 月　頁 286—288，310—312

《獵女犯》、《情虜：短篇小說集》

645. 羊子喬　　陳千武小說中的虛構與真實〔〈獵女犯〉、〈情虜：短篇小說
　　　　　　集〉〕　鹽分地帶文學　第 17 期　2008 年 8 月　頁 206—221

〈信鴿〉、《密林詩抄》

646. 杜國清　　陳千武的《密林詩抄》與〈信鴿〉[35]　詩論・詩評・詩論詩　臺北
　　　　　　臺灣大學　2010 年 12 月　頁 335—346

◆單篇作品

647. 林亨泰，古貝，錦連　　〈沉淪〉作品合評　笠　第 1 期　1964 年 6 月　頁
　　　　　　24

648. 白萩，吳瀛濤，趙天儀　　〈池的寓言〉作品合評　笠　第 2 期　1964 年 8
　　　　　　月　頁 21

649. 李長青　　人性與社會的縮影〔〈池的寓言〉〕　溪聲不遠：陳千武詩賞讀
　　　　　　集　臺中　臺灣現代詩人協會　2010 年 5 月　頁 83—85

650. 林亨泰等[36]　　〈假日〉作品合評　笠　第 7 期　1965 年 8 月　頁 73—75

651. 林亨泰等　　〈假日〉作品合評　林亨泰全集・文學論述卷 6　彰化　彰化縣
　　　　　　立文化中心　1998 年 9 月　頁 71

652. 吳瀛濤等[37]　　〈曇花盛開在深夜〉作品合評　笠　第 9 期　1965 年 10 月
　　　　　　頁 49—50

653. 葉　笛　　〈摩托車〉　笠　第 20 期　1967 年 8 月　頁 16

654. 林亨泰，陳明台，謝秀宗　　詩話錄音〔〈春喜〉部分〕　笠　第 22 期
　　　　　　1967 年 12 月　頁 32—33

655. 李敏勇　　〈春喜〉　新臺灣新聞周刊　第 345 期　2002 年 11 月 2 日　頁
　　　　　　108

656. 李敏勇　　〈春喜〉解說　啊，福爾摩沙！　臺北　本土文化公司　2004 年

---

[35]本文分析《密林詩抄》的表現技巧，探討〈信鴿〉中詩句「我底死」所象徵的意義。全文共 2 小
節：1.寫在《密林詩抄》之後；2.關於〈信鴿〉。
[36]合評者：林亨泰、李篤恭、杜國清、李子士、洛夫、楓堤、史義仁、趙天儀、吳瀛濤、彭捷、張
效愚、錦連、王耀錕、何瑞雄、葉笛、楊志芳、張默、白萩、郭文圻、林宗源、畢加。
[37]合評者：吳瀛濤、李篤恭、林煥彰、杜國清、林郊、李子士、楓堤、李子奇、趙天儀、忍冬、蔡
英僖、白萩、郭文圻、林宗源。

　　　　　　　1 月　頁 17

657. 詹　冰　　我最欣賞的現代詩——評〈雨中行〉　笠　第 22 期　1967 年 12
　　　　　　　月　頁 45—46

658. 詹　冰　　我最欣賞的現代詩——評〈雨中行〉　變　臺中　臺中市立文化
　　　　　　　中心　1993 年 6 月　頁 130—132

659. 趙天儀　　現代詩的鑑賞與批評〔〈雨中行〉部分〕　美學與批評　臺北
　　　　　　　有志圖書出版公司　1972 年 3 月　頁 321—322

660. 陳明台　　「原始的鄉愁」——評〈雨中行〉　文化一週　第 283 期　1972
　　　　　　　年 5 月　頁 3

661. 蔡榮勇　　以小見大——欣賞〈雨中行〉　笠　第 154 期　1989 年 12 月　頁
　　　　　　　122

662. 韓毓海　　陳千武的〈雨中行〉　新詩鑑賞辭典　上海　上海辭書出版社
　　　　　　　1991 年 12 月　頁 111—113

663. 賴爲政　　詩賞析：陳千武〈雨中行〉　笠　第 188 期　1995 年 8 月　頁
　　　　　　　136—137

664. 蕭　蕭　　〈雨中行〉鑑賞與寫作指導　中學生現代詩手冊　臺南　翰林出
　　　　　　　版公司　1999 年 9 月　頁 105—108

665. 陳明台　　鄉愁的憧憬——桓夫的詩〈雨中行〉　抒情的變貌：文學評論集
　　　　　　　臺中　中市文化局　2000 年 12 月　頁 71—73

666. 鄭烱明　　苦悶的象徵〈野鹿〉　笠　第 22 期　1967 年 12 月　頁 47—48

667. 蕭　蕭　　〈野鹿〉賞析　現代詩導讀（導讀篇一）　臺北　故鄉出版社
　　　　　　　1979 年 11 月　頁 266—268

668. 秋吉久紀夫　　陳千武的詩〈野鹿〉的主題　陳千武作品選集　臺中　臺中
　　　　　　　縣文化中心　1990 年 11 月　頁 132—157

669. 秋吉久紀夫　　陳千武論——詩〈野鹿〉的主題　桓夫詩評論資料選集　高
　　　　　　　雄　春暉出版社　1997 年 4 月　頁 316—350

670. 莫　渝　　臺灣散文詩六十年——六篇散文詩作品簡評〔〈野鹿〉部分〕

閱讀臺灣散文詩　苗栗　苗栗縣立文化中心　1997 年 12 月　頁 41—42

671. 蔣登科　當代臺港散文詩的特色〔〈野鹿〉部分〕　世界華文文學論壇 2004 年第 4 期　2004 年 12 月　頁 58

672. 莫　渝　平靜安息的耽溺〔〈野鹿〉〕　溪聲不遠：陳千武詩賞讀集　臺 中　臺灣現代詩人協會　2010 年 5 月　頁 46—49

673. 郭亞夫　《笠》三十六期作品讀後感：桓夫詩〈垃圾箱裡的意念〉　笠 第 37 期　1970 年 6 月　頁 50

674. 郭亞夫　我看一首感情的詩——〈鏡前〉　笠　第 39 期　1970 年 12 月 頁 27—28

675. 李瑞騰　說鏡——現代詩中一個原型意象的試探〔〈鏡前〉部分〕　新詩 學　臺北　駱駝出版社　1997 年 3 月　頁 107

676. 李魁賢，白萩，杜國清　跋〈影子的形象〉　笠　第 44 期　1971 年 8 月 頁 6—8

677. 簡政珍　長詩的發展——長詩的美學〔〈影子的形象〉部分〕　臺灣現代 詩美學　臺北　揚智出版社　2004 年 7 月　頁 341—342

678. 林鍾隆　桓夫的〈咀嚼〉　中華日報　1971 年 9 月 11 日　9 版

679. 林鍾隆　桓夫的〈咀嚼〉　現代詩的解說與評論　臺中　現代潮出版社 1972 年 1 月　頁 55—59

680. 林亨泰　我們時代裡的中國詩〔〈咀嚼〉部分〕　笠　第 57，59 期　1973 年 10 月，1974 年 2 月　頁 33—34，62—64

681. 林亨泰　我們時代裡的中國詩〔〈咀嚼〉部分〕　林亨泰全集・文學論述 卷 1　彰化　彰化縣立文化中心　1998 年 9 月　頁 112—129

682. 張　默　詩的欣賞舉隅〔〈咀嚼〉部分〕　飛騰的象徵　臺北　水芙蓉出 版社　1976 年 9 月　頁 28—30

683. 趙天儀　現代詩的美學——在鹽分地帶文藝營講話——現代詩創造舉隅 〔〈咀嚼〉部分〕　笠　第 106 期　1981 年 12 月　頁 58

684. 李豐楙　〈咀嚼〉評析　中國新詩賞析 3　臺北　長安出版社　1987 年 2
月　頁 203—205

685. 李敏勇　詩的社會批判：中國人殘酷和敗壞情況批判——陳千武的〈咀
嚼〉　笠　第 138 期　1987 年 4 月　頁 111—112

686. 李敏勇　詩的人生探究——中國人殘酷和敗壞情況的批評〔〈咀嚼〉〕
桓夫詩評論資料選集　高雄　春暉出版社　1997 年 4 月　頁 70—
73

687. 阮美慧　《笠》與現代主義：笠詩社成立史的一個側面——《笠》與現代
主義的對應與表現〔〈咀嚼〉部分〕　笠　第 225 期　2001 年 10
月　頁 115—116

688. 莫　渝　墮落的象徵〔〈咀嚼〉〕　溪聲不遠：陳千武詩賞讀集　臺中
臺灣現代詩人協會　2010 年 5 月　頁 80—82

689. 崔百城　看現代詩畫聯展〔〈島〉部分〕　臺灣日報　1975 年 5 月 17 日
9 版

690. 向　陽　〈島〉作品導讀　青少年臺灣文庫 2——新詩讀本 2：太平洋的風
臺北　國立編譯館　2008 年 12 月　頁 10

691. 黃靈芝等[38]　第八屆吳濁流文學獎、第五屆吳濁流新詩獎揭曉〔〈獵女犯〉
部分〕　臺灣文藝　第 55 期　1977 年 6 月　頁 6—26

692. 羊子喬　歷史悲劇的見證者——〈獵女犯〉的太平洋戰爭經驗　臺灣時報
1982 年 7 月 20 日　12 版

693. 羊子喬　歷史悲劇的見證者——〈獵女犯〉的太平洋戰爭經驗　臺灣文藝
第 77 期　1982 年 10 月　頁 27—32

694. 羊子喬　歷史悲劇的見證者——〈獵女犯〉的太平洋戰爭經驗　獵女犯
臺中　熱點文化出版公司　1984 年 11 月　頁 261—265

695. 羊子喬　〈獵女犯〉的太平洋戰爭經驗　神秘的觸鬚　臺北　台笠出版社
1996 年 6 月　頁 126—133

---

[38]評論者：黃靈芝、鄭清文、鍾肇政、鍾鐵民、林鍾隆。

696. 羊子喬　　〈獵女犯〉的太平洋戰爭經驗　神秘的觸鬚　臺南　臺南縣立文
　　　　　　　　化中心　1998 年 12 月　頁 126—133

697. 羊子喬　　歷史悲劇的見證者——〈獵女犯〉的太平洋戰爭經驗　活著回
　　　　　　　　來：日治時期，臺灣特別志願兵的回憶　臺中　晨星出版社
　　　　　　　　1999 年 8 月　頁 357—363

698. 彭瑞金　　〈獵女犯〉賞析　國民文選・小說卷 2　臺北　玉山社出版公司
　　　　　　　　2004 年 7 月　頁 130—131

699. 彭瑞金　　導讀〈獵女犯〉　二十世紀臺灣文學金典：小說卷（戰後時期・
　　　　　　　　第一部）　臺北　聯合文學出版社　2006 年 1 月　頁 71—72

700. 巫永福　　臺中之為文化城——讀陳千武〈文化城的實質〉有感　民聲日報
　　　　　　　　1979 年 4 月 27 日　11 版

701. 巫永福　　臺中之為文化城——讀陳千武〈文化城的實質〉有感　巫永福全
　　　　　　　　集・評論卷　臺北　傳神福音文化公司　1996 年 5 月　頁 110—
　　　　　　　　130

702. 張漢良　　評〈給蚊子取個榮譽的名稱吧〉　現代詩導讀（導讀篇一）　臺
　　　　　　　　北　故鄉出版社　1979 年 11 月　頁 269—271

703. 李敏勇　　戰後臺灣詩政治意象裡的國家認同———一個簡單抽樣的考察
　　　　　　　　〔〈給蚊子取個榮譽的名稱吧〉部分〕　笠　第 173 期　1993 年
　　　　　　　　2 月　頁 103—105

704. 李漢偉　　偏向「見證／控訴」的記錄〔〈給蚊子取個榮譽的名稱吧〉部
　　　　　　　　分〕　臺灣新詩的三種關懷　臺北　駱駝出版社　1997 年 10 月
　　　　　　　　頁 56—57

705. 李魁賢　　蚊子〔〈給蚊子取個榮譽的名稱吧〉〕　李魁賢文集 1　臺北　行
　　　　　　　　政院文建會　2002 年 10 月　頁 307—310

706. 張　默　　從〈款步口站〉到〈泡沫〉——「十行詩」讀後筆記〔〈給蚊子
　　　　　　　　取個榮譽的名稱吧〉部分〕　小詩・牀頭書　臺北　爾雅出版社
　　　　　　　　2007 年 3 月　頁 258

707. 周淑慧　　過境〔〈給蚊子取個榮譽的名稱吧〉〕　　溪聲不遠：陳千武詩賞讀集　臺中　臺灣現代詩人協會　2010 年 5 月　頁 102—103

708. 陳金連〔錦連〕　　陳千武在〈高速公路〉上奔馳　笠　第 94 期　1979 年 12 月　頁 40—41

709. 林亨泰　　意象論批評集〔〈窗〉部分〕　笠　第 95 期　1980 年 2 月　頁 28

710. 林亨泰　　意象論批評集〔〈窗〉部分〕　林亨泰全集・文學論述卷 3　彰化　彰化縣立文化中心　1998 年 9 月　頁 156—159

711. 陳明台　　綿延不絕的詩脈——笠詩人的精神風貌〔〈窗〉部分〕　笠　第 170 期　1992 年 8 月　頁 125—126

712. 文曉村　　〈蓮花〉評析　寫給青少年的新詩評析一百首（上）　臺北　布穀出版社　1980 年 4 月　頁 128

713. 文曉村　　〈蓮花〉評析　新詩評析一百首（上）　臺北　黎明文化公司　1981 年 3 月　頁 144—145

714. 向　陽　　〈蓮花〉作品導讀　青少年臺灣文庫 2——新詩讀本 1：春天在我的血管裡歌唱　臺北　國立編譯館　2008 年 12 月　頁 97

715. 陳秀枝　　深植泥土不怕爛〔〈蓮花〉〕　溪聲不遠：陳千武詩賞讀集　臺中　臺灣現代詩人協會　2010 年 5 月　頁 75—77

716. 葉石濤，彭瑞金講；許素貞記　　評論街〔〈默契〉部分〕　臺灣時報　1982 年 5 月 31 日　12 版

717. 葉石濤，彭瑞金講；許素貞記　　葉石濤、彭瑞金小說對談〔〈默契〉〕　獵女犯　臺中　熱點文化出版公司　1984 年 11 月　頁 257—260

718. 葉石濤，彭瑞金講；許素貞記　　葉石濤、彭瑞金小說對談〔〈默契〉〕　活著回來：日治時期，臺灣特別志願兵的回憶　臺中　晨星出版社　1999 年 8 月　頁 351—355

719. 葉石濤，彭瑞金講；許素貞記　　四月份臺灣時報副刊小說對談評論〔〈默契〉部分〕　葉石濤全集・評論卷七　臺南，高雄　國立臺灣文

學館，高雄市政府文化局　2008 年 3 月　頁 95—97

720. 彭瑞金　戰爭中的人類愛——試評陳千武的〈默契〉　臺灣時報　1983 年 1 月 2 日　12 版

721. 彭瑞金　戰爭中的人類愛——〈默契〉簡介　1982 年臺灣小說選　臺北 前衛出版社　1983 年 2 月　頁 200—202

722. 彭瑞金　戰爭中的人類愛——試評陳千武的〈默契〉　獵女犯　臺中　熱 點文化出版公司　1984 年 11 月　頁 253—255

723. 彭瑞金　戰爭中的人類愛——試評陳千武的〈默契〉　活著回來：日治時 期，臺灣特別志願兵的回憶　臺中　晨星出版社　1999 年 8 月 頁 347—349

724. 葉石濤　一九八二年的臺灣小說界〔〈默契〉部分〕　小說筆記　臺北 前衛出版社　1983 年 1 月　頁 96—97

725. 葉石濤　一九八二年的臺灣小說界（上、中、下）〔〈默契〉部分〕　自 立晚報　1983 年 2 月 7—9 日　10 版

726. 葉石濤　序〔〈默契〉部分〕　1982 年臺灣小說選　臺北　前衛出版社 1983 年 2 月　頁 6—7

727. 葉石濤　一九八二年的臺灣小說界〔〈默契〉部分〕　葉石濤全集・隨筆 卷一　臺南，高雄　國立臺灣文學館，高雄市文化局　2008 年 3 月　頁 339－340

728. 李敏勇　〈安全島〉評析　1982 年臺灣詩選　臺北　前衛出版社　1983 年 2 月　頁 7—9

729. 苦　苓　評〈安全島〉　文藝月刊　第 205 期　1986 年 7 月　頁 71—74

730. 向　明　即物抒情的詩人——淺談桓夫的〈媽祖生〉　中華文藝　第 148 期　1983 年 6 月　頁 12—15

731. 向　明　〈媽祖生〉賞析　中國新詩鑑賞大辭典　南京　江蘇文藝出版社 1988 年 12 月　頁 853—855

732. 莫　渝　蒼蠅・馬車・媽祖〔〈媽祖生〉〕　中華日報　1995 年 5 月 11 日

14 版

733. 莫　渝　蒼蠅、馬車、媽祖〔〈媽祖生〉〕　笠　第 189 期　1995 年 10 月　頁 133—134

734. 莫　渝　桓夫筆下的鄉土情懷——蒼蠅、馬車、媽祖〔〈媽祖生〉〕　桓夫詩評論資料選集　高雄　春暉出版社　1997 年 4 月　頁 94—101

735. 莫　渝　蒼蠅·馬車·媽祖〔〈媽祖生〉〕　臺灣新詩筆記　臺北　桂冠圖書公司　2000 年 11 月　頁 241—246

736. 莫　渝　〈媽祖生〉評析　臺灣詩人群像　臺北　秀威資訊科技公司　2007 年 5 月　頁 334—335

737. 莫　渝　跌落自威權的座席〔〈媽祖生〉〕　溪聲不遠：陳千武詩賞讀集　臺中　臺灣現代詩人協會　2010 年 5 月　頁 65—67

738. 利玉芳　關於馬諾赫的〈不寫〉與桓夫的〈寫詩有什麼用〉　笠　第 120 期　1984 年 4 月　頁 38—39

739. 利玉芳　關於馬諾赫的〈不寫〉與桓夫的〈寫詩有什麼用〉　向日葵　臺南　臺南縣立文化中心　1996 年 6 月　頁 266—268

740. 李魁賢　〈寫詩有什麼用〉　李魁賢文集 10　臺北　行政院文建會　2002 年 10 月　頁 18—24

741. 李魁賢　〈寫詩有什麼用〉　新地文學　第 4 期　1990 年 10 月　頁 24—29

742. 李魁賢　〈寫詩有什麼用〉　詩的反抗　臺北　新地文學出版社　1992 年 6 月　頁 23—31

743. 向　明　〈陌生的城市〉編者按語　七十三年詩選　臺北　爾雅出版社　1985 年 3 月　頁 45

744. 馬　森　〈求生的慾望〉　七十三年短篇小說選　臺北　爾雅出版社　1985 年 4 月　頁 275—276

745. 李　喬　「洪醒夫小說獎」十年祭〔〈求生的欲望〉部分〕　洪醒夫小說

獎作品集　臺北　爾雅出版社　1992 年 7 月　頁 7—8

746. 蕭　蕭　〈風箏〉編者按語　七十二年詩選　臺北　爾雅出版社　1985 年
6 月　頁 39

747. 李魁賢　臺灣詩人的反抗精神〔〈風箏〉部分〕　臺灣文藝　第 112 期
1988 年 7 月　頁 22—25

748. 李魁賢　臺灣詩人的反抗精神〔〈風箏〉部分〕　詩的反抗　臺北　新地
出版社　1992 年 6 月　頁 160—164

749. 李魁賢　臺灣詩人的反抗精神〔〈風箏〉部分〕　李魁賢文集 10　臺北
行政院文建會　2002 年 10 月　頁 129—132

750. 冼睿，柯巍　〈風箏〉賞析　世界華人詩歌鑑賞大辭典　太原　書海出版
社　1993 年 3 月　頁 68—69

751. 林　鷺　風箏的心理告白〔〈風箏〉〕　溪聲不遠：陳千武詩賞讀集　臺
中　臺灣現代詩人協會　2010 年 5 月　頁 116—118

752. 張　默　〈我凝視隨風起伏的草〉編者按語　七十一年詩選　臺北　爾雅
出版社　1985 年 6 月　頁 155

753. 吳　櫻　草葉搖晃〔〈我凝視隨風起伏的草〉〕　溪聲不遠：陳千武詩賞
讀集　臺中　臺灣現代詩人協會　2010 年 5 月　頁 106—107

754. 洪中周　老少咸宜的三篇寓言〔〈可惡的偽善者〉部分〕　臺灣文藝　第
95 期　1985 年 7 月　頁 21—23

755. 杜國清　《笠》與臺灣詩人〔〈信鴿〉部分〕　笠　第 128 期　1985 年 8
月　頁 58—61

756. 杜國清　《笠》與臺灣詩人〔〈信鴿〉部分〕　臺灣精神的崛起　高雄
春暉出版社　1989 年 12 月　頁 162—166

757. 秋吉久紀夫　陳千武詩〈信鴿〉裡的「死」　笠　第 166 期　1991 年 12 月
頁 96—116

758. 秋吉久紀夫　陳千武の詩〈傳書鴿〉の「死」——とりの元台灣特別志願
兵の足跡　現代中國の詩人——陳千武詩集　東京　土曜美術社

1993 年 2 月　頁 293—314

759. 秋吉久紀夫　　陳千武論詩——〈信鴿〉裡的「死」　桓夫詩評論資料選集　高雄　春暉出版社　1997 年 4 月　頁 257—284

760. 黃　粱　　新詩點評（六）——〈信鴿〉　國文天地　第 134 期　1996 年 7 月　頁 93—95

761. 阮美慧　　臺灣本土詩學的底定——詩作為臺灣現實的具體表徵〔〈信鴿〉部分〕　臺灣精神的回歸：六、七〇年代臺灣現代詩風的轉折　成功大學中國文學系　博士論文　呂興昌教授指導　2002 年 6 月　頁 237—238

762. 陳銘堯　　從〈信鴿〉到理想國　臺灣現代詩　第 2 期　2005 年 6 月　頁 67—71

763. 〔吳東晟，陳昱成，王浩翔編〕　　〈信鴿〉導讀賞析　織錦入春闈：現代詩精選讀本　臺中　京城文化公司　2005 年 8 月　頁 34—37

764. 李敏勇　　我底死，我忘記帶回來〔〈信鴿〉部分〕　經由一顆溫柔心：臺灣、日本、韓國詩散步　臺北　圓神出版社　2007 年 10 月　頁 16—19

765. 趙天儀　　忘記帶了回來〔〈信鴿〉〕　溪聲不遠：陳千武詩賞讀集　臺中　臺灣現代詩人協會　2010 年 5 月　頁 78—79

766. 蔡榮勇　　我喜愛的詩〔〈我的血〉〕　臺灣日報　1986 年 2 月 22 日　8 版

767. 蔡榮勇　　讀桓夫〈我的血〉　笠　第 131 期　1986 年 2 月　頁 90

768. 蔡榮勇　　連山的回聲也聽不見〔〈我的血〉〕　溪聲不遠：陳千武詩賞讀集　臺中　臺灣現代詩人協會　2010 年 5 月　頁 134—135

769. 黃恆秋　　時代的見證——從桓夫的詩〈見解〉談起　笠　第 132 期　1986 年 4 月　頁 71—72

770. 黃恆秋　　時代的見解——從桓夫的詩〈見解〉談起　臺灣文學與現代詩　苗栗　苗栗縣立文化中心　1992 年 6 月　頁 133—135

771. 黃恆秋　　詩人的青春痘——時代的見證——談詩〈見解〉　桓夫詩評論資

料選集　高雄　春暉出版社　1997 年 4 月　頁 214—218

772. 林亨泰等[39]　　臺灣孤立的哀愁——兼論桓夫〈見解〉一詩　笠　第 150 期
　　　　　　　1989 年 4 月　頁 4—22

773. 林亨泰等　　臺灣孤立的哀愁——兼論桓夫先生〈見解〉一詩　林亨泰全
　　　　　　　集・文學論述卷 6　彰化　彰化縣立文化中心　1998 年 9 月　頁
　　　　　　　252—256

774. 林亨泰等　　臺灣孤立的哀愁——兼論桓夫詩〈見解〉　詩與臺灣現實　臺
　　　　　　　北　笠詩刊社　1991 年 1 月　頁 81—108

775. 李瑞騰　　〈車禍〉編者按語　七十四年詩選　臺北　爾雅出版社　1986 年
　　　　　　　4 月　頁 156

776. 李敏勇　　詩的人生探究——生涯之旅〔〈旅愁〉〕　笠　第 136 期　1986
　　　　　　　年 12 月　頁 100—102

777. 李敏勇　　詩的人生探究——生涯之旅〔〈旅愁〉〕　桓夫詩評論資料選集
　　　　　　　高雄　春暉出版社　1997 年 4 月　頁 67—70

778. 旅　人　　詩的人生探究——以詩探究的人生是什麼〔〈鼓手之歌〉〕　笠
　　　　　　　第 136 期　1986 年 12 月　頁 115—117

779. 李豐楙　　〈鼓手之歌〉評析　中國新詩賞析 3　臺北　長安出版社　1987
　　　　　　　年 2 月　頁 200—201

780. 章亞昕　　詩歌——充滿創造性的藝術〔〈鼓手之歌〉部分〕　笠　第 178
　　　　　　　期　1993 年 12 月　頁 140—141

781. 楊顯榮　　寂寞的鼓手〔〈鼓手之歌〉〕　國語日報　2001 年 8 月 12 日　5
　　　　　　　版

782. 阮美慧　　臺灣本土詩學的底定——本土詩學的深化與延展〔〈鼓手之歌〉
　　　　　　　部分〕　臺灣精神的回歸：六、七〇年代臺灣現代詩風的轉折
　　　　　　　成功大學中國文學系　博士論文　呂興昌教授指導　2002 年 6 月

---

[39]主持人：林亨泰；與會者：曾貴海、鄭烱明、江平、龔顯榮、德有、莊金國、蔡信德、陳亮、陳
　坤崙、葉石濤、沙白、葉笛、陳千武、錦連、林宗源、白萩；紀錄：張信吉。

頁 247—248

783. 謝里法　詩與繪畫語言的辯證——陳千武〈鼓手之歌〉的模倣　文學臺灣
　　　第 61 期　2007 年 1 月　頁 17—27

784. 陳幸蕙　詩人的自畫像〔〈鼓手之歌〉〕　人間福報　2007 年 11 月 13 日
　　　15 版

785. 金尚浩　探究和對決〔〈鼓手之歌〉〕　溪聲不遠：陳千武詩賞讀集　臺
　　　中　臺灣現代詩人協會　2010 年 5 月　頁 41—43

786. 陳秀枝　寂寞地與永恆拔河〔〈鼓手之歌〉〕　溪聲不遠：陳千武詩賞讀
　　　集　臺中　臺灣現代詩人協會　2010 年 5 月　頁 44—45

787. 喬　林　陳千武的〈鼓手之歌〉　人間福報　2011 年 8 月 22 日　15 版

788. 向　陽　〈皮膚〉編者按語　七十五年詩選　臺北　爾雅出版社　1987 年
　　　3 月　頁 142

789. 〔沈花末主編〕　〈家〉賞析　鏡頭中的新詩　臺北　漢光文化公司
　　　1987 年 7 月　頁 45

790. 張　默　〈火炎山〉編者按語　七十九年詩選　臺北　爾雅出版社　1991
　　　年 2 月　頁 30—31

791. 呂興昌　「戰前臺灣新詩回顧」講評〔〈臺灣新文學新詩的發軔〉部分〕
　　　臺灣日報　1991 年 6 月 16 日　9 版

792. 林玫君，黃俊祥，葉宛真　〈餘暉〉欣賞　鞋子的家——兒童詩歌筆記
　　　臺北　富春文化公司　1991 年 9 月　頁 185—187

793. 林玫君，黃俊祥，江佳娟　〈餘暉〉欣賞　笠下的一群；笠詩人作品選讀
　　　臺北　河童出版社　1999 年 6 月　頁 124—125

794. 康　原　從立意到表現〔〈心的智瓣〉〕　鄉土檔案　彰化　彰化縣立文
　　　化中心　1993 年 6 月　頁 246—251

795. 庾梅苑，廖月惠　靜宜大學學生詩展——詩賞析〔〈不必·不必〉部分〕
　　　笠　第 188 期　1995 年 8 月　頁 132—134

796. 李元貞　從「性別敘事」的觀點論臺灣現代女詩人作品中「我」之敘事方

式〔〈不必‧不必〉部分〕 中外文學 第 25 卷第 7 期 1996 年 12 月 頁 28

797. 簡永宗 詩賞析：陳千武〈貝殼〉 笠 第 188 期 1995 年 8 月 頁 135 —136

798. 林央敏 道道地地的臺灣文學——看林宗源的詩選駁陳千武的謬見[40] 臺語 文學運動史論 臺北 前衛出版社 1996 年 3 月 頁 186—191

799. 莫 渝 勞動者的汗水〔〈苦力〉〕 國語日報 1998 年 4 月 30 日 5 版

800. 莫 渝 笠下的一群〔〈苦力〉〕 笠 第 206 期 1998 年 8 月 頁 123 —125

801. 莫 渝 〈苦力〉 笠下的一群；笠詩人作品選讀 高雄 河童出版社 1999 年 6 月 頁 121—123

802. 李益美 勞動的電影鏡頭〔〈苦力〉〕 溪聲不遠：陳千武詩賞讀集 臺 中 臺灣現代詩人協會 2010 年 5 月 頁 18—20

803. 蕭 蕭 〈指甲〉解析 天下詩選 2：1923—1999 臺灣 臺北 天下遠見 出版公司 1999 年 9 月 頁 3—7

804. 〔吳東晟，陳昱成，王浩翔編〕 〈指甲〉導讀賞析 織錦入春闈：現代 詩精選讀本 臺中 京城文化公司 2005 年 8 月 頁 38—41

805. 李昌憲 東南亞戰場的火線上 溪聲不遠：陳千武詩賞讀集 臺中 臺灣 現代詩人協會 2010 年 5 月 頁 131—133

806. 蔡秀菊 暗幕的形象——論陳千武的長詩〈影子〉的具象思維（1—13） 民眾日報 2000 年 4 月 21—5 月 3 日 17 版

807. 蔡秀菊 暗幕的形象——論陳千武的長詩〈影子〉的具象思維 文學陳千 武 臺中 晨星出版社 2004 年 3 月 頁 237—261

808. 葉斐娜 意志的投射〔〈影子〉〕 溪聲不遠：陳千武詩賞讀集 臺中 臺灣現代詩人協會 2010 年 5 月 頁 90—91

---

[40]本文論述林宗源臺語詩的創作，以及批評陳千武在〈臺灣國語詩的創作〉中的「臺灣國語詩」的 觀點。

809. 岡崎郁子著；千衣子譯　〈哀愁的一夜〉解說　民眾日報　2000 年 6 月 11 日　17 版

810. 陳慧文　愛萌芽的春天——陳千武〈終焉〉賞析　民眾日報　2000 年 6 月 21 日　17 版

811. 阮美慧　跨越語言一代的文學特質及其在臺灣詩史上的地位（續）〔〈太陽〉部分〕　笠　第 218 期　2000 年 8 月　頁 117—119

812. 廖秀春　面對太陽——茫然的落寞　溪聲不遠：陳千武詩賞讀集　臺中　臺灣現代詩人協會　2010 年 5 月　頁 50—53

813. 李敏勇　平安符〔〈平安——我的愚民政策〉〕　臺灣詩閱讀——探觸五十位臺灣詩人的心　臺北　玉山社出版公司　2000 年 9 月　頁 22—25

814. 趙天儀　希望妳信神〔〈平安——我的愚民政策〉〕　溪聲不遠：陳千武詩賞讀集　臺中　臺灣現代詩人協會　2010 年 5 月　頁 92—93

815. 莫　渝　〈夕陽〉　臺灣新詩筆記　臺北　桂冠圖書公司　2000 年 11 月　頁 358—360

816. 莫　渝　臺灣新詩之美——陳千武的〈夕陽〉，表現稚子之純，慈祥之愛　臺灣詩人群像　臺北　秀威資訊科技公司　2007 年 5 月　頁 321—323

817. 莫　渝　歡笑的夕陽〔〈夕陽〉〕　溪聲不遠：陳千武詩賞讀集　臺中　臺灣現代詩人協會　2010 年 5 月　頁 8—9

818. 劉滌凡　從語言學看現代詩神思的效用〔〈神在哪裡〉部分〕　國文天地　第 186 期　2000 年 11 月　頁 38—39

819. 吳　櫻　神在與不在　溪聲不遠：陳千武詩賞讀集　臺中　臺灣現代詩人協會　2010 年 5 月　頁 10—14

820. 陳千武　詩的啓示——陳千武的詩〔〈童年的詩〉〕　笠　第 223 期　2001 年 6 月　頁 141—143

821. 陳巍仁　臺灣現代散文詩藝術論〔〈血〉部分〕　臺灣現代散文詩新論

臺北　萬卷樓圖書公司　2001 年 11 月　頁 186—190

822. 唐　捐　〈恕我冒昧〉評析　臺灣現代文學教程：當代文學讀本　臺北
　　　　　　二魚文化公司　2002 年 8 月　頁 13—16

823. 彭瑞金　臺灣新文學的民間信仰態度及其影響〔〈恕我冒昧〉部分〕　臺
　　　　　　灣文學史論集　高雄　春暉出版社　2006 年 8 月　頁 41

824. 賴　欣　挑戰悲哀的尊嚴〔〈恕我冒昧〉〕　溪聲不遠：陳千武詩賞讀集
　　　　　　臺中　臺灣現代詩人協會　2010 年 5 月　頁 99—101

825. 李敏勇　〈水牛〉解說　啊，福爾摩沙！　臺北　本土文化公司　2004 年
　　　　　　1 月　頁 14—17

826. 向　陽　給流離以安慰，給冤屈以平反——「嘉義二二八美展」參展詩作
　　　　　　的歷史圖像與集體記憶〔〈墓的呼喚〉部分〕　浮世星空新故
　　　　　　鄉：臺灣文學傳播議題析論　臺北　三民書局　2004 年 1 月　頁
　　　　　　168—169

827. 李癸雲　詩人之血——我讀四月份的「臺灣日日詩」〔〈悼念詹冰詩兄〉
　　　　　　部分〕　臺灣日報　2004 年 5 月 17 日　19 版

828. 鄭慧如　虛實之際——九月份「臺灣日日詩」讀後〔〈民主廣場〉部分〕
　　　　　　臺灣日報　2004 年 10 月 27 日　17 版

829. 岩　上　詩與時間的對決——我讀十一月份「臺灣日日詩」（上）〔〈拾遺
　　　　　　詩抄〉部分〕　臺灣日報　2004 年 12 月 20 日　19 版

830. 焦　桐　〈拾遺詩抄〉賞析　2004 臺灣詩選　臺北　二魚文化公司　2005
　　　　　　年 3 月　頁 224

831. 曾進豐　陳千武〈晚秋〉賞析　臺灣文學讀本　臺北　五南圖書公司
　　　　　　2005 年 2 月　頁 183—186

832. 華　仔　展讀初秋的心景——談八月「臺灣日日詩」〔〈情狀〉部分〕
　　　　　　臺灣日報　2005 年 9 月 26 日　21 版

833. 許俊雅　記憶與認同——臺灣小說的二戰經驗書寫——文學作品中的二戰
　　　　　　（太平洋戰事）記憶〔〈運輸船〉部分〕　臺灣文學研究學報

第 2 期　2006 年 4 月　頁 65—66

834. 許俊雅　記憶與認同——臺灣小說的二戰經驗書寫——文學作品中的二戰
　　　（太平洋戰事）記憶〔〈運輸船〉部分〕　評論 30 家：臺灣文學
　　　三十年菁英選 1978—2008（下）　臺北　九歌出版社　2008 年 6
　　　月　頁 488—489

835. 蕭　蕭　陳千武〈博愛座〉賞析　揮動想像翅膀　臺北　聯合文學出版社
　　　2006 年 6 月　頁 31

836. 蕭　蕭　〈不眠的夜〉詩作賞析　優游意象世界　臺北　聯合文學出版社
　　　2006 年 6 月　頁 31

837. 莫　渝　〈海峽〉評析　臺灣詩人群像　臺北　秀威資訊科技公司　2007
　　　年 5 月　頁 338—339

838. 莫　渝　疆界或藩籬乎？〔〈海峽〉〕　溪聲不遠：陳千武詩賞讀集　臺
　　　中　臺灣現代詩人協會　2010 年 5 月　頁 136—138

839. 劉克襄　〈大肚溪〉作品賞析　閱讀文學地景‧新詩卷　臺北　行政院文
　　　建會　2008 年 4 月　頁 141—142

840. 莫　云　溪聲不遠〔〈大肚溪〉〕　溪聲不遠：陳千武詩賞讀集　臺中
　　　臺灣現代詩人協會　2010 年 5 月　頁 15—17

841. 江素瑛講；千衣子譯　陳千武的〈鄉愁〉解說　笠　第 268 期　2008 年 12
　　　月　頁 111—113

842. 路寒袖　作品導讀／〈文學少年時〉　青少年臺灣文庫 2——散文讀本 2：
　　　狂歌正年少　臺北　國立編譯館　2008 年 12 月　頁 57

843. 李敏勇　〈在母親的腹中〉作品導讀　青少年臺灣文庫 2——新詩讀本 3：
　　　天門開的時候　臺北　國立編譯館　2008 年 12 月　頁 7

844. 利玉芳　賦予泥土的命運〔〈在母親的腹中〉〕　溪聲不遠：陳千武詩賞
　　　讀集　臺中　臺灣現代詩人協會　2010 年 5 月　頁 54—56

845. 李敏勇　〈廟〉作品導讀　青少年臺灣文庫 2——新詩讀本 4：我有一個夢
　　　臺北　國立編譯館　2008 年 12 月　頁 5

846. 趙天儀　　逃避陽光的地方〔〈廟〉〕　溪聲不遠：陳千武詩賞讀集　臺中　臺灣現代詩人協會　2010 年 5 月　頁 63—64

847. 李敏勇　　〈銅鑼〉作品導讀　青少年臺灣文庫 2——新詩讀本 4：我有一個夢　臺北　國立編譯館　2008 年 12 月　頁 117

848. 關紫心　　敲響心中的銅鑼〔〈銅鑼〉〕　溪聲不遠：陳千武詩賞讀集　臺中　臺灣現代詩人協會　2010 年 5 月　頁 94—95

849. 莫　渝　　桎梏中的遐想〔〈油畫〉〕　溪聲不遠：陳千武詩賞讀集　臺中　臺灣現代詩人協會　2010 年 5 月　頁 6—7

850. 李益美　　夏宵的月光〔〈夏宵〉〕　溪聲不遠：陳千武詩賞讀集　臺中　臺灣現代詩人協會　2010 年 5 月　頁 21—23

851. 莫　云　　那一夜，月色拂過〔〈月出的風景〉〕　溪聲不遠：陳千武詩賞讀集　臺中　臺灣現代詩人協會　2010 年 5 月　頁 24—26

852. 陳　塡　　瓶裡的蟋蟀〔〈煙囪的憂鬱〉〕　溪聲不遠：陳千武詩賞讀集　臺中　臺灣現代詩人協會　2010 年 5 月　頁 27—28

853. 利玉芳　　歌唱懷鄉曲〔〈歸鄉〉〕　溪聲不遠：陳千武詩賞讀集　臺中　臺灣現代詩人協會　2010 年 5 月　頁 29—30

854. 葉斐娜　　自我的信奉〔〈檳榔樹〉〕　溪聲不遠：陳千武詩賞讀集　臺中　臺灣現代詩人協會　2010 年 5 月　頁 31—33

855. 蔡秀菊　　內行看門道，外行看熱鬧〔〈門〉〕　溪聲不遠：陳千武詩賞讀集　臺中　臺灣現代詩人協會　2010 年 5 月　頁 34—37

856. 蔡秀菊　　禱告的弦外之音〔〈禱告〉〕　溪聲不遠：陳千武詩賞讀集　臺中　臺灣現代詩人協會　2010 年 5 月　頁 57—60

857. 黃玉蘭　　常與無常〔〈廟前大街〉〕　溪聲不遠：陳千武詩賞讀集　臺中　臺灣現代詩人協會　2010 年 5 月　頁 61—62

858. 賴　欣　　逃惑的薰香〔〈媽祖祭典〉〕　溪聲不遠：陳千武詩賞讀集　臺中　臺灣現代詩人協會　2010 年 5 月　頁 68—74

859. 陳明克　　花與藕〔〈荷花〉〕　溪聲不遠：陳千武詩賞讀集　臺中　臺灣

現代詩人協會　2010 年 5 月　頁 86—87

860. 陳明克　以愛爲名的河〔〈愛河〉〕　溪聲不遠：陳千武詩賞讀集　臺中
臺灣現代詩人協會　2010 年 5 月　頁 88—89

861. 李長青　政治神話〔〈巫〉〕　溪聲不遠：陳千武詩賞讀集　臺中　臺灣
現代詩人協會　2010 年 5 月　頁 96—98

862. 林渝晴　賣唱神話〔〈夜・和平〉〕　溪聲不遠：陳千武詩賞讀集　臺中
臺灣現代詩人協會　2010 年 5 月　頁 104—105

863. 黃騰輝　頹廢中補到的「鳥」〔〈鳥〉〕　溪聲不遠：陳千武詩賞讀集
臺中　臺灣現代詩人協會　2010 年 5 月　頁 108—109

864. 黃玉蘭　愛的叛逆〔〈夜〉〕　溪聲不遠：陳千武詩賞讀集　臺中　臺灣
現代詩人協會　2010 年 5 月　頁 110—112

865. 蔡榮勇　青春的嫩葉〔〈水〉〕　溪聲不遠：陳千武詩賞讀集　臺中　臺
灣現代詩人協會　2010 年 5 月　頁 113—115

866. 岩　上　詩中的寓言〔〈蜘蛛花紋〉〕　溪聲不遠：陳千武詩賞讀集　臺
中　臺灣現代詩人協會　2010 年 5 月　頁 119—123

867. 岩　上　「屋頂」和「歷史」〔〈屋頂〉〕　溪聲不遠：陳千武詩賞讀集
臺中　臺灣現代詩人協會　2010 年 5 月　頁 124—127

868. 林孟寰　歷史的共業〔〈逆境〉〕　溪聲不遠：陳千武詩賞讀集　臺中
臺灣現代詩人協會　2010 年 5 月　頁 128—130

◆多篇作品

869. 郭亞夫　《笠》37 期作品讀後感——桓夫與林宗源〔〈高山風景區〉、〈回
響〉、〈影子〉、〈歌仔戲〉部分〕　笠　第 39 期　1970 年 10 月
頁 33

870. 陳明台　根源的回歸與尋覓——臺灣現代詩人的鄉愁〔〈信鴿〉、〈雨中
行〉、〈挖掘〉部分〕　笠　第 111 期　1982 年 10 月　頁 21—25

871. 趙天儀　〈事件〉、〈蜘蛛花紋〉賞析　當代臺灣詩人選一九八三卷　臺北
金文圖書公司　1984 年 5 月　頁 25—26

872. 趙天儀　　寂寞的鼓手——論桓夫的詩〔〈苦力〉、〈鼓手之歌〉、〈愛河〉、〈窗〉、〈屋頂〉〕　臺灣詩季刊　第 7 期　1984 年 12 月　頁 52—61

873. 趙天儀　　寂寞的鼓手——論桓夫的詩（1—2）〔〈苦力〉、〈鼓手之歌〉、〈愛河〉、〈窗〉、〈屋頂〉〕　臺灣日報　1985 年 3 月 20—21 日 8 版

874. 趙天儀　　寂寞的鼓手——論桓夫的詩〔〈苦力〉、〈鼓手之歌〉、〈愛河〉、〈窗〉、〈屋頂〉〕　桓夫詩評論資料選集　高雄　春暉出版社 1997 年 4 月　頁 39—49

875. 趙天儀　　寂寞的鼓手——論桓夫的詩〔〈苦力〉、〈鼓手之歌〉、〈愛河〉、〈窗〉、〈屋頂〉〕　臺灣現代詩鑑賞　臺中　臺中市立文化中心 1998 年 5 月　頁 73—84

876. 莫　渝　　寂寞黃昏雨——談桓夫的〈旅情〉和〈旅愁〉　笠　第 138 期 1987 年 4 月　頁 84—86

877. 莫　渝　　寂寞黃昏雨——談桓夫〈旅情〉和〈旅愁〉　讀詩錄　苗栗　苗栗縣立文化中心　1992 年 6 月　頁 115—120

878. 莫　渝　　桓夫筆下的鄉土情懷——寂寞黃昏雨——談〈旅情〉和〈旅愁〉　桓夫詩評論資料選集　高雄　春暉出版社　1997 年 4 月　頁 84—88

879. 莫　渝　　寂寞黃昏雨——談〈旅情〉和〈旅愁〉　臺灣新詩筆記　臺北桂冠圖書公司　2000 年 11 月　頁 232—237

880. 莊金國　　三首有關車禍的詩〔〈安全島〉、〈高速公路〉部分〕　笠　第 138 期　1987 年 4 月　頁 117—123

881. 莫　渝　　桓夫的兩首散文詩〔〈咀嚼〉、〈野鹿〉〕　笠　第 148 期　1988 年 12 月　頁 117—120

882. 莫　渝　　桓夫（一九二二—）〈咀嚼〉、〈野鹿〉　情願讓雨淋著　臺北　業強出版社　1991 年 9 月　頁 165—170

883. 陳明台　　　臺灣現代詩人的故鄉憧憬與歷史意識〔〈信鴿〉、〈雨中行〉部分〕　臺灣精神的崛起　高雄　春暉出版社　1989 年 12 月　頁 26—29

884. 王志健　　　瀛臺詩人與播種者——桓夫〔〈煙囪的憂鬱〉、〈殺風景〉、〈旅愁〉、〈銀婚日〉〕　中國新詩淵藪（中）　臺北　正中書局 1993 年 7 月　頁 1380—1386

885. 孟　樊　　　當代臺灣政治詩學〔〈風箏〉、〈見解〉部分〕　當代臺灣政治文學論　臺北　時報文化出版公司　1994 年 7 月　頁 330，342

886. 〔張默，蕭蕭編〕　　〈咀嚼〉、〈給蚊子取個榮譽的名稱吧〉鑑評　新詩三百首（一九一七——一九九五）（上）　臺北　九歌出版公司　1995 年 9 月　頁 334—338

887. 蔡榮勇　　　愛吃「烤蕃薯」的「黨性」〔〈烤番薯〉、〈黨性〉〕　笠　第 191 期　1996 年 2 月　頁 110—113

888. 李敏勇　　　臺灣的心——詩人的抵抗證言——權力的嘲諷〔〈給蚊子取個榮譽的名稱吧〉、〈恕我冒昧〉〕　笠　第 196 期　1996 年 12 月　頁 93—96

889. 李敏勇　　　權力的嘲諷——陳千武〔〈給蚊子取個榮譽的名稱吧〉、〈恕我冒昧〉〕　綻放語言的玫瑰　臺北　玉山社出版公司　1997 年 1 月　頁 11—18

890. 陳千武　　　臺灣現代詩暗喻的內涵——二○○四臺日現代詩研討會演講稿——暗喻的詩想邏輯〔〈給蚊子取個榮譽的名字吧〉、〈恕我冒昧〉部分〕　文學臺灣　第 53 期　2005 年 1 月　頁 293—296

891. 鄭慧如　　　隱喻的身體觀——以一九七○年代臺灣新詩作品為例——一九七○年代以前臺灣新詩作品中的身體書寫特色〔〈鏡前〉、〈曇花盛開在深夜〉部分〕　臺灣詩學季刊　第 40 期　2002 年 12 月　頁 113—116

892. 葉　笛　　　論《笠》前行代的詩人們——跨越語言的前行代詩人們〔〈信

鴿〉、〈我的血〉部分〕 笠詩社四十週年國際學術研討會論文集 臺南 國家臺灣文學館籌備處 2004 年 11 月 頁 52—56

893. 葉　笛　　論《笠》前行的詩人們〔〈信鴿〉、〈我的血〉部分〕 葉笛全集・評論卷二 臺南 國家臺灣文學館籌備處 2007 年 5 月 頁 70—76

894. 向　陽　　〈信鴿〉、〈我的血〉賞析 臺灣現代文選・新詩卷 臺北 三民書局 2005 年 6 月 頁 36—38

895. 〔林瑞明選編〕　　〈信鴿〉、〈指甲〉、〈給蚊子取個榮耀的名稱吧〉賞析 國民文選・現代詩卷 1 臺北 玉山社出版公司 2005 年 2 月 頁 216

896. 陳幸蕙　　小詩悅讀（六家）——陳千武〔〈鼓手之歌〉、〈平安——我的愚民政策〉、〈博愛座〉〕 明道文藝 第 369 期 2006 年 12 月 頁 32—34

897. 陳幸蕙　　〈鼓手之歌〉、〈平安——我的愚民政策〉、〈博愛座〉向星輝斑斕處漫溯 小詩星河：現代小詩選 2 臺北 幼獅文化公司 2007 年 1 月 頁 54—55

898. 林明理　　寧靜清懷思鄉里——讀陳千武〈外景〉、〈木瓜花〉、〈古屋小樓〉、〈風箏體驗館〉 笠 第 273 期 2009 年 10 月 頁 172—177

899. 林明理　　寧靜清懷思鄉里——讀陳千武〈外景〉、〈木瓜花〉、〈古屋小樓〉、〈風箏體驗館〉 新詩的意象與內涵：當代詩家作品賞析 臺北 文津出版社 2010 年 2 月 頁 144—150

900. 康　原　　信鴿傳遞的生命之詩 溪聲不遠：陳千武詩賞讀集 臺中 臺灣現代詩人協會 2010 年 5 月 頁 38—40

901. 金尚浩　　記憶和經驗：論韓國與臺灣冷戰時期文學之比較研究〔〈指甲〉、〈牛勁〉部分〕 跨國的殖民記憶與冷戰經驗：臺灣文學的比較文學研究 新竹 清華大學臺灣文學研究所主辦 2010 年 11 月 19—20 日

902. 金尙浩　　記憶和經驗：韓國與臺灣冷戰時期文學之比較研究〔〈指甲〉、〈牛勁〉部分〕　跨國的殖民記憶與冷戰經驗：臺灣文學的比較文學研究　新竹　清華大學臺灣文學研究所　2011 年 5 月　頁 206—210

作品評論目錄、索引

903. 許素蘭　　陳千武小說評論引得　陳千武集（臺灣作家全集）　臺北　前衛出版社　1991 年 7 月　頁 247—248

904. 鄒桂苑　　陳千武研究資料彙編　文訊雜誌　第 113 期　1995 年 3 月　頁 108—116

905. 陳明台　　陳千武作品評論索引　桓夫詩評論資料選集　高雄　春暉出版社　1997 年 4 月　頁 497—507

906. 〔張默編〕　　陳千武〈蓮花〉、〈咀嚼〉作品評論引得　現代百家詩選　臺北　爾雅出版社　2003 年 6 月　頁 60—61

907. 蔡秀菊　　陳千武作品評論引得　文學陳千武　臺中　晨星出版社　2004 年 3 月　頁 435—452

908. 邱各容　　重要評論資料　臺灣兒童文學作家及作品論　臺北　富春文化公司　2008 年 8 月　頁 75—76

909. 〔趙天儀編〕　　閱讀進階指引　陳千武集　臺南　國立臺灣文學館　2008 年 12 月　頁 131—132

910. 羊子喬　　學者相關研究（15 部）　島上詩鼓手：陳千武文學評傳　高雄　春暉出版社　2009 年 5 月　頁 180—182

911. 吳　櫻　　學者相關研究　信鴿：文學‧人生‧陳千武　臺中　臺中市文化局　2010 年 12 月　頁 261—265

其他

912. 白萩等[41]　　詩翻譯獎：陳千武譯《日本現代詩選》　笠　第 31 期　1969 年 6 月　頁 6

---

[41]評審：白萩、余光中、洛夫、瘂弦、葉泥、趙天儀。

913. 趙天儀　　日本現代詩的風貌——陳千武譯《日本現代詩選》讀後　笠　第
　　　　　　　32 期　1969 年 8 月　頁 15—19

914. 陳其茂　　《小學生詩集》　民聲日報　1979 年 6 月 7 日　11 版

915. 陳明台　　播種、耕耘、收穫——《亞洲現代詩集》的刊行與《笠》的成長
　　　　　　　臺灣日報　1982 年 1 月 14 日　8 版

916. 吉原幸子　「対訳詩」を眺あて〔《アジア現代詩集》〕　日本語學　第 3
　　　　　　　期　1984 年 9 月　頁 72—74

917. 長谷川龍生著；陳千武譯　　評日文譯《續・臺灣現代詩集》　笠　第 153
　　　　　　　期　1989 年 10 月　頁 120—121

918. 北原政吉　憶詩與詩人的交流（《臺灣現代詩集》部分）　臺灣日報　1991
　　　　　　　年 6 月 16 日　9 版

919. 莫　渝　　陳千武（1922—）　彩筆傳華彩：臺灣譯詩 22 家　臺北　河童出
　　　　　　　版社　1997 年 6 月　頁 69—76

920. 中島利郎著；邱慎譯　　評葉石濤譯《西川滿小說集 1》、陳千武譯《西川滿
　　　　　　　小說集 2》——西川滿文學之復活　文學臺灣　第 27 期　1998 年
　　　　　　　7 月　頁 27—31

921. 游　喚　　清涼有詩——評五月份「臺灣日日詩」（1—4）〔〈行踪〉部分〕
　　　　　　　臺灣日報　2000 年 6 月 22—25 日　35 版

922. 蘇奐羽　　陳千武先生翻譯的《星星的王子》　兒童文學資深作家陳千武先
　　　　　　　生及其同輩作家作品研討會論文集　臺北　中華民國兒童學會
　　　　　　　2003 年 11 月　頁 7—17

國家圖書館出版品預行編目資料

臺灣現當代作家研究資料彙編. 20, 陳千武 / 阮美慧
編選. -- 初版. -- 臺南市：臺灣文學館, 2012.03
　　面；　公分
　ISBN 978-986-03-2104-3(平裝)

1.陳千武 2.傳記 3.文學評論

863.4　　　　　　　　　　　　　　　101004845

【臺灣現當代作家研究資料彙編】20

陳千武

發 行 人／　　李瑞騰
指導單位／　　行政院文化建設委員會
出版單位／　　國立台灣文學館
　　　　　　　地址／70041 台南市中西區中正路 1 號
　　　　　　　電話／06-2217201　　　　　傳真／06-2218952
　　　　　　　網址／www.nmtl.gov.tw　　電子信箱／pba@nmtl.gov.tw

總 策 畫／　　封德屏
顧　　問／　　林淇瀁　張恆豪　許俊雅　陳信元　陳義芝　須文蔚　應鳳凰
工作小組／　　王雅嫻　杜秀卿　翁智琦　陳欣怡　陳恬逸
　　　　　　　黃寁婷　詹宇霈　羅巧琳
編　　選／　　阮美慧
責任編輯／　　翁智琦
校　　對／　　王雅嫻　翁智琦　陳逸凡　黃敏琪　黃寁婷　趙慶華　潘佳君
計畫團隊／　　財團法人台灣文學發展基金會
美術設計／　　翁國鈞・不倒翁視覺創意
印　　刷／　　松霖彩色印刷事業有限公司

經銷展售／　　國家書店松江門市（02-25180207）
　　　　　　　國立台灣文學館—雪芙瑞文學咖啡坊（06-2214632）
　　　　　　　文建會員工消費合作社（02-23434168）
　　　　　　　南天書局（02-23620190）　　　唐山出版社（02-23633072）
　　　　　　　府城舊冊店（06-2763093）　　　台灣的店（02-23625799）
　　　　　　　啟發文化（02-29586713）　　　三民書局（02-23617511）
　　　　　　　草祭二手書店（06-2216872）　　五南文化廣場（04-22260330）

初版一刷／2012 年 3 月
定　　價／新臺幣 490 元整
　　　　　　第一階段 15 冊新臺幣 5500 元整 第二階段 12 冊新臺幣 4500 元整
GPN／1010100534（單本）
　　　　1010100407（套）
ISBN／978-986-03-2104-3（單本）
　　　　978-986-02-7266-6（套）

Printed in Taiwan
著作所有權・翻印必究